天坑

下册

王桂宏 著

作家出版社

四十三

陶志玲是万通集团办公室副主任，负责后勤保障工作。陶志玲是山东菏泽人，个头高挑，皮肤白皙。眼睛大大的，黑白分明的眼珠忽闪忽闪，会说话似的。陶志玲在香港长大，穿着时髦，站在人群中像草原茂盛的草丛里长出的一朵艳丽的牡丹花。瓜子脸，宽肩膀，挺挺的胸部，细腻的皮肤。翻领衬衫衬着翻领浅紫色连衣裙，穿在陶志玲身上特别的性感、新奇。

乔总领着陶志玲副主任来到二号包厢，还未站定，就落落大方地朝张建承董事长一笑说："董事长，我先敬各位领导一杯！"

"别急！我先介绍一下。"张建承董事长把刘县长、张副县长介绍后，特意指了指姚向东说："陶主任，这是陵阳县办公室主任，今后，具体工作你们直接联系。姚向东好酒量，你代表万通集团好好敬姚主任一杯酒。陶主任，姚主任可是好酒量呀！"

陶志玲端起服务员已经倒好的一壶酒，朝姚向东跟前走过来，边走边说："姚主任，今后许多事儿靠你指点，少不了麻烦，我敬你一杯。"陶志玲说着，咕咚一声，干光了壶中酒。大家一片喝彩声。姚向东想不到眼前这位陶志玲喝酒这么爽。自己已经喝了半斤酒。姚向东明白这是自己最大的酒量，再喝恐怕就要出洋相了。正想拿自己酒量小推辞，服务员已经把姚向东面前的小酒壶斟满了。况且，陶志玲主任老练地把酒壶底朝上亮在自己的眼前。姚向东骑虎难下。张董事长不失时机端起姚向东面前的小酒壶说："姚主任，这可是女士敬的酒，你要给女士面子呀！"

陶志玲把酒壶亮在姚向东主任面前，不停地笑笑，脸腮上露出了两个甜甜的酒窝。姚向东把求助的目光落到刘县长和张副县长脸上。刘县长和张副县长在客人面前不便多说。再说，这个张建承董事长是泸阳市委组织部长介绍来陵阳投资的，不好让张董扫兴。姚向东见两位县领导左顾右盼，迟迟不表态，只得接过小酒壶，一仰脖子，把一小壶酒一口喝下去。白酒从喉咙一条线流进胃里。姚向东喝下酒后，放下小酒壶，目光红红地盯着陶志玲说："陶主任，大事他们领导定，小事我们办公室来办！放心。"说着，姚向东从口袋里掏出一张名片，递到陶主任手里，说："多联系。"

陶志玲接过名片，扫了一眼，也给姚向东发了一张名片，手一抬，招呼服务员："服务员，倒酒！"

姚向东一看陶主任这架势，知道不是对手，一边往门口跑，一边朝张董和陶主任摆摆手："你们喝，我去打个电话就来。"说完，人已跌跌撞撞地走出了门。

站在门外的吴景燕知道姚主任的酒量，赶紧伸手扶住姚主任的胳膊。包厢里传来刘县长心领神会的喊声："姚主任，给部长打电话汇报一下，快去快来。"刘立平县长知道自己老部下姚主任的酒量，赶紧找个台阶给向东主任下。

姚向东在吴景燕秘书的搀扶下朝楼下走去。到了楼下，一阵凉风吹过来，姚向东的头脑稍微清醒一些，但肚子里有些往上泛，他心里明白，陶志玲主任的这最后一壶酒把自己放倒了。他不想在部下面前出洋相，对吴景燕说："你跟刘县长悄悄地汇报一下，我先回家了，头涨得厉害。"

吴景燕看着姚主任摇摇晃晃的样子，心里不放心，站在贵宾楼的门口，目光盯着姚主任步履蹒跚地朝招待所大门口走去。

路灯昏黄，夜风阵阵。

突然，从招待所大门口传来哇的一声。吴景燕吃惊地望过去。昏黄路灯下姚向东双手扒着围墙，呃呃呃的呕吐声不停地传过来，夜风吹来一阵阵浓烈的酒气。吴景燕知道，姚向东也就是半斤的酒量。刚才，吴景燕和陶志玲主任在三号厅，已经领教了这位香港女士的酒量。陶志玲被张董事长叫到二号包厢敬酒，吴景燕担心自己的顶头上司吃亏，赶紧走到二号包厢门口。吴景燕知道姚向东主任就是半斤的白酒量，绝对不是这位陶女士的对手。站在门口一听，果然，姚主任招架不住。好在姚向东主任是个明白人，好汉不吃眼前亏，赶紧找个借口，三十六计，走为上计。

吴景燕三步两步冲到姚主任身后，关心地问："主任，吐啦？"

"这个陶主任，来了就盯着我，跟我干了一壶。好在我跑得快，要不，非在领导和香港客人面前喝趴下不可。"姚向东又连吐了几口。

"毛峰大曲度数高，你悠着点儿。"吴景燕看到姚向东痛苦的样子，轻声地提醒姚主任，语气中夹着淡淡的关切。

"怪我逞能，想让香港客商喝足，敬一壶，与张董事长来了个拎壶冲！"姚向东又连吐了几口，似乎轻松了一些。

吴景燕让姚主任扶着墙站一会儿，自己跑到贵宾楼里倒来一杯温开水，递到姚向东手里催促说："快漱漱口。吐了就轻松了，我送你回家。"说着，把姚向东扶到传达室的椅子上，跑到路口喊了一辆三轮车。

姚向东清醒多了，坐上三轮车，见吴景燕抬腿也要上车，赶紧摇摇手。

吴景燕装着看不见，挤到姚向东身边。吴景燕不放心姚向东一个人回家，尽管自己一个大姑娘陪着向东挤三轮车似乎不合适，但也没放心上。两人挨着肩挤着，姚向东有些不好意思，对吴景燕说："我一个人回去能行。"

"姚主任，不把你送到家，能放心吗？"吴景燕说着，抬起手对三轮车车夫说，"走，去机关大院宿舍。"

这些日子菜花怀孕了，向东听菜花说，门诊医生交代过，孕吐期间要保胎，不能做那些事。这几个月，姚向东一直憋着，甚至连与菜花过分亲热的举动也没有。姚向东担心自己一时兴起，压不住自己本能的冲动。姚向东担心做出对不起菜花的事。现在，突然和吴景燕肩并着肩地挤着，随着三轮车的不停颠簸，两人的身体不时紧紧地挤在一起。他能感受到吴景燕身上那少女火热的温热。姚向东有些冲动，酒的能量和本能反应让姚向东的血液流动加快。但随着一阵一阵带着寒气的风吹到身上，姚向东慢慢地清醒过来。他想起了家中怀孕的妻子菜花，有些不好意思，开始感到害羞，担心碰到熟人。他不停地催促车夫骑快些，早一点赶到家。

吴景燕是姚向东的校友。徐凤霞临走时特别关照吴景燕要把姚向东主任服务好。吴景燕很单纯，她认为这是工作的一部分，是自己应该做的。徐凤霞大姐心里怎么想的，吴景燕不知道。但吴景燕知道徐凤霞说得对。办公室是为领导服务的，是为机关服务的。自己作为办公室的秘书，当然在为领导和大家服务的基础上，要把主任服务好，这是分内的事。吴景燕没有往别处去想。特别是这些日子，姚向东让吴景燕给菜花送饭，她都是尽心尽力地去做好。吴景燕心里高兴，姚向东主任这是信任自己。再说，这些日子见到菜花多了，也知道菜花虽然是乡下来的，也没有读大学，但度量大，挺通情达理的。此刻，吴景燕与姚向东并排坐着，倒是十分自然。她想到姚向东酒喝多了，虽然吐掉了，但车速快了，会颠得厉害。她打断姚向东的话，对车夫说："慢一些，他酒大了些！"

三轮车慢下来。

天上没有星星，也没有月亮。陵阳大道上的路灯亮度不足，雾蒙蒙的一片。寒冷的江风吹起路面上掉落的枯叶打着旋儿，路面上留下一片片枯叶飘动的影子。

招待所离机关很近。三轮车进了机关大院，不一会儿来到宿舍楼门口。姚向东清醒多了，从三轮车下来后，抬头望着自家亮着灯的窗口，对吴景燕说："小吴，你回贵宾楼，给刘县长报告一下。我自己上楼。"

吴景燕明白姚主任的心思，他是担心菜花嫂子看到自己。再说，这些日子送饭来了不少次。菜花嫂子心里有想法也是人之常情。虽然吴景燕从来没有往心里想过。既然主任说得这么认真，她坐上三轮车，对姚主任说："嫂子等你呢！你慢一点上楼，注意安全。"

"谢谢小吴！"姚向东朝吴景燕挥了一下手，朝自己家楼道走过去。反正没有带包，空着手。虽然脑子微微发涨，脚下有些轻飘，但姚向东两只手抓住楼梯扶手，一步一停，很顺当地来到自家门口。

门开着，客厅的灯光把走廊映亮了。菜花已站在门口，看到姚向东扶着楼梯走上来，赶紧迎上去，扶住姚向东的胳膊，走进自家门后，轻轻地关上门。

菜花把姚向东扶到客厅的椅子上，嗔怪地说："酒不是自家的，身体可是自家的。"说完，突然想起来，提醒向东："怎么不让景燕上来坐一会儿？"

姚向东一惊，菜花怎么知道是吴景燕送我回来的？姚向东只能实话实说："她回贵宾楼，港商还在那里，还没有散席呢，她还要去服务。"

菜花也实话实说："刚才我在窗口张望，有一辆三轮车停下来，我看到了。"菜花口气很自然，但心里不免有些醋意。如果吴景燕把姚向东送上楼，菜花也许一点想法都没有。吴景燕送到楼下就走了。菜花有意问到吴景燕，姚向东实话实说。想想，向东都实话实说了，菜花也就没有往心里去。

菜花到厨房倒了杯热开水，递到向东手里说："景燕是个好姑娘，这些日子没有少麻烦她，你可要多谢谢人家。快！喝一点热开水，醒醒酒。"

姚向东接过水杯，含情脉脉地盯着菜花的脸庞问："今天反应不烈吧？"

"晚上有些反应，还好！"说完，菜花用手朝茶杯一指，"先喝点开水醒醒酒，一会儿还有好消息告诉你。"

姚向东连喝两大口温开水，把茶杯往桌上一放，拉拉菜花的手，急切地催促："快说，什么好消息？"

"上铺再说。一会儿洗洗脸，烫烫脚。我给你打热水！"菜花说着，憨厚地一笑，脸上的两个小酒窝在灯光的映照下像两朵小花。

姚向东深情地望着坦率大方的妻子，想想刚才与吴景燕挤在三轮车上竟然胡思乱想，心里很不是滋味，有些自责，但又不便说出来。当然，姚向东也自己原谅自己：男人嘛，也许是天性。难怪古人说，英雄难过美人关。自己虽不是什么英雄，但看到漂亮女人有想法，恐怕是天性，也是自然的。

想到菜花说的上铺再说，姚向东乐滋滋地去卫生间洗脸洗脚。最近，好消息不少。想到菜花又要告诉自己好消息，姚向东酒醒了不少，竟轻轻地哼起了当时最流行的小曲：

> 谁知道角落这个地方
> 爱情已将她久久遗忘
> 当年它曾在村边
> 徘徊徘徊
> 为什么从此音容渺茫
> ……

四十四

洗脸、洗脚，菜花和向东并排坐在床的一头，脚伸到被窝里。

房间里只开了台灯，刷了油漆的白炽灯泡发出红红的光亮。温馨的房间里透出一阵阵的酒气。姚向东哼着他喜欢的《角落之歌》，旋律悠婉，歌词时高时低，有时几乎听不清歌词。姚向东酒渐渐地醒过来，他是发自内心哼出来的旋律，他不知道自己因为这些日子菜花怀孕妊娠反应不能做那事而心里憋得慌，产生了巨大的压抑和失落，还是因为菜花又要告诉自己好消息而兴奋激动,情不自禁地哼起这首对美好生活美好事儿向往的歌。也许,刚才吴景燕跟自己挤在一辆三轮车上,现在走了,连楼梯也没有上来,或许有种莫名其妙的感觉涌上自己的心头。或许自己的老部下徐凤霞九月份调离陵阳后,一去三个多月了,会不会又来信了,会不会又是写信给菜花收的。总之,姚向东的眼前在酒精的作用下,不停地幻现出菜花、徐凤霞、吴景燕、陶志玲漂亮的身影,哼出这首当时流行曲子也就不奇怪了。

菜花见姚向东嘴里还轻轻地哼着经常挂在嘴边的《角落之歌》,估计酒劲还未过去。菜花知道,这些日子自己妊娠反应,给向东添了不少麻烦,尤其快两个月了,向东一次也没有做过那事。有时看到向东那憋得脸色泛红、气喘吁吁的样子,菜花心里觉得很对不起向东。菜花想到门诊医生提醒的话,也只能狠狠心。向东理解菜花,温存一番后,主动到客厅里去哼起流行的歌儿,踱起步子。菜花想想妊娠反应越来越少了,向东难受的日子就要过去了,心里轻松多了。再想想刘局长说的杏花工作的事有眉目了,妈妈搬到家里来,向东轻松地去工作,那一切就顺当了。想到这里,菜花把头倚到向东的耳朵旁,柔情地说:"酒醒了吗?心里难受吧?"

"还好!轻松多了。"姚向东说着,伸手抱住菜花的腰部,就势把嘴贴到菜花的脸腮上说,"对,你说上铺再说,什么好消息呀?"

"能做那事了!"姚向东心里一阵激动。这些日子菜花妊娠反应少了,精神也好多了,看来可以做事了。卫生科普书上也是这么说的,妊娠四个月后可以正常房事。姚向东美滋滋地想着,脱口而出。说完,脸上一阵发烫,但不是酒精的作用。

菜花在向东嘴唇上重重地吻了一下,笑笑:"猜对了一半。还有好消息!"

"快说呀!"姚向东松开手,抬手在自己的鼻尖上刮了三下说,"我认输,猜不到,你说!"

"杏花的工作有眉目了。杏花调到城里,妈妈搬到家里帮我们,你就放手工作去吧!"菜花说着,拉起向东的手,兴奋地说,"向东,刘方明局长晚上亲口告诉我的。有这么个好邻居，真是天意！"

"我明天去找刘局长，抓紧落实！"姚向东松开手，把被子往上拉拉问，"菜花，你刚才说我猜对了一半什么意思？"

"傻呀，我反应好多了！"菜花说着探过身子，拉灭了床头柜上的台灯，扑到姚向东的怀里。

窗外，黑乎乎的一片，不时传来一两声夜鸟的鸣叫。

春节前，杏花办好上班手续，到陵阳酒厂会计室报到。胡少香从鱼头村搬到菜花家。菜花家里的家务事胡少香全揽了。菜花除了去幼儿园上班，去菜场买菜，什么事儿也没有。姚向东从陵阳供销社搞到一张电视机票，国产熊猫，21寸。晚上，家里热闹起来。虽然信号不太稳定，黑白画面有些还会发花，但有电影、有京剧、有川剧。菜花、杏花围着母亲坐在一张刚买的三人帆布沙发上，开心不已。

好日子过得快。

春节一过，姚向东跟着县政府领导忙着筹备陵阳大道开工典礼暨陵阳招商大会的准备工作。客商很多，不少项目正在洽谈。陵阳大道开工准备工作也很顺利，道路两边的厂家、商家、居民都很支持拆迁。关键一个难题：拆迁需要补偿大量费用，资金缺口达三千多万元。刘县长想到了万通集团，他亲自打电话给徐立银部长，请徐部长给老战友说说情。姚向东也给徐凤霞打了电话，让她在父亲面前多烧几把火。陵阳大道拓宽是陵阳县改革开放以来第一个大动作，只能做好。

万通集团对陵阳的融资很重视，希望陵阳县派人到香港洽谈。正月十五一过，姚向东跟随副县长张立仁一行飞到香港。经过三天的紧张谈判，以地抵押融资三千万人民币的合同顺利签订。

返程的晚上，张建承董事长在香港旺角的康得思酒店一间豪华包厢里宴请张立仁副县长一行。

宴会前，万通集团办公室陶志玲副主任来到姚向东房间。

香港的正月，天气暖和。陶志玲穿着一身时髦得体的套装，给姚向东留下印象最深的是紧紧的紫红色羊绒衫，紧紧地裹着突兀的胸部。高跟鞋特别高，筷尖似的。陶志玲化了淡妆，刚进房间就飘来一阵迷人的香水味。姚向东礼貌地握着陶志玲的手，轻轻地晃了晃，旋即招呼陶志玲在客房的沙发上坐下来。

陶志玲没有坐下来，朝姚向东笑笑。淡红的嘴唇像一朵山草地里盛开的小红花，迷人的眼睛盯着姚向东看，有点不认识的感觉。姚向东有点不好意思地笑笑说："陶主任，有啥好看的？不认识？"两人的对话让客房里的气氛变得轻松起来。

"我是好奇。"

"好奇什么？"

"你这办公室主任是怎么当上的？"

"组织任命的。"

"我不是说这个。我是说你的酒量。干了一杯怎么就不见人影了呢？"

"你说那次在陵阳？真的对不起。我就半斤的酒量，你来之前已经喝下去半斤。谁知道你们张董把你这个撒手锏喊过来，一壶下去……"

"溜了？"

"陶主任，服你！甘拜下风。"

"我们张董带我们去内地，特意关照我们说，四川人会酒，要悠着点。特别说你们内地的办公室主任，喝酒是'三中全会'，先喝白酒，后喝红酒，最后啤酒漱漱口。"

"三种酒全喝不醉大有人在，但我不行。"

"不谈酒了。说正事。张总让我来给你商量两件事：一是这次大家来香港都是第一次，万通集团给每人准备了一份礼品……"

"陶志玲，这不可以。"姚向东打断陶志玲的话，连连摆手。

"你听我把话说完。每人一条金利来领带，一条鳄鱼牌皮带。不需尺码，方便，也不值钱。"

"这不可以。"

"知道你们有规定。我们张董事长个人出的钱。"

"个人出钱也不行。"

"张董事长说了,他爸爸新中国成立前在泸阳一带工作过,老家来人了,总得表示一下心意。"

"这我做不了主,我得请示一下张副县长。他是领队。"

"张董让我来,就是不想给张县长说,怕当面拒绝难堪。怎么样,这个忙不肯帮?"陶志玲语气有些娇滴滴的。说着,陶志玲走到姚向东身边,两只手抓住姚向东的膀子不停地晃动。

姚向东霎时紧张起来,心里想,这香港女人思想也太解放了,也不管熟不熟,伸手就抓男人的膀子。姚向东转念又一想,也许送领带和鳄鱼皮带是这里的习惯,赶快答应吧!要不,陶主任拉住膀子让外人看到,不丢死人才怪呢!姚向东想到这里,音调有点高:"陶主任,我答应你,你也要答应我一件事!"

"说!"陶主任两只手仍然抓住姚向东的膀子。姚向东虽然有些紧张,但看着这么漂亮年轻的美女,心里也不免有些异样的感觉。

"晚上宴会上喝酒要给我面子。"姚向东摆开陶志玲的双手说。

"一句话!万通集团先融给你们县三千万元,土地置换的事你要多多关照。"陶志玲主动伸手握住姚向东的手爽快地说。

姚向东连连点头,把陶志玲送到客房门口。

姚向东望着消失在走廊尽头的陶志铃主任,心里松了一口气,心里想着有些发笑:香港的人难怪会赚钱,送个礼物都会动脑筋。派个美女来,玩个摇摇肩膀的把戏,还真不敢不收下他们的礼物。

他随后给张副县长汇报,张副县长说了句入乡随俗。姚向东放下心来。

四十五

陵阳大道拓宽指挥部召开工作会议,县委黄万和书记、刘立平县长参加会议。会上确定陵阳大道开工典礼暨全县招商大会定于3月18日在长途汽车站停车场举行。姚向东随张立仁副县长在香港融资满载而归，作为陵阳大道拓宽指挥部办公室副主任，工作重点迅速转移。姚向东扳着指头算时间，离3月18日开工典礼和招商大会不到一个月。姚向东既是县政府办公室的负责人，又是陵阳大道拓宽指挥部的办公室副主任，工作特别忙碌。好在丈母娘住到家里，杏花也在县城工作。家里的事不要他操心，他一门心思扑在工作上，倒也不觉得心烦。

早春二月的嘉陵江流域，天气暖和了。松江上吹来的晨风已经脱了凉气。

吃过早饭。

姚向东拎起黑色公文包刚要出门，杏花跟了上来。杏花进城了，到陵阳酒厂上班。杏花陪母亲住在家里。陵阳酒厂在毛峰山西边。杏花走出机关大门，到马路对面坐上四路公共汽车直达毛峰大曲站。上下班很方便。在厂里工作当会计也不算忙。杏花从乡下到城里，有了这份工作，心里很满意。她打心里感激姐夫。杏花住进了姐姐家里，妈妈又在家里忙家务活，她感到还在山沟里的鱼头村似的，很随意。姐夫帮了这么大的忙，她很感激姐夫，端茶倒水的事儿给姐夫做了不少。姚向东心里隐隐有些感觉，但一点儿也没有往心里去。

两人到了楼下，沿着树荫下的小路往操场方向走。杏花顺手抢过向东手里的公文包说："我来帮你拎，正好一路。"

姚向东吃了一惊，做贼似的四下望望，又从杏花手里抢过公文包，认真地说："杏花，你快上班去。"姚向东说着，用手朝前一指。杏花愣在那里。

向东仔细打量着杏花。杏花真能入乡随俗，到了城里才几个月，就脱了土气。头上烫了卷发，眉毛、嘴唇明显涂过。菜花春节前带杏花去陵阳第一百货公司逛了一圈，买了几件时尚的衣裳。上身紫色的羊毛衣，没有穿外套；裤子裤脚肥大，算不上喇叭裤。穿上了高跟的皮鞋，身材更显得高挑。不仔细打量倒不觉得什么，这仔细一看，杏花像一朵盛开的花儿。难怪过去乡下夸姑娘漂亮，都说长得像城里的似的。其实，杏花是典型的山里人。这一打扮，谁还分得出是城里人还是乡下人。姚向东在家里，有菜花，有丈母娘，还真没有仔细注意过杏花。

杏花见姐夫不让自己替他拎包，有些不解："姐夫，顺路呀！"

"你先走，我还有点事。文件丢家里了。"姚向东其实是怕机关里同事看到身边有个美女拎包，但又不便跟小姨子说破。

杏花不解地朝向东笑笑，扭头往前走，边走边说："谢谢你给我安排工作！"

姚向东明白了。小姨子这么热情，她是在心里感激自己呢。自己看来想多了。

姚向东慢悠悠地往回走。见到刘方明局长迎面走来，赶紧迎上去："刘局长，上班呢！"

"上班！你干吗往回走？"刘方明疑惑的目光盯着姚向东。

"文件丢家里了。"说完，朝刘局长笑笑，"杏花工作很满意，谢谢你呀！一直想找个时间，到你家里拜访……"

刘局长打断姚向东的话："姚主任，把我当外人了吧？门对门，还拜访？想送礼？"

"真得好好感谢你！现在丈母娘在家，妻子怀孕，有她妈照顾，我是一点心思也不用愁。谢谢刘局长！"姚向东说着，主动伸出手。两人的手紧紧地握在一起。刘局长松开手，轻松地说："杏花是个人才呀！人长得漂亮，说话也挺机灵。姚大年厂长说过几个月想把她调到办公室。"

"不行！不行！她干不了！"姚向东一听心里有些着急。他知道杏花虽然开朗，但山里刚进城的，不知城里的水有多深。再说企业办公室是什么地方。杏花毕竟是自己的小姨子。他担心杏花应付不了那场面。

刘局长抬手拍拍姚向东的肩膀诙谐地说："还谦虚！你们家里人就是当办公室主任的料。"

姚向东在树林小道上与刘方明分手后，跑到自家楼下，在树林里转了两圈，若无其事地朝办公室走去。

刚进办公室，电话铃急促地响起来。

姚向东三步并作两步走到办公桌旁，把公文包往办公桌上一搁，操起话筒，大着嗓门："喂！喂！你是哪里？"

"喂！陵阳办公室吗？"

"对呀！我是姚向东！"

"我是你爸！"

"爸爸！"

"哎！"

"你怎么把电话打到这里来啦？"

"咋啦！群众都能找政府的办公室，我不成？"

"我不是这个意思。我是说你怎么找到这个电话的呀！"

"当主任啦，电话还保密？"

"别说了。说不清。你找我肯定有急事。"

"没急事不能找儿子呀！"

姚向东一听爸爸的口气，肯定误会了，赶紧声音降低了十几个分贝，柔和地说："爸爸，你误会了。你别急，慢慢说。"

"也没啥急事。要往大里说，也是为县里招商引资。"

"有项目？"

"家里人的项目。"

"谁呀？"

"向东，是这样的。你不是在陵阳大道拓宽指挥部吗？你们县里不是在报纸电台说要招商引资吗？朱支书来找我了，说张升财想投资，但要与朱红旗支书合资。他们两家早已不计前嫌了，你媳妇，菜花知道。"

"张升财要在陵阳大道上投资什么？"

"酒店。"

"还要拉上朱红旗老支书？"

"对呀！"

"建酒店可不是小数目。朱支书哪有那么多钱？"

"向东，你忘了桃花？"

"朱支书本来只答应帮忙跑跑腿，但张升财说哪怕投几万也行。"

"朱支书答应了？"

"答应了。向东你还不明白呀？"

"明白啥？"

"张升财这是要报答朱支书，弥补自己的罪过。要不将来酒店赚钱了，怎么给朱支书？"

"噢！明白了！明白了！张升财这人脑子活络。"

"不活络能发财？"

"想起来了。"

"长话短说。说来说去都是你的恩人和家里人。张升财明天想在贵宾楼宴请你、我、朱支书还有林业站的刘站长、县消防大队的徐大民队长。徐大民就是当年消防救援组的组长。还有高华庆校长，帮菜花上中学的。现在调县教育局当人事科长了。"

姚向东一听，参加的人全是自己认识的人，不少是自己恩人，赶紧对着话筒高声说："爸！你说张升财要投资酒店，县里欢迎！但这顿饭我来请。"

"向东，听我的！张升财要向所有人忏悔，你就随他做东吧。这样，他心里会舒坦些！"

"好，听爸的。"姚向东挂了电话，心里感叹：命运会变，人也会变。

第二天下班时间一到，姚向东没有拎包，径直往招待所贵宾楼赶去。

贵宾楼三号包厢气氛很热烈。张升财不停地给大家敬烟。姚向东一出现在门口，张升财就迎上去，握住向东的手，内疚不已地说："当年……"

姚向东跨进包厢，打断张升财的话说："张总今天谈投资，不谈不愉快的事。"说完，伸出手紧紧地握住张升财的手说，"过去了，都过去了！咱们而今迈步从头越。"

"鬼迷心窍！鬼迷心窍！当年……"张升财不停地用拳头捶头。

姚向东热情地与父亲、刘建国站长、徐大民队长、朱红旗老支书一一握手，招呼大家坐定后，端起服务员老早已斟满的酒杯，站起来，朝大家一一举杯表示敬意。随后，一仰脖子干完杯中酒，把空酒杯朝大家亮了亮："朱红旗老支书、徐大民队长、刘建国站长、高华庆科长，还有我尊敬的父亲，当年要不是你们的全力协调相救，我这条命早已在天坑里喂狼了！"

说到这里，姚向东朝大家面前的酒杯望望："我先敬大家一杯，先干为敬！大家干了杯中酒！"

姚建华第一个端起杯子，朝大家晃晃。大家站起来端起酒杯一饮而尽。

姚向东示意服务员斟满大家杯中酒，端起杯子说："我今天只敬三杯酒，这第二杯酒敬我的岳父大人。"说着，把酒轻轻地洒到地下。

包厢里静静的。刘建国站长站起身，朝大家示意端起酒杯。刘建国站长朝向东笑笑说："这杯酒敬菜花，我们代你喝！"说完，喝完杯中酒。

向东父亲在一旁轻声地对向东说："张升财下午和我们一起去你家了。他给菜花下跪了。菜花挺着大肚子把张升财扶起来，还安慰张升财说过去的事就让它过去！你媳妇度量真大！你小子好福气。"

向东笑笑，又一次让服务员把大家的杯子斟满。向东端起自己面前的小酒杯，站起身说："这第三杯酒敬张升财老总，祝张总的酒店投资顺利！"说完，姚向东朝大家亮亮酒杯，"干了！祝酒店早日建成！"

张升财干完杯中酒，目光愣愣地盯着姚向东，在灯光的映照下，张升财的眼眶里泪花闪闪。

姚向东走下位子，来到张升财身边说："我已与张立仁副县长说了，你报我的名字，直接与他洽谈。"说完，握了握张升财的手，朝大家笑笑，"现在赶上了发财的好时光！大家团结起来向前看，什么事儿都顺！"

宴会在热烈的气氛中进行。说笑声中不时响起一两声清亮的碰杯声。

四十六

宴会结束,姚向东要给父亲一行安排住宿。

张升财开车来的。虽然大家喝了不少酒,但驾驶员没有喝酒。大家不愿意给向东添麻烦,坚持要回松江镇。

姚向东拗不过大家,给驾驶员塞了两包大重九香烟,提醒驾驶员慢慢开。车子虽小些,但是法国进口的那达牌轿车,性能比较好。一车连驾驶员五个人,坐得挤挤的。也许是大家都喝了不少酒,脸上红红的。大家心情顺畅,有说有笑的,车子里气氛特别热烈。

汽车发动了。

随着几声喇叭,轿车缓缓地朝招待所大门开去。姚向东朝轿车行进方向摆摆手,直到轿车出了招待所大门,朝右一拐不见影儿,他才往家里走去。

姚向东半斤酒量。在宴会上,只要没人闹酒,他能应付自如。今天,他在酒宴上是最大的官,喝多喝少他自己把握。今天虽然都是恩人,或是亲朋,虽然敬了不少次酒,并没有喝高。姚向东明白,今天是喝到位,但不过量。此刻,走在陵阳大道上,昏黄的路灯下,三轮车、摩托车、自行车打着响铃在路边驶过去,他看得清清楚楚。他脸上明显热烘烘的,但心跳正常。姚向东大步往前走,进了机关大院,径直往自家宿舍走去。

快到宿舍区是一片杉林树,走在林中小道上,从松江上不时吹来一阵阵的夜风。夜风凉气很足,向东一会儿脑子清醒多了。突然,他停住步子。他记起昨天上班时,杏花抢着给自己拎公文包,心里忍不住笑出了声,嘴里喃喃自语:有意思!这个乡下来的小姨子,不知天高地厚,也不注意与姐夫保持点儿距离。当时要不是自己多个心眼,让杏花先走,正好碰到刘方明局长。刘方明看到杏花给她姐夫拎包,还不知道会怎么想呢。对了,得接受徐凤霞写求爱信的教训,还是跟菜花悄悄地说一下,让菜花提醒杏花,这里是城里。想到这里,姚向东想到刚才宴会上的情景，加上杏花这件事儿，准备睡觉之前跟菜花聊聊。

姚向东用钥匙轻轻地开门进屋。客厅里黑洞洞的，再看看丈母娘的房间门关得紧紧的。胡少香和杏花早早地睡了。只有自己的房间门留着一道缝，从缝里透出一道淡淡的红光。姚向东知道，菜花没睡。她一定坐在床上等自己。

姚向东从厨房里倒了一大杯开水，蹑手蹑脚地进了房间，随手将门关紧。他把杯子往梳妆台上一放，轻声说："菜花，我回来了。你咋还不睡？跟你说了多少次了，你先睡。"

"我不放心。你回来了，我才睡得踏实。"菜花深情地望着向东红红的脸庞，迷人的眼神里透出丝丝的关注。菜花自从把向东从天坑里救上来，她的心中只有向东。她认为向东是老天爷赐给自己的，她一定要好好地珍惜。

"吃饭喝酒有什么不放心的。"姚向东走到床边，一屁股在床沿坐下来，侧过身兴奋地说，"今天喝得最开心了！父亲，还有几个熟人！"

"父亲没有回家来住？"菜花关切地问。

"留不住。张升财带车子来的，都回松江镇了。"说完，姚向东朝菜花笑笑，"我去洗漱一下，回来好好讲给你听。"

"快去！"菜花嗔怪地用手朝厨房方向一指。

姚向东轻手轻脚地从厨房里拎了一瓶热水，来到卫生间。洗漱完后，他又轻手轻脚地回到房间，端起梳妆台上的大水杯，"咕咚""咕咚"地仰着脖子，一口气把杯子喝得见了底，然后用手一抹嘴唇，边脱鞋边上床边说："虽然热闹，但很惋惜。"

"惋惜什么？"菜花一愣，把身子往前挪了挪。

"菜花，你知道吗？今天是张升财请客，但我先说话。我敬了三杯酒。第一杯酒敬给我的救命恩人，第二杯酒敬我的岳父大人，我把满满的一杯酒轻轻地全洒到地板上。"姚向东说到这里，把菜花的头揽进自己的怀里，"我也要感激你！"说完，给了菜花一个吻，并把菜花那发鼓的腰臀往怀里箍了箍。

菜花被向东突如其来的吻愣住了，好一阵子缓过神来说："过去了，过去的事情不提它了。只是父亲他……"菜花说着声音低了下来。突然，她从向东怀里挣扎出来，直起身子，把被角一掀，下了床，穿上拖鞋往房门方向走过去。

等到向东反应过来，菜花已经打开房间门出去了。姚向东不知菜花出去干什么，心里不放心，赶紧下床穿上拖鞋，紧紧地跟过去。

菜花到厨房里去了。姚向东霎时全明白了。

厨房里的灯开了。菜花穿着睡衣虔诚地站在壁柜前，双手合十，嘴里喃喃自语。

姚向东蹑手蹑脚走到菜花身旁，也双手合十，连叩了三个头。

菜花看到向东也在给父亲钱正南叩头，不知是被向东的行动感动，还是因思念父亲而难受，眼眶里湿润了，哽咽着说："向东，你是国家干部！你……"

向东挽拽着菜花的胳膊，拉灭了灯，往房间走过去，边走边说："菜花，我知道你想父亲。你现在有身孕半年了，注意调节情绪，保重身体。"

"知道！"菜花说着擦了擦眼角的泪花。

两人坐到床上，向东说起第一杯酒敬了救援自己的恩人。刚说完，向东帮菜花把被褥朝头朝胸部拽了拽。菜花顿时浑身感到一阵温暖，接着问："第三杯敬谁啦？"

"你猜？"

"敬你父母亲。听朱书记说，当时你父亲急得团团转。镇上林业站的刘站长到处求援，找了县消防大队，消防大队当即派出了以徐大民为组长的救援组。刘站长找到朱书记。朱书记当即通知村里所有的猎手到天坑底部搜索。其实，我跟父亲什么都不知道，碰巧了！想不到天上掉下个帅小伙。这全是天意呀！"

"话不能这么说！没有你和你爸，就没有我的今天。"姚向东打断菜花的话头。

"你也是命中注定。有句俗话说得好：大难不死，必有后福！你这十年是不是应了这句俗话？你说。"菜花不服气，语气有些激动。

姚向东目光看着菜花，没有说话。

"我爸在天之灵保佑我们呢！我的工作，杏花的工作，还有，你说会不会生个胖小子？我看有我父亲在天保佑着，保准生个胖小子。"菜花越说情绪越好，满脸神采飞扬，她激动地拉住向东的手，"向东，你说呀！"

向东看着菜花情绪有些激动。向东知道，菜花与她父亲钱正南感情深，她心中的佛是父亲。难怪我说第二杯酒敬她父亲，敬我的大恩人，菜花马上下床来到厨房给父亲遗像叩了三个头。菜花知道我是党员，是国家干部也给她的父亲叩头不容易。菜花信佛，自己不好说得太多。毕竟过去几年菜花经历了太多的挫折和磨难。现在一切都顺了，她感到父亲在天保佑，感到老天爷在天保佑。向东心里清楚，这一切并不是老天爷左右的，但菜花信。她信她心里顺畅，她心里舒坦。只要菜花高兴，由她去吧！想到这些，向东微微地点点头："我信。但你不能有重男轻女的思想！"

菜花沉默，不吭声。

"菜花，你知道我第三杯酒敬的谁吗？敬了张升财！"姚向东伸手要刮菜花的鼻子。

菜花伸手一挡，有些诧异："敬张升财？"

"对呀！张升财这人其实很可怜的。都是那个时代过来的人。不过，他现在早就变了。张升财脑子活。当年在村里杀猪卖猪肉，朱支书让他归公家，他坚决不肯，非要单干。朱支书关了他的杀猪铺子，挡了他的财路。那个年代就那个样儿，到处割资本主义尾巴。大队里头每家养几只鸡鸭鹅都要限制，你说他张升财单干杀猪，这还了得，这不是资本主义的尾巴，这是资本主义的大腿！非砍不可。"姚向东说到这里，有意顿了顿，"现在改革开放了，鼓励大家自己干。张升财顺应潮流，也认识过去的错误，但严打也不能全怪他张升财呀。他也是一时糊涂，朱爱国酒喝高了，他去拉电闸，打电话给派出所，这完全出于他恨朱支书，记朱支书不让他杀猪的仇。后来，全国'严打'他又去翻朱爱国的旧账，张升财不知道'严打'这么厉害，谁也挡不住，朱支书也挡不住，'严打'这事儿，张升财也想不到。现在张升财忏悔，向朱书记赔罪，他们早就和好了。这是好事。冤家宜解不宜结。"

"我知道。只是没跟你说。"菜花想起朱爱国，一直没有把朱支书与张升财和好的事儿说给姚向东听。菜花也没有想到，一切都在变，朱红旗与张升财走得那么近了。菜花想了这么多，还是有点不理解，向东这第三杯酒为什么要敬张升财，"参加宴会那么多人，为什么你第三杯酒敬张升财？"

"张升财与朱红旗老支书合资在陵阳城里建酒店。"姚向东笑笑，"这是大好事。陵阳大道拓宽了，街两边总不能空着。陵阳大道上有了酒店、宾馆、歌舞厅、电影院，那多繁华呀！张升财来投资，我当然要敬一杯酒。"

"你真是活学活用，一切向前看！"菜花往向东肩上一靠说，"我要在宴会上，也会敬他一杯酒。人怎能不犯错，改了错就好。人怎能记仇呢，度量大就好！老天有眼！"

听到菜花说到老天有眼，向东把话题一转说："你妹子杏花工作还好吧？"

"好！好！整天把姐夫挂在嘴上。"菜花高兴地说，"杏花脑子活，知恩图报。她知道，要不是有你这个当办公室主任的姐夫，她怎么会到城里来工作，而且不是当车间工人，是当会计。她说，厂长姚大年跟她说，会计是厂里的干部，让杏花好好干。"

姚向东听着，心里忍不住笑，但他憋着没笑出声。姚向东提醒菜花："你妹子乡下来的，自由惯了。但到了城里要多动脑子。工人也好，干部也罢，让她踏踏实实地做好自己的工作。"说到这里，姚向东想到杏花抢着给自己拎公文包的事，正想跟菜花说，但转念一想，还是婉转一些，话到了嘴边又咽回肚子里。姚向东想了想说："你要多关照杏花，到了城里，穿衣、说话、办事都要有分寸。你这个当姐姐的，要多教教她。"

"知道。前些日子妈妈看不惯她的穿着打扮,还说了杏花几句。"菜花说到这里,叹了一口气,"杏花是我们家里的老小,父亲走了,妈妈一直惯着。"

"没事的。杏花热情、大方,肯干事儿,将来会成才的。"姚向东说着,看了看手腕上的表说,"不早了,睡吧!"

两人头靠着头躺着。

菜花拉住向东的手,往自己温热的肚皮上一搁说:"你摸摸,小东西在动呢!"

"五个多月啦?"向东摸着菜花隆起的腹部,心里甜蜜蜜的。

"不安分!肯定是个小男孩!"菜花自信地说。

"男女都一样。"姚向东知道,菜花姐妹三朵花,她最大的愿望就是生个男孩。其实,不仅是菜花,自己的妈妈也重男轻女,上次去松江镇,在长途汽车停靠站三岔口,母亲老是问菜花喜欢吃甜还是喜欢吃酸。菜花回答母亲说是喜欢吃醋。母亲的脸色当时就沉沉的。虽然只是一刹那,但向东眼睛余光注视到了母亲脸色的变化。菜花不懂得甜与酸啥意思。菜花心里只想着这些日子她父亲保佑,老天爷保佑,一切都顺着呢。菜花相信,自己肯定会生男孩。她得往好处想,她要让母亲高兴。

菜花没有吭声,心里嘀咕:"男女不一样。"

姚向东拉灭了床头柜上的台灯。

窗外,昏黄的路灯映着玻璃窗,房间里蒙蒙的一片。

四十七

二月初一过,幼儿园就开学了。

虽然每天都要去幼儿园上班,但菜花怀孕进入中期,一般孕吐和犯困的现象消失了,胃口也变得好起来。母亲春节前搬到家里来后,热饭热菜,营养也搭配得比较好。特别是小妹杏花到陵阳酒厂当了会计上班后,虽然向东晚上陪客多,回来比较晚,但杏花回家后,不时陪菜花到大院花圃里、松江岸边上散散步,菜花有家里人陪着,生活过得挺舒坦。

　　菜花明显感受到腹部胎儿的躁动,一个小小的生命已经孕育,正在渐渐长大。菜花时常会在心里产生一种特别奇妙的感觉。随着腹部隆起的幅度越来越大,菜花心里的担心也越来越多。菜花是第一次生孩子。农村里关于生孩子的好事儿坏事儿实实在在地发生过。一个小小的松林大队,几个自然村,几乎每个自然村都发生过难产的事。那时候,山村里交通不便,生孩子就在家里,接生的就是大队里的赤脚医生。一遇到难产的孕妇,往往束手无策。菜花听妈妈说得最多的就是保大人还是保小孩,听起来很有点儿恐怖。菜花在城里生活,不担心没有医生接生,但万一碰到难产,保大人还是保孩子,真要是让自己选择,到那时还真的要傻眼。菜花不止一次和母亲说过生孩子的事儿。说到难产,母亲总是以过来人的经历劝慰自己的女儿。菜花听母亲说过几次,也不过多去担心了。她自己劝自己别胡思乱想,自己安慰自己,老天爷在天上保佑自己,父亲在天之灵也会保佑自己。但生男生女,又让菜花背上心思。菜花想得很现实,现在全国实行计划生育政策,一个家庭只能生育一胎。像向东这样的国家干部是绝对只能生一胎。万一第一胎是个姑娘,那就没有选择了。自己的父母生了三朵花,在山村里常常会有人风言风语。农村人现实得很,几千年的传统观念在脑子里根深蒂固。什么不孝有三,无后为大。无后,就是指没有男孩。没有儿子是一个家里断了后代,这样会对不起祖宗。想到这些,菜花担心真的生个丫头,将来对不起向东,特别是公婆在松江镇里抬不起头来。想归想,但菜花相信命运。这些日子,她天天起来给父亲遗照叩头,心里不断祈祷。

　　向东这些日子忙着筹备3月18日的陵阳大道拓宽开工典礼和全县招商大会准备工作。一切进展顺利,向东心里很愉悦。丈母娘住到家里,家里事务全揽了。菜花肚子越来越沉,丈母娘想得越来越细,向东一点儿也不担心。向东不知道菜花心里想那么多。看到菜花面对厨房壁柜里钱正南岳父的遗像叩头，曾想提醒菜花不要入迷。但想想钱正南死得很突然。才四十多岁，人说没就没了。菜花跟父亲感情深，每天叩个头也正常。向东心里想，菜花想做的事，随她去做吧。向东没有往深处去想。再说我们党的政策是宗教信仰自由，菜花信佛，就由她信去吧。

向东忙着自己的工作。

转眼到了3月17日，外地的客商陆陆续续来到陵阳县，准备参加陵阳大道拓宽开工典礼和全县招商大会。向东的工作更忙碌了。

早春时节。清晨，霏霏春雨下了足有两个小时。县城里的行道树湿润了，有些枝尖上绽出碧绿的芽尖。初春的陵阳城里从隔离岛上的草和树上能看到浓浓的春意。太阳从雾气蒙蒙的云层中冒出头来，云层缝隙中透出缕缕金色的光芒。

下午，天全晴了。太阳高悬在湛蓝的天空，洒下一片温暖的亮光，雨后的陵阳城道路上一尘不染。过街的大红横幅上写着一条条醒目的标语。姚向东从机关大院大门走出来，往陵阳县招待所走过去。这次招商大会从全国各地特别是港澳台来了不少客商。有两个客商向东熟悉，已经在招待所住下了。他要去拜访。

姚向东走在路上，醒目的标语映入他的眼帘。他是办公室主任，职业审查习惯，他也边走边默读着过街横幅的标语：

"发展才是硬道理！"

"时间就是金钱，效率就是生命！"

"要致富，少生孩子多种树。"

"再穷不能穷教育，再苦不能苦孩子。"

"热烈祝贺陵阳大道扩宽工程顺利开工！"

"热烈祝贺陵阳县招商大会隆重召开！"

……

除了过街横幅，街道两边的楼顶和墙上也写满了标语。有些大的单位还在大门口插上彩旗，在电线杆上挂上大红灯笼。姚向东看到满街热烈的喜气，作为办公室主任，他知道各单位都按照县委县政府的布置落实到位了。

姚向东心满意足。这次招商大会是全县最大的一次招商活动。满街的标语构建出欢迎海内外客商的浓烈气氛。走在去招待所的路上，姚向东心里想，客商一踏上陵阳的大道，热烈的欢迎气氛就扑面而来，他们心里一定是暖暖的。向东想到马上要会面的海南竹艺进出口贸易公司的章爱军总经理和香港万通集团的董事长张建承，心里有些激动。他去过香港，香港灯红酒绿，十分繁华，但我们陵阳到处彩旗飘扬、红底白字标语也一样会让人振奋，这也是一种繁华。陵阳城将来一定会建成小香港。想到这里，姚向东兴奋不已，迈开了大步。

进入招待所大门，往右一拐，是一条砖石铺就的小道。两边的花圃里翠绿的映山红和月季已经长出大大小小的花蕾。花圃低矮的映山红和月季丛中不时会挺拔出一棵大伞似的桂花树或者枇杷树。远处松江上不时传来一两声长长的低沉的汽笛声，汽笛声中飘来了一阵阵雨后草木的清香味儿。

姚向东走到砖石小道顶头。顶头岔开两条小路，一条往南，呈弧形，一条往北，直直的。往南的路边有一棵高大的银杏树，足有四五层楼高。树干外皮已经被风霜磨砺殆尽，白生生地露出了里面的一层，早上的春雨过后，颜色更为湿润。松江上的风吹得树枝只是微微地晃动着。向东知道，绕过银杏树，往东南方向有三排长长的平房。那里就是招待所的客房部。前两年把最后一排靠松江边的客房整理装修。两间并成一套，有了客厅和厕所。客厅摆上了军绿色的沙发和竹编的茶几。

姚向东绕过银杏树，径直来到客房部最后一排。他决定先去看望张建承董事长。这边陵阳大道拓宽，万通集团融资三千万元，给足了陵阳县政府大面子。他与陶志玲主任通了电话，知道张董事长住在3101房间。

穿过第二排客房，姚向东远远就看到3101房间门口亭亭玉立地站了一个打扮入时的美女，挺眼熟。向东连跨两大步，认出了门口那位美女。这不是前些日子在香港见过的陶志玲吗？没错，是万通集团办公室主任,酒量了得。姚向东连跨几大步,大着嗓门喊:"陶主任,欢迎你!"

"姚主任,你来啦!张董等你呢!"陶志玲像一只漂亮的蝴蝶朝向东飘过来。向东赶紧迎上去。还没等向东反应过来,陶志玲细腻柔软的手已经握住了向东的手,没有寒暄,径直往3101房间门口走过去。

张董听到说话声,知道向东来了,已经迎到了客房门口。姚向东一脚跨过房间门,伸手握住了张董事长的手说:"一路辛苦了。山路崎岖不好走。"说着,拉着张董的手来到客厅。在沙发坐下后,陶志玲倒茶,姚向东歉意地朝张董微笑:"张董,应该去接你,但……"

张董笑笑说:"姚主任,您客气了,又是大道拓宽,又是招商大会,把你这个办公室主任忙的!理解!理解!"

"理解万岁!"姚向东目光四周打量着,看着自己和张董坐的军绿色帆布沙发,不好意思笑笑,"张董,县里没有什么好宾馆,这几间带卫生间的客房还是改装的,条件差,谅解,谅解。"

"没事。"张董心里明白,陵阳县是嘉陵江流域深山里的一个穷县,落后,这是自然的。这里路要修,饭店要建,商机多着呢。陶志玲端来了茶水。张董事长高兴地笑笑:"姚主任,喝茶!"

陶志玲也挨着姚向东坐下来,开门见山地对向东说:"我们董事长这次来有个想法。"

姚向东朝张董事长瞅了一眼说:"张董,有何高见?"

"没有高见,我们原准备用三千万元拿块地,在陵阳建一个贴牌服装加工厂,产品全出口。现在改变主意了。"张董说着,端起茶杯呷了一口,正要接着说,姚向东插话催道:"什么主意?建服装厂改啦?"

"我们决定在陵阳城建一个四星级宾馆。你们这里的接待条件……"张董有些不好意思,把话留在嘴边,没有说下去。

姚向东一听,喜出望外。张升财要建四星级酒店,县里肯定求之不得!现在张董事长建高级宾馆,改善县里的招商环境,这可是大好事呀。姚向东接着张董事长的话头:"这里的接待条件太差了,谈不上星级。"姚向东端起茶杯,朝张董晃了晃:"我向县里领导汇报,一定促成！当然，在陵阳开发区建服装加工厂也支持。张董，我们这里的劳动力便宜。"

"知道！"张董也端起茶杯朝向东亮了亮，"我会在香港服装界的朋友中宣传，让他们来投资！"

"我们会推荐南方的老板来建服装加工厂。"陶志玲在一旁插话，"这里劳动力便宜。"

"谢谢张董！谢谢陶主任！"姚向东连连向张董和陶主任致谢，"有张董支持，陵阳的发展大有希望！"

"谢什么！父亲当年战斗过的地方！"张董说完，站起身，拉住向东的手。

姚向东听到这句话，目光盯着张董，想起了叔爷。

"咚咚咚"，门口传来了敲门声。

陶志玲起身去开门，张董和姚主任的目光一齐朝门口望去。

四十八

出现在客房门口的是章爱军总经理。姚向东没有想到章爱军会找到这里来。本来与章爱军约好，自己四点钟去拜访他。现在自己先来看香港的张建承董事长，时间推迟半小时。姚向东赶紧从沙发上站起来，朝章爱军总经理迎上去，抱歉地说："章爱军老总，对不起呀！先来张董事长这里了！"

"没事！没事！我也是来拜望张董事长的。"

陶志玲张罗着给章总倒茶。姚向东听章总口气有些纳闷，章总与张董以前认识？姚向东握着章总的手，张董迎上来，亲热地拍拍章总的肩膀说："章总，约好赶到陵阳吃午饭，你咋晚了？"

"飞机晚点，一路打的，三点才住下来。这不，住下来就来拜会你张董！"章总连连打招呼。

章总伸出手，紧紧握住张董的手说："老兄，给你介绍个好朋友！"章总用手指着姚向东。

姚向东明白了。章总是来看张董事长的。他们俩很熟，要不，怎会称兄道弟？

张董事长朝沙发一指："章老弟、姚主任，快沙发上坐。陶主任，给章老弟上茶。"

坐定之后，姚向东的目光在章总和张董事长的脸上扫来扫去，对章总和张董事长说："你们早就认识！"

"我们何止早就认识？我们的父辈早就认识！"

张董事长朝姚向东开心地笑笑："当年章总的父亲和我的父亲都是泸阳一带游击队的，都归现在的泸阳市委组织部长管。"

"组织部长姓什么？"姚向东很惊讶，脱口问道。

"你这个主任怎么当的？徐立银，老干部呀！"张董事长朝大家指指茶杯，"喝茶！喝茶。"他见姚向东很好奇，打开了话匣，"当年，嘉陵江一带都是山区，打游击的好地方。日本鬼子投降后，游击队在共产党的领导下进行了整编，建立了不少地方武装。后来，内战爆发，共产党的部队越战越勇，越战地盘越大。人民解放军渡过长江天堑后，一路进军南下，嘉陵江流域的不少游击队纵队随大军南下。当年，章总的爸爸和我的爸爸编到一个部队，一路战斗，一直打到海南岛才停下来。中华人民共和国成立后，我俩的父亲就留在海南岛。章总的父亲一直在部队工作，到了副师长的位置上才离休。现在海南岛军队干休所休养。我的爸爸离休后，也在海南岛干休所休养。两家走得很近。"

姚向东听得有点入迷了，打断张董的话问："你爸在海南岛干休所休养，你怎么会去香港？你怎么会成为万通集团的大老板？你爸现在在哪里？"姚向东好奇地连问了几个问题。张董事长正要回答，陶志玲轻松地笑笑："姚主任，我来告诉你！过去的事，我们这个年龄的人不了解，也不便说。现在改革开放了，可以说了。张董的父亲叫张朝武，离休疗养后，闲不住，私下里指导一些贫困的农户编竹器。农户赚了些钱。到了'文革'时期，这些农户被割了资本主义尾巴，一追查，都是跟张朝武学的竹艺。张董的爸被打倒，后重病不起。当年不少生活不下去的人有一条危险的路子，逃港。张董事长的父亲知道自己时日不多，看着面黄肌瘦的张董，冒险给张董写了个香港地址，让张董去找这个人。张董父亲去世后，他怀揣着爸爸写的信，坐上了海南去广州的渡轮，漂泊到广州，后又流落到了深圳。深圳与香港虽然隔着一条深圳河，河不宽，但两岸都是铁丝网。张董想到父亲写的字条，他不顾一切偷渡去香港。他从深圳河夜里游过去的，应该是九死一生。但他生存下来了。大难不死，必有后福。他找到了他爸爸的朋友。他爸爸的朋友是香港的服装大亨。新中国成立前曾是张董父亲的战友，后脱离部队去了香港经商发展。这位服装大亨收留了张董后，处处刻意培养张董的经商才能。张董聪明勤奋，加之这位服装大亨的提携，很快就成为公司副总经理。服装大亨只有一个姑娘，就嫁给了张董。后来，成立了万通集团，除了经营服装加工、贸易外，又拓展了金融、酒店等业务。万通集团越做越大，成为香港地区有名的大企业。前年，服装大亨把董事长的位置让给了张董。"

听到这里，姚向东为张董事长的传奇经历所吸引，站起来对章总说："你在海南，怎么认识张董事长的？"

章总也站起身，有些激动："父亲常给我絮叨他的老战友，提得最多的就是张朝武。说到张朝武，父亲总是叹气，说张朝武死得惨。有个儿子叫张建承，逃到香港，还不知是死是活。我记住这个名字。想不到，我在海南竹艺进出口贸易公司工作，在一次广交会上，竟然看到香港一个客户叫张建承，一问，正是我要找的张建承。你说奇不奇。"

"奇！奇！你爸爸叫什么名字？"姚向东想起叔爷的事，心里有一种预感，说不定还有更奇的事，于是脱口问道。

章总不知道姚向东问这话的意思，脱口而出："章德林！"

"章德林？"姚向东一听，口张得老大，惊讶地连声说，"章德林！找到了！找到了！"

"什么找到了？"章总和张董异口同声问。他俩不知道姚向东听到章德林的名字为什么这么惊奇。

"想不到这次招商大会还有意外的收获。"姚向东握住章总的手说,"我有一个叔爷,夫妻俩解放战争时期是松江地区县大队的地下交通员。叔爷叫李大江,妻子李翠花。李翠花被国民党发现后杀害于李家村后山的竹林里。李大江把妻子葬在竹林里。解放后,由于夫妻俩是地下交通员,直属松江区大队保卫科科长章德林单线领导,章德林随大军南下,后来一直没有音信。叔爷无法向组织说明,只能在竹林深处安葬了妻子,并把妻子的名字改为李翠竹。他爱妻子,转而爱竹,当起了篾匠。只有你父亲能证明,叔爷夫妻是地下交通员,是党的人。"

章总不理解的目光盯着姚向东:"你叔爷为什么不给组织写信去说明呀?"

"没有人给他证明,谁信呀?再说,他不愿给组织添麻烦。只是叔爷想到竹林深处的妻子,就默默流泪。他要让妻子见到光亮,让妻子的英勇事迹让后人知道,但他找不到他的单线上级章德林。"姚向东说着,拉拉章总的手,有些激动,"叔爷是个好人呀!对了,你上次去松江竹器有限公司考察,见到一个老头没有?"

"好几个老头呢!我不知道是哪一个。"章总两手一摊。

"那个技术顾问。向方没有给你介绍?"姚向东提醒章爱军。

"想起来了。很慈祥,很谦和,篾艺很精湛。好人呀!"章总想了想对向东说,"你给我父亲写个情况说明,我让我父亲给他写个证明。我会尽快寄给你!"

陶志玲听了感到这个陵阳的竹艺很神奇,说不定还找到了竹艺的师傅!会竹艺的人很多,她对章总说:"看来你爸也会竹艺。"

"会!不但会,还很精。对了,跟张董父亲学的!"章总说着朝向东笑笑,"说不定叔爷跟我父亲学的竹艺。"姚向东不置可否。

"谢谢!"姚向东连连向章总表示感谢。

张董事长朝向东笑笑:"祝贺你,叔爷找到了上级。"张董事长朝陶志玲手一指问:"今天几号?"

"3月17日。"陶志玲脱口说道。

"明天3月18日。"张董事长朝大家握握手说,"章总与松江镇竹器有限公司合作成功,我们万通集团投资四星级酒店意向也将签订,向东的叔爷又找到了顶头上司,大喜呀!3月18日是个好日子,明晚我请大家喝酒!"

"我请!"姚向东拉着章总和张董的手,认真地说,"你们来父辈战斗过的地方投资,这是对老区人民的支持。我的叔爷也找到顶头上司,埋没多年的革命事迹会重见阳光,这可是我家的喜事,理所当然,我请客。"

"都是一家人,谁请客不重要,关键是喝酒。"陶志玲说着,朝姚向东瞅了一眼,有些得意扬扬的样子。

"喝酒!喝酒!"大家齐声嚷起来,房间里充满了喜气洋洋的气氛。

姚向东注意到陶志玲说话时特地瞟了自己一眼,不知是看不起自己的酒量,还是另有其他什么意思。姚向东没有想下去,但陶志玲那会说话的大眼睛,那飘逸的披肩黑发,那时髦的服装包裹着的魔鬼身材,在姚向东的心中留下了深深的印象。

姚向东正值年轻力壮,容光焕发。他看到眼前这位香港来的不一般的女人,不可能不多想。

四十九

离开章总和张董事长的客房,姚向东径直往外走。两位老总一齐跟了出来,坚持要送送姚主任。几个人兴致勃勃地有说有笑,来到银杏树下。分手时,陶志玲又送了两步,主动伸出手,握住姚向东的手说:"今天你收获最大,为你叔爷找到上级,祝贺你!"姚向东感受到陶志玲那柔软的手掌上的温热。陶志玲没有马上松开手,目光注视着向东,含情脉脉地说:"谢谢你对万通集团的关照!"

"说反了!应该谢谢万通集团给我们融资三千万元!"姚向东抽出

手，朝陶志玲笑笑。姚向东不知道陶志玲对自己亲切是代表她自己还是代表万通集团。

出了招待所的大门，姚向东还处于一种莫名其妙的兴奋中。一阵带着冷气的风吹到身上，他情不自禁地停住步子，朝陵阳大道上望过去，满街的标语、灯笼，喜气洋洋的气氛充满了街头巷尾。姚向东想到明天的陵阳大道拓宽开工典礼和全县招商大会，心里乐滋滋的。作为县政府办公室主任，活动的保障工作都在顺利进行中。姚向东大步往机关大院走过去，他还处在亢奋中。他知道自己的兴奋不是莫名其妙，是太多的喜事顺事包围着自己。松江竹器有限公司与海南竹艺进出口贸易公司合作一拍即合；香港万通集团给陵阳县融资三千万元，确保陵阳大道拓宽按期开工；原定投资服装加工厂，现在改变投资方向建一座四星的酒店，加之张升财也准备投资建酒店，陵阳县的这次招商大会有了实实在在的成果。想到这里，他想到章总和张董，想不到这两位老总的父辈与陵阳这么有缘，更想不到的是章总的父亲章德林就是叔爷单线联系的老上级。找了三十多年，竟然找到了。真是踏破铁鞋无觅处，得来全不费工夫！想到这些事，姚向东越想越兴奋。当年，高中毕业后，到处托人找工作，几乎看不到希望。掉天坑里了，捡了一条命。想想现在，还真是大难不死，后福不浅。上了大学，当了官，分了房，说不出口的是，还艳福不浅。娶了菜花，很快有了喜。菜花是自己的救命恩人，姚向东常常告诫自己，不能忘恩，不能做对不起菜花的事。但想想，有时向东忍不住笑。你说怪不怪，自己就像一只蜜蜂，飞进了菜花田里。虽然没有也不敢去采花，但花香是那么浓烈，是那么诱人。徐凤霞是个纯洁的姑娘，不知自己心中有菜花，给自己写了炽烈情感的求爱信。吴景燕秘书是贴心地为自己工作服务，热情得有时让自己自觉不自觉地往别处想。其实，也很正常。吴景燕是自己的校友，又是自己的部下，当然跟自己距离拉得近。帮小姨子杏花安排了个城里的工作，想不到这如花似玉的小姨子也对自己那么有好感，老想帮自己做点事儿表达心中的谢意。想不到那天上班路上，她竟然抢过公文包，帮自己拎包，这太不合适了。也不怪小姨子杏花，她刚从山沟沟里出来，单纯得很，心里怎么想手上就怎么做。也许小姨子对姐夫，从来就不忌讳。但自己是公家的人，自己可要注意形象，与杏花的距离要心中有数。最想不到的是又冒出一个万通集团的陶志玲。这个陶志玲，在香港这个花花世界长大，她思想解放得让内地的男人猝不及防，引起无尽的联想。这个陶志玲，就是一朵盛开的花儿，走到哪儿，香气会飘到哪儿。

姚向东是个男人，是个意气风发、精神焕发的男人。让他这只蜜蜂在花丛里飞来掠去，不沾花现在还能做到，不嗅两口浓郁的香气到肺腑中去，恐怕就难了。

进了机关大院大门，走进自己的办公室，他往椅子上一坐，目光透过玻璃窗盯着花圃里的一蓬翠竹，好久，心里才渐渐地平静下来。

那蓬翠竹在微风吹拂下枝枝叶叶随风晃动。翠竹的东头花圃里有一棵百年老榆树，疙疙瘩瘩的树皮上布满了皱纹，就像老爷爷布满了皱纹的脸。金灿灿的阳光透过叶枝洒下去，路边的小路上映出斑斑驳驳的光点。

姚向东望着窗外饱经风霜的老榆树，想起了叔爷。叔爷的心胸开阔。妻子牺牲了，只能默默地守候那在密密竹林深处长眠的妻子，没法让妻子在烈士陵园有一席之地。自己是区大队的地下交通员，也没法向组织说清楚。自己单线联系的老上级南下后失去了联系。时间一晃就是三十多年，叔爷没有向组织说明过，只是默默地把对党的忠诚藏在心里。他把这种爱变成一件件精美的竹器送到周围认识不认识的人手里。他感到这样做就是对妻子李翠竹的爱，这样做也对得起牺牲了的妻子。

帮助叔爷寻找失去联系几十年的老上级，这是姚向东的心愿。当年，上大学之前，他就给县委县政府同时写了反映叔爷情况的信。后来去重庆读大学，向东特意与菜花保持联系。他盼望奇迹能早日出现。他担心县委办公室有了线索与自己联系不上，留了还在松江读高中的菜花地址。但大学毕业了，一点儿信息也没有。后来自己当了办公室主任，一直把为叔爷找上级的事放在心里。但毕竟是几十年前的事，毕竟是战争年代的事。部队从南到北，从东到西，转战南北，谁也不知道会在哪里留下来，是生是死谁也说不清楚。这事儿找了近十年了，一点眉目也没有。前一段时候，县里加大了招商力度，南来北往的客商很多，姚向东一直留了个心眼。想不到招了两个项目，还收获了一个意外，叔爷失去联系三十多年的老上级竟然是章爱军总经理的父亲。天大的好消息！想到这里，姚向东站起身来，拉过电话机，快速地拨了个号码。

电话很快接通。话筒里传来一个老头的声音："喂！喂！"

"你是竹器有限公司吗？"

"我是传达室。请问你是哪里？"

"我是县政府办公室。"

"你找谁？"

"找你们总经理姚向方。"

"你等一下，我去喊他。"

姚向东手握话筒，目光仍然注视着窗外花圃里那棵苍劲的老榆树。他要把这好消息尽快地请向方转告叔爷，让叔爷悬了三十多年的心早早地放下来。

话筒里传来了一阵阵轮机的轰鸣声和轮船发出的低沉的汽笛声。竹器有限公司的生产车间紧贴着松江边。这几年改革开放后，松江上的航船多起来了。

姚向东耐心地等向方接电话。

话筒里传来急促的脚步声。一会儿话筒里传来熟悉的声音："喂！是大哥吧？我是向方。"

"向方，告诉你一个好消息！"

"好消息？我知道，这次海南竹艺进出口贸易公司要在陵阳投资五百万元，建立竹艺生产基地。合同在这次招商大会上正式签订！"

"这是过时的好消息！还有更大的好消息！"

"更大的好消息？"

"对！"

"是不是章总还有大动作？"

"不是。是关于叔爷的好消息。"

"章总想把叔爷挖到海南去？"

"瞎猜。"

"上次章总来我们公司的生产车间考察，见到叔爷了。章总对叔爷的竹篾技艺赞不绝口！"

"章总的父亲是叔爷的老上级！"

"章总的父亲也是老革命？"

"章总没有跟你说？"

"没有。他光说对陵阳有感情。我们陵阳竹子多，我以为他章总对竹子有感情呢！"

"不说了。一会儿我还得陪县里主要领导宴请客商。烦你转告叔爷，他的老上级老领导章德林找到了。在海南军队干休所。"

"好！我一定把这个好消息转告到。"

"向方弟，你晚上代我请叔爷喝两杯！"

"一定尽快把好消息告诉叔爷。我让妈妈也参加。"

"谢谢！别忘了代我给叔爷敬一杯酒！"

姚向东挂了电话，带着吴景燕赶往设在陵阳饭店的招待客商宴会厅。

五十

陵阳大道拓宽工程开工典礼和招商大会顺利举行。在招商大会期间，全县共签订了大大小小的商业、基础设施、工业等项目合作意向达一百个。县委黄万和书记、县长刘立平在活动总结会上特别表扬了县委、县政府办公室。姚向东这几个月一直处于紧张状态，现在终于松了一口气。

周日一大早起床后，姚向东陪丈母娘去百家乐菜场买菜。他和菜花商量,这些日子丈母娘、小姨子照顾菜花吃了不少苦,今天中午多弄几个菜慰劳一下丈母娘和小姨子。

机关宿舍区北围墙靠西头有一个便门。便门边上有一间房,平常有一老头值班。出了便门往右拐,便是赵家巷。赵家巷是南北巷子,巷子不足四米宽。从赵家巷往北走上一百多米远,便看见一座很古旧的大院门楼,红彤彤的油漆大门紧紧关闭。大门两侧的圆柱子上挂着两块长长的木匾,上面刻着一副对联:福佑家门千载旺,德行庭院万年春。门楣上方是砖砌的飞檐,青条石板台阶,台阶两侧蹲着两尊精雕细刻的石狮子。胡少香跟在姚向东身后,看到这高大、庄严的大门楼,好奇地问向东:"向东,你是文化人,这是谁家的院子?"

向东停住步子,用手朝大门楼一指说:"这是清朝的赵家大院。现在归公了。这次陵阳大道拓宽,沿街往纵深要修缮一些古建筑,对群众开放。"

"开放什么?"胡少香不解地问。

"就是修些小公园。你以后买菜路过这里,可以到里面逛一圈。里面好多庭院都有水池、假山、亭阁。"说到这里,向东有些自豪地说,"这些日子就忙这些事。陵阳大道拓宽后,大道两边要建酒店、宾馆、商场、电影院,三年之后有十大建筑将屹立在陵阳大道上。菜花有身孕,这些日子多亏你和杏花照料。要不,我怎能一门心思扑到工作上。"

"你是公家的人!听菜花说了,你做大事,都应该支持你!"胡少香知道女婿是个大忙人,更是个能人。虽然家务劳累些,但心里开心。

"今天到菜场,请你参谋买几个菜,中午好好慰劳你们。"向东朝丈母娘笑笑,"走,百家乐菜场不大,但菜品种多,新鲜!"

"知道。我和菜花去过多少次了。"胡少香走到前头,大步往菜场走过去。

百家乐菜场在赵家大院斜对面往北三四十米。姚向东紧跟着丈母娘跨进菜场大门。菜场一溜土台子,呈"工"字形。各种各样的时令蔬菜摆满了土台子。沿着土台子,首先映入眼帘的是新鲜的蔬菜,水芹碧绿碧绿的；青菜、韭菜、茄子、辣椒，依次摆在土台上，一堆一堆地码放得整整齐齐。姚向东看着这些反季节蔬菜对丈母娘说："这些菜全是塑料大棚里种出来的。"

"知道。菜花说的。你们城里人真会忙吃的。"胡少香来到城里这几个月，开了眼界。

"你选，你知道什么菜新鲜。你会配菜。"姚向东手指指着土台子上的各类蔬菜。

胡少香顺着土台子往前走，来到豆制品摊位，买了两张百叶。再往前走，来到水产品和肉类摊位。姚向东朝塑料大盆里游来游去的鲫鱼、黑鱼用手一指，认真地对丈母娘说："妈！蔬菜你做主，荤菜我做主。"

菜场转了一转，买了两条大鲫鱼、一条松江鲤鱼，两斤肋条肉。

姚向东拎着篮子跟着丈母娘轻松地往家里走，边走边说："妈！烧菜你是行家！我当你的下手。"

"妈做一桌菜还轮到你打下手？"说到这里，胡少香有些认真地说，"你好好陪陪菜花。这是关键期。"

"回家就陪菜花去散散步！"姚向东赶紧表态。这些日子，工作忙得团团转，哪有时间照顾菜花。要不是小姨子杏花调到城里来工作，要不是丈母娘住到家里料理家务，菜花挺着个大肚子又要去幼儿园上班，又要操持着家里的事儿，非乱套不可。姚向东心里很清楚，今天慰劳一下妻子、丈母娘、小姨子，太有必要了。其实，也是慰劳自己。丈母娘烧得一手好菜。过去在鱼头村，松林大队有客人接待，朱支书往往把宴请摆到钱正南家，其实就是看中胡少香的厨艺。

买菜回来后，丈母娘发话了，杏花打下手，向东陪菜花到院子里去散散心。

向东陪菜花来到大院花圃边的小道上。花圃里的月季已经打蕾，花圃四边的冬青树修剪得十分整齐，像矮小的城墙。青翠的冬青树叶片在春天的阳光照耀下，泛起晶莹碧绿的光泽。虽然花圃里没有花儿开放，但不时飘起一阵阵清鲜的草香味儿。

花圃外面的小路是石砖铺就的，有点凹凸不平。虽然菜花穿的是平底鞋，但走路还是不太稳当。向东用右手拽住菜花的左胳膊，缓缓地走在小道上，边走边说："算日子离临产期不到三个月。前些日子让你辛苦了。还让你妈吃了不少苦。还有杏花！"

"你帮杏花找了城里的工作，她很感激你，吃这点苦算什么。小姨子你别惯着她。城里是花花世界，你要多说说她。"

"杏花思想解放，跟潮流，也没啥不好的。"说到这里，向东在花圃里一棵老榆树下的树荫停下来说，"我去了一趟香港，那里人打扮疯了似的！"

"你喜欢？"菜花停住步子，警惕地问向东。

向东笑笑："没有！没有！"说完，声音高了些，"不过，管不着别人的事。现在就这潮流。过去我读大学时，跳舞的人很少。现在，你看陵阳城里，一下子开设了五家歌舞厅。菜花，等你生完孩子，身体好了，也到歌舞厅唱唱歌，跳跳舞！"

菜花听了，没有表态，只是笑笑。菜花在家里的电视上常常看到一群一群打扮入时的女子在街上潇洒地走着，有的小伙子骑着自行车，单手扶着把，飞快地骑着。另一只手里拎着一台小皮箱似的收录机，高着喇叭放着当时的流行歌曲。这些日子，听向东说，陵阳城里的长途汽车站临时移到松江大桥北岸边上。陵阳大道两边的破旧门面房全拆掉，据说，街道两边要建十大建筑。看来，这改革开放会像大洪水似的，从深圳流过来了。自己的妹子桃花只要来信，总会在信上说些新鲜的事儿。菜花心里有数。但作为山沟沟出来的孩子，嫁了当官的人，她心里总隐隐地有些说不出来的担心。女孩子到了城里怎么就变得漂亮起来呢！她的眼前出现了徐凤霞、吴景燕、杏花那漂亮动人的身影。向东也让自己去烫头，还陪自己去百货商店买些时髦的衣裳。妹子桃花上次从深圳送了一件漂亮的连衣裙。但菜花在家里试穿了好几次，有时还在向东面前开心地走上几步，但一直没有勇气穿出去。这样一想，自己思想是不是落后了，跟不上潮流，菜花想想，心里有些好笑。

老榆树的枝丫伸出花圃，在阳光的照射下，小道上映出斑驳的影子。姚向东指指老榆树，兴奋地说："我要告诉你一个天大的好消息。"

"又是好消息。"菜花见向东用手指着老榆树，有些不解地瞅了向东一眼。

"这棵老榆树虽老还郁郁葱葱。你知道吗，我办公室正对着这棵老榆树！每当看到这棵老榆树，我就会想到叔爷！"

"叔爷？"

"对呀！叔爷的上线领导找到了。三十多年了。叔爷等了三十多年！"

"怎么找到的？"

"踏破铁鞋无觅处，得来全不费工夫！这次来陵阳的客商中，有一个海南的客商叫章爱军。对了，好像曾与你提到过这个人，他的父亲是章德林，当年在陵阳一带打游击。"

"这么巧？"

"还有更巧的事。章爱军的公司与松江竹器有限公司合作，这个章总这次投资了五百万元在我们陵阳建竹艺加工基地，合同都签了！"

"叔爷这下可是枯木逢春了！"

"我已经打电话告诉向方转告叔爷。另外，我给章德林写了一封信，交给章爱军转交。不久，章德林会写一个证明李大江、李翠花是党的地下交通员的证明。"

"太好了！好人有好报！"菜花兴高采烈。这些日子虽然身孕七个月了，整个人臃肿起来，挺着个大肚子，走起路有些累，但好事连连，加上母亲和杏花照顾得好，菜花的心情比较轻松愉悦。

太阳已经升上中天，温暖的阳光把大地照得一片明媚。老榆树上不知什么时候飞来了两只花喜鹊，叽叽喳喳地叫个不停。向东拽着菜花的胳膊，缓缓地沿着小道往前走。菜花抬手揉揉突兀的肚皮，想起了向东恋爱时喜欢拽自己胳膊的习惯动作，心中涌起一丝丝甜蜜。想想自己看到年轻的女同志时髦的打扮，特别是向东身边的年轻的女同志，有时心中会泛起丝丝的醋意。她朝向东内疚地瞟了一眼，把目光投向老榆树上那两只欢快地跳跃着的花喜鹊。

中午的饭菜很丰盛。向东陪菜花散步回到家中时，菜已经上桌了。沁人肺腑的香辣味儿弥漫了整个屋。

五十一

中午吃饭时，一家人都很高兴。特别是向东，这些日子太忙了。一大摊子事儿总算暂告一段落。忙归忙，外面、家里都忙得比较顺当，而且巧事、好事不断。总算暂时轻松下来了。这段时间向东欠丈母娘、欠菜花、欠小姨子的太多了，一直没有时间回家吃饭。今天有空回家吃饭，向东要好好敬敬大家。向东敬了丈母娘敬妻子，敬了妻子敬小姨子杏花。姚向东怎么也想不到在自己家里把酒喝多了。丈母娘这些日子看到杏花有了工作，菜花又怀孕有喜，心里很开心。女婿敬酒就喝了几杯。妻子怀孕了，不能喝酒，向东心里早已盘算过了，小姨子肯定听姐夫的。在家里这顿饭肯定不会喝多。让向东想不到的是小姨子这匹喝酒的黑马杀了出来，打了向东个措手不及。

这要怪向东话多。本来妻子菜花不喝，你向东敬一杯就算了。菜花怀孕不能喝酒大家都理解。向东为了在丈母娘和小姨子面前表达自己对妻子的敬意，非敬妻子菜花三杯不可。你敬三杯，菜花不能喝，大家知道，向东非要扯上小姨子杏花。理由也说得过去。菜花、杏花是姐妹俩，姐姐有身孕不能喝酒，当妹妹的不能袖手旁观，当然应该给姐姐代酒。

菜花朝杏花使了个眼色，本意是让杏花不要接招。谁知道杏花把姐姐的意思理解反了。杏花人长得很秀气，做事大方，脾气有些倔，不轻易使下风舵。她站起身，端起姐姐面前的小酒杯，往嘴唇上一靠，谁也没有注意，酒已经吸进嘴里。杏花嘴一抿，酒咽进喉咙里。杏花睁得大大的眼睛盯着向东略微泛红的脸说："快敬呀，还有两杯，我替姐喝。"

向东下不了台,只好放下手中酒杯,让杏花也把酒杯放下来。向东拎起酒瓶,斟满两小杯说:"说话算话,敬菜花三杯,杏花你代姐喝!"

杏花端起酒杯。

菜花朝杏花使劲使眼色,丈母娘也用手拉拉杏花的胳膊。但谁也拦不住,杏花一口干了第二杯酒,把杯底朝天,轻轻地一笑。

菜花眼色劝不住小妹杏花。菜花心里想着小妹好强,她把眼色领会反了。她在为钱菜花争脸面。于是,菜花想,姐夫跟小姨子闹酒,谁喝多了都不好交代。菜花赶紧打圆场,用手指着向东:"算了,吃菜!酒不喝了,情我领了!"

向东坐下来,没有吭声。

想不到这个杏花,主动给自己面前酒杯斟满,朝向东亮了一下说:"说话算数,你敬我姐三杯,这最后一杯我代我姐喝。"说完,一仰脖子,酒杯底朝天。

姚向东怎么也想不到杏花到城里工作才几月,一点不吃嫩。向东端起酒杯朝菜花面前一举说:"这是第三杯,敬你!"说完干了。

向东没有想到杏花这么爽朗,喝酒跟喝水似的。向东坐下来,给丈母娘夹了一块红烧肉摆到碗上,轻声地问:"妈!杏花能喝多少酒?"

"我也不知道。平常家里来人她年纪小,也不喝酒。也有几次参加村里人家宴席,没见她喝醉过。"丈母娘实话实说,声音低得像蜜蜂似的。今天大家心里都开心,胡少香不想扫大家的兴。

杏花脸上泛起了红晕,明亮的阳光从玻璃窗上透进屋子里,杏花的脸庞像一朵盛开的荷花。杏花看到向东跟母亲嘀咕,隐隐约约听到是关于酒的事,但听不清楚什么意思。杏花朝向东笑笑,打趣地说:"怎么样?还想敬妈三杯?你要有这份孝心,我代妈喝!"

小姨子将了姐夫一军,向东有些潮红的脸庞像猪肝似的。向东下不了台,求救的目光盯着丈母娘。

胡少香知道女婿酒量不大,半斤酒顶量了。丈母娘惯女婿。胡少香夹起一块卜页卷,递到杏花的碗里:"杏花,别跟你姐夫闹了。家里人闹酒,谁醉了都不好!"

菜花不便说。一边是自己的丈夫,一边是自己的小妹。再说杏花究竟能喝多少酒心里没有底。丈夫喝酒只能喝半斤。菜花反而有些担心向东。小姨子把姐夫喝醉了传出去不好听。再说,向东在县城里也算个头面人物。菜花不便说小妹杏花,只能向母亲投去求救的目光。

胡少香赶紧打圆场:"大家吃菜!今天是向东慰劳我们,都安静地吃菜。"

杏花不饶向东,丢下一句话:"姐夫服输就行。"

胡少香朝杏花瞥了一眼:"杏花,别没大没小的!"

向东丢不下这面子,端起酒杯朝胡少香面前一举说:"得寸进尺了!敬妈三杯!杏花你代妈喝。"

向东、杏花一口气各喝三杯,一口菜也没有吃。

客厅里安静下来。窗外高大杉树上一群麻雀叽叽喳喳地叫个不停。

向东本以为可以放下酒杯吃饭了,谁知杏花吃了几口菜,又拎起酒杯斟酒,边斟边说:"妈!姐!我这工作不是姐夫,肯定没有戏。允许我敬姐夫三杯酒。我保证今后把工作做好,不给姐夫丢面子。"

"不喝了!不喝了!"胡少香和菜花几乎是异口同声。

杏花不知是酒喝多了,还是出于真心地要感激姐夫,二话不说,连干了三杯。

向东已经喝了有半斤酒,脸上红通通的,说话的语气也忽高忽低的。小姨子感激自己,连干了三杯酒,在丈母娘和妻子面前,向东丢不起这个面子,只好硬着头皮站起来,端起酒杯潇潇洒洒地连干三杯。

杏花满意地朝姐夫一笑:"谢谢姐夫!"

向东有些呆滞的目光盯着杏花,浑身的血液沸腾起来,心里暗暗自责,不该在酒桌上想占小姨子的便宜。想不到杏花一个小姑娘这么大的酒量。向东知道,酒桌上主动发起进攻的人不可小看,看来杏花算一个。好一个厉害的小姨子!

向东头昏沉沉的,吃了几口饭,丢下筷子趴在桌子上。杏花赶紧把向东扶到沙发上，抱歉地朝姐姐笑笑："你家向东不是办公室的主任吗？怎么这点酒量？"

"杏花，这是在家里。在外面可要悠着点！"菜花心疼丈夫又担心杏花。

向东在沙发上一睡不醒。天空渐渐暗下来时，他的酒渐渐地消了。他从沙发上坐起来，揉了揉惺忪的眼睛。菜花给向东端来一大杯温开水，向东一口气把一大杯温开水咕嘟咕嘟地全喝下肚子。

向东精神好些，洗了把脸，晚饭没有吃一口，又躺到了房间的床上。

杏花一点事儿也没有。吃完饭赶紧洗锅刷碗，给母亲和姐赔不是。

菜花倚靠着床背，目光一会儿看着睡得香甜的向东，一会儿凝视着窗外黑乎乎的夜色。

向东和衣躺在床上。菜花知道，这几个月向东忙着县里的大事，疲劳极了。她想让向东脱了衣服睡，但又不想喊醒向东。菜花轻轻地下了床，拿了一件大衣，往向东身上一盖。谁知，大衣刚盖到向东身上，向东醒了。向东掀起大衣，坐起身来，抱歉地说："菜花，不好意思呀！小看你妹杏花了。"

房间里灯光红红的，菜花的脸在红通通的灯光映照下，像一朵美艳的映山红。向东坐到床沿上，轻轻地把菜花揽进怀里，嘴唇在菜花的脸上轻轻地吻着，喃喃地说："我好想你呀！"说着，揽着菜花后背的手臂像蟒蛇缠物似的收紧起来。

菜花轻轻地扒开向东的手臂说："向东，我在这里呢！"菜花说完了这话，突然想起这预产期越来越临近，向东已经好久没有碰过自己了。菜花想到这里轻声说："向东，对不起呀！为了下一代。"

"说什么呢？"向东拽住菜花的手臂，目光盯着菜花那红通通的脸庞，鼻孔里喘着粗气。

向东鼻孔里的喘息声越来越急。

五十二

光阴荏苒，转眼间到了仲春时节。

树枝上的翠芽已经展开了嫩绿的叶片。叶片在温暖明亮的阳光照射下，透出晶莹的光泽。路边的竹子翠绿色一片，春风带着暖人的热气吹过来，发出沙沙的声响。

吃过早饭，杏花背着姐姐桃花从深圳带给她的粉红色的挎包，出了机关宿舍的杉树林，穿过机关办公室的广场，来到陵阳大道上。沿着陵阳大道往南走不到几里路，往右拐，走到向阳东路尽头，来到毛峰山脚下。

陵阳酒厂坐落在毛峰东麓。从松江流出一条小河沿着山脚下的一大片相对平坦的坡地，绕了半个弧圈，又流进松江。陵阳酒厂建在小河边。杏花很满意姐夫给她找的这份工作。每天上班，坐在会计室的办公桌前，望着办公室玻璃窗外的秀丽宜人的山景、河景，一种说不出的自豪感油然从心中冉冉升起来。杏花在黑鱼湖畔的大山里生活惯了。那里高耸的山峰有时和天空飘浮的云朵搅和在一起。山上的树木、竹林茂盛地生长着，随着季节的更替而变幻出各种美丽的景色。山腰间的梯田里春天开满了黄黄的油菜花，秋天棉田里白茫茫的一片。那山岗上的竹林，一大片一大片，山风一吹，发出沙沙沙的响声。想不到城里也有这迷人的景色。

杏花心里很开心。山里有的风景，城里有。城里有的繁华，自家的鱼头村可没有。喧闹的大街上人来车往。大街两边商店一家比一家门脸漂亮，商店里的服装鲜艳，款式新颖，穿在身上人雯时就精神多了。杏花到城里这几个月，很快有了城里人的样子。杏花心里有数，在厂子里走一圈，注视自己的目光不在少数。杏花心里明白，杏花还是杏花。要不是姐夫托人在陵阳酒厂找了这份体面的会计工作，自己哪会有今天？杏花打心眼里一直感激姐夫。她是个爽直的山里妹子，她想帮姐夫做点力所能及的事。她尽心陪伴照顾怀孕的菜花，让姐夫腾出精力去努力工作，争取更大的进步。她还想为姐夫做些事，但她不知做什么事。那天早上杏花竟然抢着帮向东拎包。杏花在厂里看到办公室的工作人员给厂长姚大年拎包，于是想得很简单，自己姐夫也是个官儿，自己顺便帮姐夫拎包，也算是帮姐夫做点事。想不到姐夫又把包拎回去了，还找了个借口，说是东西丢在家里了。杏花没有往深处想。当时，自个儿上班去了。前些日子，向东星期天慰劳家里人。杏花来了个想当然。姐夫是办公室主任，常常陪同县里的头头接待上级领导和外地的客商，三天两头不在家里吃饭。陪客就要喝酒，姐夫的酒量肯定了得。母亲不能喝多少酒，菜花姐怀孕了，肯定是滴酒不沾。杏花不想让姐夫扫兴，再说在家里喝酒，自己多陪姐夫喝几杯，也算是对姐夫给自己安排工作的感激。姐夫何止是对自己关照，姐姐虽说是姐夫的救命恩人，但姐姐能有今天，姐夫帮大忙了。我们全家都在享着姐夫的福。想不到姐夫的酒量也就半斤到顶了。杏花知道自己的酒量。那天在陵阳酒厂参加陪客，把几个敬酒的客商全喝趴下了。在家里为感激姐夫给姐夫闹酒开心，想不到几个回合下来，竟然把姐夫喝趴下了。想到那天晚上姐夫一直昏昏沉沉，杏花就感到过意不去。母亲批评杏花，说杏花没大没小；菜花批评杏花，说对姐夫要尊重点儿。杏花感到对姐夫有点过意不去，但一点儿也听不出母亲和姐姐的弦外之音。

  杏花在山沟沟里长大的。村民们朴实纯洁，男男女女的开个玩笑，或者喝酒争胜的事儿常常看到。特别是山沟里人家姐妹多，姐夫跟小姨子那关系亲近得很。小姨子撒娇，姐夫总是让着，从来也没有什么人议论，更没有人去说闲话。农村里有句俗话说得好：小姨子的屁股姐夫的一半。话是有点俗，但说的是小姨子与姐夫的亲近是正常关系，这是自然的事儿。杏花从小在山沟沟里长大，已经习惯了。再说，父亲和姐姐把向东从天坑里救出来之后，向东为了感恩，认钱正南和胡少香为干爸干妈，我们姐妹仨和向东成一家人了。那时，向东来到鱼头村，杏花还是小学生。杏花见了向东还让向东给她买糖吃呢。杏花想想有些内疚，但想想又有些在心里发笑。这城里与乡下就是不一样。人还是这些人，环境变了，怎么就要留心眼呢？杏花单纯，不往深处想得过多。她只是在心里认为，人要知道报恩，自己应该为姐夫做点小事。为姐夫拎包、陪姐夫喝酒，杏花就是这么想的，想得很单纯。

杏花望着窗外远处山峦起伏的群峰，看着近处山花烂漫的山坡，脸上漾起了幸福的笑容。

突然，从隔壁会计室主任的办公室传来一阵急促的电话铃声。不一会儿，主任出现在门口，朝杏花招招手："杏花，姚厂长让你去一下。"

"到他办公室？"杏花站起身问。

"他在厂门口等你，要跟你说件事。"会计室主任说完走回自己的办公室。

杏花赶紧出了办公室，大步下楼，朝酒厂大门口走过去。杏花心里纳闷，姚厂长找我谈什么事？杏花心里一惊，会不会又要让我去陪客？想到陪客，就想到喝酒。想到喝酒，就想到自己的酒量不知从哪儿来的。这烈性酒喝到自己的肚子里开水似的，没有什么太大的反应。那天喝多了，除了头上冒汗，头脑一直很清醒。杏花在乡下这么多年，没有敞开喝过酒。倒不是杏花怕酒辣，是乡下没有机会。自己是个女孩子，家里有客人，自己年纪小，又是女孩子上不了桌。倒是有一次，朱红旗在菜花家里请县上来人吃野味。从供销社买来一坛山芋干烧酒。客人散席后，有半碗酒留在桌上。杏花见了，端起碗来用舌头舔了舔。很辣，但有香味。杏花是山沟沟里长大的孩子，吃辣是强项。她尝了几口，竟一口把半碗酒喝下肚子里了。过了个把小时，也没啥反应。杏花明白了，大人为什么总是吃菜要喝酒，原来酒很香，后来才知道，这酒量各人不一样，不适应喝多了，会醉的，醉了要么闷声不说话，要么像疯子似的乱叫乱喊，有些人还会脑子发蒙，动手动脚地闯祸。杏花自从那次姚厂长让自己去陪客商试出了酒量，心里还有些沾沾自喜，这酒量也不是什么人都有的。只是那天不知姐夫的酒量，光去想当然，以为姐夫是经常陪领导喝酒的，酒量也肯定大。谁知，竟被自己这个小姨子在家里喝趴下了。杏花虽然内疚，但自己是好心，陪姐夫高兴，也是发自内心的感激。

杏花不自责。

陵阳酒厂沿着一条小河建起来的。小河没有名字，小河的水清绿绿的，一年四季都静静地流淌着，好像一个文静的姑娘。四月的季节，小河变得特别妩媚。河的两岸是绿油油的青草，青草丛中点缀着无数的野花，不知什么时候，青草丛中飞出一两只漂亮的蜻蜓。蜻蜓飞到小河上，在河面上一点，水面就有褶褶的皱纹，好像给小河添上了一件新衣裳。几只厂里食堂散养的鸭子扑腾着翅膀，嘎嘎地叫着，跳进小河里，与清粼粼的河水中的鱼儿玩起了捉迷藏。毛峰山坡上桃花梨花烂漫地盛开着，万紫千红一片。

杏花沿着河边的小路，嗅着浓浓的花香和醇醇的酒香，不一会儿来到酒厂大门口。

杏花一眼看到姚厂长从大门外往厂里走。杏花清楚，姚厂长这是送客刚过来。这些日子，厂里的白酒生产量越来越大，酒特别好卖。厂里的客人一拨一拨的。那次，厂长也是临时抓差。当然，杏花心里有数，自己长得白皙，身材也苗条。过去在山沟沟里显摆不出来，现在到了城里，烫个头，穿上几件鲜亮时髦的衣裳，有点像小河边草丛中的花儿，显出生机来了。那天，姚厂长估计是想找个漂亮的妹子陪这些客商高兴，看上自己了。姚厂长绝对没有想到，自己的酒量在厂里爆冷门了。估计，现在姚厂长找自己，十有八九离不开陪酒。杏花想到这里，大着步子朝姚厂长迎上去，亮着嗓门有些娇滴滴地喊道："姚厂长！"

姚大年厂长四十开外的年纪，个子不高，但五官端正，不瘦不胖，挺有精神，前些年一直当副厂长。前年，厂长退休了，他接替了厂长的职务。过去的陵阳酒厂按计划生产，按计划发货，厂长手里还有些批酒条子的权力，日子过得有滋有味。现在市场化了。上头有利润指标，下面工人要发奖金，姚厂长肩上的担子重了。这几年一面扩大生产，一面要扩大客户。邻县也相继办起了酒厂，竞争相当激烈。陪好客户成了头等大事。那次临时抽调杏花陪客,说实在的,姚厂长看重的是杏花漂亮和直爽,万万没想到杏花的酒量这么大,竟然把几个来厂里进酒的客商放倒了。那次,客商们喝得尽兴,进了五百箱毛峰大曲。厂长开心,打起了调整杏花工作的主意。姚厂长想得很实在。现在思想要解放,人尽其才,一切为了利润。陪好客商是关键。县委黄万和书记在大会上都说了,接待也是生产力。姚厂长想把杏花调到办公室,先工作几个月,然后提拔杏花当办公室副主任。姚厂长知道杏花是姚向东主任的小姨子,跟刘方明局长又是门对门。姚大年厂长曾经把自己的想法跟刘方明局长说过。但姚厂长估计刘方明局长安排杏花到酒厂工作,不一定做得了杏花的主。毕竟杏花是姚主任的小姨子。刘方明局长一直没有回音。今天,姚厂长想当面跟杏花聊一聊,听听杏花的意见。

姚厂长见到杏花,客气地笑笑说:"杏花,找你说件事。"

杏花心里一猜,估计厂里有重要客商来了,脱口而出:"是不是晚上陪酒?"

"不是。"姚厂长笑笑,朝厂门外的小吉普车一指,"我马上要去见个客商。长话短说,厂里想调你去厂办公室工作,不知你有何想法?"

杏花正要回答,姚厂长朝杏花摆摆手:"杏花,你先不要回答我,考虑几天再给我答复。"

杏花点点头。

厂门外的吉普车喇叭响起来,姚厂长对杏花说:"你不要对外说,注意保密。"

杏花朝姚厂长笑笑:"能跟我姐夫商量一下吗?"

"当然可以,听听你姐夫的意见好!"姚厂长说着,转过身朝厂门外的吉普车走去。

杏花转过身,返回厂办公大楼会计室。

五十三

　　回到会计室，杏花朝会计室里的两位同事淡淡地一笑，点点头。她从抽屉里拿出账册，把办公桌右上角的算盘朝面前拉拉，噼里啪啦熟练拨动着算盘珠。盘珠与盘珠碰撞出悦耳的声音，带给杏花无限的喜悦和遐想。想想刚才姚厂长说的话，杏花心里翻腾开了。到酒厂办公室去工作，自己能应付得过去吗？

　　会计室里静静的。算盘珠的碰撞声听起来特别清脆。

　　杏花翻着几张账页，停住手，目光透过玻璃窗，看到一条白带子弯弯地飘动。她知道那是从不远处嘉陵江上流出来的一条支流——松江。杏花知道，顺着波涛滚滚的松江，绕着县城半圈，一直往北，那里有自己的家乡。从山沟沟里出来到陵阳县城，才几个月，眼界大开了。杏花感觉似乎一切都变了，变得有些捉摸不透。刚才，姚厂长说要调自己去厂办公室工作。自己在会计室里算盘珠子还没有焐热，就要挪位子，不知是好事，还是坏事。杏花心里越想越激动。她参加过一次姚厂长的接待，那场面杏花是第一次见到。桌面上那么多大盘小碟，酒是红的白的，黄的啤酒，真是开"三中全会"似的。在鱼头村，母亲烧得一手山里土菜。松林大队朱支书跟父亲走得近，加之母亲会烧菜，上面有领导来了，都是在鱼头村家里烧菜。那什么场面，面盆上菜，大碗喝酒，但没有那么多花样，酒也就是一种当地的地瓜干。想不到城里人真讲究，吃个饭喝个酒，弄得这么复杂。杏花想想真有意思。究竟是去办公室，还是留在会计室，杏花当着姚厂长的面拿不定主意。现在回到办公室，冷静下来一想，会计室安静，办公室热闹，杏花不知安静好，还是热闹好。杏花反正感到都比山沟沟里活得有滋味。杏花拿不定主意。杏花想到姐夫。姐夫向东到重庆读过大学，在城里生活了这些年，见多识广，还是晚上回家找姐夫商量。想到这里，杏花有些悠然自得，庆幸自己当着姚厂长的面没有马上答复。杏花自信地觉得自己虽是山沟沟里待久了，但还是有点机灵劲儿。到了城里，就像鱼儿来到了大河水里，畅快多了。

仲春时节。

蓝蓝的天空中飘着白莲花般的云朵。太阳在云朵中穿梭着，洒下一片温热的阳光。漫山遍野的花儿争相开放，清香味儿一阵一阵地飘进会计室里。

会计室后窗外是一片花圃。后窗打开了一扇，一群蜜蜂喝醉酒似的嗡嗡嗡地飞过去。杏花听着蜜蜂的鸣叫，沉浸在工作调动的想象中，手中的账页有时翻到半空中，忘了放下来，目光盯着远处明媚的春色，春色中朦胧露出一个接一个的山峰。

今天上班的时间似乎特别长。

下班的铃声响过之后，杏花背上自己那漂亮的粉红色的坤包，急步下楼，出了厂门，大步往家中走去。

杏花急着想见到姐夫，她要听听姐夫的意见。姐夫是一个办公室的老人，现在又是县政府办公室的主任。他说去，自己就去，准没有错。

走上三楼，脚没有站定，就伸出手咚咚咚地敲门。

母亲胡少香拉开门，一看是杏花，有些生气地朝杏花瞥了一眼："你不是有钥匙吗？跟你说过几遍了，手脚勤快些，都二十出头的大姑娘了，不要老是风风火火的，这是在城里。"

杏花一脚跨进门，把坤包往客厅桌子上一丢，回身轻轻地把门关上，朝母亲做了个鬼脸，哧哧一笑："知道，姐怀孕了，不能吵。"

"知道就好！"胡少香朝房间一指，"你姐预产期越来越近了，这些日子常常肚子有点不舒服，你走路轻一点，说话低一些。"

"知道！知道！"杏花用手拍拍母亲的肩膀，轻轻地笑笑，"祝你早日抱上外孙子。"杏花说着，四处望望，捏着嗓门问，"姐夫没有回来？"

"我没有看见。"胡少香用手朝房间一指对杏花说，"问你姐去！"

杏花走进姐的房间。菜花半躺在床上，见杏花走过来，赶紧坐起身，朝杏花笑笑："杏花下班啦？"

"刚下班。"杏花说着,走到床前,亲热地拉了拉菜花的手,不停地揉揉问,"姐夫呢?还没有下班?"

"你姐夫出差了。"菜花说。

"姐夫出差去哪里呀?"杏花听说向东出差去了,想起自己工作调动的事,心里有些着急。

"去南方广州、深圳。县里组织了一个近百人的党政干部南方考察团。下午出发的!"菜花看到杏花一脸着急的神态,不知道杏花这么着急找向东有啥急事,关切地问,"杏花妹子,你这么着急找你姐夫干啥?"

"菜花姐,姐夫什么时候回来呀?"

"听向东说,要一周时间。"

"一个星期?这么长呀!"

"你找向东什么急事?"

"姐,告诉你,先不要对外说。今天上午,姚厂长找我征求意见,想把我从会计室调到办公室去。我不知道办公室好不好。反正看姐夫在办公室挺吃香的。但我才到城里来工作几个月,拿不定主意,我想听听姐夫的意见。"

"小妹总算长心眼了。城里不是乡下。这就跟我们村里的黑鱼湖一样,它怎么能跟松江镇上的千溪湖比呢。长个心眼好。听听你姐夫的意见好!"

"唉!真不巧,出差了,一去十天。我怎么答复姚厂长呀!"

"你急什么呀!这事儿姐夫知道。"

"我还没见到姐夫,他怎么知道的呀?"

"你傻呀!你姐夫是什么人!县里办公室主任谁不认识呀!"

"姚厂长不认识姐夫。他还让我请姐夫到陵阳酒厂考察呢!"

"姚厂长不认识你姐夫,他认识对门的刘方明局长。刘局长已经跟你姐夫征求过意见,只是暂时保密。"

"那姚厂长还征求我意见干什么?"

"你姐夫让刘局长暂时不答复姚厂长。让姚厂长听听你的意见。"

"这不等于什么都没有说嘛！"

"你心里怎么想的？你酒量大，陪客给姚厂长撑面子！你人也长得体面，姚厂长当然想把你调到办公室。"

"我听姐夫的。"

"真的听姐夫的？"

"当然听姐夫的。姐夫见多识广。先进山门为师。姐夫老办公室主任了，他熟悉办公室。"说到这里，杏花想起那次家宴上陪姐夫喝酒陪醉了的事，心里忍不住笑。

"告诉你，姐夫临出发时让我告诉你，你先在会计室锻炼几年。那里安静，有时间还可以读个电大、夜大，给自己充充电。电大、夜大照样能拿到大学文凭。条条大路通罗马呀！你姐夫说的，以后见机行事。现在去办公室不合适。"

"姐，姐夫这么想的呀？"

"姐夫关心你，你年纪小，到酒厂工作才几个月，调到办公室去，人家会说闲话，会说你有个当办公室主任的姐夫，以权安插人。另外，你酒量虽大，但酒厂的客商来自全国各地。强中自有强中手，万一碰上对手，让你吃亏怎么办！"

"吃亏？"

"对呀，你才多大呀，你没有经验。"

"姐夫不让我去办公室？"

"为你好。"

杏花想了想微微地点点头，轻轻地搓揉姐姐的手："姐，我听姐夫的。"杏花望着姐姐隆起很高的腹部，知道姐姐的预产期快到了。姐夫想得很周到，估计姐夫不便说出来。其实，姐夫不说出来，杏花已经想到了。喝酒的量是无底洞，万一碰上对手，自己下不了台，喝高了会出洋相。自己一个大姑娘家，在大场面喝醉了是丢面子的事。当然，此时的杏花看到姐的大肚子，触景生情。姐夫是办公室主任，而且是县里的大办公室主任，整天忙得脚不沾地。万一菜花姐临盆了，光靠母亲一个人怎么忙得过来。自己如果调到厂办公室去，家里有个急事，出去打电话找人也没有人手。姐夫常出差，常常晚上要陪客，根本没有时间陪姐。杏花想到这里，爽快地笑笑："姐，我听姐夫的！"

菜花从床上移到床沿，朝鞋指指说："杏花帮个忙。"

杏花挺有眼头见识地帮姐穿上鞋，刚走了几步，听到母亲在厨房里轻声喊："杏花，扶你姐出来吃晚饭。"

胡少香话音刚落，杏花已经扶着菜花走出房间，来到餐桌前。杏花把椅子往外挪了挪，把菜花搀到椅子前扶着姐的肩背坐下来说："姐，你坐好，我去帮妈端饭菜。"

菜花望着杏花的背影，满意地笑了。菜花想，到底是自己的妹妹，虽然到城里来风风火火的，但很直爽、机灵，有眼头见识。她知道听姐夫的。上次把她姐夫在家里喝趴下了，现在想想，也不能怪杏花。杏花刚调到城里工作，打心里感激姐夫。杏花哪知轻重。她只知道姐夫是办公室主任，见过大场面，经常陪酒。杏花以为她姐夫向东是海量，陪向东喝几杯也是感激。想不到向东不禁喝。害得杏花挨母亲骂，弄得杏花心里也不好受，好心陪姐夫在家里畅饮几杯，想不到把姐夫喝趴下了。

母亲见杏花来端饭菜，心里高兴地想："这小丫头到了城里慢慢开始懂事了。"她把刚盛好的两碗饭递到菜花手里问："跟你姐说啥呢？"

"说厂里工作的事儿。"杏花说着往客厅走过去。

胡少香自从杏花调到陵阳酒厂工作，心满意足了。三个姑娘都有出路了。要知道，在乡下，子女有体面的工作，做父母的可有面子了。现在，菜花当了幼儿教师，杏花进了陵阳城里国营的酒厂当会计，桃花闯深圳，早已钱袋鼓起来了。当然，胡少香知道这些应该是自己的大女婿有能耐。但胡少香心里也担忧大姑娘菜花。菜花自从父亲去世后遇到一个一个挫折，慢慢地信起佛来。她开始相信老天爷，相信命运。胡少香知道菜花对向东好，也知道向东的能耐。但她还是相信老天爷。这样长期下去，会走火入魔的。现在大事小事顺了。胡少香只能顺着菜花,不便说得太多。

胡少香从厨房里端出一盆辣椒炒肥肠往餐桌上一放,对杏花说:"城里的事听姐夫的没有错!"

杏花笑笑:"姐夫出远门了!"

菜花望望杏花,姐妹俩都笑了。

五十四

陵阳县党政干部考察团第一站广州。考察团全部下榻广州珠江大酒店。姚向东作为考察团的工作人员,住一楼1108房间。

南方的暮春,天气已经热起来了。

吃罢晚饭,姚向东回到自己的房间。姚向东打开行李箱,拿出换洗衣服,正准备冲个澡,房间里的电话铃响了。

姚向东把手里的换洗衣服朝床上一丢,快步来到茶几旁,拎起话筒就问:"喂!你是谁呀?"姚向东心里有些纳闷,自己刚到广州,吃晚饭时大家都还在一起。再说,都在一幢大厦里,有事走动一下,怎么还打电话。

话筒里传来吱吱呀呀的杂声。

姚向东着急地对着话筒大着嗓门:"喂!你是谁呀?说话呀!"

一阵吱吱呀呀的杂声过去后,话筒里传来酒店总机话务员的声音:"别急,四川长途。"

姚向东一听,知道是长途电话。肯定是陵阳政府办公室值班室打来的。姚向东是政府办公室主任,又是这次南方考察团的后勤服务总负责人。出发前,他跟办公室吴景燕秘书交代好,代表团到南方下榻后,会把地址联系方式告诉陵阳办公室。姚向东在珠江大酒店把大家安顿下来后,就挂了长途把联系方式告诉了吴景燕。自己的房间号吴景燕知道,这个长途电话肯定是吴景燕打来的。

姚向东把听筒紧贴在耳畔,仔细地听着。一会儿,话筒里传来软柔的女声:"喂!喂喂!"

姚向东想当然,肯定是吴景燕。县里有什么事要给书记县长报告。姚向东急切地大声说:"小吴,你大声说!"

"喂!你是姚向东吗?"话筒里传来一位姑娘响亮而又熟悉的声音。

"我是姚向东!景燕,你大声说。"姚向东有些着急。

"什么?景燕?我的声音听不出来啦?"话筒里传来徐凤霞有些埋怨的声音。

姚向东一听,吃了一惊。徐凤霞怎么知道我来广州住的房间?我们代表团到南方考察,广州第一站。刚刚住下来,徐凤霞就把电话打过来,肯定有急事。姚向东心里更急。刚才想当然以为是吴景燕打来的。怎么想也想不到是徐凤霞。姚向东赶紧对着话筒解释:"刚才电话一直吱呀吱呀响,听不清楚,以为是县里打来的。在家说好了吴景燕统一扎口,我想当然了,以为是吴景燕,想不到是你。"

"向东,从陵阳调到泸阳市工作,一别八九个月,一直没机会见面。家里都好吧?"

"好!一切都顺利!"

"菜花好吧?"

"好!对了,菜花怀孕近九个月了。身体还好!谢谢你呀!"

"谢我?"

"应该谢谢你!谢谢你和你爸对我的关照!谢谢你的理解!"

"尽说外道话!"话筒里传来咯咯咯的笑声。

"凤霞,你爸妈身体都好吧?"

"好!都好!就是赶上解放思想,爸的工作特别忙。你知道的,爸有不少老战友,有些老战友在海外。经常有领导来家里请爸帮助介绍客商。"

"你得代我好好感谢徐部长。陵阳大道拓宽,万通集团一下子融了三千万元给陵阳。万通集团这条线还是徐部长牵的呢!得好好谢部长。"

"我呢?"

"当然首先要谢你!"

"这还差不多!"话筒里传来一阵爽朗的笑声,接着徐凤霞清咳了两声说,"向东,你刚住下来,我就把电话打来……"

"凤霞!"姚向东打断徐凤霞的话,挺好奇地问,"凤霞,你这电话号码从哪儿找来的?"

"你忘了,我是陵阳政府办公室的人啦。吴景燕告诉我的。"

"我已经猜了个八九不离十!"姚向东顿了顿说,"凤霞,这么急把电话打到广州来,肯定有急事。请讲。"

"姚主任,有个人要见你大主任!"

"别开玩笑。什么人?"

"徐江风!"

"徐江风是谁?"

"深圳帅特服装有限公司总经理。"

"客商,好呀,什么时候见?"

"现在。"

"现在?什么事这么急?我们考察团过两天去深圳,在深圳见不行吗?"

"他就在你房间外面的走廊上。"

"你怎么知道的?"

"徐江风老总已经有大哥大了。现在香港、深圳一带有实力的老总都配上大哥大了。有了大哥大,电话走到哪里打到哪里,方便!"

姚向东想起来了。刚到珠江大酒店大堂,看到一个穿着考究的老头,手里拎着一块大砖头。当时,也没在意,以为这老头手里拎着一台小收音机。这玩意儿能打电话,南方有了大哥大,看来内地也快了。将来出行联系方便多了。想到这里,姚向东有些兴奋:"凤霞,我是1108房间,你让徐总过来,顺便把大哥大给我开开眼界。一会儿,我借徐总大哥大跟你通话。"

"好!挂电话啦!"话筒里传来咪咪咪声。姚向东搁下话筒,赶紧把换洗衣服放到床头,在穿衣镜前整了整衣领。

姚向东拿起电水壶，到卫生间接了半壶水，放到电水壶底座上，打开开关。红灯亮了，不一会儿水壶传来吱吱吱的水声。

姚向东一屁股坐到沙发上，目光盯着房门，心里在想：凤霞真好，人调到泸阳，心还挂在陵阳。这不，她又给我们县介绍客商。姚向东心里在想象：这徐江风肯定是香港的又一个大老板，能用上时髦大哥大的，老板不会小。姚向东打心眼里感激徐凤霞。这一年来，自己主持去掉了，房子分大的，菜花工作调到城里。特别是给自己介绍了万通集团，一下子给了三千万。县里拓宽陵阳大道，还要在县城建四星级酒店，还要在陵阳经济开发区建工厂，在招商引资方面自己也算是出尽了风头。但这些关系都是徐凤霞从她父亲那里引来的。现在，县里南方考察团刚到广州，又给我介绍一个客商。其实，她徐凤霞完全可以把这个徐总介绍给刘立平县长。徐凤霞在刘立平县长那里绝对说得上话。刘县长曾是徐凤霞父亲的部下。但徐凤霞把这些客商一个一个介绍给我姚向东。姚向东心里有些明白，但不敢往深处想。徐凤霞处处想着自己。她知道菜花与自己的故事，主动选择离开陵阳。她说是回泸阳家里照顾母亲。其实，向东知道凤霞母亲的身体棒着呢！想到这里，徐凤霞那笑盈盈的脸庞在自己的眼前晃动，姚向东心里生起了一丝丝说不出滋味的甜意。

姚向东目光盯着房门。他几乎要竖起耳朵，希望急促的敲门声尽快响起来。

咚咚咚，房门口传来轻轻的敲门声。

姚向东腾地从沙发上站起来，三步并作两步来到房门边，打开门，朝门口一看，一位四十开外的中年男人站在门口。不用说，肯定是徐总。

姚向东笑着问："你是徐江风？徐总！"

"我是徐江风。"徐总一身烟灰色西装，雪白的衬衫领子上扎着一条鲜红的领带，手里拎着一块黑色的大砖头，不用说，那是大哥大。姚向东朝徐江风瞅了一眼，赶紧把房间门完全拉开，手朝屋里一指："徐总，请进！"

"你是姚主任？"徐江风一边往房间里走，一边伸出右手主动握住姚向东的手说，"打搅了！"

姚向东轻轻关上房门，握着徐总的手晃了晃："我是姚向东。曾是凤霞的同事。请坐，徐总。"

姚向东把徐总引到沙发边，用手朝沙发指了指说："请坐！"

徐总把手里的大哥大往茶几上一搁，坐到沙发上，朝姚向东歉意地笑笑："你刚到广州就来打搅，不好意思。"徐总说着从西装口袋里掏出一只不锈钢的名片盒，从里面抽出一张，递到姚向东手里说："姚主任，请多指教！"

"不敢当！"姚主任接过名片，扫了一眼，往茶几上一放说，"徐总，你坐，我去倒杯水！"

"不用！不用！"徐总从沙发上礼貌地站起来欠了欠身子。

姚向东给徐总倒了一杯白开水，放到徐总面前的茶几上，顺手拿起茶几上刚才徐总递过来的名片，目光盯着名片："徐总，你们公司在深圳？"

"我们公司在深圳特区。"徐总端起茶杯呷了一口，给向东介绍说，"我们企业的名称叫帅特服装有限公司。深圳建立特区，开初主要是发展第二产业，主要三来一补，我经凤霞父亲牵线，来深圳比较早，也算是第一批深圳人。近十年的发展，帅特服装有限公司年年壮大，也算有一定的规模。现在，内地也在大开发，大开放。听说内地都在招商引资。向东，你知道吗？现在深圳的生产成本逐年提高，特别是工人工资越来越高，利润越来越少，听凤霞妹子说，你来南方考察，就来找你了。"

"好事呀！告诉你徐总，我们县县长书记思想可解放了。这次组织了近百人的南方考察团。我们是边考察边招商。"姚向东说着目光盯着茶几上的大哥大说，"徐总，南方就是发展快。刚才凤霞打来长途，我听了半天才听清楚。你看，你与凤霞通电话，站在走廊上就能通话，用不着转来转去的，真神奇！"

"要不到两年，内地就会有大哥大了。"徐总说着，伸手拎起大哥大,迅速地在大哥大上摁下按键,边摁边说,"对了,凤霞说了,让我拨通大哥大,她要和你通话。"

姚向东盯着徐总手里的大哥大说:"这玩意真灵巧!"姚向东语气中透露着羡慕问:"多少钱能买一台?办公室配上一台就好了!"

"人民币要三万多元。"徐总摁完按键,目光盯着大哥大显示屏说,"不过内地网络正在建,过几年才能用起来。"

正说话间,大哥大接通了。徐总摁了一下接听键说:"凤霞表妹,我已经与向东主任接上头了。我在他客房,你跟他通话。"徐总说完,把大哥大递到姚向东手里。

姚向东接过大哥大,大着嗓门:"凤霞你好!徐总来了!"

"他跟你说啦。"

"还没来得及说。"

"向东,徐江风是我远房表哥。跟我们家走得很近。这些年他的帅特服装公司发展得很快。最近,他听万通集团张董说陵阳要设立经济开发区。他知道内地生产成本低,想把帅特服装公司搬迁到陵阳来。"

"好事呀!谢谢你!"

"因为是我表哥,所以特意要打电话给你。他们深圳节奏快。听说你去南方,徐总非常着急地想见你。不知道有没有给你添麻烦!"

"没有!没有!这是我们的工作。欢迎他尽快地去内地洽谈,你放心,我一定会……"

"你一定要按政策办!"徐凤霞打断姚向东的话认真地说。

"一定!一定!一视同仁!"

"这就对了!"

说完话,徐总接过姚向东手里的大哥大,摁了一下关机键,站起身,握住姚向东的手说:"你们到深圳后,我会再拜访你。放心,凤霞妹子交代了,据说还是她爸的意见,到陵阳发展欢迎,但政策一视同仁!"

姚向东笑着说:"当然!但也不能让徐总吃亏呀!"

姚向东把徐总送到走廊电梯口，笑着说："凤霞妹子是我同事。"

"知道知道。"徐总似乎知道凤霞与向东的关系，望着向东，目光中透出一丝丝异样。

姚向东没有往深处想。他心里很高兴，想不到自己刚到广州第一站，就招了一个深圳的客商。说来也顺当。人走顺路跌个跟头能捡个元宝。万通集团张董原准备投服装厂的，现改投四星级酒店。恐怕是他给徐立银部长推荐的。听徐总口气，他与张董也很熟悉。张董是搞服装贸易起家的，肯定熟。向东打心里感激徐凤霞，虽然徐江风是她的远房表哥，但招商不避亲呀！她首先想到的是我姚向东。真得好好感谢凤霞妹子。

电梯门开了。徐总跨进电梯，笑嘻嘻地望着姚向东，不停地摆摆手。

姚向东一兴奋额头上沁出了密密匝匝的一层汗。珠江大酒店恒温，虽然室外很热，但酒店里清凉宜人。

姚向东抬手抹了一下额头上细茸茸的汗珠，转身返回1108客房。

五十五

快进入初夏，陵阳城里气温上升，各种山花漫山遍野地开放，香气弥漫到城里的角角落落。

菜花扳着指头算算，离预产期不到半个月。向东出差去南方考察前就与菜花商量过。本来向东想跟刘县长请假不去南方考察。但菜花说什么也不同意向东的意见。菜花心里想得很简单，自己是向东的妻子，让丈夫放心地在公家做事，这是妻子的一份责任。再说，生孩子这事在乡下也算不上什么大事。遇到难产那也是碰巧了。自己现在顺风顺水，父亲在天之灵还有老天爷都帮着自己，也不会那么碰巧的。母亲在家里，妹子杏花又在家里忙前忙后，向东一个大男人，就是在身边也插不上手。菜花告诉向东，她早已打算好了，过几天去幼儿园向园长请产假,一旦有临产征兆,就去医院。菜花说得句句在理,向东只能打心里佩服菜花的一颗心。菜花的这颗心始终是滚烫的,始终是想着别人。

向东随着县南方考察团出发的第三天,菜花去幼儿园向园长请了产假。有母亲照顾,菜花心情很愉快。

她天天扳着指头算。向东出差预定时间一周。如果一切顺利,向东回来正赶上自己生孩子。菜花心里有底。谁知,天有不测风云。早上起床后,去上厕所。刚走进卫生间,头有些发晕,脚下一滑,菜花赶紧扶着洗脸台。虽然没有跌下来,但由于猛一伸手去扶洗脸台,浑身用了劲,心里又吃惊不小,顿时,额头上沁出密密匝匝的汗珠子。

菜花"哎呀"惊叫一声,母亲和杏花听到菜花的惊叫声,赶紧跑进厕所。看见菜花吃力地扶着洗脸盆,异口同声地问:"菜花,怎么啦?"

菜花微微直起身,吃力地说:"没事。头有些发晕。"

胡少香有经验。她伸手扶住菜花的胳膊,头挨着菜花的肚皮静静地听了一会儿,松了口气说:"杏花,搭把手,扶菜花到床上躺一会儿。"

胡少香和杏花搀扶菜花缓缓地来到房间,轻轻地让菜花坐在床沿。杏花帮菜花脱下鞋,和母亲一起慢慢地扶着菜花的背轻轻地在床上躺下来。胡少香拿来一条大浴巾,往菜花肚子上一盖说:"菜花,歇一会儿就会好的。可能快临产了。"

杏花赶紧跑去厨房,倒了一杯白开水,放了一汤匙红糖,放到床头柜上柔声地对菜花说:"口渴喊我。"

胡少香有经验,知道菜花要临产了。她用手摸摸菜花的额头,关切地问:"菜花,肚子疼吗?"

"不疼。有些发胀。"菜花轻声地说。说着,菜花抬起手,朝客厅指指,示意母亲去吃早饭。

"菜花,肚子疼要说呀!不要忍。疼得厉害就去医院。"胡少香说着走出房间,来到客厅,对杏花说:"杏花,你去向东办公室找一下吴景燕。向东临出发时关照我的,有事找吴秘书,你快吃早饭,吃过早饭就去。"

"好!"杏花端起桌上的粥碗,三口两口喝光了碗里的粥。杏花碗一丢,对妈说:"我去姐夫办公室找吴秘书,顺便给厂里打个电话,请几天假照顾姐。"

"快去吧!"胡少香匆匆吃了早饭,碗筷没有收拾,就来到菜花房间里。她坐在床沿,目光盯着菜花发红的脸腮。菜花的额头上还在冒汗。胡少香凭经验知道,菜花的肚子不是发胀,而是轻微疼痛。这是典型的临产症状。这种疼痛会不断地加剧。

胡少香给菜花喂了两勺红糖水,心疼地安慰说:"菜花,肚子疼就喊出来,有妈在这儿呢!放心。"

菜花嘴唇微微动动,眉毛皱了皱。

胡少香知道姑娘菜花的性格。小疼痛菜花是不会出声的。她这是不想让别人为她难过。

初夏的早晨,东边的天空一片火红的朝霞。窗外的杉树丛中一群麻雀蹦来蹦去,留下一片吱吱呀呀的叫声。胡少香拉上房间的窗帘,拽住菜花的一只手,心疼地说:"千万别忍!疼痛难受就去医院。"

菜花心里明白,刚才头一晕,脚一滑,虽然反应快,手扶住洗脸台,但腰明显闪了一下。现在头虽然不晕了,但肚子先是发胀,接着是一阵轻微的胀痛。现在这种胀痛感正在加剧,看来快要生了。想想还在南方的丈夫,菜花心里显然有些惆怅,但想想自己很快就要当妈妈了,想到远在南方的向东马上就要当爸爸了,心里又缓缓浮起一丝丝甜甜的喜悦。菜花知道,女人总要过这一关的,菜花心里不害怕。但菜花担心的是生男生女。菜花总是想着向东,她盼望生个儿子,为向东家传宗接代。母亲嘴上不说,心里也一直盼望着能有个外孙。但是,生了三胎,三朵金花。自己要是生个男孩,能了了母亲的心愿。想到这里,菜花挣扎着坐起身,轻轻地移到床沿。母亲帮她穿上鞋,她扶住母亲往厨房蹒跚地走过去。

胡少香知道,菜花要去厨房干什么。她搀扶着菜花来到厨房,待菜花站定后，胡少香打开壁柜门。

菜花望着壁柜里父亲钱正南的遗照，双手合十，虔诚地叩了三个头，心中暗暗地念叨。

胡少香望着丈夫那帅气的脸庞，泪水湿润了眼眶。她也双手合十，朝丈夫钱正南的遗像叩了三个头。

突然，杉树林那边传来救护车的鸣叫声。唔哩……唔哩……的救护车笛声有节奏地鸣响。一会儿，救护车的鸣叫声停了下来。

菜花一愣，目光在屋里扫了一圈，吃力地问："妈！杏花是不是喊救护车啦？"

"没有呀！我让她去向东办公室告诉吴秘书，万一要去医院，我和杏花人不熟，请吴秘书联系会顺当些。"

"院子里好像有救护车来了。"菜花用手摸摸肚子，轻轻地对母亲一笑，"虽然早上滑了一下，肚子有些疼痛，但不太剧烈，在家里还能坚持几天，就不要麻烦人家吴秘书。"

"菜花，这可是向东出差前交代的呀，你也听到了。城里这么大，人生地不熟的，万一……"胡少香说到这里顿了顿，本来想说万一难产，但话到嘴边，又缩了回去。说这话不吉利。胡少香赶紧改口道："万一要找个人，买个什么东西，不方便。吴秘书人熟。"

正说着，传来了咚咚咚的敲门声。

胡少香两步跨到大门口，打开门。只见杏花领着吴景燕站在大门口，两人都气喘吁吁的。

胡少香把杏花和吴景燕让进屋里，拉了一张椅子指指对吴景燕说："吴秘书，怎么惊动你啦！"

吴景燕没有坐。她朝菜花望了一眼关心地问："菜花，没有摔着吧？"

"还好！扶住洗脸台，没有跌下来。"菜花望着吴景燕不好意思地说，"吴秘书，怎么把你惊动了，没事。向东明天就回来了。"

"菜花，生孩子是大事。刚才听杏花妹子说你差点摔倒，为了保险起见，还是去医院检查一下，救护车都来了。"吴景燕两手一摊轻松地说,"领导都去南方考察,我也闲着,没事。"

说着,吴景燕招呼杏花一起扶着菜花走出大门,下了台阶,穿过杉树林,上了救护车。救护车唔哩……唔哩……鸣叫着,朝陵阳人民医院开去。

吴景燕早已跟人民医院院长打过招呼。院长很重视,妇产科主任亲自为菜花做了检查。为了安全起见,妇产科主任坚持让菜花住院候产。吴景燕跟菜花商量后,很快办理了住院手续。

菜花在妇产科待产房住下后,大家都松了一口气。吴景燕回到办公室赶紧给向东主任去了一个电话。

中午,胡少香把饭送到待产房,照顾菜花吃完午饭后,留了下来。杏花带着餐盒回家吃饭。临走时,杏花拉着躺在病床上菜花的手说:"姐,我和妈妈轮流陪你,放心!"

"你不上班?"菜花关心地问。

"请了一个星期假。姚厂长很爽快,说一个星期不行,两个星期也可以。"杏花说这话时,语气中明显有些自豪感。

菜花语气中有些责备:"杏花,你不要请假,人家厂里忙着呢!姚厂长那是看你姐夫的面子。"

"姐,你别急。还疼吧?"杏花松开姐的手,目光望着菜花。

"一阵一阵地疼,但不是很厉害!"菜花怕杏花担心,说得轻描淡写的。

杏花放心地离开了病房,出了医院大门,匆匆往家里走。

傍晚。

杏花又来到菜花的待产房。

她和母亲正商量轮流去医院食堂吃晚饭,突然,菜花一声惊叫。杏花和菜花一看,菜花的额头上已经大汗淋漓。菜花的腹部剧烈地疼痛起来。胡少香和杏花一见菜花疼得两只拳头捏得紧紧的,身体侧过来又侧过去。

胡少香赶紧让杏花去叫医生。自己拿起脸盆,倒了半盆热水,挤了一个热毛巾把子,撒开后,散了散热,轻轻地擦着菜花额头上的汗珠。胡少香是过来之人，凭自己的经验，这么疼痛，这绝对是临产的征兆。但是孩子这事儿，谁也说不准顺利不顺利。有的产妇，一阵剧烈疼痛之后，一两个小时，孩子就露头了，那是顺产。有的产妇，疼痛起来，大汗淋漓，乱喊乱叫的，叫了一天一夜，孩子就是不露头，那可就急死人了，但愿菜花能顺利。胡少香不太担心菜花生孩子会遇到麻烦。这里是全县最大的人民医院，吴景燕给医院院长都打了招呼，有妇产科主任亲自接生，就是遇到难产，也应该不会有问题。胡少香担心的是菜花走自己的路，第一个是女孩。问题是现在全国实行计划生育，一对夫妇只生一个。如果菜花这胎是女孩，这辈子向东家很有可能就无后了。这可是黄瓜敲大锣——一锤子买卖的事。胡少香担着生男生女的心思。胡少香知道，菜花也担着这个心思呢！

妇产科主任带着两名护士来到病房，拿着听诊器反复听。一番检查后，妇产科主任愣了一下说："别急！再观察一下，好像胎位不正。"

主任留下一名护士陪伴菜花，走出待产房后，又扭头朝护士交代说："疼得厉害，赶紧喊我。"

过了一小时，妇产科主任带来两个助手，来到待产房。她对胡少香说："你是菜花母亲，我不瞒你，胎位有点问题。为了保险起见，我们将菜花送到产房，全面检查，二十四小时观察，放心！"

胡少香、杏花听医生的，连连点头。

菜花转到产房。胡少香、杏花的心一下子提到嗓子眼。

胡少香和杏花在待产房里等消息，心里默默地祈祷：老天保佑！老天保佑！

天完全黑下来。日光灯把待产房里照得亮晃晃的。

杏花陪着母亲在待产房里焦急地等待，目光死死地盯着玻璃窗。窗外，有一丛翠竹，路灯的亮光把竹影映到玻璃窗上。夜风摇曳着翠竹，竹影正在玻璃窗上不停地晃悠。

五十六

南方考察团最后一站香港。

香港的繁华让参加考察的党政干部大开眼界。有些乡镇党委书记是陈焕生上城，闹出不少笑话。

明天考察团将结束南方考察日程。晚上，香港万通集团张董事长宴请考察团全体人员。向东喝了不少酒，要不是万通集团陶志玲关照，向东肯定会喝高了。向东心里很佩服陶志玲，她说话算数，酒宴上帮向东解了好几次围。要不然，向东非喝趴下不可。

宴会一散，向东赶紧回房间，倒了一杯白开水，坐在沙发上。他把明天的行程又过了一遍。早上从香港坐客轮去深圳，中午乘深圳飞重庆的飞机。一路顺利，晚上应该赶到家里。向东的眼里浮现出菜花挺着大肚子，蹒跚地行走在杉树林的小道上的样子。

向东下意识地抬腕看了看手表，快九点钟了。此刻，菜花应该已经睡下了。到南方考察一晃六天过去了，家里一切平安。向东扳着手指头算着妻子的预产期，应该不到一周。再过一周，就要当爸爸了，向东心中涌起阵阵甜蜜和喜悦。菜花是一个度量大又通情达理的女人。这次本想请假照顾菜花，毕竟预产期临近了，什么事儿都会发生，但菜花说什么也不让自己请假。这让自己感动不已。好在有丈母娘，有小姨子杏花，向东这才放心地随考察团来到南方。想到这里，向东突然心里一愣，似乎忘了一件事儿。自己这次出远门，最应该给丈母娘和杏花带礼品。但一直没有空闲时间去逛商场，什么东西也没有买。黄万和书记曾计划放大家半天假，让大家自由活动，采购些礼品带给家人。但日程安排太紧，只好作罢。向东知道，包里有三条重磅真丝围巾，卫国和桃花在深圳看望自己时送的。自己一样礼品也没有买。向东又下意识地看看表，这么晚一个人也不便出去。向东有些遗憾，长长地叹了一口气。

突然，房间门不知是谁敲得咚咚响。向东赶紧从沙发上站起来，大步走过去，打开房门一看，大吃一惊。

敲门的人是陶志玲。陶志玲手里拎着一只沉沉的手提袋，脸上红通通的，嘴里散发出浓浓的酒气。

陶志玲一步跨进房间嗓门挺高："姚主任，你早溜回来啦！"

"不是散席了吗！"姚向东顺手关上房间门，把陶志玲引到沙发旁，指指沙发说，"陶主任，这么晚还不回去？"

"找你！"陶志玲娇滴滴地把手提袋往茶几上一搁，从手提袋里拿出大哥大往茶几上一放着急地说，"怎么酒席一散，就找不着你人影了，怕我把你灌醉？我可是保护你的呀！"

"快坐！快坐！"姚向东一边去沏茶一边说，"陶主任，多亏你从中保护，要不，我这办公室主任恐怕此刻回不了房间。"

"怎么感谢呀？"陶志玲借着酒气站起来，深情的目光盯着向东的脸，热烫烫的手抓住向东的手掌说，"酒店土地出让的事，我们张建承董事长很满意，谢谢你！"

向东握着陶志玲那滚烫的手，浑身像通了电似的。这些日子菜花怀孕，几个月没有碰女人了，向东心里生起一种说不出滋味的异样感觉。向东直愣愣的目光盯着陶志玲笑笑："谢谢万通集团！关键的时刻给我们县融资三千万元。"

"不说了！董事长刚才散席后到处找你，你打个招呼就不见影儿了。"陶志玲说着，把手从姚向东紧握着的手掌中抽出来。姚向东挺不好意思地朝陶志玲笑笑："只顾说话，不松手，酒多了，酒多了！"

"握个手咋啦！你们内地来的就是不开放！"陶志玲拎起茶几上的手提袋，递到姚向东手里说，"这是张董给你准备的一套西装，金利来的！"

姚向东把手提袋又递给陶志玲连连摆手："不可以！不可以！"

"我可不管。这是张董送给你的。张董说了，看内地干部是不是解放思想，看他是不是敢穿名牌！"陶志玲说着拎起茶几上的大哥大说，"姚主任，穿西装是最起码的着装，是对客商的尊重。你可别乱想呀，张董不会贿赂你。对了！这次你们考察团的干部在香港闹了不少笑话。"

"别说了!"姚向东想起抽烟、吃自助餐闹出的笑话,心里很不是滋味。有一个乡镇的党委书记接过客商发来的一支烟。客商发的是带过滤嘴的香烟。他竟然把香烟叼反了。他擦了一根火柴在过滤嘴上点,怎么也点不着,还着急地丢下火柴梗说:"香烟受潮了!"闹得在场的同志全都笑得前仰后合。在场的几个香港客商用不可思议的目光盯着这位党委书记。停顿了好一会儿,哄堂大笑。在香港,吃了一顿自助餐。自助餐的饭菜品种繁多,花样新奇,摆满了长长的条桌。自助餐桌边是大玻璃墙。大家端着搪瓷盘沿着长条桌一路往盘子里夹菜。有一个乡镇来的干部绕着桌子兴奋地往盘子夹菜。从长条桌拐过弯来,一抬眼,看到隔壁还有一长条桌的菜肴。他端着盘子朝另一长桌跑过去。谁知嘭的一声,他的盘子撞到玻璃墙上,盘子撞得粉碎,菜肴洒了一地。在场的一看,又是一阵哄笑。那笑声就像汽油桶里丢了一根火柴。那名干部看到的条桌上的菜肴是映在玻璃墙上的,当时那名干部尴尬得无地自容。想到这里,姚向东似乎明白了一个道理,思想解放不是说说,首先从开眼界说起。只有开了眼界,才知道世界有多大,世界有多精彩。看来,这个张董送套金利来西装给自己,也是让自己从穿西装开始,真正地跟上改革开放的步伐。向东想来想去,这套西装只能先收了,有情后补,姚向东拎起手提袋晃了晃说:"陶志玲!代我谢谢张董!"

陶志玲拎起大哥大,朝房间门口走去,边走边说:"姚主任,下次来香港带你去歌舞厅开开眼!"

姚向东把陶志玲送到房间门口,既没有点头,也没有摇头,两人的目光对视着,突然,陶志玲伸出手臂,箍住姚向东的肩膀,滚烫的嘴唇在姚向东的脸腮上快速地吻了一下说:"一路顺利!"

姚向东惊愣住了,望着陶志玲那窈窕的身材,目光注意着陶志玲那微微颤动的胸部,心中突如其来地一阵骚动。

丁零零……丁零零……房间里响起了急促的电话铃声。

姚向东急步走到电话机旁,操起话筒:"喂!喂!"

话筒里传来急促的声音。电话是吴景燕秘书打来的。吴景燕告诉姚主任，刚才接到陵阳人民医院的电话，说菜花难产。根据检查，面临着是保大人还是保小孩的选择。医院不知怎么处理，把电话打到县政府办公室吴景燕那里。当时是吴景燕与人民医院院长联系的。医院的意见是陵阳人民医院医疗技术有限，要想大人小孩全保，只有找泸阳市人民医院妇产科专家。但菜花不便送到泸阳市人民医院去，路上颠簸厉害，产妇可能会有危险。

　　放下电话，姚向东急得直搓手。泸阳市里的医院不熟悉。他想到徐凤霞。只有徐凤霞能通上关系，把泸阳市里的妇产科主任请到陵阳县人民医院做手术。但这么晚了，长途电话不好打呀。

　　陶志玲站在房间门口还没有走。姚向东正想送走陶志玲，赶紧去总台想办法打长途电话。突然，他眼睛一亮，他看到陶志玲手里的大哥大。姚向东焦急地走到陶志玲身边说："借大哥大用一下，有点急事。"

　　陶志玲赶紧把大哥大送到姚向东手里。姚向东不好意思地笑笑说："陶主任，你帮我拨一个大哥大号码。"

　　陶主任明白了。大哥大在南方刚开通不久，内地许多地区没有使用上大哥大。姚向东肯定没用过大哥大。陶志玲赶紧熟练地拔出大哥大的天线，对姚向东说："你有对方的号码吗？如果是大哥大号码，可以直拨。如果是座机，还得通过总台转。"

　　姚向东想到徐凤霞表哥徐江风。他赶紧从上衣口袋掏出名片，扫了一眼说出了徐江风的大哥大号码。

　　一会儿，大哥大拨通了。陶志玲将大哥大递到姚向东手里。

　　姚向东接过大哥大，话筒里传来徐江风的声音："喂！你是哪里？"

　　"我是姚向东！"

　　"你买大哥大啦？"

　　"借的。"

　　"这么晚了，有急事？"

　　"真有急事。我现在在香港。我爱人难产住在陵阳县人民医院。

麻烦你打电话告诉徐凤霞。她泸阳市里人熟，让她最好能请妇产科专家去一趟陵阳。这样，长话短说，让她直接与吴景燕联系。你马上打电话告诉徐凤霞。我明晚才能到家。"说完，姚向东把大哥大递到陶志玲手里："谢谢！多亏你这个大哥大。徐江风在深圳，徐凤霞是他的表妹。他知道徐凤霞的联系方式。"

"姚主任，别急呀！现在医院医疗技术水平高了。放心，大人小孩都会保，都能保！"陶志玲关了大哥大安慰姚向东，"千万别着急。有事打电话找我。名片上有我大哥大号码。"

陶志玲说着走出房间。姚向东目光看着陶志玲消失在走廊尽头，这才走回房间。

姚向东一屁股坐到沙发上，呆呆地望着窗外闪烁的霓虹灯，心里有些后悔。想不到会出现难产。不应该想不到呀，姚向东脑海里出现雪白的病房，雪白的病床，病床上雪白的床单，床单一头露出菜花那痛苦的脸庞，那脸庞上一定透出无限的企盼。女人生孩子，这可是生死攸关呀，自己作为菜花的丈夫，现在不在妻子的身边。

姚向东长长地叹了一口气，心里暗暗祈祷：但愿苍天保佑！他记得这是菜花常说的一句话。但愿一切顺利！

苍天有眼，苍天应该有眼。自己当年从天坑上面的枝丫上掉进天坑，是菜花父女把自己从天坑底部救起来送到陵阳县人民医院的。当年，我也是躺在那雪白的病房、雪白的病床、雪白的床单上。是菜花父女守护着我，是菜花的热血流进自己的血管。现在，我在千里之外，只能祈求苍天保佑菜花。

好人有好报。

姚向东一夜无眠，归心似箭。姚向东自己安慰自己。

五十七

晚上快十点了，徐凤霞还没有睡觉。她端坐在房间办公桌前，手握着从初中到现在一直用的金星自来水钢笔。房间里开了一盏台灯，淡粉色的台灯罩，柔和的粉色光照在金星笔尖上透出闪闪的光。

徐凤霞正在给泸阳区委宣传部写一篇解放思想的讲话稿，稿子已经写了一半了。解放思想是宣传部门的主旋律。徐凤霞没有去过深圳，听自己的表哥徐江风经常说到深圳的发展速度。表哥说得很形象，深圳的发展用一日千里来形容一点不为过。徐凤霞问表哥，深圳也是在中国，怎么会发展这么快呢？表哥回答得很简洁：解放思想呗！

"解放思想"这四个字此刻在徐凤霞的脑海中像电影画面不停地显现。徐凤霞提着金星钢笔面对着稿纸，陷入了深深的沉思。

初夏。

泸阳的晚上才会有一丝丝的清凉。窗户打开着。有些凉气的夜风从窗户吹进房间里，徐凤霞感觉有些凉。她放下笔，站起来想去柜子里找件长袖衬衫披上，屋里传来父亲的喊声。

父亲没有睡。徐立银部长睡前有看报纸的习惯。此刻，徐部长正坐在客厅沙发上看报纸。

"凤霞！"这是父亲从客厅传来的喊声。

徐凤霞听了，赶紧应了一声："哎！我在房间里！"

"你的电话！"

"电话？谁的电话？"

"你表哥徐江风的。"

徐凤霞走出房间，来到客厅，接过爸爸递过来的话筒，朝爸爸点点头，便对着话筒问："表哥，你在哪儿？"

"我在深圳。"

"这么晚打电话，是不是陵阳办厂的事说得不顺利？"

"很顺利！张建承的万通集团原计划在陵阳建服装厂，现在改建四星酒店，陵阳正急着招服装企业。服装企业能拉动就业。陵阳正急着招商呢。你打电话给向东主任，主任特别重视。"

"重视就好！"

"凤霞妹子。有个急事。"

"急事？"

"不是我的急事。"

"谁的急事？快说呀。"

"向东。"

"姚主任？姚主任有什么急事？他不是正在南方考察吗？"

"是他妻子菜花。是这样的，我前几天拜会向东，给他留了一张名片，上面是大哥大的号码。大哥大通话方便。他打我的大哥大，让我连晚打电话给你。"

"他妻子菜花怎么啦？"

"菜花难产。现住在陵阳县人民医院的妇产科。妇产科的主任说了，大人小孩只能保一个。向东听到这个消息，都快急疯了。他希望连夜找到泸阳市人民医院的妇产科专家去陵阳会诊。对了，具体你与吴景燕联系。向东说吴景燕你认识。"

"知道了。谢谢表哥。"徐凤霞一听浑身紧张起来，心里悬起了一块石头。她"啪"地放下话筒，把电话里的情况简短地告诉了爸爸。爸爸知道向东与凤霞的关系，更知道向东与现在的妻子菜花有一段传奇的故事。

徐立银部长放下报纸，目光盯着凤霞说："菜花是个好姑娘。我现在就打电话给泸阳市人民医院的领导，你直接去泸阳市人民医院门诊等。最好医院安排救护车，派上一两名妇产科专家，连夜赶到陵阳人民医院。人命关天，要快！"

"我也跟救护车去！我那边路况、人头都熟悉。"徐凤霞着急地说。

"爸支持你！你虽然离开了陵阳，离开了向东，但救人要紧，更不能忘了那段情谊。"徐立银站起身，"快去吧，我给你派辆车送到泸阳市人民医院。"

"谢谢爸爸！"徐凤霞感激的目光注视着爸爸，情不自禁地伸出手握住父亲的手说，"谢谢爸爸理解。"说完，转身往大门口走过去。

泸阳市人民医院领导特别重视，连夜派出以妇产科主任倪秀梅为首的会诊小组,乘一辆救护车赶往陵阳县人民医院。徐凤霞也坐上救护车一同赶去。

鸡叫头遍,救护车开到陵阳县人民医院。吴景燕接到徐凤霞陪倪主任来会诊的电话后,赶到县医院,赶紧给陵阳医院的妇产科乔丹萍主任作了汇报。倪主任想得很周到。会诊后,如果有把握,在确保大人小孩双安全的前提下,就在陵阳医院技术助产或剖宫产。如会诊后,大家认为双保安全把握不大,就用救护车把菜花接到泸阳市人民医院。

吴景燕一直等候在陵阳医院大门口。救护车到达后,吴景燕把徐凤霞、倪秀梅主任一行领到妇产科主任办公室。简单寒暄几句后,倪秀梅让乔丹萍主任介绍产妇临产情况。

倪秀梅听了,皱皱眉头,手一挥说:"乔主任,胎位异常,产妇宫缩时紧时松,伴随着间歇性疼痛,这是难产症状。观察等待时间不宜太长。走,去手术室。"

倪主任跟着乔主任和几位助手一同来到手术室。倪主任拿起听诊器,一边听胎心,一边问身边的乔主任:"病人疼痛几个小时啦?"

"从下午到现在,应该有十几个小时。但剧烈疼痛有五六个小时。"乔主任望着表情痛苦的菜花,想了想说。

"准备剖宫产,不能再等了。万一宫颈收缩剧烈,胎儿不能顺产引起大出血,保大人保小孩,谁都说不清。"倪秀梅一直从事妇产科工作,经验丰富。她没有犹豫,也没有让在场的医生助手讨论就决定了。

徐凤霞、吴景燕站在门口,心里紧张,但一句话也插不上。

倪主任做出剖宫产的决定后,朝徐凤霞跟前走了两步:"凤霞,只能剖宫产,这样保险。你看行吗?"

"你是妇产科专家,听你的。"徐凤霞信任的目光盯着倪主任,感激地说,"产妇拜托你了。"

乔主任朝徐凤霞、吴景燕摆摆手说:"有倪主任,大家都放心。你俩到病房陪陪菜花她妈和杏花,我们迅速安排手术。"

"拜托了！"徐凤霞、吴景燕几乎是异口同声地说。

徐凤霞、吴景燕轻手轻脚地走到菜花病床边，几乎是同时伸出手拉住菜花的手，微笑着朝菜花点点头。

菜花很坚强，咬着嘴唇朝凤霞和景燕投去感激的目光。

倪主任主刀，乔主任当副手，还有几名助手、护士迅速忙开了。麻醉之后，躺在手术台上的菜花下半身就没啥感觉了。菜花只能感觉到心脏咚咚地跳。可能心里有些紧张，菜花的手心里都是冷汗。她目光盯着天花板，心里翻腾开了。生个孩子这么难，惊动了这么多领导和医生护士，菜花心里有些过意不去。菜花知道，向东虽然在南方考察，但他是县里的办公室主任，他有徐凤霞、吴景燕一帮同事。这些同事对向东都很敬重。看来向东为人不错。要不是向东，徐凤霞不会动用她父亲的关系，连夜把泸阳市人民医院的妇产科专家请过来会诊，现在还亲自主刀剖宫。菜花想到这几天天天给父亲的遗照叩头，天天求苍天保佑，看来还有些灵验。这次难产，险而又险，大人小孩随时都有生命危险。但向东请徐凤霞带来泸阳市的妇产科专家。听那位倪主任说，剖宫产问题不大。想到这里，菜花心里闪过一个念头，也是一种奢望：生个男孩就好了！这样我菜花对得起向东。菜花脑海里浮现父亲的微笑，暗暗祈祷：生个胖小子，哪怕自己……

菜花没有想下去。护士拿了一块纱布盖到菜花的头上。菜花闭上眼睛，静静地等待。

手术很顺利。倪主任熟练地拿起手术刀，切开腹壁、切开子宫。乔主任和助手们都看到子宫里不停地蠕动着。宝宝活着！大家的目光都注视着倪主任那熟练的动作。护士们聚精会神地听着倪主任的吩咐，不时递上手术钳和药棉。倪主任用手术刀轻轻地刺破胎膜，然后吸净羊水，把手探入子宫中，托住宝宝的头。乔主任赶紧用手按住子宫把胎儿往下推，倪主任干脆利索地托住胎儿的头，胎儿的身体还在子宫中。倪主任熟练地清理胎儿的口腔和鼻腔的黏液，防止造成吸入性窒息。接着，倪主任把胎儿的肩膀轻轻地拉出来，手法很快很准。乔主任迅速拿起手术剪，剪断脐带，胎儿平安地脱离母体。胎儿发出

"哇"的一声啼哭，在场的医生、护士全都松了一口气。婴儿被送进护理室。倪主任给菜花清理缝合后，推出手术室，送到病房里。

徐凤霞、吴景燕配合医生、护士把菜花抬到病床上，松了一口气。

天已经大亮了。初夏的早晨，火红的朝霞映红了半边天。带着凉气的晨风透过门缝吹进病房里。徐凤霞、吴景燕给胡少香、杏花简单交代后，带着泸阳市人民医院的倪秀梅一行去陵阳街上吃早饭。

吴景燕本想留凤霞和倪主任一行中午喝几杯酒。但倪主任是个大忙人，吃过早饭，又去医院看了一下菜花和婴儿，给乔丹萍主任交代几句，坐上救护车返回泸阳市。

徐凤霞心里悬着的一块石头落了下来。她随救护车回到泸阳市。到了办公室一坐定，就给父亲打了一个电话。电话接通后，徐凤霞开心地说："爸爸！母女平安！"

父亲在电话里笑了："为喜欢的人做事，爸喜欢！"

徐凤霞知道爸爸疼爱自己、喜欢自己。自己想做的事他总是支持。这让自己一直在优越感浓烈的气氛中成长。徐凤霞激动地连连感谢父亲的帮助。

徐凤霞想打电话给向东报个平安。但一想，今天，陵阳县党政干部南方考察团正在返程的路上，电话打不通。

徐凤霞给自己倒了一杯水，端着茶杯，走到窗前。她目光盯着窗外大院里一蓬蓬翠竹，在翠竹之间的那些火红的石榴树，她的眼前浮现出向东那帅气的脸庞，浮现出自己冒昧地写给向东的那封求爱信，想想带着倪主任一行连夜赶往陵阳县人民医院，想起了菜花母女平安，心里长长地舒了一口气。

徐凤霞想到自己写给姚向东的那封求爱信，心中隐隐约约有些内疚。但想到姚向东的爱妻菜花，这次渡过一劫，母女平安，心安下来。

窗外不远处的花圃里有一棵高大的榕树。榕树上部像撑开的绿伞，茂密的树叶丛中，一群喜鹊在枝叶丛里蹦过来蹦过去，留下一片欢乐的叽叽喳喳的鸣叫。

窗外，太阳挂在湛蓝的天空中，阳光很灿烂，很炎热。

五十八

中午时分，初夏的阳光特别灿烂，病房里明明亮亮。菜花静静地躺在病床上，目光盯着病房的天花板，平静的脸上一点笑容也没有。

胡少香半个屁股搁在病床的床沿，手在菜花的额头上轻轻地抚摸着说："菜花，多亏凤霞！多亏景燕！"

杏花也在一旁插话："大城市里的医生有见识，有担当。一切顺利，平安就好！"

胡少香心里清楚，菜花心里一直想生个胖小子，现在虽然母女平安，但是剖宫产恢复得好也得十天半个月才能出院回家。加上剖宫产不知会不会落下后遗症，菜花担着心思，加上生了个千金，菜花有点不太顺心。

胡少香看到菜花母女平安，心里稍微安下心来，脑子里不时冒出抱外孙子的念头，但这个念头一闪而过。胡少香明白，虽然美中不足，但母女平安就好。现在的关键是让菜花高兴起来，把身体恢复好。

病房里留下了菜花与母亲的对话。杏花不插一句话，在一旁静静地听着。

"菜花，麻药过后会疼。"

"我能忍受。"

"疼得厉害就喊出声，不要憋着。憋着会伤身体。"

"妈，你放心。医生说了，几天过后疼痛慢慢就小了。"

"菜花，要听医生的，好好调养身体，千万不要胡思乱想落下后遗症。"

"后遗症我不怕，关键是生个女孩，有点对不起向东。"

"你这姑娘，怎么有这个想法？生男生女不是一样吗？"

"男女一个样？"

胡少香沉默了一会儿说："时代不一样了，男女都一样。我生了你们三个姑娘，不都是很好吗？你是幼儿园老师，桃花闯深圳也算是个小老板娘,你小妹子杏花现在是国营酒厂会计。哪个比小伙子差。"

"也是这个理儿。只是……"

"什么不孝有三,无后为大;什么姑娘再好,也要嫁出去,嫁出去的姑娘泼出去的水,这都是老皇历了!菜花,千万别往心里去呀!"

"我知道。"菜花说这三个字时,底气不足,语气有气无力。

"菜花。生男生女都一样,这是公家说的。向东是公家的人,他肯定懂这个理儿。"

菜花微微闭上眼睛。她的脑海里翻腾开了。她想到了厨房壁柜里父亲的遗照。临来医院前她去向父亲的遗照叩了三个头,也给老天爷叩了头,许了愿。菜花不怕生孩子会出现意想不到的危险,她最担心的还是生男生女。她知道,向东不会计较生男生女,但社会上的观念一时难以改变。再说,现在全国都实行计划生育,一对夫妇只生一个孩子。向东是公家的人,当然要模范执行国家的计划生育政策。这次生孩子也就是黄瓜敲大锣——一锤子买卖。生了个女孩,菜花不是嫌女孩不好,自己也是个女孩,关键是现在一对夫妇只能生一胎。生个女孩,对于向东来说,这辈子没有生儿子的机会了。不孝有三,无后为大,看来向东只能无后了。想到这里,菜花深深地叹了一口气。

菜花的心沉沉的。

胡少香目光注视着菜花那露出淡淡忧愁的面色,心里也沉沉的。她既担心菜花剖宫产恢复不顺利会落下后遗症;又担心菜花生了个姑娘不顺心。想想自己生了三个姑娘,虽然都挺好的,但邻里闲言碎语不是没有。

胡少香没有想下去,朝一旁的杏花示意给姐倒点热开水。

杏花倒了一杯热开水,拿着一把调羹递到母亲手里。

胡少香接过茶杯,舀了一汤匙水,用嘴吹吹,递到菜花的唇边说:"菜花,喝点水,润润嘴唇。一会儿让护士把婴儿抱过来给你看看。小嘴嘟嘟的,脸上红红的,特别是那双小手,肉乎乎的,真好看。"

菜花喝了一汤匙温开水,眼睛里露出了兴奋的光芒。她迫切想看看自己的小孩。毕竟剖宫产,下半身打了麻药未消,脑子糊里糊涂的。当时,孩子出生后,只听到"哇"的一声啼哭。护士把孩子在眼前晃了一下,很快送到监护室去了。母亲的话倒提醒了菜花。菜花不能下床,她朝母亲微微地张了张嘴,又喝了一口温开水说:"也不知护士同意不同意把小孩抱过来。"

胡少香赶紧朝杏花一摆手:"杏花,你去找一下护士,就说产妇不能下床,想孩子了。"

杏花笑笑,赶紧走出病房。一会儿,杏花领着一名身穿白大褂的护士进了病房。护士抱歉地朝菜花笑笑:"小宝宝长得挺讨人喜欢的。只是刚睡着了。睡一会儿后,会醒的。醒了我就抱过来。"

菜花点点头。护士伸手在菜花额头上摸了一下体温说:"正常。这些日子一定注意调养,不能着凉。"说完,护士走出病房。

胡少香、杏花轮流陪护在菜花身边。晚上,菜花吃了些青菜烂面,喝了半碗鸽子汤。八点不到,菜花迷迷糊糊地睡着了。胡少香回家休息,杏花值夜班。

病房里有两张杌子。杏花搬来一张杌子,靠近病床沿。她坐在杌子上,两只手托住脸,胳膊肘撑住床垫,脑海里翻转起来,一点睡意没有。母亲临走时特别关照杏花,值夜班要打起精神,千万不要睡着了。病房里白色的一片,静悄悄的。白色的日光灯光挺柔和,但镇流器发出的吱吱吱的声响像秋蝉在鸣叫。杏花回忆起进城半年来的生活,像做梦似的。乡下就是乡下,城里就是城里。山民就是山民,城里人就是城里人。尤其是向东姐夫,当了办公室主任,真的不一样了。这手里好像特别有劲儿,说话也特别管用。姐姐菜花一下子从山沟里小学民办教师调到城里当了机关幼儿园老师;自己的工作似乎也没有费什么劲,就到陵阳酒厂当上了会计。当会计不到半年,那姚厂长对自己特别关心,又要往厂办公室调。要不是姐夫打坝,自己已经在办公室工作了。当然,这个姚厂长听姐夫的,自己是姐夫从乡下调来陵阳酒厂的,当然要听姐夫的。姐夫是办公室主任,但不知道姐夫手里的权力究竟多大。这次姐姐菜花生孩子,杏花算是开眼界了。姐姐菜花难产,姐夫不在陵阳,竟然能把泸阳市人民医院里的专家请过来会诊，并直接做了剖宫产手术。不但保了大人，还保了小宝宝。虽然是个女婴，有点美中不足，但母女平安就好。连夜把大城市里的妇产科专家请过来，这不是件容易的事。看来姐夫有两下子。想想夜里吴景燕秘书和徐凤霞一直忙着这件事，直到处理停当后才离开，杏花觉得姐夫的人缘关系肯定也不错。杏花没有往深处想，只是在心里佩服姐夫，甚至崇拜姐夫。杏花抬起头，望着睡着的姐姐，心里暗暗为姐姐高兴。姐姐找了个好丈夫，全家跟着沾大光了。

突然，病房传来轻轻的敲门声。杏花站起身，拉开病房门后，抬头一看，姐夫向东手里拎着一只大皮箱，直愣愣地站在门口。

杏花吃惊地望着姐夫问："你从南方回来啦？"

向东轻轻放下手里的皮箱，朝病床上的菜花瞥了一眼说："刚到陵阳，没有回家，直接到医院来了。"向东说着蹑手蹑脚地来到病床旁，目光深情地注视着睡着了的菜花那有些发白的脸庞说："杏花，你们辛苦了。别惊动她，我看她一会儿。"

杏花搬了一张杌子，往向东身边一放说："坐下来，好好看看。"

向东感激地朝杏花笑笑，轻声说："你和妈妈辛苦了。本来以为出差回来菜花才会临产。想不到提前了一星期。"

"多亏了凤霞姐、景燕秘书。她俩可是一夜未眠。"杏花站在姐夫身边夸起徐凤霞和吴景燕。杏花说完，想起姐夫刚回来，关心地说："姐夫，你回家休息。这里有我和值班护士。"

"杏花，你回家休息，我来值班。"向东声音高了些，惊醒了菜花。

菜花睁开朦朦胧胧的眼睛，看到向东回来了，一阵惊喜，但想到自己生了个千金，似乎欠了向东债似的，语言变得低沉起来："向东，你回来啦。什么时候回来的？"

"刚在机关大院下车，就直接坐三轮车赶过来了！"向东关心地用手抚摸着菜花的额头说，"你吃苦了，让你挨了一刀。唉！我说不去考察，假都请好了，你让我放心地走。还真遇上难产！"

"谢天谢地！苍天保佑，母女平安！"杏花在一旁说。

"多亏了凤霞姑娘，多亏景燕秘书。向东，你可得好好谢谢人家！"

菜花语气很诚恳。说完，叹了一口气："向东，给你生了个千金！"

"千金好！一朵金花！"向东笑嘻嘻地说着，朝菜花点点头。

菜花的眼眶里闪出泪花，手伸出被窝说："杏花，带你姐夫去看看宝宝。"

向东赶紧把菜花的手塞进被窝说："注意保暖，千万不能着凉。"说完，转过身，朝杏花笑笑："当爸爸了！去看看大姑娘噢！"向东有意说得乐哈哈的。向东心里清楚，菜花临产前个把月，老是说计划生育的事。向东是个聪明人，他知道菜花的弦外之音。菜花担心生个丫头，这一辈子就只能不孝有三，无后为大了。这不能怪菜花，毕竟菜花的父母生了三个姑娘。毕竟上次去松江镇，向东的母亲李花红问过菜花怀孕期间爱吃甜食还是爱吃酸，菜花一直记在心里。菜花曾向自己说过吃甜吃酸的事。从刚才菜花的语气中向东听得出来。难怪临产前个把月菜花每天都在她父亲的遗像前祈祷，她是想生个男孩，想为我们姚家传宗接代。想到这里，向东知道当务之急是要让菜花有个好心情，有了好心情，剖宫产的伤口才会恢复得快一些。

向东跟着杏花走出病房后，又开心地说："走，去看大姑娘了！"说这话时，声音明显有些高，声音中充满了自豪。向东这是说给妻子菜花听的。他要妻子知道，生个女孩也一样高兴。

菜花目光盯着病房门，听到向东的这句话，心里反而更加沉重。她知道，向东这句话有意说给自己听的。向东心里怎么想，菜花不知道。但向东母亲李花红怎么想，菜花心里有数。

五十九

菜花剖宫产恢复并不顺利。正常的产妇剖宫产一个星期就会出院，回家休养个把月就像正常人一样。菜花不知什么原因，第三天才能勉强下床，走路还需要别人搀护。妇产科的医生很重视，给菜花认真地检查身体。妇产科医生怀疑菜花难产耽搁了几个小时。另外，在手术中骨盆底部的肌肉群可能有不同程度的拉伤、损伤，最典型的表现是菜花子宫脱垂，而且伴随尿道炎。加之，正值初夏时节，冷热不均。白天天气炎热，夜晚天气凉爽，可能产后受了凉。总之，菜花身体一直比较弱。

母亲胡少香很是担心。姚向东从菜场买了鸽子、老母鸡等营养价值丰富的菜。胡少香变着花样烧菜，但菜花似乎胃口不好，吃得不太多。半个月过去了，尿道炎好多了，下床走路也不要人搀扶，菜花的身体渐渐好起来。但不知什么原因，菜花一直提不起精神来。

姚向东、杏花白天要上班。胡少香说什么也不让姚向东、杏花值夜班。胡少香很能干，除了在医院食堂订餐外，她还到医院不远的一家小饭店加工一些黑鱼汤、鸽子汤，保证菜花的营养。

姚向东、杏花在单位食堂吃晚饭。下班之后直接去医院看菜花。一家人在一起，病房里挺热闹。菜花虽然提不起精神，但看到小宝宝那肉嘟嘟的样子，脸上不时会浮现出有些沉重的笑容。

一天晚上。

姚向东、杏花逗着小宝宝玩。小宝宝的小手不停地摆动，嘴里呀呀地叫着。母亲胡少香拉着菜花的手，对向东说："小宝宝生下来快二十天了，光顾着菜花的身体调养，小宝宝连个名字也没有。向东，你是文化人，给宝宝起个名字呗！"

"姐夫！你有文化，给宝宝起个名字。要不，小宝宝小宝宝的，叫起来不顺。"杏花用手指在宝宝的额头上轻轻一点。

向东朝菜花笑笑说："菜花，你给宝宝起个名字，你说了算。"

菜花走下床，趴在婴儿床边上，目光注视着小宝宝，对向东说："你起个名字，你见多识广。"

"菜花，你说点想法。"向东很尊重菜花，认真地说着，拉住小宝宝的手，逗笑着，"宝宝，让妈妈给你起个名字。"

菜花用手推了推向东的肩胛，语气挺认真地说："向东，丫头名字要起，来弟也行，招弟也行。"

"不！不！不！太俗！"向东朝菜花笑笑，目光瞅了瞅胡少香、杏花说,"现在时代变了,生男生女都一样。再说,全国实行一对夫妇只生一个孩子的政策,不存在招弟、来弟。妇女能顶半边天嘛!我看叫姚霞,霞光满天呗!你们看看。"

杏花一听,连说了三个好。菜花和母亲思忖了一会儿,也逗笑着说:"这个名字好。"

菜花用手指在小宝宝胖乎乎的脸腮上点点说:"霞霞!霞霞!"

小宝宝呀呀地咧着嘴唇,灯光映照下的红通通的脸上浮着淡淡的笑容。

远处松江上传来一声声夜航轮船沉闷的汽笛声。向东想留下来陪夜,但胡少香摆摆手,又对着婴儿床喊道:"霞霞,再见!"小宝宝不知什么时候睡着了,没有回音。

姚向东和杏花一前一后走出病房,往家走去。

陵阳大道全面拓宽施工。昏黄的路灯光亮里,泛起朦朦胧胧的尘土。杏花跟在向东身后,默默地往前走,一句话也不说。杏花心里曾闪过一丝尴尬的想法,晚上家里只有姐夫和自己,似乎有点不太方便。但这话又不便说出口。杏花转念一想,不睡家里,睡哪里去呀。自己到城里来半年不到,连个知心姐妹也没有。但转念一想,也许自己想多了。姐夫是个厚道人。当然,这几个月,姐夫工作忙,加之姐姐生孩子,不知什么原因,姐夫常常不知什么原因脸会红红的,有时看自己的目光似乎也有些怪怪的。特别是有的时候姐夫会喘粗气。杏花凭着大姑娘家的本能,瞎猜测。杏花调到城里来工作后,看了不少电影。电影中的男男女女的事儿也开了不少眼界。想到电影电视中男女亲热的劲儿,杏花心也怦怦怦地跳个不停,脸上能感受到有些发热。想归想,杏花往好处想。姐夫是个大干部,是个有文化的人。虽然这几个月姐姐怀孕生孩子,没有机会跟姐姐在一起亲密,但姐夫能管住自己。他不可能像朱爱国,酒喝大了,不能把持住自己。杏花相信姐夫。再说,自己是向东的小姨子呀。杏花想想,心慢慢地放了下来。

杏花和向东两人回到家,已经九点多了。

向东有些睡意，坐在客厅的三人沙发上，打开了电视机。电视机里正在播放一部流行电影片《小花》，优美的旋律在整个客厅缭绕。那歌词也让人听了特别动情：

妹妹找哥泪花流
不见哥哥心忧愁心忧愁
望穿双眼盼亲人
花开花落几春秋
啊
花开花落几春秋
当年抓丁哥出走
背井离乡争自由
如今山沟得解放
盼哥回家报冤愁报冤愁
啊……啊……
……

杏花在厕所洗脸洗脚，听到客厅里电视机里播放的电影《小花》的插曲，心里刹那间引起了共鸣。杏花纳闷地想，这电视里怎么这么巧播放电影《小花》的插曲。虽然这歌词说的是过去的事儿，但这动人心弦的旋律，正迎合着杏花此时的心情，向东心里说不定也产生了共鸣，要不，怎么不关电视，听得这么津津有味呢！应该把歌词稍改一个字：哥哥找妹泪花流。向东是个知恩图报的小伙子。当年，认自己的父亲钱正南母亲胡少香为干爸干妈，父母亲都很喜欢他。按理说，姐姐没有工作，又是高中生。向东是大学生，又是城里当官儿的，门不当户不对，但向东非要追着姐姐菜花。有情人终成眷属，生活中的菜花、向东真应验了这句话。这次生孩子，菜花难产，虽然剖宫产母女保了下来，但恢复不尽如人意，说不定会落下什么后遗症。加之，菜花心里总有障碍：重男轻女。说到底，对自己的妻子菜花，心里比谁都清楚。菜花是个度量大的人，心里总是装着别人。当年，她和父亲把向东从天坑里救上来，这是救命之恩。向东想娶菜花以表达自己的感恩的心愿，但菜花一直不热心。她知道自己那个时候有很多不顺的事儿，她不想连累向东。现在生了个女孩，她又觉得对不起姚家。姐姐菜花就是这么个人，心里永远想着别人。向东当然想着姐姐，他不会冲动。即使生理上有时冲动，他也会控制住自己。他会对得起姐姐菜花的。

向东是个文化人，处理事儿懂得轻重。这些日子，他找了不少西医、中医朋友，还通过徐凤霞，向泸阳市人民医院的妇产科主任倪秀梅咨询。向东知道：当务之急，尽快调养好菜花的身体。至于男孩女孩的事儿，出院之后，慢慢再做菜花的工作。此刻，姚向东坐在沙发上，打开电视机，正好是电影《小花》，那旋律正合拍着自己的心情。只不过电影里是妹妹找哥泪花流。客厅里是哥哥忧妹泪花流。好在这段时间，经过医生的精心诊治，丈母娘胡少香的细心调养，菜花的身体慢慢恢复，向东的心渐渐地放了下来。

此刻，听到电视机里播放《小花》电影的插曲，他目不转睛地盯着屏幕看。

杏花从厕所里走出来，朝自己房间走过去。向东轻声喊道："杏花！电影《小花》，很好看！"

"知道！"杏花朝姐夫笑笑说，"姐夫，我有点累了，你看吧！"说完，走进房间，轻轻地关上门。

窗外，夜色深沉。不远处的松江上，夜航轮船的轮机声由远处传过来，又传到远处去。

过了一星期，菜花出院回到家。有了小宝宝霞霞，家里热闹起来。

菜花回到家，按照医院妇产科主任乔丹萍的出院意见，要请长假调养。主要是尿道炎时有发作，再加上手脚关节经常会痛，全身乏力。怀疑染上了产后风湿症。向东按照乔主任的意见，向机关幼儿园主任请了长假，并做菜花的思想工作。好在有丈母娘胡少香住在家里，菜花的调养向东用不着操心。向东只是定期带菜花去陵阳县人民医院就诊复查。

一晃半年过去了，又到了腊月。霞霞活泼可爱。不时大人逗霞霞笑，有时霞霞会逗大人乐。胡少香开心，杏花常常陪姐姐逗霞霞，菜花的心情也好多了。特别是秋天过后，菜花的尿道炎已经三个多月不复发了，菜花心里的担心少了不少。

菜花自从难产，后经泸阳市派妇产科专家倪秀梅来陵阳会诊，母女平安。剖宫产后不久又落下产后后遗症。菜花的心里一直没顺畅过。特别是生了个千金，她总想到有些对不起向东。但国家又实行计划生育，不能再生了。也就是说姚向东无后了，而且是绝对的，除非自己离开向东，菜花不敢想下去。看到活泼可爱的霞霞，菜花心里很不是滋味。菜花感到不知哪里出了问题，自己从进了陵阳县人民医院妇产科，总是不顺。也许这就是命运吧。

菜花回到家后，每天早晚要对着厨房壁柜里的父亲遗像祈祷，从不间断。

她相信父亲的在天之灵会保佑自己，更相信苍天有眼。

但她总是失望。

菜花的心情比较沉重。

六十

菜花出院回到家后，母亲照料小宝宝，料理家务。杏花下班后帮着母亲做些重体力家务活儿。家里的事儿菜花一点不沾手。菜花感到很清闲。正常人生孩子一两个月就歇得闲不住了。菜花从医院回到家，一晃半年多过去了，身体时好时坏，一直请产假没有去机关幼儿园上班。进入腊月，尿道炎好了几个月，霞霞特别可爱，菜花精神好了些。她跟向东商量，过了春节就去上班。向东心里有数，菜花生孩子难产，虽然泸阳市人民医院妇产科专家倪秀梅亲自为菜花主刀剖宫产接生，但由于耽搁了时间，骨盆底部的肌肉韧带出现不同程度的拉伤，损伤的程度还比较大，加上染上了尿道炎，时不时会发作，一直没有痊愈。向东去陵阳人民医院咨询过，医生告诉他，初夏时节生孩子往往冷热不均，很容易着凉，会有产后风湿后遗症。菜花出院时不时会感觉手脚关节疼痛，有时怕风，眼睛不由自主地流泪。产后风湿症很难全康复。晴天好些，遇到阴雨天，特别是气候潮湿的时候，往往容易复发。医生交代过，最好的治疗是注意休息，注意保暖，注意调养。倪秀梅主任是给菜花剖宫产的主刀，她交代向东，在菜花面前不要说得太多，以免菜花担忧。长期担忧会想得很多，想得很多有可能会患上抑郁症。向东劝菜花再休养半年。向东说得很在理，身体最重要。幼儿园里上班，整天吵吵闹闹的，很容易伤身体。菜花只好听向东的，耐着性子调养。

人一闲下来，脑子闲不下来。晚上，宝宝睡着了，菜花一个人静静地躺在床上。自从住院回家后，一次也没有单独开床头柜上的台灯。单独开台灯，台灯的白炽灯泡上涂上了红漆，房间里显得特别地浪漫和温馨。但是，自从生下宝宝霞霞出院回家后，不是关节痛，就是全身乏力，有时尿道炎发了，更是疼痛难忍。有时宝宝睡着了，向东会喘着粗气亲吻自己，但菜花似乎一点感觉也没有。菜花知道，临产前到现在，都快八九个月了，向东每次都是这样，亲热一会儿，喘着粗气儿到客厅去看电视去了。菜花想到这事儿，心里很是内疚，似乎自己犯了大错误，再看看熟睡的霞霞，总觉得欠了向东一大笔债似的，心里特别难受。

菜花想得很多。她经常会放录音磁带似的，从把向东从天坑救出来后，直至现在的酸甜苦辣，这段曲折的经历一遍一遍地播放。菜花是大山沟里长大的，虽然在松江镇上读过高中，但没有走出大山。见不多，识不广，许多曲折经历，菜花无法解释。祸与福在自己的生活中不停地交替着上映，她无法去解释。菜花只能不停地去回忆，反复回忆中她似乎有些感悟，她把这种感悟全部归到老天爷身上。似乎冥冥之中有一种神秘的力量在主宰着自己的命运，也主宰着生活在这个世界上所有的男人和女人；所有的穷人和富人；所有的好人和坏人。

这就是老天爷。要不然，我们的祖辈怎么会创造出苍天保佑这个词儿呢！菜花信命运，相信苍天。

菜花越来越信佛。自从父亲因公殉职后，菜花心灵受到沉重的撞击。父亲是菜花最崇拜的人。父亲为人诚恳，宽厚待人，说得通俗一点，父亲在松林村，在松江镇上有人缘。要不然，父亲当了二十几年的山民，怎么会被推荐招工到了公家石油勘探队，吃上皇粮，真正端上了铁饭碗。但是，父亲突如其来地走了，连个招呼也不打。菜花的心虽然承受住了父亲突然去世的重重打击，但心灵上留下了难以磨灭的阴影。父亲的音容笑貌一直印在菜花的脑海里。自从父亲突然去世后，她开始感受到人的生命的脆弱。活生生的一个人，说走就走了，也许这就是命吧！菜花开始信佛。她和母亲胡少香商量，在鱼头村家里显眼的地方请木匠打了一副神龛，供上了父亲的遗像，以便天天寄托自己的哀思。在菜花的心中，父亲的神龛不但供着父亲的遗像，还供着老天爷。结婚到陵阳城，有了新家后，她知道向东是公家的人，不信佛，也不好去信佛。菜花把厨房壁柜留了一格，摆放着父亲的遗像。在菜花的心中，这里就是老天爷在的地方。

什么事儿简单地去想都能想得通。俗话说，大难不死，必有后福。这句话用在向东身上倒挺灵验。向东自从掉进天坑被菜花父女救上来后，真是福气连连。先是考上了大学，后是分到政府当官，而且这官儿还越当越大，越当越顺。现在从秘书当到办公室主任。工作也一路顺风顺水的。陵阳大道拓宽开工顺利，招商项目也是一个接一个的。就算现在，工作忙归忙，还艳福不浅。徐凤霞人家是大官家庭出身的城里姑娘，竟然给他写了求爱信；现在办公室的秘书吴景燕，人长得漂亮，有文化，处理事儿利利索索的。这次向东出差南方，自己在陵阳的医院妇产科生孩子难产，还真多亏了她。这吴秘书肯定很崇拜向东，要不然怎么会对向东家的事儿这么热心呢。就连自己的那个小妹子杏花，姐夫刚给她安排了工作，从乡下来到城里，杏花整天姐夫姐夫地叫着不停，老是要感谢姐夫。那天中午，家里吃个酒，杏花竟然把姐夫灌醉了。不知这个小妹子心里怎么想的。菜花想提醒杏花,但怎么也开不了口。听向东说,香港万通集团办公室有个主任叫陶志玲,年轻貌美,每次向东去香港都给向东送不少名牌围巾、皮带、领带。菜花听在心里,感到酸酸的。菜花想虽然想,有些还往深处去想,但菜花把向东从天坑救上来后,就认准了向东。她相信向东是个知恩图报的人。虽然向东艳福连连,但向东是个办公室主任,接触女同志也是正常的事儿。菜花总是往好处想。倒是自己,自从天坑救出向东后,好像总是不太顺畅。虽然自己的命运像天空的太阳,不时从阴云中露出头来,但这乌云总是飘忽不定,时不时地会遮住太阳。本来自己并不想嫁给向东,毕竟门不当,户不对。向东是大学生,是当官儿的;自己是高中生,又没有工作,后来还是向东托人给自己安排了一份民办教师的工作。但向东抱着感恩的心态坚决要娶菜花。菜花不想接受向东这份感恩的爱,看到徐凤霞写给向东的求爱信后,下决心离开向东。尽管那时菜花与向东的爱恋已经碰发出炽烈的火花。想不到这个徐凤霞知道向东与菜花的传奇故事后,度量更大,选择了离开向东,离开陵阳。后来的一切似乎都顺畅起来,结婚,工作也很快调到城里。接着小妹杏花的工作也落实了。杏花从鱼头村一个村民来到陵阳酒厂会计室上班,当上了一名风风光光的城里人。母亲胡少香也进了城,一切似乎都顺利起来。自己怀上了孩子,想不到难产,生了个丫头,自己还落下了生产后遗症。

也许这都是命运。

菜花感到不顺心。

菜花感到命运在与自己作对。也许老天爷不喜欢自己了。是自己干了坏事吗?菜花想来想去想不出来。自己究竟干了什么不好的事儿。自己难产留下后遗症,自己受着。但老天爷让自己生个丫头,让姚家无后,菜花心里想不通,总感到欠了姚家的,总感到老天爷不公。菜花每天早上晚上都会去厨房壁柜里的父亲遗像前磕头祈祷。那里既是父亲的遗像,更是菜花心中的神龛,那里供奉着老天爷。

人不能闲下来,闲下来就会乱想,而且越想越想不开,越想越复杂。菜花想过来想过去,有些事情好解释,有些事情可不能解释。就说那个张升财,那天竟然做出那种龌龊的事儿,让朱爱国有口难辩,让自己蒙受羞辱。想不到这个张升财不知哪根神经接上了光明的电源,满脑子亮堂了。他认识到自己的错,在朱支书门前连跪了三天,终于得到朱支书的谅解。当然,朱爱国最后丢了命,那是国家的"严打"政策,那是朱爱国碰上高压线,反正那是命运。想想从小在一起长大的朱爱国,活蹦乱跳的,说没就没了!也许那是老天爷安排的。人呀人,菜花越想越理不出头绪,越理不出头绪,越往深处想。临近年关了,菜花的尿道炎又复发了,人精神越看越不好,身体变得特别地虚弱。

菜花想在心里,闷在心里,又不愿说出来。有时,菜花一个人面对厨房壁柜里父亲的遗像,双手合十,嘴里喃喃自语,母亲在客厅里见了,又不便喊菜花,心里担心不已。菜花这是入迷了。胡少香知道,人不能入迷,入迷就会发呆。胡少香开导菜花,但菜花听不进去,母女俩的对话超有意思。

"菜花,不要早早晚晚地拜。"

"早早晚晚拜,这是我的心意!"

"心意到了就行,不在次数。"

"次数不多,说明心不诚。"

"不能老打扰你父亲,不能老打扰菩萨!"

"心诚则灵!"

"不能入迷!"

每当说到这里,菜花不跟母亲争辩。她还是静静地站在壁柜前,目光呆呆地盯着壁柜里父亲的遗像。有时,一站半个小时,菜花不挪一下步子。

向东也注意到菜花不寻常的举动。向东先是以为菜花产后身体一直不好,加之生了个丫头,产生了不少心理障碍。虽然向东做了不少工作,生男生女的道理讲了不少,但菜花似乎听不进去。因为国家实行一对夫妇只生一个孩子政策,菜花觉得一点希望都没有了。是她菜花让姚家无后,菜花有一种负罪感。向东知道,菜花想多了,但菜花产后身体一直不好,又长期歇在家里。人闲着脑子不空闲着,这样想来想去会想到牛角尖里去,会发呆的。向东想让菜花春节过后去机关幼儿园上班。但他咨询了几家大医院的医生后,有些紧张了。大医院的医生提醒向东,菜花有可能得了抑郁症。

向东心里紧张起来。向东不便告诉家里人,更不能告诉菜花。向东从新华书店买来几本医疗名著。向东开始在办公室里研究女性抑郁症。向东想得很简单,这事儿不能声张,更不能让菜花知道。产后后遗症已经让菜花丧失了生活的信心,如果让菜花知道自己有可能得了抑郁症,她一定想得更多,那不等于要了菜花的命吗?这恩情一辈子也还不清。他不能让菜花受更大的苦。他要研究女性抑郁症的异常表现和治疗方法。如果进一步恶化,向东想好了,带菜花去大医院治疗,不惜一切代价也要治好菜花的病。

难道真有命运?命运真的会捉弄人?菜花信佛,菜花相信命运,向东从来没有阻止菜花。因为向东知道,菜花与父亲感情深厚。父亲突然走了,菜花心里难过。也许让菜花在父亲的遗像前多磕几个头,菜花心里会好受些,不管怎么样,只要菜花愿意去做的事,向东总会由着菜花。这是过去,向东爱菜花,他总是顺着菜花。

现在不行了。现在菜花入迷了。

接下来的日子,家里忙,单位更忙。向东决定过完年,带着菜花去一趟陵阳县人民医院诊治。

快过年了,人们都喜气洋洋的,菜花心情不好。尿道炎折磨着菜花,虽然打针吃药,但不见好转。

菜花整天唉声叹气,苦恼、忧伤的神情始终浮现在脸上。

胡少香担心,杏花担心,向东更担心。

六十一

向东从陵阳的新华书店选购了几本医学方面的书籍。他把书放在办公室抽屉里。姚向东不敢把这些医学书籍带回家中。他担心菜花看到会联系到自己的身体状况产生更多的胡思乱想。上班时间稍微空闲时，向东就会拿出来看看。向东心里很着急。菜花生孩子一晃半年多了，身体状况一直不是太好。特别是性格似乎变了似的，心情总是沉重，办什么事都提不起精神来，有时会莫名其妙地唉声叹气。这些日子，向东打电话咨询了不少医生朋友。医生朋友说了不少可能性。有一种可能性引起了向东的高度重视。女性产后后遗症很多，产后风湿、盆底肌受损，还有子宫脱垂、尿道炎甚至生个女孩也会引起产妇的心理悲观。久而久之，会产生抑郁倾向。向东回忆起这几个月来菜花的生活状态，似乎样样都能对得上号。

早上，姚向东把手头的几个文件签发后，从抽屉里拿出刚买的《家庭医生手册》，翻到女性抑郁症的几大异常表现，认真地看起来。窗外的花圃里，玫瑰、三角梅的叶片早已脱落。北风呼呼地吹着竹枝，发出沙沙沙的声响。花圃四周冬青树的叶片青翠翠的，阳光下泛着晶莹的光泽。

冬天的嘉陵江流域气候不算寒冷，但办公室里没有暖气，一阵阵的西北风透过窗缝门隙把冷气渗进屋里。姚向东没有穿棉衣。上身一件浅灰色的毛线衣，明显有些冷。向东不停地搓手掌，认真地看下去，越看心里越紧张。他看到女性抑郁症的几大异常表现，嘴里轻轻地念出声来：意志消沉。轻者心情不佳，苦恼、忧伤，终日唉声叹气；重者情绪低沉、悲观、绝望，有自杀倾向。自我评价低。病人往往过分贬低自己的能力，以批判、消极和否定的态度看待自己的现在、过去和将来。这也不行，那也不行，把自己说得一无是处。总觉得自己对不起别人，强烈的自责、内疚、无用感、无价值感、无助感，严重时会出现疑病观念。快感丧失。丧失兴趣是抑郁症病人的常见症状之一。对日常生活兴趣的丧失，对各种娱乐或令人高兴的事体验不到乐趣，体验不出天伦之乐。病人产生疲劳感。精力丧失，疲乏无力，但无明显的原因。睡眠有障碍。患者通常入睡无困难，几小时后即醒，醒后又处于抑郁心情之中。醒后不复入睡，陷入悲哀气氛中……

姚向东轻声读着，读着读着他停了下来，没有继续往下看。这几条异常表现就足以说明菜花可能患上了抑郁症。向东心里越发紧张起来，他跳过几页，直接翻到中年女性得了抑郁症怎么办。这一章，刚看到平时要多鼓励病人，多培养病人一些兴趣爱好，在饮食上多给病人一些百合、黄花菜，多让病人晒晒太阳这些要求后，姚向东正要看下去，传来了轻轻的敲门声。

"进来！"姚向东合上《家庭医生手册》，往办公桌右上角一推，对着门大声说。

"姚主任，是我！"吴景燕手里拿着文件夹，轻轻地推开门，径直走到姚向东办公桌前，把文件夹往姚向东面前一搁说，"这是加强春节期间安全工作的通知，你审定一下。"

"好！"姚向东朝吴景燕望了一眼，与吴景燕的目光对视了一下，心里微微一动。吴景燕穿着粉红色的毛线衣，胸部的毛衣里面好像藏了两只大馒头，挺挺的。白里透红的脸，像熟透了的苹果。黑白分明的大眼睛，目光与自己对视的那一刹那间，充满了无限的渴望。姚向东的心微微一颤，有一种突如其来的热乎乎的感觉。也许自从菜花临产到现在八九个月没有亲热过，加之菜花一直处于那种说不出的状态，此刻眼前充满生气的吴景燕，激活了自己身体中那种渴望的本能。姚向东很快冷静下来，收回目光，抬手朝吴景燕摆摆："吴秘书，先放这里，我看一下。需要修改我找你。"

吴景燕笑笑，目光落到办公桌角上的《家庭医生手册》，好奇地拿起来，翻了几页问："主任，哪儿不舒服？要不要去医院？"

"是你嫂子。这不，生孩子以来，精神状态一直不好。"向东站起身，拿过吴景燕手里的书说，"这书新出来的，家里看看很好。"

"不严重吧？"吴景燕关切地问。

"从这书上介绍，可能是产后后遗症引起的抑郁倾向。不过，书上说了，抑郁症是可以治愈的病。"姚向东说着，端起茶杯喝了一口，感激地朝吴景燕笑笑，"上次多亏了你和凤霞！给你俩添麻烦了。"

吴景燕转身走到门口，又转过头，朝姚向东轻松地一笑："有事喊我！"

姚向东听着笃笃笃高跟鞋撞击地面渐渐远去的声音，仍然愣站着，目光还盯着门口。姚向东的心里冒出一个想法，要多和菜花沟通，多说些愉快事儿给菜花听。看了《家庭医生手册》上关于抑郁症的异常表现及治疗办法，自己有一定的责任。菜花从怀孕到临产，直到难产，自己几乎没有尽到一分做丈夫的责任，说到底没有照顾好菜花。特别生下霞霞后，总认为家中有丈母娘料理，还有小姨子杏花帮忙，自己一心扑到工作上去了，很少与菜花沟通。尤其是难产，带来了不少产后后遗症，加之夫妻生活没有了，自己总是认为不能给菜花心理负担，因而很少亲热她，关爱她，这可能多多少少让菜花产生了失落感。菜花是个自尊心很强的女人。生了女孩，她一直觉得对不起姚家。但产后后遗症不能同房，她虽然没有说出口，但从产后看自己的眼神可以觉察到她的内疚感。姚向东想起了吴景燕、徐凤霞，想起了小姨子杏花，甚至想起了远在香港的陶志玲，这些漂亮、充满青春活力的女人，时不时出现在自己的身边或家庭生活中，菜花一定会感受到。菜花度量大，但菜花是人，而且是个女人，谁也说不清菜花心里怎么想的。将心比心，人总会时不时地在心里产生本能的欲望。自己不也是这样嘛，爱美之心人皆有之。见到漂亮的吴景燕，自己总会多看几眼；徐凤霞来个电话，心里也怦怦怦地跳个不停。就说小姨子杏花的天真烂漫，也可能勾起自己本能的欲望，总之，姚向东说不清，为什么总会有一种莫名其妙的兴奋感。特别是自己这次去南方考察，陶志玲去房间看望，临走时那轻轻的突如其来的一吻，让自己至今还兴奋地回味不止。

菜花心里怎么想的，姚向东不知道。姚向东只知道钱菜花度量大。想到这里，姚向东开始自责起来：自己太自私了。整天工作工作，什么时候去想到菜花心里的感受。有些事儿是需要沟通的。有些好消息是要说给菜花听的。轻松开心的事儿听多了，菜花就不会往别处想。

中午。

太阳挂在蓝蓝的天上，亮晃晃的阳光洒向大地，北风中透着一股暖气。

姚向东破例回家吃午饭。过去，为了中午多一点工作时间，往往在食堂吃饭。今天，下班时间一到，就匆匆地回到家。

吃过午饭，他拉了拉菜花的手，亲热地说："菜花，中午太阳好，走，我们出去晒晒太阳。"

丈母娘一见，赶紧催促菜花："今天太阳朗朗的，出去走走！"

"向东，你难得回来吃饭。歇会儿，下午还要上班呢！"菜花说着，把桌上的饭碗往一起叠。

"菜花，去晒晒太阳！我来洗碗。"胡少香这些日子心里也愁着。她看到姑娘心情总是不太好，又不知道什么原因。此刻，向东带菜花去散步，心里很开心。做娘的当然希望自己的大姑娘愉快。

向东朝丈母娘笑笑："妈！辛苦你了。霞霞睡着了。我和菜花到大院里走走，顺便说说事儿。"

姚向东说着，拉住菜花的手往门口走去。菜花抽出手，跟在向东身后，走下台阶，穿过杉树林，来到大院里。

风不知什么时候停了。冬天的阳光照在身上暖洋洋的。向东放慢了步子说："菜花，这些日子你辛苦了。"

"没事！"菜花不想让向东有负担，语气很轻松。

"产后一直这个病那个病的，也没有带你去大医院好好看看。"向东说着停住步子，目光落在菜花的脸上，心疼地说，"病折磨你，霞霞又烦你，看，你瘦多了。"

"还好。"菜花不愿多说话。

姚向东想起《家庭医生手册》上说的，要多沟通，多给抑郁病人说些感兴趣的事儿，多说些开心的事，朝菜花歉意地笑笑："菜花，晚上陪客多，难得回家。一回到家又逗着霞霞，好多事儿都没有来得及告诉你。你还记得叔爷吧？"

"记得。"

"叔爷的事落实了。上次招商大会偶遇章德林的儿子章爱军。这个章总说话算话，回去没有多久，就把他父亲章德林写的关于叔爷李大江和妻子李翠花是地下交通员的证明寄来了。我把证明交给了县民政局，并代叔爷写了一份要求落实政策报告。县民政局很重视，又做了很多核实工作。民政局还专门派人去了海南，专门找到章德林。告诉你，县里已经做出决定：李翠花追认为革命烈士，并决定将李翠花遗体移葬到县烈士陵园；李大江按照革命军人待遇落实政策。县领导很重视。要求明年上半年全部落实到位，并要求县委宣传部撰写叔爷李大江的事迹材料，在有关报纸刊登，电台播放！"

"向东，你做了件大好事。"菜花有些激动，"当年，你去上大学，让我等县里的通知。谁知这一等近十年了。你要是不遇上章德林儿子章爱军，恐怕还不知道什么时候能落实。这也是天意，是老天爷让你遇上章爱军。"

"叔爷的精神感动了我。看来也感动了上帝！"向东知道菜花信佛，什么事儿总往老天爷身上扯。向东为了让菜花开心，总是顺着菜花。

菜花若有所思地点点头，脸上浮现出一丝丝笑意。

向东趁热打铁说："菜花，桃花和卫国说要回来过年。还说春节要专门来看妈和你，还要给霞霞包压岁钱。"

菜花望着向东的脸，一脸的企盼。

"到时在贵宾楼请他们！"向东说，"菜花，你知道吗？卫国、桃花他们思想解放，脑子活络，在深圳发大财了！他们还想回来发展。"

"回来发展？"

"对啊！我们陵阳大道拓宽，要建十大建筑，另外，陵阳经济技术开发区的报告省里也批下来了。海南竹艺进出口贸易公司与向方公司的合作项目，还有徐凤霞表哥的帅特服装有限公司项目都将落户开发区。万通集团除了在陵阳大道上建四星酒店，还要在开发区投资建设彩电组装厂，总之，好事连连。"

"快过年了，好事多呀！"

"县里主要领导表扬我们办公室服务到位，招商有成绩。军功章有我的一半,也有你菜花的一半。谢谢老婆。"姚向东情不自禁地习惯性地拽起了菜花的胳膊。

菜花有些不好意思,抽出胳膊,朝向东笑笑:"我可没有做什么。"

向东见菜花脸上露出了微微的笑容,心里轻松多了:"没有你,哪有我的今天。"

"大难不死,必有后福!"菜花望望向东说,"你的命运!老天爷保佑你!"

天空白莲花般的云朵大块大块地飘移。火红的太阳从云隙间露出脸,洒下一片灿烂的光芒。

六十二

腊月二十四,送灶的日子。

胡少香一大早把厨房打扫得干干净净。壁柜抹得泛光。

胡少香打开壁柜门,对着丈夫钱正南的遗像虔诚地凝视着。一会儿,双手合十,叩了三个头。接着嘴里喃喃自语,又叩了三个头。

胡少香刚要关上壁柜门,菜花走进厨房,站在胡少香的身旁,对着父亲的遗像连叩了六个头。胡少香知道,菜花前三个头是给钱正南叩头,后三个头是给老天爷叩头。菜花信佛,胡少香知道。胡少香也信,但她不入迷。菜花半年多来身体一直虚弱,精神提不起来。胡少香知道菜花难产吃了苦,这半年多来又患上产后后遗症,心里不畅快,是自然的事。产后早早晚晚地到厨房里给父亲钱正南遗像叩头。开初,胡少香这个当母亲的理解菜花,生孩子不顺,求求菩萨保佑,求求父亲在天之灵保佑,也属正常。后来,女婿私下提醒丈母娘,胡少香心里有些紧张。但胡少香毕竟从乡下来的,产后恢复不好在乡下也不少见,生个第二胎,毛病就自然去掉了。至于菜花生了个女娃心里不开心也情有可原。当母亲的谁不想生个能续香火的儿子。自己当年第一个生了菜花,为了生儿子,连生了三朵金花。想想也罢,现在三朵金花也开得蛮鲜艳的，日子也过得挺顺心的。要说可惜，那可惜了正南，好日子他没能看到。向东说得对，要经常与菜花说些开心的事儿。人要往开心处去想，心里就会好受些。向东有文化，说百合、黄花菜要多吃些，这些菜有利于人提起精神来。这些日子，向东隔几天就会提回几斤百合、黄花菜。

胡少香拿起小碗，舀了四碗百合汤，每碗里都放了些白砂糖。

大家围着餐桌喝起了百合汤。百合粉粉的，百合汤甜中带有一些苦尾子。杏花喝着，目光朝母亲和菜花的脸上瞅了瞅，放下小碗，自言自语地说："百合汤怎么天天喝呀？"

胡少香瞥了杏花一眼。

杏花不知眉头眼目，哪壶不开提哪壶，竖着筷子问母亲："妈！这些日子怎么天天喝百合汤？"

"怎么？不好喝？"母亲瞅了杏花一眼，"杏花，趁热喝。"

"菜花姐，好喝吗？"杏花不知趣，又问姐姐。

菜花喝了一口百合汤，点了点头。

向东见小姨子追根究底地问，又不便说明白，只好撒了个谎："杏花，百合可是个好东西呀。我乡下一个同学家种百合，送给我的。百合营养价值高，多吃补人。"

"你这什么同学，这么好，隔三岔五就送几斤来？"杏花将信将疑。

"松江山里的。高中同学。"向东随便编了几句搪塞过去。

杏花狡黠地笑笑："人家恐怕是看上你这个办公室主任手里的权吧。是请你找工作还是……"

一家人在一起吃饭，菜花心里不好受，总是闷着头吃。向东收住嘴笑笑，不想跟杏花接下话茬。

胡少香用筷子敲敲碗："趁热喝。甜丝丝的百合汤堵不住你杏花的嘴。"

杏花咕咚喝了一大口，自言自语道："还是当官好。"说完，朝向东笑笑："姐夫，跟你说个正经事。姚厂长又找我了，要调我到办公室去。"

向东望望菜花，又瞅瞅丈母娘，语气认真地说："姚厂长托人找我了。我说过些日子再说。"

"姐夫，听你的。"杏花爽气地一笑。

"听你姐夫的，没有错！"菜花和胡少香几乎是同时自言自语点点头。

胡少香搁下碗说："中午，黄花菜烧肉。向东，你回家吃午饭。"

"回家吃黄花菜红烧肉。"向东乐呵呵地朝菜花笑笑，"桃花、卫国他们回陵阳过年。还有几天就要回来了。妈，到时可别忘了烧个黄花菜红烧肉。"

数夜的日子过得快。吃过年夜饭，一家人围坐在沙发前的茶几旁看春晚。

窗外，爆竹声声。远处，烟花把天空照得像夏夜的银河，荧光闪烁。杏花抱着霞霞从沙发上站起来，走到窗台前，指着远处光亮闪耀的天空，对霞霞说："好看吧？快看，霞霞！"

霞霞听不懂，但一双明亮的眼睛烱烱地盯着窗外闪烁的夜空。

1987年的春节是大晴天连着大晴天。初一早上，太阳藏在山峦的背后，东边的天空朝霞满天，红彤彤的一片。满城的鞭炮声此起彼伏。

菜花第一个起床。向东不放心，也跟着起了床。菜花洗漱后，径直走到厨房里。向东站在房门口，用眼睛的余光瞟过去，只见菜花熟练地打开壁柜，双脚并拢，双手合十，面对着壁柜里钱正南的遗像，恭恭敬敬地叩了三个头。停留片刻，又虔诚地叩了三个头。

胡少香也起床了。胡少香到厨房里忙碌起来。菜花从厨房里走过来，与母亲打了个照面。菜花站立下来，恭敬地给母亲点了个头说："恭喜母亲身体健康！恭喜母亲发财！"

"恭喜大姑娘身体健康！"胡少香说着，朝房间一指，"菜花，早茶我来准备！你去歇歇。"

菜花虽然声音不高，但语气中明显带着期盼："妈，桃花和卫国要来给你拜年，中午多烧几个菜。"

"放心！不会亏了你大妹子！"胡少香往厨房走过去，身后传来向东的祝福："祝妈身体健康！恭喜发财！"

胡少香开心地走进厨房，边走边说："发财！发财！大家都发财！"

房间里的小床上传来一声尖叫，霞霞醒了。菜花赶紧往房间走去。

太阳爬上山峰。蓝蓝的天上飘着朵朵莲花般的白云。太阳的光亮透过玻璃窗洒进屋里。屋子里明晃晃的。

餐桌上摆着一大盘京果麻饼麻糕。胡少香煮了一大盘牛肉干丝，上面点缀着绿白相间的大蒜梗大蒜叶。刚端上桌，热气腾腾的，香气四溢。

远处的大院里，传来一两声清亮的汽车喇叭声，不时夹杂着小鞭炮噼噼啪啪的脆响。

电视机开着，屏幕里重新播放着昨晚的春节晚会。屏幕上出现了穿着太空服跳舞的画面。大家都感到很惊奇。看过不少跳舞的，从来没有看到这么新奇的舞蹈。演员的每一个动作都很刚劲有力。大家的目光盯着小小的荧屏。杏花惊喜地喊起来：霹雳舞！很新奇。大家知道吗？费翔唱的《冬天里的一把火》，那伴舞就是霹雳舞。

向东、菜花、胡少香的目光全盯着荧屏上那穿着太空服的舞蹈演员，脸上露出了兴奋的光泽。

咚咚咚，门口传来有节奏的敲门声。

向东赶紧走过去，把门打开。卫国、桃花手里拎着花花绿绿的大包小包拜年来了。向东惊奇地冲着卫国、桃花说："这么早就来啦，班车没有这么早呀！"

"姐夫，我们开车来的！"桃花手里拎着一只大帆布包对向东说，"接一下。"

向东赶紧接过桃花手里的大帆布包，连声说："恭喜发财！恭喜发财！"

"恭喜发财！恭喜发财！"卫国拎着大包小包走进客厅，把大包小包往门边一放，冲着胡少香喊了一声妈，双手一拱，"恭喜发财！"

"你们发财！恭喜大家发财！"胡少香看到桃花和卫国过来拜年，心里甜蜜蜜的。一边说一边往厨房跑，边跑边说："先喝红枣茶。向东，招呼卫国坐。"

菜花迎上来，朝桃花笑笑，语气不太有力地说："桃花妹子，好想你呀！"

"姐姐，我俩好想你呀！听说你生孩子难产，我们急死了，想赶回来。后听说泸阳的专家帮你接生，我们才放下心来。"桃花说着，拉住菜花的手，"恭喜你当妈妈了！"

杏花走过来，把抱在手上的霞霞朝桃花面前凑凑说："霞霞，叫姨妈！"霞霞睁大眼睛盯着桃花没有笑，只是好奇地抖动着嘴唇。杏花自己先笑了起来。

菜花瞅了杏花一眼，对桃花说："刚会笑，会逗人，不会叫人。"

桃花望着霞霞可爱的小脸庞，伸手从杏花手里接过霞霞，俯下头，嘴唇在霞霞胖嘟嘟的脸腮上连吻了几下说："宝宝快乐！"说完，突然想起什么，把霞霞递给杏花，顺手从背在肩上的坤包里掏出两个红包。桃花把一个红包往裹着霞霞的包被里一塞说："宝宝快乐！"说着把另一个红包塞到胡少香手里："妈！恭喜发财！"

胡少香从厨房里端来红枣汤。胡少香放下红枣汤碗，接过红包对桃花说："反了！应该妈给你发红包！"说着，又把红包塞到桃花手里。

桃花接过红包笑着说："妈，现在时代不同了。我们条件好！应该给长辈发红包！你不要见怪呀！深圳那边都是这样。"

"你百年不结婚，都是小孩！哪有小孩给妈发红包的。"胡少香说着，朝桃花摆摆手。桃花把红包硬塞到妈妈手里说："大家新年快乐！"

桃花说着，朝菜花说："这次我和卫国开车从深圳回来的。路上耽搁了几天。本来春节前就要来看霞霞，看你们。对了，卫国，你和姐夫去车上把缝纫机抬上来。我送给菜花你的。飞人牌的，很好用的。"

菜花拉了拉桃花的手，声音不高："让你们破费了。"

向东正招呼卫国吃红枣茶，听桃花一说，赶紧拉着卫国往门外走去。

向东一边走一边问卫国："你会开车？"

"会呀！"卫国有些自豪地说，"深圳那边走路都带跑的。你上次去考察，看到墙上的标语没有？时间就是金钱！节奏快呀！当个包工头，不会开车不行。"

"到南方走了一趟，县里的干部都大吃一惊。"向东放慢了步子，"卫国，陵阳这边发展也加快了步子。"

"对的！这次回来我们还有个想法。姐夫，我们在深圳打拼也有了些钱，以后有机会帮我们看看，适当的时候回陵阳发展，为家乡做点事。当然深圳还是公司总部。那里信息量大。"卫国停下步子，目光盯着向东。

向东笑笑，伸出手握住卫国的手说："欢迎你们回来投资！"说到这里，向东神秘地朝卫国笑笑，声音低了八度："卫国，问你一件事。"

"说呀，姐夫！"卫国两手一摊。

"什么时候吃你俩喜糖呀？上次说好的，我们10月1日结婚，你们年底结婚。这一拖一年过去了。"向东朝卫国神秘地笑笑。

卫国附着向东的耳朵诡异地笑笑："我俩早在一起了。只是当姐的那时没结婚，我们结婚不太好。后来你们结婚后，我们想去把喜事办了。这不是忙嘛，又拖下来了。现在告诉你，婚礼定在明年，不对，已经过年了，应该是今年五一节！"

"恭喜！恭喜！"向东连声说。

"向东，你可不要说出去！我们也是婚礼从简！"卫国低声说。

卫国、向东从车上把飞人牌缝纫机搬下来，一人抬一头，往家里走来。走到杉树林，卫国停住步子，两人放下缝纫机。

杉树林里静静的。不远处的松江上传来一阵阵汽笛声。树梢上一群麻雀跳过来蹦过去，抖落下几片枯叶，留下一片叽叽喳喳的叫声。卫国朝向东望望，低声说："姐夫，有件事不知能不能问？大过年的，怕你见外。"

"卫国，你说。"

"姐好像有心思？"

"别说了。自从生孩子，虽然请专家剖宫产既保住了大人，又保住了小孩，但生了个女孩，菜花有些内疚、自责，加上产后恢复不好，一直提不起精神。前些日子，我咨询了不少医生，也买了些医学方面的书，对照起来，菜花可能患上了抑郁症。"向东语气低沉，有些沮丧。

"能治好吗？"卫国有些着急，"菜花自己知道吗？"

"菜花自己并不知道。她信佛，整天动不动就对着父亲遗像叩头。反正提不起精神。"说到这里，向东声音高了些，"卫国，这只是猜测，千万别说出去。当然，医书上说了，抑郁症能治好的。"

"姐夫，姐受过不少打击。这次生了个女孩，加之产后后遗症，心情肯定好不起来。不过，向东你别紧张。我有个想法，过年之后，我们带菜花去一趟深圳。孩子有妈和杏花照料，应该没问题。我香港有不少朋友，给菜花找些名医诊治。病不能等。"卫国建议说。

向东点点头。向东知道南方发达，医疗条件好。向东拉拉卫国的手说："吃午饭时，你让桃花邀请菜花去南方看看。"

"好！姐夫你放心。估计你工作忙，走不开，我们会照顾好姐。"卫国说着，示意向东抬起缝纫机。两人抬着缝纫机，爬上三楼，把缝纫机往门口一放。

向东咚咚咚地敲响了门。

门里传来悠悠带着丝丝惆怅的歌声。这是毛阿敏在春晚上唱的《思念》。这首歌昨晚上向东就听到了。不知什么原因，向东听了这首歌，百感交集，心里沉沉的，眼眶里涌出了泪花。

门开了。歌声很高，旋律哀婉低沉：

  你从哪里来，我的朋友
  好像一只蝴蝶飞进我的窗口
  不知能作几日停留
  我们已经分别得太久太久
  你从哪里来，我的朋友

你好像一只蝴蝶飞进我的窗口
为何你一去，别无消息
只把思念积压我的心头
……

不知什么原因，姚向东听到这首歌心里特别伤感。虽然跟菜花一直生活在一起，但这一年来，菜花心情始终振作不起来，加上菜花剖宫产后遗症，向东与菜花已经一年多没有做过那个事了。

向东在心里思念着菜花。桃花、卫国要带菜花去南方散散心，治治病，向东心里泛起了一丝丝希望。他盼望菜花早日好起来，像花丛中的蝴蝶欢快地飞翔。这首歌的旋律飞进了向东的心窝里。

六十三

菜花答应桃花，年后去南方看看。

这要感谢桃花。

其实，菜花对什么事儿都提不起兴趣。桃花邀请菜花去深圳看看，菜花头摇得像拨浪鼓。菜花心思太重了，桃花把深圳描绘得天上人间，菜花压根儿没有听进脑子里。桃花聪明，来了个激将法，拉着菜花的手说："姐，我跟卫国去深圳已经五六年了，准备五一结婚。你是过来之人，不去深圳帮妹妹张罗张罗。"桃花知道，姐姐可能患了抑郁症，这也是卫国刚刚私下里说的。向东也拜托桃花说服姐姐去深圳一趟，到深圳既散散心，也请香港深圳的名医诊治一下。桃花心里急，姐姐明显瘦了，精神萎靡，长期这样下去，姐姐身体会撑不下去的。再说，抑郁症这病说大不大，说小不小。一旦情绪失控，自杀倾向会很强烈，人说没就没了。

桃花的激将法还真管用。菜花心肠善，度量大，总觉得自己对不起身边人。朱爱国当年醉酒调戏自己，菜花心里很气愤，但朱爱国面临判刑惩罚时,她又千方百计去找关系为朱爱国说情。当时,突如其来的"严打",朱爱国碰到枪口上,菜花一个大姑娘竟然在县法院大门口跪了一天一夜。这次怀孕生孩子,自己吃了那么多的苦,菜花自己忍着。但菜花的心里想着向东。她常常自责,自己作为一个妻子,已经一年多没有尽到妻子的责任了。剖宫产后遗症,骨盆底部肌肉群不同程度的挫伤,子宫下垂,尿道炎一直折腾着菜花。菜花恨自责,不能为向东尽到做妻子的责任。每当到了夜深人静时,她看到躺在身边翻来覆去睡不着觉的向东,心里就酸酸的。特别是日光灯熄灭后,房间里只亮着一盏台灯。那结婚前向东涂红了的白炽灯泡散出红彤彤的光亮,整个房间里一片静谧和温馨。向东的脸红红的,鼻孔里不停地喘着粗气。菜花这时的心里像刀子绞似的。菜花知道向东想做什么。但菜花明白,自己不能给予向东天伦之乐。向东是个好丈夫,过了些日子,向东不知什么时候把床头柜上台灯涂了红漆的灯泡换掉了。床头柜上的台灯换上了白炽灯泡。拉亮台灯,房间里亮堂堂的。生了个女孩,菜花也内疚,她感觉自己欠了姚家什么债似的。菜花就是这种人。妹妹桃花说要请自己去当参谋,帮桃花的婚事张罗张罗。这事要推,菜花说不出口。菜花想到,这些年桃花跟卫国到南方闯荡不容易。这些年,桃花只要从深圳回到陵阳,总是给自己带来各种各样的新奇礼品,让自己开了眼界。自己虽然到了城里,虽然嫁了一个好老公,虽然老公手里有些权力,但并没有帮桃花什么忙。

菜花决定去深圳看看。家里人一合计,卫国和桃花开车回来的。过了正月十八,卫国和桃花还要开车回深圳。选日不如撞日,菜花决定跟卫国和桃花的顺便车去一趟深圳。当然,菜花不知道这次去深圳主要是让她散散心,治治病。菜花想把霞霞带去,她担心霞霞还小,会累坏妈妈。大家心里有数,让菜花带着霞霞去深圳,不要说散散心,就是治治病,也脱不开身。

还是桃花的激将法有效。桃花的理由很充分:这次请菜花去深圳,主要是请姐姐为自己的五一婚礼出出点子,张罗张罗。带着霞霞不方便。桃花请母亲、小妹杏花照顾好霞霞,母亲和杏花明白桃花的话中之意，个个表决心似的让菜花放心。

卫国还装模作样地当着菜花和大家的面对桃花说："桃花，你不要为难你姐姐。"

"姐姐有经验！这个忙姐姐会帮的。"桃花瞥了卫国一眼，朝菜花笑笑。

过了正月十八。卫国把车开到陵阳县机关大院。卫国和桃花来到向东家里，跟母亲和杏花，还有向东道别。卫国和桃花帮菜花拎着行李箱，菜花吻了一下熟睡中的霞霞，依依不舍地跟着卫国和桃花往大院走去。向东一边走一边拉着菜花的手，亲切地说："菜花，家里一切你都放心。我们三个大人呢！帮桃花好好张罗张罗，我们都等着吃他俩的喜糖呢！"

菜花只是点点头。菜花心里惦记着霞霞，但转念一想，有母亲，有小妹自己应该放心。妹妹桃花的事儿也是一大事，不能不帮。菜花有抑郁症倾向，对什么事都不在乎。对霞霞的爱一闪之后，也不放在心上了。

伏尔加小汽车是苏联进口的，车上座位宽敞。菜花桃花坐在后排，卫国坐在驾驶位置上。

卫国摇下前后车窗，朝站在汽车右边的姚向东摆摆手："姐夫，再见！"说着嘭的一声打着火，发动机呼呼地旋转起来。卫国熟练地挂挡，按两声喇叭，右脚轻轻一踏油门，汽车缓缓地朝前移动。

姚向东朝后排坐着的菜花和桃花不停地摆着手，跟着缓缓移动的伏加尔汽车往前走。直到汽车出了大门往右拐，走上正在拓宽的陵阳大道的便道上，这才停住步子。

姚向东站在大门外尘土飞扬的路边，目光全神贯注地盯着汽车驶去的方向。好久好久，姚向东才回过神来，轻轻地叹了一口气。

从陵阳到广州，卫国一路开开停停，走了五天。正月二十三傍晚时分，汽车到达广州。

卫国在珠江酒店开了两间房。第二天，在酒店餐厅吃了自助早餐后，卫国和桃花带着菜花来到广州最繁华的商业街人民南路。这里人声鼎沸，喇叭声、自行车的响铃响成一片。路上行人熙熙攘攘。商铺一间连着一间，卖服装的，卖玩具的，卖各种点心的，最引人注目的是卖各种小电器的。什么东西都是电动的或者自动的。刮胡子的剃须刀，卫国拿在手上扭开电源按钮，刮胡刀片呼啦啦地旋转起来。卫国在菜花眼前晃了晃说："姐，这玩意儿刮胡子不会伤到皮肤，很保险的。"说完，朝服务员笑笑摆摆手："给我包一个。"

卫国付了钱，把包装好的刮胡刀递到菜花手里说："姐夫胡子密，送姐夫了！"

菜花拿着刮胡刀，仔细看看，要掏口袋付款。卫国笑笑说："姐，这个不值钱。我送姐夫的。"卫国抢着付了款。

菜花有些不好意思，正要把刮胡刀还给卫国，桃花拦住菜花的手说："姐姐，这里电器产品不值钱。再说，是我请你来帮忙张罗婚事的，怎么买点小东西还让你付款呢！姐，你别客气。"桃花说着拉住菜花的胳膊来到一间专卖电子手表的店铺。玻璃柜台里摆放着各种各样的电子手表，小小荧屏上时间数字不停地闪烁跳动着。这些电子表的表带是塑料的，各种颜色都有，五彩缤纷。还有些电子表造型很别致，有做成闹钟形的，还有的看上去是一支普通的圆珠笔，但圆珠笔的杆子上有一小方框，里面会闪烁时间数字。

菜花站在玻璃柜台前，朝着圆珠笔上的电子屏认真地望着闪跳着的数字。桃花很有眼头见识，她发现姐姐一路跟着走呀看的，并没有太多的兴趣。此刻，姐姐仿佛喜欢上了这种神奇的圆珠笔。桃花停住步子，朝营业员笑笑，用手指着玻璃柜台里的圆珠笔说："拿一支看看！"

营业员满脸笑容地从玻璃柜台里拿出一支电子圆珠笔，递到桃花手里说："给。神奇得很，既能写字，又能计时间。时间计得很准，分秒不差。"

桃花仔细看了看，递到菜花手里说："看看！"说完对营业员说："多少钱一支？"

"买一支五元，买十支三十元。"营业员非常热情，脸上笑容可掬。

"买十支。"桃花刚说完,卫国已经把一张五十元票面的纸币递到营业员手里。

菜花一见,赶紧挥手:"妹子,买这么多干啥?"

"向东是个笔杆子。这些笔能计时间,很神奇好玩,让向东送送同事。又不值什么钱。"桃花轻松地笑笑说。

菜花望着出手大方的妹子,不知道说什么好。菜花听桃花说这些东西内地没有,向东可以送人,心里想,自己结婚后,尽给向东添麻烦。这次来深圳,给他带些新奇的礼品送人,也算是自己的一片心意。菜花争着想付钱,卫国说什么也不肯。菜花无奈,只得听妹子桃花的。

在人民南路一逛大半天,吃了午饭,卫国带着菜花和桃花开车到深圳,来到坐落在深圳河边的家中。

这里是新开发的小区。一排一排的花园洋房,洋房之间绿树成荫,路边还有一条很浅的小河沿着花园洋房绕来绕去。花园洋房后面是一幢一幢高大的楼房,往顶上看,戴着帽子会掉下来。卫国和桃花的家在最靠路边的一幢高楼上。

卫国在高楼前的小广场上停好车子,领着菜花往高楼门厅走去。桃花边走边指指高楼说:"这是高层住宅。我们住在十七层。"

"这么高怎么上去。"菜花一脸惊奇。

"坐电梯!"桃花轻轻地笑道,"深圳这里是改革开放的前沿,什么东西都新鲜。就说这住房吧,住这么高,我开始不习惯。现在喜欢上了。站在客厅里,往南边望过去,能看到一望无际的大海!"

"望到大海?"菜花十分惊奇。

卫国拎着菜花的行李箱走到前面,边走边说:"姐,不但看到大海,还能看到香港。"

菜花有些兴奋,也许是太新鲜了,菜花脸上浮起了一丝丝笑容。

桃花心里踏实些了。桃花心里想,新奇也许能激起菜花的兴趣,也许能在散散心中慢慢治好姐姐的抑郁症。姐夫私下说过,他看过不少医药书,抑郁症是能治好的。

卫国与桃花的住房在十七层,是大平层,除了客厅、厨房,有四个房间,两个卫生间。桃花在靠南边的房间把菜花安置下来。桃花跟卫国商量好了。桃花陪菜花逛逛深圳的公园景点和商场,商量张罗五一节的婚礼。卫国负责通关系,找医生。

两天过去了。菜花在桃花陪伴下去深圳看看公园,逛逛商场,姐妹俩在一起,心情渐渐地好起来。菜花很尽心,不停地给桃花五一婚礼出点子,提建议。有时在商场里看到好一点的床上用品,还热心地给桃花推荐。桃花心思不在婚礼筹备上,她一门心思想的是给姐姐找个好专家看看病。在与菜花的闲聊中,桃花有意无意地夸赞南方医疗条件好,有不少神奇的专家会治奇怪的疑难杂症。菜花听了,不时会咂咂嘴,微微地点着头。

六十四

卫国通过关系找到了广州市康复医院妇产科和心理科专家。桃花把这个消息告诉菜花,菜花心里燃起了一丝丝希望。菜花想得很简单,南方的医疗条件优越。自己拖了近一年的病说不定这些专家随便看看就能治愈。想想近一年来,自己体质虚弱,加之产后后遗症,向东已经长时间地过着有女人而没有女人生活的日子了。每当单独与向东相处时,看到向东那渴望的眼神,那潮红的脸庞,听到那急促喘气的鼻息声,菜花心里就会自责不已。菜花没有办法。菜花想了许多许多。向东是个正值青春旺盛的青年人,那勃勃生机是青年人本能的欲望。菜花曾天真地想,自己离开向东,自己主动地去向东组织上要求离开向东。这样,向东可以名正言顺地重找一个女伴。但这句话才说出口,就被向东挡了回去。向东只说了一句话。向东说自己不是这种人。但菜花心里明白,向东这是在报恩。但菜花更明白,向东他是一个人。是人总会有七情六欲,这是自然规律,是自然不过的事情。菜花心里想得很多,越想得多就越想不清。菜花想不出什么办法,只能在这种自责和内疚中煎熬自己疲惫的心理。有时夜里起来小解，上床后，望着身边酣睡的向东，脑子里又飞速地旋转起来。她想起婚前向东与自己的第一次，脑海里浮现出向东那兴奋不已的脸庞和渴望不已的眼神。现在，自己病了，不能尽到一个做妻子的责任，菜花的眼眶慢慢地湿润了。

菜花听说卫国帮自己找到了广州大医院的医疗专家，心里燃起了无限的希望。菜花往好处想：要是把自己产后这些后遗症全治好了，那该多好呀！自己能做到一个尽心尽责的妻子，向东该是多高兴呀。菜花的心中扬起了幸福的风帆。

第二天上午，卫国开车，桃花陪同，三人来到广州康复医院。由于事前熟人介绍，就医很顺利。妇产科、心理科专家经过反复问诊和检查，得出一个不太好的诊断：菜花患上中度抑郁症。南方医生的治疗理念比较开放，跟内地不同。内地一般不直接地把病情的严重性告诉病人。南方医生观念很新，告诉病人真实的病情，这样病人会配合治疗。

菜花带着很大的期望来请专家诊治，想不到自己不仅产后后遗症，留下许多不适，而且脑子也坏了。听了医生的诊断，菜花不明白抑郁症是什么病，但菜花听得懂医生的意思，这是脑子坏了，脑子有问题。联想起这些日子，夜里经常睡不着，身体特别虚弱，干什么事儿都提不起精神。原来以为自己生了个女孩，心里不愉快，想不到这想来想去的把脑子想坏了。

菜花来广州时坐在车子上的那股兴奋的神态消失了。

卫国开着车，出了广州城，沿着广深大道一路往南开。菜花坐在桃花身边，目光盯着车前方，一声不吭。

桃花心里紧张起来。真是哪壶不开提哪壶。到南方来给菜花治治病，看看景，逛逛街，就是要让姐姐散散心。这下好了，菜花听医生一说，心里更紧张了。其实，两个医生都说了，中度抑郁症，只要注意休息，认真调理，外界少刺激，这病是能治愈的。南方的医生思想开放，对病人的病情都不隐瞒。他们的医疗理念是病人知道自己的病情才能知道怎么去调理。可惜，菜花只听到医生专家说病情，没有听完医生后面关于如何调理康复的话。医生说得很清楚，中度抑郁症是能治好的，关键是病人的配合。想到这里，桃花用手拽了拽姐姐的胳膊，轻声说："姐，抑郁症是个常见病。"

菜花不吭声。菜花知道这是妹妹怕自己想不开，说的不是真话。

桃花心事重重地继续说："医生说了，抑郁症是能治愈的。"见姐姐仍然没有搭话，桃花语气高了些："姐姐，听卫国说，这两个专家都是美国留过洋的，见多识广。他们有办法治好你的病，你要往好处想。"

卫国边开车边插话："姐，这两个专家各有专长。妇产科的专家专门开了方子，主要治疗你的产后后遗症，特别是尿道炎，你吃了她开的药，一段时间后一定会好起来，而且不会复发。那个心理科的专家听说在美国给美国总统尼克松看过病。美国总统的夫人也患过抑郁症，让他给治好了。耐心地在深圳住些日子，要多看看景点，逛逛商业街，散散心，心情舒畅了，这个病自然而然就好了。"

"姐，卫国深圳熟悉，又有车子，多住些日子。"桃花趁热打铁，"总统夫人都得过抑郁症，你家向东才是个主任，姐姐，能治好的。"

菜花虽然点点头，但心里乱得一锅粥似的。菜花来广州的车子上，心里想得很乐观。这些南方的专家一定会手到病除，想不到自己得了个脑子不好的病。脑子是什么地方，脑子是人的身体的指挥部呀。指挥部坏了，自己还算是个女人吗？难怪，向东这些日子看自己的目光总是那么怪怪的。那他肯定知道，自己得了这脑子坏了的病。菜花像掉进河里似的，拼命地挣扎着。她想到了向东，想到了自己的女儿霞霞。今后的路怎么走呀。自己曾经与父亲把向东从天坑里救出来，捡了向东一条命。向东是个知恩图报的人，他记着自己的恩。徐凤霞给他写了那么直白的求爱信。徐凤霞姑娘是个什么人？大学毕业生，父亲是泸阳市里的大干部，凤霞自己也是陵阳县办公室的科长，长得又那么地漂亮，特别招人喜爱。可是，向东婉言谢绝了凤霞姑娘的热心。当然，凤霞姑娘也是个知情达理的好姑娘。当她知道姚向东与自己的神奇经历后，毅然找了个借口调离了陵阳。凤霞父亲是个大干部，她还借助父亲的关系，帮向东办了不少事。当然对于凤霞父亲来说这些事儿帮谁都是办，但她父亲有那个权呀。这些事儿其实都是向东拒绝凤霞求爱后最担心的事。"主持"去掉了，向东名副其实地当上了县政府办公室的主任，家里的房子也调了个两室一厅有厨房有卫生间的大房子，自己的工作从山沟里调到了陵阳城里。最让人难忘的是难产那阵子，凤霞从泸阳大市里亲自陪医生到陵阳，既保住了大人，又留住了孩子。凤霞是个好姑娘，她爱向东，她处处想着向东，想着向东一家子。自己呢？凤霞就是一面镜子。自己也应该像凤霞姑娘一样，为向东着想。怎么办呀？自己得了脑子不好的抑郁症。医生专家说能治得好，还治得好美国总统尼克松夫人的抑郁症。谁信呀？他医生专家自己说说而已，说不定就是安慰自己。难怪，此刻桃花不停地说些让自己宽心的话。菜花脑子一团乱麻，她越想越糊涂。但有一个念头，始终萦绕在菜花的脑海里：怎么才能对得起向东，怎么才能不拖累向东。

菜花的脑海里不时闪过一个念头。回到桃花家中，菜花一点也提不起精神。

桃花和卫国有些紧张。本来是借着激将法把菜花带到深圳来散散心的，想不到才玩了两天，费尽心机找关系，找了两个专家给菜花治病，菜花让这两个专家治疗后，心情更不好了。桃花私下埋怨卫国，卫国感到委屈。桃花埋怨卫国考虑问题不周到。应该事先跟两个医疗专家通个气，让这两个医生不要当面告诉菜花病情，但卫国感到很委屈。这两个专家留洋过美国，理念跟内地完全不一样。他们可是有一说一，有二说二，不喜欢给人看病弄虚作假，更不喜欢为病人隐瞒真实病情。卫国为姐看病的事可是费了大劲了。这两个留过洋的专家号不是那么好挂的，卫国私下里没少花钱。

桃花卫国也想通了。反正医生专家已经说得明明白白，菜花也知道病情。隐瞒下去也不是个办法。有病就得治，说明白了也好。菜花一时心理负担重些，但随着日子的推移，随着产后后遗症的逐渐好转,心理的抑郁也会慢慢好起来。桃花和卫国都往好处想。桃花想得更单纯。她让卫国这些日子把工作上的事放一放,两人陪陪菜花,把深圳、珠海,还有广州等地的景点多看看。桃花知道菜花信佛,喜欢烧香,于是她让卫国把这一带的庙宇还有庵观都找一找,陪菜花去拜拜。当然,医生开的药也要督促菜花吃。

卫国和桃花往好处想,但他俩怎么也想不到菜花此刻心里是个什么滋味。

菜花想什么,他俩不知道。

他俩也想不到。

六十五

菜花是山沟里长大的女孩子,没见过大世面。但自从天坑上掉下个帅小伙姚向东后,短短的十几年,她经历过太多的大风大浪。那天,世界上的事情就是那么巧。当姚向东从百米高的天坑上方的树干上掉进天坑底部厚厚的茅草丛里时,菜花和父亲在坑底打猎正好碰上了。姚向东被救出天坑底,又奇迹般地活了下来。这个姚向东真的应了一句几千年来的俗话,大难不死,必有后福。从此,姚向东走上了康庄大道。考上了大学,当上了官。当然,这个姚向东没有忘记自己的救命恩人钱菜花。两人经历了曲曲折折,风风雨雨,有情人终成眷属。但眼前这个状况,钱菜花心里凉了,彻底地凉了。自己给姚向东生了个女孩,现在国家实行计划生育政策,姚家这辈子要断香火了。钱菜花心里很是内疚。最让菜花想不到的是自己生孩子生出了一大堆毛病。什么毛病自己都能承担,唯独自己对向东来说不能尽一个妻子的义务,自己承担不了,心理压力太大了。钱菜花每当想到这件事,心里就像浇了瓢凉水。相爱,是要给对方幸福和愉悦的,自己不能尽到义务,菜花越想越多,脑子里经常像一团乱麻似的,怎么理也理不清。菜花虽然脑子有时不太清楚,有些抑郁,但有一点她是清楚的,如果不能给对方愉悦和幸福，自己应该怎么做。这个事儿菜花想得特别多。也许患有抑郁症的人会一条道想下去，会自以为是，会不顾一切。菜花似乎想到了一条道。

菜花常常唉声叹气，但她心里知道，这一切不是自己能主宰的。也许，这个世界上真有老天爷，人活在这个世上，一切的一切都是老天爷安排着，自己不知道罢了。姚向东从百米高的天坑上面掉下来，还能活着，这不是老天爷的安排是什么？每当夜深人静时，菜花脑子里会想好多好多的事，这些事儿似乎背后都有老天爷这个有力的推手。父亲从山沟里的泥饭碗，竟然捧上了国家的铁饭碗，父亲这一辈子怎么也不会想到。谁知道这个铁饭碗捧了几年，连人带碗没有了。想到这事儿，菜花就会暗暗地流泪。菜花没有办法解释，只能信老天爷，只能信佛。朱爱国的事儿，就是那般鬼使神差地丢了命。经历的事儿多了，这些年菜花在心灵深处似乎不管什么事儿都有个解释，人有命运，这个命运由老天爷安排。

菜花信佛，在菜花的心里，家乡千溪湖畔的霞光寺给菜花留下的印象最深了。那是与向东热恋的日子。自己感到与向东门不当户不对，老是犹豫不定，不想与向东好下去。虽然，自己曾经和父亲钱正南把姚向东从坑底部救上来，救了姚向东一条命。但处个姊妹还可以，非要与向东走到一个屋檐下，似乎有点儿说不过去。自己高中毕业，没有国家正式工作，向东可是大学毕业生，是县城里的官儿，两人不相称。再说，救人一命，那也是天意，不一定要向东以身相许。但姚向东知恩图报，似乎还有些迂腐。姚向东执意地追自己，似乎有一种非自己不娶的意思。都是青春年华的人，菜花拗不过姚向东的一片真情，爱的心扉对向东缓缓地敞开了。菜花想得很简单，也许这也是天意，是老天爷安排的。但当时菜花想得很认真，自己将来要是不能给向东带来愉悦和幸福，主动离开就是了。老天爷会安排的，菜花那次和小妹杏花去松江镇的千溪湖畔的霞光寺烧香，许了许多愿，竟然都一一灵验了。向东转正了，去掉"主持"；分了大房子，自己的工作从山沟里的小学民办教师调到了陵阳县机关幼儿园当教师。一切都顺风顺水。现在,不知老天爷怎么安排的,菜花不敢想下去。

卫国和桃花这么热心。特别是自己的妹子桃花,说是让自己到深圳来帮她张罗五一节举办婚礼的事。现在全明白了,卫国和桃花是带自己到广州深圳来看病的。医生说到点子上了,自己应该是患上了抑郁症。这是一种脑子里想得特别多的病。自己确实是这样,脑子里自主不自主地总是想得特别的多,有时想得似乎不着边际。虽然医生说这种病能治好,但什么时候能治好呀。霞霞那么小,向东每到与自己相处的时光那眼神充满了无限的渴望。菜花是过来之人,她明白,向东那颗心在熊熊燃烧。菜花不敢想下去,越想越多,就会更加理不出头绪来。菜花担心自己想多了,会加重抑郁症的病情。

菜花想到了老天爷。既然到深圳来了,应该把深圳寺庙的菩萨拜一拜。想到这些,菜花的心似乎又敞亮了一些。在深圳两眼一抹黑,卫国、桃花不能老是陪着自己。菜花想了解一下深圳的寺庙,独自一人去逛逛。

早上起床后,菜花把自己的想法跟妹子桃花说了。桃花一听,头摇得像拨浪鼓似的说:"菜花姐,深圳是大地方,车水马龙的,你初来乍到,逛寺庙很难找呀!"桃花着急的是菜花患的是抑郁症,这病挺麻烦的。菜花姐一个人出去找寺庙烧香,万一走错了地方怎么办。桃花不放心。

菜花轻松地笑笑:"桃花妹子,你不是经常一个人出去办事吗?"

"姐!我来深圳五六年了!"桃花说着,目光盯着菜花的脸用商量的口气说,"姐,这样,你看行吧?"

"怎样?"菜花期盼地望着桃花的脸。

"卫国有汽车,方便。"桃花说着,见卫国走过来,忙拉住卫国的胳膊说,"卫国,跟你商量件事?"

卫国看到桃花姐妹俩正在说事,停住步子,对桃花说:"说呀!商量什么?都是一家人!"

桃花松开卫国的胳膊说:"卫国,姐想看看深圳的寺庙。她怕影响我们的工作,想一个人去逛逛。我不放心!"

"我也不放心。"卫国朝菜花笑笑说,"姐,你知道深圳有多少寺庙吗?"

桃花接过话说:"姐,卫国经常接待客人,少不了陪客人去寺庙逛逛。深圳的寺庙卫国都熟悉。"

没等桃花说完,也没等菜花回答,卫国目光朝窗外望望说:"深圳有名的寺庙就有十座。桃花,你看这样行吧,这些日子还在找香港的名医给菜花诊断治疗,菜花在深圳还得住些日子。我俩来个见缝插针,一有空,我开车,桃花你陪同,去寺庙烧香。"

桃花点点头。

菜花有些不过意,歉意地笑笑说:"给你们添麻烦了!"菜花心里有自己的想法,她要熟悉深圳的寺庙,她有一个大胆的想法。但深圳这个地方人生地不熟的,她的想法没有办法实现。这个想法时常会在菜花的脑海里冒出来。

吃早饭时,三人围坐在餐桌旁,一边喝牛奶,一边吃面包。桃花端起盛牛奶的玻璃杯,朝菜花敬酒似的晃了晃说:"姐,牛奶喝得习惯吗?"

"还是家里的稀饭好吃。"菜花也端起盛牛奶的玻璃杯朝桃花面前一举,笑笑说,"深圳这地方是不一样,吃早饭喝牛奶像喝酒似的。"

看到菜花对牛奶有兴致,卫国和桃花都饮了一大口牛奶,高兴地笑了。桃花从盘子里拿起一片面包,递到菜花手里说:"当初来的时候,没有这个条件,在工地上自己烧稀饭蒸馒头。现在条件好了,还是牛奶面包方便。"

早晨的阳光透过玻璃窗,把屋子里照得亮堂堂的。菜花想着自己的心事,边吃早饭边好奇地打听寺庙的地方。菜花接过桃花递过来的一片面包,轻轻地咬了一口,边咀嚼边对卫国说:"你刚才说,深圳有十大寺庙?"

"对呀!"卫国喝了一口牛奶,放下玻璃杯说。

"哪十大寺庙呀?"

"弘法寺、弘源寺、龙兴寺、大华兴寺、万佛禅寺、凤岩古庙、东山寺、重华寺、关帝庙、观澜古寺。"卫国一口气报出了寺庙的名字。

菜花盯着卫国的脸,聚精会神地听着。卫国说完了十大寺庙的名字,便迫不及待地问:"卫国,这些寺庙都离城里远吗?"

"远!寺庙都是风景秀丽的地方。"卫国又端起玻璃杯喝了一口牛奶。

"远就好!远就好!"菜花莫名其妙地自言自语。说完,把面包片塞进嘴里嚼得津津有味。

卫国、桃花听菜花说寺庙远就好,不知菜花说的什么意思。卫国以为菜花嫌寺庙距离远,去逛寺庙不方便,赶紧说:"姐,远不怕,我有汽车。"

菜花只顾吃早饭,再也没有吭声。

卫国、桃花理解菜花。菜花的身体不太好,又患有抑郁症,意思的表达是不太正常的。卫国想让菜花对深圳的寺庙感兴趣,边吃边介绍起观澜古寺。卫国兴致勃勃地说:"深圳的寺庙都很大,就说这观澜古寺,西临观澜河,东临观澜古墟。一有时间,我们先去观澜古寺,那里有一棵二百年以上的古榕树,枝叶繁茂,苍劲挺拔,郁郁葱葱。那粗大的树枝就像一只巨手伸向宽阔的观澜河,伸向天空,庇佑着世世代代的观澜人民。你去烧香,当然也会庇佑着我们的好姐姐。"

桃花笑了。菜花轻轻地点头。

卫国见菜花、桃花爱听,又说起了凤岩古庙:"凤岩古庙可是个风景如画的地方,那里真是神仙住的地方。"

"神仙住的地方?"菜花打断卫国的话插了一句。

"对呀!凤岩古庙三面环山,一面临海,古庙建在飞云岭南侧,后背云顶鳌峰,前拥珠江龙穴,祥气氤氲。芳林郁郁,龙蟠虎踞,确实是一块龙凤宝地,前可聆听'松径风琴'之韵律,后可览'云顶参天'之奇观。"卫国说着,还有声有色描绘凤岩古庙的香火,"那里烧香求拜的人特别多,整天香烟缭绕,鞭炮声此起彼伏。"

桃花在一旁示意菜花喝牛奶,朝卫国瞥了一眼:"别说了,让姐身临其境。找时间开车带姐去烧香。"

"一定一定。"卫国"咕咚"一声喝光了玻璃杯的牛奶,朝菜花、桃花笑笑。

菜花也喝光了玻璃杯里的牛奶。放下杯子,对桃花、卫国说:"工作要紧。卫国你方便帮我找张深圳交通图。我看了,这里的公交车、的士都很方便。我自己也可以去烧香的。"

桃花着急地站起来,捏住菜花的胳膊说:"深圳又大又乱,你不能一人去。找张深圳交通图看看可以。"

"看看!桃花来深圳五六年,把姐当乡下人了。"菜花朝卫国、桃花摆摆手说,"放心,我不会丢掉的。"

听菜花这么一说,桃花和卫国两人目光一示意。卫国心领神会地说:"姐,一人玩没意思,一家人去烧香,一家人都发财。"

菜花苦涩地笑笑。

菜花心里清楚,桃花和卫国不知道自己心里的小算盘。菜花脑子里常常会闪过一个念头,这个小算盘不能去打,会伤害许多人。但菜花的脑子有时不听自己使唤,总是会往小算盘上去打。在菜花来说,似乎只有这样,才能对得起向东。

菜花是个病人。她患上了抑郁症,她身不由己地胡思乱想,她钻进了牛角尖。

六十六

这些日子,菜花表面上看起来很镇定的样子。卫国、桃花上班后,她就在家打扫卫生。隔三岔五,卫国、桃花会利用空闲时间,带菜花去深圳的寺庙烧香。每到一座寺庙,菜花总是买上一把香,两支蜡烛。她在烛台上把蜡烛点上后,轻轻地剥开香柱上的封纸,耐心地把香柱点着后,还不停地对着蹿着火苗的香头吹吹,然后往香炉灰里用力气戳下去,又用手把旁边的香灰扒向香柱护住。片刻,她双手掸掸手掌上的香灰,分别对着东西南北四个方向认真地叩头,虔诚地祈祷，心中默默地念叨着。卫国、桃花不打扰菜花。现在，在卫国、桃花的心中，只要是菜花做的事情他俩都支持。只要菜花心里高兴就行。

菜花熟练地烧香拜菩萨。卫国、桃花也跟着菜花重复着做一遍。几个大庙宇逛下来，桃花卫国烧香的技巧也很老练了。

菜花烧香认真，但对逛逛庙里的风景不感兴趣。一天下午，在弘法寺的大雄宝殿烧完香，卫国兴致勃勃地指着不远处的高楼大厦说："弘法寺毗邻港澳，看到那些高耸入云的大楼吗？"

"看到了！"菜花、桃花异口同声地说。

"将来的深圳跟那边一样。"卫国有些自豪。

"医疗条件还是那边好。卫国已托人在香港找专家医生。"桃花说着，拽拽菜花的胳膊说，"找到医生后，去香港配些好药。在香港住上几天，好好看看。"

桃花拽菜花胳膊的动作，让菜花大吃一惊。她刹那间出现了幻觉，以为是向东拽她的胳膊。向东跟菜花在一起时，时不时会拽一下或者使劲地拽住菜花的胳膊。这对向东来说，已经成了与菜花表达亲密的习惯动作了。桃花这一拽，让菜花想起了向东。菜花以为向东就在身边，但菜花眼前一亮，很快明白了，是桃花拽自己的胳膊。她赶紧对桃花和卫国摇摇手："卫国，妹子，香港那边不去了。给你俩添大麻烦了。"说完，她皱了皱眉头，若有所思地问："深圳除了这十大寺庙，就没有小小的寺庙，比如像毛峰山上的庙、庵。"

卫国想了想说："好像没有。"卫国说着，问桃花："上次买的深圳、广州交通图给菜花了吗？"

"给了。"桃花又拽了一下菜花的胳膊说，"姐，要是有，图上都会标的。"

"没有。"菜花有些失望。

卫国不知菜花问小小寺、庵干什么，随口说道："深圳发展快，有些小寺庙、小庵观还没有来得及标上去。对了！在深圳，的士司机是四脚白，家家熟！"

菜花朝卫国望了一眼，似乎明白了什么，点点头说："卫国、桃花，以后我自己坐公交、打的去寺庙更方便。"

卫国、桃花连连摇手。

桃花认真地说："姐，有妹子在深圳，有卫国开车，怎么会让你一人去逛寺庙。不行！绝对不行。"

"向东不骂死我和桃花才怪呢！"卫国在一旁帮腔，声音很高。

菜花心里早已想好了，只是不露声色地点点头。

三人在弘法寺匆匆走了一圈，早早地回到了家。

吃过晚饭，卫国有事出门后，桃花和菜花在厨房里拾掇停当后，桃花朝客厅的沙发一指说："姐，看电视去！这儿的电视节目多，好看！"

菜花目光透过厨房玻璃窗，望着窗外华灯闪烁的夜景，看得入了神，心里又想到了向东，想到了霞霞，她脑子里像一团乱麻似的，理不出头绪。越是理不出头绪，越是往牛角尖里钻。她想到了快刀斩乱麻。她要冲着自己想的那条路走过去。她不想顾这顾那，她认为是为向东和霞霞好！

菜花愣站在那里，没有挪步子。

桃花伸手拽拽菜花的胳膊："姐！想什么呢？"

菜花回过神，朝桃花笑笑说："妹子，姐来深圳快十天了吧？"

"十三天了。"桃花说。

"你把路上时间算上了。"菜花掐了掐指头。

"对呀！"

"也不知向东、霞霞怎么样了？也不知道妈妈怎么样了？"菜花的思绪就像一团乱麻，一会儿理到头，一会儿摸到尾。她冲着那道儿往前去，又掉过身往回跑。她犹豫不定，她又想到了家。特别是刚才桃花拽她胳膊时，菜花又习惯性地想到了向东，想到向东就想到霞霞、胡少香、杏花。

"都好着呢！上次不是告诉你了吗。卫国回到深圳，在单位给向东挂了长途电话，问了家里情况，也把安全到达深圳的消息告诉了向东。"桃花说着，拽着菜花往沙发走过去，边走边说，"有个好消息告诉你，过几天家里装电话，以后天天就可以跟向东通电话。"

菜花点点头，走到沙发边，坐下后，朝桃花招手："妹子，你也坐呀！"

桃花没有坐。她拿出遥控器，打开电视开关，换到深圳台，屏幕上出现一群青年人跳舞的热闹场面。男男女女，穿着光鲜时髦，搂在一起随着悠扬婉转的旋律在尽情地跳着。菜花见到这个场面，有些不适应，连连摆手说："妹子，换个台！"

"我去削苹果，一会儿来换台。"桃花转身走进厨房。桃花有意让菜花看看深圳解放思想是个啥样，目的只有一个，让姐开心些。前两天，桃花还与卫国商量，带菜花参加一次舞会，让菜花思想开放一些，也许会把脑子冲刷得清爽一些，但菜花老是想着去寺庙烧香。卫国和桃花知道菜花目前的身体状况，更知道菜花的处境，所以这些日子只能随着菜花的心意来。抽空逛了深圳的几座大寺庙，不知道菜花脑子里想什么，在逛大寺庙时，菜花只是对在大雄宝殿烧香拜菩萨感兴趣。寺庙所在地风景很秀丽，菜花一点兴趣都没有。当时，卫国、桃花都同时想到了菜花患有抑郁症。也许患抑郁症的病人一会儿对这个感兴趣，一会儿又对那个没兴趣。卫国桃花没有多想，只是顺着菜花。反正心里有一条底线，菜花只要高兴开心，就顺着菜花。今天在弘法寺，菜花要逛小小寺庙，要找庵观，卫国桃花想了半天，不知菜花心里想什么。反正，这次带菜花姐来深圳，一是看病，二是逛逛深圳。菜花开心就好。

桃花削了两个苹果，放进两只红碟子里。桃花走到菜花面前，把一只碟子递给菜花说："吃苹果，姐，我来换台！"

菜花接过碟子说："妹子，换个电影看看，最好是《妹妹找哥泪花流》。"

桃花挨着菜花身边坐下来，拿起苹果咬了一口，把苹果放到碟子里，拿起遥控器，一边按换频道按钮一边说："那不是妹妹找哥泪花流，片名叫《小花》，电视里不一定有。电视台放才有。"桃花理解菜花，离开陵阳城十三天了，她想向东和霞霞了。但桃花心里明白，不能让菜花伤感。她调到一个播放《西游记》的台，说："《西游记》，刚拍出来的，正在播放，很好看的。"

菜花捏着苹果咬了一口说："好吧！反正我不喜欢袒胸露背的样子。"

桃花有些不好意思，点点头。

菜花不把桃花当外人，侧颈附着桃花的耳朵说："你姐夫身边那个吴景燕秘书，打扮得花枝招展的。人绝对是好人，但我不喜欢吴秘书那打扮。对了，下次，碰到杏花，你可要旁敲侧击地说说杏花妹子。她到城里工作不久，以为城里人做的她也能做。平时打扮也学吴景燕秘书，这样不好。桃花你要说妹子杏花，让她与向东保持一点距离，向东是她姐夫！"

桃花听了，大吃一惊，想不到姐姐这脑子里挺复杂的，还装了这么多的秘密。桃花有点不相信，向东一直夸姐姐度量大，从来不吃醋。看来不是那么回事。也难怪，一个正常思维的女人谁不吃点醋。想想自己跟卫国，桃花忍不住笑出声。桃花又一想，也可能姐患了抑郁症后，会乱想的。桃花笑在心里。她知道姐的为人，菜花处处为别人着想，小时候就这样。菜花刚才特别提醒自己，这些话只对一个人说过。桃花心里很明白，这些话当然不能对别人说。桃花想想，这不能怪菜花。现在到处改革开放了，少男少女都不拘小节了，穿衣服更是没有人去指指点点了，一句话，开放了！自己刚来深圳，卫国给自己买了一条水绿色的印花连衣裙，自己硬是在厕所的镜子里试穿了两个星期，鼓足了勇气才穿出去。菜花除了陵阳城，哪里也没有去过，她当然看不习惯，尤其是丈夫身边的人越开放，她越不放心，这是自然的事儿，也是正常的事儿。

桃花不表态，只是点点头。

姐妹俩目光盯着电视屏，两人都笑了。电视里传来很动听的歌儿：

你挑着担，我牵着马
迎来日出送走晚霞

踏平坎坷成大道
斗罢艰险又出发　又出发
……

六十七

　　歌声很悠扬，很动听，但菜花听起来心里很沉。这唐僧师徒去西天取经也就像家庭一样，你挑着担，我牵着马，每个人担起自己的责任，多和谐呀。自己现在既不能挑担，又不能牵马，简直就是家庭的负担，要不是母亲、小妹杏花帮忙，这日子还真难过下去。好在有母亲、有杏花，向东才能把精力用到工作上去。想到自己的抑郁症，虽然医生说只要耐心治疗、调养能够治得好。卫国和桃花妹子又把自己带到广州、深圳来找了医生专家，又在托关系找香港的专家，但是治好治不好还不一定，就看自己的命运了。一想到命运这事儿，菜花就感慨万千，自己也许就是这个命运。自己和父亲能把向东从天坑里救上来，但自己不一定能给向东幸福，给向东愉悦。也许这是命中注定的。自己应该怎么做？菜花心里一直盘算着。也许抑郁症病人就是这个状态，会不停地去想，想来想去，最终想到什么，有时候自己的脑子也想糊涂了。这就是常人不能理解抑郁症病人混乱思维的原因。这些日子，菜花常常自然不自然地冒出一些想法，卫国和桃花听不明白，但两人不去问。

　　啦
　　一番番春秋冬夏
　　一场场酸甜苦辣
　　敢问路在何方
　　路在脚下
　　……

路在何方？路在脚下。听到这里，菜花心里一阵兴奋，似乎找到了一条能让向东愉悦的路。菜花的目光紧紧地盯着电视屏幕。

桃花的目光盯着菜花那有些光亮的脸庞。

大门传来钥匙转动的声响。

桃花估计卫国回来了，连忙从沙发上站起来。

大门开了。卫国手里拎着一块大砖头，兴高采烈地关上门，朝客厅走过来。走到茶几旁，把那块大砖头往茶几上一放，还弯下腰在大砖头上捏捏，抽出一根天线说："桃花，知道这是什么吗？"

菜花目光盯着茶几上那块黑漆漆的大砖头，一言不发。

桃花伸手拎起大砖头，吃惊地说："你怎么把大哥大买回家啦？不是说好的嘛！先装部住宅电话，过一两年再买大哥大吗？"

"这不是我买的，我刚借来的。"卫国自己到厨房倒了杯水，边呷边说，"这玩意儿好使，全球都能说到话。"

桃花把大哥大朝菜花面前晃了晃说："姐，这是大哥大，南方也有了。不用线，随时随地可以打电话。"

菜花接过大哥大，在手里掂了掂："这么重！到处都能打电话？能跟向东通电话吗？"

"姐，我刚从徐江风老总那里借来的。"卫国喝了一口水。

桃花着急了："卫国，这玩意儿三四万一台，你咋能借回家来呢！万一弄坏了怎么办？"

"桃花，是这样。菜花来深圳十几天了。我想让菜花跟家里通个电话。你知道的，打个长途电话很不方便。向东那么忙，就是打到他办公室去，也不一定在办公室。刚才我去徐江风总经理那里去了。徐总认识向东。徐总是凤霞的表哥。我让他打电话给徐凤霞，再请徐凤霞打电话给向东。今晚九点以后请打电话到这大哥大上来。"说到这里，卫国抬腕看了看手表说，"菜花，一会儿大哥大响了，肯定是向东打来的。你接。"

"我不会。"菜花用感激的目光瞅了瞅卫国。

"我会接通交给你！"卫国又喝了一口水说，"现在深圳发展很快，BB机有了，大哥大有了，大家要传个消息快得很。再不会像过去跑到邮局打长途，要么写信。通信一个来回，没有个十天半月说不上话。要办的事，早已黄花菜凉了。"

桃花把大哥大轻轻地放在茶几上，她招呼卫国在沙发上坐下来。

三人一起看电视。

"丁零、丁零。"

"丁零、丁零。"

茶几上的大哥大响起了清脆的铃声。

卫国伸手把大哥大拿到手，按了一下接听键急切地说："喂！你是……"

"我是向东。这是徐总的大哥大？"

"对呀！我借来用一个晚上。你跟姐通话。"卫国说着，把大哥大递到菜花手里说，"你直接说就跟打电话一样。"卫国说完，拉着桃花的手，顺手关了电视机，往厨房跑过去，边跑边说："桃花，我们去厨房准备点水。"

桃花心领神会，跟着卫国来到厨房。客厅里传来菜花的声音。

"向东，妈好吗？霞霞好吗？"

沉默一会儿，又传来菜花的声音："向东，我这些日子到深圳给卫国、桃花添了不少麻烦。卫国托了不少关系找医生，广州已经去过了。广州医院的专家说得了一种病叫什么抑郁症。他们说能治好，但不管治好治不好，这都是命运，谁也说不清的。你千万不要担心。你在家要照顾好自己，照顾好霞霞。"

又是一会儿沉默。向东在大哥大里说的话只有菜花听得到。卫国和桃花侧着耳朵听，只能听到菜花的声音。

"向东，深圳这边的寺庙真大，真气派。卫国和桃花已带我看了好几座寺庙，观澜古寺、弘法寺等寺庙里的大雄宝殿很有气场，烧香拜佛的人很多。我也烧香了，该许的愿都许了。"

"向东，你千万不要挂念我。这些日子我准备再去小寺庙庵去烧香，去拜拜。我已经买了深圳的交通图、广州的交通图。我不想麻烦卫国桃花他俩。他们工作很忙。你放心，我也是高中生，我会自己照顾好自己的。"

"向东，你千万不要挂念我，保重自己！"

"向东，你做你的工作，你年轻，路长着呢！不要老想着我！人都有命运的！要相信命运！"

卫国和桃花听着菜花不时冒出一句让向东不要挂念，不明白菜花说这话什么意思。两人端上水果，来到客厅，把水果往茶几上一摆。

两人的目光都盯着菜花。

菜花说完再见，卫国赶紧接过菜花手里的大哥大，对着大哥大大着嗓门说："向东哥，你放心，我们会把姐照顾好的！"

"放心！有你和桃花在那里我还不放心！"

"向东，徐总近来要去陵阳经济开发区投资建厂。我和桃花也商量了，时机一成熟，我们也会去陵阳投资。建设家乡嘛，人人有责！你帮我们多关注一下。"

"放心！有适合你们投资的，我会提前告诉你们。"

"谢谢向东哥！"

"谢什么！"

"代向妈问好，向杏花问好！"

"好！好！好！"

卫国摁了一下挂断键，挂了大哥大。卫国把大哥大往茶几上一放，朝水果碟子指指："吃水果！吃水果！"

十点过去了，窗外的大马路上仍然有来往的汽车。汽车灯光闪烁着，不时发出一声声响亮的喇叭声。

六十八

去香港看医生的日子，一直没有定下来。菜花不想给卫国添麻烦，她要一个人去烧香拜佛。卫国和桃花只能依着菜花，菜花拿着深圳交通图，自个儿在深圳玩了几个景点。

开始，桃花不放心，要陪着姐姐菜花一起去逛景点。但菜花脾气犟，桃花拗不过姐，只好顺着菜花。几天下来，菜花上午出去，傍黑回家，倒也相安无事。

深圳的天气很暖和。春节过后不久，树枝发芽了，路边的小草已经泛青。野草丛中，不时会开出一两朵叫不出名字的小花，散发出沁人肺腑的香气。桃花家小区的东边有一条人工开挖的小湖，形状像个结熟了的大桃子。人们依形状，起名字叫桃湖。桃湖边蒲草也已经冒出泛白的芽。湖岸边栽着杨柳，杨柳枝条的芽绿得发黄。枝条像千万根挂面似的悬在湖边。一群野鸭子在枝条下面平静的湖面上戏水。西边晚霞把天空烧得红艳艳的，湖面上也映红了。野鸭不时潜入湖水中，一会儿从另一边冒出来，红彤彤的湖水晃悠着，一圈圈涟漪泛着红红的霞光缓缓地散开。

桃湖边隔一二十米设置一张朝向湖面的木条椅子。菜花逛完寺庙后，一般坐在木椅上，面对着泛着红光的湖面，静静地坐着。桃花给了姐姐门上的钥匙。菜花回来后，往往会在湖边的木椅上坐一会儿，她凝视着湖面，谁也不知道菜花在想什么。

桃花下班后，先到桃湖边，找到菜花后，会挨着菜花身边坐下，陪姐说话。但菜花总是心事沉沉的。桃花不便多问，只能陪着姐姐漫不经心地欣赏着湖边的景象。

今天是星期六。

卫国和桃花处理完手头的工作，早早地下班来到小区。桃花让卫国先回家，她去桃湖边看看菜花有没有回来。卫国和桃花约好了，晚上带菜花去芙蓉酒店吃顿饭。

桃花沿着桃湖边绕了一圈，没有看到菜花。桃花抬起手腕看看表，已经是下午四点多了。这几天，桃花四点多钟回到小区，总能在湖边见到面对湖面发呆的姐姐。虽然不知道姐姐什么时候回到小区的，但桃花知道姐姐一个人在深圳逛，时间不会太长，一般五点之前已经回到小区了。桃花心里想，现在是下午四点多了，再过一会儿姐肯定会回来的。桃花找了一张面对小区大门方向的木条椅子坐下来，目光盯着大门。

下班的人多起来，串串清脆的自行车铃声伴着小汽车的喇叭声传到桃花的耳畔。桃花又看看腕上的手表，已经六点了。桃花纳闷，姐姐怎么还没有回来呢？会不会出什么事儿？桃花紧张起来，她从椅子上站起身，转身穿过一片绿茵茵的草坪往自家楼栋走过去。她心里暗暗祈祷：但愿菜花已经回到了家里。

进了电梯。电梯呼呼直往上蹿。桃花目光盯着楼层显示屏，恨不得电梯一下子蹿到自家门口。电梯门一打开，桃花迫不及待地跨出电梯门。桃花家的大门敞开着，正朝着电梯间。桃花一边往自家门口走，一边大着嗓门喊道："卫国！姐回来啦？"

卫国坐在沙发上看电视，赶紧站起身，高着嗓门说："你不是去桃湖边接你姐的吗？"

"没有回家？"桃花三步并作两步跨进大门，诧异的目光盯着卫国，心怦怦怦地直跳。桃花心里一下子挂起来一块石头，沉重起来。菜花不在家里，又不在湖边，能在哪里？

"时间不早啦！会不会……"卫国话还未出口，桃花接上话说："会不会在深圳迷路，找不到我们小区？"

卫国拿起电视遥控器，摁了一下关机键说："桃花，你别着急。你姐她也是高中生，她不会迷路。"

"那怎么现在还不回家？"桃花急切地在自家几个房间、客厅找了一下，有些失望地说，"卫国，你可别忘了姐是患有抑郁症的病人，她会犯迷糊的。"

"呀！那可麻烦了！"卫国也有点着急，两只手使劲地搓个不停。突然，卫国眉头一皱说："桃花，你姐会不会在小区里面溜达，你没有见到？我下去找一圈，你在家等。"

"好！我在家等。"桃花一屁股坐在沙发上，眉头皱得紧紧的，脑海像起了风的湖面，翻涌起阵阵浪花。桃花自言自语：姐，这么晚了,你怎么还不回家?

卫国在小区找了一圈,不见菜花的影子,赶紧往家跑。跨进家门,见桃花耷拉着脑袋,愁眉苦脸地坐在沙发上,知道菜花还没有回家。卫国已经满头大汗。他走到桃花面前,突然想起什么似的,直往菜花住的房间走过去。桃花猛地站起身,也往菜花住的房间跑去。

"姐的行李箱呢?"桃花在房间里东张西望,突然发现新大陆似的大声喊起来。

"行李箱呢?"卫国趴在地板上往床底下看,吃惊地问。

桃花走出房间,在整个屋子里找了一圈,不见姐的行李箱,她突然明白过来:姐这是怕麻烦我们,偷偷地回陵阳了。桃花醒悟过来,赶紧对卫国说:"你去打个长途电话,问问向东,姐的去向他知道不知道。"

卫国点点头,心里急得咚咚直跳。他埋怨桃花买一个大哥大老是犹豫不决,要是买只大哥大多好呀。现在一拨电话,什么都清楚了。卫国急得直摇头,对桃花说:"我去邮局挂长途!"说着,往大门口走去。

桃花在菜花住的房间里乱翻,发现床垫下面压着一封信。她抽出信,一看封面,上面写着卫国、桃花收。桃花赶紧冲着走到大门口的卫国喊道:"卫国,这儿有封信,菜花留下的。"

卫国一听,松了一口气,赶紧跫回来,迫不及待地从桃花手里拿过信,抽出信笺,迅速展开来。信笺上字不多,他读出了声:

桃花妹子,卫国妹夫:

请原谅我不辞而别。我已去了一个你们找不到的地方,千万不要着急,千万不要找我。我知道,你们一定会问我,去什么地方了,为什么要突然离开大家。我不能告诉你们,我只是告诉你们,我已在一个十分宁静秀丽的地方安顿下来,一切都好。请桃花、卫国你们放心。我已给向东寄出一封信,他会告诉你们,我为什么会离开大家。

谢谢桃花、卫国，这些日子给你俩添麻烦了！

　　　　　　　　　　　　　　　　　菜花

　　　　　　　　　　　　　　　　　即日

　　卫国神情紧张地读完信，把信递到桃花手里。桃花望着卫国，卫国盯着桃花，两人霎时惊愕住了，一句话也说不出来。

　　菜花怎么会出走呢？家里还有向东和霞霞，还有母亲胡少香，小妹杏花，她怎么忍心说走就走了，走到一个谁也找不到的地方。桃花、卫国的脑海里闪出一串问号。

　　突然，桃花把信往床铺上一丢，放声号啕大哭起来，边哭边对卫国说："谁也找不到的地方会不会是大海？菜花跳海啦！"桃花这些日子咨询了不少同事，他们都说抑郁症患者有时会自杀，难道姐跳海自杀了？

　　卫国冷静下来，拿起口袋里的手帕，替桃花拭去眼角的泪珠说："菜花，她不会跳海。你别哭，我给你分析：信中不是说姐给向东去了一封信，向东知道姐去了哪里。再说，这些日子，菜花经常翻查深圳交通图，她可能去了一个什么地方。"

　　桃花止住哭，听卫国分析，似乎有些道理。桃花赶紧催促卫国，开车去邮局，给向东姐夫打长途电话。

　　长途电话打到陵阳县政府办公室。想不到的是向东正在办公室里。下班时，向东收到一封深圳寄来的挂号信。他见信封没有落款，很纳闷，赶紧拆开信封口，里面有两页信笺。一页是菜花写给向东的信笺，另一页是一张离婚协议书，下面还有菜花的签名。向东扫了一眼，心里蒙了。怎么回事呀？菜花上个星期不是还在桃花家里通电话。当时，卫国专门借的徐江风老总的大哥大。电话中不是说好还要去香港治疗吗？怎么突然要跟自己协议离婚？菜花要离开自己，这有点不可思议呀，霞霞怎么办？她想干什么？她怎么会有这个念头呢？向东找不出任何理由来解释菜花的离婚动机。向东拿着菜花写给自己的信，轻声地念起来：

向东：你好！

　　自从我和父亲将你从天坑里救上来后，你一直在报恩，你认我父母为干爹干妈，你托关系让我重读高中，你帮我安排工作，帮我妹子杏花安排工作，最让我感动的是你以身相许，非要娶我。但现在看来，我没有这个福气。人都是有命的，我不能给你带来幸福。给你生了个丫头，让你姚家无后；我身体有病，不能让你愉悦。我决定离开你，你的幸福才是我真正的幸福！你身边的好女人很多：徐凤霞、吴景燕……我希望你重新选一个终身伴侣。我已经去了一个你找不到的地方，一个宁静秀丽的地方。你的结婚之时就是我们重新见面之日。不要找我，你们找不到。忘了我吧，向东！

　　　　　　　　　　　　　　　　　　　　菜花

　　读完菜花的来信，向东的眼眶里湿湿的，泪水从眼眶里溢出来。向东不知所措，他决定挂长途电话给深圳的桃花和卫国。向东最担心的是菜花已经离开了桃花的家。

　　向东让总机挂长途。卫国没有大哥大，他只能把电话挂到徐总的大哥大上。

　　向东在办公室焦急地踱着步子。

　　丁零零，丁零零，办公室的电话铃声急促地响起了。向东跨了一大步扑向电话机，操起话筒大声喊："喂！你是徐总吗？"

　　"你是向东？我是卫国。"

　　"卫国，我正挂长途电话打徐总的大哥大找你们。"

　　"菜花出走了。我们赶紧给你挂长途。"

　　"出走？走啦？"

　　"走啦。菜花留了个信，说去了一个谁都找不着的地方。我赶紧给你挂电话，你收到她来信了吗？"

　　"收到了。今天下午刚收到。说是去了一个谁也找不到的地方。

卫国，菜花上个星期不是好好的吗？怎么说出走就走了呢？霞霞还在家呢！"

"信上说什么？"

"说是不能给我幸福，要与我协议离婚，还随信寄来了她签了字的离婚协议书。这个菜花，她怎么往歪处想呢。这不是要把我急死嘛！"

"向东，急也没用。看来菜花安全没问题。这样，这些日子菜花老是逛寺庙，会不会出家了？我和桃花先找，在深圳周边的寺庵找。先找到菜花，再从长计议。菜花患有抑郁症，我们理解她。你先别急！"

"添麻烦了，添大麻烦了！"向东挂了电话，拉灭办公室里的灯，往椅子上一坐，目光直愣愣地盯着窗外沉沉的夜色，整个脑子里一片空白。

姚向东仿佛又掉进天坑里。

窗外，夜风阵阵，风中传来淅淅沥沥的雨声。

下部

一

夜幕降临。

办公室里黑乎乎的一片。

陵阳县政府办公室主任姚向东此刻像霜打了的茄子。他耷拉着脑袋，双肘撑在办公桌玻璃台板上，两只手掌托住下巴颏，眼睛睁得核桃似的，绝望地盯着玻璃窗上紫色的透明窗纱。

窗外，暗黄色的路灯朦朦胧胧的。从松江上吹来的风夹着春天花草的清香一阵一阵地飘过来，飘到机关大院的角角落落，渗进办公室，姚向东丝丝感觉也没有，目光依然直愣愣地盯着玻璃窗。姚向东的脑海里似一团乱麻，这团乱麻不仅理不出一点头绪来，而且他幻觉似的感到这团乱麻似乎点着了似的，火星末子四处溅迸。姚向东浑身直起鸡皮疙瘩。

下班之后，他收到了一封从深圳寄来的挂号信。他拿起挂号信瞅了一眼，笔迹十分熟悉。他仔细一看，挂号信是菜花从深圳寄来的。姚向东知道，春节过后，她妹子桃花、妹夫卫国把菜花带到深圳去了。自从菜花生孩子难产，虽然母女平安，但落下了一身的病。一年来，菜花受尽了病痛的折腾，身体一天不如一天。最让姚向东担着心思的是菜花的情绪越来越不稳定。整天要想做点儿事，但始终就是提不起精神来。菜花性格完全变了,情绪特别低落。菜花想干什么事,但干什么事都没有兴趣。姚向东开始想,菜花是山里妹子,与菜花相处十年了,菜花的性格自己了解。她喜欢处处为别人去着想,她不想欠别人的。当年朱爱国醉酒调戏菜花那件事在松江镇上发生后,弄得菜花很恼火,很没有面子。但当她知道朱爱国要面临刑法制裁时,她念着父母之间的感情,念着自己与朱爱国青梅竹马十多年,更念着这个朱爱国毕竟是醉酒失态,她毅然一个人赶到陵阳城里找父亲,找向东,让他们给派出所说情。后来严打一阵风,朱爱国被判死刑,钱菜花知道后,她当时就哭晕过去。她一个大姑娘家,又是当事人,竟然一个人来到陵阳县人民法院大门口,跪着求法院从轻改判。她一跪就是一天一夜,可见她的心里为别人的死活不顾自己的死活。姚向东知道,钱菜花拿朱爱国当作朋友,虽然心中并不爱朱爱国,菜花讲朋友义气。当年她心中要是爱着朱爱国的话,她肯定会投江自尽的。姚向东听菜花说过,朱爱国的父亲是松林大队的支书,与菜花的父亲钱正南是朋友。大人走得近,小孩肯定来往密切。朱爱国直率,敢想敢做,有时候是是非非的不怎么拿捏好分寸,尤其是小学毕业后,读初中时学习上不认真。他爸虽然是个大队支书,不算什么官儿。但当年山沟里的大队支书,天高皇帝远,权力大着呢!朱爱国不免受影响,往往做起事来我行我素。特别是成年后,交的朋友也没有个选择。在这点上钱菜花心里不喜欢。虽然心里不喜欢,钱菜花是个善良的山里妹子,从来不摆在脸上。说到底,钱菜花知道朱爱国喜欢自己,但钱菜花没有捅破这层窗户纸。

想到这里,姚向东心里一愣。这次桃花、卫国回陵阳过春节,是把菜花骗到深圳去的,目的是给菜花治病。菜花产后一年多来,情绪一直低落,面黄肌瘦的。让桃花、卫国第一眼看到菜花大吃一惊。向东如实地给桃花、卫国说了。桃花、卫国想到广州香港医疗技术发达,于是想了个激将法,说是请菜花去深圳帮助张罗桃花、卫国的婚礼。这招激将法真灵,抓住了菜花乐于助人、心慈面软的心理,何况是自己的亲妹子请去帮忙,说去就去了。姚向东扳扳手指头,这一去快二十天了。从卫国打来的电话知道，一切都挺顺利。菜花在广州请留洋回国的专家看了病，确诊患了中度抑郁症。听卫国说，他正在打通各方面的关系，联系一位香港专治抑郁症的专家。卫国决定带菜花去一趟香港，请香港专家再诊断一下。前些日子，卫国还专门借用了徐凤霞表哥徐江风的大哥大，在家里让菜花与向东通了电话。当时菜花心情还好，向东到现在还记忆犹新。怎么，现在不到一周，菜花给自己寄来了挂号信。收到挂号信时，姚向东看到钱菜花的笔迹，心中一阵惊喜。向东估计卫国带菜花去香港看过专家了。菜花肯定是没有什么大事。香港的专家说了会治好，菜花心里的一块石头落地了。菜花肯定会高兴不已。菜花要把这喜悦与自己分享，于是尽快地寄来一封挂号信。可是，事实与姚向东想的恰恰相反。姚向东急匆匆地拆开挂号信，才看了几句，心里就像挂上了一块大石头。他急切地往下读，越读心情越沉重。当他读完信后，再看看钱菜花已经签了名的一份离婚协议书时，姚向东心中悬着的一块大石头越来越沉重，沉重得要把姚向东的心脏拽下来似的难受。

姚向东头脑一下子蒙了。他目光盯着手中的钱菜花签了字的离婚协议书，泪水一滴一滴地滴落到协议书上。他不知所措，想想菜花信中说的话，更是不寒而栗。菜花在信中的这几句话，姚向东读后，就像刻在脑子里似的。……你身边的好女人很多：徐凤霞、吴景燕……我希望你重新选一个终身伴侣。我已去了一个你找不到的地方，一个宁静秀丽的地方。你的结婚之时就是我们重新见面之日。不要找我，你们找不到。忘了我吧，向东！姚向东想到这些话，泪水情不自禁地往下流。姚向东苦苦思索，想不明白，钱菜花怎么突然会有这个想法。寄来了签了字的离婚协议书，出走到一个大家找不到的地方，这表明她是铁了心地要离开我姚向东。菜花为什么要这样做？就在姚向东百思不得其解的时候，卫国的电话打来了。电话里说得很着急，菜花不见了。都证实了，菜花出走了。姚向东被突如其来的巨大变故蒙住了。他没有急于下班回家把菜花出走的事告诉丈母娘和小姨子。他静静地坐在办公桌边的单人沙发上，思绪快速地飞旋。菜花怎么会突然有离婚的想法呢？怎么会突然出走呢？想来想去，想不出一个站得住脚的理由。难道香港的专家说她的抑郁症没治了？不对呀！卫国的电话不是说还没有去香港吗？究竟怎么回事呢？姚向东擦擦眼角的泪痕，心静了静。

天很黑了。

姚向东从沙发上站起身，坐到办公桌前的椅子上。

外面起风了，还飘起了绵绵春雨。雨越下越大，淅淅沥沥的雨声从门外传进办公室。雨点打在姚向东心头似的，一阵阵凉意把滚热的心凉透了。

姚向东百思不得其解，双肘撑着台板玻璃，双掌托腮，他在想原因。是什么原因导致菜花要跟自己离婚？是什么原因导致菜花离家出走？姚向东激烈地思索着，挂在墙上的壁钟清脆地敲响了八下。钟声提醒姚向东，已经是晚上八点了。姚向东从椅子上站起来，朝窗外一看，办公室的窗户外面全黑洞洞的。只有花圃边小路上的路灯透出昏黄的光亮。姚向东轻轻地走到窗前，缓缓地拉开窗纱，轻轻地推开窗户，夜风夹着绵绵细雨顺着窗口飘进办公室。不远处路灯的光影里，毛毛细雨从茫茫的夜空中飘落下来，在昏黄的光亮里，像细丝、像牛毛、像花针，密密匝匝地斜织着，小路边的冬青树、花圃里的高高矮矮的枝条全笼着一层薄烟。姚向东极目朝远处看，除了路灯光泽映到的薄雾中的枝影，到处黑洞洞的一片。早春二月的夜风带着雨气吹到身上，他感到浑身都凉飕飕的。晚上八点多钟了，已经过了吃晚饭的时间了，姚向东一点也没有饥饿的感觉。他仍然极目远看，尽管远处是黑乎乎的，但他还是执着地透过开着的窗口，透过路灯光下的斜风细雨往远处看。

他什么也看不到，但他又希望能看到夜雨中钱菜花的身影。他要当面问菜花，为什么要主动提出协议离婚，为什么要出走，去一个大家找不到的地方？陵阳有母亲，有小妹杏花，还有被你从百米高的天坑底部救上来的小伙子，你的丈夫，还有那牙牙学语的霞霞。菜花，我真的想不通，你是一个信佛的人，是一个三天两头都不忘到家中你心中的神龛叩头的善良人，你怎么忍心丢下我们出走呢？

姚向东呆望着灯光中的雨丝，任凭透着凉气的夜风吹拂着自己身上的风衣。他不想回家。现在自己这个精神状态要是回家的话，丈母娘和小姨子杏花看到会大吃一惊。她们一定以为自己病了，一定会刨根问底地问个不停。到时自己怎么瞒过去呀！至少暂时要瞒过去呀。姚向东擦擦眼角的泪珠，长长地叹了一口气，轻轻地关上了窗户。

姚向东拉灭了办公室里的吸顶灯。借着路边路灯投进办公室的微光，慢慢地走到办公桌前，一手抓住椅背，微微往后一挪，一屁股坐到椅子上。他把椅子往办公室前挪了挪，双肘撑在办公桌上，耷拉着脑袋。

他不想这个时候回家。他脑海里的思绪就像那高速旋转的发动机，飞速地转动着。刚才脑海里的问号又一个一个地重复着显现出来，像走马灯似的。

办公室里没有开灯，黑暗暗的一片。姚向东抬起耷拉的脑袋，双掌撑住下巴，目光凝视着玻璃窗外那茫茫夜色。

姚向东开始冷静下来。

姚向东的心理素质不差，他是经历过掉进天坑又活过来的大难不死的人，有一定的承受能力。虽然妻子菜花的这封挂号信来得太突然，虽然卫国打来的深圳长途电话报来了令人吃惊的菜花失踪的消息，但经过几个小时的痛苦和恐惧，他头脑里的那团乱麻上的火星末子似乎被他抖落掉了。当然，姚向东头脑中的这团乱麻他仍然理不出头绪来。尽管理不出头绪，但姚向东竭尽全力去理这团乱麻。

夜雨潇潇地下个不停。昏黄路灯光亮中高高矮矮纵横交错的枝条上，雨水顺着树枝尖往下滴。夜雨是朦胧的，又是清晰的。它给窗外小道两边的树草洗涤得清新起来，树草透出淡绿的色彩。此刻，姚向东尽管身处黑洞洞的办公室里，但他的心好像被窗外的夜雨正在渐渐地清洗。

他捧着这团乱麻，细心地梳理，突然好像找到了一个丝头。他顺着这根缠绕在麻团里的丝头，慢慢地耐着性子梳理着。

姚向东的眼前浮现出菜花当年跪在陵阳法院大门口一天一夜的情景。菜花是受害当事人，只有她去为朱爱国求生才最有希望。可是菜花是个黄花大闺女，她跪在陵阳县人民法院大门口整整一天一夜，她的尊严？她需要多大的勇气。

她不顾一切地去做了。这就是钱菜花。

二

姚向东顺着乱麻团的这个丝头往下理。他从钱菜花当年对朱爱国醉酒失态后的态度，看到了自己妻子那山里妹子纯朴的心灵。菜花善良厚道，她的心里总是想着别人。当别人碰到困难挫折时，她总是有那么一股发自内心的力量去尽到自己的责任。钱菜花的心灵就像她家鱼头村那片菜园子坡下的清水池塘里的水，清澈透明，站在池塘边的石码头上，能看到水草在明镜似的塘水里悠悠地晃动，水草头上的螺蛳都一清二楚地显现在你的面前。

姚向东在这细雨飘悠的夜晚，面对着办公室的玻璃窗，脑海里浮现出菜花那落落大方又特别矜持的少女形象。自从掏喜鹊窝掉进了百米高的龙山天坑，被菜花父女从天坑底部救了一条命，姚向东认识了钱菜花。风风雨雨一晃十年过去了，两人终于走到一起。不到一年又有了霞霞。这十年，自己是应了那句俗话：大难不死，必有后福。自从天坑底下捡了一条命，自己的运好起来了。先是考上了重庆师范学院，成了一名松江镇特别显眼的大学生。毕业后，分到了陵阳县政府办公室当文字秘书，端上了国家的铁饭碗。进了陵阳县政府大院，自己的官运亨通，从文字秘书到副科长、科长、办公室副主任，当了一阵子主持，名正言顺地当上了县政府办公室的一把手。县里领导对自己似乎特别地关注。自己虽然是办公室主任，同时还担任了陵阳大道拓宽工程指挥部的办公室副主任，主任是陵阳县副县长张立仁兼任。在官场上混的人都知道，这是县里领导有意给自己一个锻炼的平台。

姚向东心里也看得很明白。自己在官场上这些年真像唐朝著名大诗人李白的一句诗：千里江陵一日还，顺风顺水呀！

自己这顺风顺水哪儿来的呀？追根溯源，是菜花父女给的呀。当年自己从龙山天坑顶部的大槐树上掉进天坑。那天坑有百米深，掉进坑底的草丛里，早已昏迷不醒。要不是正巧钱菜花父女到天坑底部去打野味，自己恐怕早喂狼了。自己命大，没有直接掉到天坑底部。天坑有斜坡，斜坡上全是枯草树枝，加之长势茂盛的藤蔓，自己掉下去时，虽然有百米高，但斜坡藤蔓起到了一定缓冲作用，自己没有摔死。但摔昏了。要不是菜花父女俩给自己及时包扎止血，及时背出天坑送往陵阳县人民医院急救，根本不可能有我姚向东的今天。菜花父女是我的大恩人。姚向东一直记在心上，一直想着法子报恩，坚持不懈追求钱菜花，用真诚的心去感化钱菜花，终于在人民公园的石榴树下两人走到了一起。

姚向东感到自己似乎什么也没有做错，自己对钱菜花是一片真心，日月可鉴。但钱菜花似乎总是心里有块结，总是感到心里不舒畅。想到这里，姚向东似乎有些醒悟，醒悟中有些自责。姚向东突然感到自己有些对不起钱菜花。这些年来，自己一心扑在繁杂的工作中，自己的路越走越顺，越走越宽敞，自己考虑到钱菜花心里的感受了吗？考虑得太少了，至少没有将心比心地去陪菜花。对钱菜花的感恩，就是停留在办事上，有一种居高临下的感觉。自己是县里办公室的干部，在县长、书记身边工作，近水楼台先得月，办个事儿不怎么费劲，举手之劳。但对于菜花全家来说，把自己看成县里有权的大官了。自己也满足于这一点，觉得还是感恩，甚至不惜以身相许。自己顺风顺水不觉得什么，钱菜花可不是这样。自从天坑救起我这个姚哥哥后，遇到了一个又一个的挫折和磨难。姚向东心里清楚，自己总是及时伸出援手去为菜花解难。

朱爱国醉酒失态非礼菜花被派出所拘留，菜花找到自己，自己到处说情，派出所对朱爱国从轻处理。后来"严打"，朱爱国旧案重提，被判死刑，钱菜花在陵阳县法院门口跪了一天一夜，是自己去劝慰钱菜花那充满复杂矛盾的心灵。钱正南在油田勘探队放炮出了重大事故。钱正南工伤罹难，钱菜花家的顶梁柱倒了，自己主动去帮助钱家处理后事，并给菜花无限的温暖，真正地当起了钱家三姐妹的大哥哥。也许菜花命不好，反正菜花总是这样去想。也不能怪菜花会有这种想法，挫折和磨难一个接着一个。当年，父亲姚建华找关系，硬是把已经辍学的钱菜花送进了松江中学，读完高中参加高考，结果差几分落榜。自己通过关系安排菜花到县城复读，结果还是没参加高考。也许这就是命吧。也就从那时起，姚向东由同情变成了爱，有了以身相许的感恩的心。菜花心里明镜似的，知道姚向东心里怎么想的，总是有意无意地与姚向东拉开距离。但是，菜花越是与向东拉开距离，向东就越是想方设法地缩短两人之间的差距。当时，菜花常常说的一句话是，两人是门不当户不对。向东感到菜花是山里妹子，还是封建社会那种老思想。什么门不当户不对。门不当，门槛可以抬高，户不对，可以慢慢地缩短距离对上去。姚向东一直在做着抬高菜花门槛的事。向东心里想得很简单，感恩就得尽心尽力地去做。何况自己在县政府办公室工作，人脉广，为菜花要把自己手中的关系用好用足。于是，菜花当上了松林小学的民办教师；松林小学危房维修金政府一直拨不下来，松林小学的周网年主任找到菜花，菜花一开口，向东把松林小学危房维修当作头等大事，不惜动用了老同学杨才才副局长的关系，动用了徐凤霞的关系，很快把松林小学的危房维修金拨了下来，给菜花在松林小学撑足了面子。后来，又在县领导帮助下，把钱菜花调进县机关幼儿园工作，把菜花的妹子杏花调到陵阳酒厂会计室工作。姚向东想想，自己该尽力的地方全尽力了。但可能问题就出在这方面。

菜花为什么突然提出来要协议离婚，为什么会出走，因为她承受不了我给她的这些感恩，她觉得对不起我，但又不愿意去直面现实，心里总像堵了一块棉絮似的。菜花说过，爱一个人就要给爱的人幸福。她经历了太多的挫折和不幸，而我这些年大难不死，顺风顺水，两人的反差太大了。菜花是山里的妹子，她不可能去想得那么复杂。

我越是对她好，她越是感到不安。这就像给一个厚道人送礼似的，他收到的礼越重，他心里的压力会越大。这种压力是无形的，是无法直截了当说出口的。送礼，是要礼尚往来的。菜花心里有杆秤。虽然他们父女俩救了自己，这确实是大恩大德，但我姚向东在菜花的心里是个聪明的帅小伙子，是个懂得感恩的善良的人，是个好官好人。她不能让我有半点不幸福，不称心。也许，菜花心里一直这么想。菜花也希望自己慢慢好起来，她也期盼未来的光明和幸福。但命运似乎总在捉弄菜花。

她总不顺，不顺给菜花的心理压力越来越大。结婚前后，菜花应该心情好多了。但好日子不长。生了个女孩，剖宫产给菜花带来了生产后遗症。产后这一年，菜花一直被疾病折磨着，心情越来越差，体质也越来越弱，对生活似乎失去了信心似的。尽管在平常人的眼里，菜花是一个特别幸福的人，有了一份体面的城里工作，有一个在县里当官儿的老公，还有一套公家分的大房子。在平常人的眼里，菜花真够幸福的。但菜花是什么人，她不是一个心安理得的人。她知道这一切都是向东我给她的，她的心理负担越来越重。特别是产后后遗症，夫妻生活不能正常。而自己一个青年人，正是朝气蓬勃的年龄。她不会没注意到每当两人单独在一起的时候，我那烧得发红的脸。她不会听不到我那怦怦的心跳。她不会感觉不到我那重重的喘息声。她知道。她知道我和她第一次时那迫不及待的猴急猴急的样子。当时，离结婚还有一个月，但她迁就了我。现在，因为身体原因，两人不能过夫妻生活，她能感觉到我有多么地难受。这种难受的日子一年过去了，还是看不到尽头，她一定会想象今后的日子我怎么熬下去。她不能让我向东一直不幸福，一直熬下去。所以她选择了协议离婚，选择了离家出走。这是根本原因。她了解我向东。她知道我是不会签这份离婚协议书的。只有离家出走，让我永远见不到她菜花，随着时间的迁移，我才会另择爱人，才会过上幸福生活。这就是菜花，这符合菜花的性格。想到这里，姚向东反而松了一口气。卫国和桃花在长途电话中担心菜花寻短见。当时向东听了也大吃一惊。这种可能会有的，因为医生诊断她患了中度抑郁症。现在看来，这种可能性比较小。菜花是为我的幸福而出走。如果是这样，菜花不会寻短见。

墙上的壁钟敲了九下，已经是晚上九点了。此刻，姚向东心中的恐惧感渐渐地淡了。他越来越冷静：菜花出走，会去哪里呢？

姚向东心里明白，菜花是出走，不是桃花、卫国担心的自杀。当然，卫国、桃花的担心也不是没有道理。此刻，姚向东经过在这黑暗中的激烈思考、回忆，他坚信，菜花肯定是出走了，而不是自杀。她这是想得太简单了。她以为她一出走，我就会死了这条心，随着时间的推移，我就会慢慢地把她忘却。她知道我现在的地位，更知道我的身边不缺漂亮、有知识的女性。菜花天真地认为我向东时间久了只能选择一个合适的再婚。再婚之后，就可以再生一个，最好是生一个小子，我们姚家就不会"不孝有三，无后为大"了。到那时，我姚向东就会有正常的夫妻生活。到那时，她钱菜花再次出现在陵阳，出现在我姚向东的面前。我姚向东已经生米煮成熟饭，无可奈何了。钱菜花呀，钱菜花呀，你真正是山里的妹子，你想得太简单了。你妈知道你出走的消息怎么看我姚向东，你妹子杏花如花似玉，就生活在姐夫身边，她一直崇拜着姐夫。姐夫有大能耐，姐夫肯帮人忙，姐夫是个好人。杏花要是知道你和姐夫协议离婚，你又出走南方杳无音信，她不把姐夫恨一个洞才怪呢。依杏花那直杠子性子，脾气一上来，在陵阳县机关大院里一撒野，我这个办公室主任的面子往哪儿搁？面子往哪儿搁倒是其次，组织上知道我突然与菜花协议离婚了，虽然有菜花的亲笔签字，组织上怎么会相信我姚向东？组织上要是问起菜花出走的事，我就是浑身长嘴也说不清。想到这里，姚向东才稍稍平静的心又悬了起来，冒出了一身冷汗。他当机立断，不管什么情况，现在菜花下落不明。我要是这样心事重重地回到家里，杏花和丈母娘一看，姐夫肯定是出什么大事了，肯定会打破砂锅问到底。菜花出走这事暂时不能让丈母娘和小姨子知道，那样会把她们急死的。菜花出走这事儿先瞒一瞒再说。姚向东打算明天上午再给卫国打电话。说不定卫国会打电话过来报平安。真是那样，那不是虚惊一场吗。姚向东想到这里，站起身先是拉亮了办公桌上的台灯，又走到门边，拉亮了办公室的日光灯。顿时，办公室里亮堂堂的。

姚向东拎起公文包，揉揉眼角，揉揉脸，喘了几口大气，让心情平静些。他要回到家，让丈母娘和小姨子看到自己没什么异样。

姚向东心里还是平静不下来。他放下公文包，没有急着出门，缓缓地在办公室踱起步子。

三

姚向东在窄小的办公室里轻轻地踱步。脑子里丢下了这个心思，又泛起了那个心思。刚才思索了几个小时，也把脑子里这团乱麻上上下下翻来理去，总算有了些头绪，心头的恐惧稍稍地平静了一些。但这只是自己一厢情愿地往好处想。自己是什么人，陵阳县政府办公室的一把手主任，是陵阳县里头头身边的红人。县里头头的身边红人刚结婚没两年的妻子要离婚，要离婚也就算是大新闻了，妻子还出走了，不知去了什么地方，是死是活都没个准信。这消息要是在陵阳城一传开，这陵阳城里还不跟油锅里丢了把盐，瞬间炸开了。先别说在陵阳城里传开来，就是在家里传开了，丈母娘不气死了才怪呢，小姨子杏花就住在自己家里，她可是最崇拜姐夫的人。她把姐夫看得像毛峰山上的一棵青松似的，苗壮威武。陵阳城里没有姐夫向东搞不定的事儿。现在听说菜花要跟姐夫协议离婚，而且还出走了，去了哪里，一点儿消息也没有。自己在小姨子心目中的这棵青松还不是说倒就倒下，恐怕姐夫这棵青松刹那间就会从毛峰山上顺着山坡一直滚到山脚下。姐夫的形象在小姨子杏花的眼里立即就会成了狗屁、混蛋、忘恩负义的小人。姚向东知道小姨子杏花的性格，她可是个得理不饶人的人。想到这里，姚向东踱着的步子快了起来，脚上皮鞋的鞋头鞋跟不时蹭到桌腿椅腿上。

他暗暗下决心，这事儿虽然摆在自己的面前，但还没有结果。找到菜花是当务之急。菜花是在深圳她妹子桃花家里失踪的。失踪地离陵阳上千公里,自己再急也没有用,远水救不了近火。能瞒先瞒着,怎么瞒呢?自己这么晚回到家,杏花肯定会问,怎么回话?姚向东急切地踱着步子。

突然,玻璃书柜里的两瓶茅台酒挺惹眼地在姚向东的眼前晃动。姚向东在书柜门前停下来,拉开柜门,顺手拎起那两瓶用红绸带子扎着的裸装茅台酒。姚向东眼里一亮,拎着两瓶茅台酒来到办公桌前,轻轻地往办公桌上一搁,仔细打量起来。他记得很清楚,这是徐江风老总上周送来的。当时,姚向东死活不肯收下,但拗不过徐总巧言巧语。茅台酒是中国的国酒,姚向东知道这两瓶酒的分量。听徐江风介绍说,这两瓶茅台酒还是六十年代末生产的,有年份了,应该很贵。姚向东知道贵,但还是收下了。徐江风是徐凤霞的表哥,听徐江风说这两瓶酒还是徐立银送给他爸的。徐江风说得很轻巧,酒是好酒,自己一个服装厂也接待不到什么大客商,一时半时用不上。倒是姚主任这里正在招商引资,来陵阳的大客商多,说不定什么时候能用得上。徐江风的嘴特别巧,难怪中国有句俗话说巧舌如簧。这个成语用到徐总身上很贴切。因为徐江风是特别的好朋友徐凤霞介绍的。当时,姚向东接待特别热情,一见如故。何况,徐江风是来陵阳经济开发区办厂的。而且,他这个帅特职业服装有限公司要是在经济开发区落户下来,可以解决陵阳县近五百人就业。发展一两年,厂子的规模扩大了,就能解决上千人的就业问题。姚向东当时想,这两瓶茅台酒于公于私都没有办法拒绝。何况,徐江风最后说了一句话,让姚向东心安理得地收下来,放进了书柜里。徐江风说得很轻巧:"姚主任,这两瓶茅台酒就当先存放在你这里,一旦有大客户来,你代我招待。不就两瓶酒嘛,也是促进陵阳的招商引资呀!"

徐总这两瓶酒就摆在自己的眼前。现在救急用上了。姚向东心里想好了。自己喝上三四两酒,马上往家走。到了家里,小姨子杏花肯定闻到浓烈的酒味。杏花闻到浓烈的酒气,心里明白,姐夫肯定是晚上陪客人又喝多了。杏花不会多问,接下来就是给姐夫张罗洗漱。老规矩了，只能用老套路。否则，耷拉着脑袋回家，满肚子的心思，杏花看到非来个打破砂锅问到底。只有喝了酒，酒气熏熏的，一点儿也用不着装。

姚向东拎起绸带，把两瓶茅台酒轻轻地拎起来，朝着日光灯的亮光仔细地打量着。这两瓶茅台酒是徐江风送来的礼品，收是收下了，就这么开瓶了。想想这两年，思想解放的风吹到了山里的县城，人们的观念都在变。过去没有的，现在有了；过去想都不敢想的事儿，现在都在进行时。你看那歌舞厅里，男男女女，抱抱搂搂的，一个儿也不觉得害臊。想想也是的。有一次陪客商在歌舞厅唱歌。自己唱了一首歌，大家一鼓掌，不知是哪个客商，把自己连拽带拉地推进了舞池里，接着上来一个打扮入时的客商的女秘书，手搭到了自己的肩上。当时，音乐响起来，灯光时暗时明，自己也就情不自禁地搂住了那女秘书旋转起来。自己当时感觉特别地新鲜。这送礼也是的。礼尚往来是中国的传统。过去"文革"时期，家家穷得叮当响，求人办事儿，想着法儿也得给求的人送点礼，要是空着手去求人办事儿，总觉得心里不踏实，觉得欠了人家什么似的。那时，送点儿菜园子的蔬菜，自家鸡鸭下的蛋。菜花的父亲是鱼头村里的好猎手，野味多。当年朱红旗当松林大队的支部书记，经常到钱正南家要些野味送给上级领导。朱红旗与钱正南一来二去，两家走得很近，这才有了朱爱国与钱菜花过去青梅竹马的故事。看来，送礼这事儿一时半会儿还要越来越热闹。姚向东这两年已经深深地感受到了。尽管姚向东心里有底线，但这个底线不停地被突破，而且送礼的人理由越来越多。家里亲戚之间来往送点儿礼也就算了。这公务活动送礼的风越来越盛了。

姚向东想到这里，把拎在手里的两瓶茅台酒摆到桌上，心里犹豫起来。徐江风来陵阳办厂送来的两瓶茅台，这可是真正的送礼。虽然，当时自己碍着面子收下了，可是说好的，用于招待客商，那倒也说得过去。现在自己把这酒打开，喝掉几两，这不等于小小的收礼嘛。想到这里，姚向东反身走到书柜前，把书柜的上下门全打开，目光在书柜里搜寻起来。书柜的下面有些零零散散的包装盒。向东知道，那些是客商谈业务临走送的小礼品，都是一些领带、化妆品、电子笔什么的小玩意儿。姚向东为了向客商表示诚意，客气一番就收下了。不少小礼品也用于上级领导检查工作时送礼用了。姚向东打起小算盘，这些小礼品也为办公室节约了不少费用，也算是用到公家事儿上了。当然，有时来个老同学、老朋友借花献佛，向东感到心里很顺畅。有时会情不自禁地感叹：当个主任真顺手！此刻，他把书柜上上下下搜寻一遍，没有发现其他酒。

姚向东又回到办公桌前，目光落到徐江风送的这两瓶茅台酒上。摆在自己面前只有两条路：耷拉着脑袋回家，要脸不变心不跳地应付小姨子杏花的问话；打开一瓶酒，喝它个二三两，酒气熏天地回家，一切如常。姚向东心里很清楚，自己心里装着菜花不知下落、菜花要协议离婚这天大的事儿，不可能做到脸不改色心不跳。何况，现在自己的心还怦怦地跳得很厉害呢！

姚向东别无选择。

他轻手轻脚地理顺捆扎茅台酒的红色绸带，顺着结扣把绸带解开，两瓶茅台酒一瞬间被松绑了。姚向东心中忽地冒出已经想好的念头。他希望家里这突如其来的变故也像这两瓶茅台酒上的红色绸带，也能顺利地解开。姚向东拿起一瓶茅台酒，把酒瓶上的棉纸一点一点地剥开，扔进办公桌边的垃圾篓子里。他熟练地用左手握住茅台酒瓶，右手捏住茅台酒的瓶盖，使劲地一旋，连旋几下，茅台酒那红色的塑料瓶盖打开了，一股浓郁的酒香从瓶子里溢出来，飘满了整个屋子。姚向东不用嗅，沁人肺腑的酒香已经让他口里生津。他毫不犹豫地右手端起酒瓶，将瓶嘴对着自己的嘴唇，先是轻轻地抿了一口，然后一仰脖子，喝了一个满口。姚向东咂咂嘴，先是一辣，继而是一根导火索点着了似的，直往喉咙里钻，瞬间流进胃里。辣！香！姚向东抿抿嘴唇，用手把瓶嘴擦了擦，轻轻地嘘了一口气，吐出一股浓烈的香气，酒香在整个办公室里弥漫开来。姚向东瞥了眼墙上的壁钟，一不做，二不休，连喝了三口。姚向东估计二三两酒已经下肚。这茅台酒度数高，又是陈酿，浓烈有后劲。自己也就是半斤的量。不能再喝了。要是喝多了，回不了家，杏花找到办公室来，说不定又要闹出另一个故事来。姚向东头脑还算清醒。他赶紧把茅台瓶盖旋上，又轻手轻脚地把开过瓶的茅台往另一瓶边上一靠，胡乱地把两瓶酒用红色绸带扎起来，两只手捧着扎得不太牢的酒瓶朝书柜走过去。姚向东把两瓶茅台酒放进书柜的下层，关好柜门，反身来到办公桌前，心里松了一口气。

姚向东一屁股坐到办公桌前的椅子上，定了定心。又把目光投向玻璃窗。窗外，风好像停了，雨好像也小了些。

姚向东从椅子上站起来，拎起办公桌的公文包，顺手拉灭了台灯。他拎着公文包走到日光灯开关处，摁灭了日光灯，跨出办公室门，转身轻轻地拉上办公室门，还用手推了推。他确信门已经锁上后，这才急匆匆地往门外走。

姚向东从中午到现在没有吃东西，他是饿肚子，加上茅台酒是烈性酒。虽然只喝了二三两，但姚向东的脸上红了。他明显地感到自己的脸好像靠近一堆篝火似的，热烘烘的。

姚向东心里知道，这是酒劲慢慢上来了。姚向东要的就是这个结果。

姚向东拎着公文包，一步一步往家走去。

四

姚向东的家就在机关大院的东北角。滔滔奔流的松江从机关大院围墙下流过，留下一片滔滔的浪涛声和轮机轰鸣声。突突突的机动船的轮机轰鸣中不时传出一两声低沉的汽笛声，传到很远很远的地方。

姚向东走出办公室的走廊，来到花圃中的小路上。带着潮气的夜风轻轻地吹拂着姚向东发烫的脸庞。雨停了，昏黄的路灯光线里似乎还飘着浓浓的雨雾。

姚向东二三两茅台酒下肚，酒喝得急，加之肚子里空空的，酒劲上来了。烈性茅台酒流进胃里后，很快进入了血液中，脸上热烘烘的，走在昏黄路灯下的小路上，身体有些发飘左摇右晃，似乎站不稳。酒劲上来那难受劲儿姚向东不知经历过多少次了，他有经验。他停下步子，靠着花圃冬青树边的一根路灯水泥杆，定了定神。从松江上吹来的夜风，虽然风不大，但带来了浓浓的凉气。姚向东打了个寒战，身不由己晃了晃。但他清楚，酒劲虽然上来了，好在只喝了二三两酒，主要是饿着肚子喝酒，酒劲往上冲得快，一会儿就会好些。又是一阵江风吹过来，夜风凉凉地掠过姚向东的额头。顿时，额上像贴了块退烧贴似的，凉冰冰的，脑子霎时清醒了些。

姚向东四处一看，大院里空落落的，一个人影也没有。抬头看看天空。天空黑乎乎的一片。姚向东沿着小路，踩着湿漉漉的路面往家走去。穿过一片杉树林，听到越来越响的松江上机动船的轮机声。姚向东知道，快到家了。姚向东加快了步子，很快来到自家门口。

也许是步子迈得急了些，酒劲又上来了。姚向东站稳步子，背倚靠在门边的墙上，长长地吁了一口气。此刻，姚向东心神不定，菜花的离婚协议书还在眼前晃动。菜花出走，走到哪里去了？这块沉重的石头还悬挂在姚向东的头上。但姚向东知道谁重谁轻，现在最需要的是镇静，要镇静地跟往常一样。他在心里提醒自己。自己刚陪客人喝酒结束回家，酒喝高了些，但还行。他既要让小姨子杏花看到自己酒喝多了些，自己又不能真的心神不定、神情恍惚地说漏了嘴。楼道上的吸顶灯不太亮，灰蒙蒙的一片。楼道窜风，一阵阵凉气十足的风通过楼道的通风窗飘过来，姚向东的头脑清醒了一点。

姚向东倚靠在墙边，把公文包拎到胸前，打开公文包。他手在公文包里胡乱地摸来摸去，但摸了好久，只摸出一支钢笔，始终不见钥匙的影子。他急了。一急酒劲又上来了。他腿不由自主地抖动起来，脚下不稳，身体忽东忽西地晃动起来。更要命的是肚子里翻江倒海似的特别难受。姚向东倒不担心吐出来。晚上什么东西也没有吃，要吐，最多是一摊清水，一摊充满酒气的清水。但钥匙找不到，这倒是挺要命的事，九点多了，大多数人家都睡了。家里就是小姨子、丈母娘和霞霞。自己一敲门，满楼的人家都会听到敲门声，说不定还会惊醒丈母娘和霞霞。就是轻轻地敲，不惊醒丈母娘和霞霞，但小姨子能听到敲门声吗？再说，小姨子来给姐夫开门，这夜深人静的，姚向东想想心里有些不好意思。

　　姚向东站稳脚跟，伸出右手拽住门把手，轻轻地喘了几口气。突然，隐隐约约地从门里传来客厅里电视机的声音。姚向东屏住呼吸，听得清晰。声音不高，但轻快、优美：

　　　　……
　　　　花儿香鸟儿鸣
　　　　春光惹人醉
　　　　欢歌笑语绕着彩云飞
　　　　啊，亲爱的朋友们
　　　　美妙的春光属于谁
　　　　属于我，属于你
　　　　属于我们八十年代的新一辈……

　　听到这里，姚向东触景生情，想起菜花的离婚协议书，想起菜花已经出走不知去向，心里一愣，情不自禁问自己：美妙的春光属于谁？自己是妻子菜花和她父亲从百米高的龙山天坑里救出来的。没有妻子菜花父女俩，就没有自己的今天。可是，现在菜花在哪里？美妙的春光应该属于菜花。想到这里，酸楚的泪水从眼眶里溢出来，顺着滚烫的脸庞蚯蚓似的往下流淌，一滴一滴地掉到地上。姚向东似乎能听到泪珠掉到地上的声响。他抓着门把手，松开来又抓住。他没有敲门，而是静静地聆听着从门隙中透出来的那轻松充满遐想的优美旋律。听着这轻松的欢快的悠悠音乐声，姚向东的眼前不时浮现出菜花的形象。多美的一个山村姑娘，独辫子又粗又壮又黑硕，脸皮白白净净的，一点儿也不像从山里走出来的妹子。特别是菜花有一颗处处为别人着想善良厚道的心。姚向东此刻老是重复着"美妙的春光属于谁"这句歌词。美妙的春光属于谁？当然应该属于菜花，属于我的救命恩人，属于善良厚道的人。可是菜花呢？菜花！你在哪儿？思念让姚向东忘记了抬手敲门，静静地听着门隙里传来的歌声：

> 再过二十年我们重相会
> 伟大的祖国该有多么美
> 天也新地也新
> 春光更明媚
> 城市乡村处处增光辉
> 啊亲爱的朋友们
> 创造这奇迹要靠谁
> 要靠我要靠你
> 要靠我们
> 八十年代的新一辈
> 但愿到那时我们再相会
> ……

听到这里，姚向东的眼睛全模糊了。不知是这首歌勾起了对菜花的无限思念，还是酒劲又上来了。向东眯起眼四处看看，楼道里灯光暗淡，云里雾里似的。他的眼前出现了幻觉，似乎菜花从不远处走过来。大红的毛线衣把胸部裹勒得紧紧的，充满了无限的青春活力，让姚向东顿时想起结婚前的那一天。那天，钱菜花从乡下赶到机关幼儿园报到。钱菜花成了城里人了。那天晚上，菜花心情特别轻松，特别愉快。房间里满是喜气洋洋的红色。姚向东记得特别清楚，床头柜上的白炽灯泡被自己用红油漆涂红了。当时，菜花穿着那件红彤彤的紧身毛线衣，脸上泛起红光。姚向东见了，不能自持，于是两人有了第一次。那是多么幸福的时刻呀，不但有了第一次，而且有了霞霞。可是，才一年多呀，菜花陡然不见了踪影。还二十年，再过二十年，再过二十年，我等不得呀！菜花，你就这样不声不响地出走，我怎么等下去呀……想到这里，姚向东松开门把手，抬起手，轻轻地在门上敲了三下。

杏花正坐在沙发上看电视。母亲胡少香带霞霞早已睡着了。杏花有个习惯，这些日子菜花去深圳，名义上是桃花请菜花去张罗桃花与卫国"五一"结婚的事儿，实际上是桃花带菜花去南方请专家给菜花看病。杏花清楚。杏花心里明白，姐夫现在是陵阳县的官儿，虽然杏花不知道姐夫是陵阳县多大的官儿，但杏花知道姐夫手里的权力不小，说话办事儿管用。这几年，姚向东这个姐夫给钱家撑了不少面子。不说姐菜花，就说自己，要不是姐夫，自己怎么可能进城里工作，还到一家国有大企业的会计室当会计。这在山沟沟是想都不敢想的事。反正姐夫有能耐，对姐菜花好，自己这个当小姨子的心里有数。人家姐夫是对钱家知恩图报，我们钱家人也不能对不起人家姚家。这些日子菜花去了南方，姐夫心里不太开心，总是悬了块石头似的。杏花知道，姐夫这是担心菜花的病。杏花也零零星星地听到点儿，知道姐姐菜花这种病很难治，弄不好还会有自杀倾向，杏花也为姐菜花担着心思。杏花知道，姐夫是县里的大忙人，现在又是陵阳路拓宽指挥部办公室的大忙人。自己只能把家里的事儿做好，帮母亲照顾好霞霞，让向东腾出时间把公家的工作做好。这些日子，向东陪客多，有时少不了酒喝多了。杏花帮不了其他的忙，但晚上等向东回来，开个门，端个洗脚水还是可以做到的。好在家里有一台黑白电视机，向东回来晚了，杏花就坐在破旧的沙发上边看电视边等。现在电视节目花样多了，不是过去八个样板戏反复播放。现在电视机里的节目挺吸引人的，尤其是杏花这个从山沟里来到城里的妹子，看什么电视节目都喜欢，一点不耽搁时间。

每天晚上，杏花边看电视边等姐夫回家。

杏花知道，听到钥匙开锁的声音，姐夫肯定酒没有喝多。如果听到敲门声，姐夫肯定是酒喝高了。

此刻，杏花听到咚咚咚的敲门声。杏花估计姐夫找不着门上的钥匙了。杏花赶紧拿起茶几上的电视机遥控器，摁了一下红色的关机键，几步走到门口，轻轻地抓住门把手，重重地一旋，慢慢地把门拉开一道缝隙，然后对着门缝说："姐夫回来啦？"

杏花听到向东回答，闻到一阵浓浓的酒气后，慢慢地把门全拉开，顺手接过向东手里的公文包，嗔怪地说："又喝高了！"

向东一步跨进屋里，轻声地说："还好！喝得不多。一点儿也没有吐出来。歇一会儿，喝点温开水就好了。"

杏花把向东让进门厅里，轻轻地把门关上，手朝茶几上一指说："姐夫，你先到沙发上坐会儿，喝点儿温开水，醒醒酒。"

杏花没有穿外套。大红的毛线衣穿在身上，紧紧夹夹的。白皙的脸上，灯光映衬着大红的毛线衣，红彤彤的，真像一朵盛开着的油菜花。杏花穿在身上的这件大红的毛线衣菜花也有一件。这是桃花在深圳买的。两件大红毛线衣一模一样，一样的大红色。桃花给菜花和杏花各送了一件。

姚向东顺着杏花手指着的方向，看到茶几上的大玻璃杯。他知道那是杏花给他准备的温开水，醒酒用的，心里升腾起一阵暖流，温暖中透出一种异样的感觉。此时，酒劲似乎没有减弱，还一阵一阵地往头上涌。

姚向东脑子里嗡嗡地响，眼睛里透着泪光，看什么都有些模模糊糊的朦胧。刹那间姚向东眼前又浮现出菜花的身影，那是结婚前一个月晚上，房间里红彤彤的氛围里，菜花穿着的那件大红毛线衣又出现在姚向东的眼前。不知是酒劲又上头了，还是脑子里出现了幻觉，他停住了步子，没有往茶几那边走，而是盯着杏花的大红毛线衣呆呆地看，满嘴的酒气，在屋子里弥漫开来。

屋子里的日光灯的镇流器吱吱吱地鸣响。窗外，风停了，雨也停了。玻璃窗在室外路灯光的映照下，显现出疏密有致的竹影，活像玻璃窗上贴上了一张淡雅的山水画。

杏花望着姐夫那那放光的眼神，顿时愣怔住了，不知所措。

杏花不知道姐夫为什么用这种眼神看自己。只有一种可能，姐夫真的喝多了。杏花不介意，声音高了些："姐夫！快去喝杯温开水醒醒酒！"

日光灯的镇流器传出的声音像蜂鸣器越来越响。

五

夜晚，到处静悄悄的。只有机关住宅院墙外的松江不知疲倦地流淌，夜航的轮船轰鸣的轮机声和低沉的汽笛声一阵一阵地传过来。

杏花提醒姐夫去喝温开水，但向东迟迟不挪动步子，目光傻呆呆地盯着大红毛线衣。杏花的毛线衣比较紧身，胸前的乳峰比较突兀，随着心脏跳动的加快，好像毛线衣里藏了两只小松鼠要往外窜，乳峰微微地颤动。杏花不知姐夫为什么要盯着自己身上的大红毛线衣看。杏花后悔了，开门前没有拿件外衣穿上。杏花知道，姐夫的酒量有限。上次在家里都喝醉，今晚肯定是酒喝高了。

杏花瞅了姐夫一眼，准备去茶几上把温开水端过来给姐夫喝。谁知，姐夫的眼睛里似乎在放光，死死地盯着自己胸前的大红毛线衣。杏花被姐夫看得不好意思，正要挪动步子，姐夫突然伸出两只手猛地搁到杏花的肩膀上，轻轻地摇了摇，语气有些激动，激动的语气中蕴含着一种莫名其妙的惊奇："菜花，你从深圳回来啦？"

杏花瞪大眼睛，吃惊地抬起手，轻轻地挪开姐夫搁在自己肩上的双手说："姐夫，你认错人了！"

"我没有认错人，你是菜花！"

"我是杏花！"

"你是杏花？那你怎么把你姐的大红毛线衣穿在身上？"

"这是我的大红毛线衣。"

"一模一样？"

"对呀！一模一样！"杏花诧异地望着腿肚有些颤动的姐夫，提醒说，"姐夫，你忘啦！前年桃花从深圳带来两件大红毛线衣，一模一样，连尺码都是一样。我姐一件，我也有一件。"

"姐夫！"杏花亲切地叫了一声，声音有些高，她是在提醒姚向东，站在他面前的是小姨子杏花。

姚向东应了一声，知道刚才产生幻觉了。杏花身上穿的这件大红毛线衣，菜花也有一件。此刻酒劲又冲上头了，脑子里昏昏涨涨的，只顾想着菜花出走的事，把杏花当菜花了。姚向东惊出了一身冷汗。要知道，房间里丈母娘正陪霞霞睡觉。老人睡眠少。说不定这个时候把霞霞哄睡着后，自己还未睡。这客厅里说话，丈母娘是能听到的。刚才，把杏花当菜花了，多险呀！丈母娘要是听到菜花从深圳回来，一定会惊喜地从房间里走出来。真是这样，那该多尴尬呀。想到这里，姚向东完全清醒过来，赶紧朝杏花摆摆手，又用手撑住额头，抱歉地说："杏花，你看姐夫这酒量，太没出息了。喝多了，嘴上就不把门了。差点……"

"别说了！姐夫，我理解！"杏花轻松地一笑，三两步走到茶几前，端起那杯温开水。姚向东也跟了上来。杏花赶紧把玻璃杯递到姚向东手里说："快把这杯温开水喝了，坐到沙发上歇一会儿，醒醒酒！"

"姐夫这酒量……"姚向东把玻璃杯里的温开水一饮而尽，把玻璃杯搁到茶几上，一屁股往沙发上一坐，叹了一口气，"姐夫这酒量也就是半斤，打足了量，就是半斤！过量了，马上给自己颜色！杏花，出丑了，别往心里去呀！"

"姐夫，你想多了，谁没有喝醉的时候！"杏花不介意。酒喝多了，姐夫有些失态，这很正常。杏花赶紧又去厨房倒了一杯开水，往茶几上一摆说："姐夫，你知道姚大年厂长吗？"

"知道。"

"我们陵阳毛峰大曲五十八度，高度的！"

"知道。"

"姚厂长酒量不大，还嘴大！"

"怎么嘴大？"

"嘴凶吧，摆大话。他以为客户知道他是酒厂厂长，肯定酒量大，不敢跟他拼酒。"

"姚厂长的酒量跟我是半斤八两，差不多的酒量。他怎么啦？"

"上次，来了一个山东客户，一点不让。姚厂长说毛峰大曲是好酒，山东客户说好酒就好好地喝喝！姚厂长下不了台，几个回合就趴到桌子上不动了。"

"你在桌上？"

"姚厂长把我喊去陪客户，我也在桌上陪那位山东客户。"

"山东客户看到姚厂长趴在桌上，顿时两眼放光，吹起了牛。那个客户说，谁跟他喝一两，他进毛峰大曲一百箱。我站了出来。那山东客户一看我是个小姑娘，一点也没有放在眼里。酒桌上的人全都兴奋起来，立即拿来了两只酒杯。一两的酒杯，斟得满满的。我一口气喝了五杯。山东客户傻眼了，连声说我进五百箱。不喝了！不喝了！"

"你饶了那个山东客户？"

"我当然不会饶他！我来了个乘胜直追，谁知山东客户投降了，连连答应进一千箱毛峰大曲。我只好见好就收。"

"你究竟能喝多少酒？"

"不知道。后来姚厂长老是想把我调到厂部办公室去。我听姐夫的，没有去！姐夫，告诉你一个小经验，喝酒不能逞能，逞能会出洋相的！"

"是的！是的！"姚向东一边喝着温开水，一边听着杏花讲着喝酒的趣事，酒消了不少，脑子也清醒多了。他从沙发上站起身，对杏花歉意地笑笑："对不起呀，失态了！"说完，朝房间走过去，边走边叹了口气，"姐夫这酒量要是有你杏花的一半就好了！"姚向东叹气，其实不是酒量的事。空肚子喝了二三两茅台酒，酒劲上得快，也消得快。此刻，姚向东头脑清醒多了。他有点庆幸，自己的决策是对的。喝上几两酒，趁着酒劲回家，杏花不会追着问。现在脑子一清醒，心思又上来了。脑海里浮现出那封挂号信中菜花签了名的离婚协议书。"钱菜花"那三个大字，尽管有些歪歪扭扭的，但每个字都像小灯笼似的在眼前晃动。每个小灯笼里都会晃动一个美丽的脸庞，那是菜花。姚向东心里的一块大石头又悬了起来。他朝杏花摆摆手说："时间不早了,休息吧!"说完,耷拉着脑袋朝房间里走过去。

杏花见姐夫有些没精打采,心里理解,酒刚消了些,人提不起精神。她赶紧打了一盆热水端进卫生间,提醒向东:"姐夫,时间不早了,你洗脚睡觉吧!水给你打好了!"

姚向东看到杏花这么热情,心里更加思念菜花。菜花出走了,到哪儿去了呢?能回来吗?姚向东心事重重地走进卫生间。

洗过脚,姚向东又用冷水毛巾把子擦了擦脸,头脑更清醒了。头脑越清醒,姚向东脑子里菜花的形象越清晰。

他躺在床上,拉熄了床头柜上的台灯。

房间里黑乎乎的一片。

姚向东躺在床上。一会儿平躺着,眼睛睁得大大的,目光盯着黑洞洞的天花板。一会儿把身子侧向左边,一会儿又把身子侧向右边,翻来覆去就是无法入睡。

夜静静的。

窗户玻璃上的竹影在院子里路灯光映照下不停地晃悠。杉树林里偶尔传来一两声猫头鹰的凄婉的叫声。

猫头鹰的叫声音节短促,还拉长尾音。夜晚到处静谧无声。偶尔传来一两声嗷嗷嗷的声音,传到姚向东的耳朵里,他顿感毛骨悚然,一种不祥的预感在姚向东的脑海里越来越浓烈。姚向东躺在床上,仿佛又回到了办公室,回到了接到菜花从深圳寄来的那封信拆开的一刹那间。他的脑海里一会儿往好处想,一会儿往坏处想。菜花出走了,去哪里了?那有无数种可能。姚向东睁开眼睛,满房间的黑暗;闭上眼睛,满脑子里都是菜花。菜花,你不仅是我的妻子,是霞霞的妈妈,你还是我的大恩人。你怎么想都可以,你千万不能往绝路上去想。姚向东想到菜花患有中度抑郁症,万一出走想不开……姚向东不敢想下去,他惊出了一身冷汗。

姚向东无法入睡。他是个有文化的人,也经历了不少的事儿。当然,他对人的命运、事业、爱情,无法用一个规律去套,这也许就是俗话说的,家家都有一本难念的经呀!姚向东翻过来,覆过去,怎么也睡不着。他在想着自家的这本难念的经。

这些年来,自己走过的路一直顺风顺水的,特别是近一两年,仕途顺,家里的事儿也很顺。怎么菜花生了个孩子,这家里的经就这么难念呢?菜花是个好人呀,不是都说好人有好报嘛!这么多难的事儿怎么都套到菜花头上呢?老天不公呀!

姚向东毕竟是上过大学的文化人。想来想去又拐个弯过来了。他往好处想,念经有高有低,抑扬顿挫,家里的事儿不也是一个理儿?菜花的事儿说不定是一场虚惊呢?说不定晚上菜花想来想去想通了,又回到了桃花、卫国家了。想到这里,姚向东仍然往好处想。菜花提出协议离婚也好。当然,你钱菜花为了我姚向东好也不能不顾一切呀!再说你钱菜花可不欠我的呀!我虽然为你钱菜花,为你们钱家做了点事儿,但那都是顺水人情,是我应该做的呀!没有当年你和你父亲把我从龙山天坑里救上来,哪有我的今天?姚向东往好处想:说不定菜花想到这些,又回到桃花家里了。

"说不定!"姚向东不能入睡。他盼着天亮。盼着早点去上班,然后迅速赶到邮电局去挂一个长途电话给卫国。

姚向东仍然在铺上翻烧饼。

六

鸡叫头遍,姚向东迷迷糊糊地进入梦乡。

姚向东梦见自己吃力地跟在父亲姚建华的身后往龙山的山顶爬去。山路陡峭,山坡上长满了密密的灌木和缠来绕去的藤蔓。厚密的草丛中,偶尔流过几条清澈的溪水。泉水像一条素白的蛇不知疲倦地往山下游动,不时潜没到茂密的草窝里,不见蛇影,只能听到美妙的潺潺流水声。父亲走得快,爬坡跟走平地似的。父亲是公社林业站的巡山员,山再高,林再密,父亲总是那么轻松。自己高中毕业后,不能考大学,也进不了城里的厂子,只能留在这大山沟里。今天是第一天跟父亲去龙山巡山。虽然路途很险，但姚向东在往山顶爬的时候，一切都是那么地新鲜，神秘。他跟在父亲身后，不停地喘着粗气，来到山顶。哇的一声，姚向东惊得吐出了舌头。这山顶上有一个天坑，天坑四周是茂密的灌木丛，还有一撮一撮的翠绿色的山竹。天坑看不到底。只见天坑边有一棵大榆树。那大榆树两三个人合抱不起来。有几根大枝丫伸到天坑上空，枝丫的交叉处有一只大筛子似的喜鹊窝。几只花白喜鹊从窝里飞出来，飞到天坑上空盘旋起来，留下一片叽叽喳喳的叫声。姚向东兴奋极了。有鹊窝就有鹊蛋，姚向东三步并作两步来到大榆树下，想也不想，嗖嗖地爬上大榆树，又往斜伸向天坑上空的喜鹊窝爬过去。谁知，就在快要接近喜鹊窝时，姚向东手一滑，整个人从长满青苔的榆树枝丫上滑下去。姚向东来不及喊叫，已经掉进天坑里。姚向东砸到了一堆柔软的东西上。他伸手一摸，满地的枯黄的蒲草。他迷迷糊糊地伸手再摸，他摸到了一根粗硕的大辫子，他大吃一惊，自己砸到一个大姑娘的身上了。他睁眼一看，是菜花，他大叫一声，从梦中惊醒过来。姚向东的额头上惊出了一层密密匝匝的汗珠，他抬手一撸，惊奇地望着房间玻璃窗上红彤彤的霞光，心里纳闷：怎么会做这个梦呢？是个什么兆头呀！砸到菜花身上。菜花出走了，菜花是因为我砸到她出走了？姚向东心神不定地猜测，老天爷托这个梦给我是什么意思呀？

姚向东不停地揉眼窝。

姚向东的眼前浮现出钱菜花那白皙的脸庞，那圆圆的大眼睛，那又粗又乌的独辫子，心里一阵一阵地紧张。

客厅里传来霞霞急促的哭声。

姚向东知道，这次菜花去深圳后，霞霞连续几天哭着要妈妈。那哭声撕心裂肺，谁听了都揪心地难过。几天过后，杏花像菜花似的陪霞霞逗乐子，霞霞渐渐地适应了。有时候，杏花把霞霞扛到机关大院里的花圃中赏花，听鸟叫，霞霞渐渐地乖巧了。但偶尔想起妈妈，还会情不自禁哭起来。每天早晨起床后，霞霞穿好衣裳就会从丈母娘胡少香的房间里奔出来，跌跌撞撞地哭叫着。

她要找妈妈。

姚向东听到霞霞的哭叫声。他知道，霞霞想妈妈了。

姚向东此时心里像针刺似的，特别难受。从昨天下班接到菜花从深圳寄来的那封装有离婚协议书的挂号信，到接到卫国从深圳打来的电话说菜花离家出走后，姚向东明白，钱菜花寄这份挂号信，她是真的下了决心了。她为了她爱的人幸福她能做得出来。姚向东想起刚才做的梦，一愣，看来，钱菜花是真的被自己砸坏了。姚向东一骨碌坐起身，赶紧穿好衣服，迅速地从房间里走到客厅，抱起霞霞，不停地用右手掌拍着霞霞的后背，嘴里喃喃地自语："霞霞不哭！妈妈会回来的！不哭！"

"妈妈会回来的！"姚向东抱着霞霞，给丈母娘和杏花打招呼后，在客厅里踱起步子，不停地重复着这句话。

姚向东是说给自己听的。

姚向东心里没有底。

吃过早饭，姚向东拎起公文包。他走到门口，又转过身，朝小姨子杏花歉意地一笑，轻声说："昨晚酒喝多了，对不起呀！"

胡少香听不明白，瞅瞅杏花，望望走到门口的向东，脸上露出莫名其妙的神情。

姚向东转头走出门外，轻轻地拉上门，拎着公文包，噔噔噔地直往楼下走。他心里惦记着菜花。他要尽快赶到办公室，简单处理一下公务，赶到陵阳邮电局去给卫国挂个长途电话。但愿菜花夜里回到桃花家。真是那样，那就是一场虚惊。离婚协议书好办。只要菜花不出走，什么事儿都能说得清楚。

姚向东走进杉树林，沿着林间小道头也不抬地往办公室走去。

他走进办公室，把公文包往办公桌右上角轻轻一搁。他目光习惯地扫视了办公室一圈，落到书柜上。他知道那两瓶徐江风送来的茅台酒本来显眼地摆在书柜上层，从玻璃透过去，一眼就能看到。现在不见了。姚向东明白，这两瓶茅台酒昨晚可发挥作用了。虽然回家酒劲上来，把杏花当成了菜花，但有惊无险。自己肚子里关于妻子菜花那天大的事儿，杏花一点儿也没有察觉到。能瞒一天是一天。自己是个什么角色，自己心里清楚。这事儿要传出去，在陵阳城里可算是头号新闻了。县委主要领导的当红人儿，老婆要协议离婚，而且在深圳突然出走了。自己就是一百张嘴也说不清楚。照实说，谁也不会相信。想到这里，姚向东打开书柜下面的门，看着那两瓶茅台酒。有一瓶已经发挥大作用了，嘴里不停地念叨：徐江风呀！真要感谢你！要不，昨晚自己耷拉着个脑袋回家，杏花非问出个麻烦来。

姚向东端起玻璃杯，拎起竹壳水瓶，给自己倒了一杯白开水，朝公文包旁一放，坐到椅子上。他拿起面前的文件夹，一看县委研究室有个开会的通知。会议内容是汇报改革开放以来全县政府系统干部解放思想的主要状况。时间是上午十点。

姚向东把文件夹往面前的玻璃台板上一放，皱起眉头。今天上午十点开会，自己怎么去得了呀。自己这心里跟着了火似的，上午再忙也得去邮电局给卫国挂个长途电话。菜花昨晚回来没有？对自己来说，这可是天大的事。瞒能瞒多久呀！总得知道，菜花出走回来没有。没有回到桃花家的话，也得知道菜花的去向呀！否则，心里的这块石头怎么也放不下来。想到这里，姚向东把电话机往跟前挪了一下，握住摇把。他要给县委研究室请个假。

电话接通了。

姚向东站起身，握着听筒，大着嗓门。

"喂！喂喂！"

"喂！你是哪里？"

"我是县政府办公室呀！"

"噢！姚主任，你好！"

"你是研究室周宝民副主任？"

"对呀！这么早打电话？"

"刚看到你们研究室有一个会议通知。"

"噢！对对对！今天上午十点有个务虚会！上午马上会面，怎么还打电话？"

"周主任，我想请个假。"

"请假？告诉你呀，今天县委黄书记亲自到会，你大主任请假恐怕不妥吧？"

姚向东愣了一下，他想说个理由。想来想去想不出合适的理由。毕竟是个重要的会议。虽然这是个务虚会，可是县里一把手黄书记亲自参加。姚向东在办公室里混了这些年，机关里的一些道道，特别是一些不成文的潜规则他懂，而且懂得很。怎么请假，还真开不了口。但是，深圳那边的长途电话上午非打不可。这对于自己来说是火急火燎的大事，时间耽搁不起呀！

姚向东脑子活，愣了几秒钟，突然灵机一动，想出了一个理由，于是他嗓门高了八度："周主任，香港有个重要客商，约好了要通个长途电话。听说要来陵阳开发区投资一个大企业。另外，关于政府系统干部解放思想的调查，我们刚搞了个调查报告。我派个同志代我参加！"

"招商引资，这是大事。这是最大的解放思想。黄书记开大会经常讲嘛！一切给招商引资让路！好！你派个同志代会。"

"谢谢周主任！"

"噢！对了，别忘了把你们的调查报告底稿带过来。"

"一定！一定！在黄书记面前美言几句呀。"

"咱俩谁跟谁呀！放心！"

姚向东刚放下电话，吴景燕推开办公室的门走了进来。吴景燕喜欢穿中跟鞋。那鞋跟特别尖硬，走起路来哒哒哒地响。姚向东放下电话，知道吴景燕来了。吴景燕那熟悉的高跟鞋清脆的响声，姚向东听惯了。说实在的，吴景燕性格特别开放，用现在时髦的话说，思想解放。过去一直穿高跟鞋，走到哪里胸挺挺的，特别惹眼。她去自己家里比较多，是自己的部下，又是重庆师范的校友。姚向东曾私下里提醒过吴景燕。吴景燕还算听得进学长的话。当然，这个学长现在可是顶头上司。吴景燕把高跟鞋换成了中跟，花里胡哨的衣裳少了。用机关的话说，正规多了。其实，姚向东按理说不该去管自己的部下穿着打扮。但菜花曾旁敲侧击地说过吴景燕，而且菜花的眼神里也提醒过姚向东。姚向东很在乎菜花的感受，曾私下找吴景燕谈过。当然，小姨子杏花调到城里之后，也挺赶时髦跟风，菜花不便多说。加上街上时髦的女子越来越多，菜花也慢慢地习惯了。

吴景燕走到姚向东面前，朝文件夹一指："姚主任，你上午十点有个会。"

"知道了！正要找你呢！"

"找我？"

"对呀！政府系统解放思想的调查报告初稿写好了？"

"写好了。"吴景燕说着，把手中的文件夹往姚向东办公桌上一放说，"初稿刚出来，请主任审改！"

姚向东一听，心里松了一口气。有了初稿就好。他拿起文件夹，翻开扫了一眼说："这样呀，你代我去开会。我已跟研究室周副主任请了假。我上午有个客商要通长途电话，也是十点以后。"

"我去行吗？听说黄书记亲自到会……"吴景燕心里一愣，迟疑的目光盯着姚向东那微微泛红的脸庞。姚向东心里想着菜花的事，哪里有心思改稿子。他急切地拿起文件夹，往吴景燕面前一递说："小吴，你把初稿复印一份带去。照稿子汇报。会后，把稿子交给周副主任。"

吴景燕拿起文件夹，点点头，反身走出姚向东办公室。刚跨出门，身后传来姚向东的声音："小吴！记住我有香港客商要通长途电话！"

"知道了！"

七

姚向东发呆的目光盯着吴景燕那越走越远的背影，直到不见影儿才收回目光。

姚向东一屁股坐到椅子上，定了定神。他重重地喘了口气，心里想着赶紧给卫国挂长途电话的事,拎起公文包,就要去陵阳县邮电局。

他心里惦念着菜花,从昨天傍晚到现在,有点儿像做梦似的。这天大的事儿发生在自己身上,到现在还没个结果。菜花出走了,昨晚回来没有?要是没有回到桃花妹子家里,菜花会去哪里呢?到一个人们无法找到的地方。这是菜花的信中说的。什么叫无法找到的地方?这话的释义太多了。这是个多选题。姚向东此刻心里急,但这是在办公室,千万不能急在脸上。从昨天傍晚到现在,姚向东像做贼似的,一会儿骗丈母娘、小姨子,一会儿还要骗组织上。开会不能参加,还要编个时下最时髦的招商引资的假话。想到这里,姚向东心里似乎突然闪过一个念头,在官场上混还真不能什么都实话实说。我上午要去给卫国挂长途,要急于知道妻子的下落。要是给研究室的周副主任请假时,来个实话实说,这不整个都炸锅了吗?这还了得?这解放思想的情况汇报会还开得下去吗?俗话说得好,到什么山走什么路。对于我姚向东来说,十万火急的事就是要知道妻子菜花的下落,自己最要做的事就是去陵阳县邮电局挂长途。

姚向东走出办公室,跨着大步往机关大院门口走。他心里急,脸上额头上明显感受到有一层湿气。姚向东明白,自己的额头上渗汗了。心里急的。这个急,就跟当年参加高考一样,心里一直急着。但急归急,眼前模模糊糊的一片。姚向东心里想,菜花信中说,到一个人们找不到的地方,这不是一个多选题吗?去哪里了?深圳?广州?还是深圳附近的大山里?会不会去寺庵拜佛上瘾,就留在庵里了?当然,如果是选择,人只要活着,算是最好的结局了。但是万一她说的这个人们找不到的地方是……姚向东不敢想下去。这个多选题只有尽快与卫国通上电话才能知道个大体答案。

大院里尽是熟悉的同事。姚向东心事重重地径直往大门口走,心不在焉地与同事们打招呼,很快出了机关大院的大门。

陵阳大道拓宽工程启动一年多了。整个陵阳大道从北到南一片热火朝天的建设场面。陵阳大道两侧不少店铺、住宅已经拆除,保留的一些建筑和单位都用竹篱笆围起来,留出一条便道。管网铺设施工已经进入决战阶段。姚向东顺着机关大院通往工地上的便道往前走。街道两侧的重点建筑地基已经开挖，旁边竖起了高耸的塔吊。姚向东是陵阳大道拓宽指挥部的办公室副主任。他三天两头跑拓宽改造工地，特别是万通大厦，还有张升财的陵阳酒家，这是姚向东负责引进的两家企业。他走出机关大院不远，就看到了万通大厦建筑工地那高高的塔吊。他知道，万通大厦的左侧不远处是陵阳县邮电局。那里还没有拆除。新的邮电大楼建成后才能拆除。

姚向东朝邮电局方向走过去。

陵阳大道拓宽工地上尘土飞扬。挖掘机的轰鸣声震得耳朵嗡嗡响。便道上，乱糟糟的行人穿插在自行车、小板车、手扶拖拉机的缝隙里，人们的嚷嚷声和自行车的响铃声交织在一起。姚向东经常在工地上忙着协调施工中发生的各种矛盾，已经很习惯了。现在，姚向东的心里乱急了，他跨着大步，在混杂的车流和人流中急急地往陵阳邮电局赶过去。

穿过马路，从万通集团工地围墙绕过去，是一片旧屋拆迁的废墟地，走过百来米的坑坑洼洼的瓦砾路，来到邮电局大门口。邮电局大院围墙还没有拆除，只是大门口围上了一排高高的竹篱笆。竹篱笆朝着南边开了个便门。便门的两边竹篱笆上各写了四个字：施工不便，多多原谅。看到这八个字，姚向东在篱笆门边停了一下，心里平静了些。这八个字还是姚向东当时与负责道路拓宽的施工方协调写的。施工给群众带来诸多不便，写条标语，也算给老百姓打个招呼。现在自己遇上了急事，急着到邮电局挂长途。你看这绕来绕去的。原来大门朝东，现在便门朝南。谁走在这拓宽改造的施工路上都会感到不方便。没有急事还算好。一旦心里有急事，又找不到进去的门，肯定要骂娘。陵阳城里搞这么大的工程，这是第一次。记得在一次拓宽工程指挥部例会上，姚向东提出拓宽改造陵阳路是为陵阳人民办好事，但好事要办好，要在工地上修些便民小道，多贴一些暖心的标语。当时，自己的意见被采纳，还得到了总指挥张立仁副县长的表扬。

姚向东想到这里，心里闪过一丝丝的自豪感，但很快被菜花的离婚协议书和出走的消息蒙上了一层阴影。姚向东事业顺风顺水，心里当然愉快。但想到菜花这些年遇到的挫折和磨难，心里又难过不已。特别是结婚前后那不到一年的时间，菜花还算顺心，心情愉快起来。自己以为菜花走上好运了。自己甚至认为菜花信佛，菜花天天给她的父亲叩头，给老天爷祈祷，也许还真的显灵。谁知，不到一年，菜花生孩子难产，母女总算平安了，但又落下个产后综合征，现在还精神不爽，患上了抑郁症。菜花的心里要承受多大的压力呀！菜花是个善良厚道的山里妹子，她把自己从龙山天坑底下救上来，是自己天大的恩人。但菜花从不居恩自享，她甚至没有这回事儿似的。她总是为别人着想。说得直白一点，总是为我向东着想。生个女孩怎么啦！她钱菜花觉得对不起我们姚家。她往绝处想。现在国家实行计划生育政策，一个家庭只能要一胎。我姚向东是国家的干部，不能违反计划生育政策。她钱菜花不离开我姚向东，我姚家就绝后了。不孝有三，无后为大。她不想让我姚向东做不孝之子。当然，产后疑难综合征，菜花吃苦了。她吃苦吃得下，但她仍然想着我姚向东。菜花剖宫产留下后遗症后，夫妻生活不能正常。这也是钱菜花心里的一个症结。她感到不能给她的爱人幸福、快乐，就应该选择离开。现在菜花做出这样的选择，需要多大的毅力呀！霞霞才虚两岁，霞霞是她的骨肉呀！姚向东不知道妻子菜花怎么想的。姚向东感到不可思议。只有一个理由，妻子钱菜花患了中度抑郁症，这是广州医院留过洋的专家诊断的。

但愿一切都过去了，也许菜花昨晚回到桃花家了。想到这里，姚向东跨进竹篱笆门，踏上不高的台阶，走进邮电局营业厅。

这里姚向东熟悉。与钱菜花恋爱期间，常到这里给菜花的松林大队部挂长途电话。记忆最深的是那次钱菜花带着现摘的葡萄来县城看他。结果扑了个空。扑了个空也就算了，她无意中看到了徐凤霞写给姚向东的信。要知道那时钱菜花在人民公园的石榴树下刚刚松口，两人的关系，刚刚定下来。想不到这半路上杀出个程咬金，徐凤霞的信给钱菜花的打击太大了。摆在谁的身上都会像大山上滚下来的一块石头,非砸趴下不可。想不到钱菜花这个山里走出来的妹子,度量那么大。她留下了象征着两人爱情紧密的宿舍钥匙,留下了一张暖心的若无其事的字条,一个人回到鱼头村。姚向东想起菜花走后的第二天也是这个时候,心里也这么火急火燎地来邮电局打长途电话……姚向东触景生情,脑子里一烘一烘的。

姚向东走到营业厅受理长途电话窗口,扫了一眼营业厅北墙边一溜隔开的接电话的隔间,急切地对着窗口:"同志,我挂个长途电话。"

"挂哪里?"

"深圳。"

"好!"营业员从窗口递出来一张表格。

姚向东接过表格,仔细一看,心里急了,这才想起来,自己没有卫国的电话呀!再说卫国家里一直没有装电话。卫国也没有买大哥大。要是卫国有大哥大,肯定早就把号码给自己了。姚向东灵机一动,想到了徐江风。徐江风老总有大哥大。姚向东赶紧打开公文包。才把公文包打开,又合了起来。姚向东不想惊动徐江风。徐江风知道了,徐凤霞还能不知道?徐凤霞知道了,那整个机关大院还不都知道了。姚向东急中生智,把电话打到卫国单位去。但转念一想,也不妥,这个时候,桃花和卫国都急疯了,还能在单位?姚向东决定回办公室,哪儿也不去,今天一天就守在办公室。这么火急的事儿,只要有一点菜花的下落,卫国肯定第一时间把电话打到办公室来。

姚向东把表格退给营业员,歉意地说:"不挂长途了。"说完,头也不回地往机关大院方向走。

到了办公室,姚向东放下公文包,深深地叹了一口气,扑掸着衣裳上的尘土,一屁股坐到椅子上。

姚向东把文件夹打开来,又伸出右手把电话机往面前挪了挪。他目光落在文件上,心思全在菜花身上。

姚向东的耳朵几乎快要竖起来。他急切地盼望着办公室电话机那熟悉的铃声急促地响起来。

昨晚下了一场春雨,上午天放晴了。温暖的风带着花儿的清香味儿从窗隙门缝里渗进办公室。姚向东似乎一点嗅觉也没有。他现在全神贯注,听觉特别灵敏。窗外,花圃里不太高的桃树、杏树已经吐蕾,有的枝头上已经绽放出鲜艳的花儿。灵巧的山雀在枝头上蹦蹦跳跳的,发出天籁般的鸣叫。姚向东听得清清楚楚,他盼着这山雀的鸣叫声能变成急促的电话铃声。

姚向东目光盯着文件,文件上的行行铅字在他眼前模模糊糊地晃动。他根本没有心思看文件,他只是做个样子,目光不时瞅瞅一旁的黑漆漆的电话机。

墙上的壁钟有节奏地敲了十下。已经十点整了,电话铃仍然没有响。

姚向东心急如焚。

八

姚向东心里着急。

本来是件好事。桃花、卫国春节后把菜花带到深圳,名义上是请菜花去帮忙打理桃花、卫国五一节举办婚礼的事儿,实际上是去给菜花看病。南方的深圳紧靠香港,那里是中国改革开放的前沿阵地。在内地群众的眼里,那里什么都比内地高一等,很多新奇玩意儿内地见也没有见过。姚向东体会最深了。去年,陵阳县组织百十名干部去南方考察,姚向东是负责保障的。那里的一切都新鲜,新鲜得让陵阳县的山沟里的党委书记、镇乡长出尽了洋相。那里的医疗技术也是一流的。广州也好,深圳也好,那里的大医院里有不少医技精湛的专家,不少都是留过洋回来的。那里开放,什么国家的专家都欢迎。朱红旗爱人曹仁兰眼睛失明了五六年,去了一趟深圳,眼病治好了,重见光明,真是奇迹。这次菜花去了深圳,本来一切都很顺利。上周还通了一次电话。广州那两个留过洋的医疗专家基本上确定钱菜花得了中度抑郁症,并说基本能够治愈。当时,姚向东心里很高兴。从与钱菜花的通话中，他能感受到钱菜花的情绪还好。这是个慢性病，关键是调理。前些日子，姚向东专门买了几本医学方面的书。现在留过洋的专家确诊了，心里有点数。谁知天有不测风云。就在姚向东盘算着待钱菜花回陵阳后怎么调理时，他收到了钱菜花从深圳寄来的挂号信，接着又接到卫国从深圳打来的长途电话。当时，姚向东的感觉是天空划过两道闪电，接着是两声震耳欲聋的惊天炸雷。先是钱菜花签了名的离婚协议书，后是卫国打来的长途电话，说钱菜花一个人早上离开家，天快黑了，还没有见到钱菜花的影子。从钱菜花在桃花家的简短留言看，似乎出走了。姚向东在信中也看到了，菜花说去了一个人们找不到的地方。看来这话不是说着玩的。卫国说天快黑了，菜花没有回到桃花住的小区。正常的光景，钱菜花一个人出去逛逛，一般下午四点左右她就返回小区了。小区有个桃形的湖。湖边栽满了杨柳。翠绿的杨柳枝条下间隔五十米左右会有一张露天木板长条凳子。菜花回来会坐在长条凳子上，目光盯着夕阳照耀下的银光闪闪的湖面。桃花回来沿着桃湖边绕上一圈，碰到菜花就喊姐姐一起回家，昨天，桃花四点钟下班回到小区，她在桃湖四周绕了五六圈了，也不见菜花的影子。姐姐不见了，姐姐是自己从陵阳邀请来的，现在人不见了，如何向姐夫交代。姚向东想象得出来，桃花得急成什么样子。姚向东想不到世事这么难料。本来指望菜花到深圳请专家看病，诊断后，回家对症下药，早点让菜花恢复健康。现在倒好，病还没有治疗，人没了。

姚向东心里急，眼睛不时在手边乌黑的电话机上扫来扫去。他盼望着电话铃声响起；盼望着卫国从深圳把长途电话打过来；更盼望卫国带来的好消息：菜花回来了。

姚向东心里打着如意算盘：只要菜花回到桃花家里，一切都好说。万事听人劝嘛。菜花不出走，组织上也不知道菜花要协议离婚的事，一切都是家庭内部事儿，慢慢地会处理好。菜花的性格这些年来姚向东了解个八九不离十。如果菜花出走了，找不到菜花人，这在陵阳县真的成了大新闻。

姚向东越想越后怕。

墙上的壁挂钟有节奏地响起来。姚向东哪有心思看文件，一声一声地在心里默默地数：当！当！当！……挂钟清脆的响声一共敲了十一下，每一下都似小铁锤敲在姚向东的心坎上。

姚向东无可奈何，心里暗下决心，就是等到晚上下班也要等。他心里有把握，卫国与桃花此刻肯定也是急得团团转，一有消息肯定会第一时间把电话打到自己的办公室来。就是最坏的结局，菜花找不到了，卫国也会把电话打到自己办公室来的。现在，姚向东没有别的办法，只有一个字，等，耐着性子等电话。

窗外，春天的太阳照在泛着碧绿光泽的冬青树上，那片片碧绿的叶子上透着晶莹的光亮。花圃里的各种花草一片绿茵，绿色中偶尔会绽放一两朵鲜艳的小花。石榴、海棠、小叶黄杨、紫荆在春风的吹拂下枝条呼呼呼地往上蹿。欢天喜地的山雀在嫩绿的枝条上跳来蹦去，留下一片喳喳喳喳的鸣叫声，从窗外透进屋里。姚向东无心欣赏和聆听。他全神贯注地盼着电话铃声响起来。

丁零零，丁零零……电话铃声急促地响起来。姚向东几乎是弹簧似的站起身，右手猛地伸过去，操起话筒，往耳边一凑，连声说："喂！喂！喂！哪里？"

"我是陵阳酒厂。"

"陵阳酒厂？"

"县政府办公室吗？"

"对呀！"

"我找姚向东主任。"

"你是……"

"我的声音听不出来呀！你的声音我都听出来了。你是姐夫！"

"噢！杏花！打电话有什么事？"

"没啥事，你昨晚不是喝高了吗？我不放心。"

"没事！没事！"

"姐夫，别说没事！刚才连我的声音都听不出来。今后酒要少喝，酒喝多了会误事！"

"知道了！"姚向东放下电话，长长地叹了一口气。这个杏花，倒是很会善解人意的。她以为姐夫昨晚真的酒喝多了。其实，姐夫一肚子的心思，塞得脑子里都堵了。

姚向东搁好话筒，一屁股坐到椅子上。刚才听到电话铃声响起来的一刹那间，他以为是卫国从深圳打来的长途电话，心头一惊，总算有消息了。谁知是杏花从陵阳酒厂打来的。这个小姨子，还蛮细心的，还知道担心姐夫昨晚酒喝高了。

姚向东坐在椅子上，目光盯着玻璃窗外明媚的春光。姚向东去过深圳。那是个什么地方？车水马龙。菜花从那儿出走，她一个女人家怎么知道东南西北，怎么活下去呀！姚向东心里更沉了。目光瞅了一眼手边的电话机。电话机一动不动，一声不响。姚向东的眼前出现深圳的夜景。记得在深圳的那两天，白天工作，晚上自己总会和几个同事约好到外面看夜景。那次大家都被深圳的夜景魅力迷住了。深圳繁华而热闹，夜晚变成了灯的海洋，光的世界，马路两旁的灯光像两条长长的火龙伸向远方。霓虹灯，五颜六色，光彩夺目，热情欢迎着我们这群来自嘉陵江畔的山里人。马路上一串串明亮的车灯，如同闪光的长河，奔流不息。我们下榻的宾馆在深圳河边上。走在马路上，放眼望去，不远处的深圳河水平静无声，无声无息地流动着。月亮挂在高远的天空，圆盘似的影子倒映在深圳河面上，宛如一个害羞的小姑娘，闪烁出淡淡的光芒。路灯很亮，与月色相辉映。当时，大家都陶醉了，闭上眼睛，从河边吹来的风夹着蟋蟀的叫声，缓缓地走在人行道上……想到这里，姚向东浑身一惊，几乎是颤抖了几下。他在想：菜花走在深圳的路上，连东南西北都难以辨得清。她怎么会找到桃花住的小区？菜花也许迷路了。姚向东自欺欺人地自己安慰自己。

姚向东焦急地瞥了一眼电话机。他的眼光好像是按钮似的，刚落到电话机上，电话机铃声就"丁零零、丁零零"地响起来。姚向东抬手拎过话筒，往下巴颏一靠，大着嗓门："喂！喂！你是哪里？"

"喂！喂！喂！"

"你大声点儿。"

"我……你是县政府办公室吗？"

"对呀！"

听到这里，姚向东心里一愣。这话筒里杂音很大，看来是长途电话。他心里松了一口气，估计是卫国从深圳打过来的。

话筒里传来有些着急的声音："喂！麻烦你找一下姚向东。办公室的姚主任！"

"我就是姚向东。"

"你是卫国？"姚向东听电话口音，似乎有点熟悉，很像是松林村那个方向的口音。姚向东估计是卫国从深圳打来的电话，直接对着话筒问。

"我不是卫国！我是卫国他爸！"

"噢！朱支书呀！朱支书你好！有事请讲。"姚向东一听不是卫国，是卫国他爸。难怪口音有点儿相似。

"姚主任，也没啥事儿。就是给你报告一下，陵阳酒家的手续都批下来了。设计图纸也审批好了。张升财让我给你打个电话，谢谢你。他说等你有时间，详细情况当面给你报告一下，也顺便听听你的意见。"

"我没有什么意见。按照县里的规划和有关审批要求办。祝开工建设一切顺利！"

"谢谢姚主任！"

"家里人，谢什么。"姚向东没心思再说下去，赶紧答应朱支书，"朱支书，我安排个时间听汇报。你们把协调的问题理一理，到时我请张副县长参加听听。"

"谢谢！谢谢！向东主任呀！提个意见，你以后别叫我支书，就叫老朱，行吗？"

"行！听老支书的。"姚向东顺着朱红旗的话调，赶紧挂了电话。他担心万一深圳打来长途挂不进来。

姚向东坐到椅子上，定了一下神，目光不时在电话机上扫来扫去。电话铃响了几次了，就是没有深圳来的长途。他站起身来，目光瞥了一眼壁钟。时钟已经快要指向十二点了。该是吃饭时间了。他想了想，先去食堂吃个饭，赶快回到办公室。

姚向东认准了卫国一定会把长途电话挂到自己的办公室。

姚向东把公文包拎起来，打开办公桌的左柜，塞进去后，关好柜门，朝办公室门口走过去。出了办公室门，他沿着走廊大步往外走。

九

姚向东刚走出七八步，从办公室方向传来了电话铃声。姚向东仔细一听，"丁零零、丁零零"的熟悉铃声很脆亮。姚向东赶紧反身来到自己办公室门口，掏出钥匙迅速打开门，三步并作两步走到电话机旁，操起话筒，急切地问："喂！你是哪里？"

"我是吴景燕呀！"

"是小吴呀！"姚向东失望地叹了一口气，镇静地咳了两声说，"解放思想的调研会结束啦？"

"刚回到办公室。想去你办公室汇报一下调研会情况，不知你有没有时间？"

"吃饭时间到了。这样，我下午有时间通知你好吗？"

"其实，也没有太多的事儿。我电话给你报告一下吧！"

"也好！"

"姚主任，这次县委解放思想调研会议黄万和书记很重视，自始至终参加了会议，最后还做了重要讲话。黄书记要求全县干部群众一定要解放思想，加大招商引资力度，把陵阳经济搞上去。"

"黄书记的讲话抓住全县经济发展的龙头！招商引资是当前陵阳经济发展的头等大事。解放思想要落实到招商引资工作上！"

"人人谈项目，个个招客商！这是黄书记在调研会上对全县各级干部提出的要求。对了，黄书记在讲话中还提到了你。"

"提到我？"

"表扬你了。说你今天上午为了与重要客商通长途电话,特别请了假。姚主任做得对,一切服从招商引资工作。这不是嘴上说说,是要落实到行动上。姚向东就落实到行动上了。"

一上午虽然没有接到卫国从深圳打来的长途电话,但吴景燕刚才电话中的一番话,听得姚向东心里乐滋滋的。虽然是歪打正着,没有人知道向东今天请假是处理家务事儿,而且是天大的家务事儿。姚向东顺水推舟地说:"招商引资是大家的事,我等个长途电话,还等来个县委黄书记表扬!运气!"

"向主任学习!"吴景燕说完,提醒姚向东该吃中午饭了。吴景燕说完,挂断了电话。

姚向东右手握着听筒悬在半空中,有些发呆地盯着玻璃窗外翠绿的冬青树,嘴里自言自语:半天过去了,菜花回没回到家里,你卫国总该来个长途电话。卫国的电话没有等到,电话铃倒是一会儿响起来,弄得自己一惊一乍的。姚向东把听筒搁好,转身又往办公室门外走去。刚走到门口,才抬起腿要往门外跨出去,电话铃又丁零零、丁零零地响起来。铃声很急。姚向东转身返回办公桌前。他抬头瞅了一眼壁钟,已经十二点一刻了。工作电话不可能这个时间点打过来。肯定是卫国从深圳打来的长途电话。

这回让姚向东猜着了。姚向东刚拎起听筒,往耳畔一靠,就听到卫国那熟悉的口音:"喂!喂喂喂!你是姐夫?"

"我是向东!卫国,菜花回到家没有?"

"姐夫!你别急呀,听我慢慢说。昨晚我和桃花一夜没有睡觉。桃花一直坐在客厅的沙发上,家里所有的灯都打开着。我们希望菜花晚上会回来。但是等了一夜,没有见到菜花姐的影子。早上,我和桃花反复商量,猜测桃花肯定是出走了,她不会回来了。菜花是个处处为别人着想的人。她虽然患有中度抑郁症,但她的头脑还是清醒的。从她留给我们的字条上,可以肯定,这个念头在菜花脑海里已经不止一次闪过了。她生了丫头,现在国家又实行一对夫妇只生一个孩子的政策。向东,你想呀,你是公家人,端的是金饭碗,你能违反国家计划生育政策吗？肯定不能，既然不能，菜花心里清楚，你们姚家就断了香火了。她不离开你姚向东，你们姚家你这个当大哥的，第一炮就没有打响。菜花心里内疚。从她的留言中可以看得出来。特别是她寄给你的信中，这个事儿说得再明确不过了。菜花出走，说到底她是对你太好了，她是为你着想，为你的前途着想。当然，昨天通电话，你电话中说到她写给你的一封信。你告诉我，我也告诉了桃花。我和桃花认为：菜花这些日子应该很苦闷。产后后遗症，肯定也给夫妻之间带来了诸多的不便。她在给我们的留言中不便说得太直白，但她给你的来信中你应该看得出来。"

"看得出来！菜花太死心眼了。她为我的幸福着想，想得太多了，走进了一条死胡同。我真的为她担心。"姚向东打断卫国的话，心事重重地说，"卫国，你知道的，深圳那地方就是一个大的建筑工地，到处都是塔吊，到处都是厂房，到处都是来来往往的汽车。她可没有出过远门，她这一出门，万一有个三长两短，我怎么对得起菜花呀！"姚向东说到这里，有些哽咽，断断续续，声音时高时低，"你要知道，我可是菜花和她父亲从天坑底部救上来的！这个恩情……恩情……比海深，真的比……山……山高。菜花要是万一……"

"姐夫！你别瞎想！"卫国知道姐夫此时的心情，赶紧宽姐夫的心，"姐夫，我和桃花反复分析，菜花虽然出走了，但不会出问题。从她的留言，特别是菜花给你的信中说的话，可是看到，菜花这次出走，不是一时冲动，而是早有这个想法，她是要离开你。她想得很简单，你是国家干部，不可能去通过正当的途径离婚离开你。那样，你说什么也不会同意。你要是同意离婚，真的离开菜花，那你这个办公室主任不要被舆论的潮水淹死。那样的话，即使组织上不批评，不找你的麻烦，忘恩负义这顶不大不小的帽子戴在你向东头上，谁也不会提出异议，谁也不会原谅你。菜花选择出走，到一个人们找不到的地方，到一个十分宁静秀丽的地方，她这是完全为你姚向东着想！"

"卫国，不怕你笑话。昨天你打来长途电话说菜花出走了，我当时一听像被人当头打了一棍子，整个脑子都晕了。我没去食堂吃晚饭，也没有回家去吃晚饭。我满脸愁容，眼睛里的泪水止不住。卫国，我要是到食堂去，要是回家里，谁见了我都会问我，以为我出了什么大事。其实，谁问都问对了，对我来说，菜花的出走就是天上掉下来的天大的事。但这种事儿我一时不能对谁说。我怎么说呀，我只能闷在心里，愁在脑子里。我坐在办公桌前的椅子上，盯着办公室的玻璃窗。天完全黑下来的时候，下起了雨。望着窗外的雨雾，我的心像一块大石头悬了起来。我没有吃晚饭。我拉灭了办公室的电灯。办公室里黑洞洞的一片。我在办公桌前的椅子上呆坐着，目光盯着玻璃窗，一坐就是几个小时。菜花怎么说出走就出走了呢，我想来想去，和你想到一块。我了解菜花。她就是这么一个人。当她为别人着想的时候，她会不顾一切，她什么事儿都会做得出来。"

话筒里传来卫国的赞叹声："姐夫，我理解你说的话。她为了别人的事，她会忘了自己。这一点，我们朱家体会最深了！我哥的事，说起来都不好意思出口了。菜花一个大姑娘家，为了我哥的生死，她竟然在大庭广众之下，在陵阳县人民法院门口跪了一天一夜。虽然她的善心没有挡得住'严打'的风暴，但是她尽力了，尽最大力了！"

"卫国，我想到了这件事。只有钱菜花的性格和为人能做得出来。因为朱爱国重判不服的事，她钱菜花可是受害人。一般人想起来不可思议！"说到这里，姚向东声音高了八度，"卫国，昨晚从这件事，我想我和菜花的关系，特别是有了霞霞之后，钱菜花感到为姚家生了个丫头，姚家在她菜花这里断了后了，加之生了孩子留下了不少慢性病症，菜花的心情越来越糟。你可能不知道，自从菜花父亲突然出了事故离开人世后，菜花受到的打击最大。钱正南在世时最喜欢大姑娘菜花，她与父亲感情最深。父亲走了，菜花开始信佛，她认为人的一生老天爷说了算。"

卫国在电话中打断了姚向东的话头："姐夫！菜花信佛，我和桃花都知道。桃花经常跟我说，菜花跟父亲感情深，父亲突然离世对菜花打击大。她没有见过大世面，她没办法去解释，只能往命运这方面去想。对了，这次菜花来深圳，最喜欢去的地方就是寺庙里烧香拜佛，我和桃花担心，菜花会不会出走去了……"

姚向东打断卫国的话，有点迫不及待："去哪里？"

"会不会出走去了寺庙？"

"寺庙？"

"对呀！她老是打听深圳、广州一带的寺庙。我和桃花陪菜花姐去了不少有名气的寺庙。对了，菜花还让我给她买了深圳交通图。唉！当时没有往这方面去想。姐夫，你看，给你添麻烦了！"

"卫国，你想到哪里去啦？都是家里人，你和桃花带她去深圳，是一片好心呀！我感激还来不及呢！"

"姐夫！虽然菜花一夜未回来，但我和桃花都认为，菜花安全不会有问题。"

"我是担心菜花患有中度抑郁症，就怕她一冲动……"

"姐夫！你千万别乱想。"

"卫国，我现在真不知道怎么对家里人说，真不知道怎么对组织上说。"

"姐夫，我认为这些日子先别声张，毕竟不知道菜花出走去了哪里，说也说不清。有两点还是可以肯定的：一是菜花虽然患有中度抑郁症，但不会失控自杀，因为霞霞还在家里，亲人们都在。如果是自杀了，她不会给你写信，也不会给你和桃花留字条；二是她信佛，很可能出走出家去了。她信中也好，留条也好，暗示去了一个宁静秀丽的地方，那地方很有可能是尼姑庵。"

"卫国，你分析得有道理。"

"我和桃花准备花上十天时间，把深圳附近的寺庙和尼姑庵查访一遍。暂时不登寻人启事，你那边也不声张。情况没有弄清楚，没办法说。"

"听你和桃花的。"

"本来上午想早点打电话给你，你知道挂个长途很麻烦。桃花和我一商量，上午去买了部大哥大。这样，我们常保持联系。"

"你大哥大号码？"

"你拿个纸笔,我报给你!"

"好!你等一等!"

听筒里传来卫国急促的喘息声。卫国嘴上劝向东冷静,说得很轻飘,其实心里压力山大。卫国看到桃花那痛苦万分的样子,心里刀绞似的,但无能为力。深圳这么大,又处于快速发展阶段。几乎全国各地的人都纷纷往深圳这边拥过来。菜花,一个山沟里出来的妹子,又没有见过世面。她这一出走,汇入这乱哄哄的人流中。要想找到菜花,无异于大海捞针。但卫国知道,这是天大的事儿,大海里捞针也得捞。卫国急在心里。卫国更明白,此刻的向东姐夫一定像热锅上的蚂蚁,急得团团转。

话筒里传来向东的声音:"请讲。"

卫国报了一个七位数号码。停顿了一下,又大着嗓门重复一遍说:"向东,移动电话去年11月份才在南方的广东省开通。你把号码记好。咱们说好,我打电话,直接打到你办公室。你打电话直接拨这个大哥大号码。"

"谢谢桃花,谢谢卫国,添大麻烦了!"

"姐夫,你一定要冷静。我和桃花下午就开车出去找!"卫国说完,挂了电话。

姚向东放下话筒,心里很感激卫国。想不到卫国、桃花和自己想到一块了。虽然听了卫国的电话,估计菜花不会出大问题,只要找到菜花就行,但现在只是猜了个大概,姚向东心中的那块石头仍然悬着。

十

朱卫国与姚向东通完长途电话,心中悬着的那块石头分量似乎轻了些。菜花自从昨晚出走没有回家,桃花愁得一夜睡不着。桃花睡不着,卫国心也悬得高高的。卫国一直陪着桃花,两人分析来,分析去,总算有了些眉目。菜花患了中度抑郁症,说到底生了个丫头,让姚向东断后了。国家实行一对夫妇只生一个孩子的独生子女政策，对于姚向东来说，他是国家的人，必须模范地执行独生子女政策，那是一点也没有希望了。加之剖宫产又留下了一大堆产后疑难病症，对于姚向东一个壮实的年轻人，夫妻生活肯定是名存实亡了。钱菜花是桃花的姐姐，桃花对姐姐的性格特别了解。她是个不想给别人添麻烦的人。她想到离开姚向东。她敢想敢做，竟然悄悄地离开了大家。卫国与姚向东电话中对菜花的出走分析的原因大致差不多。卫国与向东几乎想到一块儿去了。菜花出走的事儿暂时保密。毕竟陵阳离深圳上千公里，菜花出走是在深圳，一时半会儿还能瞒得住。关键是尽快寻找，能迅速找到菜花就好了。尽管这是卫国的一厢情愿，但他只能这样劝姚向东。卫国心里清楚，此时此刻的姚向东那绝对是热锅上的蚂蚁。钱菜花是他的救命恩人。抢救姚向东时，菜花为姚向东输了血。姚向东的血管里流淌着钱菜花的热血。钱菜花突然出走，姚向东的心里有多悲痛，可以想象得出来。姚向东又是陵阳城里的公众人物。他老婆出走了，这消息要是一传开来，陵阳城里非炸锅不可。

　　朱卫国知道姚向东心里的痛楚，但他更清楚跟姚向东一样悲痛的还有桃花。钱菜花是桃花的姐姐。这次回家过年，见到姐姐心情沉重，总是忧心忡忡的样子，心里特别担忧。想到深圳这边的医疗条件好，这里的专家治病水平高。朱卫国母亲的眼睛已经失明了，但到深圳这边请了名医诊治，竟然重见光明。桃花跟姐夫向东一商量，还施了个小伎俩，把菜花姐带到深圳来请名医诊治。桃花希望姐姐能重新快乐起来。想不到在深圳还不到一个月，姐姐离家出走了。虽然菜花留了字条，虽然她给向东寄去了挂号信，还寄去了签了名的离婚协议书，但她一个山里妹子，到哪儿去了呢？这里可是车水马龙的大都市，菜花出走能弄得清东南西北吗？

　　桃花与卫国两人分析来，分析去，感到最大的失职是菜花老是打听深圳一带的寺庙，竟然没有引起警觉。尤其是逛寺庙时，对寺庙的风景古建筑一点儿兴趣也没有。特别是前几天，菜花找深圳、广州的交通图。卫国还专门给菜花姐买了交通图。当时，卫国与桃花心里想得很简单。清楚钱菜花就是这么个人。菜花总是怕麻烦别人。到深圳来了这些日子，看到卫国桃花陪前陪后，又是去商场，又是去寺庙，还要找朋友、托关系请名医治病。菜花这是心里过意不去。她找交通图，这是想自己去逛景点。谁也没有想到，菜花心里早就有了出走的打算。她找来广州深圳的交通图，就是为出走做准备。

菜花下这么大的决心离开姚向东，就是不想让姚向东有任何念想。她给向东的信中，还有给家里的留条上都写到她的去向。那是一个十分宁静秀丽的地方。卫国和桃花几乎想到一块：菜花姐一定是出家了，一定是去了哪个尼姑庵削发为尼。

桃花一夜没有睡，早饭也没有吃。两人做出决定：菜花是从我家出走的，要是找不到菜花不但对不起菜花姐，更对不起向东姐夫。桃花和卫国开汽车到处找，就是找遍整个深圳市、广州市，找遍整个广东省的寺庙和尼姑庵，也要把菜花姐找出来。卫国与桃花一商量，决定上午先去置办一只移动通信设备，当前最时髦的大哥大。这些日子要随时与姐夫向东保持联系，同时还要请朋友打听。上午，卫国去购置大哥大，就在电信营业厅用大哥大给向东挂了长途电话。有了大哥大方便多了。卫国与向东通完电话，拎着沉重的大砖头，快步走出营业厅，坐进自己的汽车，往自家小区开过去。

卫国进了小区大门，没有直接开往自家楼下，而是沿着桃湖周边的柏油马路缓缓地行驶。小区里的桃湖两岸，杨柳袅袅，桃花盛开着，一阵阵扑鼻的清香透进汽车里。卫国无心去欣赏桃湖旖旎的风光，也没有心思去嗅初春的花香味儿。他目光盯着桃湖岸边的长条木板凳。他希望奇迹出现，说不定菜花想来想去改变了主意。毕竟她有一个不满周岁的女儿霞霞，毕竟她有母亲、妹妹这些曾经朝夕相处的亲人们。为了自己爱的人去牺牲一切，这需要多大的勇气。尽管卫国想到菜花当年为了救自己的哥哥朱爱国曾经在陵阳人民法院门口跪了一天一夜，也许菜花会有这个勇气和决心，但这种勇气和决心也是会改变的。南方这地方，虽然改革开放后，寺庙建得不少，但也不是说找就能找到一个宁静秀丽的地方。何况到尼姑庵出家也是有条件的。

人家不收她,她也没有办法。卫国边缓缓地开车,边把目光在湖岸边的长条木板凳上扫来扫去。他真希望出现奇迹,希望桃湖岸边的长条木凳上出现菜花姐的身影。

卫国在桃湖边小区内的柏油路上绕了两圈,奇迹没有出现。他见到湖岸边春风吹拂的翠绿杨柳丝条,他嗅到灿烂的桃湖飘出的诱人的香味,但他没有看到菜花的身影。卫国很失望,加快车速,来到自家楼下的停车场。

他把车子停在靠出口的路边。下了车,跨着大步急匆匆地直往自家楼房的门厅走过去。

中午的太阳光直射下来,小区的树木、大楼、盛开的花儿还有平静的桃湖水面全沐浴在灿烂的阳光中。春天的气息是那么地浓郁,但卫国此时的心里一点儿也感受不到明媚的春光给人带来的愉悦。他心事重重地走进门厅。他决定不休息,下午带着桃花先去深圳的大寺庙碰碰运气。这几天,工程部里的事儿已经布置给了几个贴心的小组长。他和桃花已经下了决心,就是花去一年半载,也要把广州、深圳一带的寺庙、尼姑庵访一遍。他和桃花都坚信,菜花不会离开广州一带去其他地方出家。她虽然留条和给向东的信中说到她去了一个宁静秀丽的地方,但她跑不远。找!必须找,一定能找到。

卫国走到电梯门口,伸手按了一下往上的按钮。

一会儿,电梯的楼层显示屏上出现了17层的数字。接着,电梯楼层显示屏上数字快速地变换着:16—15—14……电梯很快到了一层。随着楼层显示屏上数字的消失,电梯门缓缓地打开了。卫国一眼看到一张熟悉的面孔。他往后退了几步,吃惊地说:"桃花!你怎么下来了?我正要去家里接你呢!"

"我等不及了!"

"购买大哥大的人排队,等了个把小时。"

"这玩意儿要三万多元一台,这么多人去买?"

"这玩意儿很神奇。有了这块大砖头,到哪儿都可以打电话,方便!"卫国把拎在手里的那块大砖头似的大哥大在桃花面前晃了晃说,

"办完手续，在营业厅给向东打了个长途电话。"

"你打到哪里的？"

"我打到姚向东的办公室。别的地方不方便打过去。菜花这事儿暂时还不宜声张。真要传出去，对向东影响不好！"

"我也是这个意思。当前，尽快地找到姐姐就好了。"

"姐夫正好在办公室。"

"不是正好在办公室，他今天一上午一定是哪儿都不去，他在等你的电话。"

"是的。姐夫急死了。但他不埋怨我们，他跟我俩想的一样。先不要声张，尽力去找。他还让我转告你，让你一定要冷静。"

"我知道，但我能冷静得下来吗？菜花是我姐呀！"

"我理解！"

"我一上午都在想，我这个姐挺善良的。从小她就这个性格，总是为别人着想。小时候，父亲打一只野鸡，她总是把两块鸡腿肉夹到我和杏花的碗里。当年小学毕业后，父亲在石油勘探队出事故走了。她考虑妈妈心里难受，考虑我和杏花还小，她说什么也不肯再参加高考。她辍学后在家帮助母亲料理家务，照顾我和杏花。你购置大哥大去了一上午。我一想到小时候的事儿，眼泪就扑簌簌地往地下掉。这一刻，我透过玻璃窗，看着天空中的太阳已经有点往西斜了。我急了。说好的，买了大哥大就去找菜花……"

"我一分钟也没有耽搁。桃花，对不起呀，让你久等了。"卫国说着，拉住桃花的胳膊，大步往门厅外面走，边走边说，"车子在停车场出口处。"

桃花跟着卫国快步来到停车场出口的路边，上了车，这才想起来，从昨晚到现在还没有吃一口呢。心里伤心，肚子不觉饿，但毕竟快一天没有吃东西了。桃花心里想，自己饿着没事，卫国也是一天没有吃东西了。桃花朝坐在驾驶室正在发动车子点火的卫国心疼地说："只顾忙着找姐的事，快一天了，你还没有吃东西吧？"

"你也没有吃呀！"卫国说着，把点火钥匙插进孔里，轻轻一旋，轰轰轰的一声响,汽车发动起来。卫国手脚并用,放手刹,挂挡,踩油门,汽车缓缓地驶出停车场,往右一拐,上了宝港大道。

卫国不紧不慢地驾驶着小汽车,侧头对坐在副驾驶位置上的桃花说:"后座上有袋曲奇饼干,你先吃几块垫垫肚子。"

"你把车子停到路边,也吃几块,要不怎么有精力去找姐。"桃花侧身从后座上拿起曲奇饼干袋子,朝卫国眼前晃了晃说。

"桃花,你吃吧!"卫国说着,踩了一下油门,加快了车速说,"我刚才在移动营业厅办大哥大购买手续时,已经吃了五六块饼干了。我们先去哪个寺庙?"

"我也不知道。反正先去宁静秀丽的寺庙吧!"

"那先去大华兴寺庙?"

"行,听你的。"桃花从塑料袋子里摸出一块曲奇饼干,凑到嘴边,轻轻地咬了一口,嘴里发出一阵嘎巴嘎巴的声响。

正是早春时节。下午的太阳高高地挂在蓝蓝的天空。高远的天空像一幅巨大的蓝色天幕,没有一丝云彩。灿烂的阳光把大地照得亮堂堂的。大路边的香樟树,大路远处的高高矮矮的山岗上,大片大片的油松、翠竹在阳光下泛起碧绿的光泽。

桃花一点儿也没有心思欣赏。她味同嚼蜡地咀嚼着曲奇饼干,目光全神贯注地盯着前方。

汽车玻璃窗透了一道小缝隙。阵阵春风吹过来,虽然暖洋洋的,但风中明显透着一些淡淡的腥味和咸味。

十一

桃花凭风中的气味,感觉这里应该离海边不远了。她虽然跟卫国来南方打拼了四五年,但对深圳并不太熟悉。这些年,深圳的发展用日新月异来形容一点都不过分。整个深圳从南到北,从东到西就是一个巨大的工地。到处都是高高的塔吊,到处都是推土机的轰鸣声,一座座大楼拔地而起，一条条大道纵横交叉。卫国的汽车飞快地行驶在宽阔的大马路上，桃花不知开往哪个方向，但凭气味，她估计这里应该靠海边不远了。

　　桃花前些日子陪菜花姐去过不少深圳的寺庙，只知道寺庙的名字，也不知道寺庙的方位。桃花知道深圳的著名寺庙都是依山傍水的好地方，正如菜花留条上说的，都是宁静秀丽的地方。深圳的寺庙哪个不在宁静秀丽的地方。桃花的目光在马路两边扫来扫去，脑子里使劲地回忆着。毕竟这几个星期刚陪菜花姐去寺庙逛过，她还有些印象。仙湖植物园附近有个弘法寺。东湖公园附近有个万佛禅寺。在大棚镇不远的地方是龙岩寺。对了，在公明镇江石岩湖，那里据说有温泉，香港的一个大老板要在那里建设一个温泉度假村，弘源寺就在石岩湖附近。还有盐田区，在深圳东边好远的地方。那里有不少山，山上都是植被。翠绿色的厚厚的灌木和山林像一条厚实实的地毯，一直覆盖到海边，与一望无垠的蔚蓝色的大海连成一片，那里风光秀丽。大华兴寺就坐落在东部连绵的群山中。想到这里，桃花把手中的曲奇饼干塑料袋扭头往汽车的后座位上一扔，掸了掸裙摆上的饼干屑末，试探地问："卫国，这里应该靠海边不远吧？"

　　"你怎么知道的？"卫国轻轻地踩了一下刹车，放慢了车速说，"四周都是连绵的群山，你凭什么说快到海边？"

　　"凭气味！"桃花抬起手朝马路前面一指说，"远处吹来的春风里透着腥气和咸味！"

　　"桃花，你真聪明。"卫国放慢车速，有意夸赞桃花说，"桃花，你来深圳这些年，虽然外面跑得少，位置感不强，加上四周建设速度快，变化很快，谁在深圳都会迷路，但你聪明，凭气味知道方位。"

　　"应该是靠海不远吧！我这是闻到腥气和咸味了。再说，我估计宁静秀丽的地方都是在大海边。"桃花说完，皱了一下眉头，"卫国，我们先去哪个寺庙？"

　　"深圳的寺庙很多，不少古老的寺庙正在扩建、翻修。我们先去大华兴寺，大华兴寺最著名，那里山峰林立，大海无边无际，真是个既宁静又秀丽的地方！"

"卫国，让你操心。姐这次来，先是你开车陪我姐去逛寺庙，烧香拜佛。现在，还要一个寺庙一个寺庙去寻找，对不起呀！"桃花想到姐不知去向，想到姐可能出家，但深圳这么大，寺庙那么多，还有不少小的尼姑庵，听卫国说都在深山老林里。有的地方连个小推车能推的坑坑洼洼的路都没有，心里酸酸的，泪水又一次湿润了眼眶。

卫国尽力地劝桃花往好处想。其实，卫国的心里也没有底。卫国边开车边宽慰桃花："我们深圳虽然这么大，又有这么多的建设工地，但是，我们寻找菜花姐还是有谱的，不是大海捞针。"卫国轻松地说着，朝副驾驶位置坐着的桃花瞥了一眼："菜花姐是个想着别人的人。她这次离家出走，她也没有忘记想着别人。她给我们家留条了。刚才与姐夫向东通电话，姐夫说菜花给他的信中说得很清楚，去了一个宁静秀丽的地方。她这是暗示亲人们不要着急。说到底，菜花知道，她这一出走，家里肯定会急得团团转。但是她也是反复权衡的。她不出走，向东一辈子不会幸福。菜花不想牵连向东姐夫。你姐就这么个人。怎么办呢？医生专家也诊断她患有中度抑郁症，她能做到写信留条已经很不简单了。我们循着宁静秀丽的地方梳篦子似的找上一遍，总会找到。"

"但愿老天爷保佑！"桃花目光盯着马路的尽头。马路左边群山峰峦叠嶂，右边隐隐现出蓝色的天际线。

卫国松开握着方向盘的右手，朝马路尽头一指说："海边到了。我们今天要去的第一个寺庙就是大华兴寺！"

"大华兴寺？上次来过这里。对了菜花还在大华兴寺的大雄宝殿里烧过香！会不会……"桃花说到这里，似乎记起来了。汽车沿着海边开上不到两公里路，然后，循着进山的坡道忽上忽下地往深山里开。想到这里，桃花说："上次菜花来过。我记起来了，在大雄宝殿菜花烧过香。我记得当时菜花手捧着三炷点燃的香，朝着东西南北方向各叩了三个头。当时，姐嘴里喃喃自语，一副虔诚的样子。"

"来过。你记得真清楚！我们先来大华兴寺，你看对不对？"

"卫国，你深圳熟悉，你说！"

"先从有名寺庙找，先从风景宁静的地方找，你看行不行？"

"行！"

"我就不相信菜花会插上翅膀飞了。今天第一站来的大华兴寺，就是深圳宁静秀丽的地方，这里有山有水！"

"这里不但有山有水，而且离深圳远。菜花留条上不是说她去了一个找不到的地方。这大华兴寺山山水水，想找个人还真不容易。再说，这大华兴寺离深圳这么远，开车还得一个多小时，谁能找到这个地方呀！卫国，你真聪明，第一站到大华兴寺没有错，菜花姐很有可能来这里。"

"桃花，我和你想的一样。这大华兴寺不但宁静秀丽，而且很有名气。"

"你说说，怎么有名气？"

卫国谨慎地驾驶着小汽车行驶在弯来弯去的山道上。他目光全神贯注地盯着山道前方说："上次陪菜花姐来大华兴寺拜佛，我特别查看了有关资料。大华兴寺处于三洲田之地。三洲田得名来源于佛教经典，取自观音菩萨护法院镇守东圣神洲，西牛贺洲，南瞻部洲的三大洲之意。三洲田这个地方有一座山头，传说每年立春至清明，观音菩萨都会降临此山，闭关修行，故取名观音山。山的形状如莲心，被四面山水簇拥，后人为恭敬菩萨，修铸了一座四面观音金像，得名'观音坐莲'。观音山一带与世隔绝，云雾缭绕，犹如人间仙境，人们把这里称为'天禅圣境'。上次菜花姐来这里感叹不已。主要有观音坐莲宝像、大华兴寺、大雄宝殿以及大华兴寺菩提宾舍。"

"这里有名气。菜花信佛，她肯定会选这个好地方。"桃花自言自语，语气中充满了自信。

"听说这里有求必应。深圳这边信佛的人多。尤其是做生意的人来大华兴寺拜佛的很多。"卫国看得出来，桃花听得很入神。看来选择第一站先来大华兴寺来对了。卫国顺着桃花的心思说道。

桃花觉得这三洲田之地是块风水宝地。自己的姐姐是个聪明人，她出家肯定会选个好地方。但这里是寺庙，这附近有尼姑庵吗？桃花的心又悬了起来："卫国，菜花姐出家只能到尼姑庵，这大华兴寺拜佛求菩萨可以，她不可能在大华兴寺落下脚来。"

"桃花，你想呀，有寺庙的地方全是风景秀丽宁静的地方，这附近肯定会有尼姑庵。再说庙庵相通。菜花姐人生地不熟，她肯定会通过寺庙找尼姑庵。"卫国解释说。

桃花听了连连点头："还是你想得周全。要不，大海里怎么捞针？"

卫国右手松开方向盘，朝左边一指："那是观音坐莲宝像，一会儿要到了。"

"看到了！很壮观。"桃花看到左边一座山峰上的观音金像，心情很是激动。她多么盼望能在那里找到自己的姐姐菜花。她心里暗暗祈祷：菩萨保佑！观音菩萨保佑！

"坐好了！"卫国提醒桃花，右脚一踩油门，汽车吃力地爬坡，发出嗡嗡嗡的声响。

十二

山道弯弯，蜿蜒往前延伸。汽车时而往上爬坡，时而绕个小弯往下行驶，旋转上升。

不宽的山道，两辆小汽车都难交会过去。前面有一大弯往上坡。突然，嘀嘀嘀传来几声急促的喇叭声。卫国知道转弯处有汽车往下坡来了。他赶紧往路边靠靠，几乎是停了下来。卫国高着嗓门提醒桃花："桃花，别只顾盯着路边，坐稳了！"

随着嗡嗡的发动机响声，从观音山方向开来一辆小汽车，紧擦着卫国的小汽车缓缓朝山下驶过去。

卫国按了一声喇叭，脚踩油门，汽车加速朝山坡上行驶。

桃花盯着路边，她希望此时在山道的路边出现姐姐菜花的身影。

卫国一边小心地握着方向盘，顺着蜿蜒曲折的山路往坡上行驶，一边也不停地用眼睛的余光朝路边的灌木丛里张望。他希望出现奇迹。他相信什么样的奇迹都会发生。五年前,他和桃花走出大山深处的松林,来到了深圳。他看到了奇迹在深圳这块热土上不停地出现。自己和桃花从鱼头村出发前,曾经想,到了深圳只要有工作,只要两人把肚子混饱就行。但两人做梦也没有想到,在深圳竟然不仅混饱了肚子,而且腰包里渐渐地鼓了起来。刚到深圳来时,两人是到处找工作,现在当起了小包工头,找别人来工作。奇迹会发生的。他希望路边出现菜花姐的身影。

山道沙石路面高高低低的,卫国把油门踩到最低,汽车缓缓地往上行驶。

土石公路的两边,长满了茂密的青草,野草丛里开了不少叫不出名字的山花。草丛的山坡上,油松、樟树、槟榔树,高高低低,错落有致。树隙的空野处,那青葱的草儿,或齐膝或只跟脚面高度一样,铺展在树间。茂密草丛里不时传来一阵一阵的蟋蟀和蝈蝈的鸣叫。它们的叫声像播放音乐似的,变换着节奏,时而长,时而短。卫国感到这曲折的山道,有了虫儿、草儿,还有满山坡的错落有致的树木,顿时感觉山路变得鲜活起来。他想到菜花姐留条上说的,去了一个宁静秀丽的地方,看来观音山这里的景色最像菜花姐想象中的境界了。对了,菜花来过这里,她很可能到这一带来了。奇迹会出现的,说不定带桃花出来寻找菜花,第一站就寻着菜花姐了。

车子开得特别缓慢,卫国边开车边注意着路边的草丛。他期望着路边的草丛里浮现出菜花的脸庞。汽车连转几个大弯,来到一块相对开阔的山坪。山坪有一块几个篮球场大的停车场。停车场里种上了一排排的翠绿色的冬青树,这是车与车之间的隔挡。前面有一块指示牌。指示牌上红箭头处对着不远处的山门。上面正楷字写着大华兴寺。卫国知道,汽车只能开到这里,再往上就要爬台阶了。观音山海拔高486米,要爬四五百级台阶。

卫国把汽车开到停车场最靠近山门的一个车位停下后,迅速下了车。他走到副驾驶位置上,拉开车门,对桃花说:"桃花,大华兴寺到了。再往上爬四五百级台阶。跟你商量一下,你坐在汽车上休息,我上去找一圈。然后,我去方丈室了解一下情况,特别是了解一下这大华兴寺附近有哪些尼姑庵。"

"不行!不行!我陪你一同上山找!"桃花一听着急了,一只脚伸出汽车,整个人顺势走下汽车说,"卫国,爬台阶我不怕。走!一块上山去!"

"四五百级台阶呢!"卫国话音有意说得重。

"上次不是爬过一次吗?没事。我和菜花都是山里人,爬台阶怕什么?爬陡峭的山坡都很轻松,何况有台阶!"桃花轻松地说。

"好!好!好!听你的!"卫国只能听桃花的。卫国显然一直往好处想,希望奇迹会出现。也许菜花姐就到这大华兴寺来了。她游览过这里。她知道大华兴寺是有名的寺庙,这里的和尚见多识广。寺庙附近肯定会有不少尼姑庵,外人不知道,大华兴寺里的和尚肯定清楚。菜花说不定就是这么想的,毕竟这里菜花来过,毕竟这里宁静秀丽,有点儿像菜花留条说的地方。菜花姐在鱼头村从小就跟着父亲打猎,在大山沟里转过来,转过去,她熟悉大山,更喜欢大山。但大山就是大山,虽然卫国心里往好处想,希望奇迹会出现,但他心里有数,这大山里寺庙附近的尼姑庵究竟有多少。尼姑庵可不像寺庙那么有名气。尼姑庵有大有小,大的尼姑庵很大,但小的尼姑庵可能就坐落在山坳里,几间房子,说不定连个山门也没有,更别说指示牌了。出家人图的就是清静。想到这里,他锁好车门,拉着桃花的胳膊,离开停车场,朝山门走过去。

两人离开停车场,往前走了不到一百米,停车场的右前方山势陡峭,传来哗啦啦的水声。两人抬眼一看,不远处的山峰上一条长长的瀑布飘逸而下,涛声阵阵,烟雾悠悠。不远处的瀑布边是一条陡峭的小路,没有栏杆,下面是万丈深潭。桃花停下步子,朝着绸布带子似的瀑布用手一指:"卫国,到瀑布那里去找一下吧!"桃花看到飞流直下的瀑布,心里紧张起来。她不敢往下想。菜花姐毕竟患有中度抑郁症,她要是来到这瀑布边的小路,一时想不开,纵身一跳,连个影子也不会找到。

卫国也停住步子。他见桃花用手指着不远处的瀑布，心里一惊。他知道桃花的用意。他知道瀑布边的小路连栏杆也没有，深潭望不见底，恐高的人见了头都会犯晕。把桃花带到瀑布的潭边，桃花肯定会往坏处想。说不定此刻桃花的心里就朝最坏处想。卫国不想见到桃花伤心的样子。他灵机一动，用手朝潭边的小路一指说："你忘啦！那边很危险，游客是不让去的。菜花怎么会跑到那么危险的地方去呢？"

"怎么不会？"

"菜花姐出走为了什么？"

"为了什么？"

"她为了向东好！她不会……"

"谁说呀！卫国，你是知道的，我姐患有中度抑郁症！"

"桃花，你想呀！要想离开向东，菜花想的是出家。如果菜花真的想不开，任何地方都可以呀！她怎么会跑这么远的路到这大山深处……"

"什么可能都有。"

"桃花，时间不早了。这样，我们先抓紧时间去大华兴寺寻一遍。菜花信佛，我也有点信。我们一起登上观音山顶，朝观音坐莲像代菜花叩几个头，求观音保佑！"

"也好！"

卫国拉住桃花的胳膊，赶紧迈开大步往大华兴寺的山门走去。

首先映入眼帘的是门字形的牌坊。穿过牌坊拾级而上。两人走走停停，不停地在四周张望。大华兴寺在东郊，来这里游玩的人不多。台阶上的游客稀少，一眼看过去，几十米范围内没有几个人。卫国心里清楚，这几百级台阶是去大华兴寺的必经之路。只要菜花姐真的来到这里，不会从眼前漏过。于是，卫国加快登台阶的步子，边走边说："桃花，不要东张西望，菜花要是过来，一眼就会看出来。"

桃花沉默了，桃花边擦额头上的汗珠边对卫国说："你说得对，我们赶紧去大华兴寺，关键是替菜花拜观音，求菩萨保佑姐平安！还要去方丈室,询问一下大华兴寺周边的尼姑庵。不能耽搁时间。"

两人加快步子,来到大华兴寺的大门。山门不太大,三开间,唐宋时期的建筑风格。中间是大门,大门两边各有一间偏房。走进大门,山门内各有一尊威严的菩萨像。卫国带着桃花进了山门,直往大雄宝殿而去。进了大雄宝殿,卫国和桃花在门里的捐香火钱的台子前停住步子。台子上摆放着几本捐赠登记簿。两个穿着铁丝色袈裟的和尚端坐在那里。卫国陪客人来寺庙游逛拜佛比较多。他朝和尚小声说:"我捐一百元!"

和尚一听,来了大老板了。要知道,八十年代后期,一百元还是大数。那时候,正常人的基本工资也就是八九十元。和尚熟练地翻开一本捐赠登记簿笑吟吟地摆到卫国面前说:"菩萨保佑!心想事成!"

桃花在一旁听到心想事成四个字,心里堵着的一口气似乎释放出来。她想,这和尚怎么知道我们要心想事成呢?还真有点灵气。桃花朝和尚微微地一笑说:"我也捐一百元钱!"

卫国顺手从口袋里掏出一只黑色的真皮夹子,从里面抽出两张百元票子,递到和尚手里,拿起旁边的毛笔,在砚台上捺捺笔毛,写上金额,迅速地签上朱卫国、钱桃花两人名字后,把捐赠登记簿往和尚面前一推说:"跟你打听件事!"

"请讲!"和尚笑笑。

"方丈室在哪里?"

"方丈室?你要作佛事?"

"不是,我想去方丈室打听件事。"

"什么事?"

"我想了解一下大华兴寺附近的山里有没有尼姑庵。"

"怎么,你有朋友要出家当尼姑?"

"不是,我想了解一下这附近的尼姑庵,也是捐香火钱求菩萨保佑!"

"我知道。用不着到方丈室。再说,我们方丈也不是什么人都见的呀!"

"那麻烦你！师父！"卫国双手合十，拜了三拜。不等卫国再说，和尚微笑着点点头，从身后拿出一张纸，用毛笔在纸上把附近尼姑庵的名字一个一个写出来。和尚边写边说："施主！大华兴寺这一带方圆百十里是深山密林又紧靠大海边，这里是佛家圣地，不但大华兴寺有气派，有名气，尼姑庵在这附近的深山里也有不少。有的依傍着山洞而建，有的建在两山之间的峡谷边。反正山势都险峻，十分宁静秀丽，是人们修身养性的好去处。不过，比较难找。"和尚师父写完，把那张纸递到卫国手里说："施主，你收好！"

站在一旁的桃花有些着急了，脱口而出："这么多尼姑庵呀！"

和尚师父不知桃花的心思，有些吃惊地说："尼姑庵规模都比较小。"

"怎么去呀？"卫国收好字条，心里着急，连忙询问和尚师父。

"我想都去看看！"卫国目光落到和尚师父的脸上。

"对！都去！"桃花附和着说道。

"那只要有时间，简单。"和尚师父轻松地说，"到山下观音村找个村民，他们熟悉。你说去哪座庵他们会带你去。"

卫国一听，放心了。他谢了和尚师父，拽了拽桃花的胳膊说："桃花，别急，只要有时间，我们一个一个去找。"

桃花无可奈何地点点头，跟着卫国出了大雄宝殿。两人请了全家福高香。在大雄宝殿门前的小广场上点着，面对四面分别叩了三个头。然后，两人转身仰望山峰金碧辉煌的观音坐莲金像，停住了步子。

十三

已是下午三点左右。

春天的太阳像一盏巨大的白炽灯。亮晃晃的太阳已经挨到西边的山峰尖尖上了。阳光斜晒过来，伴着阵阵山风传来阵阵温热。大雄宝殿在阳光的照耀下，金碧辉煌。山风时弱时强，有时还打着旋儿，刮起一缕缕香灰在空中飘散。

卫国抬起手腕，看了看手表，朝大雄宝殿四周眺望。大雄宝殿后身有一座不太高的山峰，那就是有名的观音坐莲。山顶上，四面观音金像，金灿灿的光芒反射向四面八方。卫国用手朝观音坐莲上的四面观音金像一指说："桃花，那里就是四面观音金像。观音坐莲金像高23.3米，共镶有真金金箔25万张，采用158吨仿金铜铸造而成。你看，这四面观音金像造型端庄，精美绝伦，是目前中国唯一一座集四尊不同观音像为一体的大型佛像。四面观音，每一面代表不同的意境，南面是汉地佛教圣观音，东面藏传佛教世间观音，北面汉地佛教送子观音和西面印度佛教莲花手观音。"

桃花仰着脖子注视着四面观音金像，沐浴着金像透射出来的金色光芒，微微地嗅了嗅随山风飘过来的山草和野花的清香，嘴里自言自语："观音金像！太壮观了！"对了，上次菜花姐来时也是站在这个地方。菜花当时看得入了迷。连喊她三声，她才听到。菜花信佛。桃花收回目光四处扫视，到处是香烟缭绕，到处是错落有致的群峰，到处是晃来走去的游客，就是不见菜花姐的身影。桃花收回失望的目光。她明白，世界上没有这么巧的事儿。今天第一天出来寻找，不可能那么巧会遇到菜花，要是今天能在大华兴寺里碰到菜花，那真是父亲在天之灵显灵了，那真是菩萨在天上显灵了。桃花有这个思想准备。不管能不能找到姐姐菜花，桃花都得找下去。她昨晚和卫国商量了一晚上。一天找不到，两天。两天找不到，三天。哪怕一周，一个月，一年两年，她总要找下去。卫国支持桃花，开车带着桃花去找。今天卫国第一站就到大华兴寺。虽然不见菜花姐的身影，但还是有收获的。和尚师父把大华兴寺周围方圆百十里地的尼姑庵名单写给了卫国。菜花要真的出家剃度，说不定就在这一带的哪个幽静秀美的尼姑庵呢！没有，再去别的寺庙打听寺庙附近的尼姑庵，再一个一个尼姑庵去找。总之，桃花心里暗暗下了决心，找不到姐姐菜花她安不下心来。菜花姐信佛。今天再去上山拜一拜四面观音金像，代全家叩头，保佑菜花姐平安！保佑菜花姐早日归来。想到这里，桃花朝山上的四面观音金像一指,对卫国说:"走!上山去拜观音金像!求观音保佑菜花姐平安归来!"

卫国望望山顶上的观音金像说:"转过大雄宝殿后,还有108级台阶无量云梯。今天爬了五六百级台阶,你累了,这样,我一个人上山烧香拜观音,你在附近转转看看,说不定会碰到菜花姐。"

桃花明白卫国说话的意思。他是怕自己再爬108级无量云梯,身体吃不消,找个借口。这借口桃花清楚,卫国自己心里也清楚。是的,到寺庙里来,万一会碰到菜花,但这只是万一。昨晚就商量好了,先去深圳几大有名气的寺庙找一找。菜花在寺庙的可能性虽然比较渺茫,但也有这个可能性。她要想到尼姑庵去出家,但她不知道尼姑庵在哪儿,她很有可能去寺庙里去打听。我们先到有名气的寺庙来也是打听附近的大大小小尼姑庵,这样找起来也有个目标,不至于大海捞针。再一个,到寺庙里烧香拜佛,保佑早日找到菜花,保佑菜花早日平安归来。今天到了大华兴寺,看来这个路子走对了。这大华兴寺周边的尼姑庵大大小小七八个,和尚师父把名单都写出来了。这大华兴寺的四面观音金像看上去金光闪闪,得上去好好地拜一拜。卫国让我四面转转,他自己爬台阶代表全家烧香拜观音,这怎么行呢?烧香拜佛心要诚。为了早日找到菜花姐,自己就是爬一千级台阶也要爬上去。想到这里,桃花拉了拉卫国的手说:"走!一块去。菜花是我姐,我不上去拜,你上去代表我们去拜,这怎么行呢?这是我这当妹子的心不诚呀!"

"好!好好!听你的!"卫国拉住桃花的手,转到大雄宝殿后身,登上108级无量云梯,就到了"观音坐莲"山顶,四面观音金像高高地矗立在山巅上。

挨着山峰的太阳和眼前这端庄辉煌的四面观音金像,耳朵响起了阵阵天音梵乐。两人谁也不说话,目光在太阳和金像间扫来扫去,心中默默地祈祷:观音保佑!观音保佑菜花平安!

两人站在观音坐莲山峰上,凝视着金光闪闪的四面观音金像,顿时感到一种莫名其妙的神秘感。这观音坐莲被四面山水簇拥着,以唐宋时期书院为建筑风格的大华兴寺尽收眼底：宏伟壮丽的大雄宝殿；奇幻的妙相禅境；佛国净土的七宝莲池；除尽烦恼的无量云梯，庄严美妙的观音坐莲与韦驮圣像尽收眼前。桃花心中的神秘感变幻着，来到这神圣的山巅，心灵中对佛的敬仰油然而生。桃花与卫国来到请香处。两人请了一炷有一人高的香，来到敬香的铁皮炉台前。卫国与桃花几乎是抬着这碗口般粗的香柱，就着蜡烛上的火苗，慢慢地点燃香头。香烟随着山谷里飘来的风四面缭绕。两人虔诚地抬着点着了火的香，轻轻地摆放到炉台里。卫国陪着桃花围绕着四面观音金像，分别叩头，嘴里喃喃祈祷。

敬香、叩头、许愿，两人的心里都稍稍平静下来。似乎真有神灵显灵，两人对找到菜花都莫名其妙地有了信心。一个人有了信仰，心灵似乎就有了寄托。卫国有这样的感觉，桃花也有这样的感觉。拜完四面观音金像，两人沿着108级无量云梯，一步一步往下走。突然，脚下似乎很有力气，每一步都走得那么踏实。桃花一边走，一边感叹："卫国，你说菜花姐为什么信佛呢？"

卫国瞅了一眼桃花，没有回答。卫国找不出理由来回答桃花。不管怎么说，菜花在卫国的眼里还是很羡慕的。丈夫向东是陵阳县里的官儿，而且是县里领导身边的官儿，权力大得很。菜花姐当上民办教师，后来又调到陵阳县机关幼儿园当教师，夫妇俩都端上了国家的铁饭碗。向东还分到了一套大房子。这两年，陵阳大道拓宽，向东还兼任指挥部办公室副主任。县里领导也挺器重向东，有意让他抓一些招商引资工作。菜花生孩子落下了毛病，卫国怎么想也不知道菜花为什么要做出离家出走这么过激的事儿。卫国一开始听说菜花离家出走，简直不敢相信自己的耳朵。后来想想，也许是中度抑郁症，心情压抑，心理失衡。后来听向东说到一些想法，卫国也有些理解菜花姐了。特别是说到当年菜花跪到陵阳法院大门口一天一夜为自己犯了错的哥哥求情，卫国听懂了向东姐夫的分析。菜花就是这么个人。她心里总是想着别人，她可以为别人做很多很多的事，做常人不能做的事。卫国突然想到，前些日子陪菜花逛大街、商场、寺院去散心，不知道在哪个寺庙的简介上看到一句话,此刻,卫国似乎想起来了。信佛的人更淡定,遇到难事心里平静,能够冷静处理。厚德载物这句话有它一定的道理。对呀!菜花就是一个厚德的人。她信佛呀!也许这就是她信佛的原因。卫国想到桃花的问话,用商量的口气说:"桃花,我是这样理解的。"

"你说!"桃花边下台阶边拽了拽卫国的袖子。

"桃花跟父亲感情深。父亲突然出了工伤事故走了,她心理一时不平衡。她当时在鱼头村的家里墙上安了个神龛,那时寄托自己的哀思。她把父亲当佛供着,这是她对父亲的敬重。一个人有了信仰,心灵就有了寄托。她信佛,应该是从敬重父亲开始的。"卫国轻声细语地说着,不时瞅瞅桃花脸上的表情。

桃花听得连连点头:"卫国,你分析得对。后来,菜花姐就越来越信佛。她常放在口头的一句话,就是老天爷在上,人都有命运!"

"但任何事都要有个度!"卫国与桃花走下无量云梯,在一棵大白果树旁停下来,卫国语气有点认真地说,"菜花正常信佛,可以让自己的心灵得到寄托。但当她生活中出现一些不顺心的事儿时,她会把一切都寄托到老天爷身上,就会越想越复杂,就会钻进牛角尖里去。"

桃花朝卫国点着头说:"你说得对,几年前我就有这个感觉。我姐总是为别人着想,顺利时还可以,不顺利时,她会越想越复杂,有些想法甚至有些不可思议!"

"我赞成你的分析!"卫国接着桃花的话茬说,"生个丫头怎么啦?菜花想多了。再说,人吃五谷杂粮,哪能不生病?产后是不开心,那么多的产后疾病。但有病治病,总会治好的呀!就是治不好,也不能往深处去想。菜花认为自己产后这么多慢性病,影响了向东家庭正常生活。她想离开向东,为向东创造幸福生活的条件。但是,菜花她没有想到出走给家中所有的亲人带来的痛苦。"

"所以,花再大的工夫也要找到菜花姐!"桃花感激地对卫国说,"添麻烦了!给你添了这么大的麻烦。"

"说什么话呀!都是一家人,不说两家话!找!一定会找到菜花姐！"卫国充满信心地对桃花说，"天不早了，抓紧下山吧！明天还得去几个宁静秀丽的地方去找。菜花留条上说的地方就是她想出家的地方。"

"明天去哪里？"桃花关切地问。

"反正就是我俩想的思路。花几天时间去寺庙走访，把寺庙周边的尼姑庵了解一下。寺庙出名，尼姑庵人们不太关注。等到把尼姑庵的分布情况弄清楚后，再去尼姑庵一个一个去找。"卫国说到这里，想了想，一拍脑袋，"桃花，我想到了既省时间又能一个个去尼姑庵找寻的办法。"

"什么办法？"桃花有些迫不及待地问道。

"尼姑庵也好，寺庙也好，属哪里管？"

"我怎么知道呀！"

"我知道。"

"你知道？"

"对呀，属深圳市政府管。"

"市政府那么大，谁管得了呀？"

"告诉你，市政府有很多局，其中有一个局叫民族宗教事务管理局，它是专管寺庙、尼姑庵的。"

"你怎么知道的？"

"上次跟机关里几个局长聚会，有个民族宗教局的领导。听他在酒桌上说，下次请大家去寺庙里吃素菜席。你想，他不管寺庙，怎么去吃素菜席？"

"你熟悉民族宗教局那位局长？"

"我不熟。吃过一顿饭，一面之交。但我有个市里局长朋友跟他熟。"

"你能找到这位局长？"

"肯定能找到。"

"那位局长肯帮忙？"

"这不是难事。又不是找他要工程建设项目。就是请他把深圳所属的尼姑庵都了解一下，最近有哪些新出家剃度的尼姑。"

"这是个好办法。晚上回去你先尽快与你那位朋友联系，让他把民族宗教局的领导介绍给你。"

卫国与桃花一路下山，边走边说，很快来到了停车场。上了车，卫国坐到驾驶位置上，把车钥匙往锁孔里一插，没有打火。他提醒桃花拉好安全带后说："桃花，这几天我们先去几个有名气的寺庙仔细找一下，捐些功德钱，也算是求菩萨保佑。同时，我抓紧联系我那位市机关的朋友。放心！很快会搞定关系。"

"卫国，谢谢你呀！"桃花深情地望了卫国一眼，心里总算平静了些。这大华兴寺附近就有七八个大大小小的尼姑庵，全深圳市究竟多少尼姑庵，谁也搞不清。全广东省，该有多少尼姑庵呀！一家一家去找寻，一年半载也难找一遍。现在好了，民族宗教局是扎口管理部门。只要菜花在深圳尼姑庵出家，迟早会找到菜花。如果说桃花心里挂着三块石头的话，现在心里应该是放下了一块石头。

"坐好！"卫国打着火，踩了一脚油门。汽车缓缓地驶出停车场，沿着公路拐来拐去往山下驶去。

桃花目光盯视着前方，嘴里自言自语："这下好了，不要一家一家地寻访了。卫国，你这脑子真聪明。"

"急出来的主意！"卫国一路鸣着喇叭，朝桃花笑笑，"明天去凤岩古庙、弘法寺，反正专找宁静秀丽的地方。"

"但愿老天保佑！"桃花心中暗暗祈祷。

十四

汽车一路鸣着喇叭，沿着弯弯的山间土石公路缓缓地下山。土石公路两边的灌木和草丛十分茂密，翠绿色的一片。太阳早已躲进西边山峰里去了，但太阳从山峰弯弯曲曲的边际线折射出无数条灿灿的光芒，光芒射向明亮的天空，映亮了山峦连绵的群山。土石公路边的草丛里不时会蹿出一两只山鸡或野兔,倏地横穿过山石路,吓得卫国赶紧踩刹车。

汽车突然降速,往往朝前猛地倾一下。坐在副驾驶位置上的桃花目光盯着土石公路远处的山景,心里想着寻找菜花姐的事儿。汽车突然一倾,桃花吃了一惊。她从繁杂的思绪中惊醒过来,大声提醒卫国:"注意路两边!可以开慢一点,注意安全!"

"知道!"说着,卫国稳稳地握着方向盘,按了三声喇叭,深有感触地说,"人的这一生也跟这汽车行驶在山道上似的。什么时候从山道草丛里蹿出一只野兔,什么时候从灌木丛里飞出一只野鸡,谁也不知道呀!要是不及时观察,不根据道路情况握好方向盘,非出车祸不可。"

"是啊!"桃花深有感触,"我们走的路也如这条山道,从来就没有平坦过。几年前,我们俩离开黑鱼湖山沟来到深圳,多少人说我们的闲话。说老支书家二儿子卫国把桃花拐跑了。说就说吧,丢面子就丢吧,但我们两眼一抹黑闯深圳来了。当时,你卫国说,你到深圳,心里有什么把握?有什么理想?"

"闯呗!什么理想,混饱肚子呗!"

"现在这日子,谁也想不到!"

"所以,再不平的路也要坚定地走下去。不平的路走多了,路就慢慢地踩平了!"

"但愿我姐菜花会踏上平坦的路!"

"当务之急是尽快找到菜花!"

"知道这个道理!但今天来了一趟大华兴寺,知道这尼姑庵不是寺庙,大大小小地遍布在大山里。好在你想了个好办法,找你朋友联系深圳民族宗教局领导!卫国,你得加快!"

"放心!双管齐下!这几天先把深圳的寺庙找寻一遍;同时抓紧联系民族宗教局的领导。"

"双管齐下好!"

"桃花,你急我理解;我心里也急,但你知道姐夫心里有多急吗?

组织上现在还不知道菜花出走这件事。如果组织上知道菜花要与向东协议离婚，现在菜花出走，人找不着了，姐夫怎么给组织上说明？怎么给亲朋好友去解释？你要知道家里还有霞霞。我中午与姐夫向东通电话时，我从听筒里传来向东的口气能感受到，向东就是一只热锅上的蚂蚁。"

"当务之急，就是要尽快找到菜花！"桃花着急地说完这句话，连咳嗽了几声。不知是心里着急还是心里难受，桃花的眼圈红红的，几滴晶莹的泪珠从眼眶里溢出来，沿着脸颊滴落。

"桃花，放心。菜花是我俩把她从陵阳带到深圳来的，找不到菜花，我俩怎么给你妈交代？怎么给姐夫交代？"

"唉！"桃花无可奈何长长地叹了一口气。

"找！尽全力去找！"卫国语气坚定，也充满了信心。卫国半踩着刹车，右手用劲将方向盘往左一打，汽车拐弯下了山，来到了海边平坦的公路上。这是去深圳市区的海边大道。大道很宽阔，来去各三车道。坐在汽车上，往前一看，像一条小型机场跑道似的。公路左边是一望无垠的蔚蓝色的大海。西边的海平面上，晚霞的光亮映照在海平面上，泛起胭脂色粼粼的波光。汽车拐了个小弯，远处的海面天际上，一轮硕大的红彤彤的太阳，像红色的大玉盘冉冉地随着波光浮动，一会儿工夫，半个大玉盘淹进光芒闪烁的海水里。落海的夕阳喷射出万道霞光，在瞬息间让天边的云霞变幻出千万种多姿多彩的画面，令人叹为观止。

汽车飞驰在宽阔的海边公路上。海风一阵阵吹过来。尽管车玻璃窗只留了一条寸把高的缝隙，但海风灌进车厢里，四处乱窜，阵阵腥味和花草清香渗进肺腑里。

山间海边的黄昏，来得那样迅速，那样了无声息，恍惚汽车飞驰间，漫山雨雾从山谷里吹向海边公路上来。大海带着腥气和咸味的风也吹向海边公路。夜色一路追踪而至，不知不觉，山边松也肃穆，石也黯淡，影也婆娑；海边浪涌拍岸，海鸥吱吱鸣叫，但朦朦胧胧中只听到海涛拍岸发出的声响和海鸥的鸣叫交织在一起。桃花坐在副驾驶位置上,心里盘算着寻找菜花的事。心里虽然焦急惆怅,但夜色很美,尤其是这海边的大山景色很美。她突然想到了菜花的留条上的宁静秀丽四个字,问卫国:"卫国,你说菜花说她去了人们找不到的宁静秀丽的地方,眼前这个地方算不算宁静秀丽?"

"当然算宁静秀丽!"卫国放慢车速说,"明天去的风岩古庙、弘法寺,也是秀丽宁静的地方。桃花,你想呀!菜花姐心里想着向东,她为向东甘愿牺牲自己的一切。她的心肯定早已烦透了。她也是没有办法的办法。她认为只有离家出走,向东才会真正死了那条心,才会去寻找向东自己的幸福。要不然,是不会选择出家这条路的。当然,这些地方宁静秀丽,这是肯定的。我跟你说说风岩古庙、弘法寺,那都是美丽的好地方。我们只能按照留条上的话去找。碰碰运气。万一碰上菜花,那不是万事大吉,大家心中的烦恼、忧愁都会抛到九霄云外去。但愿如此!"

"但愿如此!"桃花把目光从茫茫无际的朦胧海面上收回来,瞅了卫国一眼,又长长地叹了一口气。

"明天上午去风岩古庙。"卫国顿了顿,深有感触地说,"那里风景秀丽,菜花很有可能会去那儿打听哪儿有尼姑庵,怎么才能出家。菜花去尼姑庵没有这么快,再说,尼姑庵里出家剃度也是有规矩的。"

"我往好处想,菜花去寺庙打听,我们去寺庙寻找,说不定会在寺庙碰上。"

"世上巧事多!但愿菜花能被我们碰上。"卫国的汽车稳稳地行驶在海边柏油公路上。卫国轻松地握着方向盘,给桃花介绍起风岩古庙的情况。

"风岩古庙始建于宋末元初,屹立在深圳有名的凤凰山的半山腰,依山傍海,香火很旺,寺庙里长年烛光闪闪,香烟缭绕。那里是深圳重要的佛教文化中心之一。那里庙门外的素菜馆开得很多,很有名气。告诉你,上次那个民族宗教局的领导许诺请大家吃素菜,就是要请大家到风岩古庙去吃素菜。当时那位领导许诺时,我也在饭桌上。他说得神乎其神。他说风岩古庙的素菜能做出荤菜的样儿,活灵活现的，不放进嘴里嚼，都不知道是素菜荤做。那里上山可以开车一直开到素菜馆。素菜馆前面有一个很大的停车场。其实，有些人就是冲着素菜馆去的。也不一定进风岩古庙里游玩。

"风岩古庙上山的线路有三条。从'步福古道'，一个台阶一个台阶地往上爬，也就是半个小时。我们明天把汽车开到风岩古庙的素菜馆停车场。风岩古庙几经毁建，前些年又重新修葺。凤凰村民念先祖之功，圆万民之愿，修复了旧莲台。自此晨钟暮鼓，重鸣山谷，香客如云，甚追昔景。古庙换新颜后，山海之趣，林泉之妙，佛禅之境，尽在之中。那里跟菜花说的宁静秀丽对得上号。说不定菜花刚出走，心里烦着呢，正在风岩古庙里散心呢！当然，这座古庙最大的特色是广场上有个富丽堂皇的'照壁'，正面写着'南无阿弥陀佛'，背面写着'佛光普照'。广场上有个放生池，龙头龟身。总之，风岩古庙不仅宁静秀丽，而且是烧香拜佛的好地方。凤凰山里尼姑庵也不会少。"

桃花听卫国说到这里，连连点头说："卫国，明天早点出发。"

"好！早点出发，早点来风岩古庙走一圈。万一凑巧，碰到菜花……"卫国话未说完，桃花打断卫国的话说："但愿如此！"

汽车进入市区，车速慢下来。

十五

汽车驶到小区门前的大道上时，太阳早已不见影子。夜色降临，到处暮霭袅袅。马路上的路灯亮了。路边的人行道上人群熙攘，灯箱店招闪烁，再往前走有一条过街招牌。卫国抬头一看，"深圳美食一条街"七个大字显现在自己的眼前。今天一天下来，走了不少路，办了不少事。上午购置了一台新的移动通信工具，大哥大。中午与向东通上了电话。前些日子，卫国一直想赶时髦购买一台大哥大，但桃花觉得一部大哥大三万多元钱，不值得，毕竟生意做得不是那么大。前几天想给家中装一部住宅电话，还未办好手续，出了菜花离家出走这档子事。卫国、桃花都急得团团转。卫国与桃花一商量，上午就把大哥大办好，在营业厅就与向东通上电话。现在菜花出走的原因基本清楚了。卫国知道，有了大哥大，与向东联系方便了。想到这里，他瞥了一眼身边的大哥大包，那长方形小黑包中露出的黑色天线特别显眼。

桃花在副驾驶位置上已经注意到了卫国的眼神，也朝大哥大的小方包上瞥了一眼。桃花没有说话。她知道，过了前面深圳美食一条街不远，自家的小区就到了。桃花肚子饿得咕咕直叫。但桃花心里想着菜花的下落，到现在一点儿信息也没有，心里的石头越悬越高，一点儿胃口也没有。

卫国看到深圳美食一条街的招牌，肚子也饿得往上泛清水。他不觉得跑来跑去的累，他心里急，恨不得现在就能见到菜花。虽然想了不少点子，但卫国心里有数，要想找到菜花姐，在深圳这么大的地方，那无异于大海捞针。但是大海捞针也得捞。对，先填饱肚子吧，晚上要与向东通电话，还要联系朋友，请他介绍民族宗教局的朋友，下步还得请民族宗教局的那位领导帮忙。想到这里，卫国放慢了车速说："桃花，前面是美食一条街，先去填饱肚子吧！你一天都没有吃什么东西。"

"也好。吃好回家还有很多事要联系。"桃花说着朝深圳美食一条街方向一摆手说，"回家没工夫也没心思烧饭。去美食一条街吃碗面条吧！越快越好！"

"好！美食一条街全国各地的特色面条都有。光我们重庆、成都一带的特色面条就有二十多种。你喜欢吃哪种面？"卫国说着，右拐弯进了美食一条街的停车场。停好车，卫国迅速下车，绕过车头，来到副驾驶室的门外，伸出右手拉开车门，做了一个请桃花下车的动作。

桃花走下来，朝卫国苦涩地一笑："向东虽然是个大主任，但跟你一样，对菜花很好。现在菜花不见了，你说……"

卫国赶紧打断桃花的话说："桃花，吃完面条赶快回家，我要打电话。"卫国左手拎着大哥大小方包，在桃花面前晃晃说："有了这个方便多了，走到哪儿都能通话。"

两人边说边往美食一条街走。桃花好奇地从卫国手里把大哥大一拽，拎在手里轻轻地掂了掂说："挺重的！这玩意怎么一下午也没有响过呀！真的有用？"

卫国咯咯咯笑起来说："我这是刚办的移动电话，没人知道我号码。不知道我大哥大号码谁给我打电话？当然不响。"

桃花拎起大哥大小方包在眼前仔细照了照说："你朋友多，你赶快把你的大哥大号码告诉你的朋友，让他们多留意深圳近来人员失踪的消息。"

"你提醒得对。吃完面条就回家，四面出击。多一条路子多一点希望。"卫国说着，加快步子，"桃花，先把肚子填饱。前面就是美食一条街面条区，你想吃什么面条？"

桃花把大哥大小方包递到卫国手里，愣愣神说："有什么家乡特色的面条？"

"我经常陪客人来这里吃特色面条。这一条街上有我们四川一带二十多种特色面条。不知你喜欢吃哪一种？"

桃花跟着卫国往前走，没有说话，目光盯着路两边的各种颜色各种大小字体的面条店招。

卫国不时抬起右手指指店铺，滔滔不绝地介绍起来："深圳这地方大建设，全国各地来的人很多，于是有了深圳美食一条街。我们四川家乡的面条在这条街上有二十多种，做法种类繁多，素椒杂酱、一妖一怪，二两牛肉铺盖面，还有著名小吃担担面、甜水面……对了，你看右手那家店铺的店招！"

"勾魂面！"桃花抬眼一看，读出了声，有些不解地自言自语，"我怎么没有听说过。什么勾魂面？"

"没有听说吧，自贡特色。相传在清朝顺治年间，自贡有一位盐贩姓胡，买了几斤猪肉。胡贩子觉得浪费了太可惜，于是就把肉剁成肉末，做了一锅面条，结果香味四溢，引来左邻右舍一饱口福。过了几年，胡贩子由于经营不善，盐场关门了，他自己也一命呜呼了。但是，胡贩子的二子学到了胡贩子做勾魂面的手艺，在大街上开了一家

'胡记勾魂面'，这也是历史上第一家勾魂面店，由于味道独特，口感奇佳，生意出奇地好，一直延续到现在。怎么样？去尝尝。"

"好的，去吃一碗尝尝！这里靠家近。吃完赶快回家联系！"说到这里，桃花轻轻地叹了一口气，"唉！找到菜花，非让她把这里的四川特色面条都来尝一遍！"

"这儿的面条，四川特色的很多。还有怪味面、广汉全蛋金丝面、崇州查查面、担担面、广元蒸凉面、华兴煎蛋面……每种特色面都是一个精彩的故事。早点找到菜花，陪她来吃咱们四川的特色面，把这些传奇故事讲给菜花姐听，让她高兴。"

说着，卫国拉了拉桃花的膀子，来到勾魂面店铺。卫国点了两碗勾魂面，找了个靠窗口的双人台子坐下来。把大哥大从小方包里拿出来，往桌子的右上角一放，还有意将天线往外拽了拽。卫国的这一举动，引来了勾魂面铺里吃面顾客好奇的目光。

桃花瞥了一眼桌角上的大哥大，心里似乎踏实多了。桃花听卫国说过，移动电话叫大哥大，是有来历的。移动电话是去年下半年才引进广东省的。因为买得起移动电话的都是有钱的大老板，老板又俗称大哥，于是移动电话又有了个俗名：大哥大。这在深圳改革开放的前沿，也是个新玩意。看来勾魂面没有勾魂，这大哥大倒是勾魂。

卫国和桃花美滋滋地吃完一大碗勾魂面。两人几乎同时脱口而出："有我们四川的口味！"卫国站起身，正想离开，伸手去拿桌角上的大哥大。突然，响起了一阵怪异的音乐声：咚咚、咚大大咚叮咚……勾魂面店铺里吃客目光不约而同全落到桌角大哥大上。卫国知道有电话来了，心里一惊，赶紧伸手操起大哥大。大哥大的铃声还在有节奏地响着：咚咚　咚大大咚叮咚　咚叮咚叮咚……

桃花急了说："卫国，快接电话呀！"

卫国拿起大哥大，把键盘面对着自己，伸出食指在键盘上悬空移来移去。刚买的大哥大，卫国还不太熟悉。卫国一边看着键盘，一边往店铺外面走，手上的大哥大铃声不停地重复着：咚咚　咚大大咚叮咚　咚叮咚叮咚……走到门口，他按了一下接听键，不好意思地朝桃花歉意地笑笑："刚买来，还使不顺手！"

桃花帮卫国拎起大哥大小方包，朝店铺里瞅了一眼说："大家都盯着你看稀奇呢！快找个僻静的地方接电话！快点！"

"姐夫的电话！"卫国往勾魂面店铺旁边一棵榕树下一站，大着嗓门，"喂！你是向东？"

"对呀！我是向东！"

"向东姐夫，你好！你在哪里？"

"我在办公室。晚上下班后，我看了一会儿文件。文件看不下去。文件的字里行间全是菜花的影子。想起了你给我的大哥大号码，赶快给你挂了个电话。"

"姐夫，我和桃花晚上也准备给你挂电话呢！现在有了大哥大，方便多了。"

"卫国，是不是有菜花的消息啦？"

"没有呀！"

"唉！急死人了。"

"我和桃花都知道你心里急！我们也急呀！"

"卫国，你不是外人。我和菜花的感情很特别。菜花是我的救命恩人。你说，此刻她出走了，一点音信没有。我怎么对亲朋好友说呀！我怎么给组织上报告呀！唉，愁死人！急死人！"

"姐夫，我和桃花都很急。中午给你通过电话，我带着新买的大哥大赶紧回家去了大华兴寺。我们中午通电话时，都知道菜花在给你的信中，给我们的留条中讲，她是去了一个宁静秀丽的地方，那一定是寺庙。具体来说，她肯定是想去尼姑庵出家，让你死了这条心。说到底，她是希望你幸福。但是，深圳多大呀，到处都是建筑工地，尼姑庵大大小小很多。广东人都信佛，菜花究竟到哪儿去了，得慢慢地找。你放心！这些日子我把手头的事儿都交给副手抓，我和桃花就是找遍全市寺庙、尼姑庵，也要把菜花姐找出来。"

"给你们添麻烦了！"

"家里的事，不说客气话。姐夫，今天去了一趟大华兴寺，虽然没有找到菜花,但还是大有收获的。桃花心情也稍微平静些了。"

"什么收获?"

"去大华兴寺请教和尚师父。和尚师父说寺庙周边的山里有不少尼姑庵。我们还要了个尼姑庵名单。明天准备去风岩古庙、弘法寺了解那里周边的尼姑庵。有了尼姑庵的名单,事情就好办多了。我有一位朋友熟悉民族宗教局的一个领导。我想通过那个领导了解一下,到时就知道菜花去了哪个尼姑庵。"

"这个办法好!"

"菜花没有去尼姑庵出家,我们就没有办法了。当然也不排除出现什么意外。一天找不到菜花,什么情况都会发生。我现在和桃花在一家面馆里吃了一碗家乡的面条。一回到家,我还要把大哥大的号码告诉所有的好朋友,让他们关注最近深圳有什么人员意外失踪事故。姐夫,你千万不要急。不管找到找不到菜花,估计十天之内总会有个准确消息。"

"谢谢你和桃花!"

"噢!对了,桃花跟你说几句话。"

卫国把大哥大递到桃花手里。桃花把大哥大贴到脸腮上,大着嗓门说:"姐夫!你千万不能把这消息告诉我妈!她会伤心死的。"

"谢谢你的提醒。"

"对了!也不要告诉杏花。"

"知道。我跟卫国暂时约定了。谁都不会!现在也不好说,心里一点底都没有。十天之后,如果找不到菜花,也瞒不住呀!霞霞怎么办?组织万一问我,我总不能说谎呀!唉,桃花,愁死我了。我这两天,整夜睡不着觉!焦急、担心,还要在家里人面前、同事面前装得若无其事的样子。"

"急也没有用。听到菜花出走这个消息,我急得大哭了几场,但冷静下来,急有什么用呢?只有去找。"

"谢谢你和卫国。"向东在电话中还告诉桃花,他与卫国确定了一个联系方式,卫国什么时间什么地方都会接到向东的电话。向东让桃花放心。

卫国接过桃花手中的大哥大,挂了电话。卫国把大哥大装进小方包中,朝停车场一指:"桃花,抓紧回家!很多事儿要联系。有了大哥大方便多了。"

"难怪香港那边人会发财,他们有大哥大,什么业务不用见面就能搞定。"桃花感触很深地说。

回到家中,刚关上门,桃花朝沙发上一指:"卫国,你啥事别干,把你的大哥大拿出来,赶紧联系。"

"知道了!"卫国拎着大哥大小方包,朝沙发走过去。

窗外,夜色很浓。浓浓的夜色里一片一片的灯光闪烁着,透出深圳初起的繁华。

十六

姚向东有意晚下班,跟远在深圳的卫国通了电话。从电话中,姚向东听得出来,卫国和桃花很着急。他们为找菜花,真是不惜一切代价。他们拿出几万元专门购了一台大哥大;他们丢下手头的项目,到深圳菜花留条说的宁静秀丽的地方去找;他们动用各种方法千方百计打听近期失踪人员案件情况。根据种种迹象表明菜花很有可能去了寺庙和尼姑庵。他们一家一家去找,去打听。一天过去了,菜花的消息一点也没有。

姚向东与卫国通完电话,忧伤不已。菜花上周还好好地与自己通了长途电话,现在说没就没了。虽然从信中分析,她这是为了别人,说直白点,就是为了姚向东的幸福,选择了离开,很可能是到尼姑庵出家剃度当尼姑去了。但去了哪家尼姑庵呀?深圳那么大,又处于大发展阶段,到处都是建设工地,混乱得很,到哪儿去找。好在卫国和桃花竭尽全力正在寻找,但这是大海捞针呀!姚向东心中的这块石头变得越来越沉重。

自从接到菜花出走的消息后，姚向东整个人如同生了一场大病，走起路来都有些摇摇晃晃的。钱菜花是自己的妻子、亲人，突然失踪了，他心如刀绞。但这么大的事儿只能自己先扛着。向东没法跟亲朋好友去说，也没法去给组织汇报。总之，菜花究竟去了哪里，都只是猜测，心里没有底，只能闷在心里。这么大的事儿闷在心里，姚向东都快憋得喘不过气来了。

姚向东焦头烂额。

姚向东只能等待。

姚向东拉灭了办公室的电灯。办公室里黑洞洞的。从玻璃窗映进来的昏黄路灯光亮把窗外的竹枝影子投射到地面上。微风吹拂着竹枝悠悠地晃动，竹影也在地面上波纹似的时亮时暗。姚向东拎着公文包，出了办公室门，正要拉上门，望着办公室地面上晃悠的竹影，停住步子，目光足足凝着地面上晃悠的竹影有一分钟，这才砰的一声锁上门，步履蹒跚往家走去。

春天的夜风还有些凉气。姚向东一点也没有感觉。虽然通往机关住宅大院的路都很平坦，但姚向东心里想着菜花的下落，尤其是刚才与卫国通话，知道仍然没有妻子菜花的任何信息，心里的那块担心的石头悬得更高了。他走着脚似乎有点儿不听使唤，深一脚，浅一脚的。快到住宅楼梯口，他连咳嗽几声，振作精神踩住楼梯踏步一步一步往上走。刚走到二楼，就听到自家三楼方向传来小孩凄厉的哭声。哭声高一声低一声的，时而声嘶力竭地叫唤，时而断断续续地抽泣。姚向东知道，这是霞霞的哭闹声，霞霞又想妈妈了。

姚向东从对妻子菜花的担忧中清醒过来，赶紧加快步子，噔噔噔地两个台阶一步往上跨，很快来到自家门口。正要从包里掏出钥匙，门吱呀一声开了。杏花满脸笑容地从姚向东手里接过公文包，嗔怪地说："姐夫！今天怎么回来这么早呀！"

"今天没有应酬！"姚向东一步跨进屋里。

丈母娘胡少香正在沙发上抱着霞霞哄，嘴里不停地念叨："霞霞好！霞霞不哭！妈妈过几天会回来的！乖！霞霞乖！"

姚向东赶紧走过去，从丈母娘手里接过霞霞，嘴里吹着口哨，强装着笑脸对霞霞说："我们的霞霞不哭！看，谁回来了？爸！爸爸！"说这话时，想到胡少香刚才哄霞霞说的妈妈过几天会回来的，心里一酸，眼眶里差点溢出泪水。姚向东抑住心中的悲痛，只能身不由己地重复着丈母娘的话："霞霞，妈妈过几天就回来！霞霞，妈妈过几天就回来了！"

胡少香从沙发上站起身，把霞霞屁股上的尿布往里披了披说："向东，菜花这一去也有好些日子了，应该有三个星期了吧。"

霞霞似乎听懂了向东说的话，不哭了，眼睛里泪水涟涟，目光盯着姚向东的脸庞，小嘴不停地嚅动着。姚向东轻轻地拍拍霞霞的屁股，对胡少香说："快二十天了。"

"什么时候回来？"胡少香语气有点焦虑，声音高了些。

"还没有定日子！"姚向东对丈母娘撒了一个谎。他心里明白，妻子菜花出走了，现在正在找，自己心里没有底呀。他知道霞霞想妈妈，丈母娘想姑娘，自己只能善意撒谎这么说。他不能告诉丈母娘菜花出走了。他不想让丈母娘伤心。万一丈母娘伤心气坏了身子，霞霞怎么办？姚向东甚至往好处想，万一过几天，卫国和桃花找到了妻子菜花。菜花回来了，丈母娘病了，自己怎么给妻子菜花交代？姚向东心里急死了，他只能往好处想，顺着事儿说，走一步看一步。

霞霞的小嘴还在不停地嚅动。胡少香朝杏花喊了一句："杏花！"

"哎！"

"人在哪儿？"

"在厨房里。"

"你这丫头，手脚不能麻利点儿！"

"妈！知道！正在给霞霞泡奶粉呢！"

"好了没有？"胡少香说着，朝霞霞噘了噘嘴，"霞霞，我们喝奶了！"说完，从姚向东手里抱过霞霞。大概是丈母娘的手碰到了向东的手，向东的手凉冰冰的，胡少香有些吃惊地问："向东身体不舒服？"

"没有呀！"

"你这手这么凉？"

"可能刚从外面回来！"

"忙归忙，也要注意身体呀！"

姚向东听了一股暖流涌上心头。丈母娘疼女婿，姚向东一直有感受。但此时听到胡少香的问候，心里想到远在深圳出走的妻子钱菜花的处境，心里一愣，脑子一蒙。姚向东的心里特别难过，他感到对不起胡少香老人家。但姚向东心里清楚，要是把菜花出走的消息现在告诉丈母娘，更对不起丈母娘。

杏花拿着泡好的奶瓶走过来，把奶瓶递到母亲手里说："我刚试过，温度刚好！你再用手摸摸！"

胡少香朝杏花瞥了一眼说："杏花，你姐不在家，要有点眼头见识，还不赶快给姐夫热饭。"

杏花对母亲偏爱姐夫，心里有些不顺畅。但姐夫就在身边，她不便说，只是沉着脸："妈！饭已热在锅里了！"

"我自己来！"姚向东一听，赶紧往厨房去。杏花紧跟在向东屁股后面往厨房跑，边跑边自言自语："丈母娘惯女婿！"

向东听在心里。向东知道杏花抱着感恩的心理，对自己不错。但杏花毕竟是小姨子呀，她是个热情奔放的姑娘。但她怎么知道把握好姐夫与小姨子之间相处的分寸呢！这也是个家庭难题。记得有一次出门上班，他和杏花走到杉树林里，杏花抢着帮向东拎公文包。姚向东当时脸都红了，但不好明说。他不便让杏花给自己拎包，也不需要杏花给自己拎包。但当时，杏花心里肯定有些不太理解。杏花当时完全是出于对姐夫的感恩。毕竟利用关系把杏花从鱼头村那穷山沟里调到陵阳县城来工作。这是一件不容易的事。多少年来，中国的城里人与乡下人，特别是大山沟里的乡下人那可不是一个层次，不是一个等级。不要说城里人看不起乡下人，就是乡下人自己也看不起自己，心里很是自卑。想从乡下人变成城里人，那是鲤鱼跳龙门，那是乡下人一辈子的梦想。姚向东知道自己当时也疯了心地往城里钻。自己曾经想过，只要能跑到城里去工作，哪怕是去扫马路也是开心的事。杏花从鱼头村到陵阳城，从农民到酒厂的会计，杏花心里高兴，她当然要感激姐夫。她以为帮姐夫拎包就是帮姐夫做点事儿。还有上次的家宴。杏花跟向东喝酒较劲。杏花她不是给姐夫难堪，她是想让姐夫多喝点酒，心里开心开心。想不到，一不小心，把姐夫喝得烂醉如泥。胡少香当面怪杏花，背地里说不定没有少骂杏花。杏花想想，母亲总是向着姐夫。自己怎么做，才是对姐夫的感激？姚向东明白，杏花拿捏不住这个分寸。这不能怪杏花。听着杏花在身后自言自语地说丈母娘惯女婿这句话，姚向东接着这句话劝慰杏花："杏花，你妈生了你们三朵花，哪朵花不心疼呀！哪朵花都喜欢。"

"我说的是女婿你！"

"你吃醋啦？你别忘了，我是你哥！"

"对了，你不说，还真不把你这个哥当回事！干哥也是哥呀！我妈她重男轻女。"

"重男轻女？"

"对呀！"

"姐夫要批评你了。你妈要是重男轻女，把你们三朵花儿浇灌得这么鲜艳漂亮？"

杏花听了，脸上有些微微发烧。她转了个话题问："姐夫，姐在深圳病看好啦？"

"没有。"

"都快二十天了！"

"是呀！深圳是个大地方，看个病不容易。再说卫国桃花不是到处找专家嘛，总要费点儿时间。"

"那还得有些日子？"

"可能吧！"

"霞霞想妈妈了！这些天老是哭闹，我看妈也是挺烦心的。"

"给你和妈添麻烦了！"

杏花点点头："我和妈两人照顾霞霞，应该没问题，你放心。只要菜花姐病好了，大家就都开心了。"杏花说着碰了一下向东的胳膊说:"姐夫你去餐桌坐会儿,我一会儿把饭菜端上来。你去帮忙照顾霞霞。姐夫,霞霞想妈妈了,你这个当爸的哄哄也行。"

"没事!我来热饭,你去帮妈照顾霞霞。"姚向东说着,朝客厅望了一眼。

灯光亮堂堂的。明亮的灯光映着姚向东有些发黄花白的脸庞。杏花望着灯光下的姚向东脸庞,有些吃惊地说:"你脸色不好呀!"

"怎么啦?"

"脸上有些发黄,发白!"

"可能是灯光映照的。"

"最近,你们办公室工作繁杂,你又要负责陵阳大道的拓宽改造,你可要注意休息,千万不要太累了。"杏花说着,在锅台上熟练地忙起来。

"没事!"姚向东嘴上轻松,心里有数。这两天知道妻子菜花出走的消息后,饭也吃不下,觉也睡不着,最难受的是妻子菜花出走的消息只能闷在自己的心里,谁也不能说。姚向东知道,说了就要解释,怎么解释呢?再说,担心归担心,说不定菜花想通了,或者找不到出家的地方又回来了呢,那不是虚惊一场?他不想让亲朋好友担心,也不想给组织找麻烦。等等再说。虽然姚向东知道纸包不住火,但只能包住一天算一天。

姚向东知道自己的脸色很难看。这么大的心思藏在心里,脸色好不起来。要不,昨天晚上为什么要喝上几两茅台酒装醉。今天没喝酒,脸色没办法装。难怪丈母娘从自己手里接过孩子时碰到自己冰凉的手有些吃惊。不能让丈母娘、小姨子看出破绽来。姚向东强装笑容,朝霞霞走过去,对杏花说:"麻烦杏花了!"

"姐夫,家里人说啥客气话。"杏花望望姚向东的身影轻轻地说。杏花的心里很矛盾。她知道感恩姐夫,就像向东感恩姐姐一样。但母亲总觉自己这个当小姨子似乎对姐夫做得还不够。母亲总是提醒这,提醒那的,这让杏花有一种说不出的滋味。杏花知道,自己毕竟是向东的小姨子呀。姐这些日子又不在家里,杏花常被母亲说几句,真有点不知所措。

吃过晚饭,姚向东心事重重地回到了自己的房间。

十七

菜花出走,给姚向东的精神打击太大了。这两天,姚向东真不是人过的日子,整天魂不守舍。心理负担这么重,整个人就像生了一场大病似的。虽然姚向东没有把菜花出走的消息告诉任何人,但是心里知道,纸包不住火,时间一长,就是霞霞也瞒不住。脸上是人的心理反应的"晴雨表"。第一天晚上回家,姚向东知道自己脸上那丧魂落魄的表情,不可能掩饰得住。于是急中生智,找出办公室里徐江风送的两瓶茅台酒,一口气饿肚子喝了二三两,脸上红通通的,回到家真是一个醉汉似的。自己这个办公室主任的角色,三天两头陪客户喝酒很正常的事儿,丈母娘、小姨子一点儿异样也没有看出来。第一晚家里这一关算是搪塞过去了。今天晚上没有陪客,也没有在办公室补上几两酒,心事重重地回到家。心里沉重,脸上就显得忧伤的样子。姚向东脸色发白发黄,在灯光映照下,一副典型的病态。手脚发凉,这是心里紧张。下班后,在办公室与卫国和桃花通了电话。打卫国电话时,心里盼着能听到找到菜花的好消息。卫国的电话让向东很失望。虽然卫国桃花奔波了一天,但是奔波一天并没有发现菜花的踪影。虽然卫国桃花在寻找中想了不少办法,但能不能迅速找到菜花还是一个未知数,找到菜花什么话都好说,找不到菜花什么事儿都说不清楚。向东心里明白,自己现在的角色。自己现在是陵阳县政府办公室的一把手,是县委书记县长的大红人。县委县政府让自己招商引资,让自己参加陵阳大道的拓宽工程协调工作,这是对自己的高度信任,也是对自己的考验。机关大大小小的科级以上干部上千人,每双眼睛都羡慕地盯着自己的一举一动。谁能说得清这千百双眼睛里有多少嫉妒的目光。如果听到妻子菜花主动提出要协议离婚离开我这个陵阳县的大红人，如果听到我的妻子菜花已经在深圳出走了，一点音信也没有，整个县城不炸锅才怪呢！怎么解释？不见菜花的人，姚向东就是全身是嘴也说不清楚。想到这里，姚向东不寒而栗。

　　姚向东早早地躺在床上，翻来覆去不能入睡。心里藏着这么大的事儿，又不能对亲朋好友说，也不能告诉组织。特别是今晚刚走到自家楼梯上时，听到霞霞的揪心的要妈妈的哭声，姚向东的心都碎了。姚向东的心理压力有多大，可想而知。

　　姚向东最难受的是这股无形巨大的压力憋在心里，不能释放出来。至少暂时不能跟家里人外头人说。姚向东只能把所有的压力埋藏在心里。他只能装，装着一副若无其事的样子。其实人装可以，但装得天衣无缝是很难做到的。今晚，丈母娘从自己手里接过霞霞时，无意间碰到自己冰凉的手，丈母娘马上想到女婿是不是生病了。杏花看到自己姐夫脸色发黄发白，也以为姐夫生病了。姚向东只能说假话搪塞过去。但一天两天可以，自己的心理压力总会在脸上表现出来。姚向东担着心思，只能在床上翻烧饼。

　　夜很深了。

　　起风了。夜风吹着窗边的竹枝发出沙沙沙的声响。玻璃窗上的竹枝树影隐隐地晃动着。不一会儿，窗外传来淅淅沥沥的雨声。姚向东躺在床上，房间里黑乎乎的，但玻璃窗在室外路灯光的映照下，幻灯片似的晃动着树枝竹影。他目光盯着玻璃窗上的淡淡的影子，听着窗外的夜雨像打开的花洒，淋在枝叶上发出的沙沙声，心里越发惆怅不已。菜花，你在哪里？我知道你是好人，我知道你为我好，可你为什么用这种过激的方法呢，为什么非要选择离家出走这条路呢？你知道，要是你真的杳无音信的话，我怎么面对亲朋好友，我怎么面对组织，再说，我们的小姑娘霞霞她不能没有妈妈呀。菜花，你知道我的心理压力有多大吗？姚向东想到这里，突然一惊，他为自己一时出现的怨气感到自责。怎么能怪妻子菜花呢？她生孩子剖宫产留下产后后遗症。她现在是中度抑郁症患者。她一时出走是情有可原的呀！自己怎么能怪她呢。但愿老天爷保佑菜花，千万不能寻短见。菜花是自己的恩人，菜花更是个大好人。想到这里，姚向东下定决心，天大的压力自己都要扛着。自己的恩人，自己的爱人为了我向东的幸福做出了如此大的牺牲，不管她是不是因患抑郁症还是其他什么原因，自己都应该理解她。但愿卫国桃花能尽快找到菜花。只要菜花回到陵阳来，自己就是工作再忙，也要腾出时间来陪伴她，帮助她化解心中的郁闷，让她从痴迷只信命运的一条路上走出来。爱人，爱人，就是要爱自己的人。姚向东甚至在心里下决心，哪怕自己这个办公室主任不当了，只要妻子菜花能回到家里来。

听着窗外的沙沙沙的夜雨发出的声响，姚向东想起了唐代杜甫的《春夜喜雨》中的诗句：

> 好雨知时节，
> 当春乃发生。
> 随风潜入夜，
> 润物细无声。
> 野径云俱黑，
> 江船火独明。
> 晓看云湿处，
> 花重锦官城。

姚向东想起自己现在巨大的心理压力，想起自己现在的处境，反复地吟诵着杜甫的这首诗。他从诗的字面上解读，仿佛看到希望。这是一场好雨，预示着菜花的出走总会回来，是一场虚惊。只要菜花回到家里来，自己会放下一切，润物细无声地疏导菜花郁闷的心症，让她心情舒畅起来，让她从抑郁的阴影里走出来。"野径云俱黑，江船火独明"，一定会看到光亮。不但会看到光亮，而且会阳光灿烂，鸟语花香，花团锦簇。此刻的姚向东对爱情充满了期盼，此刻的姚向东对爱情是信誓旦旦。

雨渐渐小了。

但雨还在下。

滴滴答答，滴滴答答……雨声透过窗户缝隙透进寂静的房间里。姚向东听起来像办公室墙上的壁钟发出的声响。

姚向东不能入睡，仍然在床上翻烧饼。他思绪飞旋，想到很多很多。读大学期间，他读过不少描写爱情的小说和诗歌，想想自己与妻子菜花传奇般的爱的结合，想想目前自己的处境，他感慨万分。许多经典的爱情诗句，许多富有哲理的爱情诗章在自己脑海里闪烁。姚向东回忆着那些还留在自己脑子里的美丽的诗章，他不知道自己能否去实践，但他知道自己现在正在实践。现在妻子菜花突然提出协议离婚，突然离家出走，姚向东心里茫然，他开始怀疑自己的定力，他不知道自己将来会是一个什么样的前景。也许，爱情本身就像天上的朝霞，天上的彩虹，它是变幻着的。

应该是子夜时分。

陵阳城西部的松阳造纸厂传来低沉的放气声。呜——呜——呜——的放气的沉闷声响整个陵阳城的角角落落都能听到。松江上的夜航轮船轮机的突突突声响与造纸厂的放气声交织在一起，在姚向东耳畔缭绕。

想到菜花，姚向东无法入睡。他想到不知谁说过一句经典的名言：给我一个承诺，我哪里都不会去，就站在这里等着你！菜花，你给我这个承诺吗？姚向东似乎在等着菜花的回答，他要下决心。其实，姚向东不需要等着菜花的回答，他在等着菜花回来。但姚向东不知他能等多久。突然，姚向东想起前天菜花给自己的来信中说到我姚向东身边好女人很多，说到了徐凤霞、吴景燕……我是这样的人吗？姚向东惊出一身冷汗，但他很快明白，自己的妻子说到徐凤霞、吴景燕绝对不是吃醋，她这是在善意地提醒自己，走自己的路，说到底，妻子菜花这是为我好。菜花是个善良质朴的好女人。但爱情是甜蜜的，爱情的路又是曲折的。

姚向东记不得哪位作者，哪本书上写的，但他记得大概的意思。他竭力地回忆着：

你遇上一个人，你爱他多一点，那么，你始终会失去他。然后，你遇上另一个，他爱你多一点，那么你早晚会离开他。直到有一天，你遇到一个人，你们彼此相爱。终于明白，所有的寻觅，也有一个过程。过去在天涯，而今在咫尺。

如果，所有的伤痕都能够痊愈。如果，所有的真心都能够换来真意。如果，所有的相信都能够坚持。如果，所有的情感都能够完美。如果，依然能相遇在某座城。单纯的微笑，微微的幸福，肆意地拥抱，该多好！可是真的只是如果。

姚向东长长地叹了一口气。

姚向东闭紧眼睛，想强迫自己迷糊一下，哪怕只是迷糊一会儿。因为他似乎知道如果只是如果，但明天的工作却是实实在在的，他不想让自己疲惫的神态出现在大家面前。

但姚向东脑子里就像一台飞上空中的飞机上的涡轮发动机。发动机的涡轮在飞速地旋转，一点儿停不下来。那些爱情的经典词句交替在眼前显现：

爱，直至成伤，之后就是永远，对不起，即使你感觉不到我。

爱情是一朵生长在悬崖峭壁边缘上的鲜花，想摘取就必须要有勇气。

爱是一种需要不断被人证明的虚妄，就像烟花需要被点燃才能看到辉煌一样。

生命里有很多定数，在未曾预料的时候就已摆好了局。

生命是从自己的眼泪中开始，在别人的眼泪中结束。这中间的过程叫作幸福。

……

姚向东脑海里翻腾着爱的波浪,眼眶里不知什么时候湿润了。滚烫的泪珠从眼角溢出来,顺着脸淌到枕巾上。枕巾洇湿了烧饼大一块。

风停了。

雨也停了。

夜似乎不那么黑暗。姚向东擦擦眼角的泪水,想想这些爱情的经典名句,好像心里明白了一些什么哲理。也许每个人都有命运,不管真的假的,不管你信与不信,但爱情的道路不平坦。它会实实在在地展示在你面前。姚向东心情慢慢地平静下来,迷迷糊糊地进入了梦乡。

松江东岸山洼里村庄上传来一声公鸡的鸣叫,附近村舍里的公鸡随声附和。它们嘶哑的啼声穿过鸡窝的砖壁,越过山林,飞过松江,像是从遥远的地方传到机关大院的上空。

鸡鸣声把姚向东从迷糊的梦乡中吵醒。姚向东翻了个身,看看窗外还是茫茫的夜色,又微微地闭上眼睛。

姚向东想到第二天的繁重工作,强迫自己入睡。但想到菜花出走一点信息也没有,他无法睡着,只能把身体一会儿倾向左边,一会儿倾向右边。姚向东睡不着,索性从铺上爬起来,走到窗边,轻轻地拉开窗纱。窗外的天空不知不觉中泛起了鱼肚白色,星星也慢慢地消失了,只有一轮弯弯的月亮挂在西边的天空中。

窗外,姚向东听到鸟儿叽叽地叫响了。起初是鸟儿怯生生的叫声从杉树树叶丛中传进房里。鸟儿的鸣叫声渐渐大了,叽叽喳喳闹成一片,枝枝叶叶间都响彻颤动的、喜悦的欢唱。

玻璃窗明亮起来。

姚向东感到天已大亮了。

十八

天已大亮。

从丈母娘房间里传来霞霞的哭声，哭声中夹着不太清楚的霞霞要妈妈的叫声。姚向东知道，霞霞又在想妈妈了。霞霞不到一周岁，这么大的婴儿不会说话，也不会走路。但似乎心里特别明白，总是牙牙地想说，但说的话没人听得懂，家里人心里都约定俗成似的，知道霞霞心里在想什么。菜花已经离家去深圳快二十天了。一个不到一周岁的婴儿，突然离开妈妈，她哭，她叫，她喊，当然是希望妈妈来到身边。这是天性。胡少香望着小外孙女霞霞，早早地起床。她有经验。胡少香披上衣服，一边给霞霞穿衣服，一边朝正在起床的杏花说："杏花，快点起来。"

"知道。"杏花一边穿衣裳，一边点点头说，"妈，我先去给霞霞冲杯奶粉。"

"算你有眼头见识。"胡少香一边给霞霞穿裤子，一边嗔怪地自语，"这个菜花，去深圳时间不短了，怎么还不回来呀？"

杏花穿好衣服，下了床，走到霞霞眼前，用手轻柔地拍了拍霞霞胖嘟嘟的小脸蛋道："霞霞听话，妈过几天就回来了。乖！我去冲奶粉！"说完，朝母亲笑笑："深圳是个好地方，听说那边可热闹了！桃花在那边混得不错，肯定会留姐多住些日子！"

"杏花，你快去冲奶粉。这孩子想妈，肚子肯定也饿了！"胡少香说着，麻利地帮霞霞套上红色的毛线衣外套，声音有些低，但听话有些急，"一会儿吃早饭我来问问向东。"

杏花心里明白，霞霞不到一周岁，什么话也听不懂，尿呀屎呀经常会拉到身上床垫子上，母亲打理起来特别费劲。虽然自己也帮着母亲一些小忙，但是，自己白天上班。会计室的工作倒是按时上下班，但陵阳酒厂的厂长姚大年知道自己是县政府办公室主任姚向东的小姨子，又知道自己的酒量了得。这个姚大年老是想把自己调到酒厂办公室去，但是姐夫觉得不妥，当然，也不知还有其他什么原因，一直不松口把自己调到酒厂办公室去工作。姚厂长没有办法，但有了重要客人，他会派人来会计室通知，请她去办公室帮忙接待客商。说是去办公室帮忙接待客商，其实就是一个任务，把客商喝好，把不老实的客商喝好。自己虽然是县里领导红人姚向东的小姨子，但姚厂长是自己的顶头上司。这个面子不能不给。自己是会计室编制，但常常出现在办公室招待客商的酒桌上。一周有个两三次陪客，晚上回到家，醉醺醺的，一点儿也帮不了母亲的忙。霞霞这个年龄不好带，真是难为母亲了。菜花在家里，几个人都凑着忙。现在菜花去深圳了，自己时不时地要去办公室陪客商喝上几杯。真是喝上几杯倒也算了，但是，这些各地来的进酒客商，一个个都不是省油的灯，自己不拿出点真功夫跟这些客商拼上大杯，他们不会老实。但这一拼不要紧，自己酒量大不会醉，时间拼没了。每次回到家，妈妈早已陪霞霞睡了。

　　妈妈累了。菜花走了这些日子，正是春暖花开的好时节。酒厂里来进货的客商特别多，自己基本上帮不了母亲带霞霞的忙。听到母亲说，早上要向姐夫打听菜花回陵阳的日子。杏花听了，心里想，姐夫也不容易，他可是陵阳县里的办公室主任，是个实实在在的大主任。三天两头陪客。母亲要是问他菜花什么时候回陵阳，他肯定知道母亲问这话的意思，怎么办呀？姐夫他没办法。菜花去深圳了，去深圳是去散散心，是去请那里的专家看看病。要是姐夫打电话去催，姐姐菜花的病还没有看好怎么办呀。再说了，杏花知道，菜花的身体不好，但究竟有多严重，向东姐夫也不便告诉丈母娘。他是怕丈母娘担心。想到这里，杏花眉头一皱，心生一计编了个话说："妈，你不用问姐夫了。我听姐夫提过这事。菜花到深圳后很开心，桃花姐对菜花很关心。卫国在深圳那边关系多，路子广，找了不少专家医生给菜花看病。现在菜花姐的病好多了，心情也愉快多了。妈，你就放心吧！不要催姐夫！"

　　"好！好！好！"母亲瞅了杏花一眼，自言自语，"你一个会计，也三天两头陪客。"

"放心！我不是有特长嘛！"杏花调皮地一笑。

"特长，喝酒！"胡少香挺认真地朝杏花瞅了一眼说，"杏花，我提醒你，你又不是办公室的人，不要老去办公室凑热闹。"

"知道。"杏花去厨房快速地冲了一杯奶粉，拿回房间，递到胡少香手里说，"妈！我知道！但那个姚厂长老是喊我去。我这酒量你知道……"

"我才不知道你这酒量！家里人都没有你这酒量，跟个大酒缸似的！想不到，鬼使神差似的，竟然找了份工作在酒厂！"胡少香说着说着，忍不住脸上露出了一些笑容，胡少香接过杏花手中的奶瓶，认真地说，"杏花，你一个大姑娘家，不要老是喝得醉醺醺的。我找个时间，跟向东说说。让向东给姚厂长打个招呼，不要老是喊你去陪客商。"

"你就别说了！姚厂长一直想把我往办公室调，姐夫不同意。我现在也想通了，光靠自己的酒量，这算什么本事。我也是个高中毕业生，我还想上学，多学点知识。今后，没有知识到哪儿都吃不开。"杏花在一旁逗霞霞，朝母亲笑笑说。

"上大学是不行了。你考过，没考上。多做点儿实实在在的事。会计当好了也不简单呀！"胡少香把奶瓶凑到霞霞嘴唇上，朝杏花望望轻松地说道。

"上大学行！上大学的路多了。电大可以，自学考试也可以，不脱产学习也能拿到大学文凭。"杏花挺自信地对母亲说。

母亲听了，心里很高兴。当母亲的谁不希望自己子女好呀。虽然生了三个姑娘，但胡少香惯着自己的三个姑娘。三个姑娘都长得很美。三个姑娘三朵花，胡少香心里一直很开心。当年，自己的丈夫钱正南和大姑娘钱菜花意外地从龙山天坑底下救起了一个小伙子姚向东，姚向东做了钱正南和胡少香的干儿子，真是天上掉下个干儿子。胡少香生了三朵金花，一下子冒出个干儿子，心里那个高兴劲儿就别提了。后来，姚向东参加高考，上了大学。胡少香总是骄傲地说，四个子女，有了一个大学生。菜花高考落榜，胡少香不气，心里想，四个子女有一个上大学的不错了。松林村这么大，有几个考上大学的。再说姑娘家考上大学，更是凤毛麟角的事。考得上是春天山坡上的竹笋——冒尖了，考不上也不丢面子。后来，桃花去深圳打工，杏花又高考落榜，但胡少香心里想得开。做母亲的，谁不望子成龙呀，想归想，只能想在心里。现在听到杏花说，她也想考大学，想读书。胡少香一听，心里喜滋滋的。她想起了山里人的一句话：跟着龙能成凤，跟着老鼠能钻洞。看来，杏花到姐夫家里来，姐夫的影响不小的。她姐夫可是大学生，在陵阳又吃得开，杏花这姑娘聪明活络，也跟姐夫学到了不少东西。能想上大学这就好。走什么路子不重要，重要的是能像她姐夫肚子里有墨水，重要的是能拿到大学的文凭。有了知识，在这社会上做什么事儿都能做出点样子来。改革了，开放了，跟过去不一样了。过去靠推荐，现在靠自己努力。想到这里，胡少香提醒杏花："杏花，上大学的事儿我不懂，但这是件好事。你多跟你姐夫向东商量！至于霞霞的事儿，我管，你们都放心。"

"知道。我正想找个时间听听姐夫的意思。"说到这里，杏花想起昨晚姐夫的脸色不好看，担心姐夫病了，她想过几天等姐夫心情好些，或者等菜花回来后再跟姐夫说。想到这里，杏花清了清嗓子，对母亲说："妈！这事儿不急。现在政策多了，上大学的路子广了。我想好了，会请姐夫帮我参谋，听听姐夫的意见。"

"这就对了！"胡少香说着，朝厨房方向一指说，"快去做早饭吧！你姐夫下班没准儿，上班也难说。早饭早一点弄好，别让姐夫空肚子上班。"

"好嘞！"杏花见妈高兴，心情舒畅起来。想起刚才说到上大学的事儿，母亲一脸开心的样子，杏花心情很愉悦。到了城里工作这一两年，杏花看得多了，也成熟多了。尤其是生活在姐姐姐夫家里，什么事儿心里也看明白多了。城里人生活不容易，城里的这些当着官儿的人更不容易。光陪客这一项就不是一般人能应付得了的。何况，做什么事儿都得有两下子。姐夫向东有权。刚进城里到陵阳酒厂当会计，自己开心不已。终于从大山沟里走出来了。这全是托姐夫的福，自己很感恩姐夫，更从心里崇拜姐夫。现在看看姐夫不容易，他是大学生。不但是大学生，他还是大笔杆子。不但是大笔杆子，他还是一个吃苦耐劳的人。你说这办公室主任，在外人眼里都羡慕不已，其实，姐夫是累得不轻。好在姐夫有水平，得心应手，应付自如。但也常常有不开心的日子。杏花觉得姐夫这两天就像是有心事，或者身体不太舒服。自己是个小姨子，姐姐菜花又到深圳去了，自己也不太好过细地打听，也不知道怎么去做，但杏花想得很简单，肯定是工作上有难处了。虽然姐夫是个大学生，是个大笔杆子，但肚子里的墨水也有不够用的地方。这很自然呀。杏花想到了学知识。这些日子，杏花天天看报纸。听说国家已经开放自学考试了。在职学习，一门一门地考，把所有的学科考完了，只要能通过，就能拿到大学文凭。杏花心里下了决心，她要试一试。她不能靠酒量去做事。她要向姐夫学习，拿大学文凭，将来靠自己的本事去做事，去做大事。

杏花在厨房里忙早餐，心里乐滋滋的，脸上露出淡淡的微笑。

姚向东听到丈母娘房间里传来霞霞的哭声，赶紧一骨碌坐起来。他抬起双手，使劲地在额头两边的太阳穴揉揉。一夜想着妻子菜花，一夜难以入眠。天快亮的时候，好不容易迷糊一下，远处山沟沟里大公鸡叫了，窗外，杉树林子里的鸟雀已经嚷成了一片。现在听到霞霞的哭声，他知道霞霞想妈妈了，姚向东心里正急着呢，菜花，你在哪儿呀？霞霞想你呢！我更想你了呀！姚向东头脑昏昏沉沉，目光朝玻璃窗看看，淡淡的霞光已经把房间的玻璃窗抹上了淡淡的红色。

姚向东赶紧穿好衣服，走出房门，朝丈母娘房间喊道："妈！要泡牛奶粉吗？"

"不要。杏花已泡好了！"胡少香大着嗓门应答。

"霞霞哭闹，给妈添麻烦了。"姚向东说着，走到丈母娘房门口看了一眼正在喝奶的霞霞说："霞霞，你好呀！"

霞霞抬起头，望了一眼姚向东，小嘴嘟嘟地吸吮着奶瓶嘴儿，一副心满意足的样子。姚向东的心放了下来。

姚向东想起早上还要陪香港来的一批客商吃早饭，朝厨房走过去。见到杏花，抱歉地说："杏花，今天早上不在家吃早饭！你和妈一起吃。"

"陪客商？"杏花抬头瞅了一眼向东，她见向东一脸的疲倦，心疼地说，"早饭也要陪呀？"

"没办法。"姚向东声音不高，无可奈何地说。其实，姚向东心里藏着妻子离家出走那么大的事儿，加上一夜未眠，一副有气无力的样子。

"你去吧，放心，家里有妈呢！"杏花不知道姚向东想着那么大的事儿，以为向东身体不舒服，提醒说，"身体不舒服，让部下去呀！"

"没事！"姚向东到卫生间洗漱去了。

杏花望望卫生间，心里莫名其妙地担起了心思。

十九

姚向东洗漱完毕，跟丈母娘打招呼，顺便从丈母娘手里接过奶瓶说："妈！辛苦你了！我来洗奶瓶。"

胡少香大着嗓门喊道："杏花，你来一下。"

"来啦！"杏花从厨房几步来到房间，看见姐夫手里拿着霞霞刚喝完的奶瓶，惊讶地问："姐夫，你不是去陪客吗？怎么还没有走？"

"我给霞霞洗完奶瓶就走。这些日子也辛苦你了。"姚向东说完一脚跨出房门，要往厨房间去。

胡少香着急地对杏花说："还不赶快去洗奶瓶。"

杏花嘴里应答着，一手从向东手里拽过奶瓶说："姐夫，你快去吧！工作耽误不得。姐要是在家，也不会让你洗奶瓶耽误工作。"

听到杏花提到妻子菜花，向东的心里一愣，心中悬着的那块石头挂得更高。姚向东心里有一种说不出的滋味，但脸上仍然要表现出若无其事的样子。他从丈母娘手里抱起霞霞，轻轻地抖了抖，目光凝视着霞霞那稚嫩天真的脸庞，微微地笑笑："霞霞听话！霞霞听话！"

霞霞盯着向东看，脸腮上浮出两个小小的酒窝。

姚向东没有再说话，把霞霞递到丈母娘手里说了声"我去啦"，大步跨出房门，拎起沙发上的公文包，走出家门。

早上在贵宾楼陪客商吃过早餐，姚向东赶紧回到自己的办公室。一夜没睡好觉，此刻，姚向东的脑子里昏昏沉沉的。好像喝了一场大酒之后睡了一天，酒虽然是消了，脑子里仍然乱糟糟的。妻子菜花提出要离开自己，连离婚协议书都签了字。菜花是个说到做到的人，她为了自己爱的人一生的幸福，说离开就离开了，这让姚向东有点措手不及。妻子离家出走，这对姚向东是件天大的事儿。姚向东的心里半点儿也平静不下来。这几天，他除了拼命地工作，就是守在办公室。他坐在椅子上，面前摆放的是文件，目光盯着的是桌上那部黑色胶木的拨号电话机。

姚向东知道，卫国已经专门为寻找菜花买了一部大哥大，卫国和桃花正在深圳四处找菜花。卫国这部移动电话，随时会把电话打到办公室来。

此刻，姚向东满脑子是菜花的身影。他希望电话铃声响起来，希望卫国把电话打进来，更希望听到找到菜花的好消息。

姚向东现在是个大忙人。他刚坐下来，还没有来得及倒杯茶，电话铃声急促地响起来。姚向东心里一激动，一个念头在脑子里生起来。昨晚刚与卫国通过电话，现在要是卫国把电话打过来，肯定是菜花出走有好消息了。说不定昨晚菜花又回到了桃花家里了。要不然卫国不会这么早把电话打过来。姚向东往深处想，心里一愣，竟然不由自主地从椅子上站起来，顺手抓起听筒，将听筒贴到腮边，高着嗓门："喂！哪里？"

"松林村。"

"松林村？"

"对呀！你是姚主任吧？"

"我是姚主任。"

"我是张升财呀！"

"张总，你好！请讲。"

"我今天到陵阳酒家工地上来了。这里离机关大院不远，我一会儿去你办公室汇报一下。"

"急吗？"姚向东听到电话不是卫国打来的，心里有些失望。但张升财的电话也很重要。张升财与自己的恩人朱红旗支书原来有很大的怨恨，随着改革开放的春风吹进山城陵阳，吹进山沟沟里，经济发展了，人的思想也渐渐地变了。张升财认识到自己过去做的那些错事，主动给朱支书请罪，请朱红旗原谅。朱红旗度量大，慢慢地原谅了张升财。因为当年朱红旗与菜花的父亲钱正南是至交，朱红旗的大儿子朱爱国与菜花是青梅竹马，朱爱国一直暗恋着菜花，又因为"文革"后，张升财在松江镇上开了猪三酒馆，也就是这猪三酒馆闹出了朱爱国醉酒调戏菜花的事儿。这些事儿姚向东听到不少，但毕竟不是当事人。后来朱爱国醉酒调戏菜花这件事，姚向东做了些协调工作，也听到了一些关于张升财当时的不道德行径。对张升财，姚向东心里一直没有好感。这到后来听说张升财这人对以前做过的对不起朱红旗家的事情痛哭流涕，到朱红旗家门口长跪不起，直到朱红旗一家原谅了他。这些都是后来听说的。姚向东作为局外人，本着一个理儿：冤家宜解不宜结。何况当年"文革"中斗来斗去的，不知多少人家之间发生了多少冤仇。现在改革开放的春风吹得大地生机勃勃，人们向前看，这是好事。所以，上次朱红旗找到自己，说陵阳大道拓宽改造，张升财希望能找块地方建个陵阳酒家。姚向东当时想，陵阳大道拓宽，两边的街面要繁荣，需要招商，这是件好事。再说，当年自己掉进天坑里后，是朱红旗支书发动松林村的几十个猎手去坑底寻找。从这点来说，朱红旗也算是自己的救命恩人。再说，当年朱红旗的大儿子朱爱国与菜花可是青梅竹马，虽然当年出了那么大的事儿，但这层关系还在。何况，朱红旗的二儿子跟自己的小姨子桃花成了一对儿。朱红旗开了口，自己肯定要全力以赴。虽然自己想到当年张升财在猪三酒馆干的那些见不得人的事儿，但张升财当时也没有想到会有那么严重的后果，想不到会给朱红旗支书致命的打击。好在张升财自己闯下了大祸，他自己认识到了。他内疚，他认错，得到朱红旗支书的原谅。既然朱红旗原谅了张升财，姚向东当然没有话说。上次，已经帮他们联系落实了一块地方。两年下来，一切都顺利。现在，张升财要来汇报，正好听一下陵阳酒店的进展情况。姚向东知道，陵阳大道拓宽是县委县政府招商引资的一项大举措。陵阳大道是陵阳县的门脸。客商到了陵阳，看到陵阳这么气派的大街，兜里的钱就会心甘情愿地往外掏。要是不拓宽，还像以前那样破破烂烂的，谁看得起陵阳。所以，当时陵阳大道拓宽就定了街道两边要建十大建筑。现在十大建筑项目全部落实，有的建筑已经建到三四层了。光有十大建筑这十朵大红花不行，还得绿叶衬托。后来，对街面进行了大规模的招商。当时，县里还是解放思想的，自建、合建、土地出让给客商建店铺、酒楼等服务性设施，多措并举。张升财的陵阳酒店也算是一个小项目。姚向东顶头上司分管拓宽改造的张立仁总指挥知道这个项目是姚向东推荐的。姚向东心里明白，这个项目一定要做好。还有一年半时间，陵阳大道拓宽改造工程竣工，十大建筑项目要向建国四十周年献礼，张升财的陵阳酒店虽不是十大建筑，但也不能拖后腿。想到这里，姚向东本来想推一推接待张升财，毕竟菜花出走的事儿压在心里特别烦，再说，他在等电话，希望等来菜花找到的好消息。但转念一想，工作不能耽误呀。菜花出走还不是为了我向东？我要是把工作丢到一边，这不是更对不起菜花吗？姚向东赶紧对着话筒大声问："张总，朱支书一起来？"

"我一个人来。来看看你主任。朱红旗老支书家里有点儿事，他说给你打电话的。"话筒里传来张升财有点着急的声音。

姚向东理解，张升财是个聪明人，他知道这之间复杂的人际关系，知道这些人之间的恩恩怨怨。虽然早已化解了，但对张升财来说，心里总会有些纠结和担忧。

姚向东撒了个谎，对着话筒说："张总，朱支书打电话来了！你一个人来一样欢迎。我在办公室等你！"

"我一会儿就到！谢谢主任！"话筒里传来张升财感激的声音。

"等你。"姚向东放下话筒，轻轻地舒了一口气。姚向东接了张升财的电话，不知怎的，头脑似乎清醒了些。他的大脑像换了个频道似的。现在姚向东知道，自己只要想到菜花，就像掉了魂似的。看来，这脑子里的频道也得换换。卫国、桃花正在深圳想方设法去找，自己在这千里之外再着急又有什么用。这事儿又告不得人，只能闷在心里等几天。姚向东想到妻子菜花的中度抑郁症，心里一惊。菜花不就是想得太多了嘛！她钻进了一条死胡同里。要不，怎么会离家出走呢！自己可不能重蹈覆辙，自己得把脑子换换。等电话，等消息，但不能等工作。这样萎靡不振下去，会把工作耽误了。耽误了工作，怎么对得起菜花一片好心呢！她想得太多了，她要让我有后，她要让我有男人的幸福，她要让我工作上更顺利，她选择了出走。她想到死胡同里去了，难道就没有别的路走了吗？但是，现在说不上话呀，见不到菜花，什么话什么事只能暂时闷在心里。闷归闷，但不能一根筋，当前对我姚向东来说，我要对得起菜花，把我的工作做好！等找到菜花后，好理直气壮地跟菜花说。

　　咚咚咚，传来了轻轻的敲门声。

　　"请进！"姚向东站起身，朝办公室门口望去。

　　门被轻轻推开，张升财站在门口，朝向东笑笑说："早就要来看你了！这不，一直忙着陵阳酒店基建的事，抽不开空。"

　　姚向东朝张升财迎过去。张升财右手拎着一只扎着红绳子的化肥袋子，沉甸甸的，朝姚向东大步走过来说："姚主任，给你添麻烦了！"

　　姚向东握住张升财的左手，晃了晃，目光盯着张升财右手拎着的化肥袋子说："张总，来就来呗！还带什么东西呀！"

　　"没什么好东西。山里的春笋，你们尝尝鲜！"张升财轻描淡写地说着，把化肥袋子往墙旮旯一摆，拍拍手上的灰尘。

　　姚向东这些年也慢慢地适应了这种见面送礼的俗套。虽然礼有大小，但不外乎土特产，最多是香烟老酒。去了两趟香港招商，他也见识不少场面，似乎空着手拜会，心里不太顺畅。也许这就是解放思想吧！吃饭、喝酒、送礼，这好像是招商引资，拜会领导的一些程序，还真有点儿格式化了。姚向东慢慢地有些适应了，思想上也有些想通了。也许人情有往来，否则哪来的人情，没有人情关系，到哪儿去招商。现在，姚向东手里有些小权，送礼的人多了。他把这些礼品选些好东西再送给上级领导，送给客商，当然自己家里也变得方便多了。姚向东慢慢地适应了，心也慢慢地安静下来。

姚向东朝办公桌前的椅子一指，请张升财坐下后，他亲手给张升财倒了一杯水，摆到张总面前说："张总，两家合作还好吧！"

"好！好！有你和张县长关照，进展得很顺利！"张升财满脸笑容，感激不已。

"这也是创新，也是解放思想。"姚向东走到自己椅子旁，坐下来，扳起了指头，"张总，林业局的仓库拆迁，他们没有钱建楼房。要是给了他们拆迁费，用不了几年会用光。你张总筹钱，在仓库上盖座五层小楼，按酒店标准设计。你建成装潢后，每年给林业局交房租，你开你的酒店。对了，租用期是三十年吧？"

"对！三十年。"

"租金怎么付？"

"头十年租金每年标准不变，从第十一年起租金按比例增加。"

"这样比较合理。"

"很公道！对了！朱支书帮忙出了不少点子！"

"朱红旗脑子活络，处理关系很有经验。用现在好时髦的话，会公关。"

"我准备聘请他当酒店副总，他拒绝了，你有时间帮我做做老支书朱红旗的工作。就当帮我一把！"

"我会说说。"说到这里，姚向东又扳起了指头，"林业局有了固定收益，你张总有了一个现代化的酒楼，我们陵阳大道上也有面子，还给我们县财政缴税，这是多赢！"

"听你这么一说，真是多赢！我原来以为这是双赢！"

"怎么是双赢呢！你就想到你，想到林业局，还有政府的财政收益呢，还有人民群众吃饭方便呀！还有陵阳大道上的面子……"

"多赢！多赢！"张升财连连点头，一脸开心的样子。

张升财来到办公室，对姚向东来说是打了个扯。姚向东想到陵阳大道拓宽工程正在迅速展开，心里也舒畅了些。

丁零零！丁零零！办公桌上的电话铃声急促地响起来。

张升财一听，赶紧站起身，往办公室门口走，边走边说："谢谢姚主任，改日再会！"

"吃完饭再走！"姚向东嘴上留饭，心里已经被急促的电话铃声响得心烦意乱。这几天，他最盼望听到电话铃声，又害怕听到电话铃响起来。他朝走出办公室门的张升财摆摆手，急切地操起话筒，连说了三个字："喂！喂！喂！"

二十

"喂！喂！喂！"听筒里传来吱吱吱的杂音，音质不好。

姚向东一惊，这肯定是长途电话。说不定是桃花、卫国从深圳打来的长途电话，难道菜花找到了，或者菜花回到卫国家里了？向东把听筒往耳朵边用劲贴了贴，静了静心说："喂！线路不畅，有杂音，你说慢些。"

"喂！喂！喂！"

"听到了。你是哪里呀？"

"我是景燕呀！"

"吴景燕！你在办公室打我电话？这么近距离，怎么声音不清。"姚向东心里有些失望。他以为线路不清，一定是长途电话。长途电话很可能是卫国打来的。卫国只要打电话来，那一定是关于妻子的消息。姚向东回过神来说："景燕，有事吗？"

"没什么大事。等你有空我想汇报一下县委解放思想座谈会的事儿。不是说好等你时间吗？"

"噢！这几天招商事儿多。这样吧，你写个简要情况下午给我送过来。"

"好的！另外，给主任报告一下，这些日子陵阳大道拓宽，路面开挖破坏，有些线路损坏了，通话质量不好。"

"你们尽快与邮电局协调一下。"姚向东想到菜花出走，这些日子不停地要与卫国通长途电话，声音高了些，"景燕，你们尽快协调，要确保机关大院通信畅通。"

"知道！我一会儿去邮电局协调。"

"好！"

姚向东放下话筒，屁股刚沾到椅子，电话铃又急促地响起来。姚向东操起话筒，话筒刚贴到耳畔，就传来清晰的声音："喂！你是陵阳县政府办公室吗？"

"是呀！我是姚向东主任！"

"猜猜，我是谁？"

姚向东早已听出了徐凤霞的口音。这电话线路神经病似的。一会儿杂音吱吱，一会儿又十分清晰。姚向东一惊，徐凤霞已经快半个月没有来电话了。这个时候打电话，会不会她从哪里听到了菜花出走的消息。姚向东心里有些紧张。徐凤霞表哥在深圳，也认识卫国，会不会徐江风从卫国那里听到了菜花出走的消息，又把这个消息告诉了徐凤霞。很有这个可能，也很正常，彼此之间都是熟人朋友。姚向东拿捏不准，徐凤霞知道不知道菜花出走的消息，心里没有底。姚向东谨慎地若无其事地对着话筒："开什么玩笑？还用猜吗？徐凤霞！"

"知道你听得出来。"话筒里传来轻松的咯咯咯的笑声。

"知道我听得出来，怎么还让我猜呀？"

"这下你还真猜不出来了！"

"猜不出来？"

"猜！我让你猜什么意思？"

绕来绕去的，加上姚向东心里有心事，想来想去，姚向东还真想不出来，徐凤霞让自己猜谁的电话什么意思。姚向东认输："凤霞，还真猜不出什么意思。你说，明知我听得出你的口音，为什么还要让我猜。"

"向东，我问你，我们多长时间未通电话了？"

"我想想。"

"半个多月了！"

"你别说，时间过得真快！"姚向东明白了，徐凤霞让自己猜的弦外之音。这是说好久不通话了，我姚向东把她徐凤霞忘了。想到这里，姚向东心里隐隐地生起丝丝甜蜜。这个徐凤霞姑娘就是不一般，虽然顾大局，知道我向东菜花的传奇故事后，主动调离陵阳，但不知谁说过一句名言：爱情就像一根火柴，点燃了很难熄灭；熄灭了，余温还在。姚向东已经从听筒里感受到徐凤霞那丝丝余温。徐凤霞是个聪明的才女，是个大度活泼的好姑娘。徐凤霞帮了自己不少忙，姚向东心里有着徐凤霞留下的擦不掉的印记。徐凤霞的父亲是泸阳市委的组织部长。徐凤霞人脉广，又肯帮助人，自己能有今天，徐凤霞这层关系，姚向东心里是有数的。前几年，徐凤霞直白地给自己写了表达爱慕的情书。当时，姚向东的心里十分内疚。是的，菜花父女把自己从天坑里救出来，这是天大的恩情。但徐凤霞父女把自己在机关的许多难事儿都解决了。"主持"去掉了，分了大房子，这也是天大的恩情。当时，自己是那么犹豫，报恩，可自己分身乏术。但徐凤霞也好，钱菜花也好，知道真情后，都那么大度。徐凤霞竟然主动调离陵阳县，她成全了我姚向东和钱菜花，让我和钱菜花的传奇故事继续演下去。可是现在，故事演砸了。钱菜花离家出走了，这消息要是传出去，怎么听也是条爆炸性新闻。徐凤霞要是知道了，电话里怎么说呀。姚向东想好了，凤霞不提，自己不说，反正还在找呢。姚向东接着刚才的话头说："凤霞，我检讨！"

"检讨啥呀！开个玩笑。"

"凤霞，说心里话，你在办公室顶了半边天，工作拉得开。你这一走，很想你的。"

话筒里沉默了一会儿。

姚向东意识到自己说漏了嘴，赶紧补救："凤霞，你工作能干，大家都离不开你，都想念你。"

话筒里传来银铃般的笑声。徐凤霞大着嗓门，话筒里传出的声音炸炸地响："说心里话，跟你和大家在一起，整天乐哈哈的。这一走，离开大家，还真有些失落感。"

"那我代表办公室全体同志邀请你，有空到陵阳来旧地重游。"

"还真要到陵阳去！"

"什么时候？"

"最近两三个月肯定要去一趟陵阳。"

"凤霞，你这最近，也太远了吧！两三个月？"

"是这样。你叔爷的事迹你全知道。落实政策的有关文件很快要下达到县里民政局。泸阳市委宣传部准备派我去陵阳采访叔爷，要求除了有关政策的落实要宣传报道外，还要写一篇通讯，好好地宣传一下叔爷精神。到时，你向东要帮忙提供素材！"

"先代表我叔爷谢谢组织！谢谢凤霞大笔杆子！"

"别笑我了。你才是大笔杆子。噢！对了！菜花身体还好吧？"

"还好！"姚向东一听，知道徐凤霞不知道菜花在深圳离家出走的消息，顺着凤霞的话头说，"菜花多亏你救了她一命。那次，菜花生孩子难产，我在深圳出差回不来，多亏了你凤霞，更要感谢你爸亲自给泸阳市人民医院打了电话，派来专家。辛苦你了，还连夜陪妇产科主任过来。凤霞，真的感谢你！"

"人家菜花救了你一命呢！"

"你可是救了我们家两条命呀！"

"哪来的两条命？"

"菜花肚子里的霞霞！"

"算两条命！你这个向东，还记着呢！霞霞好吧？"

"好呀！就是想妈妈！"

"想妈妈？"徐凤霞在电话里一愣问，"菜花不在家？下乡啦？"

"是这样。菜花自从那次生孩子难产后，母女平安，但菜花留下了后遗症。"

"我知道。都快一年多了，还没有好透。"

姚向东一听，心里想，菜花去深圳看病，现在又提出协议离婚，而且离家出走好几天了，一点消息也没有。这事儿迟早要公开，徐凤霞迟早要知道。纸是包不住火的。不如现在给徐凤霞透透风，免得将来徐凤霞听到钱菜花出走的消息会感到太突然，转不过弯来。姚向东想了想说："钱菜花产后留下后遗症，时好时坏，一直没有恢复好。加上生了个女孩，老是有心理负担，好像生了女孩全是她菜花的责任。我开导她，但菜花听不进。你知道现在国家实行独生子女政策，菜花也清楚。菜花毕竟是从大山沟里走出来的，再说她妈一连生了三朵金花，村子里说三道四菜花时有耳闻。菜花就知道'不孝有三，无后为大'，她认为我们姚家绝后了，她把这个责任归咎于自己，常常自责，不开心，加上产后后遗症折磨，体弱，一直心情不舒畅。春节期间，卫国和桃花从深圳回来，看到菜花心情不好，带她去了深圳，一边散散心，一边找好的医疗专家给菜花诊治。"

"噢！出远门了。怪不得霞霞想妈了！"

"菜花的为人你知道！"

"菜花是个好姑娘！"

"我要谢谢你！"

"说什么呢！谢什么呀？对了，你还欠我一个邀请。"

"什么邀请？"

"说好的，请你和菜花到泸阳市来看看！"

"一定去。"姚向东说这话时，语气很低沉，一点力气也没有。他的心头被菜花出走未归的那块石头一直压着，气都难喘。这个时候，徐凤霞打来的电话，他总算应付过去了。说句实在话，钱菜花救了姚向东一命，姚向东把自己的爱献给了钱菜花，那是一种感恩。菜花心里清楚，姚向东心里也明白。徐凤霞追求向东，向东心里更清楚，那是一种少女纯洁的爱。向东自从徐凤霞分到办公室当秘书那一刻起，他就感受到了。但他姚向东没有想到的是徐凤霞那么大度。人们常说，男女之间的爱情是最自私的。可是，我姚向东不知哪来的福气，无论钱菜花还是徐凤霞，两人都是那么地通情达理，都是那么地胸襟开阔。说到底两人的心中总是装着别人。想到这些，姚向东的心里总是幸福地糊涂着。菜花信佛，菜花相信命运，自己似乎也受到了感染。

姚向东挂了电话，长长地舒了一口气。他往椅子上一坐，目光盯着窗外春光明媚的大院。

机关大院里的花草树木生机勃勃。春天的太阳毫无保留地把光和热洒向大地。被小道分割成一块一块的花圃里，五颜六色的月季花已经盛开，花香引来了不少蝴蝶和蜜蜂。它们在花瓣间穿过来，飞过去。花圃里的石榴、海棠、紫荆花也相继开放。一阵一阵的香气从门隙里透进办公室。姚向东嗅嗅，但似乎感觉不到浓郁的香气。

姚向东的心情有些沉重，眼前不停地晃动着菜花的身影。菜花的身影就像花圃里的蝴蝶和蜜蜂，飞舞着，变幻着身影。姚向东微微地闭上眼睛，眼前幻现出吴景燕、徐凤霞、杏花的漂亮的身影。姚向东睁开眼，这些身影刹那间就消失得无影无踪。

办公室墙上的壁钟当当当地敲响了。姚向东心里默默地数着：一下、两下、三下……敲到第十一下时，钟声停止了。姚向东看着壁钟，然后把面前的文件夹打开，目光盯着文件夹里的文件，心里想着菜花，眼睛不时朝电话机上瞟几眼。

电话机静静地摆放在那里。

姚向东盼望电话铃声再次响起来。尽管现在他心里明白，来的电话不一定是深圳的长途，不一定是卫国的那部新买的大哥大打来的，但姚向东期盼着电话铃声响起来，他期盼着能听到菜花的消息。

太阳已经升上中天，阳光透过花圃里高高的翠竹和红火火的紫荆花条，把树枝和竹叶的影子映在办公室的玻璃窗上。几只刚从遥远的南方飞回来的燕子在树丛里轻快地穿梭着，树枝和树叶的影子在玻璃窗上不停地晃动。

二十一

　　姚向东目光透过玻璃窗望着树丛里川流不息的燕子，触景生情，眼前又浮现出妻子菜花的身影。南方的燕子都飞回来了，菜花，你何时回到陵阳呀？

　　姚向东沉浸在痛苦思念的期盼中。

　　丁零零！丁零零！桌上的电话铃声大作。姚向东像触了电似的，忽地从椅子上站起身，伸出右手，急切地操起话筒："喂！喂！喂！"姚向东自从听到妻子菜花离家出走的消息后，跟电话机似乎特别有缘，也似乎跟电话机较上了劲。过去在办公室写文章时，写到激情处，就是电话铃声响个不停，他也会无动于衷。他不想因为接了电话，而打断自己的思路。现在，只要一听到电话铃声响起来，他会浑身一惊，迅速地站起身，右手操起话筒，不等对方说话，会连说三个"喂"，而且语气很急促。

　　"你是办公室吗？"

　　"对呀！你是哪里？"

　　"我是陵阳酒厂。"

　　"噢！杏花。"

　　"杏花，有事吗？"

　　"姐夫，我想跟你商量个事。"

　　姚向东心里烦着呢。这个时候他最想要接的电话是长途电话，最好是深圳打来的长途电话，最好是卫国打来的长途电话。他要知道菜花的消息。所有的事儿都悬在那里，他没法说话，他心里一点底儿没有，菜花到底在哪儿？菜花到底在哪儿？什么时候回来？要是真像信中说的那样，她不回来了，我姚向东，陵阳县的办公室主任，我怎么给组织解释，怎么对亲朋好友去说。此刻，从听筒里传来小姨子要与自己商量什么事情，姚向东一点儿兴趣也没有。姚向东一想，杏花在会计室能有什么事儿。无非是那个陵阳酒厂的厂长姚大年，他知道杏花人长得有几分姿色，酒量又出奇地大，老是想把杏花往办公室调。这事儿姚向东一直不松口。厂里的办公室接待工作，客人的层次不一样。杏花一个山沟里出来的姑娘家，光凭酒量就能应付得下去？姚向东心里有数。他从爱护杏花出发。杏花毕竟是自己的小姨子。要是在陵阳酒厂办公室做接待工作，闹出点什么事来，自己这个陵阳县办公室主任面子往哪儿放？再说，妻子菜花提醒过几次，丈母娘也关心这件事。特别是上次在家里，杏花露了一手，酒量大得吓人，把我这个姐夫都喝趴下了。到了陵阳酒厂办公室，那还得了。喝趴几个客商还算好，要是把人家客商喝出麻烦来，杏花怎么下得了台。丈母娘私下里提醒过向东，也私下里说过杏花。这一点向东心里有数。想到这里，向东也不问杏花商量什么事，对着话筒有些急："杏花，还是调你去办公室那件事吧！你听姐夫说，办公室不适合你。姚大年他知道你能说会道，很亲和，特别是看中你那超常的酒量。但是姐夫提醒你……"

"姐夫，你听我说……"

"我告诉你，杏花。前些日子姚大年厂长又找了刘方明局长，让刘局长跟我说说。姚厂长还是想叫你去办公室。你听我的，暂时不去！"

"姐夫，你听我说！"

"不说了！回家有空慢慢给你解释。"姚主任几次打断了杏花的话。正要挂电话，听筒里传来杏花十分着急的声音："姐夫，你误会了。我不是跟你商量去办公室工作的事。这事儿我早就想通了。"

"那商量什么事？杏花你别急，慢慢说。"

"姐夫，你没有看报纸呀！最近，自学考试很热，我也想利用业余时间去参加自学考试。"

"好事呀！肯学习，才能有出息。杏花，我支持你！"

"姐夫，你帮我查查有关资料。关键是考什么专业，你要帮我把把关！"

"放心。我来问问教育局的杨局长。"

"谢谢姐夫！"

"谢什么。"姚向东一听杏花要参加自学考试,心里很高兴。青年人想学习,想进步,这是好事儿。现在全国都在改革开放,都在解放思想,杏花这小妹子看来比自己想象的要聪明得多。赶潮流也是聪明的表现。

姚向东放下电话,心里又想到妻子菜花。他长长地叹了一口气:唉!要是菜花知道自己的小妹妹要参加自学考试,要想去拿大学文凭,那该多高兴呀。菜花,你怎么能出走呢?你不能那么一条胡同走到底,光想到为我好,为我姚家好,你不欠我什么呀!倒是我姚向东,自从你和你父亲把我从天坑底部救了上来,我真的是"大难不死,必有后福",从此走上了顺畅的路儿。这应该感谢你钱菜花呀!

姚向东一屁股坐在椅子上,他仍然打开玻璃台板上的文件夹,目光死死地盯着夹子里的红头文件,但心不在焉。他在沉思。虽然上午几个电话打乱了他的思绪,但这脑子里不一会儿还是翻腾着钱菜花的身影。他把已经梳理了几遍的思绪又慢慢地从头梳理。钱菜花的出走,是为我姚向东好。生了个丫头,她觉得对不起姚家,对不起我这个县里的大官儿。她产后留下了后遗症,家庭里正常的夫妻生活不能过。我姚向东正是风华正茂的年龄,夜深人静的时候,菜花看得出来,我是拼命地压抑自己发自身体深处的强烈愿望。钱菜花知道我心里很痛苦。钱菜花出走,现在看来没有什么其他原因。她想得太简单了,她是给我腾位子,让我再续弦,把一切都解决了。对了,她在信中是这么说的。

想到这里,姚向东迅速拉开办公室左边的抽屉,拿出那封挂号信。他顺手将离婚协议书搁在一边,展开菜花写给自己的那封信,一字一句地认真读起来。

向东:你好!

自从我和父亲将你从天坑里救上来后,你一直在报恩,你认我父母为干爹干妈,你托关系让我重读高中,你帮我安排工作,帮我妹子杏花安排工作,最让我感动的是你以身相许，非要娶我。但现在看来，我没有这个福气。人都是有命的，我不能给你带来幸福。给你生了个丫头，让你在姚家无后；我身体有病，不能让你愉悦。我决定离开你，你的幸福才是我真正的幸福！你身边的好女人很多：徐凤霞、吴景燕……我希望你重新选一个终身伴侣。我已经去了一个你找不到的地方，一个宁静秀丽的地方。你的结婚之时就是我们重新见面之日。不要找我，你们找不到。忘了我吧，向东！

菜花

姚向东一字一句地读，一字一句地想，泪水湿润了眼眶。滚烫的泪珠从眼角流出来，沿着脸腮缓缓往下巴颏淌去，又一滴一滴地落到了文件纸上。他赶紧从口袋里掏出一方手帕，轻轻地擦拭着脸腮和眼角的泪水，心里紧张起来。这封信言语不多，但令向东感动不已，又似乎话中有话。第一次拿到这封信，心里乱得像一团乱麻，只读了大概意思。反正菜花患了中度抑郁症，反正菜花心胸开阔，处处为我姚向东着想。但今天再读这封信，姚向东突然感觉到了什么，但是姚向东又说不出来。感恩，感恩，自己是这么去做的。英雄救美人，美人对英雄以身相许，这是佳话。这些故事一直被人们赞颂。美人救了少男，或者就是美女救帅男吧，自己对美人以身相许，这也没有错。但自己是大学生，是县城里不大不小的官儿，是县里主要领导身边的红人。自己有权力，有关系，能办许多事，这也许已经给门不当、户不对的钱菜花构成了不少无形的压力。只是这种无形的压力始终压在钱菜花的心里。而且这种无形的压力随着自己仕途的顺畅、权力的上升，对钱菜花的压力越来越大。自己只是沉浸在权力的甜蜜中，沉浸在顺畅地办事儿的愉悦中。自己想到的是对妻子救命之恩的感激。难怪，在与菜花的恋爱中，应该说的是谈不上两人之恋。在自己对菜花的竭力求爱中，自己想的是感恩，其实是一种施舍。菜花心中始终应该是这个感受，但我姚向东从来没有这个感觉，看来这是我最大的失误。说到底，自己有责任。无论是做事，还是做什么其他事儿，总要为别人去想想，这一点我没有做到。自己向菜花求爱，或者有意无意地向菜花表达自己的爱慕之情时，菜花总是回避，总是拒绝，总是拿"门不当，户不对"来推辞，但我姚向东从来没有从菜花的角度着想。结婚了，菜花如果一切顺利，也许就这么顺顺当当地过下去。偏偏老天爷不公平呀。菜花生了个丫头，又落下了后遗症，正常的夫妻生活不能过，菜花的心理压力有多大，只要用心去想，我姚向东应该想得到。但我姚向东没有去想，无动于衷。她钱菜花就会越想越多，就会朝死胡同里去想。慢慢地精神会崩溃。钱菜花是个为别人着想的人，她的自责感就越来越强烈。

想到这里，姚向东大吃一惊，又从办公桌上拿起钱菜花写给自己的信，认真地从头读起来，一边读一边琢磨。

二十二

春天的太阳高高地挂在湛蓝的天空。灿烂的阳光透过玻璃窗射进办公室，办公室里暖洋洋的。

姚向东听到壁钟敲了十二下，是吃午饭的时间了。他把钱菜花的信塞进抽屉里，双手习惯性地揉了揉眼角和脸腮，振作精神，往食堂走去。

姚向东匆匆忙忙吃完午饭，又回到办公室。他担心卫国中午会把电话打到办公室来。他急盼着听到菜花的消息，他不想漏过一个接电话的机会。刚进办公室，门还未关上，电话铃响起来，姚向东心头一喜，这个时候打来电话，十有八九是卫国从深圳打来的。他顺手把办公室门关上，一个大步跨到办公桌前，操起听筒："喂！你是深圳？"

"是呀！你怎么知道我是深圳？总机接线员说的？"

"你不是深圳？"姚向东听对方口音很熟悉，但听说话的声音不像是卫国。既然是深圳打来的长途电话，不是卫国，能是谁呢？姚向东脑海里快速地搜索起来。

"我是深圳。我是徐江风呀!"

"徐总!你好!"

"姚主任好!"

"徐总请讲。"

"打电话给你姚主任先报告一下,关于帅特职业服装有限公司厂房建设问题。"

"有困难吗?"

"有些小问题,还请姚主任帮忙协调一下。"

"没问题。我招引来的项目,我会负责到底。请徐总放心。"

"给你添麻烦了。厂房建设很顺利,多亏张立仁副县长和你帮助协调。"

"厂房何时竣工?"

"应该八九月份。"

"徐总,你是第一批来陵阳开发区的企业家,建议你们搞个厂房竣工典礼,好好庆祝一下,也造造声势。"

"我也有这个想法。我想近期去陵阳,专门给你报告一下。"

姚向东一听,愣了一下。他满脑子的心思都在菜花身上,这个时候哪有精力接待徐江风呀,只能往后推。姚向东想了想说:"徐总,这些日子陵阳大道拓宽工程建设到了关键阶段,事儿很多。这样,过了这个月,下个月什么时间会面,我提前通知你。"

"好呀!听姚主任的。"

"祝徐总生意兴隆!"姚向东正要挂电话,话筒里传来徐江风的问候:"向弟媳妇问好!"

姚向东一听,这个徐江风哪壶不开提哪壶,心里一惊,但很快镇静下来:"谢谢徐总!"说完迅速挂了电话。姚向东心里明白,徐江风最近肯定没有与卫国联系,他不知道菜花出走的消息。当然,即使徐江风与卫国联系,卫国和桃花也不会告诉徐江风。菜花出走了,这毕竟是家丑,家丑不可外扬。再说,自己与卫国约定好了的,关于菜花出走的消息暂时先保密。

接完徐江风的电话，姚向东本能地想到了徐凤霞。凤霞与徐江风熟悉，徐江风是徐凤霞的表哥。这个帅特职业服装有限公司就是凤霞介绍的。凤霞虽然是自己的部下，但凤霞父亲是大干部。凤霞有意无意地帮了自己许多忙。这一点向东心里有数。徐江风的事自己一点儿也不能马虎。姚向东想好了，待菜花的事儿有着落了，第一件要办的事就是通知徐江风来陵阳，把竣工典礼的事情好好地商量一下。刚才徐江风说来陵阳，只能让徐江风推迟个把月，自己心中有数。姚向东感到幸运，徐江风在深圳认识卫国，菜花出走的消息他不知道。要是徐总知道的话，徐凤霞肯定知道。凤霞知道了，全机关肯定都会传开来。再说，要是问我菜花的事，我总不能告诉她菜花出走了。除非凤霞自己知道。上午徐凤霞打个电话来，电话中说到菜花，好在搪塞过去了。

姚向东满脑子还是菜花的事。姚向东在椅子上坐下来，又从抽屉里拿出钱菜花的信，一字一句地琢磨。菜花的信很简短，但是每句话都不能往深处想。只要往深处想，就会有无数的疑问，也会有无数的答案。除非找到菜花，问菜花本人，才能有准确的答案。

关键是要找到菜花本人。

姚向东拿着菜花的信，已经读了几十遍了，脑子里像起了风的河浪，不停地翻滚。河浪一浪一浪地涌过来，翻起来朵朵浪花，又一晃一晃地不见了。

姚向东琢磨短信的字里行间，越琢磨心里越内疚，越想象心里越难受，越找答案，答案越多。菜花在信中说到，你身边的好女人很多，徐凤霞、吴景燕……我希望你重新选一个终身伴侣。这句话可以认为，菜花是为我姚向东着想。重新选一个终身伴侣，意味着我可以不违反计划生育政策再生一个孩子，说白了让我姚向东再生一个男孩。我姚向东有后了，我姚向东不会当不孝之人。重新选一个终身伴侣，我姚向东正常的夫妻生活就有了。我相信菜花写信的意思是这样的。现在菜花离家出走了。人的心理活动是猜不透的。菜花会不会另有其他想法呢？吃醋？不太可能呀。但女人吃醋可是正常的呀！要不然她信中点出徐凤霞，点到吴景燕的名字，还加上了省略号，似乎我姚向东挺有女人缘的。徐凤霞早已调走了，吴景燕还在我身边。吴景燕爱打扮，赶时髦，又经常去我家办点儿私事。钱菜花见得多了，会不会有想法？依着钱菜花的性格，她不会说出来。她选择离开，何况这些日子菜花心情不好，病魔缠身，怎能有个好心态。这次去深圳请留洋过的专家医生诊治，确诊菜花患了中度抑郁症。菜花有没有这种想法就很难说了。

姚向东又想起了信中说的，她已经去了一个谁都找不到的地方，一个宁静秀丽的地方。自己和卫国桃花都不约而同地想到了菜花可能去深圳山里哪个尼姑庵出家了。尼姑庵偏僻，山里景色好，加上菜花信佛。自从菜花和她父亲把自己从天坑里救上来后，自己一帆风顺的，但菜花走的路很坎坷。挫折多了，磨难多了，她只能相信这些都是老天爷造化的，都是自己的命运。唯有这样，菜花才想得通。本着这个猜想，卫国、桃花正全力在深圳的寺庙、尼姑庵找寻。现在看来，这恐怕只是一厢情愿。找不到的地方，是什么地方？宁静秀丽的地方，又是什么地方？这会不会是菜花的一种暗示呢？想到这儿，姚向东惊出了一身冷汗。

姚向东不敢想下去。

咚咚咚，门外传来敲门声。

姚向东赶紧将信塞进抽屉，抬手擦了擦眼角，大着嗓门说："请进！"

门开了。吴景燕手里拿着一份材料，朝姚向东笑笑："姚主任，我可以进来吗？"平常吴景燕到姚向东办公室来，往往不用客套。今天，吴景燕看到姚向东似乎感冒了，精神状态不好，也可能这段时间姚主任工作太忙了。吴景燕本来上午就要来汇报开座谈会的情况，但姚主任一直忙，没有时间。姚主任还破天荒第一次让自己把开会情况写成文字稿。按理说，这是内部报告事儿，当面说说就行了。但姚主任让自己写成材料。吴景燕上午匆匆写好，这会儿送材料来了。吴景燕走到姚向东面前，把汇报材料往姚主任面前一搁，说："我把那天座谈会情况写了个汇报，请你看看！"

"好！"姚向东朝吴景燕点点头。

吴景燕估计这些日子姚主任忙陵阳大道拓宽改造工作，他毕竟是指挥部的办公室副主任，许多事需要他姚向东协调。他又是陵阳县政府的办公室一把手，协调各部门得心应手。他还招引了几个项目，工作忙那是自然的。想到这些，吴景燕放下材料，转身要走。

姚向东拿起情况汇报，扫了几眼，若有所思地瞅了瞅吴景燕说："小吴，等一下。"说着，朝办公桌前面的椅子指了指。

吴景燕反身在椅子上坐下来问："主任，还有什么指示？"

"哪来的指示。听你说座谈会上县委黄书记还表扬了我？"

"是的。说你招商引资有劲头，有成果，这是解放思想的成果！要大家向你学习！"

"向我学习？"

"对！黄万和书记是这样说的。不信你问周宝民副主任。"

"信。我是高兴。座谈会请了个假，让你去代开会。我担心黄万和书记批评。想不到还受到了表扬。这不是歪打正着？"

"不是。主任你别谦虚。你招商有功，有目共睹，功不可没。"

姚向东苦笑着，瞅瞅眼前的吴景燕。姚向东认真地看了几眼，心里一亮，这吴景燕确实漂亮。看来人靠衣服马靠鞍，这话有道理。吴景燕那圆圆的白皙脸蛋，显然抹了粉的，嘴唇涂了口红，虽然很淡，但与白皙的脸庞很协调。眉毛画深了，黑白分明的大眼睛会说话似的。同样的女孩子，打上两条辫子，与烫着大波浪的头发，一眼就能看出洋与土的区别。吴景燕的穿着虽然不是奇装异服，但职业装熨烫得很平整，看上去养眼。自己看到吴景燕，只要多看几眼，说一点想法没有那是不现实的。钱菜花看到会怎么去想？看来，自己忽略了钱菜花的心里感受。菜花是自己的妻子，她看到丈夫身边有这么一个如花似玉的姑娘，有任何想法都是正常的。还有徐凤霞那年写给我向东的直白求爱信，钱菜花无意中都看到了。虽然，菜花也好，凤霞也好，度量都大，妥善地处理好了，但谁能肯定，菜花的心里不会留下阴影呢。要不，菜花给我的信中直接提出徐凤霞、吴景燕的名字，而且在她俩的名字下还加了省略号，这显然是对我这个有权有势交际广的办公室主任心存芥蒂呀！我姚向东总是往好处想，总是自我感觉良好，总认为菜花不会乱想，总认为菜花信任我姚向东。尤其是这些年仕途顺利，太自信了。总觉得自己行得端，坐得正。其实，自己压根儿就没有设身处地地为菜花想一想。菜花出走，她要下很大的决心呀！想到这里，姚向东想到眼前的吴景燕。吴景燕没有对象，姚向东都知道。此刻，姚向东莫名其妙地在心里冒出一个念头：吴景燕有男朋友了，谁也不会朝自己身上乱想。要是找到菜花后，就告诉菜花吴景燕有男朋友了，这恐怕是对菜花最好的消息了。真的见到了菜花，这是最好的见面礼。姚向东想到了一个人，明知故问："景燕，你认识周宝民？"

吴景燕目光盯着姚向东有些蜡黄的脸庞，心里纳闷，迟疑了一下说："认识。"

"认识？"

"开过几次会，认识。"

"熟悉？"

"办公室对研究室，当然熟悉。"

"熟悉就好！"

"姚主任，你有什么事要找周宝民主任？"

"没有！没有！"

"那好，我走啦！"

吴景燕从椅子上站起来，侧过身往门口走。

姚向东话中有话，但又不便挑明。他也站起身，似乎有点儿莫名其妙，又有点儿没话找话："景燕，周副主任可是大笔杆子，你要好好向他学习！"

"当然。"吴景燕停住脚步，朝姚主任笑笑。吴景燕似乎听出了弦外之音。

"景燕，你知道吗？你和宝民是老乡！"

"老乡？"

"我从档案里看到的。"姚向东有些诧异，"景燕，你不知道？"

"还真不知道。"

"你是宜阳人？"

"对呀！"

"周宝民也是宜阳人。找时间陪你们老乡聚聚。"

吴景燕完全听懂了姚主任的意思。

其实，从学校采访姚向东那刻起，吴景燕的心中好像就有了姚向东的影子。姚向东有才，帅气，说话脆响，给吴景燕心中留下的印象深。想不到毕业后，吴景燕分到了姚向东手下。当然，这都是想在心里的。后来，姚向东结婚了，娶了菜花，吴景燕就没有再往深处想。

刚才姚向东说到与老乡周宝民会面，吴景燕脸唰地红了。

吴景燕急匆匆地走出办公室。办公室走廊上传来有节奏的高跟鞋撞击地面的响声，笃笃笃的响声，特别清脆。每一声都敲击在姚向东的心坎上。想到菜花信中的话，姚向东心里有些莫名其妙的紧张。人家做贼心虚，姚向东不做贼心也虚。想到菜花出走，还没有着落。今天接到不少电话，就是没有卫国的长途电话，姚向东垂头丧气地长长地叹了一口气。

姚向东心里急，心里乱，没有办法平静下来。

二十三

太阳的光亮不知什么时候从办公室溜走了。

办公室里渐渐暗下来。

该是下班时间了。姚向东没有下班，也没有开灯。他一个人静静地坐在椅子上，双手托着下巴颏，目光盯着玻璃窗。玻璃窗上的树枝叶片的影子也不知什么时候消失了。

姚向东今天一天也没有接到卫国从深圳来的电话。

他急盼着卫国的电话能带来菜花的消息。

一晃三天过去了。

接到菜花从深圳寄来的挂号信，看到了菜花寄来的签了名的离婚协议书，又接到了卫国从深圳打来的长途电话，说菜花早上出去，到晚上也没有回家。姚向东当时大吃一惊。但反复思考，虽然焦虑万分，担忧不已，但姚向东还是往好处想。姚向东心里认为，无论菜花去了一个什么宁静秀丽的地方，不可能找不到。他选择了暂时保密，他不想让亲朋好友担忧，更不想给组织上添麻烦。当然，当官儿的，面子比什么都重要。自己在陵阳城里官儿不算大，但位置重要，算是知名的官儿。他丢不起这个面子。他把所有的希望都寄托在卫国桃花身上。他希望尽快找到菜花，要不然，心中压着的这块石头会越来越重。

天麻麻黑的时候，电话铃响了。电话是卫国从深圳打来的。

姚向东接完电话，一脸的失望。卫国和桃花又去了深圳的三个寺庙，都没有见到菜花的影子。

姚向东有一种不祥的预感。他打开台灯，又从抽屉里拿出菜花从深圳寄来的那封信。姚向东又痴迷地一句一句地读起来，他读出了声音：

……我希望你重新选一个终身伴侣。我已经去了一个你找不到的地方，一个宁静秀丽的地方……

姚向东继续读下去，浑身起了鸡皮疙瘩。他心里异常惊悚、紧张，甚至感到有些莫名其妙的恐惧。难道菜花为了我重新选一个伴侣，重拾幸福的生活，她离开了这个世界？这几句话仔细一想，还真是话中有话。当时，往好处想，自己的分析与卫国桃花的想法一样，菜花一定是为了我向东，选择离开。至于离开后，去了什么地方，留言上写得很直白，她去了一个别人找不到的地方，去了一个宁静秀丽的地方。那一定是尼姑庵，她出家当尼姑去了。尼姑庵都是在深山老林里，那里宁静秀丽，人们难以找到。卫国桃花在深圳正顺着这个路子找。但一晃三天过去了，一点音信也没有。

看来不能直白地理解菜花的留言，往坏处想，找不到的地方能是什么地方呢？姚向东不敢往坏处想下去。姚向东知道，菜花产后一直被疾病折磨，心情一直不愉快。这次去深圳已经确诊中度抑郁症。抑郁症患者，有时不能控制自己的意志，有时会走向极端，什么事儿都有可能发生。

姚向东浑身紧张，头皮发麻。他的眼前出现了龙山天坑边那高大的大槐树，粗壮的枝干横向深邃的天坑上空。枝丫处有一糠筛大的喜鹊窝。当时，自己年少无知，无知就无畏，竟然爬上大槐树，想去喜鹊窝掏喜鹊蛋。树干上的青苔很滑，自己一点反应也没有，就坠入龙山天坑底下了。那里可真是个人们难以找到的地方，那地方还真是宁静秀丽。菜花患了中度抑郁症，她自己的意志有时不受控制，她会不会在深圳的深山老林里找一个悬崖，会不会纵身……姚向东眼前一黑，额头上惊出了一层密密匝匝的汗珠。

他不敢想下去。

他安慰自己：菜花不会的。菜花是好人。好人有好报。再说，菜花信佛，常年烧香拜佛，老天爷苍天有眼，一定会保佑她的。姚向东心里这样想，他自己也不相信。他知道这是自己在骗自己。

他在等。

他希望等到好消息。

他更希望会出现奇迹：一家人正在吃晚饭的时候，传来急促的敲门声。杏花打开门时，门口传来菜花亲切的喊声：

"杏花！"

"妈！"

"向东！"

接着是一阵急促的脚步声。菜花满面春风地朝胡少香怀里抱着的霞霞扑过去。菜花急切地从胡少香怀里抱过霞霞，先是目光盯着霞霞稚嫩的小脸凝望，接着是雨点般地吻着霞霞的小脸蛋，嘴里自言自语：霞霞！霞霞！妈妈想死你了！

杏花见到姐姐菜花回来了，心里特别高兴。她肯定是去厨房里盛上一碗雪白的大米饭，拿上一双筷子，朝桌上一放。杏花机灵，她肯定会从菜花手里抱过霞霞，边哄边说："霞霞听话，霞霞乖！霞霞，妈妈一路赶路，累了！让妈吃饭！"

霞霞天真地盯着杏花，又会把目光落到妈妈身上。

菜花这时不会去坐下来吃饭。她肯定会把我喊到厨房里，一脸的歉意，内疚地与我说上几句话：

"向东，家里还好吧！"

"好！好！好！"

"你好吗？"

"……"

"是我不好！让你受惊了！"

"我受点惊吓不要紧，你回来就好！"

"也让全家受惊了！"

"快别说！她们都不知道！"

"不知道？"

"对呀！"

"你没有告诉她们！"

"我受惊不要紧，我不能让她们也跟着担惊受怕。再说，妈身体不好，万一听到这消息她承受不了……"

"你真好！"

"我相信你会回来的。"

这时，菜花一定会激动不已。自己在深圳离家出走，向东把天大的压力全藏在自己的心里。菜花一定会控制不住自己的情感朝自己扑上来。

姚向东想得美滋滋的。姚向东激动地迎上去。两人紧紧地拥抱在一起，彼此间急促的喘息，气息相互交融地流动，混杂在一起。

这时只听菜花轻松地问：

"收到挂号信啦？"

"收到了。"

"信还在吗?"

"在呀!"

"还给我。"

"我就知道,我有把这封信还给你钱菜花的机会!"

"向东!你真好!向东,你知道吗?我不配你,我真不配你!"

"别说!"

……

客厅里传来霞霞哭着要妈妈的声音。接着是胡少香那嗔怪的喊声:"菜花!先吃饭吧!你一定饿了。"

客厅里还传来杏花咯咯咯的笑声:"菜花,霞霞喊你吃晚饭!"

这么甜蜜的想象场面,一直没有出现。

姚向东从一直往好处想,到产生了一种不祥的预感,心里像起了风的河面,翻腾起无数浪花。姚向东从那种不祥的预兆浮现在自己的脑海以后,慢慢地心头的那块石头就变得越来越沉重。

姚向东感到有点儿喘不过气来。不祥的预兆,让姚向东心里的恐惧感越来越强烈。他真担心,菜花会想不开。

菜花患有中度抑郁症,已经在深圳那边的大医院确诊。

找不到的地方,宁静秀丽的地方,这两句话像两张幻灯片交替在姚向东的脑海里显现着。同样,龙山那深不见底黑洞洞的天坑、悬崖下面那万丈深渊,那两张黑白照片也清晰地交替在姚向东的脑海里显现着。

第四天过去了。

第五天过去了。

第六天下班前,卫国打来电话说,所有深圳包括广州附近的有名的寺庙都去找了一圈,没有见到菜花的影子。卫国劝姐夫向东,菜花会到寺庙里去打听出家的地方,但菜花不会在寺庙里停留。她说不定已经到哪个尼姑庵去出家了。卫国说了,这几天已把深圳深山里的大大小小的尼姑庵摸清楚了,有名有牌的尼姑庵有二十个。名单都请朋友转给了深圳市民族宗教局的一位领导。这位领导很热情，专门请办公室一位副主任去一家一家打电话核对调查，并要求各尼姑庵把近一周招的尼姑名单报上来。明天能拿到名单。

姚向东接完卫国的电话，失望中燃起了一丝丝希望。他还是要往好处去想。只要菜花还活在这个世界上，总能找到，总是能说服菜花回到陵阳来，回到家里来。这里有她的亲人。

姚向东只能继续等待。

第二天，吃过晚饭。杏花洗碗，姚向东走到厨房门口，对杏花说："我来洗碗！"

"没事，我来洗！"杏花说着，目光凝视着向东。杏花知道，这几天姐夫的脸色一直不好看，嘴唇有些泛白，脸色有点儿蜡黄，特别是眼圈明显发黑。杏花只能猜想，姐夫这些日子心里有心事，但杏花猜不透姐夫究竟有什么心事。杏花即使把家中所有的事儿想一转，她也猜不到姐姐菜花出走了。这天大的事儿发生得这么突然，对于姚向东来说，那就是晴天霹雳。姐夫脸色沉重，心事重重，杏花只能猜测，姐夫这些日子可能工作太繁忙了。原来，杏花曾想告诉姐夫，自己想参加自学考试，还想请姐夫辅导。现在想想，无论如何也不能麻烦姐夫。杏花想起了自学考试报名专业的事，心里想，姐夫在办公室，见多识广，又对自己了解，专业学什么，姐夫的建议很重要。专业的事听听姐夫的建议不碍大事。想到这里，杏花丢下手里的碗，朝姐夫笑笑："碗就不烦你洗了。有个事情你帮我参谋一下。"

"什么事？请讲。"

"下半年我参加全省本科自学考试。不知报什么专业好！"

"招生简章看过没有？"

"看了。"

"有哪些专业？"

"汉语言文学专业、行政管理专业、金融专业、商务管理专业、会计专业、法律专业……很多专业，我也记不清了。"

"你不是当会计吗？不喜欢会计专业？"

"整天算账,我不太喜欢。"

姚向东皱了皱眉头。小姨子活泼大方,酒量又大,其实很适合到办公室工作。姚向东朝厨房里走了两步说:"报行政管理专业,将来这门专业就业需求量大。"

"听姐夫的。报行政管理。"杏花很开心,朝向东笑笑,"我一定好好地复习迎考。"

"世上无难事,只要努力,总会成功!"姚向东说完,情不自禁地打开壁橱门,朝着钱正南的遗像,恭恭敬敬地叩了三个头。杏花在一旁看得很是惊讶。

姚向东叩完三个头,关上橱门,转过身往外走,边走边说:"杏花,我晚上还得去趟办公室处理文件,家里你辛苦了!"

"没事!"

姚向东走出了家门。

姚向东要去等卫国的电话。这个电话也许是姚向东的最后一点希望了。

一周过去了,再瞒也瞒不过去了。再这样瞒下去,不管菜花是死是活,自己恐怕快撑不住了。卫国说宗教局那位领导帮忙在尼姑庵排查近期新出家的尼姑,结果应该出来了。

姚向东加快了步子,朝办公室走去。

二十四

晴朗的夜晚,玉盘似的月亮高高地悬挂在苍苍茫茫的星空中。

姚向东出了楼道,走进杉树林。从杉树林中的小道上走出来,有一片池塘。皎洁的月光倾泻在池塘的水面上,像滑落的洁白的丝绸一样。夜风微微地吹拂,池塘的水面荡起了波澜,水中的月亮顿时成了破碎的玉片,漂浮在水面,打破了原有的宁静。姚向东望着池塘水面上晃悠的月亮,心里一愣:这可不是好兆头。破碎的玉片。他知道晚上卫国要打长途电话过来。下午已经让办公室值班室通知过了。看来今晚一定有重要消息。

姚向东望着池塘水面上破碎的月亮，加快步子心事重重地往办公室走去。

姚向东刚打开办公室门，办公桌上的电话铃声就响了起来。他三步并作两步跨到办公桌前，拎起话筒，迫不及待地问："喂，你是卫国？"

"姐夫！我是卫国。"卫国在电话中语气显得很急促。

"卫国，菜花找到了吗？"姚向东心里急，直截了当地问。

"姐夫，你要有思想准备。找了这些天，托了不少人，但菜花的音信一点也没有。看来……"卫国说着，呜咽着，说不下去了。

"卫国，你慢慢说。"姚向东知道，卫国、桃花这些日子全力以赴地寻找，但连菜花的影子也没有见到。可想而知，他俩心里有多急，毕竟菜花是从他们家出走的，他们心里有压力，这情有可原。想到这里，姚向东反过来安慰卫国说："卫国，急也没有用，你把寻找的情况慢慢地说给我听。相信姐夫，不管发生什么情况我都能挺住。总要面对呀！"

姚向东把听筒往腮帮上贴了贴，一屁股坐到椅子上，听着卫国细说着寻找菜花的经过。

自从菜花离家出走后，卫国和桃花放下手中所有的工作，一门心思寻找菜花的下落。卫国花了三万多元买了一部大哥大，确保二十四小时，随时随地把电话接进来，又能把电话打出去。他就怕漏掉任何一个关于菜花的信息。根据菜花的留条，特别是菜花出走的第二天，卫国与姚向东通了电话。从电话中，卫国知道菜花出走早就有准备了。她从深圳给姚向东寄去了挂号信。信中说的话跟在桃花家里留的字条意思基本差不多。她说去了一个人们找不着的地方，去了一个宁静秀丽的地方，这是个什么地方呢？向东的想法与卫国想法完全一致，菜花离家出走，肯定是一条路，去尼姑庵出家了。两人都认为很有这个可能。卫国和桃花根据这判断在深圳周边的山林里来了个大海捞针。

通完电话的当天中午，卫国带着桃花先去了深圳最有名的大华兴寺，那是深圳最宁静秀丽的地方。卫国自己有一个寻找菜花的思路。他反复分析，菜花没有出过远门，到深圳来还是头一次。深圳是个移民城市，又是一个大建设大发展的城市。深圳到处都是建设工地，全国各地来深圳发展的人都有。深圳这个地方就是住了一两年，也不一定能弄得清东南西北。何况，菜花到深圳来不到二十天。她想出家找个合适的尼姑庵，不是那么容易的事。菜花虽然是从山沟里走出来的一个山里姑娘，但菜花聪明，她会想办法寻找合适的尼姑庵。卫国联想到前些日子菜花曾经让卫国给她购买深圳交通地图的事。卫国想，菜花肯定是先熟悉交通图，找到深圳的寺庙。不少寺庙去过，菜花也有些印象。菜花会先到寺庙烧香拜佛，然后通过寺庙去打听寺庙附近的尼姑庵。如果菜花认准了出家这条路，她一定会循着这条路径去找出家的尼姑庵。

卫国当天下午来到深圳东郊的大华兴寺。这里群山起伏，濒临大海，真是个宁静秀丽的地方。卫国和桃花去了大华兴寺寻了个遍，没有见到菜花姐的影子，但从和尚师父的口里知道，大华兴寺附近的深山老林里有不少尼姑庵。大大小小的尼姑庵不下六七个。和尚师父很热情，还抄了一份尼姑庵的名单。拿到名单，卫国紧张的心情当时平缓了不少。卫国认为，寺庙也好，尼姑庵也好，都是信佛，它们之间有联系。只要菜花真的离家出走想当尼姑，下决心顺着这条路子找下去，肯定能找到菜花。

谁知一个星期下来，卫国和桃花跑遍了深圳周围大大小小、有名无名的寺庙十多个，也没有见到菜花的影子。卫国想得很天真。菜花要出家肯定要到寺庙去向和尚打听尼姑庵，他和桃花也去寺庙打听尼姑庵，说不定会在哪一个寺庙偶然相遇。虽然这个概率相对小些，但既然有这个概率，就有相遇的可能。但是有种概率就像买体育彩票中头奖，始终是可望而不可即。当然，走遍了深圳大大小小十几个寺庙后，虽然没有偶遇菜花，但弄到了一份深圳市大大小小尼姑庵的名单。拿到了这份名单后，如果开车去这些尼姑庵找，没有个把月不可能找一遍。尼姑庵都是坐落在山谷里，水塘边，汽车开到山脚下，要去尼姑庵就得步行。卫国脑子活络，想到了他的朋友。他朋友的朋友在深圳市民族宗教局当领导，这些尼姑庵都属于宗教局管理。前天把名单交给朋友。听说宗教局的那位领导很重视，专门派办公室一位副主任核查。经过近两天的核查，深圳民族宗教局管理的这些尼姑庵近期都没有收留一个名叫菜花的出家女子。听到这个消息，卫国很失望。当卫国把这个消息告诉桃花时，桃花当场失声抽泣。桃花感到天真的塌下来了。找了七天，什么消息也没有。如果菜花没有去尼姑庵出家，还能到哪里去呢？回松林老家去，不可能的事。会不会……桃花往坏处想：留条上说的是她去了一个人们找不到的地方，一个宁静秀丽的地方。这留条上的话也是话中有话，看你怎么去理解。人们找不到的地方，人们找不到的是个什么地方？天堂？宁静秀丽的地方，是什么地方？墓地？难道菜花想不开，她彻底抛开……桃花把这个想法告诉卫国。其实卫国也早已有了这个想法。卫国顺着菜花可能出家当尼姑这个思路去寻找，这是往好处想。但卫国也早有心理准备，往好处想，但不能一定想到好处。万一找不到菜花呢？菜花会不会走上另一条路呢？菜花毕竟是一个中度抑郁症的患者。患有抑郁症的人的意志自己往往不能控制。万一控制不住自己的情绪，走上另一条什么路，谁也不能保证。卫国知道，桃花三姐妹感情深。卫国不敢把往坏处想的那个想法告诉桃花。卫国只能把这个往坏处想的想法藏在自己的心里。卫国做了两手准备。他在深圳是承揽工程的小包工头，也可以说是一个工程部的小经理，人脉广。他已经悄悄地托一些朋友留意深圳最近失踪女子的消息。他还托了在公安系统的朋友注意近一周交通事故、刑事案件涉及女子的情况。总之，卫国早已有了往坏处想的准备。

当桃花主动说出最坏处的想法时，卫国不想说得太多让桃花伤心。他只能跟桃花商量，分析，说到底，在没有得到准确消息之前，那都是猜测。两人商量分析的对话就这么几句，卫国记得清清楚楚：

"卫国，尼姑庵也找不到，菜花能去哪里呢？"

"只能猜测。你放心,会继续找下去。"

"留条上说去了一个人们找不到的地方,这句话似乎话中有话。"

"只是猜测。关键是要找到下落。"

"卫国,你说尼姑庵在深山老林里,人们找不到的地方,会不会暗示去了天堂……"

"别瞎猜测!"

"我姐有抑郁症呀!"

"别乱想呀!"

卫国心里明白,菜花人不见了,这是事实。既然人不见了,什么事儿都有可能会发生。但卫国不说破,他怕桃花过度伤心。菜花姐没有找到,桃花再落下一身毛病,那可怎么办呀?其实,菜花的留条中,说她去了一个人们找不到的地方,这句话本身就话中有话。下午四点多钟,宗教局的领导打来电话说,民族宗教局管理的尼姑庵都了解过,近一周没有接收一个叫钱菜花的女子出家。听到这个消息,卫国心里一阵紧张。他不知道要不要把这个消息告诉桃花。他知道桃花这些日子把所有的希望都寄托在宗教局那位领导身上。她在等待着好消息。只要人找到了,不管菜花在哪里,菜花的工作总可以慢慢地去做。桃花要是知道宗教局在所有管理的尼姑庵中找了,不见菜花的踪影,桃花一定会很失望,不!一定会绝望。但不告诉她,总不是办法吧!桃花总会知道的。卫国想来想去,还是把尼姑庵没有菜花出家的消息告诉了桃花。在告诉桃花之前,卫国给陵阳县办公室值班室打了个电话,请他们转告姚向东主任,晚上八点钟深圳有一个长途电话,请姚向东在办公室等电话。卫国把消息告诉桃花时,留了个尾巴。他对桃花说:"宗教局领导回话了,暂时没有消息。宗教局领导说了,尼姑出家需要办不少手续,不是说去就去的。估计一周钱菜花不一定能去得了尼姑庵出家。他们已跟各尼姑庵说好了,一有消息马上告诉我们。"

桃花听了,只是默默地流泪。桃花急归急,提醒卫国:"卫国,我看菜花姐失踪的事儿不能再瞒下去。该报案报案,该登寻人启事就在报纸电台发寻人启事。你与姐夫商量一下，总这样悄悄地找下去，恐怕不会找到姐的下落。"

"我已与姐夫办公室的同志说了，晚上八点给他打长途电话，把寻找情况告诉姐夫，听听姐夫的意见，看看下一步怎么办。"

卫国在电话中一口气说完寻找的情况。姚向东静静地听着，一声不吭。姚向东越听心里越沉重，脑子嗡嗡地响。他急得喘粗气。呼呼的急促喘气声透过话筒传到卫国听筒里，卫国应该能感受到。卫国知道往好处想的想法破灭了。现在，姐夫听到菜花也不在尼姑庵出家，怎么能不着急呢。人呢？菜花去哪里啦？姐夫此刻在听卫国说，其实心里早已炸开了锅，这是可能想象得到的。电话里传过来的呼呼喘气声可以想象得出来，姐夫有多急。菜花是他的救命恩人，救命恩人出走了，什么原因呀？怎么给亲朋好友解释？怎么向组织上说明？下一步该怎么办？不可能瞒下去了，不瞒下去，下一步怎么办？卫国说完情况后，只听到听筒里有急促的呼气声，姐夫静静地不说话。卫国急了："姐夫，你在听吗？"

"我在听。"

"姐夫，我知道你急。事情已经发生了，急也是这样，不急也是这样。刚才我把情况都在电话里说了。桃花和我一样，先是往好处想，现在看来要往坏处想了。"

"卫国，你和桃花辛苦了！事到如今，只能往坏处想。也许菜花留条中，还有信中说的话，我们都要重新分析。现在看来，一个人们找不到的地方，一个宁静秀丽的地方，这可是话中有话。我们往好处想，可能出家去；往坏处想……"

"往坏处想，会不会一冲之兴，不能控制自己……"卫国没有明说，顿了顿说，"留过洋的专家给菜花看病，确诊菜花得了中度抑郁症。会不会有可能想不开……"

"卫国，我也有这个想法，也不敢说出口。我不想给大家添压力，不想给组织添麻烦，我把天大的压力都埋藏在自己的心里，往好处想，只要听到菜花的消息，那一切就过去了，只要知道菜花的下落，一切都好办。可是，现在，菜花的消息一点都没有。"姚向东长长地叹了一口气。

"姐夫，你往好处想，我们循着往好处想这条路径去找，没有结果。其实，我当时曾经反复研究菜花那张留条，我也曾经往坏处想，因为我知道菜花患有抑郁症。我留了个心眼，跟几个朋友打了招呼，特别跟深圳公安的一个朋友打了招呼，让他们留心这几天深圳及周边发生的妇女失踪案以及其他非正常死亡事件。我公安局的朋友打电话给我，约我明天上午去他局里一趟。"

"去！赶快去！我们现在只能往坏处想。"姚向东急切地说，"活要见人，死要见尸！要不，这心永远都悬着，对不起菜花呀！"

"好的！对了，桃花让我问你，要不要在报纸上登寻人启事。桃花说了，这事不能瞒了，要发动大家找，也许会有希望！"卫国说。

"登！我也给组织汇报，请求组织支持。不知组织是否批假让我去深圳寻找！"说到这里，姚向东停了停说，"卫国，一切等你从公安局里的朋友那里听了情况后再决定！总之，不能等了！"

"好！我明天上午在公安局那里给你打电话！"

"我明天上午就在办公室，哪儿也不去，等你电话。"姚向东挂了电话，一屁股瘫坐在椅子上。

二十五

姚向东整个人蒙了。一直不敢想，一直不敢往坏处想，一直不敢往深处想的那个可怕的结果，看来要成为现实了。自己瞒了一周，对亲友、对同事、对组织一直没有把妻子菜花失踪的消息告诉大家。自己没有任何企图，只是不想让大家来分担菜花出走带来的痛苦和担心。自己承担着妻子菜花出走的巨大压力，只有一个美好的愿望，希望尽快找寻到菜花的下落，自己是往好处去想。但是，这个美好的愿望落空了。看来菜花正如她给卫国桃花家中留条和给自己信中说的，她恐怕真是去了一个人们找不到的地方。菜花患有中度抑郁症,看来这次是凶多吉少了。明天,卫国说要去宝安县公安局他那位朋友那里,但愿不要听到噩耗。

现在的姚向东只能往坏处去想。

墙上的壁钟敲了十下。

窗外,夜色沉沉。

姚向东整个人像散了架似的,腿脚手臂松软了,一点劲儿也使不上。姚向东脑子里一团糨糊。他想尽力地回忆刚才卫国在电话中说到的情况。但姚向东无法完整地去回忆。他的眼前不断地幻现出一望无垠的开满金黄色菜花的田野,无数只花蝴蝶在菜花丛中飞舞。一会儿花蝴蝶一只一只地飞远,飞得无影无踪。

姚向东用手臂撑着办公桌站起身,身子晃了几晃,摇摇摆摆地走出办公室,朝家里走去。

夜色浓浓。淡淡的月光洒在地上,抹在树上,到处都有蟋蟀的叫声。尽管蟋蟀夜晚中的鸣叫有节奏、很悦耳,但姚向东听起来十分心烦。姚向东像一个醉汉,一步三晃地往家里走。想到菜花可能去了人们找不到的地方,姚向东心里像刺了一根一根的大头针,疼痛,让全身的肌肉紧缩,痉挛,全身冒出一层一层的冷汗。

春天的夜,各种花草的香气弥漫在冷凉的空气中,织成了一个软绵绵的网,把所有的景物都朦朦胧胧地罩在里面。姚向东满眼接触到的都是这个柔软的网的东西,任何一草一木,一花一叶,都不像在白天里那么现实了。没有生机勃勃,没有花的艳丽,它们都是模糊、空幻的色彩,花草都隐藏了它的细致之点,都保守着它的秘密,让走在夜色的小路上的姚向东有一种如梦如幻的感觉。宁静的夜空中,满天的星星互相耍玩,眨巴着小眼睛,似乎在嘲笑着姚向东:你就知道往好处想。月亮在薄薄的云彩里穿行。云彩像一块块害羞的柔软的丝绸头巾,不时地把月亮的脸庞蒙上,又扯开,又蒙上,又扯开。遮是遮不住的,月亮仍然在云层里穿行。

姚向东深有感悟。姚向东想到自己一厢情愿地往好处想,是自己不愿意看到钱菜花的不幸。她是自己的恩人,是自己苦苦相随的妻子,当然,这种感情里也许注入了太多的感恩的元素。但不管怎样说,自己是发自内心的。姚向东有坚强的意志力。当年高中毕业后,没有工作安排,没有高考机会,他下决心跟着父亲当巡林员。但在那种前途一片荒漠的背景下,姚向东仍然坚持读书,他甚至毫无目的地去抄写厚厚的《读报手册》。机会是给有准备的人留着的,最终机会来了。他这个有准备的人如愿以偿地走进了大学的大门。当年,为了感恩,拼命地去追钱菜花。姚向东心里想得很简单,英雄救美,美人能以身相许;现在美人救帅男,自己就不能以身相许吗?尽管钱菜花坚持门不当户不对的说辞,但凭借姚向东坚强的意志,持久不懈的努力,姚向东以身相许菜花的心愿最终实现了。想不到路总是不平坦。既然走上了人生的道路,只要还有一口气,就必须走下去。姚向东有一股子犟劲,他不服输,不怕挫折,尽管自从被菜花父女从天坑里救上来后,路一直走得很顺,但姚向东始终努力去拼搏,去追求。姚向东走到今天,与他的坚强意志分不开。姚向东知道:道路不会一帆风顺,但每个人都要坚强面对挫折。记得与菜花结婚前,菜花遇到了不少挫折和磨难,这句话跟菜花说过许多次。菜花最终都挺过来了。朱爱国醉酒调戏菜花,菜花父亲突然殉职,菜花高考落榜,一件件,一桩桩,姚向东目睹,钱菜花都坚强地挺过来了。钱菜花这个山里妹子,有一股犟劲,这个犟劲跟自己一样。结婚后,生了个女孩,患了产后综合征,但也算不上什么特别大的磨难,菜花怎么会走上离家出走这条路呢。这不合乎菜花的性格呀。不相信也得相信,找了一个星期了,不见菜花的踪影。很有可能菜花患上了中度抑郁症,自己的意志自己不能控制了,姚向东只能这样去想。

夜风凉凉的,一阵一阵地吹过来。姚向东头上的汗珠被夜风吹干了,又沁出了一层。姚向东的头脑似乎清醒了一些。姚向东告诫自己,自己不能倒下去,自己要坚强地面对挫折。姚向东的眼前浮现出胡少香、霞霞、杏花、桃花、自己的父亲、母亲,还有刘立平县长、张立仁副县长、徐凤霞、吴景燕等同事的身影,浮现出陵阳大道那热火朝天的建设工地、经济开发区那一座座平地而起的高大宽敞的现代化厂房……

姚向东知道，菜花是为了自己的幸福才想不开的。她是感到对不起我姚向东。尽管菜花想错了，但我姚向东不能对不起菜花的一片善心。我必须坚强地面对。但愿菜花从那人们找不到的地方又走回来了。

姚向东走到自家门口，轻轻地擦了擦眼角，掏出钥匙，轻轻地打开门，轻轻地关上门。他蹑手蹑脚地走进房间，又轻轻地关上房门。

姚向东和衣睡在床上。

他关了灯，眼睛睁得大大的，呆呆地凝视着雪白的天花板。

一夜未眠。

第二天一早起床，姚向东满脸疲倦，匆匆忙忙地洗漱后，跟丈母娘、小姨子打个招呼，说是去陪客商吃个早餐，就匆匆地离开家。

姚向东空着肚子来到办公室。人有心事肚子一点儿也不觉得饿。他坐在办公桌前的椅子上，仍然似乎在看文件。他的目光根本没有盯着文件。他的目光透过玻璃窗，凝视着窗外。

天气有点阴，天空布满了铅灰色的云彩。从不远处松江上吹来的风很大，玻璃窗外的花圃里的树枝不停地晃悠。花圃里有一棵很高很大的老榆树，像一把油布伞撑在那里。树干挺拔，树叶郁郁葱葱。姚向东知道，那棵老榆树干上挂着一块铁皮牌子。园林部门认定这棵老榆树有一百多年历史了，算得上古树名木。老榆树在晨风吹拂下，只见叶片像无数的小蝴蝶在翻飞，但枝枝丫丫纹丝不动，很挺拔地生长在那里。姚向东目光望着这棵老榆树，眼前又浮现出叔爷坚韧的脸庞和那充满意志的目光。叔爷很坚强，妻子被国民党残暴杀害后，他孤苦一人。全国解放后，他单线联系领导早已失去联系。当年，他把妻子埋在自家后山坡的一片竹林里，他默默地守望着。一等就是几十年。想不到奇迹发生了，叔爷的老上级无意中竟然让自己找到了，叔爷的事大家都知道了。很快，民政部门落实政策。突然，姚向东的脑海闪过一个念头：自己会像叔爷那样吗？姚向东心里颤颤地愣了一下。

太阳躲在云朵里，始终没有露出脸。办公室里没有开灯，灰暗暗的一片。姚向东把目光从老榆树树梢上收回来，瞥了一眼黑漆漆的电话机。他盼望电话铃声急促地响起来。但电话机一点动静也没有。

突然，丁零零，丁零零……电话铃声有节奏地响了起来。姚向东的目光下意识地瞥了一眼墙壁上的挂钟，快十点了。姚向东估计这个电话十有八九是卫国从深圳打来的。

姚向东站起身，操起话筒，迫不及待地大着嗓门喊："喂！喂！喂！"

"你是陵阳县政府吗？"

"对呀！"

"你是姚向东？"

"对呀！你是卫国。我听出来了。"

"你是姐夫，我也听出来了。"卫国脑子活络。他现在打的这个长途电话很重要。他要把接电话的人核实准了。在确信是姚向东姐夫后，他声音低了八度："姐夫！有一个不好的消息。"

"你现在在哪里？"

"姐夫，我在宝安县公安局的刑侦大队部。大队长沈柏威是我哥们。我俩关系不错。不瞒姐夫，菜花离家出走后，我就留了个心眼。往好处想是对的，菜花善良，她想离开你，是为姐夫好。她选择出走，去尼姑庵出家，肯定是首选。但是，我心里也有个不祥的预感。我这次带菜花来深圳看病，实际上菜花已经确诊是患了中度抑郁症。有这种病的有时会不能控制自己的意志，说明白点，就是会有自杀倾向。我不敢跟你讲，也不敢说给桃花听。我悄悄地找了宝安县公安局的这个沈大队长。请他留意深圳周边的一些女子失踪或者刑事案件。最近，沈大队长这里有近期的案件通报。菜花离家出走这七天，他们这里收到了七份通报。但我和沈大队长一份一份的报告都排除了。要么是时间不吻合，要么是死者年龄不相符。有些案件被害人身份早已经查清了。"

"卫国，这些案件里的当事人问到了吗？"

"问不到。这全是深圳周边的刑事案件。都正在侦查。"

"被害人与菜花相似的蛛丝马迹也没有？"

"一点没有。倒是前天宝安县龙头崖下的三龙湾发生了一起鲨鱼伤人事件。"

"鲨鱼伤人？"

"鲨鱼伤人！在宝安县西乡镇海边。刚才我听沈大队长介绍，那里有个海湾，当地人叫三龙湾。湾边有座山。山不太高，但朝海边一面是悬崖，足有几十丈高。悬崖伸到大海湾的外海，像个龙头。当地人称那海中的悬崖叫龙头崖。"

"龙头崖？"姚向东心更慌了。这龙头崖伸向海中。假如菜花真的想不通，出走后四处游荡。菜花来到龙头崖后，面朝着茫茫无边的大海，脑子一热，头一发昏，一冲之兴，不能控制自己的意志纵身跳下悬崖，完全有这个可能呀！跳进大海里，正好碰到在附近游弋的大鲨鱼……姚向东不敢想下去。

"姐夫，你别急。我说不清，请沈大队长跟你讲。"

"好的。"

"喂！你是姚主任吗？"

"我是姚向东。大队长，你好！"

"我叫沈柏威，是管刑侦案件的。听到卫国说到他姐的事，很重视。这几天发生了七起女性被害案件，都是深圳周边的，还有广东省的。都有通报。通报都给卫国看了，好像跟钱菜花都挂不上。倒是我们宝安县西乡附近海湾发生的一起鲨鱼伤人事件，值得怀疑。"

"什么时间？"

"前天。"

"人打捞上来了吗？"

"被鲨鱼拖进深海了。"

"拖进深海了。但当地派出所报告说，有目击者。"

"目击者怎么说？"

"目击者说，有一个三十开外的女子从龙头崖上跳下海去了。这些目击者在龙头崖边春游，亲眼看到鲨鱼了。后来派出所的人在三龙湾边捡到了两只泡沫凉鞋。"

"泡沫凉鞋？女式的？"

"对！女式的。"沈大队长说着安慰姚向东，"关键是人不见了。光有一双泡沫凉鞋，也不能证实就是钱菜花跳崖。"

"假如这双泡沫凉鞋是钱菜花穿过的呢？"

"那就肯定是菜花。"沈大队长说到这里，停顿了一下说，"卫国已经打电话给他爱人桃花了。桃花给菜花买过鞋。桃花正带着她的鞋朝局里赶过来。"

"看来……"姚向东脑子一片空白，说不出话。

沈大队长把大哥大递到卫国手里说："西乡派出所的同志正把泡沫凉鞋往这里送。你劝劝你姐夫，先别着急。待你妻子桃花把鞋拿来核对了才能判断。"

卫国接过大哥大，对着大哥大大着嗓门说："姐夫，你先别急。一会儿桃花来了，什么都清楚了。说不定一场虚惊。"

"我在办公室等你电话。"姚向东瘫坐到椅子上，有气无力地搁下听筒。

二十六

卫国电话中劝姐夫不要着急，其实自己的心像敲着小鼓似的，咚咚咚跳个不停，额头上早已沁出了密密匝匝的汗珠。卫国心里清楚，这次桃花陪菜花逛百货商场，桃花挑了两双泡沫凉鞋。当时，菜花非不肯买。菜花没有见过泡沫凉鞋，以为还是过去人们常穿的塑料凉鞋，对桃花说，家里塑料凉鞋有两双，买多了也是摆在家里浪费。桃花笑着对菜花姐说："家里那塑料凉鞋硬邦邦，穿在脚上硌脚。这是泡沫凉鞋，轻便柔软，穿在脚上特别舒适。"桃花还特别强调说，"这些日子在深圳少不了要多跑路，穿上这泡沫凉鞋，走起路来特别轻快。"菜花拿在手上左瞧右看，最后同意了。卫国当时在场，姐妹俩的对话，听得清清楚楚。连泡沫凉鞋的颜色都记起来了。桃花自己选的深红色，菜花的那双是深蓝色。想到这里，卫国心里怎么能不紧张呢？从龙头崖跳到大海里，正赶上鲨鱼游过来。目击者说得很清楚，是个中年妇女。当时鲨鱼打了几个大水泡，跳崖的那个中年妇女就不见了。过了不到一天，在三龙湾的海滩上捡到了这双泡沫凉鞋，卫国心里几乎一点悬念没有。现在关键在这泡沫凉鞋是什么颜色，更关键的是家里菜花住的房间里那双深蓝色的泡沫凉鞋还在不在。

卫国抹了抹额头上的汗珠，用大哥大拨了个电话给他们一个好朋友刘总。早上出门时，卫国没有带桃花一起来，他想让桃花在家里等。卫国想得比较周全。这刑侦大队里说的都是死人的事儿，他担心桃花听了心里承受不住。尤其是万一真有了菜花的下落。桃花在现场，一点回旋余地也没有。现在，还非得把桃花接过来。泡沫凉鞋是桃花亲自给菜花姐买的，再说她自己也买了一双。桃花熟悉菜花的那双泡沫凉鞋。再说，女人心细，不会看走眼。大哥大很快接通，传来刘总的声音："喂！喂！你是谁呀？"

"刘总，我是朱卫国。"

"朱总，你买大哥大啦？"

"刚买不久。"

"难怪不知道你号码。"

"刘总，有个急事请你帮个忙。"

"哥们，还客气啥。说。"

"你公司离我家近。你知道我家。我想请你到我家接个人。"

"谁呀？"

"桃花。"

"弟媳妇，我现在就去。"

"谢谢刘总。"

"对了，接到哪里呀？"

"宝安县公安局刑侦大队。"

"怎么？出大事啦！"

"回头再说。你接到桃花时,告诉她把上次在百货公司买的两双泡沫凉鞋带来。"

"好!我现在就去!我挂啦!"

"谢谢刘总。"

朱卫国挂了大哥大,轻轻地舒了一口气。站在一旁的沈柏威大队长看到朱卫国一脸焦虑的样子,指了指椅子说:"你别急!先坐下来定定心。"

"沈大队长,我怎能不急呢!"朱卫国一屁股坐在椅子上,几乎带有哭腔似的说,"我姐是个好人,但患有中度抑郁症。你刚才说到在龙头崖西边的三龙湾海滩上捡到了一双泡沫凉鞋。不瞒你说,前些日子,我家桃花一下买了两双泡沫凉鞋。其中一双是送给她姐菜花的。说不定我姐早上被鲨鱼吃掉了,这泡沫凉鞋浮在海面上,经过大浪冲击漂流,冲到海滩上了。"

"卫国,穿泡沫凉鞋的妇女多得很。南方这里赶时髦。过去是硬邦邦的塑料凉鞋,现在有了新产品泡沫凉鞋,买的人多了,穿的人也不少。不能凭一双泡沫凉鞋就认定那跳龙头崖被鲨鱼吃掉的中年妇女就是钱菜花。卫国,我跟你说呀,我是刑侦干这项工作的,讲究的是证据,是铁的证据。泡沫凉鞋有颜色、有尺码。颜色要对上,尺码要对上,那才能算有嫌疑。因为同样颜色、尺码的泡沫凉鞋,百货公司又不是只卖出一双。再说就是只卖出一双,厂里也不见得就生产一双。你说是吧?"沈柏威劝卫国冷静些,一字一句分析给卫国听,他这是宽卫国的心。

卫国听了觉得有些道理,轻轻地点点头说:"一会儿西乡派出所把泡沫凉鞋送来后,我家桃花到了,让她对一对吧。泡沫凉鞋是她亲自给她姐买的。她也许会一眼看出来。"

沈柏威朝桌子上的茶杯指了指,示意卫国喝口水,然后语气认真地说:"就是尺码相同,颜色一样,也只能认定你家菜花有可能是那个跳崖的中年妇女。但见不到尸体谁也不能定论。你要有思想准备。"

"还定不下来?"卫国有些着急,端起桌上的茶杯,一口气喝光了杯子里的水，语气显得很无奈。

"卫国，我还是那句话，这事不能那么着急，得一步一步核查。"沈柏威站起身，拎起水瓶给卫国的茶杯里续满了水说，"西乡派出所的同志该来了。我去询问一下，顺便把他们从海滩上捡来的泡沫凉鞋拿过来。"

朱卫国朝沈大队长点点头。朱卫国心里着急，两只手急得直搓。

不一会儿，大哥大响了。卫国一骨碌从椅子上站起来，按了一下接听键，话筒里传来了刘总熟悉的声音："朱总，我把桃花接来了，车子停在刑侦大队的门卫大门外。你在几楼？"

"你等一下。"卫国走出沈大队长办公楼，问了一下隔壁办公室的一位民警，对着送话口，"刘总，我在四楼401室，你让桃花上来吧。"

"要我上来吗？"

"你先回去，找个时间详细告诉你！"

"不是大事吧？"

"没事！"

卫国挂了大哥大，赶紧往楼梯口跑去，他要去迎桃花。

在二层楼梯拐弯的地方，他迎到了桃花。桃花拎着一只布口袋，里面鼓鼓的。卫国明白，那里面一定是泡沫凉鞋。他看到桃花满脸愁容，眼眶处还有泪痕，眼球也明显红了。卫国知道，早上告诉桃花去刑侦大队了解情况，现在半道上让她带着泡沫凉鞋火急火燎地直往刑侦大队赶。卫国想得周到，还专门找了朋友刘总开车去接。这说明菜花有下落了。在刑侦大队发现的下落，那肯定是凶多吉少。桃花怎么能不急呢。菜花离家出走后，她和卫国拼命地去寺庙寻找。总是往好处去想，总希望能在这些地方偶然碰到钱菜花。可是，找了一个星期，连菜花的一丁点消息也没有。菜花姐出走是留了条的。字条上说得很清楚，她去了一个人们找不着的地方，一个宁静秀丽的地方。从留言中，不难看出菜花这是为了让向东幸福如愿，主动离开姐夫向东，让他找不着。找不着的地方，宁静秀丽的地方，那当然是寺庙啦!她是女同志,肯定是去了哪一个深山老林里的尼姑庵,去那里出家去了。可是,全深圳有名字的尼姑庵二十多家,民族宗教局的领导亲自部署核查,这些日子没有查到钱菜花出家的消息。现在,卫国一到公安局朋友这里,很快有了线索,而且让带着泡沫凉鞋过来,菜花姐难道寻短见了?难道只找到了那双泡沫凉鞋?这么急着让我来核对,肯定是这事儿。

桃花见到卫国,哽咽着对卫国说:"菜花姐有下落啦?"

卫国点了点头:"只能说有点儿线索。这不,找你来也是核对。"卫国说着,佯装着若无其事的样子,一边拽着桃花的手臂往楼上跑,一边重复着刚才沈柏威大队长劝说自己的话来安慰桃花。

卫国领着桃花进了沈柏威大队长的办公室,拉过来一张椅子,朝桃花跟前一推说:"快坐下来歇歇。"卫国说着,端起自己刚才喝的茶杯往桃花面前一搁说:"先喝口水!千万不要急!"

"卫国,我能不急吗?菜花是我姐呀!"桃花把手里装着泡沫凉鞋的布袋递到卫国手里说,"这是我穿的那双泡沫凉鞋,给菜花姐买的那双泡沫凉鞋不在姐住的房间里。可能是姐出门时穿走了。"桃花说着,眼角溢出了一颗一颗泪珠,在玻璃窗透进来的阳光下闪烁着晶莹的光。

朱卫国接过桃花手里的布口袋,急急地从口袋里掏出那双深红色的泡沫凉鞋,翻过来翻过去看了一遍,疑惑地问:"桃花,这不是你穿的那双泡沫凉鞋吗?"

"是呀!不是你让我带来的吗?"

"菜花的那双没有找到?"

"可能菜花出走时穿走了。"

"找不到那双肯定是穿走了。"

"每个房间都找了,连阳台、卫生间都找了一遍,不见姐穿的那双泡沫凉鞋。"

"你还记得什么颜色吗?"

"深蓝色!"

"你还记得多少码吗?"

"应该是38码。对了,菜花脚比我大一码。我记得。"

"桃花。我给你打个招呼。我那朋友是宝安县公安局的刑侦大队长。他把近期关于妇女的非正常死亡案例查了一遍,与菜花能联系上的还真没有,一点线索也没有。他把通报都给我看了。全是周边县市发生的案件。"

"那你让我来干什么?"桃花目光直愣愣地盯着卫国,"还让我带泡沫凉鞋来?"

"桃花!你听我说。宝安县西乡发生了一起鲨鱼伤人事件。"

"伤的什么人?"

"一名中年妇女。沈大队长说就是前天的事儿。那名中年妇女从龙头崖跳到海里。当时有不少人在龙头崖上春游看海,目睹了这一幕。亲眼看到一条鲨鱼打了不少水花。"

"那名中年妇女呢?"

"海浪翻滚,那名中年妇女连影儿也没有见到。"

"那会不会是菜花想不通?菜花有中度抑郁症呀!很有可能!"

"只能说有嫌疑。昨天下午,在龙头崖西边的三龙湾海滩上从海里冲上来一双泡沫凉鞋。"

"冲上来一双泡沫凉鞋?泡沫凉鞋是浮水的。泡沫凉鞋呢?"

"西乡派出所正在派人往这里送过来。应该很快送到。"

"看来我姐凶多吉少!我给她买的泡沫凉鞋不见了。"

"一会儿沈大队长来了,你仔细看看在沙滩上捡来的那双泡沫凉鞋,千万不要急。沈大队长很有经验,听他怎么说。"

"天下哪有这么巧的事呀!海滩上捡到的那双泡沫凉鞋一定是菜花姐的。"说着,桃花的眼眶里溢满了泪水。滚烫的泪珠蚯蚓爬似的顺着脸腮流到下巴颏上,又滴到水泥地上。水泥地被桃花滴落的泪水洇湿了烧饼大的一块。

"这不一定。我刚才也是这么想的。但沈大队长说得也有道理。厂家生产的泡沫凉鞋同颜色、同号码的很多双,百货公司卖出去的泡沫凉鞋也不止一双。桃花，你千万要保持冷静。"卫国心里猜了个八九不离十，但他还是强忍住心中的悲痛，不断地劝桃花。卫国担心桃花见到那双海滩上捡到的泡沫凉鞋会情绪悲痛失控。

正说着，走廊上传来了沉重的脚步声。卫国和桃花的目光几乎是同时朝门外方向望过去。只见沈大队长手里拿着一双深蓝色的泡沫凉鞋匆匆地走进来。

二十七

沈柏威大队长手里拎着一双深蓝色的泡沫凉鞋，走到自己办公室门口，朝着办公室大着嗓门喊道："卫国，弟媳妇来啦？"沈柏威看到卫国旁边站着一位年轻的女同志，心里不猜也知道，一定是卫国的妻子桃花来了。卫国圈子里的哥们儿都知道，和卫国从家乡一起来深圳闯荡的一位漂亮的姑娘是他的未婚妻。虽然没有正式举办婚礼，但早已是事实夫妻了。深圳这地方，五湖四海的人都有，谁也不知道谁的底细，但思想都比较开放，看到各种现象多了，也就习惯成自然了。深圳这地方，只要你给别人介绍姑娘是你的女朋友，人们都会自然或不自然地笑笑，大家心照不宣。刚才，朱卫国用大哥大请刘总把菜花妹子桃花接过来，是请桃花来辨辨从海滩上捡到的这双泡沫凉鞋，看看这双泡沫凉鞋是不是她姐姐菜花的。沈柏威走到自己办公室门口，往办公室里一瞥，第一眼看到了一位漂亮的女同志。他估计是桃花。当时脑子里刹那间闪过一个念头，如果桃花手里拿着一双泡沫凉鞋，那事情就很明白了，对于卫国来说那是天大的好消息，说明海滩上捡到的这双泡沫凉鞋不是钱菜花的。既然西乡派出所送来的这双泡沫凉鞋不是钱菜花的，说明龙头崖跳海的那位中年妇女不是钱菜花，钱菜花更不可能是被鲨鱼吃掉的那位中年妇女。

但卫国的妻子桃花两手空空，看来自己手里这双泡沫凉鞋很有可能是钱菜花的。想到这里，沈大队长心里一惊，一步跨进办公室对卫国说:"卫国,你妻子桃花来啦?"

卫国听到走廊上的脚步声,早已转过身。他顺手将桃花带来的那双深红色的泡沫凉鞋往办公桌上一丢,朝沈大队长迎上去:"沈大队长!"

"这是弟媳妇?"

"桃花!"

"西乡派出所的同志来啦?"

"来了。这不,他们把海滩上捡来的这双泡沫凉鞋送来了,还把捡鞋的大致经过说了一下。"

卫国接过沈大队长手里的深蓝色的泡沫凉鞋,往桃花手里一塞,说:"这是龙头崖西边海滩上捡的那双泡沫凉鞋。"说完,用手朝沈大队长一指:"这是县刑侦大队的沈大队长,哥们!"

桃花朝沈柏威大队长轻轻地点头,脸色大变,目光在刚从卫国手里接过来的那双深蓝色的泡沫凉鞋上久久地凝视着,还不停地翻看着鞋底,寻找鞋底上的尺码数字。桃花目不转睛地盯着泡沫凉鞋底部的尺码数字。

卫国不敢问话。

沈柏威大队长的目光也落在桃花手里的泡沫凉鞋上。沈柏威是个刑侦老手,此时,他心里最明白不过了。估计桃花熟悉手里的这双泡沫凉鞋。毕竟是前不久她亲自购买后送给姐姐的,此刻,沈大队长不愿意说破。

桃花看着看着,泪水从眼眶里涌出来,喉咙里好像卡了一根鱼刺似的,不停地抽咽着。突然,桃花手里的泡沫凉鞋咚地掉到办公室的地板上。桃花喉咙不停地抽动着,哇的一声号啕大哭起来。凄厉的哭声从办公室里传出去,传到走廊上,传到窗外。

沈柏威大队长一见,赶紧示意卫国把桃花扶到办公室西北角的沙发上说:"卫国,让桃花冷静些,慢慢说,我们来分析一下。千万别急!"

卫国搀扶着桃花走到双人沙发边,把桃花扶坐在沙发上说:"桃花，先别着急。把你知道的情况慢慢说说，我们请沈大队长分析。"

桃花坐到沙发上，止住哭声，但还不停地抽泣。卫国赶紧依偎着桃花左臂坐下来，轻声地劝慰道："冷静一下。"

正说着，沈柏威大队长拉过来一把椅子，在地板上捡起那双掉在地板上的泡沫凉鞋，在卫国和桃花的对面坐下来。沈柏威大队长把那双深蓝色的泡沫凉鞋认真地审视一遍，朝菜花和卫国面前晃了晃说："桃花，你回答我几个问题好吗？"

桃花止住抽泣，从裤兜里掏出一块手帕，擦了擦眼泪和鼻涕，轻轻地点了点头。

"你叫什么名字？"

"钱桃花！"

"你姐叫什么名字？"

"钱菜花！"

"你认识这双泡沫凉鞋吗？"

"认识。不但认识，还很熟悉。"说完，桃花忍不住又轻声地哭了起来。此刻的桃花想得很简单，也似乎很合乎情理。这双泡沫凉鞋无论色彩还是尺码都相符，应该就是自己在百货公司买了送给姐姐的那双。既然这双泡沫凉鞋是从龙头崖西边的三龙湾海滩上捡来的，那从龙头崖上跳崖后被大鲨鱼吃掉的那位中年妇女肯定是姐了。想到朝夕相处的姐姐，现在说没就没了，桃花的心中如同刀绞般地难受，泪水止不住从眼眶里涌出来。

沈柏威示意桃花把眼泪擦掉，然后照着平常的办公程序继续询问："你姐的那双泡沫凉鞋是什么颜色？"

卫国也在一旁提醒桃花："就是前些日子你在百货公司买的那双。"

桃花想也不用想，脱口而出："就是大队长手里的这双泡沫凉鞋。深蓝色的！"

"就是这个颜色？"沈大队长把手里的深蓝色的泡沫凉鞋朝桃花面前凑了凑。

"我亲手买的。就这颜色。"

"多大尺码?"

"38码。我记得清清楚楚。"

沈大队长把鞋底翻上来,目光扫了一下说:"你尺码记得清清楚楚?"

"清楚。"

卫国在一旁插话道:"她姐的脚比她大些。记得应该比桃花的脚大一码。沈大队长,这不会记错的。"

桃花有些着急,大着嗓门重复道:"38码,深蓝色的泡沫凉鞋。"

沈柏威嘴上问得很轻松自然,其实心里很紧张。手里的这双泡沫凉鞋尺码、颜色都对得上,他得出一个基本结论,那个从龙头崖上跳进大海的中年妇女,很有可能就是钱菜花了。很有这个可能!要是真是这样,卫国、桃花就惨了!自己的亲姐姐被鲨鱼吃掉了,谁摊上这事儿心里能不难受。这坎怎么过去。沈柏威大队长处理这等事很有经验,最好的办法是不要把这事情一下子说得那么明白。再说,毕竟大海里没有半点鲨鱼吃人的痕迹。这事儿得慢慢来。沈柏威站起身,朝卫国、桃花说:"卫国,你我是哥们,你相信我吗?"

"相信。"卫国朝桃花瞅瞅说,"沈大队长有经验,先别急,听沈大队长分析分析。"

"这还要分析?这泡沫凉鞋是姐的,这跳崖的人不就是我姐吗?"

"不一定!"沈柏威大队长语气很坚定地说,"厂家同码同色的泡沫凉鞋不是只生产了一双!"

"对呀!同码同色的泡沫凉鞋生产几百双、几千双,这是很有可能的呀!"卫国听懂了沈柏威大队长说这话的意图,赶紧附和。

"百货公司这种同款同色的泡沫凉鞋也不可能只卖出这一双。"沈柏威大队长的目光盯着桃花那痛苦的脸。

"对呀!"卫国仍然在附和。

桃花愣住了,一声不吭。

"那么,既然是这样,这双38码深蓝色的泡沫凉鞋就不一定是钱菜花穿的那一双！"沈柏威大队长说到这里，语气停顿了一会儿，接着说，"当然也不排除这双泡沫凉鞋就是钱菜花的。"

"可是……沈大队长，我姐已经一个星期没有回家了，她穿的那双泡沫凉鞋。"说到这里，桃花有些激动地抬起手朝沈柏威手里的深蓝色泡沫凉鞋一指说，"我姐就穿的这双泡沫凉鞋。我刚才把家里能找的地方全都找了一遍，她穿的泡沫凉鞋连个影儿也没有。说明姐出走肯定是穿的我送给她的泡沫凉鞋呀！"

"我不排除手中这双深蓝色的泡沫凉鞋是你姐的。但我也不能肯定呀！"沈柏威大队长说着，转过身把手里的深蓝色泡沫凉鞋想摆到办公桌上去。手里的这双泡沫凉鞋还未放下来，他看到了自己办公桌上竟然还有一双泡沫凉鞋。只是颜色不同。桌上的那双泡沫凉鞋是深红色的。两双泡沫凉鞋除了颜色不一样，款式可是一模一样呀。沈柏威大队长吃了一惊，简直是出鬼了。我明明拿进来一双泡沫凉鞋，办公桌上怎么还有一双？沈柏威大队长心里很纳闷。他放下手中的深蓝色泡沫凉鞋，顺手拿起办公桌上那双深红色的泡沫凉鞋，一脸惊讶地转过身把手里的深红色泡沫凉鞋在卫国、桃花面前一晃，诧异地问："咦！怎么又来了一双泡沫凉鞋？"

"噢！忘了告诉你了。你手里的这双泡沫凉鞋是我妻子桃花的。对了，当时在百货公司买了两双。你看看尺码，应该是37码。我当时在场，记得我家桃花的尺码小一码。"

"这是我的鞋，一起在百货公司买的。"桃花语气很急促。

沈柏威把手里的这双深红色泡沫凉鞋的鞋底翻过来，扫了一眼说："是37码。"说着，又转过身，从桌上拿起那双深蓝色的泡沫凉鞋，比照了一下，挺有感触地说："看，厂家生产的款式一样。"说完，他有意回避尺码和颜色，把两双泡沫凉鞋转身放到办公桌上，又坐到椅子上，面对着卫国和桃花说："说到底，现在不能完全确定，也不能完全否定。关键是要找到菜花。哪怕在三龙湾找到一点点蛛丝马迹也行。现在光凭一双鞋就确定那位跳龙头崖被鲨鱼吃掉的中年妇女就是你家菜花，还为时过早。"

卫国有些着急了。他刚才跟姐夫约好了，待核实过泡沫凉鞋后通个电话。现在怎么说呀？卫国疑惑的目光盯着沈柏威问："老哥，一会儿跟我姐夫怎么说呀？"

"照实说。"沈柏威说着抬手看了看手腕上的表，"卫国，时间不早了，我请你和桃花吃个午饭。在咱们食堂好不好？"

卫国和桃花同时站起身。卫国一边往门口走，一边朝沈大队长摆摆手："谢谢沈大队长，我得赶回去，把这里的情况电话告诉姐夫，此时，姐夫在办公室等电话，肯定急死了。"

"也好！"沈柏威大队长把卫国和桃花送到楼梯口，提醒说，"按惯例，你们到当地派出所报个人员失踪案。我们这两天派人去西乡派出所，协助他们调查鲨鱼吃人案，最后会有定论。"

"谢谢沈大队长！"卫国和桃花心事重重地离开宝安县公安局大院。卫国将车开到附近一空旷建筑工地上，掏出大哥大。

桃花坐在汽车后座上，低声地抽泣着。

二十八

这里是一片空旷的拆迁工地。地上堆满了砖块和木椽。东南角有一小片樟树林。林边上有两座旧木板搭建的简易工棚，工棚的木板墙壁旁倚靠着拆下来的旧门旧窗。樟树林不远处是海边，海浪有节奏地拍打着沙滩，发出呼呼的声响。

卫国的车在这片樟树林停下来。他知道这里是深圳目前最大的一块旧城改造地块，拆迁工作刚扫尾，大批的建筑队伍还未开进来。这里还算安静。卫国拨通了陵阳县总机，请他们将电话转接到县政府办公室主任姚向东的办公室。

此刻，虽是吃午饭的时间，但姚向东没有离开办公室。

姚向东的心悬得越来越高，他在等卫国的电话。早晨一起床，他算算时间，菜花离家出走一晃已经过去一周了。一周时间，姚向东在焦急地等待，卫国、桃花拼命地在全深圳寻找。但等来等去，上午等来了最不愿听到的坏消息。卫国的朋友在深圳宝安县当刑侦大队长，他说龙头崖附近的海面发生了一起鲨鱼伤人事件。有目击者在龙头崖春游时亲眼看到一名中年妇女跳崖了。而且第二天在龙头崖西边的三龙湾海滩上捡到了一双泡沫凉鞋。虽然说是鲨鱼把跳崖的中年妇女拖走了，但没有留下半点蛛丝马迹。跳崖的那位中年妇女连个影儿也没有，但海滩上的那双泡沫凉鞋似乎能证明被鲨鱼吃掉的那名中年妇女的身份。卫国已经请自己的朋友去接桃花。桃花曾给菜花送过一双泡沫凉鞋。桃花熟悉送给菜花的那双泡沫凉鞋。再说，桃花还会在家找一找，如果菜花离家出走时穿的其他鞋子，那双桃花送给菜花的泡沫凉鞋还在房间里，那只能说明三龙湾捡到的那双泡沫凉鞋不是钱菜花的，那就是一场虚惊了。但愿是一场虚惊。姚向东自从知道妻子菜花离家出走的消息，他最不愿听到的消息就是菜花想不开，走上不归路。姚向东连想都不敢去想，现在居然听到这最不愿意听到的消息。他心里像大海的波涛汹涌翻滚。龙头湾跳崖的中年妇女，鲨鱼袭击的那位跳入海中的中年妇女的凄惨情景，那位中年妇女模糊面容渐渐地在他面前变得清晰起来。菜花！很像是菜花。姚向东是个有文化的人。自从听到菜花离家出走的消息后，他往坏处想，他往好处想，想来想去都是自己在想。其实，这种对菜花离家出走的去向猜测随着时间的推移，他的信心越来越不足了。悲观的情绪几乎完全笼罩着他的心头。

　　往好处想也好，往坏处想也罢，结果都是自己的一厢情愿。一会儿卫国打电话过来，什么就都清楚了。

　　等电话铃声响起来，这是姚向东最大的愿望。

　　姚向东两只胳膊撑在办公桌的玻璃台板上，双手托住下巴颏，低垂着头。他不知道什么时候眼眶里已经充满了泪水，热乎乎的泪水顺着脸腮往下巴颏流去，又从下巴颏滴掉在玻璃台板上。事情已经很明显了，钱菜花肯定是凶多吉少。想到这不幸的消息，姚向东心里升腾起一股强烈的自责感。他突然想到结婚之后自己好像欠了钱菜花一大笔债似的。自己总认为菜花嫁到姚家了，自己了却一个最大的心愿。自己也做了一回知恩图报的人。英雄救美人，美人以身相许，常常被人们传为佳话。现在自己是美人救帅哥，帅哥也对美人以身相许，这也是一段佳话。说实在的，菜花是个好姑娘，她从来没有把对自己的救命之恩记在心上。菜花特别有自知之明，她知道自己的条件相对差一些，她不是大学生，没有正式工作，家里不富裕。而我姚向东自从被菜花父女从天坑底下救了一条命后，一路顺风顺水。先是考上了大学，又分到了一个好工作，从政后仕途很顺，在县城里也算是个有头有脸的机关干部。自己去追求菜花，菜花总是回避。好在自己以身相许是真心的感恩，尽管半路上杀出个程咬金，但风波很快过去，自己与菜花成婚了。自己似乎了却了一个大心愿。从此，就把整个身子全扑到工作上了。工作一忙，一点儿也顾不上菜花了。

　　结婚后的这两年，菜花吃苦了。怀孕后，自己顾不上照顾菜花；生孩子难产，自己竟然不在菜花身边。要不是徐凤霞动用她父亲的关系，从泸阳市人民医院连夜把专家医生接到陵阳人民医院来，那一次从南方出差回到陵阳能不能见到菜花，还说不准。总算不幸中的万幸，孩子保住了，菜花也保住了生命。但那一次剖宫产后，菜花落下了后遗症。而自己呢，整天忙着陵阳大道拓宽工程的事儿，这里协调，那里协调，就是没有抽出时间去协调给菜花看病的事儿。菜花的身体一直时好时坏，精神状态也越来越差，而自己呢，一点儿也没有引起重视。直到怀疑菜花可能患上抑郁症，这才警觉起来，这才去书店里购买医药方面的书研究，这已经无济于事了。菜花病了，病得不轻，自己有责任呀！菜花是自己的救命恩人，自己以身相许，是知恩图报。但菜花却因为自己繁忙的工作得不到应有的关照，自己心里有愧，心里难过呀！想到龙头崖上跳下去被鲨鱼吃掉的中年妇女，姚向东的心头像插上了无数根钢针，揪心地疼痛。

　　此刻，姚向东既想听到电话铃声响起来，又担心铃声响起来。他不愿意龙头崖跳下海被鲨鱼吃掉的那位中年妇女是菜花的消息坐实。他甚至心里埋怨起来，但他不知道埋怨谁。不是都说好人有好报嘛！

菜花可是一个好人,一个大好人呀!怎么会被鲨鱼吃掉呢?

丁零零!丁零零!办公桌上的电话铃声急促地响起来。姚向东忽地从椅子上站起来,伸手拎起听筒,对着送话口,大着嗓门:"喂!喂!"

"我是卫国。"

"怎么样?"

"你别急。"

"西乡派出所从海滩上捡到的那双泡沫凉鞋送到刑侦大队啦?"

"送到了。"

"桃花接到刑侦大队啦?"

"来了!"

"姐夫!你听我慢慢说。情况不容乐观。看来菜花是凶多吉少了。"

"快说呀!"

"我说,你别急。姐夫!你千万不要急!"

谁知姚向东不知心里急于想知道结果,还是情绪失控,他对着话筒大着嗓门说:"卫国,你先别说,我问你几个问题。"

"你问。"

"桃花送给菜花的那双泡沫凉鞋在不在你家里?"

"菜花穿走了。"

"什么颜色?"

"深蓝色。"

"多大尺码?"

"38码。"

"那海滩上捡到的那双泡沫凉鞋请桃花对一下,不就行啦!"

"对过了。海滩上捡到的那双泡沫凉鞋与桃花送给菜花姐的那双泡沫凉鞋同颜色同尺码。"

"看来……"姚向东全明白了。从龙头崖上跳向大海的那位中年妇女肯定是菜花。泡沫凉鞋是浮水的。同色同码,桃花送给菜花的那双泡沫凉鞋又不在桃花家里,看来,一点悬念也没有。看来,菜花真是去了一个人们找不到的地方。但姚向东转念一想，跳到大海里，大家找不到，但宁静秀丽的地方是什么地方？反正不是大海。姚向东似乎心中又燃起了一丝丝的希望。他哽咽着说："卫国，沈柏威大队长在你身边吗？"

"我们已经从刑侦大队出来了。我是在一个建筑工地边上给你打的电话。"说到这里，卫国喉咙高起来，"姐夫，沈大队长说了，虽然泡沫凉鞋同色同码，但厂里不见得只生产一双呀！这就不能肯定海滩上捡到的这双泡沫凉鞋就是菜花的呀！沈柏威大队长说了，有这个可能！当然，从龙头崖上跳下大海的中年妇女最大的可能性是钱菜花，但不能肯定就是菜花。他们这几天抓紧调查。如果找不到任何关于鲨鱼吃人留下的痕迹，他们刑侦大队会出一份证明。"

"什么证明？"

"证明这件事。他们如实叙述，当然，跳崖被鲨鱼吃掉的那位中年妇女很可能是菜花。"

"还悬着呀？"

"沈大队长说了，只能悬着。他建议一是向当地派出所报案，说菜花离家失踪；二是去《深圳日报》刊登寻人启事。说不定很快有消息。"

"卫国，辛苦你了。沈大队长这么说，有他们的道理。但我们心里应该有数。这龙头崖跳海被鲨鱼吃掉的中年妇女十有八九是菜花。她患有中度抑郁症，不能控制自己的意志。"说到这里，姚向东尽管心里知道生还希望不大，但他更知道这消息对菜花家里人的打击有多大，他冷静下来，对卫国说，"听沈大队长的，我如实向组织汇报，你去所在派出所报案，另外，在《深圳日报》登一则寻人启事。"

"姐夫！你一定要挺住。"

"对了！桃花那边你做好工作，这边母亲还有杏花我来告诉她们。如实说吧，还有一丝的希望，千万不能说得那么肯定。同样的鞋厂家生产的同款同码鞋会很多……"姚向东心事重重地叹了一口气。真是难为姚向东了，他有一种又掉进天坑的感觉。他无能为力，只能照实说。他自己承受着巨大的压力，又不想让家人去承受。他要面对的不仅是丈母娘、小姨子，还有自己的父亲母亲和弟妹，还有那么多的好朋友和同事，还有组织上的汇报。姚向东心里乱得像一团乱麻，他感到有点束手无策。

挂了电话，姚向东急得满头大汗。姚向东一点也不觉得饿，心里怦怦直跳。突然，姚向东脸色煞白，眼前一黑，他趴在了桌上昏了过去。

二十九

仲春时节。

中午的太阳悬挂在蓝蓝的天空，白灼灼的太阳光洒下一片温暖，万物早已复苏。树木、草儿茂盛地生长着。一些花儿早已耐不住寂寞，在绿草丛中开出鲜艳的花儿，透出一阵一阵的清香，随着和煦的带着暖气的风儿飘向远处。机关大院里春意盎然，几只花白燕子轻盈的身影在竹枝丛中，在花圃里高高矮矮的树丛里穿梭般地飞来飞去。

机关食堂中午就餐的干部很多。吃过午饭，大家三个一群，五个一伙地走出机关食堂。大院里春风吹拂，鸟语花香。有些机关干部吃完午饭，不急于回宿舍，沿着花圃外的小径悠闲地散步。

吴景燕刚走出食堂，后面传来喊她名字的声音。她停住步子，扭头一看，大吃一惊。喊她名字的是市委研究室的副主任周宝民。周宝民见吴景燕扭过头来，嘿嘿一笑："景燕，怎么没见向东主任来食堂吃午饭呀？"

吴景燕一听，这才想起来，刚才在餐厅吃午饭时，扫了几眼，没有看见姚向东的影子。她心里有些纳闷，一般中午吃饭，姚向东都会到食堂来的。她知道，姚向东主任这个人时间很宝贵。吃过午饭，中午这阵子一般不休息。他会集中精力审阅文件。这个时段没有电话也没有人来打扰。食堂就餐快，可以省下不少时间。周宝民这一问，吴景燕一下子愣住了，不知怎么回答好。吴景燕朝周宝民副主任面前跨了一步，没有正面回答："吴主任，找姚主任有事？"

"没事！上次你们办公室的那份关于解放思想的调查报告写得不错。黄书记都表扬了。"

"过奖了！"

"听说是你吴秘书执笔的？"

"写得不好！周主任，你怎么知道的？"

"你们姚主任电话里说的。"

"周主任，你多指教。"

"说不上指教，学习学习！"

"周主任谦虚！找姚主任有事？我帮你去找他！"

"不找。随便问问！"周宝民说着，走到了吴景燕的身旁，边走边说，"听说你是宜阳市人？"

"对呀！"

"我也是宜阳市人！"

"老乡。周主任多关照呀！"吴景燕说着，心里明白，姚向东跟周宝民一定介绍过自己。要不然，周宝民不会知道我吴景燕也是宜阳人。想到这里，她的目光斜视了一眼走到身边的周宝民。周宝民一米七几的个头，长得壮壮实实。白净净的脸庞，眼镜片里的眼珠黑白分明，很有神。当吴景燕的目光似乎无意地落到周宝民的脸上时，吴景燕感觉到周主任那镜片里透出的灼人的目光。很明显，周宝民在近距离地注视着自己。吴景燕凭借着一个少女特有的直觉，她能感觉得到。周宝民是市委研究室的副主任，也是机关里的大笔杆子，吴景燕认识他。当然，周宝民也知道县政府办公室有个秘书叫吴景燕。五六天前，吴景燕到市委研究室参加市委召开的解放思想调研会。当时，吴景燕是代向东去参加会议的。吴景燕汇报姚向东请假的事儿，周宝民当时点点头，注视着吴景燕足有四五秒钟。当然，吴景燕没有往深处想。只是前几天姚向东主任给她说起周主任，并说到周主任也是同乡。那一刻，吴景燕女人的第六感，让她觉得她与周宝民之间会有什么事儿发生。想到那些事儿，吴景燕的脸上泛起了红晕。

周宝民步子走得快，很快走到吴景燕的前面。周宝民边走边说："吴秘书，没事来研究室玩。"

"一定。"吴景燕说完，朝周宝民的背影望过去，脸上热乎乎的。

吴景燕知道，一定是姚主任给周宝民介绍过自己的情况，包括那篇解放思想的调查报告。其实，那是整个县政府办公室同志调研的成果。自己只不过是执笔而已，而且姚主任还和大家认真讨论过那篇调查报告的框架结构。姚主任这是关心自己。想到这里，吴景燕看看手表，已经快一点了。没听说姚主任今天有什么大的活动，怎么这么晚了，还没到食堂吃饭。吴景燕心想，姚主任就是有什么材料要赶紧修改，饭还是要吃的。想想这些日子姚向东精神状态一直不太好，好像患了感冒，但又不咳嗽。总之，脸上发黄，一点血色也没有。作为姚向东的部下，又是个年轻的女同志，吴景燕一直不便细问。反正，吴景燕总觉得姚向东整天心思很重。但转念一想，也真是应了能者多劳那句话。领导给姚主任压担子，但担子也压得太重了些。又是招商引资，又是陵阳大道拓宽改造，本身县政府办公室这一大摊子事就忙得焦头烂额了。也可能这些日子姚主任忙累了，身体不舒服。

想到这里，吴景燕的心悬了起来。心里有些奇怪，这一周，姚向东主任很少出门去，总是待在办公室里，会不会真的病了？吴景燕留了个心眼，穿过小花圃里的小径，拐个小弯，往姚向东办公室的玻璃窗外的小路上走过去。她知道，姚向东办公室的玻璃窗外有一蓬翠竹，从翠竹旁可以透过玻璃看到办公室里的情况。但在办公室里的人不一定注意到窗外。

花圃四周的冬青树枝叶茂盛，中午灿烂的阳光洒在翠绿肥硕的叶片上，泛起绿茵茵的光泽。花圃里的月季花鹅黄色、淡红色、粉红色，色彩缤纷，迷人的香气随着午阳下的春风飘过来，吸进鼻腔里，透进肺腑中。几只漂亮的花蝴蝶在花蕊里俯伏着，吸吮着花的香甜汁水，心满意足之后从花朵上飞起，在花叶丛中跳起了欢快的舞蹈。

春天真美！

吴景燕无心欣赏这大院里的满园春色，想到了刚才周宝民关心姚主任吃午饭的事，心里有些隐隐的担忧。她知道，这些日子姚向东的工作太多太杂了。你说，县委书记黄万和召集的解放思想调研汇报会，这是一次多么重要的会议。但他请了假，让自己去代会。他要在办公室接一个长途电话。招商引资是第一要务，姚向东把招商引资放到了头等位置。他请假没去，反而得到了黄书记的表扬。这说明什么？说明姚向东主任工作忙到了点子上。但工作是做不完的。你一个人再能干，也不能把所有的事儿都做完，再说，人的身体也吃不消。这样大的压力，这么多的工作，姚向东迟早会累趴下的。这一周姚向东的脸色一直发黄发白，精神不足，气力不够。吴景燕看在眼里，担忧在心里。她知道姚向东是个好强的人，他不会去给领导和同志说困难，他会把天大的压力埋藏在自己的心里，默默地一个人承受。

吴景燕走在花圃间的小路上，步子迈得很慢，有时还会停下步子，目光在花圃的月季花上扫来扫去。她似乎在散步，在悠闲地欣赏着春天的美景。

从食堂里就餐出来的机关干部，三三两两地从吴景燕身边走过去。熟悉的搭讪几句，不熟悉的一擦而过。吴景燕一边欣赏花圃里的春色，不知不觉地来到姚向东办公室窗外的小路上。路上的行人很少，吴景燕若无其事地走到姚向东玻璃窗外边的那蓬翠绿竹丛边上。她抬手拉弯一根软软的新竹竿，面对着嫩绿的竹叶，好像发现了什么新大陆似的，聚精会神地在欣赏。其实，她用眼角的余光，透过翠绿枝条间的窗隙，朝姚向东办公室里瞅了几眼，心中一愣，姚向东在办公室。

吴景燕透过玻璃窗，清晰地看到姚向东屁股坐在办公桌前的椅子上，整个身子趴在办公桌上，手臂往里弯曲，额头搁在手掌上。从玻璃窗看过去，姚向东似乎在睡午觉。吴景燕转念一想，好像有点不对劲。姚向东既然上午在办公室办公，中午为什么不去食堂吃饭呢？不去食堂吃饭，也可以去家里吃午饭呀。他家就在机关大院宿舍区。再说，他丈母娘在他家里带外孙女，一天三顿饭烧得好好的，姚向东什么时间回到家里都能吃上热饭热菜。再说，姚向东的家就在机关大院宿舍区，要睡午觉可以去家里，从办公室到他家慢慢走过去就七八分钟。今天怎么啦？陪客，不能这么早就回到办公室。会不会这些日子工作繁忙，真的累了。也许是真的累了，先趴在办公桌上眯一会儿。吴景燕往竹丛里边走了两步，透过窗上的玻璃，看到姚主任一动不动地趴在办公桌上，似乎睡得很熟。她感觉到有点儿不对劲，心里打了个咯噔，姚主任会不会身体不舒服？联系到这些日子看到姚主任一脸疲惫的样子，吴景燕心里紧张起来。她从竹丛中退出来，沿着小路绕到办公楼门厅，沿着走廊径直来到姚向东办公室门口。她轻轻地敲了三下门。办公室里一点儿反应也没有。咚咚咚，她又敲了三下，声音明显响了许多，但办公室里还是没有一点反应。吴景燕有点奇怪。中午睡觉不可能睡得这么沉。这么响的敲门声，应该听得到，怎么没有一点反应呢？刚才从玻璃窗里看得清清楚楚，姚向东明明趴在办公桌上睡觉。难道这几分钟的时间差，他去食堂吃午饭去啦？吴景燕轻轻地推了推门。姚向东办公室的门没有锁，虚掩着。吴景燕把门推开，办公室里静静的，墙壁上的壁钟嘀嗒、嘀嗒的声音听得清清楚楚。吴景燕目光朝办公桌上一瞅，姚向东还趴在办公桌上，还是刚才从玻璃窗上看到的那个姿势，还是一动不动。吴景燕感到诧异，不知怎么回事，轻声喊道："主任！主任！"

姚主任似乎睡得特别熟，没有一点反应。吴景燕心里一沉，浑身紧张起来。她提高了嗓音："姚主任！吃中午饭啦！"

姚主任仍然趴在办公桌上，一动不动。吴景燕连跨两大步，走到姚主任的背后，用手推了推姚主任的胳膊。胳膊机械地往里移了一下，姚向东还是趴在那里。吴景燕慌了，大着嗓门喊："姚主任！你醒醒！姚主任！你醒醒！"

姚主任仍然没有反应。吴景燕用手摸了摸姚向东的脸腮，哇地尖叫起来。姚主任的脸滚烫。姚主任病了，而且病得不轻。此刻发高烧，肯定是昏迷过去了。吴景燕用手使劲地推推姚主任的后背，还是没有反应。吴景燕万万没想到姚主任会突然病得这么重。吴景燕这些天看到姚主任脸色不好看，总感到姚主任精神状态不好，一副心事重重的样子。她以为主任这些日子工作繁忙，忙累了。好几次，吴景燕还提醒姚主任要注意休息。但每次提醒姚主任，姚主任总是轻松地一笑，用手拍拍胸脯说："没事儿！"

吴景燕长这么大，还没有碰到过这个场景。她急得两只手直搓，团团转。她的脑海里霎时闪过一个可怕的念头，姚主任会不会突然……她没有想下去，抬起手，伸出中指和食指，往姚主任的鼻孔下一放。她感觉有一阵一阵的轻轻的呼气。她的心平静了一下，赶紧拿起话筒，迅速地给自己所在的大办公室拨了个电话。

电话还没有接通，吴景燕就大着嗓门喊："喂！喂！喂喂！"

"叫什么叫？你是哪里？"

"我是吴景燕。"吴景燕语气着急，声音更高，"刘副主任你听不出我的声音？"

"景燕，你好！还真没有听出来。"办公室副主任刘民祥一听是吴秘书，赶紧打招呼。

"刘副主任！办公室还有谁在那里？"

"小张。还有小钱和小曹在操场上打羽毛球。"刘副主任听吴景燕的口气很着急，连忙问，"景燕，你在哪里？出什么事啦？"

"我在姚主任办公室。出大事啦！"

"怎么啦？"

"姚主任病了，正在发烧。"

"怎么一点也不知道？"

"他昏迷过去了。估计是发高烧引起的。"吴景燕顿了顿，"中午吃午饭，我从食堂过来，路过姚主任办公室，透过玻璃窗，看到姚主任趴在办公桌子上，一动不动。中午吃完午饭，研究室周宝民副主任问我，怎么没有见到姚主任到食堂吃午饭。我以为周主任要找姚主任，就来到姚主任办公室门口。敲门没有应答。我一推门，门虚掩着，我连喊几声，姚主任还是一动不动地趴在办公桌上。我顿时紧张起来，摸了摸他的脸，滚烫滚烫的。再推推姚主任，仍然没有反应。

才发现他昏迷了。"

"怎么办？"

"你赶快给陵阳人民医院打电话，让他们派救护车过来，赶紧送姚主任去医院急救！"

"我立即打电话！"

"让小张、小钱、小曹赶快到姚主任办公室来。"

"好！"

吴景燕放下电话，目光在办公室里焦急地扫了一圈。姚主任正在发高烧，在送往医院急诊治疗之前需要赶快物理降温。吴景燕想起了小时候，乡下老人小孩发烧时，家里人总会打一个凉水毛巾把子，放到病人的额头上。想到这里，她三步并作两步跑到洗脸盆架旁，把毛巾丢在洗脸盆里，端着脸盆就往盥洗间跑去。吴景燕心里着急、担心，来到盥洗间，打了一个毛巾把子，就很快回到姚向东办公室。她很细心地把毛巾抖抖，叠了几叠。由于姚向东趴伏在办公桌上，她只好两手拽住毛巾两头，中间贴着姚向东的额头。她不敢乱动。吴景燕拽着毛巾两头，目光盯着办公室门口。

不一会儿，小张、小曹、小钱三位男同志出现在办公室门口。看到姚主任趴在办公室桌上，又看到吴景燕两只手拽着毛巾两头正在给主任用冷毛巾物理降温，一个个焦急地走到办公桌前。小曹个头大些，又很有力气。他用手靠了靠姚主任的额头，惊出了一身汗，着急地说："快！大家搭把手，我来背主任去人民医院急诊室！"

"不能动！"吴景燕高着嗓门，"我们不知道主任究竟犯的什么病，万一因发烧引起心脏不适，这时候不宜乱搬动病人。"

"景燕说得有道理。"小张用手拉住小曹的胳膊说，"刚才，我在办公室，刘副主任正在给陵阳人民医院打电话要救护车。这里离陵阳人民医院不远，救护车一会儿就到。"

小张的话音刚落，远处传来了救护车警报器的声音：

嘀……嘟，嘀……嘟，嘀……嘟。

笛声由远而近，越来越响。

不一会儿,从门口朝不远处的篮球场望过去,只见一辆乳白色的救护车渐渐地放慢车速,停在篮球架下,车顶上的警示灯还在不停地闪烁,警笛声一声高过一声:嘀嘟!嘀嘟!嘀嘟!……

小曹、小钱赶紧走出办公室,朝篮球场奔去。两名穿着白大褂的医生带着软担架,快步走下救护车,在小曹、小钱的引导下,很快来到姚主任的办公室。

一名医生从白大褂的大口袋里取出听诊器,把听诊器往脖子上轻轻地一挂,然后将两个小听筒像耳塞子似的塞到左右耳朵里。这名医生握住听诊器的传感器,伸进姚向东的内衣里仔细地听了听,又摸了摸姚向东主任的额头,轻声说:"没有大碍!这些日子累了,着了风寒。此刻,可能又遇到什么着急的事儿,昏过去了。到急救室检查一下,对症下药。"说着,指挥大家放下软担架,又指挥大家轻手轻脚地将姚向东扶到软担架上。

小曹、小钱抢着抬起担架往办公室门外走。两名白大褂一左一右扶着担架的边沿。刚才拿听诊器的那位医生边走边问,吴景燕紧挨着医生边走边答。

"办公室很忙?"

"他是我们办公室姚向东主任。"

"姚主任今年多大岁数?"

"应该三十刚出头吧!"

"中午怎么不回家?有没有吃午饭呀?"

"没有。"

"空腹!"

"这些日子工作怎么样?"

"忙得不可开交!又是陵阳大道拓宽,又是招商引资,还有办公室一摊子事,他是办公室主任,能不忙吗?"

"难怪,一脸疲惫不堪的样子。人疲劳了,免疫功能会降低,再受些凉,会生病的。他这是受累、受凉感冒了,发烧,加之中午没有吃饭,空着肚子会突然昏厥过去。"

"唉！我们也不清楚。"

"看他的眼眶都发黄发黑了。看来，好多天睡不好觉了！"

"这不太清楚。"

"唉！工作再忙再多，饭还是要吃好，觉也要睡好。"

姚向东被抬上救护车，吴景燕和刘民祥跟着上了救护车。

救护车发动起来，顶上的警示灯不停地闪烁着，警笛声在中午寂静的机关大院响起来。正在办公室午休的不少机关干部，听到救护车那凄凉的"嘀……嘟，嘀……嘟"的响声，不知出了什么事，纷纷跑出办公室，朝篮球场望过去。

救护车缓缓地驶离篮球场，沿着机关大院的林荫大道，朝大门方向开去。

小曹、小钱快步往陵阳医院走过来。在机关大院的路上，不时有从办公室里跑出来的同志关切问小曹、小钱。

他俩不知道怎么回答，只是似是而非地点着头。

人们只知道姚向东突然病了，而且还病得不轻。大家都知道姚向东是坐着救护车去的医院。

姚向东肯定病得不轻。姚向东才三十出头，身强力壮的，怎么会说病就病了呢？大家纷纷猜测：姚向东得了啥病呀？

三十

姚向东被送进了急救室。

吴景燕和副主任刘民祥守在急救室门外。他俩焦急地等待着。谁知，两人在急救室门外等了不到十分钟，急救室的门缓缓地打开了。一位医生从门里探出身子，朝大家摆摆手："别急，刚刚苏醒了，没有什么大碍。就是饿了，累了，感冒发烧。我们一会儿处理一下，送到病房去休息！"

"谢谢医生！"刘民祥副主任和吴景燕听了医生的话，有些不敢相信自己的耳朵。怎么到了急诊室才十分钟光景姚主任就苏醒了？两人几乎异口同声地对医生说。

刘民祥和吴景燕悬着的心顿时放了下来。刘副主任望着又缓缓关上的急救室大门，有些疑惑地问吴景燕："景燕，我们姚主任这是怎么啦？说病就病了！"

"我也不知道。反正这些日子看他心事重重的，脸上也没有好气色。"

"是的。我也看出来了，这些日子姚向东脸色发黄。我提醒过他，让他注意休息。他总轻松地一笑，说没事。"

"刘副主任，我也看出来，他太累了。对了，你看他的眼窝发黑，眼袋都肿了似的，肯定没有睡好觉。"

"现在是仲春时节，青年人瞌睡上门的时节。怎么回事呀，睡不着觉？我们是春眠不觉晓，睡到闻啼鸟！"

"说不清！"

刘民祥听到姚主任苏醒过来，又没有什么大病，感冒算什么呢，挺一挺就过去了，心里一下轻松多了，跟吴景燕来了句幽默。

小曹、小钱气喘吁吁地赶到急救室门外，看到刘民祥和吴景燕几乎是异口同声，着急地问："主任怎么样？"

"放心！没啥事！"吴景燕轻松地朝急救室方向指了指说，"刚才医生说了，主任已经苏醒了。"

"啥病呀？这么急？"

"没啥病！感冒呗！"

刘民祥插了一句："饿的，累的，工作忙急的。"

吴景燕不知是心疼姚向东，还是想到什么事儿，朝小曹、小钱瞥了一眼，语气挺认真："我们这些当秘书的，看来要为主任多分担，要多勤快些。"说完，朝刘民祥副主任努努嘴："刘副主任，给你们几个主任提个意见，你们有些事忙不过来，多给我们分任务，放心，压不垮的！"

"压不垮的！我们是秘书，做死的事儿，不需要动太多的脑筋。"

小曹说完，小钱接了一句："我们刚分来，浑身使不完的劲！"

刘民祥满意地笑了："放心，等姚向东身体恢复后，我给他提意见！"

"压力要往下传递！"吴景燕加重语气说。吴景燕知道姚向东这些日子工作比较忙，压力大。要不然，上周县委黄书记召集全县解放思想调研会，姚向东绝对不会请假，绝对不会让自己一个秘书去代会。他肯定有很多事儿压在自己的心里。也许这些事儿，他认为我们办公室的同志一时帮不了忙。反正，吴景燕能感受到姚向东心中的巨大压力，但吴景燕不知道究竟是什么压力，让姚向东主任非得一个人担着。

午后的太阳从宽大的玻璃窗透进来，把急救室外的走廊照得亮堂堂的。急救室走廊拐角处摆放着两盆三角梅，它虽然没有牡丹花的外表美丽，婀娜多姿，但三角梅是一种热烈奔放的花卉，又是一种倔强顽强的植物，它开着一簇簇鲜红的花，像一团一团燃烧的火焰，在春天阳光的照射下，默默地怒放。吴景燕凝望着拐角处的这两盆三角梅，突然联想到办公室的工作，联想到办公室和自己一起工作的领导和同事，心里有些微微的激动。眼前的三角梅没有玫瑰花的娇柔，也没有春梅、冬梅、蜡梅等同类植物的华丽芬芳，更没有杜鹃、海棠、牡丹花那种明媚、灿烂、耀眼的光环。但三角梅那鲜红的一簇簇花就是一团团火焰，无论大江南北、平原洼谷、丘陵高原，还是繁华富裕农庄、寒居贫宅，它那平凡的身影随处可见。吴景燕情不自禁地朝那两盆三角梅一指赞赏地说："大家看，这三角梅开得多艳呀！就像一团火似的！"

大家随着吴景燕的手势，目光全落到拐角处那两盆三角梅的花片上。

突然，急救室门上方的红十字灯闪烁起来。大家的目光又全朝急救室大门望过去。

急救室大门缓缓地打开了。两名护士推着一张移动病床，缓缓地推出了急救室大门。

刘民祥、吴景燕还有小曹、小钱赶紧围上去。两名护士停住步子，朝大家示意，并提醒大家："病人需要休息！"

大家的目光注视着移动病床。雪白的床单，雪白的枕头。姚向东穿着条形病号服，静静地躺在病床上，眼睛微微地闭着。

大家自觉地朝两边让了让，一个个屏住呼吸，目光凝视姚向东那有些泛红的脸腮。大家明白，这个时候，姚向东最需要休息。有什么事儿，等姚主任到了病房里再说。

两名护士推着姚向东的病床穿过走廊，又推过一条露天的过道，径直往病房推过去。

吴景燕是个女同志，心细。她悄悄地走到两名护士的身旁，一只手搭着移动病床，轻声地问护士："是住院处吗？"

"对。是住院处外科病房。"

"几号病房？"

"312病房。"

"单间？"

"单间。领导安排的。"

"谢谢！谢谢！"

突然，姚向东的眼睛睁开来，朝大家扫了一眼，有些着急地说："惊动大家，不好意思！"

"姚主任，你别说话，要静养。你太累了。医生说了，疲劳容易降低免疫力功能，容易感冒发烧。"

"中午在食堂吃饭，你没有去。周宝民副主任问我，我也不知道。我到你办公室，顺便看看，想不到你昏倒在办公桌上。你趴在那里，一动不动。我喊你几声，你不答应；我推推你的胳膊，你一点反应也没有。我真吓死了，赶紧找人。周宝民副主任还不知道呢！"

吴景燕一口气说完。姚向东着急了，抬起被单里的手臂，伸出被单，在病床沿敲了敲说："你别说了，我不是饿晕的！也不是累晕的！"

"那是怎么回事呀？"刘民祥着急地接过姚主任的话头问。

"大家都在这里！不瞒大家，我是急晕的！"

"急晕的？"刘民祥、吴景燕还有小曹、小钱一听，满脸的诧异，几乎异口同声，"什么事急的？！"

"天大的事！"姚向东痛苦地摆动了一下手臂，说，"刘主任，麻烦你一件事。"

大家一听，全惊愕住了，诧异的目光盯着躺在移动病床上的姚主任，心里急切地猜测：出了什么事啦？天大的事！难怪急晕过去。

刘民祥快走了几步，随着移动病床往前走，边走边说："姚主任，你说，我来办。"

"刘主任。我家发生大事了。"

"什么大事，主任你快说呀！"

"菜花没了！"

"你妻子菜花？"

"对呀！菜花这些日子在深圳她妹妹那里治病，上周离家出走了。今天接到连襟卫国打来的长途电话。说菜花患了中度抑郁症，上个星期出走。他们在深圳找了一周，没有见到菜花的影子。今天上午发现了菜花的踪迹。可能人没了。哎哟，一句两句说不清。刘民祥主任，麻烦你告诉张立仁副县长和刘立平县长，我要当面向他们汇报。"说到这里，姚向东长长地叹了一口气。

两名护士把移动病床推到312病房里，挂好输液瓶，并调好输液管控制大小的按钮。安顿好姚向东，其中一名高个子护士对刘民祥、吴景燕等同志说："病人需要安静，你们留一两个同事陪护就行了。"

刘民祥示意吴景燕留下来照顾姚主任，自己和大家回办公室。他要把姚主任的情况赶快向县委领导汇报。刘民祥临走时，走到病床边，抬手靠了靠姚向东的额头。烧好像退了。看来退烧针打得及时，很有效。刘民祥明白，姚向东中午在办公室昏厥过去，一是受了风寒，二是累了饿了，加之突然听到妻子菜花出走的消息，急火攻心，说病就病了。谁能承担得了这天大的事儿。他拉了拉姚向东的手，轻声地安慰说："主任，天大的事儿急也不是办法。这两天你先耐着性子养病。我马上就回办公室给领导汇报。让他们过两天来听你报告。"

"过两天？"姚向东急了，手臂直晃说，"民祥，一天也等不了。麻烦你告诉刘县长、张县长，我有急事要汇报。"

"事情再急，也要等身体好些呀！"

"我身体没大事。菜花的事再憋在心里会憋死我的。"

"主任，要不这样，你先简单地说一下，我先代你给刘县长、张副县长汇报。过几天，身体好些后，你再当面向县领导详细汇报。"

"对呀！刘副主任说得对呀。你先简单说一下，让刘副主任代你汇报。"大家都很着急。遇上这档子事，真是难为姚主任了。妻子已经一周未回家了，真要是有个三长两短，老的老，小的小，姚向东今后的日子怎么过呀！再说，妻子没了这么大的事儿当然应该尽快向组织汇报。但姚向东现在的身体状况，心理上的压力也是可想而知的。姚向东这人当办公室主任，工作特别尽力，也比较随和，同事之间感情深。大家都为姚主任家的不幸捏了一把汗。

"不行！真的不行！"

"怎么不行？"刘民祥急了，大家也急了。吴景燕的眼泪都溢出了眼眶，恳求姚主任："你就听刘副主任一句话，你就听大家一句话，让刘民祥代表你先向县领导报告。"

"三句两句话说不清楚！真的。"姚向东说着，眼眶红了，急得气喘吁吁的。

刘民祥一看，也不知道菜花出走失踪还有什么难言的事儿，不便再强求，只好朝姚主任点点头说："主任，你别急，听你的。"说完，朝小曹、小钱招招手，扭头走出病房。

吴景燕给姚主任倒了杯开水，放到床头柜上，对姚主任安慰起来："姚主任，天大的事儿，急，解决不了问题。嫂子虽然患了中度抑郁症，但不会就这么走出去，就这么没了。你先安心把身体养好！"

"你不知道内情！"

"什么内情？"

"说不清楚。我要向县领导报告，听听领导的指示，要不，我会憋死的。"

吴景燕想到一句古话，家家都有一本难念的经，顿时沉默了。

午后红彤彤的太阳被越来越多的云块遮住了，天空黯淡下来。吴景燕望着窗外有些灰暗的天空，心里沉沉的。

三十一

姚向东静静地躺在病床上，眼睛微闭着，心里乱糟糟的。现在姚向东的心里就像一个大水库。一场突如其来的暴风雨，水库水位猛涨，如不宣泄出去，水库堤坝非崩溃不可。他已经到了心理承受的极限。自从听到妻子菜花离家出走的消息后，他心里就像暴风雨后的水库，涨满了洪水。他把这汹涌的洪水全堵在自己的心里。随着时间一天一天过去，卫国一天一天打来令人失望的长途电话，姚向东知道，自己往好处去想的愿望落空了。昨天，姚向东开始往坏处想，毕竟妻子菜花最后的来信说的话模棱两可，毕竟妻子患有中度抑郁症。菜花是一个好强的人。她为我姚向东什么都做得出来，要不怎么会离家出走呢！开初，总以为菜花在深圳离家出走，人生地不熟，卫国、桃花总会找到菜花。谁知，六七天过去，连个菜花影儿也没有见到。姚向东慌了，心里压着的这块大石头越来越沉。心中蓄积的洪水越涨越高。他整夜不能入眠，白天还要应付大量的工作。他心力交瘁。他开始往坏处想。谁知，今天上午卫国就从宝安区刑侦大队朋友那里打来电话说，宝安区的西乡龙头崖前天发生了一位中年妇女跳崖事件。有目击者称，在龙头崖下的海上发现鲨鱼。但没有见到人，只有一双泡沫凉鞋第二天漂到了三龙湾的海滩上。卫国当即派朋友把妻子桃花接到刑侦大队去确认。结果，那双泡沫凉鞋与桃花几个星期前送给菜花的那双泡沫凉鞋同码同色。当然，卫国电话中说，他那位刑侦大队长朋友沈柏威说，同码同色的泡沫凉鞋厂里不会只生产一双，不能确定从龙头崖上跳海的那位中年妇女就是钱菜花。沈大队长从专业的角度说得有些道理，但姚向东一听，心里清楚得很，鞋色鞋码相同，还能有谁？天下哪有这么巧的事，偏偏还有另外一位中年妇女穿着同色同码的泡沫凉鞋也到龙头崖跳海。不可能！绝对不可能的事儿。菜花没了！肯定没了！当时，姚向东由于这六七天一夜也没有睡好觉，加之受寒感冒有点儿发烧。听到卫国说到三龙湾海滩捡到的那双泡沫凉鞋同色同码，姚向东一急，头一晕，浑身一软，就趴到了桌子上，失去了知觉。

妻子菜花离家出走，现在又听到龙头崖跳崖事件，菜花没了。菜花没了，菜花突然没了，亲朋好友同事怎么说？组织上怎么解释？姚向东相信组织，相信亲朋好友，相信同事们，但千头万绪从哪儿说起呀！如果把姚向东心里憋着的这些话儿、事儿比作一个巨大的蓄水库，那他心里这道坝要开出几十个口子同时泄水，才能迅速地释放出他心里的巨大压力。毕竟从知道菜花从桃花深圳家里出走的消息后，姚向东一直抱着找到菜花的希望，这六七天下来，心理压力像夏天暴风雨前的乌云，越积越多，越积越厚。他要向多少人去说，去解释，那就像泄洪闸一样，口子越多泄得越快。要不，姚向东的心理压力会将他彻底压垮的。

姚向东终于被压垮了，中午昏倒在办公室。

吴景燕找到了一张小机凳，摆在姚向东的床边。她坐在机凳上，目光盯着微微闭上眼睛的姚向东，一声不吭。她知道姚向东此刻的脑海里肯定是开锅了。一句两句话说不清，还要坚持带病向县领导汇报。这绝不是小事，这绝不是简单的事。是什么事呢？吴景燕拼命地想，但怎么也想不到究竟菜花出走为什么那么复杂。说句不好听的话，就是菜花没了，怎么会那么复杂呢？菜花是个好姑娘呀！又是姚向东的救命恩人。姚向东也是个好主任呀，知道知恩图报。当年，凤霞姐曾追过姚向东，但凤霞姐不知道当年姚向东与菜花的天坑传奇故事。不知不为过。听说菜花偶然看到凤霞姐写给姚向东的信，选择主动离开姚向东。但凤霞姐也选择了离开姚向东，离开陵阳县。姚向东与钱菜花终成眷属，演绎出一段动人的美人救帅男，帅男以身相许的传奇故事。菜花出走了，啥事让她非得出走？菜花找不到了。事情怎么会变得这么复杂？怎么会一句两句话说不清楚呢？吴景燕越想越有些不太理解。她只能用一句话来说服自己：家家都有一本难念的经。

吴景燕不忍心打扰姚向东，也微微地闭上眼睛。

病房里静静的。

窗外，天阴下来。窗户开了一道缝隙。春风带着院子里的花草清香味儿飘进病房。

刘民祥离开陵阳县人民医院，直奔二号楼的县长办公室。本来，刘民祥想先去自己办公室，给张立仁副县长打个电话，把姚主任生病住院的消息告诉领导。但转念一想，姚主任是中午被救护车接走的，整个机关大院都传开了。关键问题现在不是生病的事，是姚向东妻子在深圳找不到了。连姚向东自己一句两句话都说不清楚，自己在电话里怎么说得清楚呢！不行！得赶快去张立仁副县长办公室当面汇报。刘民祥从姚向东躺在病床上那痛苦着急的表情，知道姚向东有难言之隐要给组织汇报。刘民祥想到这里，加快了步子，很快来到张立仁副县长的办公室门口，抬手轻轻地敲了三下门。

"请进！"门里传来张立仁副县长的声音。刘民祥轻轻地推开张副县长办公室的门。一进门是接待室，一张双人沙发，两张单人沙发，沙发前有一张长条茶几。这些刘副主任再熟悉不过了。他知道，张副县长在办公室里，大步径直往里跑。才跑了两步，就听到张副县长说："民祥呀！沙发上坐！"

"我有急事要汇报！"

"我也有急事要找你！"

刘民祥说完，站到一张单人沙发旁，目光朝里间望去。张立仁副县长已经从椅子上站起来，把捧在手里的文件夹往玻璃台板上一放，往接待室走过来，边走边说："中午救护车到大院怎么回事呀？"

"姚主任病了！"

"什么病呀？急病？"

"不是！"

"不是急病，用救护车？"

"我就是来汇报这事的。"

"坐下慢慢说！"张立仁副县长朝单人沙发指了指，示意刘民祥坐下说。

刘民祥气喘吁吁地坐下来。张副县长也在刘民祥坐的单人沙发边坐下来，关心地说："刘副主任，你怎么气喘得这么急呀？"

"刚从陵阳人民医院过来。姚向东住院了。"

"慢慢说。"

"中午，姚向东没有去食堂吃饭。吴景燕秘书不放心，去姚向东办公室一看，姚向东趴在办公桌上一动不动，把吴景燕吓得不轻。我们赶紧从人民医院喊了救护车，立即把姚主任送到医院急救。"

"情况怎样？"张副县长急切地问。

"还好，感冒发烧，到急救室打了一针，很快苏醒过来，正在输液。"

"医生怎么说？"

"医生说，可能中午未就餐，也可能发烧突然昏厥过去。没有大碍。"

"很可能你们办公室这些日子工作繁忙，累的。"

"不完全是。"

"那怎么会突然昏厥过去？"

"菜花没了。"

"菜花不是姚向东的妻子吗？"

"对呀！"

"菜花没啦？在哪儿没啦？"

"在深圳。"

"深圳？怎么会跑到深圳去？"

"深圳有菜花妹子桃花。"

"我知道，去深圳玩玩。"

"不是。菜花生了孩子后，一直有后遗症。"

"这我知道。"

"前些日子,心情一直不太好。春节后,桃花把她姐带到深圳去看病,结果诊断为中度抑郁症。"

"中度抑郁症?"

"是的。关键是上周菜花从她妹子家出走了。"

"出走?"

"是的。"

"找到没有?"

"没有。听说有一点消息。不好的消息。"

"什么不好的消息,快说呀!"

"姚向东说,他要当面向你和刘县长汇报。"

"当面汇报?"

"看来他之所以在办公室昏厥过去,还不单是累的。"

"不是累的?"

"是急的。这是姚向东自己说的。"

"他现在身体情况怎样?"

"苏醒过来后,可能治疗及时,恢复还算好。"

"住在几号病房?"

"312病房。"

"刘副主任,妻子找不到了,对姚向东一家来说,那就是天大的事儿。走!陪我看看去!"

"好!"刘民祥从沙发上站起身,走到张副县长办公桌前,拿起听筒,拨了个号码,对张副县长说,"我要辆车,陪你去!"

"好!要快!"

一会儿,二号楼门厅前驶来了一辆军绿色的吉普车。吉普车哧的一声停下后,连按了三声喇叭。

刘民祥听到汽车喇叭声,知道车子来了。他赶紧招呼张副县长。两人走出办公室,上了车。

刘民祥朝驾驶员挥了一下手说:"去县医院。"

汽车发动了。突突的发动机响声伴着喇叭声把门口大槐树上几只花白喜鹊惊飞起来，盘旋了一圈，朝远处飞去，不一会儿飞得无影无踪。

汽车出了机关大门，往左一拐，上了陵阳大道的便道，左摇右晃地朝陵阳县人民医院开去。

三十二

窗外天空的云层越来越厚。起风了，风越刮越大。花圃里的竹条被风吹得不停地摇动，玻璃窗没有亮光，病房里暗下来。

吴景燕坐在杌凳子上，静静地坐着。她的目光一会儿盯视着悬在铁架子上的输液瓶，望着输液瓶中的一个一个往上冒的小气泡发呆；一会儿又把目光落到姚向东脸上。姚向东微闭着眼睛，输液针头插着的右手臂不好动。但脑袋不时摆动，一会儿侧往左边，一会儿又侧向右边，一副烦躁不安的样子。吴景燕心里明白，此刻的姚向东正焦急地等待县领导到来。他有重要的事儿要向县领导汇报。他心里急。妻子菜花离家出走找不着了，这是大事儿。但姚向东要向县里领导汇报的事儿肯定比妻子菜花出走还要大。要么就是家里的隐私，不便在同事面前先抖出来。毕竟他是县里的办公室主任，是我们的顶头上司。

吴景燕尽管心里不停地猜测，心里很是着急，一副烦躁不安的样子，但不便问。

天阴下来，房间里不太亮。吴景燕站起身，走到门口的拉线开关旁，用手捏住拉线绳，咯噔一声拉亮了电灯。顿时，房间亮堂堂的。

吴景燕走到病床边，朝输液瓶望了望，赶紧朝门口喊："护士在吗？"

刚才推移动病床的那个高个子护士快步走过来，边走边答："在这儿。"话音刚落，已经来到了312病房门口。

"输液瓶快空了。"

走到病房门口的高个子护士朝病床边走过去，动作娴熟地拔去姚向东手臂上的输液针，并用棉球按住针孔处。吴景燕眼疾手快，伸出手指帮姚向东按住棉球。肌肤的接触让吴景燕产生了一种莫名其妙的感觉，但这种感觉似乎一刹那就消失了。

"景燕，我自己按！"姚向东抬起头，挣扎着想坐起身，但因头有点发晕，浑身无力，没有力气坐起来。姚向东抱歉地叹了一口气："给大家添麻烦了。"

"好些了吗？"吴景燕按着姚向东手臂针孔上的酒精棉球，朝姚向东微笑着问。

"稍微好些了，但头还有些晕。"说着目光盯着天花板，"看上面的电灯都在旋转似的。"

"你平躺好！千万别乱动！"吴景燕看看手表，估计时间到了，把酒精棉球扔进竹篾垃圾桶里。

吴景燕知道此刻姚向东的心情。钱菜花在姚向东的心里不仅是妻子，而且是姚向东的救命恩人。妻子菜花在深圳突然离家出走，说是中度抑郁，但究竟什么情况谁也不知道。看着姚向东焦躁不安的样子，吴景燕估计没有那么简单。要不姚向东不会说一句两句话说不清楚，要不姚向东也不会中午听到消息后急得晕过去。到医院抢救后，才到了病房就急着要向县领导汇报。吴景燕在心里不停地猜测，默默地在机凳上坐下来。

"县领导什么时候来？"姚向东有些着急。

"我不知道呀！民祥早去了二号楼。"

"应该快了！"

"主任，你别着急！急火攻心！"

"景燕，你可不知道，我这心里……"

"心里堵得慌！"

"堵了六七天了。以为菜花出走会回来。谁知，今天中午等来了晴天霹雳！"

"千万别急！急坏了身体怎么去找菜花呀！"

"唉!"

"菜花嫂子可是个大好人呀!"

"人没了!"

"没了?出走了,不等于没了。千万别乱想!"

"一句话两句话说不清楚!"

医院大门外传来了吉普车的喇叭声。姚向东一听,估计是县领导来了。他对吴景燕说:"你听,是不是吉普车的喇叭声?"

"是的!我听到了。"吴景燕知道,全县小汽车就两辆吉普车,都在县政府里。她知道姚向东心里急着。一个人有话要说出来,你可以想象这个人心里有多么着急。这就跟蓄洪的水库,再不开闸,非崩坝不可。吴景燕转过身,往病房外走出去,边走边说:"主任,我去迎一下。"

姚主任长长地叹了一口气。

吴景燕刚走到病房门外,就听到远处传来嘈杂的脚步声。她快步迎上去。刚走出不到几十米,就远远看到了张立仁副县长、刘民祥副主任正急匆匆地朝312病房走过来。

吴景燕停住步子,目光望着匆匆走来的张副县长、刘副主任,抬起手臂招招手说:"这边!这边!"

"知道!"刘民祥走在头里,张副县长紧跟其后。

张副县长走到吴景燕身边时焦急地问:"小吴,几号病房?"

"312病房。"

"快,你带路。"

吴景燕领着张副县长、刘副主任直往312病房走过来。

刘副主任边走边问:"液输完了没有?"

"刚刚输完!"吴景燕大步往前走。

"感觉好些没有?"刘副主任着急地问吴景燕。

"感觉好些,但头晕。"吴景燕着急地补充一句,"他说,看到病房天花板上吊着的灯泡,有点像走马灯似的。"

"能汇报吗?再急也等身体好些呀!"张副县长有些不安。

刘民祥连忙解释说："姚主任有急事。这事儿肯定急。要不怎么会中午急晕趴到办公桌上呢？"

"先看看！再急的事身体可是第一呀！"张立仁副县长走到病房门口，瞅了一眼房号，跨了一大步，第一个走进病房，边跑边喊，"姚主任！你这是怎么啦？"

"别提啦！"

"别急。"

"这些日子，不是人过的日子！"

"工作累了！工作忙，领导都知道。黄书记还在大会上表扬你呢！"

"不是工作上的事！"

"家中出大事了！"

"刚才民祥简单说了，怎么回事呀？"

"我妻子菜花身体一直不好。春节期间，她妹子桃花从深圳回来，看到姐姐菜花精神状态不好，过完年后，把菜花带到深圳看病去了。当时想，正好让菜花去深圳散散心！想不到，去了不到二十天，菜花离家出走了！"

"什么时候的事？"

"一周前。"

"怎么没有听你说呀！"

"我当时心里急呗，没有想那么多。我估计菜花深圳不熟悉，不会走远。说不定天把天，走投无路了，就又回到她妹子家了。"

"这可是大事呀！姚主任，不是我当着你的部下批评你，你怎么想得这么简单呀！深圳是个什么地方？"

"我当时往好处想！"

"天真！"

"关键是我收到了菜花从深圳寄来的挂号信。"

"挂号信什么内容？"

"一份菜花签了名的离婚协议书，一封写给我的信。"

"离婚协议书？"张副县长惊得张大了嘴巴。他不敢相信自己的耳朵。民祥和景燕也都大吃一惊。

"是的，离婚协议书。"

"信上写什么？为什么要协议离婚？"张副县长、刘副主任、吴景燕都有些不可思议，几乎是异口同声地问。

姚向东一副无可奈何的样子，挣扎了几次想坐起来慢慢说。但头发晕，身子发软，他只能平躺，泪水从眼眶里流出来。他轻声地说："她信中说对不起我。"

"不对呀！应该是你对不起她呀！是她把你从天坑底下救上来的，怎么会对不起你？"

"她想得太多。生了个丫头，说是让我们姚家绝后了，说是产后得了不少病，不能让我过正常的家庭生活。关键是她说去了一个人们找不着的地方，一个宁静秀丽的地方。我当时一想，是不是出家当尼姑去了。尼姑庵可是一个宁静秀丽的地方。我当时往好处想，只要不出事，只要找到她，耐心地劝说，总会回来的。我接到卫国桃花从深圳打来的电话，商量了一下，先找几天，说不定菜花会自己走回桃花家。谁知找来找去，一个星期了，找来了一个晴天霹雳！"

"晴天霹雳？"

"菜花可能没了。今天中午，卫国从深圳打来长途电话，说找遍了深圳的尼姑庵、寺庙没有见到菜花的影子。卫国今天上午去了宝安区刑侦大队。刑侦大队长沈柏威是卫国的好朋友。沈柏威大队长说前天宝安区龙头崖有一位中年妇女跳崖。崖下是大海，目击者看到一条大鲨鱼。"

"那跳崖的也不一定是菜花。"张副县长劝慰姚向东千万不要往坏处想。

"关键是有人在龙头崖西边的三龙湾海滩上捡到了一双泡沫凉鞋。"

"菜花穿过的泡沫凉鞋？"

"桃花，就是菜花深圳的妹子送过一双泡沫凉鞋给菜花。"

"那也不一定就是你家菜花呀！"

"可是桃花去刑侦大队看了，同号同色，肯定是菜花的泡沫凉鞋。"

"见到尸体了？"

"没有！"

"刑侦大队长怎么说？"

"沈大队长说厂里生产的泡沫凉鞋同色同码不会是一双！不能肯定同码同色的泡沫凉鞋就是菜花穿过的，那跳龙头崖的中年妇女不一定就是菜花。只能说有这个嫌疑。"

"我觉得这个沈大队长说得在理，不能凭一双同色同码的泡沫凉鞋就断定。主任，你先别乱想。难怪你急着要汇报，理解！姚主任，你需要组织上怎么帮助你，你尽管说！"

"我向组织检讨！"

"检讨什么？摊上这么大的事儿，谁能转得过弯来。难怪你中午急晕过去了！"

"姚主任这些日子一直睡不着觉，受凉感冒上午发烧，再听到从深圳传来菜花可能没了的消息，一下子就晕趴下了。"

"我没有及时汇报，尤其是妻子要协议离婚，又从深圳离家出走，这么大的事儿，没有给组织上报告。我请求组织上处分我。"

"主任，谁家摊上都是天大的事，先别说处理，关键是找到菜花的下落。我有个小小的建议。"

"张县长，你说，我听你的！"

"我看这样，让卫国请他那位朋友抓紧调查，活要见人，死要见尸。那个跳崖的中年妇女总会找到的。"

"万一真的被鲨鱼吃了呢？"

"就是被鲨鱼吃了，总会留下痕迹的。另外，请卫国在深圳报纸电台发寻人启事，还有要尽快向当地派出所报案。"

"已经让卫国去办了。但是，张副县长，看来菜花是凶多吉少！"

"不管出现什么事儿，姚主任，你先恢复健康，身体好了，县里批你假去深圳寻找，菜花总会有个下落。现在是嫌疑，我还是那句话，别往坏处想！"

"谢谢张副县长，麻烦你给刘立平县长报告一下。拖了七八天，家中发生这么大的事儿，我没有及时向组织汇报，心中有愧呀！"

刘民祥听了，拉了拉张副县长的胳膊说："不是要替主任开脱。我认为把菜花出走的消息压在心里，那是不想给组织、给亲朋好友、给同事添麻烦。天大的压力，他是一个人顶着。"

吴景燕也很有感触："张副县长，姚主任往好处想，自己先顶着巨大的压力。这一个星期他是怎么熬过来的，只有他自己知道。他吃不下，睡不着，脸上疲惫不堪，还要强忍着开展工作。我们私下里都以为姚主任病了，谁知道他家里出了这么大的事呢！"

"恢复身体，加大寻找力度。"张副县长用手拍拍病床边沿说，"姚主任，先安心养好身体。组织上理解你！"

姚向东眼眶里的泪水溢出来，缓缓地流到脸腮上。

刘民祥陪张副县长走出病房门，转过身朝吴景燕晃了一下手说："景燕，你先在病房陪护一会儿。我回去安排一下人值班。"

"不用！不用！"姚向东目送着张副县长、刘副主任离开病房，心里百感交集。他就像刚掉进天坑里似的，到处黑漆漆的。现在，他感到了组织的温暖，他心中暗暗地下决心，一定要养好身体，一定要振作精神，这样才能竭尽全力去寻找菜花。现在不是单单要感恩菜花当年救命之恩，还要感恩组织十几年的培养。自己是个有组织的人，千万不能沉沦下去。

吴景燕把张副县长、刘副主任送出病房后，返回来，还未在机凳上坐下来，姚向东朝她招招手。

吴景燕走到病床前，轻声问："需要什么请讲。"

"给大家添麻烦了。我静养几天就会好的，你告诉刘副主任不要安排人员陪护，你们忙你们的工作。"说完，无可奈何地长长地叹了一口气。

吴景燕明白此时姚向东的心情，也明白了姚向东为什么要急于给组织上汇报。吴景燕怎么猜也猜不到姚向东家里的这本经有这么难念。菜花嫂子是山里人，是个好人，但想不到她会好得过了头。这个钱菜花，难道真是山沟里出来的，头发长，见识短？怎么会做出离家出走的过激行动呢？怎么会要和姚向东协议离婚呢？出发点是为向东好，但菜花知道吗？这样一出走，下落不明，给姚向东带来的那可是天大的压力呀！知情人还理解姚向东，不知情的人听到菜花要与姚向东协议离婚，会认为姚向东是个忘恩负义之人，是一个改革开放时代的陈世美。菜花这一走，家里亲朋好友怎么交代？想到这里，吴景燕为姚向东着急。她俯下身子，轻声地和姚向东聊起来，吴景燕在想着话儿安慰姚主任。

突然，一道闪电透过玻璃窗把病房照得透亮。闪电闪烁的那一刹那间，她看到了姚向东脸色苍白，眼眶里蓄了满满的泪水。她完全想象得出来，此刻的姚向东虽然向组织汇报后，心里松了一口气，但那份焦急不安会像窗外的闪电光，闪亮不停。闪电过后，一阵惊天的炸雷，炸得吴景燕耳朵里嗡嗡地响。

几道闪电过后，外面下起了雨。雷声、雨声打破了病房里的宁静。

三十三

人在焦躁不安的时候，最需要的是有个熟悉的人陪他说话，心中的郁闷、焦躁只有通过谈话才能渐渐地排解出来。

吴景燕坐在机凳上，语气很轻很平缓："主任，心里还闷吗？"

"总感到透不过气来。"

"头还晕吗？"

"天花板上的电灯不转了，但脑子里像一锅大麦糊糊。"

"别急。我们来理理。"

"理理？怎么理？一团乱麻！"

"主任，你还记得你给我们开会常说的一句话吗？"

"什么话？"

"你说，办公室工作千头万绪，总会有大头小头。先理大头呗！"

"这话说过。"

"家里出了这么大的事,当然也是千头万绪,但也有大头小头。"

"景燕,我有些听不明白了。看来,俗话说旁观者清,有道理。"

"你急着让刘民祥副主任找县领导。刚才向县里的张副县长作了汇报,这不是抓了大头嘛!"

"天大的事总要去做,总要一件一件去做。"

"大头抓了,小头呢?小头就多了。主任,中午,救护车往机关大院一开,现在恐怕机关里没有人不知道你姚主任生病住院了。用不了多久,你妻子菜花没了的消息也会传遍机关大院。你家里人能不知道?"

"景燕,我住在医院里出不去,还真的麻烦你做几件事,这也是急的呀!"

"主任,你说。"

"当务之急,你先通知我小姨子杏花。"

"她在陵阳酒厂会计室,我现在就去给杏花打电话。"

"等一下。"

"你还要给徐凤霞打个长途电话。代表我,把刚才我给张副县长汇报的情况告诉她,让她千万不要担心。虽然海滩上捡到的那双泡沫凉鞋与菜花穿过的同码同色,但还不能肯定那位从龙头崖跳向大海的中年妇女就是钱菜花。景燕,你告诉凤霞时说话留有分寸。菜花与凤霞认了干姐妹。凤霞知道菜花出走不归的消息一定会很着急。"

"我知道怎么说。"

"家里让杏花去告诉他们。"说到这里,姚向东又长长地叹了一口气,"景燕,你知道,菜花妈奔六的人了,丈夫前几年出事走了,再听到菜花的消息,我担心丈母娘会撑不住的。还有,我母亲、父亲,还有松林村里的朱红旗老支书,张升财老总,还有我那位平反昭雪的叔爷。他们都特别了解菜花,都知道我是这个陵阳县里的所谓大官。他们会为这突如其来的消息感到震惊,感到不可思议,感到难过的。误会我不怕,怕的是这些亲朋好友担心伤了身体。"

"主任,你不要想那么多。大头理出来,小头也要理出来,一件一件地去处理吧！"

"景燕，你回去吧，抓紧通知杏花，抓紧给凤霞打电话。"姚向东一声接一声叹气，茫然的目光朝吴景燕脸上扫了扫说，"这里有医生护士，你回去吧！"

吴景燕点点头。

外面风停了，雨也停了。

吴景燕拎起病床柜子下的热水瓶，给杯子里续了些热水说："主任，有事叫护士！"

"知道！"姚向东焦急地朝吴景燕点点头。

吴景燕转身朝病房外走过去。病房里传来姚向东无可奈何的叹息声。

姚向东是陵阳县政府办公室主任。他的妻子要协议离婚，要离开他。而且说离开就离开了。卫国和桃花找遍了深圳的古庙古庵，也没有找到菜花的影子。倒是深圳宝安县的西乡发生了一起中年妇女跳崖事件，还在海滩上捡到了一双泡沫凉鞋。偏偏桃花这次在深圳曾经给菜花买过一双同码同色的泡沫凉鞋。听到这个消息，姚向东能不急？空着肚子，这些日子心里一直堵着，觉也睡不着。姚向东急得昏了过去。

姚向东妻子菜花在深圳离家没了的消息，像长了翅膀似的传遍了陵阳城。陵阳县城炸开了锅。消息在亲朋好友中也传来传去，传出无数个版本。好在姚向东一急病了，而且病得不轻。他听不到什么议论，听到的都是安慰。

县委黄万和书记来了。黄书记告诉姚向东他给在深圳市委工作的同学打了电话。深圳市委那位同学很重视。那位同学专门去了一趟宝安县公安局。宝安县公安局正在西乡详细调查。龙头崖上有一个中年妇女跳崖，崖下是大海。目击者说，当时，看到大海里有鲨鱼。后来又捡到一双泡沫凉鞋。公安局的同志对黄书记的同学说，光凭一双泡沫凉鞋，不能说跳崖的就是钱菜花。只能说有嫌疑。跳崖的那位中年妇女，侦查了好长时间，也没有发现什么蛛丝马迹，看来，这只能成为悬案了。黄书记这么说，姚向东心里有数。这的确是悬案，既不能说跳崖的是菜花，又不能肯定说不是菜花。黄书记安慰向东好好养病，不能沉沦下去，要振作精神。黄书记的话给姚向东带来了丝丝的温暖。但姚向东的心还是安定不下来。活生生的一个人，去了深圳说没就没了。姚向东不死心。他希望龙头崖跳海的中年妇女找到了，但不是钱菜花，那样，姚向东的心里才能稍稍地缓一口气。他希望深圳的报纸电台登出去、播出去的寻人启事被菜花听到看到，菜花回到桃花家，那是天大的好消息！即使退一步，菜花真的在哪个尼姑庵出家当尼姑，只要找到了，再慢慢地劝慰菜花重返人间常人生活的天地里，也不是没有可能。但姚向东无法如愿。他躺在病床上，到处打听消息，四面八方传来的消息，都令他失望。他在焦躁的期盼中渐渐地丧失了自信。也许菜花真的被鲨鱼吃掉了。真是那样，这个世界上怎么会有"好人有好报"的传世名言？真是那样，菜花信佛，这天上的菩萨还有谁去相信呢？

姚向东焦急不安、痛苦万分的心被来看望的领导亲朋好友不停地慰藉，但姚向东没法振作起精神。

病房里摆满了一束束鲜花，一篮篮水果。

刘立平县长来了。刘县长是姚向东的顶头上司，对姚向东知根知底，他劝慰姚向东要从悲痛中挣脱出来。他告诉姚向东，人的一生不可能是一直顺利地走下去，总会碰到大大小小的挫折。但不可能因为道路的前面有沟坎，就停滞不前，应该勇敢地跨过去。姚向东听了刘立平县长的话，心里也明白，但就是在心理上难跨过去。他努力地把思维朝工作的方向去想。但想着想着眼前就会出现大片的梯田，梯田里开满了金黄灿灿的油菜花，钱菜花就站在那茫茫的黄灿灿的花海里。十天过去了。刘立平第二次来看望姚向东时，说到了招商引资，说到了陵阳大道拓宽改造工程，说到了十大建筑的进度。姚向东挣扎坐起来，心里热了：如火如荼的工作等待着自己。菜花出走一时半会儿找不着，自己总不能老是住在医院里疗养。他对刘立平县长说："刘县长，我想过两天出院。"

"身体恢复得怎么样?"

"好多了!老住在医院里也不是个办法,会不停地往菜花身上去想,还是出去工作,忙起来也许脑子就不会胡乱地去想。"

"有道理。"刘立平想想姚向东说的话,觉得有道理,朝姚向东点点头。

姚向东也朝刘县长点点头。谁知,这一点头,姚向东突然觉得整个病房旋转起来。他赶紧躺下来,歉意地朝刘立平县长摆手:"头晕,我躺下。对不起。"

刘立平一见,又安慰了几句:"姚主任,把身体养利索再出院。"

姚向东不好意思地两手摁住太阳穴,无可奈何的目光盯着刘立平。

刘立平帮姚向东掖了掖被角说:"我还有个会,先走了。你一定要安心养病!有时间再来看你!"

刘立平走到病房门口,又转过身问:"姚主任,凤霞说来看你,来过啦?"

"来过两次。一次专门来的。"姚向东回答时脸上泛起了红晕。这个时候,刘县长提起徐凤霞,真让姚向东猜不透是什么意思。姚向东不愿去往深处想,他还是惦记着菜花,要知道钱菜花是他姚向东的大恩人呀!没有钱菜花,哪有姚向东。姚向东迫切地希望得到有关菜花的消息。来看姚向东的人一拨接着一拨,但关于钱菜花的消息一点儿也没有。他不知道人们心里怎么想的,都只是一个声音不停地安慰自己。

朱红旗来了,使劲地拉着姚向东的手不放,眼眶红通通的,一句话也没有。

张升财来了。他到病房床边,扑通一声跪在地上,大着嗓门哭起来,边哭边说:"菜花!菜花!你在哪里?我对不起你呀!"好久,张升财站起来,声音低沉地对姚向东说,"你可要节哀呀!保重!多保重!"

杏花来了。她坐在吴景燕坐过的那张机凳上,双手搁在病床的边沿,低着头不停地抽泣,嘴里念叨着:"姐,你怎么说走就走了呢?

妈怎么办？你妹子怎么办？霞霞，霞霞还没过周岁呢！"

待杏花激动痛苦的情绪有点儿控制时，姚向东几乎是恳求地说："杏花，姐夫求你几件事。"

"说什么话呀！你快说！"

"照顾好妈妈！照顾好霞霞！"

"知道！"

"知道？知道可要振作起精神。再说，从常理上来说，宝安区龙头崖上那位跳海的中年妇女应该是你姐。毕竟附近的海滩上捡到了一双同码同色的泡沫凉鞋。但公安部门说了，这不是唯一证据，只能是有可能，只是嫌疑。说直白一点，有这可能，但不一定！"

"十有八九！"

"你可不能这样认为。你跟你妈，跟我爸妈可不要把话说得这么满。"

"我明白！"

"你要跟你二姐夫保持联系。卫国有大哥大，号码在我房间的床头柜抽屉里。"

"知道。我会保持联系。"说着，杏花站起来，望着躺在病床上病恹恹的姚向东，想到自己的姐说没就没了，心里一酸，又急促地抽泣起来。杏花边往外走边说："姐夫，这些日子我会全力照顾好母亲、照顾好霞霞！自学考试我不报名了！"

"杏花！听姐夫的！自学考试可不能耽搁。等我病好了出院，有时间我会帮你辅导！"

杏花一听，心里说不出什么滋味。多好的姐夫呀。她扫了一眼病房里角角落落里摆放的鲜花和水果篮，心里一颤。姐夫是个好人呀，这么多人来看他，这么多人来安慰他。姐怎么啦？这么没有福气。杏花长长地叹了一口气，朝姐夫瞅了一眼，点点头说："好！我报名！听姐夫的！"

又快十天过去了。

知道姚向东妻子菜花出走的消息，熟悉的和不熟悉的人纷纷来医院看望姚向东。

弟弟向方开着车,带着父母还有妹子向红第一时间来看望姚向东。母亲和向红留在陵阳城,一边陪伴菜花母亲,一边照顾孙女霞霞。向红正在参加高考复习,还是陪伴了向东三天。

徐江风来了。

张建承、陶志玲来了。

章爱军来了。还带来了他父亲对姚向东的致意。章爱军的父亲说,姚向东执着地为两位革命者奔波寻证。李大江、李翠花能恢复原来的身份,姚向东功不可没。这下好了,民政部门已经下发文件了。李翠花九泉之下可以瞑目了,李大江晚年生活有着落了。章总还告诉姚向东,李翠花迁葬陵阳县烈士陵园的仪式他要来参加。他要亲自来送送李翠花——这位当年勇敢的地下交通员。

章爱军离开病房时,拉着姚向东的手说:"继承先烈遗志,就是把改革开放的事儿办好!"他请向东安心养病,并邀请姚向东参加陵阳县第一批竹艺品出口的发货仪式。

姚向东微微地点头。

姚向东住在医院里,听不到关于菜花的消息,心里渐渐地凉了。一拨一拨的人来看望他,安慰他,给他带来了一丝丝的温暖。他的脑海里莫名其妙地浮现出许多奇奇怪怪的想法。但不管有什么想法,脑海里妻子菜花的音容笑貌总是浮现出来。妻子菜花是自己的恩人,妻子是为了我向东的幸福才离家出走的。现在虽然有龙头崖跳海女子的那则消息,虽然有那双龙头崖附近海滩拾到的那双同码同色的泡沫凉鞋,但不能认定菜花跳海了!姚向东的心里不愿相信这是事实。他知道,这么多人来看自己,是来安慰自己。但姚向东不死心。他不相信菜花真的没了。

姚向东还痴痴地等待着远在深圳的卫国和桃花会带来好消息,至少能带来消息。

姚向东在焦急的等待和大家的安慰中在医院里度过了一个月。他几次想出院,但几次要办手续,头晕病就犯了。躺在病床上,还算好些。只要一下床，就天旋地转的。

一个月后，病情好多了，头晕病也不犯了。姚向东终于出院了。

三十四

菜花在深圳离开桃花家出走，卫国、桃花寻找了一个星期，一直不见菜花的踪影。听说深圳宝安区发生了龙头崖中年妇女跳海事件。跳海人连个影儿也没有，海滩上只捡到了一双泡沫凉鞋。那个跳海的中年妇女是不是菜花，谁也说不清。寻找菜花的事儿又悬了起来。听到这个消息，姚向东本人心里一直闷着，因为他总是往好处想。他盼望卫国和桃花能尽快把菜花找回来。但一个星期过去了，天天让姚向东失望。天天盼消息，天天失望，姚向东整夜睡不着。天大的压力，自己扛着，他不想声张，不想给亲朋好友，不想给组织上添麻烦。当第七天中午听到宝安区西乡的龙头崖有中年妇女跳崖的消息，而且在龙头崖西边的海滩上捡到了一双泡沫凉鞋，经桃花核对，桃花曾经送过一双同色同款的泡沫凉鞋给姐姐菜花，听到这个消息，姚向东脑子炸了，加之受寒发烧，一下子昏过去，趴在办公室的桌子上。

救护车从机关大院把姚向东接到陵阳县人民医院抢救。菜花失踪、姚向东昏倒的消息一下子传开来。

姚向东住院的第二天。杏花去医院看了姐夫后，把菜花失踪的消息告诉了自己的母亲。母亲先是愣住了，愣了足足有五分钟，突然哇的一声大哭起来。整个宿舍楼都能听得到胡少香撕心裂肺的哭声。霞霞从睡梦中醒来，听到胡少香凄楚的哭声，也哇哇哇地号哭。杏花想想自己的姐姐说没就没了，听说还是跳海，很有可能被海里的鲨鱼吃了。想起来真恐怖。杏花心里刀绞似的，也放声哭起来。

正值中午时分。天空阴沉沉的，不一会儿下起了雨。淅淅沥沥的春雨从中午一直下个不停。到了傍晚时分，雨虽然小了，但还在下。院子里雾气蒙蒙。

听到菜花出走、向东住院的消息后，弟弟向方亲自开了一辆小货车，带着父亲姚建华、母亲李花红下午冒雨赶到医院，了解情况后，迅速赶到姚向东家里。推门一看，亲家母胡少香、孙女姚霞霞，还有菜花小妹子杏花哭成一团。李花红看到这个场景，也忍不住哇哇地哭起来，边哭边从杏花怀里把霞霞抱过来，一边轻轻地拍拍霞霞的后背，一边哭一边哄霞霞。谁知，霞霞哭得更凶，声音更让人揪心。

姚建华、向方站在一旁，眼眶里的泪水不停地往外溢，沿着腮帮缓缓地往下流。

看到亲家母哭得泪人儿似的，姚建华、李花红心里酸酸的。当即商量后，把胡少香、霞霞接回松江镇。杏花留在陵阳边上班边照顾姐夫。姚建华、李花红在医院看见儿子时，姚向东关照爸妈，一定要把胡少香照顾好。菜花出走，究竟是什么情况，目前谁也说不清。尽管姚向东说这话心里一点底气也没有，毕竟宝安区西乡龙头崖发生了中年妇女跳崖事件，但姚向东让父母给胡少香往好里说。总之，是要宽宽丈母娘胡少香的心。

姚向东出院回到家，已经是下午三点多钟。刘民祥、吴景燕一直把姚向东送到家。春天的阳光灿烂地照在玻璃窗上，屋子里亮堂堂的。丈母娘和霞霞早已被自己的母亲接到松江镇家里去了。杏花上班还未回来。屋子里空荡荡的。姚向东把刘民祥副主任、吴景燕秘书送到楼梯口，不停地摆摆手说："给刘主任、吴秘书你们添麻烦了！谢谢！"

"主任，再休息几天。有事我们到你家里来报告。保重！"

"都恢复了！一个月了，工作一摊子全撂下来，把你们忙坏了！我明天去上班！"

"主任，刘立平县长、张副县长都说了，让你在家里歇一个星期。"刘民祥停住步子，扭头往上盯住姚主任认真地说。

"再歇下去，我要疯掉的！"姚向东想到刚才进屋时，看到屋子里空荡荡的，霎时菜花又浮现在自己的眼前，心里凉飕飕的。姚向东在医院早已住不下去了。他要出院，他要去工作，他要像以前一样拼命地工作，只有拼命地工作，他的脑海里才不会老是浮出菜花的形象。但是，可能受寒发烧，加之龙头崖中年妇女跳海的消息把姚向东一下子打蒙了，一直头发晕。躺在病床上还可以，一下病床就天旋地转的，直到上个星期，头脑才慢慢地清醒过来。姚向东突然明白了，也许自己想到牛角尖里了。菜花没了，自己的大恩人没了，自己怎么能忘却呢。再这样无时无刻地想下去，说不定也会抑郁的。他看过医药书籍。他是专门为研究妻子菜花的病情看的书。他从菜花的心情沉重、精神不振，估计菜花患了抑郁症。自己可不能重蹈覆辙呀。自己要是患上抑郁症，霞霞怎么办？霞霞还不到一周岁呀！家里父母怎么办？组织上交给的那些繁忙而又重要的工作怎么办？组织上这么信任，难道我就沉沦下去，辜负组织的培养？想到工作，姚向东似乎眼睛亮了一下。对了，工作，繁忙的工作也是一服良药。医药书上说了，人在遇到巨大的挫折时，心会往一个点上去想，想不去想那是不现实的。只有繁忙的工作才能分心。只有分心了，才不会去钻牛角尖。妻子菜花出走一个多月了。卫国把宝安区公安局的龙头崖中年妇女跳海事件调查材料寄过来了。结论很清楚，有这个可能，但不能肯定。因为调查了一个月，刑侦大队调查组没有发现大海里有任何蛛丝马迹。尽管附近海滩上捡到了与菜花同码同色的泡沫凉鞋，但这不能证明那个从龙头崖上跳海的中年妇女就是菜花。另外，报纸、电台发出去的寻人启事也一个多月了，但菜花的消息一点儿也没有。看来妻子菜花离家出走这事儿要一直悬着了。但愿有奇迹出现。这个奇迹要是真的出现，自己可得好好的，要不，怎么对得起妻子菜花出走、协议离婚的一片好心呢！

姚向东想好了，自己从现在起必须拼命地工作，必须自己给自己打岔，千万不能钻进牛角尖。

姚向东关上门，跑到客厅的沙发前面，呆呆地朝着窗外凝视。

窗外，天空中白莲花般的云朵在缓缓地飘移。太阳一会儿被厚厚的云朵遮住，一会儿又从云朵里露出脸，灿烂的阳光洒向春意盎然的门前小院。路边的月季开得很鲜，很艳，阵阵清香从玻璃窗缝隙中透进屋子里。姚向东闻到了花的清香味。这是住院一个月来第一次闻到花香。他心里似乎有些明白，自己似乎找到了自我释然的好方子，这就是工作，这就是投身到繁忙的工作中去，否则，会茶饭不香，睡不着觉，会一直无休无止地想着菜花离家出走这件事，会想象无数的可能性，但这些可能性好像有可能，但又茫茫无际，让姚向东一点儿也摸不着。

工作，繁忙的工作，必须去繁忙地不停地工作。

姚向东走到窗前，透过玻璃窗，他看到了小院边缤纷的月季花，有淡黄色，有深红色，还有淡粉色。许多蜜蜂在花丛里飞舞着。姚向东院子里的蜜蜂正在无忧无虑地忙碌着采蜜。他仿佛听到了蜜蜂那欢快的嗡嗡声，像唱歌似的。姚向东多么期盼自己能变成月季花里的小蜜蜂呀！

姚向东反身走到沙发旁，一屁股坐在沙发上。他习惯地拿起茶几上的电视遥控器，又习惯地看了看遥控器上的按钮。他没有摁按钮，把遥控器往茶几上轻轻地一放。全身往沙发上一靠，闭上了眼睛。丈母娘、霞霞去松江了。有自己的父母陪着，随着时间的推移，丈母娘会慢慢地走出阴影。

菜花出走了，但菜花出走去了哪里，胡少香并不清楚。这让胡少香痛苦中留有一丝丝盼头。杏花上班没有回来。

屋子里静静的。

姚向东拼命想工作上的事儿，但菜花的身影，菜花的音容笑貌不时在自己的眼前晃动。姚向东把眼睛睁得大大的，望着没有打开的电视机。姚向东能从电视机的屏幕上看到自己坐在沙发上的影子。

姚向东强迫自己去想工作上的事。

张升财的酒店是朱红旗与张升财合资的，现在酒店建得很顺利。他们让自己给酒店取名，还说有九个包厢。每个包厢都要取名字。过去，贵宾楼的包厢是按数字定包厢。一号包厢、二号包厢……现在改革开放了，得有文化，包厢也要有个好听的名字。深圳那边的包厢还有宣传本地区特色的广告意思。深圳人的脑子就是活络，姚向东在想着给酒店起名字。这酒店餐饮加客房总面积两千多平方米。只能算陵阳城里一个中等规模的酒店,不能叫陵阳酒店。但在松江镇上可以算上大规模了。松江镇上的人在陵阳城里开的酒店,叫松江酒店。这个名字很实在。至于餐厅包厢的名字要有文化,那首先要有陵阳的特色。陵阳城里有什么特色?姚向东拼命地开动脑筋,他感到屋子里空荡荡的了。他面前浮现出松江两岸高耸的山峰,浮现出那苍绿翠碧的竹海。对了,眼前又浮现出山坡上成片成片的油松。那松林绿茵茵的一大片一大片,山风吹拂,松涛声声。以松取名,应该有松江两岸的特色。九个包厢,设计时,本来是十个包厢,后来刘县长提了一个建议,搞一个大包厢。两个小包厢打通,搞了一个大包厢。九个包厢。对,每个包厢都以松字开头,姚向东在脑子里拼命地搜索着关于松字的词语:松叶厅、松风厅、松花厅、松仁厅、松涛厅、松江厅、松果厅、松子厅。对了,大包厢叫松江厅。

突然,门口传来咚咚咚的敲门声。姚向东知道,杏花下班回来了。这些日子,自己在陵阳人民医院住院,杏花跑前忙后,辛苦了。姚向东赶紧从沙发上站起身,快步往门口走过去。他要给杏花开门。看看窗外,天已经暗下来。自己出院回来已经几个小时了,没有想到去做晚饭。这些天都是杏花忙前忙后,自己出院了,坐在沙发上想工作,把做晚饭的事忘了。姚向东突然心里产生了一种莫名的内疚感。他走到门边,轻轻地打开门,把杏花迎进屋子,又轻轻地关上门。

"姐夫,出院啦?"杏花关心地问。

"出院了!"姚向东拍拍自己的头说,"头不晕了,就出院了。"

"你可要保重身体呀!"杏花把包往桌子上一搁,就往厨房跑,边跑边说,"我下午打电话给吴秘书,本来打算直接去医院看你。但吴秘书说你出院了。"

"看,这些日子把你忙的。今天回来应该早点烧晚饭,坐在沙发上想工作的事儿,这一想……"姚向东话没有说完,杏花打断姐夫的话:"姐夫,你回来好好休息几天,不要操心!家里的事儿我来做。"

姚向东知道,杏花的姐姐没了,杏花的心里难过极了。但杏花是个直率性子的山里妹子。她知道,已经发生的事,没有办法去改变。何况,姐姐菜花是死是活还不能完全定论。尽管自从知道龙头崖中年妇女跳崖的事,杏花心里有数,但总是留着一点盼头,说不定菜花还活着。姚向东住院这些日子,杏花晚上经常去病房陪伴。开始,是姚向东开导杏花,让杏花想开些,再说虽然出走,但是死是活还悬在那里。姚向东还让杏花这样去劝慰胡少香。杏花星期天就赶去松江镇劝母亲。后来,杏花看到姐夫对姐姐的思念,特别有时会表现出特别的焦躁不安。每当这时,杏花反而用姚向东教杏花劝丈母娘胡少香的那些话,反过来劝姚向东。杏花虽然没有读过大学,但脑子还是灵光的。她对姚向东劝的话很实在:"姐夫,现在姐出走了,这是事实,但是,姐的生死还悬着,这也是事实。你要真对我姐好,心中有我姐,你就把身体恢复好等我姐回来。"

"我一定等你姐回来。"姚向东重复着杏花说的这句话,心里好像亮起了一盏灯。

三十五

繁忙的工作转移了姚向东思念妻子菜花的注意力。小姨子同屋相处,似乎给姚向东带来了一种意想不到的精神依靠。刚开初几个月,日子过得比较慢。随着时间的推移,姚向东的精神状态渐渐地好起来。特别是卫国从深圳打来长途电话说,宝安区公安局的沈大队长经过几个月的反复调查,一直没有找到跳海中年妇女的任何痕迹,钱菜花很有可能还活着。

姚向东慢慢地从阴影中走出来。他自信地认为,菜花是为我好才出走的,她不会轻易去跳海。再说她自杀也没有必要想着与我协议离婚。她出走是为我姚向东的幸福。当然,她患有中度抑郁症,不排除跳海的可能。但死不见尸呀!姚向东仍然抱着一丝希望拼命地工作。工作本来是人们求生存的一种活动。但是,对于姚向东一个县政府的办公室主任来说,他感到工作中的乐趣,感到工作给他带来的自豪感。陵阳大道的拓宽工程建设顺利;大道两旁的十大建筑如雨后春笋般地起来了。姚向东每天不是上午就是下午,都会沿着陵阳大道拓宽路段走一遍。他走在尘土飞扬的拓宽道路工地上,他的眼前就只有高高的塔吊、轰隆隆的搅拌机、红旗飘飞的尘土中那些工人们匆忙的身影。每当这时,姚向东会如同背着柴火下山的山民,突然放下背上的柴火,坐在山间小路边的石头上,抽上一袋子旱烟,浑身轻松起来。

白天忙工作不觉时间长,晚上的日子就不好过了。但晚上杏花住在丈母娘住的那间小房间里。杏花正在复习,她报考了四川省高等教育自学考试行政管理专业。杏花学习很用功。也可能到城里工作,她看到了知识的力量。杏花心里崇拜姐夫,她想通过读书学习也走上姐夫正在走的路。晚上,她会向姚向东请教解难题。姚向东的寂寞也在辅导杏花自学考试复习解题中渐渐少了不少。开始,姚向东有些不好意思。丈母娘到乡下去了,霞霞也去了。屋子里就是姐夫小姨子,外人知道说起来有点儿难为情。姚向东想动员杏花到酒厂单身宿舍去住。但姚向东张了几次嘴,就是说不出口。毕竟小姨子是借住在自己姐夫家里。过去能住,现在姐姐虽然离家出走,一时又找不到,但总不能把小姨子杏花支走呀。后来,姚向东也想开了,杏花的爸妈是自己干爸妈,我与菜花三姐妹就是干哥妹的关系。哪有找借口把妹妹支走的道理。既然,姚向东开不了口,杏花还指望着自学考试得到向东的辅导,这些日子姐夫小姨子同一屋檐下也就慢慢地适应了。

好在向东、杏花都没有往那有些尴尬的地方想得过多。

一年过去了。杏花已经连续通过了四门考试。杏花不想离开向东的家,她不想失去姐夫这位称职的自学考试老师的辅导。但时间久了,亲朋好友知道姐夫小姨子住在一个屋檐下,难免有些尴尬。杏花脑子活络,她想到了一个两全其美的办法。她想让母亲胡少香带着霞霞重新回到陵阳城里来。有母亲在家里,一切都会显得自然些。母亲回到向东家里,自己也不用去酒厂单人宿舍,自学考试辅导那真是继续近水楼台。有姐夫辅导,几年的努力,杏花的大学梦一定会梦想成真。

杏花把这个想法告诉姚向东。姚向东一听，心里很高兴。这是好主意，这个好主意只有杏花提出来才是好主意。姚向东趁热打铁地说："杏花，后天是星期天吧！"

"对呀！"

"你看我，这工作忙得团团转，也分不清星期几了。"

"我最分得清了！我有自学考试复习课程表。告诉你，今天是周五，明天是星期六，后天是星期天。"

"杏花，我有个提议。"

"有什么提议，说。"

"去一趟松江镇，看你妈，看看霞霞！"

"我陪你去！"

"好是好，但你知道的，我工作忙得实在脱不开身。陵阳大道拓宽工程进入收尾阶段；十大建筑大部分都在外墙装饰和室内装潢。县里主要领导很重视。今年国庆节要搞竣工典礼。你知道今年是什么日子吗？"

"什么日子？"

"建国四十周年。县主要领导要求，陵阳大道拓宽工程竣工和十大建筑落成庆典活动要在10月1日举行。"

"庆典这是大事。而且是向建国四十周年献礼。"

"杏花，星期天你代表我去一趟松江镇，代我去看我爸妈和你妈，还有小霞霞。顺便请你妈回来住。怎么样？"

"工作要紧。姐在家时，从来不拖你后腿。现在姐不在家，我会尽到姐姐责任的。"杏花说完这句话，心里愣了一下，脸唰地红了，杏花赶忙改口，"姐夫，都是干哥妹，当然要相互支持。星期天，你忙你的工作，我去趟松江镇。"

"让你辛苦了！对了，礼品不要买了。我办公室有不少礼品，都是朋友送来又拉不下面子退掉。我挑选些，你带给爸妈。"姚向东说完，朝杏花笑笑。

杏花在陵阳酒厂当会计。不少厂长办公室的报销单据，都是杏花经手处理的。改革开放了，人情关系越来越浓了。客人来了，必须吃饭喝酒，不吃饭喝酒，似乎这关系不铁。有些客人还要送些土特产。这两年送礼有些升级了。过去乡下人到城里来，走亲戚也好，找人托关系也好，见面拎着一篮子鸡蛋，或者拎上两只自家养的老母鸡，就算是很重的礼了。现在不行了，陵阳酒厂的客人来了，不光要送上一箱毛峰大曲，重要的客人还要送上价值几千元的手表、皮鞋、西装。这些送礼的做法约定俗成，慢慢地成了习惯。刚才，姐夫说要到办公室挑些礼品带到乡下去。杏花也不见怪，只是点点头。杏花知道，姐夫在陵阳城里有权，吃得开。虽然是个县政府办公室的主任，要论级别，陵阳城里像姐夫这样的正科级干部上百个。但姐夫不一样。姐夫是县政府办公室主任，是县长身边的红人。这还不算。姐夫工作有能力，县里的主要领导非常器重姐夫。姐夫既做些招商引资联络工作，又处理协调陵阳大道拓宽工程建设中的矛盾纠纷。找姐夫办事的人不少。姐夫也做了不少好事。当初，姐从山沟里的一个小学民办教师能调到陵阳县机关幼儿园来当教师，这不是一件容易的事。自己当年在山沟里参加高考，落榜了。山沟里能做什么事，只能修理地球。姐夫开了口，县里的工业局长大开绿灯，把自己调到陵阳酒厂。人家一个山沟的小姑娘，能从山沟里调到城里来当工人，那已经是天大的面子了。自己调到陵阳酒厂工作，不是到车间里当工人，而是到酒厂机关当会计。现在想想，自己能有今天，人家还不都是看姐夫的面子。

杏花听到姐夫准备礼品，她只是点点头。

第二天傍晚。

天上没有月亮，到处黑沉沉的一片。姚向东从宿舍来到办公室。姚向东拉亮了电灯，办公室里顿时亮堂起来。姚向东习惯地透过玻璃窗朝窗外望了望。晚风很大，窗外的翠柳随风摆动。斑驳的竹影在玻璃窗上不停地晃悠。他几步跨到文件柜前。文件柜下层是个大柜子。柜子用挡板隔了三层。他轻轻地打开柜门，三层挡板上摆满了礼品盒。姚向东目光在礼品盒上扫来扫去，不时抽出一盒，从里面掏出精致的包装盒，仔细地打量着。

这几年，自从参加县里的招商引资工作，特别是陵阳大道拓宽，姚向东负责指挥部的办公室工作，他感到人们看自己的目光有些特别。人们的目光总是会有意无意地透出丝丝的羡慕，丝丝的祈求，开初，姚向东不习惯。随着频繁的交往，酒桌上你敬酒他敬酒，豪言壮语不断，好像谁都是哥们姐们，那感情好像比恩爱的夫妻还亲。吃了喝了，还要玩。跳舞、唱卡拉OK、打保龄球，到洗浴中心洗浴。小时候，到镇上浴室洗澡，那一般是冬天的事。冬天，天气冷了，家里没有暖气设备，只能到公共浴室洗澡。现在，县城里开了几家洗浴中心，还搞出桑拿浴等许多新名堂。姚向东不习惯，不想去。但部下请你去，你可以说不。一般客商请你去，你也可以说不。比你大的领导请你敢说不？姚向东只能陪着去。要不，你还想在官场上混下去吗？大客商，特别是南方来的大老板，他们请你去洗浴中心泡个桑拿浴，打个保龄球，你能不去？你要不去参加泡桑拿浴，老板会说你看不起他。你要再推辞，这些大老板就会说难过的话，说你姚向东看不起他，不是好朋友。有些老板话说得赤裸裸的，话中有话。既然你姚主任不把我当朋友，我在你们陵阳人生地不熟的，我哪敢把大把的钞票投到你们陵阳来。为了大项目，你能不去陪？姚向东每次出去陪，每次陪完后，似乎又觉得招商引资有成绩。陪完回来，心里总是有一种充实感。要么是跟大老板达成了投资意向；要么是大老板又引进介绍另外的老板来陵阳投资。总之，心里有一种说不出的成就感。尤其是陪过大老板们吃喝玩乐，总会有招商引资的收获。向县长书记一汇报，县长书记总是夸赞不已。姚向东慢慢地感到这陪吃陪喝陪玩，其实也是工作，而且是县里的重要工作。随着时间的推移，姚向东渐渐地适应了。

送礼这事儿也有个适应的过程。先是去上级审批项目，或者去外地招商引资，总感到空着手不太有面子。毕竟是求人家办事，不能空着手。后来，来的客商多了，人家礼尚往来，自己又不能拂了人家的面子。一年前，徐江风给姚向东带了两瓶茅台酒。那可是名酒。姚向东虽然知道茅台酒是贵重物品，但还是收下了。徐江风的帅特职业服装有限公司要到陵阳经济开发区投资办厂。职业服装厂一期就招工五百人。这可以解决陵阳五百人的就业，这还不算，还可以为陵阳县财政上缴一大笔税收。再说，这徐江风不是一般人。他是徐凤霞的表哥。这项目就是徐凤霞介绍的。不看僧面看佛面。这两瓶茅台酒说什么也得收下。当时，姚向东心里有些紧张，毕竟自己是共产党员，这么贵重的礼品不能收，纪委是有规定的。但面子上过不去，加上徐江风在深圳混出来的。那里人思想解放，话也说得顺溜。当时，徐江风把两瓶茅台酒朝文件柜角落一塞说："存放在你这里，下次来你拿这酒招待。"听到这句话，姚向东还有什么话说呢？姚向东收下了两瓶茅台酒，心里暗暗下决心，下不为例。但是，这下不为例四个字一直挂在嘴边上，却一直没有做到下不为例。纪委也没有人管这事儿。说白了，嘴上提提要求，纪委并没有动真格的。姚向东渐渐地习惯了。当然，姚向东也给自己定了一条底线：钱不能往自己袋袋里塞。礼品嘛，就礼尚往来吧。后来，礼尚往来慢慢适应了。最让姚向东感到奇怪的是，每当客人临走送上礼品时，竟然会有意无意地产生一种快感。这快感并不是来自客人送上来的礼品价值，而是来自客人对自己的仰重。客人真的空着手，自己倒有点失落。姚向东不知道这种感觉怎么来的。后来，交往当中的礼尚往来真的没有时，姚向东反而不适应了。

刚才，看到文件柜里塞得满满当当的各种礼品，姚向东就莫名其妙地兴奋。姚向东随便挑了五六件礼品，拎在左手里。他关上柜门，拉灭了电灯，往办公室门口走去。

门外，夜幕已经开始完全拉开，到处黑洞洞的一片。草丛里不知名的虫儿吱吱吱地鸣叫。已是初夏，从松江上吹来一阵阵江风，姚向东感到特别的凉爽。他感到一切也许都是自然的，这就像山涧的流水，它总是会从高处往低处不知疲倦地流淌。这礼品先是礼尚往来，现在竟然礼尚家用了。但姚向东已经适应了。比他姚向东大的领导不说什么，自己还有什么好说的呢。也许这是从众心理，也许这就是人们常说的随大流吧！姚向东常常这样想。每当想到随大流这三个字，姚向东就心安理得了。

姚向东拎着礼品回到家。

三十六

杏花没有睡。

杏花坐在餐厅桌上正在复习。现在，杏花对参加高等教育自学考试很有信心。去年下半年报考了两门课，尽管姐夫鼓励，但心里一点儿也没有底。想不到，两门课全部通过考试。虽然考分不高，都没有超过七十分，但过了六十分。高等教育自学考试按所修学课计分。只要修足了规定的学分，就能拿到高等教育的大专文凭、本科文凭。杏花学习的劲头越来越足，加上姐夫的辅导，她想加快自学考试的步子。人的愿望是永远不会满足的。这也许就像俗话说的，人往高处走，水往低处流。杏花有时想到自己进城工作以来的思想变化，自己都感到挺有意思的。当初，在鱼头村也参加了高考，但落榜了。当时，只能在村里干农活。那时，自己只有一个愿望，希望能走出大山，到热闹的城里去。当时，想得特别天真。要是能离开鱼头村，到城里去扫大马路也愿意。姐夫一帮忙，真的在城里找到了工作。到陵阳酒厂去工作，杏花已经非常满意，非常感激姐夫。当个工人就挺好了，不用去扫马路。谁知，分到陵阳酒厂的会计室当会计。厂长姚大年说得很轻松。你是高中毕业生，有文化，到会计室当会计。杏花心里清楚，还不是因为姐夫是陵阳县办公室主任的影响力。杏花当时不说破，只是一个劲儿地感谢姚厂长。当然，从进了陵阳酒厂会计室那一刻起，杏花知道了知识的作用，也知道了知识的力量。姐夫的权力哪里来的，还不是因为姐夫是正牌大学生。有文化可是人生前进阶梯上的第一级台阶。

杏花聚精会神地在看书，不时做笔记。突然，门外传来轻轻的脚步声，接着是钥匙开锁的声音。杏花知道，姐夫从办公室回来了。她赶紧搁下手中的笔，站起身去开门。

门开了，姚向东拎着礼盒走了进来。杏花顺手关上门，从姐夫手里接过礼品盒，惊讶地说："这么多呀！"

"都是补品、特产。老放在办公室里会坏的。"姚向东说得很轻松，他指着杏花手上拎着的礼品盒说，"中华鳖精送给你母亲补补身子，还有两盒西洋参，一盒送给你母亲，一盒送给我母亲。对了，还有两条大重九香烟，一条送给我爸，一条你交给我弟向方，请他转交给叔爷。你看到那漂亮的小红盒子吗？那是国外的巧克力，给霞霞吧。"姚向东说完，往客厅沙发走过去。

杏花把礼品盒往椅子上一搁说："姐夫，我明天坐第一班车去松江。"

"快去快回。早点把你妈接过来。"说完，姚向东往沙发上一坐，轻轻地叹了一口气，好像是在自言自语，"菜花，你在哪里呀？菜花离家出走一年多了。是死是活一点消息也没有。但不管菜花是死是活，她离家出走可是为了我姚向东好的呀，她一定希望我姚向东好好地活着。现在我拼命地工作，好好地活着，菜花心里会高兴。"姚向东的脑海里浮现出菜花那微笑的脸庞，亲切、和蔼、自豪的双眼笑眯眯的。

杏花虽然没有听清姐夫自言自语说的什么话，但杏花知道，姐夫又在想姐姐菜花了。杏花望着眯缝着眼睛陷入沉思的姐夫，突然想起了母亲私下里的嘱托。杏花记得很清楚，今年春节回去看母亲和霞霞。菜花离家出走一年多了，母亲已经从大姑娘离家出走的阴影中渐渐走出来。姐夫的爸妈要留母亲、霞霞在松江镇上过年，但母亲执意要回鱼头村。母亲一生养了三个姑娘，又经历了中年丧夫的磨难和不幸，但母亲变得坚强起来。她知道人死不能复生。大家都告诉她菜花下落不明，说不定菜花在哪个人们不知道的地方活得很好，说不定会突然出现在亲朋好友的面前。母亲心里清楚，这是大家在劝慰自己，大家都是一片好心，怕母亲伤心。母亲不说破。春节假期过后，杏花离开鱼头村时,母亲一手搀着霞霞,一手拎着一篮子山核桃和野山栗。杏花背着包,从母亲手里接过沉沉的篮子,心疼地说:"妈,你一个人在家,大家都不放心。你要么去松江镇向东家,要么到陵阳城家里来。"

母亲停住步子说:"你姐夫工作忙,心里有个疙瘩,我去了,霞霞去了,只能添乱。再说,你不是自学考试吗?村上人都夸你呢!"

杏花笑笑,放下篮子,拉了拉霞霞的小手,笑着说:"霞霞乖!霞霞听外婆话!"

霞霞拉紧了杏花的手说:"姨!我们也去城里,我要爸爸!我要妈妈!"

杏花眼眶瞬间红了。

胡少香拉紧霞霞的小手,哄着说:"我们过几天去看爸爸。"说着,胡少香附着杏花的耳朵说:"你在那儿,一定要把你姐夫生活照顾好!他要是呆想,你要陪姐夫多说话打扯!"

杏花想到母亲说的话,看着沙发上正在发呆的姐夫,赶紧倒了一杯热水递到向东手里说:"姐夫,有件事想跟你商量一下。"

"什么事?"姚向东接过水杯,搁到茶几上说。

"自学考试的事。"

"你自学考试很顺利呀!姚厂长都夸你呢!"

"姚厂长夸我?"

"对呀!他听说你去年考了两门课,全都通过,很高兴。上次在我办公室谈工作时,专门说到这件事。"

"姐夫,我想加快考试进度。"

"加快考试进度?怎么加快?"

"是这样。根据高等教育自学考试章程,大专要修完十四门课;本科要再修十门课,还要写一篇论文。现在正常情况,一年中开考两次,一般每次考两门。修完大专需要三年。我想增加考试科目。上半年报四门,下半年报四门。这样,用两年时间就能拿到大专文凭,再用两年就能拿到大学本科文凭。"

"想法很好！关键是半年考四门，复习迎考的压力太大了。再说，还有工作呢。"

"姐夫，有你辅导我有信心。"

"支持你！"姚向东从茶几上端起热水杯，咕咚喝了一口，眼睛睁得大大地盯着杏花在灯光下有些泛红的脸庞。

"谢谢姐夫！"

"杏花，早点休息！明天你还要去松江镇。"

"你也早点休息。"杏花走到餐桌边的椅子旁，轻轻地挪挪椅子，坐下来后，翻起书认真地看起来。

杏花知道，春节后不久，向东父母不放心亲家母和霞霞，又让向方开车把母亲接到松江镇向东的父母家里。明天去和母亲商量，但母亲来不来，杏花心里没有底。反正明天去松江事儿不多，把向东准备的礼盒送到，看看老人，看看霞霞。杏花又看了一个小时书，才洗漱睡觉。

第二天。杏花兴致勃勃地来到松江镇向东父母家。当杏花与母亲说到回到陵阳城里的事，母亲头摇得像拨浪鼓。母亲不想去，理由很简单，她住到向东家里，看到女婿向东，就会想到菜花。想到菜花至今不知下落，心里就不是滋味。母亲说了，等哪一天有了菜花姑娘的消息，她会再去向东家里帮忙料理家务。现在向东拼命工作，你杏花拼命学习，都吃食堂，挺好的，做母亲的放心。杏花听母亲说得在理，不好再说什么。杏花临走时，母亲还是重复了离开鱼头村时说的那句话：你在那儿，一定要把姐夫生活照顾好！他要是发呆，你一定要陪姐夫多说话打扰。

坐上回陵阳的公共汽车，杏花回味着母亲在自己临走时说的那句话，心里有些不明白了。他要是发呆，你一定要打扰。母亲这是担心女婿往死胡同里想。母亲这是关心女婿。难怪，俗话说，丈母娘看女婿，越看越欢喜。说的是这个理儿，丈母娘喜欢女婿。就是自己的姑娘离家出走不知下落，母亲的心中仍然装着女婿。但杏花转念一想，老是让我这个小姨子照顾好姐夫的生活，这什么意思呀？杏花一刹那间，忽然明白了什么，脸唰地红了。

初夏的山风带着山野树林里的清香从窗隙透进公共汽车里，杏花的嘴里、鼻孔里透着浓郁的香气，心里泛起阵阵愉悦。

姚向东听杏花说，母亲暂时不想来陵阳城里住，心里凉了半截。他有些担心外人说闲话：姐夫跟小姨子同住一个屋子里。但转念一想，身正不怕影子歪。自己忙于工作，晚上小姨子有个复习的地方。自己怎么开得了口让杏花搬到厂里单人宿舍去住？

时光如梭，光阴荏苒。

扳扳指头算，菜花离家出走一转眼两年过去了。姚向东渐渐从失去妻子菜花的阴影中走出来。姚向东常常会想起自己在失去菜花最痛苦的日子里，徐凤霞在电话里说过的话：人死不能复生。虽然大家都劝你，菜花生死还是个谜。但我觉得还是往坏处想。毕竟那三龙湾海滩上捡到的那双泡沫凉鞋与菜花的泡沫凉鞋同码同色。我知道你不愿意看到这个现实，你往好处想。但我知道你姚向东是个明白人，你伤心、你难过。但是日子还是要照样过的。现实生活不会因为你失去一个人，时间就停止。菜花是为了你姚向东好，才离家出走的。菜花为你好，你应该好好地生活下去，菜花无论活着还是离开了人间，她菜花都不会失望。徐凤霞电话里多次说过这些话，让姚向东凉冰冰的心渐渐地暖和起来。姚向东拼命地工作。工作中的千头万绪的事儿，有兴奋、有沮丧、有烦恼，也有成功的喜悦。工作冲淡了姚向东对妻子菜花的思念。

两年时间发生了太多太多的事。

陵阳大道拓宽改造工程顺利完成。宽阔的陵阳大道两边矗立起十大建筑：万通大厦、松江大厦、邮电大楼、陵阳宾馆、嘉陵江商城、金穗大厦、门诊大楼、成都饭店、外贸大厦、陵阳五金城。陵阳大道拓宽竣工和十大建筑落成典礼在10月1日上午如期举行。那天上午，庆典活动在陵阳大道中段举行。随着庆贺的鞭炮声响起，多彩的气球在飘扬的旗海中腾空而起，街道两边黑压压的群众齐声欢呼，场面浩大、壮观。那一刻，姚向东沉浸在无比欢愉的兴奋中。

让姚向东兴奋的事儿一桩接一桩。

徐江风的帅特职业服装厂在陵阳经济开发区建成投产。

张升财的松江酒店正式开张。

弟弟向方的松江竹器有限公司与章爱军的海南竹艺进出口贸易公司成功合作。陵阳生产的第一批竹艺已经成功出口到欧洲等地，受到广泛欢迎。最近，在广交会上又接了一大批订单。

叔爷的心结解开了，民政局给叔爷李大江、妻子李翠花落实了政策。李翠花追授烈士，并将竹林中的李翠花墓移到陵阳烈士陵园重新安葬。县里举行了隆重的安葬仪式。李大江定为正式工人，安置在松林供销社，并成为松林竹器有限公司总设计师。

杏花参加高等教育自学考试已经顺利通过十门课程。这让姚向东对这个自己身边的小姨子刮目相看。

后生可畏。

朱腊梅这个朱红旗老支书的小女儿1988年考上了西南交通大学交通运输专业。自己的妹妹向红1989年考上了南京河海大学。她报了土木工程专业。当时父亲不同意，一个女孩家，还是报轻松的专业好。但向红执着，立志要建设家乡，改变山村落后面貌。向东支持妹妹，父母也就同意了。

最可喜的是刘娟娟。刘娟娟是菜花的闺密。当年菜花读中学时，就借住在刘娟娟家。后来，高考落榜后，刘娟娟的父亲从外地调回松江镇，安排在松江镇供销社工作。国家出台职工顶替政策时，刘娟娟顶替父亲当了一名供销社职工。现在，刘娟娟也参加高等教育自学考试。听说已经通过了八门科目考试。

酒店落成典礼那天，张升财给姚向东提了一个小小的要求。张升财的儿子张胜常要参军，张升财决定送子参军。体检通过了，政审通过了。张升财担心名额有限被县人武部刷下来。张升财希望姚主任给县人武部部长说说。姚向东一听，满口答应。姚向东心里想，当兵是件光荣的事儿，说说无妨。再说，张升财已经不是过去的张升财了。姚向东做了个顺水人情，张胜常实现了参军的愿望。人为别人做点儿事，心里会产生莫名其妙的快感。姚向东这两年扑在工作上。工作就是做事，姚向东心中的快感似乎越来越强烈。

转眼到了1989年年底。

进入腊月，天气很冷了。他给父母、丈母娘，还有叔爷各买了一件羽绒大衣。选了一个星期天，姚向东赶到了松江镇。

菜花离家出走一晃两年多了。姚向东拼命地工作。姚向东没有大块时间去思念菜花。随着时间的推移，菜花的身影慢慢地在脑海中淡化了。但每当一个人静下来时，姚向东的脑子里还会浮现出菜花那白皙的脸庞，粗黑的大辫子，还有那黑白分明的大眼睛。姚向东还心存一丝侥幸：但愿有奇迹，菜花会出现在自己的面前。时间是人们心中去除烙痕的橡皮擦。姚向东沉重的心情越来越放松了。快过春节了，繁忙的工作告一段落。他以轻松的神态出现在长辈的面前，其实就一个目的，他不想让长辈们为自己操心。

下午三点，他从松江镇坐上公共汽车回到陵阳。

他直接去了办公室。

刚在椅子上坐下来，办公桌上的电话铃响了。

三十七

办公室里静静的。

丁零零，丁零零。清脆的电话铃声听起来有些刺耳。姚向东心里咯噔一下，伸出去拿话筒的手悬在半空。今天是星期天，不会有人把电话打到办公室来的。要是有电话打进来，肯定是深圳的长途电话，肯定是卫国打来的。两年多了，卫国和桃花在深圳一直没有停止寻找菜花。前些日子听说卫国的公安朋友还在调查分析龙头崖跳海的中年妇女究竟是不是钱菜花。时间过去越久，菜花活着的希望越渺茫。姚向东懂得这个道理。菜花从深圳离家出走的那些日子，姚向东守在电话机旁，时时刻刻地盼着办公桌上的电话铃声响起来。但是，接一次电话，失望一次，姚向东的心慢慢地凉下来。现在，只要是星期天在办公室，姚向东就害怕办公桌上的电话铃声响起来。他害怕接到卫国的深圳长途电话。他更担心龙头崖跳海中年妇女是钱菜花被卫国公安局的那位沈大队长调查确定。现在就这样悬着，姚向东心里还有丝丝的侥幸。一旦找到了证据，公安坐实了跳海的中年妇女就是钱菜花的话，姚向东就会彻底失望。这种痛苦的压力就会迅速释放到亲朋好友的身上。姚向东不想让亲朋好友去承受这无形的压力。

电话铃声一遍遍地响起来。

姚向东拿起话筒，往右腮一贴，大着嗓门说："卫国你好！"

"我不是卫国。"对方莫名其妙。

"你不是卫国？"姚向东声音低了八度，这声音听起来很熟悉呀。

"我是张立仁。"张立仁语气有些重，"姚主任，我的声音，你听不出来？"

"不好意思。"姚向东停顿了一下，话中带着歉意，"我以为今天是星期天，办公室不会有电话。既然有电话，那肯定是我深圳的连襟打来的。一接电话，就闹了个误会。"

"没事。你到我办公室来一下。"

"现在？"

"对！现在。"

"马上到。"

姚向东放下电话，心里猜测：张立仁副县长星期天找我会是什么事呢？工作上的事。工作上已经告一段落，当前没有什么大事，没必要星期天谈工作呀。姚向东知道，张立仁是县委常委，是县政府的常务副县长，自己的顶头上司。张副县长管的事儿多，还真猜不透。姚向东顺手从办公桌上拿起笔记本，往风衣口袋里一塞，赶紧出了办公室，径直往二号楼走过去。

姚向东走到张立仁副县长办公室门口。办公室门敞开着。张立仁坐在双人沙发上，手里拿着一份文件正在看。听到脚步声，抬起头，一看姚向东已经来到了门口，赶紧站起身，把手里的文件往桌子上一丢，连忙朝向东招手："姚主任，快进来。"

姚向东一脚跨进办公室门槛，径直朝张副县长身边走过去。他看到张副县长脸上喜洋洋的，心里轻松些。姚向东估计张立仁副县长一定有什么喜事要和自己分享，要不，脸上怎么会像喝了酒似的，红通通的呢？

"沙发上坐。"张立仁在双人沙发上坐下来，指指旁边的单人沙发，"快坐！"

姚向东赶紧在单人沙发上坐下来。他从风衣大口袋里掏出笔记本，又从中山装的上衣左口袋掏出钢笔，朝张副县长微笑着点点头。

"把笔记本收起来。"张立仁副县长端起面前的茶杯，又指指姚向东面前茶几上已倒好的一杯茶说，"没什么要记录！聊聊！"

姚向东一听，心里有些疑惑。不做记录，难道没有什么工作上的急事大事？没有急事大事，星期天张副县长不会找我。聊聊？聊什么？平常三天两头见面，也没什么好聊的呀！姚向东低着头。办公室里一下子突然静了下来。只有张副县长嘴唇啜茶发出的微微的啧啧声。

姚向东下意识地伸出右手去端茶杯。但他的手只碰了一下茶杯，又缩了回来。他静静地坐着，心里有些紧张起来。

张立仁副县长还在品茶，不说话。

姚向东虽然跟张副县长很熟，但张副县长毕竟是姚向东的顶头上司。聊聊？聊什么？姚向东懂规矩，得等张副县长先发话。

办公室外空旷旷的。不远处的花圃里，冬青树在夕阳的映衬下泛起了晶莹的光泽。再远一点的那棵高大的老榆树，光秃秃的枝枝丫丫在远处红红的夕阳背景下，像一幅漂亮的油画。老榆树上有一糠筛大的喜鹊窝，五六只花白喜鹊在枝丫上跳来蹦去，发出叽叽喳喳的叫声。突然，从花喜鹊窝里飞出两只花白喜鹊，互相追逐嬉戏，朝二号楼方向飞来。欢快的喳喳声越来越近。

"近来工作忙吗？"张副县长把手里的茶杯往茶几上一搁，随口问道。

"不忙。大的事儿都完成了。"说到这里，姚向东伸手端起茶几上的茶杯，呷了一口说，"县长，你说这人有时怪不怪？忙的时候，什么事儿也不想，心里很轻松。这一闲下来，心里倒反而不轻松。"

"不轻松？"

"是呀。"

"你跟别人不一样。你心里搁着大事呢！菜花近来有消息吗？"

"没有。"

"唉！这事摊谁身上谁都受不了。向东，你不简单，一心扑在工作上。"

"大家都扑在工作上！"

"黄书记、刘县长常常跟我谈到菜花这件事。他们都夸你呢！"

"夸我什么？"

"夸你拼命工作！"

"这是我应该做的！"姚向东心里想，我这是没办法呀！我不能闲下来，一闲下来，这脑子里满是菜花的身影，满是菜花的音容笑貌；一闲下来，那痛苦的思念就会涌满整个脑海。只有拼命地工作，才能将痛苦的思念慢慢地淡化。我这可是没有办法的办法呀！想不到，还歪打正着了。忙，是治我孤独的良药，领导怎么会想得到呢？

"姚主任，工作上有想法？"

"没有想法。"

"你没有想法，组织上有个想法。"

"组织上有想法？"姚向东心里一愣。

"近来，县里要调配一批干部。"张副县长端起茶几上的茶呷了一口，把茶杯搁到茶几上说，"初步议协调你到陵阳经济开发区担任管委会主任，书记我还兼着。另外，准备提拔你任陵阳县政府县长助理。免去陵阳县政府办公室主任职务。陵阳大道拓宽工程指挥部已经解散，你原来兼任的拓宽工程指挥部办公室副主任自行解除。"

姚向东目光盯着张副县长的脸庞，不知是高兴还是激动，嘴唇嚅动了几下，没有说出话来。

"黄书记、刘县长让我先听听你的意见。本来是不会征求个人意见的。你的情况特殊，妻子菜花离家出走两年多了，一直没有消息。我们组织上知道你是在什么状态下拼命工作的。征求你个人意见，暂时保密。"

"我担心不能胜任。当个办公室主任跑跑腿还行，去主管开发区经济发展恐怕……"姚向东知道开发区刚组建几年，连个办公楼都没有。招商引资的压力很大。姚向东有点担心自己会辜负领导的希望。谁知，姚向东的话还没有说完，张立仁副县长打断他的话说："黄书记、刘县长都说了，你有这个能力把开发区发展好。这几年，你不分管招商引资，还招来了不少客商，引来了不少项目。"

"这都是领导关心和支持！"

"你有这个能力。"张立仁副县长笑笑说，"下周开县委常委会就要确定。你有个思想准备。"

"谢谢领导信任。"姚向东感激地说。

"对了。近期手头上急的事抓紧办。下周干部调整命令下达后，三天到位。"

"你交办的事就一件还未办。"

"什么事？"

"按你的指示，为加强招商引资力度，决定给县委常委每个人配一部大哥大；局长以上干部均配 BB 机。这事儿已经与电信部门联系好了。财政局专项资金还未拨下来。"

"这事先放一下，春节后办。"

"好！听领导的。"姚向东点点头。

"向东，菜花的事，黄书记很重视，时不时还打电话给深圳的同学，但一点消息也没有。"

"谢谢领导关心！"

"你连襟在深圳，请他多方打听寻找。"

"是的。菜花妹子桃花也在深圳，他们都很上心。"

"长辈们心情有没有调整过来？这事儿摆谁身上谁不痛心。要多劝劝长辈们。我提醒你呀，不要过多地往坏处想，要让长辈们有点信心。"

"我知道。谢谢领导提醒。"

"对了。你调到开发区当管委会主任,出差的机会多了。特别是去港澳台招商机会多,这样可以去深圳做些寻找工作。"

"领导想得真细。谢谢!"

一周后,县委调整干部的常委会按期召开。姚向东被任命为陵阳县政府县长助理,陵阳经济开发区管委会主任;免去陵阳县政府办公室主任职务。周宝民接替姚向东担任陵阳县政府办公室主任;刘民祥调任陵阳县机关事务管理局局长。

姚向东做梦也不会想到,忙不但治好了自己孤独和痛苦的思念,而且忙出了成绩,得到了组织上的重用。当张副县长那天悄悄地跟向东通气时,向东的心里就激情澎湃起来。他感到一种特别的快感,感到一种特别的满足。

还有十几天就要过春节了。这是菜花离家之后的第三个春节。时光进入了九十年代。

腊月二十,人们习惯地开始数夜。姚向东也在心里数夜:二十夜;二十一夜;二十二夜。二十三夜上午,天空云彩厚起来。到了下午,天空变得昏黄昏黄的。西北风一阵紧似一阵地吹。宿舍围墙外面的松江浪涛滚滚,波浪撞击声和轮船上的轰隆隆的轮机声交织在一起,响彻机关宿舍院的上空。

西北风越刮越大。

傍晚时分,天空飘起了鹅毛大雪。在嘉陵江沿岸很少下这么大的雪。地处深山里的陵阳城里更是雪花飞舞。雪显得格外地白,满街的行道树上都挂满了雪花,像披上了一层白色的银装。城里的房顶上铺满了雪,道路上也像铺上了一条巨大的雪白薄绒毯似的。漫天飞舞的雪花,仿佛天地融为一体,笼罩在陵阳城这白色的世界里。

姚向东站在房间里,目光盯着窗外飞舞的雪花。他仿佛看到雪花飘过那树林,飘过那高山,飘过那松江,飘到那四季如春的南方深圳,飘落在深圳一片已经盛开着灿烂油菜花的田野上。姚向东似乎在自言自语：菜花，你为我好，我现在一切都好，我没有沉沦，没有辜负你的一片好意。你应该回来了。

回来吧！菜花。

姚向东知道，自己的这个愿望就像眼前飘飞的雪花，一会儿落到大地上，就会慢慢地融化了。

姚向东凝望着窗外漫天飞舞的雪花，长长地叹了一口气。

三十八

姚向东心里十分清楚，他必须继续拼命地工作，他必须从思念的孤独中走出来，才能对得起菜花的一片好意和良苦用心。现在，组织上这么信任自己，委以重任，自己必须更加拼命地工作，才能不辜负组织上的期望。

拼命地工作，不觉时间。一晃又是两年过去了。

转眼到了1993年年初。

陵阳县人代会于1月18日至1月22日在陵阳宾馆召开。会上选举张立仁为陵阳县县长，姚向东为陵阳县人民政府副县长。1月初，县委主要领导大调整。黄万和调任泸阳市委组织部，任市委常委、组织部长，接替刚刚调任泸阳市人大常委会副主任的徐立银。刘立平升任陵阳县县委书记。

最让姚向东意想不到的是徐凤霞调回陵阳来了，担任县委宣传部副部长。这让姚向东感到既惊喜，又惆怅。听到徐凤霞调回陵阳的消息当晚，徐凤霞就接到了姚向东从陵阳打到家里的电话。两人的通话简洁，耐人寻味：

"喂！徐部长家吗？"

"我是徐立银。"

"徐部长好！"

"祝贺姚副县长！"

"谢谢部长。我想请凤霞接电话。"

"好。你等一下。"

"姚县长好!"

"叫向东。"

"向东哥好!"

"凤霞,听说你又要回陵阳了?"

"任命快下了。怎么?你不欢迎?"

"欢迎。我是说……"

"你说……你想说什么?"

"我是说,你在泸阳大市干得好好的,干吗到小县城来?"

"我喜欢陵阳。"

"喜欢陵阳?"

"我对陵阳有感情。"

"对陵阳有感情?"

"对呀,不行吗?"

"行!行!行!"

"这就对了。我还以为向东哥刚当上了副县长,就忘了老部下呢。"

"哪能呢!"

"对了,一句话两句话也说不清。下周六,周宝民和吴景燕的婚礼在陵阳宾馆举行。到时,我正好去陵阳县委组织部报到,晚上参加周主任和吴景燕科长的婚礼。听说,你还当了媒婆。你肯定会去。到时见面再聊。"

"等你!"

"噢!对了,菜花姐有消息吗?"

"一直没有消息。"

"唉!一晃快五年过去了。时间过得真快!"

"是呀!菜花是1988年春节后跟她妹子桃花去深圳看病的,一去就没影了。霞霞都虚六岁了。"

"菜花是个好人,是个好女人。"

"菜花是我的大恩人。她出走也是一句两句话说不清呀！"

"我都听说了。唉！想起菜花姐就流泪。"

"唉——"

"不说了。下周末见。挂啦！"

当晚。

天气很冷。窗外西北风呼呼呼地刮个不停，不时从门窗缝隙中传来阵阵吹哨子般的西北风的吼声。姚向东躺在床上，把棉被往头上一拉，整个额头都蒙上被头。他房间里的台灯没有关，亮堂堂的。姚向东棉被蒙着头，眼前黑洞洞的。自从菜花离家出走后，他已经习惯于蒙头睡觉了。这样，他看不到房间里的窗帘、橱柜、床头柜，尤其是床头柜上的那盏台灯。尽管那盏台灯在布置新房时，姚向东突发奇想，用红色的油漆将白炽灯泡涂了一下，台灯一开，房间里红彤彤的一片。后来，台灯灯泡坏了，姚向东把涂了红漆的灯泡扔了，换上了白炽灯泡。但那过去红彤彤的光亮始终留在姚向东的脑海里，他始终忘不了与菜花在红彤彤的氛围中度过的激情之夜。

姚向东睡不着觉，裹着被子在床上翻过来，侧过去。他心里不时会浮现出菜花那微笑着的脸庞，不时又浮现出徐凤霞那黑白分明的大眼睛。姚向东在仔细地回忆刚才跟徐凤霞在电话里的对话，心中不时会产生出一种说不出滋味的异样感觉。这种感觉有点像刚泡上的一杯秋天采摘的毛峰茶。透明的玻璃茶杯里，汤汁浓郁，叶芽浮沉。姚向东知道，秋茶汁浓，喝上一口，嘴里会有一种淡淡的苦涩，继续咂咂嘴，把茶汁咽进喉咙后，会有一种淡淡的清香慢慢地在口腔里弥漫开来，不一会儿，你会出其不意地感觉到嘴里的口水有丝丝的甜味。

姚向东想想刚才徐凤霞电话里说的话，他隐隐约约地有一种说不出的预感。姚向东的眼前出现了当年徐凤霞写给自己的那封炽烈的求爱信，那封被钱菜花无意间发现的信。想到这里，姚向东更是心潮澎湃，感慨万千。

姚向东睡不着觉。他把被头往上拽了拽，长长地吸了一口气。

窗外，西北风还在吹，但风力明显小了。一轮硕大的月亮玉盘似的悬在天空，皎洁的月光把窗外的树林涂上一层茫茫的白色。月光从玻璃窗透进房间里，房间里顿时有了"床前明月光"的感觉。

客厅里传来拉灭电灯开关的声音。姚向东知道，应该过了十一点了。杏花拿到高等教育自学考试大专文凭，一鼓作气，又参加高等教育本科自学考试。还有三门就全部通过考试。杏花有毅力，这是姚向东万万没有想到的。原来只知道，杏花从山沟里调到陵阳城里来，只是性格大方，不拘一格。后来，又知道了一个天大的秘密，杏花有超人的酒量。现在，参加自学考试，又让向东这个杏花崇拜的好姐夫看到了杏花学习的毅力。虽然姐夫小姨子同在一个屋檐下，但向东顾不了那么多世俗的偏见，他要帮小姨子杏花辅导，他有这个水平，他晚上有的是时间。杏花争气，但姚向东想来想去也想不出杏花哪来的这种毅力，这毅力靠什么动力来驱使的呢？姚向东想不到，也许，向东压根儿就不愿意去想这个事儿。这些日子，杏花进入冲刺阶段，还有三门课，只要努力，应该不成问题。但杏花不敢掉以轻心。她白天要上班，晚上复习到十一点才会关灯睡觉。

还有十多天就要过春节了。杏花想得很现实。过春节是没办法静下心来复习的。春节前必须努力。姚向东支持杏花。这些日子，姚向东因为菜花出走后，孤独和寂寞是难免的。拼命地工作是一服好药，也许帮杏花复习迎接自学考试就是药引子。反正姚向东从对菜花的无限思念中慢慢地走了出来。

姚向东有时会感到莫名其妙地高兴。拼命地工作，得到了组织的认可，自己的仕途更加顺了。刚刚，自己被县委任命为陵阳县经济开发区党工委书记；又是刚刚，县人代会又选自己当上了副县长。这一切就在眼前，都在眼前。被窝暖了，姚向东似乎想到了什么，浑身有些燥热。他把被头又往下拽了拽。

窗外的风声没有了，到处静悄悄的。房间里只有明月光把家具涂上了白色。姚向东静静地平躺着，耳朵里传来卫生间开水龙头洗漱发出的哗哗水声。姚向东的眼前浮现出杏花的身影，杏花身影又变幻出丈母娘那慈祥的笑脸。他不知道丈母娘为什么一直住在乡下，为什么一直在乡下帮自己带霞霞。丈母娘就是不肯回城里来住。姚向东有时会隐隐地感觉到有什么事儿要发生,但他不敢去想,也不想去想。

现在,徐凤霞又调回陵阳城来了。春节前就到任。一切就在眼前。姚向东的心里就像山谷里的一方平静的池塘,山崖上滚下了一块石头,扑通掉进池塘里,平静的池塘水面上荡起了一圈又一圈的涟漪。

姚向东望着房间里明亮的月光,在心中默默地哼起了韦唯唱的那首《爱的奉献》,心里百感交集:

  这是心的呼唤
  这是爱的奉献
  这是人间的春风
  这是生命的源泉
  在没有心的沙漠
  在没有爱的荒原
  死神也望而却步
  幸福之花处处开遍
  啊……
  只要人人都献出一点爱
  世界将变成美好的人间
  啊……
  ……

姚向东慢慢地进入了梦乡。

周末,周宝民与吴景燕的婚礼如期在陵阳宾馆举行。

陵阳宾馆是陵阳大道上的十大建筑之一。当年拓宽陵阳大道,在县招待所周边征拆了一些民居,拆除了原来的贵宾楼,建起了高十层的陵阳宾馆。宾馆大门朝着街面,十分气派。门厅宽敞豪华。进门大厅平时不开拉门。门厅正门是旋转式的。进入门厅的客人是随着转门缓缓地往里走。旋转门在陵阳城里是第一家,市民们都感到很好奇。

有些市民不进宾馆消费,但会找个事儿有意从旋转门走一次,满足自己的好奇心。大厅按四星标准设计,地面铺上大理石,客厅中间有一个豪华的吊灯,水晶片的,从四楼高的客厅顶部悬挂下来。开关打开后,亮晶晶的一片,光泽交辉。从旋转门隙里吹过一丝风,玻璃晶片悠悠地晃动起来,发出轻微的当当当的碰击声,像客厅里突然播放起一首轻音乐,挺悦耳的。

婚礼在大餐厅举行。陵阳宾馆的大餐厅在二楼,有八百多平方米,可同时摆放三十张桌台就餐。餐厅里有一个铺上地板的主席台,上方挂着鲜红的横幅,上面写着周宝民吴景燕新婚快乐。餐厅布置得简洁、大方,很有喜庆气氛。一排排整齐的餐桌上方拉了不少彩带,墙上贴了不少红双喜字,墙柱上挂满了彩色气球。

刘立平、张立仁、姚向东还有徐凤霞都安排在主桌上。

婚礼顺利举行。仪式一项一项举行,餐厅里不时响起阵阵掌声和欢笑声。到了新郎新娘敬酒阶段,周宝民、吴景燕先到主桌敬酒,大家纷纷举杯祝福。周宝民、吴景燕连连致谢,正要转身离开时,刘立平书记站起来,朝周宝民、吴景燕招招手:"我有个小提议。姚向东可是你俩的媒人。姚县长自从菜花离家出走后,快五年了,一直单身,你们今天也要给媒人祝贺点什么。"刘立平说完,坐下来,目光在姚向东和徐凤霞的脸上扫来扫去。

大家心领神会。姚向东似乎意识到什么,脸唰地红了。徐凤霞落落大方,一副若无其事的样子。此刻,徐凤霞的心里像起了大风的池塘,翻腾起来。徐凤霞眼睛的余光不能自持地落到姚向东的脸上,脸也倏地红了。

周宝民、吴景燕明白刘立平书记的话中之意,走到姚向东身边,恭恭敬敬地齐声说道:"姚县长,祝贺你早日也让我们喝上喜酒。"

姚向东站起身,端起酒杯,脸红得像猪肝似的,什么话也没说,一仰脖子,满满的一杯酒全倒进了嘴里。

刘立平鼓掌,满桌的人都鼓起掌来。

徐凤霞的目光落到姚向东的脸腮上,久久没有移开来。

三十九

　　徐凤霞的目光紧紧地盯着姚向东，心里产生了一丝丝的疑惑。看到姚向东刚才一仰脖子爽快干杯的样子，似乎重新成家的想法已经成熟了似的。徐凤霞心里明白，一个男人，特别是结婚不到两年就失去妻子的中年男人，那种压抑人的本能的意志是有限的。姚向东是个不简单的男人。妻子已经离开他身边快五年了。五年来，姚向东一心扑在工作上，个人生活上的事儿从来没有传出什么花边传闻。

　　姚向东这几年怎么过来的，徐凤霞始终关注着。虽然徐凤霞人在泸阳市，但陵阳这边人头熟悉。刘立平县长，也就是现在的刘书记，是徐凤霞父亲的老部下。徐凤霞跟刘立平书记能说得上话。姚向东的部下吴景燕是徐凤霞的好姐妹，两人可谓是无话不说。说实在的，当年给姚向东冒昧地写了那封火辣辣的求爱信，想不到姚向东与钱菜花有那段感人的传奇故事。善良的徐凤霞选择了离开陵阳。但徐凤霞人虽然离开陵阳，心还留在姚向东身上。徐凤霞是个读过大学的文化人，做人的道理她懂。自己既然爱上一个人，应该为这个人的幸福去奉献。让徐凤霞想不到的是钱菜花没有读过大学，钱菜花来自大山的深处，但钱菜花也懂得这个道理。钱菜花在无意间发现了徐凤霞写给姚向东的火辣辣的求爱信，竟然也选择了离开姚向东。这让一直暗恋着姚向东的徐凤霞打心里佩服钱菜花。她要成全姚向东，她不能让姚向东做个忘恩负义的人。何况当时姚向东与钱菜花已经确定了结婚的日期。徐凤霞毅然选择了离开姚向东，离开陵阳。当年，徐凤霞以母亲身体不好需要人照顾为由，调离陵阳县政府办公室，来到泸阳市的一个区委宣传部工作。姚向东明白徐凤霞的良苦用心，他把徐凤霞的这份情谊深深地埋在自己的心中。

　　有了吴景燕这个好姐妹，姚向东的工作生活情况，徐凤霞了如指掌。人们常说，女孩子的第一次恋爱，准确地说是女孩子家第一次看中的男人，会印在脑子里终生。自从离开了陵阳，离开姚向东身边后，徐凤霞对这句话的理解越来越深刻。当年徐凤霞兴致勃勃地给姚向东写了封火辣辣的求爱信。说实在的，徐凤霞写这封求爱信心中是自信满满。她知道，自己是大学毕业生，写得一手好文章；姚向东也是大学毕业生，也写得一手好文章，可谓是志同道合。自己出生于大干部家庭，生活优越；他向东出生于普通人家，条件平常。自己长相还可以。虽然他姚向东生得帅气，但配他姚向东，徐凤霞心里还是有信心的。再说，平常姚向东对自己挺关照的。徐凤霞把姚向东工作上的关照来了个想当然，于是大胆地写了那封求爱信。姚向东在自己与钱菜花之间一点没有犹豫，他选择了钱菜花。当徐凤霞听到姚向东说起他与钱菜花的传奇故事后，徐凤霞感动了。姚向东感恩，自己应该成全他。徐凤霞当时想得简单一些，离开陵阳，离开姚向东，随着时间的推移，姚向东的身影会在自己脑海里慢慢地消失掉。但生活不是这样。离开陵阳前，钱菜花提议，姚向东、钱菜花、徐凤霞三个人结拜三哥妹。徐凤霞成全了菜花。她知道钱菜花的心里是怎么想的，她更知道钱菜花的胸怀有多宽阔。

想不到的是随后的生活中，三个人真正成了一家人。徐凤霞与钱菜花比亲姐妹还亲，成了无话不谈的好姐妹。当听到钱菜花在陵阳人民医院生孩子难产的消息后，徐凤霞知道姚向东在南方考察，通过父亲的关系，请了泸阳市人民医院的妇产科主任，连夜陪同医生坐救护车赶到陵阳。母女平安，徐凤霞才放下心来。

姚向东、徐凤霞、钱菜花成了真正的一家人。吴景燕是三人之间联络的纽带。徐凤霞心中一直印刻着姚向东那帅气的身影。徐凤霞想抹去，但是千丝万缕的联系，无法让姚向东的身影在自己的脑海里淡去。回泸阳一年了。男大当婚，女大当嫁。徐凤霞一个大姑娘家，又出生在泸阳城里大干部家，上门提亲的不少，介绍的对象条件没有差的。要人品有人品，要才华有才华，不少还是大干部家的子女，可谓门当户对。但凤霞一个也不谈。凤霞的理由很简单，现在正是工作的大好时机，不能分心。但这个理由摆不上桌面，连徐凤霞心里都清楚。父母劝说，徐凤霞也不松口。徐凤霞是独生女，是父母的掌上明珠。父亲也知道徐凤霞在陵阳有过心上人。父亲还知道姚向东、徐凤霞、钱菜花之间婚恋的感人故事。父亲尊重自己的姑娘徐凤霞自己的选择。父亲是个通情达理的长辈,他理解凤霞的心情,更尊重凤霞的意愿。父亲知道凤霞年纪会越来越大,但父亲不逼凤霞去相亲,去谈恋爱。父亲性格开朗随和,选择的是顺其自然。

谁知,天有不测风云。钱菜花生孩子难产。虽然徐凤霞连夜从泸阳市带去妇产科专家,及时给钱菜花做了剖宫产,母女平安了,但钱菜花却落下了后遗症,精神状态越来越差。凤霞去过陵阳几次,也在泸阳市找医疗专家帮菜花咨询,但病情始终不见好转。想不到的是这个钱菜花为了不给姚向东添麻烦,竟然从深圳离家出走了。听向东说,钱菜花是跟妹妹桃花去深圳看病的。在深圳,医生确诊,钱菜花患了中度抑郁症。这个菜花,她竟然从深圳给姚向东寄来了一封挂号信。信中一封简短的信,说为了向东今后的家庭幸福,她去了一个人们找不到的地方。信中还有一份菜花签了名的离婚协议书。这个菜花,说走就走了。向东病了,一病就在医院躺了一个月。其间,徐凤霞去看过姚向东两次,说了许多劝慰的话。姚向东毕竟是受过高等教育的人,慢慢地明白了一些道理。菜花出走,但出走去了哪里呢?姚向东先是往好处想。他让菜花的妹妹桃花和连襟卫国在深圳找寻。但找了一个星期,一点儿踪影也没有。后来,听说深圳宝安区西乡龙头崖那几天发生过一起中年妇女跳海事件,在附近的海滩还捡到了一双泡沫凉鞋。听菜花妹妹桃花说,桃花送过一双泡沫凉鞋给菜花,而且与海滩上捡到的那双泡沫凉鞋同色同码。所有人都明白了,但所有的人都不愿说破。姚向东心里清楚,菜花活着的概率太小了。从此,姚向东的心里悬起了一块大石头。但姚向东对别人总是说,同色同码的泡沫凉鞋,厂家不会只生产一双,宝安区公安局的沈大队长都说了,跳海的中年妇女不一定是菜花。这事儿只能悬着。

事情发生后,徐凤霞经常给吴景燕去电话,询问姚向东的情况。她让吴景燕多关心姚向东的生活。吴景燕心领神会。后来,姚向东拼命地工作,加上刘立平县长、张立仁副县长经常开导向东,姚向东似乎在繁忙的工作中，慢慢地淡化了心中对菜花的思念。吴景燕把这个情况电话告诉徐凤霞时，徐凤霞的一颗焦急的心慢慢地平静下来。徐凤霞当年离开陵阳时，打心里敬重钱菜花的胸怀，她不忍心钱菜花说走就走了。活要见人，死要见尸。虽然这个龙头崖跳崖的中年妇女没有找到一点蛛丝马迹，但附近海滩上捡到的一双泡沫凉鞋，与桃花妹送给菜花的那双泡沫凉鞋同码同色，跳海的中年妇女很可能就是菜花。徐凤霞不愿相信这是真的。她托表哥徐江风发动深圳的朋友四处找寻，特别提醒表哥在尼姑庵里认真找。但是一年过去了，徐江风来电话告诉凤霞，一点踪影也没有找到。凤霞心里有底了，那宝安区西乡龙头崖跳海的中年妇女肯定是菜花了。徐凤霞知道，人死不能复生。活着的人还要活下去。姚向东拼命地工作，徐凤霞心里很高兴。徐凤霞知道，工作是治疗孤独和寂寞的良药。姚向东拼命地工作，创造了不少工作上的成绩。通过刘立平县长，通过吴景燕，徐凤霞对姚向东的工作表现了如指掌。徐凤霞是个细心的姑娘。她爸爸是泸阳市委的组织部长。徐凤霞不失时机地把姚向东的工作成绩讲给爸爸听。徐凤霞的爸爸徐立银是个十分爱才的老干部。于是，姚向东的仕途越来越顺。这一切，在姚向东、在同事们看起来都那么顺理成章，但姚向东的进步不能不说渗透了徐凤霞那丝丝甜蜜的爱。

菜花说走就走了，一走快五年了。拼命工作的良药慢慢地治愈了姚向东那心灵上的痛。徐凤霞得到了安慰。姚向东进步了，徐凤霞心里更高兴。但徐凤霞知道，虽然五年过去了，姚向东的心里还有着菜花的位置。

徐凤霞凭着一个姑娘家的直觉，她能感受到这一点。

菜花从深圳离家出走后，随着时间的流逝，姚向东拼命工作冲淡了心中对菜花的思念。但姚向东是个正常的男人。他的部下吴景燕是个如花似玉的才女，但姚向东把吴景燕介绍给同事县委研究室的周宝民副主任。徐凤霞听吴景燕说到与周宝民的相恋，问谁介绍的。吴景燕很爽朗地告诉了徐凤霞。徐凤霞听了，先是惊讶，后是释然。在钱菜花离家出走的这些年，每当徐凤霞出差来陵阳，总会在晚上去姚向东家里看望向东。每次给凤霞开门的都是杏花。凤霞知道，杏花是菜花的二妹子。当年，是姚向东把杏花安排到陵阳酒厂工作的。徐凤霞在陵阳工作时，就知道姚向东的性子，工作拼命，文章写得很合领导口味，待人特别谦和，但口有把门的，很适合做办公室的工作。说实在的，直到那封火辣辣的求爱信闹出了风波，姚向东才一五一十地把钱菜花与他在天坑的传奇故事讲给凤霞听。徐凤霞当时大吃一惊，想不到姚向东这个山沟里走出来的帅小伙子心里藏着天大的秘密。

记得一次到陵阳开会。晚上吃饭后，徐凤霞来到姚向东家。连敲了几下门，门开了，一个漂亮的姑娘出现在门口问："你找谁？"

"我找姚主任。"

这漂亮的姑娘很大方，把徐凤霞让进客厅，倒了杯水摆到茶几上说："你坐会儿，向东还没有回来。"说完，拿起茶几上的电视遥控器，递到徐凤霞手里说："我复习迎考。你看电视。"

徐凤霞愣愣的目光盯着眼前这位漂亮的姑娘，诧异地问："你是？"

"我是杏花。姚主任的小姨子。"

徐凤霞有些纳闷。这小姨子挺大方，一点不避嫌。这屋里没有其他老人，难道姚向东和小姨子同住一屋？徐凤霞不便问，沉默一会儿打开了电视机。

后来，听姚向东说到杏花，凤霞全明白了。想想也没什么。菜花姐虽然离家出走，是死是活不知道呀。就算知道深圳龙头崖跳海的那些细节事，谁愿意说破呢。向东房子大，丈母娘带着霞霞去了乡下。姚向东几次去乡下请丈母娘，丈母娘怕住这房子想菜花呀！向东也就依了丈母娘。杏花参加自学考试，找不到安静的住处，就在这住下来了。一住就是五年多，自学本科的文凭都快拿到手了。但向东是向东，杏花是杏花。吴景燕常去向东家里，她知道情况，她更了解向东主任。向东是向东，杏花是杏花，这是吴景燕与徐凤霞通电话时常说的一句话。

徐凤霞信这句话。

周宝民与吴景燕要举办婚礼。刘立平当了县委书记，第一个电话打给凤霞。他让徐凤霞一定要来参加周宝民、吴景燕的婚礼。徐凤霞没有听出刘立平书记的弦外之音。徐凤霞告诉刘书记说,她肯定去的。刘书记又多了一句:"凤霞,你知道介绍人是谁吗?"

"知道。姚向东!"

刘立平在电话里哈哈大笑。沉默了一会儿,没有再说婚礼的事,只是电话里告诉徐凤霞说:"凤霞,你回到陵阳工作的事定了。安排在县委宣传部当副部长。"

徐凤霞在电话里连声感谢。

徐凤霞来陵阳办理了报到手续,当晚就参加了周宝民和吴景燕的婚礼。此刻,看到刘立平提议让周宝民、吴景燕给媒人敬酒,姚向东满脸通红,一仰脖子,干光了杯中酒,徐凤霞突然似乎明白了刘立平书记的良苦用心,脸唰地也红了。徐凤霞知道,刘立平把自己安排到领导主桌上,而且把自己安排在姚向东邻座,此刻,又让周宝民、吴景燕敬媒人酒,那敬酒词说不定都是刘书记预先策划好的,大家心照不宣。

徐凤霞的脸上有些发烫。闪烁的彩灯光照在脸上,像一朵刚盛开的牡丹花。

姚向东放下酒杯,朝徐凤霞笑笑说:"大家吃菜!"

刘立平不失时机地站起身,端起酒杯,朝大家亮了亮:"我敬大家!祝有情人终成眷属!"

"干!"大家异口同声。

大厅里音乐响起,《花好月圆》那欢快的歌声在整个大厅回荡:

  浮云散明月照人来

  团圆美满今朝醉

  轻浅池塘鸳鸯戏水

  红裳翠盖并蒂莲

  噔得得得 噔得得得

  噔得得得 噔得得得

浮云散明月照人来

团圆美满今朝醉

……

四十

婚礼结束后，周宝民、吴景燕把刘立平书记、张立仁县长还有姚向东、徐凤霞送到大厅门口。徐凤霞刚来陵阳报到，晚上住在陵阳宾馆。她知道刘书记、张县长还有姚向东都住在机关大院宿舍区。陵阳宾馆紧靠机关大院。徐凤霞走出大厅后，站在路边，朝刘立平、张立仁还有姚向东招招手说："你们慢走。明天见！"

刘立平书记看看姚向东，又望望徐凤霞，关心地问："凤霞，我都忘了，办公室给你安排住的地方没有？"

"安排了。住陵阳宾馆。刘书记，还有不到十天就过年了，我想春节后来上班。明天上午给你报告一下工作打算，听听你的指示。下午我回泸阳。"

"对了，我正想跟你说呢！明天上午九点我在办公室等你。"

姚向东站在徐凤霞旁边，脸上火辣辣的。姚向东心里有些纳闷。今天吃的是喜宴，喜宴上没人闹酒。自己满打满算也就喝了不到十小杯酒，连酒带滴的，真正喝到嘴里的不会超过三两酒。这毛峰大曲烈度蛮高的，脸上总是像贴烧饼似的，热烘烘的。刘立平跟徐凤霞说话，他插不上话，只好碰碰张县长的胳膊没话找话说："张县长，这酒烈度蛮高的。"

"怎么啦？你喝多了？"

"没有。"

"又没有人闹酒！"

"最多三两酒。"

"你这半斤多的酒量，喝三两有问题？"

"没有。就是脸上发烧似的，热烘烘的。"

"热烘烘的？激动的吧！"

"激动啥？"

"老部下调来陵阳，怎么？不高兴？"

"高兴！高兴。"姚向东知道张县长话中有话，赶紧表态。说完，不经意的目光瞅了一眼徐凤霞。夜色很浓，但大厅外的灯光很亮，徐凤霞的脸也是红通通的。女同志的脸一红，更漂亮，像初夏荷塘里盛开的鲜艳的荷花。

刘立平不失时机地对姚向东笑笑说："高兴，还不送送凤霞？"说完，拉拉张县长的胳膊："走，我们晃晃就回家。"

"不用！不用！"徐凤霞朝姚向东摆摆手，声音很低，"我就住陵阳宾馆，几步路就到了。"

"住几号房间，我送送你。"姚向东朝凤霞面前跨了一步，轻声问。

刘立平、张立仁说笑着往宾馆大门外走去。快到大门口时，刘立平、张立仁同时站下来，扭头异口同声地高着嗓门："明天见！"

"领导慢走！"姚向东、徐凤霞也几乎异口同声。

姚向东、徐凤霞目送着刘书记、张县长走出宾馆大门。

婚礼散场了。从大厅里走出来的人，个个喜气洋洋，有说有笑地朝大门口走去。徐凤霞、姚向东朝路边让了让。路边上有一棵香樟树，长得很茂盛。明亮的灯光把樟树的影子投映在地上。姚向东、徐凤霞站在树影下，望着熙熙攘攘地从面前走过的人群，都沉默下来，谁也不说话。凤霞毕竟是个大姑娘。她心里清楚，自己为什么会从泸阳大市调到陵阳县里来工作。俗话说，人往高处走，水往低处流。自己这是怎么了，从大地方往小地方调。其实，这是刘立平书记的主意。刘立平给凤霞的父亲说，陵阳县委黄万和书记调走后，组织上让自己当县委书记，有个小小的要求。当时，刘立平与父亲谈话就在自家客厅里。徐凤霞在隔壁房间听得很清楚。

"徐部长，感谢你的关心！"

"应该感谢组织!"

"当县委书记,工作千头万绪,我担心工作做不好。"

"做不好工作?这话不像出自刘书记的口呀!"

"组织上这么信任,你又这么关心,我这不是担心嘛!"

"你不是担心,你是有什么要求吧!"

"还是老领导知道我这小心思。"

"说。"

"你马上要去市人大上班了。我想,毛主席说得好,政治路线确定之后,干部就是决定的因素。"

"怎么,给我上政治课?还在拐弯抹角。有什么要求说吧!"

"我想请泸阳市委组织部给我们派一名干部。"

"派一名干部?你要什么样的干部?"

"我要一名能搞宣传、写文章的干部。"

"放心,我去人大前会向新接任的组织部长交代,满足你的这个要求。"

"我想……"刘立平没有说下去,欲言又止的样子,脸上露出了一丝丝为难的神态。刘立平知道,徐凤霞是徐立银的独生女。徐凤霞的母亲早已退休,身体一直不是太好。他想把徐凤霞要回陵阳去工作,心里有些不忍心。刘立平有自己的打算。把徐凤霞要回陵阳县来工作,是个两全其美的事。陵阳县委宣传部长前些日子支援西藏工作,一去要三年,组织上一直没有派常委部长来。刘立平打算把徐凤霞要回陵阳来,先任县委宣传部副部长,将来工作出色,就可以顺理成章地上位。再则,也是刘立平一直想在心里的一件大事。当年,姚向东当政府办公室的主任,徐凤霞对姚向东一直很仰慕。徐立银老领导也很看重这个乡下来的姚向东。当年,刘立平本以为顺水推舟的事,他想促成姚向东与徐凤霞的好事。但这个姚向东早已有了心上人,而且这个心上人是姚向东的恩人。姚向东掉进龙山天坑就是这个恩人钱菜花和她父亲救上来的。当年,姚向东以身相许,徐凤霞支持,主动退了出来,还主动从陵阳调回泸阳去工作。其实,就是离开姚向东。刘立平心里一直有个结，总觉得哪里对不起徐凤霞，但又找不出任何原因。其实，这也可能是官场上的一种状态。领导关心部下，部下总是感恩在心，总是想有个机会报答一下领导。徐凤霞跟姚向东两人的婚事要是能促成，也许刘立平就算做了件好事，也许是对老领导徐立银尽了一份忠心。但事情很有戏剧性。徐凤霞很敬佩来自山沟沟里的漂亮妹子钱菜花。那个钱菜花看到徐凤霞写给姚向东的那封求爱信后，竟然主动退让。说实在的，凤霞不知道姚向东与钱菜花的传奇故事；钱菜花也不知道徐凤霞暗中追着姚向东。徐凤霞有才有貌，父亲又是一个大干部。钱菜花为了向东的前途，坚决退出来。理由很简单：自己与姚向东门不当，户不对。徐凤霞见到钱菜花这个态度，这是多大的度量呀！徐凤霞感动了，不仅退出来，连连向姚向东真诚地打招呼，而且说服自己的父亲一起支持这对有传奇故事的人终成眷属。刘立平对徐凤霞的态度很敬佩，当然尽力支持。于是有了姚向东转正当上了县政府办公室的一把手，把"主持"两个字去掉了。在徐凤霞的协助下，钱菜花调到县城里工作，而且分到了机关幼儿园当老师。虽然一切皆大欢喜，但刘立平总觉得有些对不起老领导，总觉得有点儿对不起徐凤霞。凤霞调回泸阳市工作后，刘立平一直关注着凤霞的婚事。但凤霞一直单身一人。听说有个高中的同学叫宋一雄，现在在重庆开一家外贸公司，生意做得风生水起。当年，高中时宋一雄一直追求徐凤霞，但徐凤霞一直没有松口。前几年，宋一雄还找过徐凤霞，但不知什么原因，徐凤霞仍然没有松口。这宋一雄倒是很痴心的，专门到泸阳市投资，建了一座外贸冷库。几年过去了，宋一雄还是单身，徐凤霞也一直未嫁。说实在的，徐凤霞的婚事不见底，刘立平心里一直搁着这件事。钱菜花从深圳离家出走，一晃五年了。姚向东拼命工作，一直没有续弦的想法。最有意思的是这个姚向东竟然把自己像徐凤霞一样有才有貌的部下吴景燕介绍给了周宝民。刘立平知道后，心里有底了。这个姚向东心里一直还有着徐凤霞的位子，只是不便说出口。这次陵阳县干部大调整，刘立平又当上了一把手。刘立平说了算，老领导又是组织部长，他想把徐凤霞要回陵阳来，除了解决县里宣传部人才急需外，更主要的是他想给姚向东和徐凤霞创造一次亲密接触的机会。当然，他不便说出口，但话中有话，心中人会听得明白。此刻，刘立平说到人选欲言又止，徐立银追问道："刘书记，你想要谁，直说！"

"我想把徐凤霞要回陵阳。"刘立平知道徐凤霞是在泸阳市里工作，平常可以照顾到父母，毕竟徐部长和老伴都是过了六十的人了。他不忍心提这个要求，但又不得不说。不管怎样，这是个两全其美的事儿。

此刻，在隔壁房间里的徐凤霞听到刘书记与父亲的对话，心里很清楚刘书记的良苦用心。她侧耳细听，心怦怦怦地跳得很厉害。

"这不太好吧？"

"怎么不好？"

"我不久要去人大，临走前利用职权安排自己的姑娘当官。"

"这说不通呀！徐凤霞到陵阳，那是到基层去，这是提倡的呀！再说，徐凤霞去陵阳当县委宣传部的副部长，这可是平调。有啥不妥？"

"这样吧，我听听凤霞的意见。"

"我不便说。谢谢老领导。这样说定，看凤霞的态度。她愿意来基层吃苦，我这个当书记的欢迎！不来，没意见。"

刘立平离开客厅后，徐凤霞赶紧从房间里走出来，没等父亲开口问，就表态说："我想去陵阳。"

徐立银笑笑说："听组织安排吧！"

一个多月后，徐凤霞接到调令，还未上班就参加了周宝民和吴景燕的婚礼。酒桌上刘书记让周宝民和吴景燕给姚向东敬酒，那敬酒词一定是刘书记事先策划好的。要不，那周宝民不会朝我徐凤霞诡异地笑。徐凤霞心里清楚，当时姚向东一仰脖子喝完那杯酒，脸通红通红的。徐凤霞知道，当时自己的脸上也烘烘地发热，看来两人想到一块去了。

但是，此刻的姚向东、徐凤霞不是六七年前的姚主任、徐秘书了。姚向东刚刚当选为副县长，徐凤霞被任命为陵阳县委宣传部的副部长。两人都是在心里想着，谁也不愿意说出口。就是刘立平这个对他俩知根知底，很有私交的老领导也没有直截了当地说。

大厅外的路灯特别亮，天上一轮明月，洒下一片皎洁的月光，很快融化进明亮的路灯光中。月光洒向路边的花圃草丛，像给树草涂上了一层淡淡的乳白色。姚向东望着渐渐稀少的人流，有点明知故问："凤霞，报到手续办好啦？"

"办好啦！又要一起战斗了。"

"欢迎你！更要谢谢你！"

"谢谢我？谢什么？"

徐凤霞从路边的草丛跨出一步踏到水泥地上说："我应该谢谢你！"

"谢我？"

"在你手下工作，那时很开心。"徐凤霞说完，打破有些尴尬的气氛，爽朗地笑起来。

姚向东不答话，也笑了，边笑边从草丛跨上水泥路面说："走，我送你！"

徐凤霞没有推辞。两人并肩缓缓地往住宿大楼方向走过去。

四十一

住宿大楼在宾馆大厅的后面，中间隔着空旷的花园广场。弯弯曲曲的鹅卵石小径把广场划分出五个篮球场大小的小花园。每个小花园都有名字。长满一簇一簇翠竹的取名青竹园；栽上满园桃树的叫桃花园，还有樱花园、石榴园、葡萄园。在小径与小花园之间的空地上还栽上了不少从大山深处移过来的古树。这些移栽过来几年的山中古树，虽然成活了，但不茂盛。正值冬季，枯叶已经落尽，剩下挺拔的枝丫，显得沧桑遒劲。路边有路灯，昏黄的灯光映照下，从任何一个角度看上去都像一幅古老的油画。住宿大楼高十层，大厅前有一个椭圆形的玻璃天棚。一条不太宽的柏油汽车道一直通到玻璃天棚下。住宿大楼虽然高只有十层，但当时可算得上陵阳城里的标志性建筑。徐凤霞、姚向东沿着大餐厅门外的小路往左一拐，踏上了通往花园广场的小径。小径在路灯光和月光的映照下，能看得清楚大大小小的鹅卵石。快过年的季节，花园里除了青竹园还有小花园之间的隔离冬青树显出翠绿外，到处都是高高矮矮的落了叶片的枝丫。两人走上小径，就看到高高的住宿大楼。要是径直走过去，两三分钟就到了。

　　姚向东和徐凤霞几乎同时放慢了步子，两人同时思考着同一个问题。姚向东的心情特别复杂。菜花从深圳离家出走一晃快五年了。五年时间说短也短，说长也长。对于姚向东来说，这五年究竟有多长，他自己也说不清楚。繁忙的工作，工作上取得的成就，特别是仕途上走得顺利，官是越当越大，巴结自己的人，奉承自己的人越来越多，心里有一种莫名其妙的愉悦感。但工作忙完了，到了夜深人静的时候，脑海里不时会浮现出菜花的身影，对于一个大男人，那种老婆不在身边难熬的孤独和令人窒息的寂寞，显得时间好像静止了似的。有月亮的夜晚，月光从房间玻璃窗透进来。姚向东躺在床上，有时透过房间的玻璃窗，目光穿过树间隙会看到一轮明月悬在茫茫的天空。姚向东目光会死死地盯着月亮。他要看到月亮慢慢地滑进树枝丛里去。但那玉盘似的月亮像在茫茫天幕上生了根似的，一动不动。每当这时，姚向东会感到时间特别漫长，过去的事儿会像走马灯似的在眼前晃过去。

　　菜花从深圳离家出走的第一年，姚向东心里始终沉沉的。随着繁忙的工作，随着时间的推移，姚向东心中的那块石头似乎像冰块，被时间的温热慢慢地融化。姚向东慢慢地平静下来。人死不能复生。虽然菜花生死未卜，但钱菜花生还的希望太渺茫了，除非出现奇迹。这一点，姚向东心里清楚。姚向东的心里也明白，领导和同事们都心中有数，只是当着我姚向东的面不说破罢了。姚向东也不想让亲朋好友担着心思，也不想领导和同事们为自己操心，只能违心地往好处想，朝好处说。但时间一年一年过去，一晃快五年了，菜花的消息一丁点儿也没有。大家都知道菜花去了哪里，大家都心照不宣。

关心自己个人大事的人多起来。虽然碍于菜花失踪的事，大家不明说，但话中有话，姚向东心里有数。自己的部下吴景燕，过去对菜花很敬重，毕竟菜花是我姚向东的救命恩人。说实在的，景燕是个好姑娘，活泼开朗爱打扮，但工作是一点也不含糊，文章写得很好。家里的事儿，景燕帮了不少忙。特别是菜花临产，自己又去南方出差，她是天天去家里问候菜花照顾菜花。菜花临产时是景燕叫车把菜花送去陵阳县人民医院妇产科的。菜花难产，也是她及时与自己联系，协调医院，并做好徐凤霞带来的妇产科专家剖宫产的衔接工作。就说那次自己听到宝安区西乡龙头崖发现跳海的中年妇女，当场昏倒在办公室。是她发现后，喊了救护车把自己送到陵阳县人民医院抢救。回顾与吴景燕相处的这些年，自己的心头上似乎也留下了吴景燕淡淡的烙印，自己总觉得也欠了吴景燕什么似的。自己一个大男人，一个正常的男人，不可能没有丝丝想法。但姚向东告诫自己，凭着说不出的毅力把这些想法全部压抑在萌芽状态。也许聪明的吴景燕姑娘会有感触，也许吴景燕一点儿感触也没有。

想到自己的小姨子杏花，姚向东别有一番滋味。杏花虽然来自大山沟的鱼头村，但性格更开朗。她是真正地把我姚向东这个姐夫当作一家人，一点儿也不避讳。那时，菜花还在家里，丈母娘也在家里。她对姐夫生活上关心一点不避嫌。你说，去上班，出了宿舍楼的楼道，有一段林间小道与她杏花上班同路。她竟然抢过公文包，要给姐夫拎包。害得姚向东做贼心虚似的抢过包，撒了个谎，说文件丢在家里了，让杏花先走。杏花什么也没有觉察到，先走了。在家里吃饭、喝酒，本是个轻松的事儿。丈母娘在，妻子菜花也在，这个小姨子竟然当着妻子菜花和丈母娘胡少香的面，把我这个姐夫硬是给喝趴下了。后来才知道，杏花是为了感谢姐夫托人把她调到城里来这事，才那么尽心地陪姐夫喝酒的。反正这个小姨子杏花不怎么避嫌。姚向东也说不出口，只能想在心里，自己给自己解释，只能自己做得正，小姨子跟姐夫，哪儿是哪儿，分不清的。难怪农村里俗话说得那么难听：小姨子的屁股姐夫的一半。想到这句话，姚向东心里暗自发笑。

人们这是寻开心，生活中哪来的事儿。后来菜花出走，生死未卜，丈母娘带着霞霞回到松江镇自己父母家里，后来丈母娘又去了鱼头村。小姨子杏花一直住在家里。姚向东曾几次想把丈母娘带回来。但丈母娘有丈母娘的道理。这里是菜花离开的地方，她怕触景生情。丈母娘只是关照杏花照顾好姐夫。听了这句话，刚开初两年，姚向东心里暖洋洋的。当然，杏花住在家里，她要复习参加高等教育自学考试，自己是杏花复习大学课程的老师。姚向东不便提出来让杏花去酒厂单人宿舍住。姚向东也说不出口。杏花的姐姐离家出走了，就把妻妹赶走，情理上说不过去。再说，姚向东真的说出口了，这不是此地无银三百两吗？杏花几次亲自去请胡少香回到陵阳家里来，但母亲不愿意。向东也好，杏花也好，只能随着母亲的心愿。近五年过去了，姐夫与小姨子同住一屋，什么事儿也没有发生。

姚向东心里明白，身正不怕影子歪。他把自己的好部下亲自介绍给研究室的副主任周宝民，姚向东的心彻底放下了。当刘立平知道周宝民与吴景燕的婚姻是姚向东牵线的后，说了句意味深长的话：有情人终成眷属。这句话，姚向东听出了弦外之音。现在，徐凤霞调到陵阳来了，姚向东心里清楚，刘立平操了不少心。其实，刘立平是姚向东最敬重的领导。他知道刘书记为人，他会成全人好事，但他从不为难人。今天酒桌上他提议周宝民、吴景燕给我姚向东敬酒，用意再明显不过了。但刘书记并没有明说。这不是六七年前那阵子。大家身份都变了，这个刘书记分寸拿捏得很准。

其实，姚向东的心里一直有着徐凤霞的影子。当年徐凤霞写给自己的那封火辣辣的求爱信，那质朴的语言，姚向东至今还记得每字每句。姚向东当年很后悔，没有尽早把自己与菜花的传奇故事告诉大家。尤其是那次下乡调研时，刘立平说到徐凤霞的事，自己更应该对刘立平和盘托出，不应该暧昧。自己伤了徐凤霞的心。但凤霞是度量大的痴情姑娘，她一点也没觉察到什么，反而跟菜花成了无话不谈的好姐妹，还在生活上给了姚向东、钱菜花很多别人难以做到的支持。这些支持帮助，姚向东虽然与钱菜花结婚，但始终记在心里。知恩图报嘛！也许我姚向东天生这条命：永远欠女人的！

走到花园广场的石榴园。虽然冬天的石榴树叶全部掉落光了，一片枝条随着晚风在路灯光下悠悠地晃动，但是，姚向东却看到了枯枝丛里星星点点的火花，那是石榴，尽管这是幻觉。姚向东想到当年菜花答应两人之间的事也是在一棵石榴树下。那是仲夏时节，石榴花火红火红的一片，石榴，也许是我姚向东的爱情吉祥物。想到这里，姚向东停住步子，顺手拉了几根枯的石榴树枝条说："凤霞，这里是石榴园！"

"知道！"

"凤霞，你看看，这个枝条上既没有叶片，也没有火红的石榴花。"姚向东似乎在没话找话说。

"现在是冬季！"徐凤霞也停住步子，伸出一只手，拉着姚向东拉住的那几根石榴树柔软的枝条说。

"凤霞，冬天一过，春天就来了。春暖花开时，石榴花最红火了！"

"你喜欢石榴花？"

"喜欢！"

"可惜，现在不开花呀！"

"总会开的。"

徐凤霞松开与姚向东一起拉住的那几根石榴树的枝条，轻声地笑了笑。徐凤霞心里明白，自己的心里一直有着姚向东的位子，而且这个位子始终被姚向东占据着。当年，姚向东当办公室副主任，主持工作，对自己处处关心照顾，自己真的动了心。谁知道，他姚向东与钱菜花有那段天坑传奇呢！当年，自己做得对。自己既然爱一个人，那就应该全心全意地为他好。徐凤霞选择了离开。徐凤霞想通了，他姚向东关心自己，那是工作上的关心。何况与姚向东有一个共同的顶头上司刘立平。要知道，这个刘立平可是自己父亲泸阳市委组织部长的老部下。他姚向东能不对自己另眼看待？在官场上，这再正常不过了。姚向东他没有做错什么。现在，姚向东一个人生活已经快五年了。这个钱菜花为了姚向东的个人幸福，为了姚向东的前途竟然走上了协议离婚这条路。你钱菜花真是个实心的女人。说干就干，离家出走了。说不定还正如她写给向东信中说的，去了一个谁也找不到的地方。宝安区西乡龙头崖跳海的那个中年妇女，说不定就是钱菜花。不是说不定！就是菜花。海滩上捡到的那双同色同码的泡沫凉鞋就是证据。唉！钱菜花呀，钱菜花，你怎么走上了这条路呢？这事儿徐凤霞跟姚向东不知说了多少遍。两人都为菜花惋惜。但是，菜花剖宫产后落下后遗症，后来又患上了中度抑郁症，也是菜花抑郁症不能左右自己。这不能怪菜花，也许这就是命运。徐凤霞想起前些日子刘立平在自家客厅跟父亲的谈话，心里完全明白刘书记的良苦用心。当父亲征求徐凤霞意见时，徐凤霞毫不犹豫地点头答应。徐凤霞想得很简单，向东一人，生活怎么办？工作再顺利，家里的霞霞也快要上幼儿园中班，没有父爱母爱，霞霞将来成长是个大问题。虽然向东现在是陵阳县副县长了，但是当再大的官，也不能没有家呀！想到这里，徐凤霞抬腕看了看手表，朝石榴园边上一木椅子指了指说："时间还早，坐会儿？"

"好！坐会儿。"姚向东掏出手帕，把木椅擦了擦说，"凤霞，你坐！"

凤霞心里暖洋洋的，笑了："向东，当大官了，你这么客气好像我是外人似的。"姚向东瞅了徐凤霞一眼，感到自己与徐凤霞这么拘谨，似乎陌生似的，心里好笑，笑容浮到脸上。徐凤霞也笑了。

四十二

夜色茫茫，到处静静的。夜幕下的路灯光显得昏黄。月亮好像有点害羞，时不时地躲到云层里去了。不远处的松江上，不时随着夜风传来夜航轮船噗噗噗的响声，偶尔一两声沉闷的汽笛声在花园广场上空悠悠回响。

当年调回泸阳市后，徐凤霞的心里是真诚地祝愿向东与菜花一生幸福。毕竟三人认了干哥妹，算是一家人。徐凤霞心里有数，姚向东是个有才能的年轻干部，是个肯吃苦耐劳的青年人，更是一个长得帅气的年轻人。徐凤霞爱上姚向东，自己没有看走眼。但是，向东与菜花的天坑传奇故事感动了徐凤霞。徐凤霞选择了离开姚向东。徐凤霞想得很简单，爱上一个人就应该为一个人去着想。自己要是姚向东，不可能抛弃菜花这个大恩人的。自己做得对，姚向东也做得对。谁知天有不测风云，菜花离家出走，从那一刻起，徐凤霞一直在电话里劝慰姚向东。有时来陵阳出差，徐凤霞总会去姚向东家里看望。开初，徐凤霞是担心姚向东过不了这个失去妻子的坎。毕竟姚向东与钱菜花有着一段天坑传奇，何况姚向东的血管里还流着钱菜花的血。她能做到的事是对姚向东安慰、开导、劝解。随着时间的推移，徐凤霞从姚向东的精神状态看得出来，姚向东正从思念菜花的阴影中缓缓地走出来，徐凤霞很高兴。徐凤霞盼望着菜花能回家，她希望这个奇迹能出现。但一年过去了，两年过去了，快五年了，菜花依然杳无音信。徐凤霞心里暗暗下决心，在姚向东需要的时候，自己会再来一次勇敢的表白。但是这个表白徐凤霞始终没有勇气说出来。刘立平书记是父亲的老部下，又是自己的老上级。他经常话中有话地说到姚向东。但刘书记不说破，徐凤霞也只能揣着明白装糊涂。男女之间的事儿真的没有什么规律可循。年轻时那么大胆地写信求爱，现在五六年过去了，应该经验丰富，反而没有勇气去追求自己想追求的人。很快就要到陵阳县委宣传部来上班了，常常在一起，也就应了那句老话，看缘分吧！此刻，徐凤霞与姚向东坐在石榴园石榴树下的木椅上，两人有些像初恋的年轻男女，似乎还有些羞涩。徐凤霞终于打破沉默问："向东，近来有菜花的消息吗？"

"没有。"向东沉默了一会儿，长长地叹了一口气说，"这个钱菜花，真想不到她会做出这个举动。要跟我协议离婚，要出走到一个人们找不到的地方，还真说走就走，这该是需要多大的勇气呀！不就是因为生了个丫头吗？她怕我们姚家要断后，不就是身体不好，影响家庭的生活，这有什么呢。唉！这个钱菜花想得太多了。当然，现在想起来，我也是有责任。繁忙的工作，没有腾出时间去陪她。如果能经常陪她说说话，也许她不会想得那么多。"

徐凤霞静静地听着。徐凤霞知道，姚向东把心里话说出来，只有说出来，说给要好的同事们听，他心里才会好受些。这些话徐凤霞已经不知听了多少遍了。电话里说，当面说，徐凤霞只是认真地听，从来不插话。徐凤霞担心自己插话，会毫无知觉地伤害了姚向东。

夜风带着冷气吹过来，徐凤霞打了个寒战，身体往姚向东身边无意地靠了靠。

姚向东一口气说完这段话，又长长地叹了一口气。徐凤霞站起身说："外面冷，走，到房间去听你说。"

姚向东站起身，有些不好意思地笑笑："言多了！言多了！"说着，朝住宿大楼指了指："走！我送你到大厅！"两人来到住宿大楼的门厅，姚向东转身要走。

"不坐一会儿？"徐凤霞深情地望着姚向东，轻声问道。

姚向东声音不高，但饱含深情地说："看你，早上来陵阳，坐了几个小时的长途汽车。到了陵阳，又忙着办报到手续。晚上，又参加婚礼。这一天辛苦了。你先休息。噢！对了，何时来上班？"

"春节假期一过，就来上班。"徐凤霞说完，又补了一句，"今后见面机会多，到时再叙。"

姚向东会意地笑笑，转身朝门外走去，刚走了几步，徐凤霞追上来："向东，你等一等，我问你话。"

向东一听，愣了一下，停住步子。徐凤霞走到姚向东面前，转过身关切地问："向东，菜花母亲身体好吧？"

"还算好！"

"对了，杏花妹子好吗？"

"杏花学习可用功了。参加省高等教育自学考试，大学本科文凭快要拿到了。"

"杏花不容易！"

"霞霞呢？"

"还在松江,这两年丈母娘一直照顾霞霞。"

"应该上幼儿园了吧?"

"霞霞虚七岁了,在松江也没有什么正规的幼儿园。想到城里来,但丈母娘看到菜花从家里出去一直没有回来,她不想到家里来,怕触景生情。说实在的,只能依靠丈母娘了。"

"那怎么办呀?不能耽误了霞霞的教育呀!"徐凤霞有些着急。

"正在想办法呢。"姚向东见徐凤霞一副担忧的样子,心里若有所思。姚向东知道,这个时候对徐凤霞说什么都是多余的。姚向东朝大厅里指指说:"凤霞你休息。等你节后来上班,再听听你的意见。"

听到这句话,徐凤霞知道姚向东没有把自己当外人,满意地笑了笑:"你也早点休息。"

姚向东离开了住宿大楼,突然有些依依不舍,心里空荡荡的。总之,刹那间,心里升腾起一股说不出的滋味。他慢慢地朝宾馆大门走去。想起刚才徐凤霞的问话,姚向东心里思绪万千。

腊月的夜风吹在身上很冷,刚才从婚宴大厅走出来,与徐凤霞在花园广场上散步,也许是酒力的作用,也许是与徐凤霞久别重逢,姚向东脸上红通通的,心里暖洋洋的。走出陵阳宾馆大门,一阵冷风吹过来,姚向东连打了几个寒战。

姚向东加快了步子,往机关大院走过去,脑海里还回忆着刚才与徐凤霞短暂的相处和对话,心里有一些纳闷。过去在一个办公室工作,两人相处一点顾忌也没有,想说什么就说什么。徐凤霞是个性格特别开朗的姑娘。当时,姚向东是办公室的副主任,在办公室里也算是徐凤霞的顶头上司。但姚向东在徐凤霞的眼里一点官架子也没有。当然,姚向东自从走进机关大院,他就知道一条机关工作的定律,尊重领导很重要。县委刘立平副书记是徐凤霞的爸爸、泸阳市委组织部长徐立银的老部下。刘副书记是姚向东的顶头上司,姚向东尊重刘副书记是必需的。既然知道徐凤霞与刘副书记那层关系,姚向东自然而然地就高看徐凤霞一眼。对徐凤霞工作上也好,生活上也好,姚向东都特别在意徐凤霞的感受。徐凤霞出生于大干部家庭,见多识广,她不会去把工作生活中的细节想得那么多，想得那么复杂。徐凤霞误解了姚向东对她的热情和高看一眼。尤其是姚向东的文章写得好，工作吃苦耐劳，长得也很帅气，徐凤霞渐渐地喜欢上了自己的顶头上司，于是有了那封火辣辣的求爱信。那时与徐凤霞相处就是一个字：爽。现在不知怎么啦，年龄大了，双方说话总是话中有话，明明有那层意思，但又不明说出来。就连刘立平这个顶头上司，说话也留三分。过去，他是直截了当地给我介绍女朋友的，这个女朋友就是徐凤霞呀！现在倒好，只要与自己谈起工作，总不忘拐弯抹角地提到徐凤霞，但又不明说。想到这里，姚向东似乎明白了什么。他想到自己离家出走一去不回的妻子钱菜花。尽管大家都知道宝安区西乡龙头崖跳海的中年妇女就是钱菜花，但谁也不愿意说破。就连钱菜花的母亲胡少香也常常独处时唉声叹气。胡少香这两年见到姚向东很少提到菜花，倒是不停地感激这个女婿，说向东这个当姐夫的帮助杏花复习参加高等教育自学考试吃了不少苦。胡少香甚至当着姚向东父母的面夸赞向东，说姚向东不仅是个好女婿，还是小姨子杏花的好老师。说得向东脸上泛起红晕。姚向东知道，连丈母娘那心里都渐渐地平静了，自己今后的日子总要过下去。现在是大家都不愿意说破这件事。徐凤霞刚才问到菜花，问到菜花的母亲，问到小姨子杏花，还问到了霞霞。她问到霞霞时，语气明显地充满了担忧。这没有任何解释，只能说明徐凤霞心中有着我姚向东的位子，她惦念着我。要不，她不会平调到陵阳来当宣传部副部长。姚向东突然明白，也许大家都在等着我的一句话。但这句话要从我口里说出来，真的是有点难。

姚向东明明知道，自从听到龙头崖跳海事件后，菜花肯定是没了。何况，当时龙头崖上春游的不少人都看到了鲨鱼，钱菜花不仅是自己的妻子，她还是自己的恩人，姚向东不愿意菜花是这个结局。向东不死心。菜花肯定是没了。但姚向东不愿意相信这是事实。

姚向东走进机关大院，沿着花圃间的小道往住宅的方向走过去。他的脑海里不断浮现出徐凤霞、钱菜花、吴景燕、杏花、陶志玲的身影。他突然停住脚步，站在一根路灯杆下。昏黄的灯光把姚向东的身影映在稀疏的枝影中。他突然有所感悟地长长地叹了一口气,似乎自言自语:我这个人,怎么回事呀,官越当越大,怎么欠女人的越来越多呀!

姚向东想想,还真是这么回事。菜花的救命之恩那是天大的人情,徐凤霞对自己的关心显然是她父亲的影响力,但这个影响力对我姚向东来说,那是一生难得的贵人呀。姚向东想想当时情景,徐凤霞调回泸阳市,成全了自己与菜花的婚姻,但自己的"主持"去掉了;分了一套大房子;菜花从山沟沟里小学校的民办教师调进了陵阳机关幼儿园当上了正式教师,这些好事发生在自己身上,似乎都有徐凤霞的影响力。自己欠凤霞的也不算少。吴景燕这些年跟在自己身边,跑前跑后,特别自家的事儿她帮了不少忙。就说菜花生孩子难产那件事,要没有吴景燕协调,没有徐凤霞的鼎力相助,恐怕菜花早就黄了。再说,这个陶志玲,虽是万通集团一个办公室主任,但能说会道,人又长得特别漂亮。陵阳大道拓宽融资,她能说合万通集团一下子拆借了三千万元给县政府,解了陵阳大道拓宽改造的燃眉之急。她还给姚向东介绍了不少港澳的客商,这人情债也欠在那里呢!小姨子杏花这几年照顾自己的生活,劝慰自己,这也不是说一句两句客气话就能说得过去的。何况,那次听到菜花离家出走的消息,自己喝了几两茅台酒,回家失态了,把杏花当作菜花,但杏花一点也没有责怪自己。虽然这些年帮杏花复习解难题,但要认真算起来,我这个姐夫还是欠这个天真烂漫的小姨子一笔情。

想到这些,姚向东呆呆地抬头望着天空中的月亮,任凭夜风把身子吹得透凉透凉。

腊月冷冷的夜风把姚向东的头脑吹得清醒多了。他突然莫名其妙地冒出了一个念头,自己是副县长了,又兼任了陵阳经济开发区的党工委书记,也许自己会有报答她们的机会。人非草木,孰能无情,当然应该知恩图报。只要遵纪守法就行。当然,当前该是对自己的今后家庭生活决断的时候了。否则,大家的心都悬着,都等着我姚向东的一句话,也不是个办法。再说,霞霞大了,快上小学了,霞霞不能没有妈妈呀。组织上这么信任我，让我挑起这么重的担子，自己家里的事儿悬着，想去拼命工作也难呀！

姚向东决定把钱菜花深深地藏在心里，现在生活中的路还要走，该怎么走还得走下去。也许真是这样，才能对得起离家出走不归的妻子钱菜花。姚向东想起了钱菜花出走前写给自己的那封信，信中有这么一句话：你的结婚之时就是我们重新见面之日。不要找我，你们找不到。忘了我吧，向东！

向东唉声叹气，不停地搓手，嘴里自言自语：这个山里妹子，太实诚了！看来非得依她了。

依了菜花，就能重见吗？天空浮现出大块大块的厚厚云层，月亮刹那间躲进了云层里。夜色茫茫的一片，只有昏黄的路灯光把大院的物体涂上朦朦胧胧的淡黄色。

姚向东心里没有底。

他决定试试。

四十三

转眼就是1993年的春节。

这个春节对于刚当上陵阳县副县长的姚向东来说，过得特别风光。姚向东尝到了当官的甜蜜。姚向东看到了亲朋好友投来羡慕的目光，说着特别恭维和近乎肉麻的话，心里竟然也不知不觉地飘飘然起来。夜深人静的时候，姚向东也扪心自问：我姚向东还是姚向东，升官了，怎么整个人似乎长高了似的。但热闹归热闹，有一件事儿让姚向东心里又悬起了一块石头。

春节前几天，杏花去了鱼头村。桃花、卫国三十晚从深圳赶回陵阳。中午，姚向东在陵阳宾馆宴请了桃花和卫国。

席间，姚向东正要提起寻找菜花的话头，卫国朝姚向东使了个眼色，端起酒杯，又朝桃花面前的酒杯指了指说："桃花，我们一起敬姐夫，祝贺姐夫升官！"

姚向东赶紧站起身，端起酒杯，谦虚地说："你们远道而来，先敬你们一杯！"

三人一起开心地干了杯中酒。坐定后，姚向东指指桌上的菜碟菜盘说："都是陵阳土菜！尝尝！"

桃花尝了一口夫妻肺片，慢慢地咀嚼着。卫国在一旁逗桃花："这是成都的名菜。你知道菜名吗？"

"卫国，你也太小瞧人了！老板做大了，不把老婆放眼里了。瞧不起我？"桃花话语中夹着一种莫名其妙的语气。

"说哪儿去了。开个玩笑！"卫国赶紧夹起了一块夫妻肺片轻轻地搁到桃花的盘子里，连连打招呼。

"夫妻肺片！"桃花笑了。但姚向东注意到桃花的眼圈有些红了。

姚向东清楚，此刻的桃花吃到这道夫妻肺片，一定产生了联想。桃花想姐姐了。

姚向东有些后悔，怎么偏偏点了这道家乡菜。真是哪壶不开提哪壶。刚开席自己正想再问问寻找菜花的事。其实，关于寻找菜花的事无论是当面还是长途电话，已经问了几百遍了。桃花也好，卫国也好，向东自己心里也清楚，不可能再有菜花的消息了。不提最好。提起这个话题，桃花心里不好受。姚向东赶紧拿起桌上的公筷，站起身，指指其他几盘菜介绍起来："这是回锅肉，这是麻婆豆腐，这是红油鸡块，这是椒盐酥虾，这是灯影牛肉火锅。"说着，给桃花、卫国夹菜。

卫国朝向东摆摆手说："姐夫，我们知道，家乡菜，才出去不到十年，怎么会忘呢！就是在外奔波一辈子，家乡的味道永远记着。"姚向东夹起一块红油鸡块，放到了桃花面前的盘子里，笑笑："桃花，你说呢？"

"哪能忘呢！姐夫，你坐下。"桃花咬了一口红油鸡块，咀嚼着，边嚼边赞叹，"家乡的菜，就是味浓。深圳那边也有家乡菜馆，但吃到嘴里总有点儿怪味，不太正宗！"

"谢谢姐夫这么丰盛的家乡菜,让我们想起了家乡。"卫国突然想起什么事儿似的,皱了皱眉头问,"姐夫,听说陵阳经济开发区要搞开发?"

"对呀!"

"那基建项目肯定很多呀!"

"当然。道路要开通,要拓宽,桥梁、管道、厂房、办公楼,反正一句话两句话说不清,总之,按县委刘书记的要求,要大搞基础建设,要三年大变样!"

"内地也在大发展,我们的家乡到处都是热土。现在真正是祖国建设一日千里呀!"

"对呀!邓小平南方谈话的春风,全国都刮起来了。"

"听说姐夫还兼任陵阳经济开发区党工委书记,这是一把手的位置。深圳那边开发区很多,都是书记说了算。"

"怎么样,你有什么打算?"姚向东听出卫国的弦外之音。姚向东知道,卫国这些年发展上了一个台阶。他现在不是包工头了。他在深圳成立了自己的建筑安装公司。虽然只有三级的资质,但是深圳那边建筑安装公司来自全国各地,三级资质就能做不少工程项目了。听桃花说过几句。卫国当年带着桃花闯深圳,传起来像私奔似的。可是,短短十年不到,卫国、桃花在深圳奔出了一个远大前程。净资产已经达到五百多万元了。在陵阳这边,可以称得上大老板了。想到这里,不等卫国回答,姚向东对卫国、桃花说:"春节过后,到陵阳经济开发区看看?"

"好呀!回深圳前,我们再来看姐夫,到时顺便去陵阳经济开发区看看。"

"非常欢迎。你们来自发达的深圳。我刚刚当上一把手,开发区要大发展,很想听听你俩的意见。"

"意见没有,但将来有机会我们也要为家乡建设出一份力。"

"欢迎参与陵阳经济大开发!"姚向东端起酒杯,"敬桃花卫国一杯!"姚向东一口干光,把杯子往桌子上一搁,问道,"吃过饭,要不要安排房间歇一会儿？"

桃花放下筷子说："不麻烦了！吃完饭就回松林村。春节见。"

"好！好！好！"姚向东笑笑说，"给你俩提个意见好吗？"

"好啊！提呀！"桃花、卫国几乎是异口同声。

"你俩结婚快五年了吧？"

"对呀！"

"也该考虑要个孩子了。姐夫想外甥了。"

桃花笑了，卫国也笑了。

姚向东也笑了。

春节放假，姚向东回到了松江镇，回到了松林村。他给父母拜年，给丈母娘拜年，也给当年掉进天坑时帮助救援的恩人拜年。弟弟向方去海南谈扩大合作的事儿不在松江。虽然没有见到弟弟向方，但向东为弟弟高兴。向方有智慧，竟然把陵阳的竹子做出了大文章。前几天与向方通电话，姚向东以副县长的身份希望向方把公司和厂房搬迁到开发区来，向方电话里信心十足。春节不休息，向方去海南谈合作业务。这次在乡下过春节，不少长辈托了不少事，姚向东都应允了下来。朱红旗的小女儿朱腊梅，自己的妹妹姚向红都快大学毕业了。她们想回陵阳建设家乡。长辈们希望姚向东这个当副县长的出力帮助安排工作。姚向东想，家乡的人才回到家乡，这是好事儿，都应允下来。

这么多人托自己办事，姚向东心里有一种莫名其妙的愉悦感。当然，这个春节过得热闹，过得开心，也有一件事让姚向东心思上了身。他不知怎么办。他想了许多许多。

那是春节假期的最后一天。中午吃过饭，姚向东拎起大包，正准备离家往车站去坐长途汽车，突然，父亲母亲喊住姚向东，说有件事跟向东商量。

向东刚跨出堂屋门槛，赶紧停住脚步，扭头朝爸妈望了一下。爸妈一副神神秘秘的样子，姚向东觉得有些蹊跷，心里嘀咕：春节在家几天，有什么事咋不跟我说？什么事儿非要等到我快离开时说？姚向东反身跨进堂屋，把手里拎着的大包往桌子上一放说："爸！妈！

有事？"

"有事。"妈妈李花红深情地望着儿子姚向东，一副乞求的目光瞅着姚向东的脸，好像好久没有见到儿子似的。

姚向东更感到疑惑了，目光瞅瞅父亲姚建国。

姚建国竟然有些害羞，嘴唇嚅动了几次，但话就是留在喉咙里。

姚向东有些急，心里想，这官衔对于一个人怎么会有这么大的影响力。不就是从办公室主任当上了县长助理，又从县长助理当上了副县长，怎么谁见了我姚向东都有忌讳，声音矮了，话也少了。连自己的父母跟自己说个事，还这么吞吞吐吐的。姚向东这次回家还真有些不习惯。虽然不太习惯，但心里有一股莫名其妙的愉悦感。

"那……向东……唉！算了吧！"姚建国到了嘴边的话又咽了回去。姚建国抬手朝堂屋门外的菜园子一指，笑笑："你走吧！没啥事！"

姚向东一听，估计父母肯定有什么事让自己去办。毕竟自己现在当上副县长了，找父母的人不会少。父母在松江镇上也是要面子的人，更是个热心人。虽不是什么官儿，但朋友不少。想起当年自己跟随父亲去龙山巡山，调皮爬树掏喜鹊窝，掉进天坑里，后来才知道，那么多人帮助父亲寻找救援，应该是父亲的缘分，才有了我姚向东的今天。想到这里，姚向东朝父母摆摆手，一副很自信的样子说："爸！妈！我现在大小是个副县长，一般的事儿我还是可以协调的。有什么事，请讲。只要不违法不违纪，我会尽力。"

"想哪儿去了！"父母几乎同时笑起来。

"向东，你知道向方今年多大了？"母亲渴望的目光盯着儿子向东。

"我想一下。我今年虚三十四岁。向方小我四岁还是五岁？记不清了。"姚向东皱起了眉头。

"小你四岁！虚三十了。"母亲担心地说，"整天忙着，过个年都跑到海南去谈生意，至今还是一个人。"

"三十，早该成家了。"父亲叹了一口气，有点儿无可奈何。

姚向东一听全明白了。父亲母亲这是想让我替向方掌掌眼，尽快给向方介绍个好姑娘。想到这里，姚向东朝父母笑笑："向方是大老板了,至少是松江镇上的大老板了。谈个女朋友,还有啥难的。"想到这里,姚向东一拍胸脯说:"爸!妈!这事包在我身上。县城里的好姑娘多的是呀!"

"这倒不用你操心!"父母几乎是异口同声。

父亲有点神秘地说:"听说向方在海南谈了一个女朋友,也是做生意的。对了,就是海南章爱军那个公司的一个营销部长。"

"多大年龄?"

"跟向方同岁。"

"什么时候的事?"

"去年的事。对对对,去年春天,谈了快一年了。"

"这个向方,谈个女朋友,跟哥哥还隐瞒!"

"向东,这事儿我们父母得说句公道话。前些年,菜花出走,大家的心情你还不理解。向方为你着想,始终不愿提谈对象的事。去年谈对象了,他告诉我们时,特别说到你向东。"

"他说什么?"

"他说,哥一个人,拼命工作,家里没有人,很艰难的。向方盼哥哥你续弦。向方说了,你不续弦,他这个当弟的不结婚!"

"这什么话呀!"

"农村风俗呗!"

"再说,你哥俩的感情全松江镇上的人都知道。"

"有意思,看来我还挡道了不成?"

"也不是挡道。你给句实话,菜花是你的恩人,这一走五年了。她是为了你的幸福走的,菜花是一个了不起的姑娘。但你长期单身,菜花无论活着还是在天堂里,知道你一个人,她心里一定会难过的。"

"爸!妈!说实在话,菜花在我的心中永远是座丰碑。其实,我一直没有跟你们说实话。菜花肯定是宝安区龙头崖跳海的那位中年妇女,不管怎么样,在附近海滩上捡到了一双泡沫凉鞋,那凉鞋与桃花送给菜花的那双泡沫凉鞋可是同色同码,你说……"

"爸妈心里有数。"姚建国拉了拉姚向东的胳膊,安慰说,"我们也不愿意去说破，尤其是考虑到亲家母胡少香的感受。现在五年过去了。死者安息，生者还要活下去。再说，霞霞大了，再过一年要上小学读书，霞霞不能没有妈呀！"

"霞霞好聪明，经常问妈妈去哪里了。这两年似乎知道些什么，不再提妈的事了。"

"这孩子懂事。"姚建国夸赞孙女。

"知道。"姚向东点点头。

"你有打算？"父母几乎是异口同声。

"是的。"

"我们跟你说个人。"母亲说完这句话，目光盯着姚向东的眼睛，顿了顿。

"你熟悉。"父亲姚建国笑笑。

"我熟悉？"姚向东有些诧异。难道徐凤霞从泸阳调到陵阳来工作，这事儿父母知道了？父母知道徐凤霞，这个时候凤霞从大城市往小县城调，还不是冲着儿子向东来的。但是，徐凤霞还没有来报到，父母不可能知道徐凤霞调到陵阳来的事。

"你很熟悉。"父亲姚建国语气很肯定。

姚向东瞪着大大的眼睛，吃惊地盯着父母的脸，没有说话。

堂屋里顿时静了下来。窗外山坡上有一片竹林，山风吹得竹枝叶片发出沙沙沙的声响。沙沙沙的声响中不时夹着一两声清脆悦耳的山雀的鸣叫。

四十四

片刻之后，姚向东打破沉寂，疑惑地问："是谁？我很熟悉？"

"杏花！"父亲轻松地笑笑。

"你小姨子呗！"母亲也高兴地笑笑说，"小姨子住你家六年多了，你不熟悉？再说杏花这姑娘白白净净，身材苗条，听说到了陵阳酒厂工作，很有能力。那个厂长叫什么来着，非要把杏花往办公室调，就是你打坝不同意。再说，这杏花不是个花瓶，学习也用功。这些年还参加高等教育自学考试。这杏花里子面子都有，最主要的是你们在一起这么多年了，你熟悉她。"

听到这里，姚向东有些着急了，连忙摆摆手说："爸！妈！杏花住在我家里，那是有原因的。丈母娘在我家时，她就住在我家。丈母娘带霞霞回乡下后，她一时找不到住的地方，我总不能赶杏花走吧！再说，她参加自学考试，需要人辅导，我还可以帮杏花忙。菜花这事一出，我想让杏花搬走，怎么开口？爸！妈！我和杏花不是你们想的那样！"

"爸妈相信你！"姚建国和李花红直愣愣的目光盯着儿子泛红的脸庞，感到有些出乎意料，几乎是异口同声地说。父母这是怕儿子见外。

姚向东愣在那里，心里扑通扑通地跳个不停。他想不到父母来了个拉郎配。但他知道，父母这样想，不能完全怪父母。自己与小姨子相处从一开始就没有想得那么多。总觉得小姨子是自己老婆的亲妹妹，都是家里人。当初，杏花刚调到陵阳城里来时，对姐夫很尊重，觉得姐夫是县城里的大官，手里的权力大，能扯得开面子办事。杏花能在短期内从山沟沟里调到县城来上班，在杏花的眼里，姐夫有能耐。杏花当然高看姐夫一眼。再说，小姨子刚住进家里来时，菜花姐在家里，丈母娘也在家里操持家务事。一切再正常不过了。但自从菜花去了深圳，又从深圳离家出走不归后，杏花还住在家里，开始是有些别扭。毕竟丈母娘带霞霞去乡下了。家里就是杏花和自己。虽然各上各的班，但晚上总归要碰到。当时，菜花的出走，给姚向东心灵留下了深深的创痛，姚向东也顾不得想那么多了。杏花住在那里，生活上给姚向东不少温暖。后来，随着时间的推移，向东拼命地工作，繁忙的工作慢慢地淡化了向东对菜花的思念。向东感觉到杏花住在家里不是个办法。虽然向东知道自己能把持住自己，但向东担心外人不理解。他和杏花曾几次想把丈母娘请回来，这样，生活上既有了照顾，杏花住在家里也不会引起外人的误解，同时，自己还能当好小姨子高等教育自学考试的辅导老师。这可是一举多得的好事。说实在的，菜花走了，真的让姚向东一个人住在家里，白天日子好过，自己拼命地去工作，但晚上夜深人静，姚向东这脑子里怎么也不会平静下来。丈母娘不回陵阳，不回向东家里来，理由很简单。她怕触景生情。毕竟菜花是从陵阳家里走出去的。回到陵阳家里，胡少香满眼都是菜花的影子。向东不勉强丈母娘，老人的心愿还是遂了好。孝顺孝顺，顺就是孝。本来杏花也曾想搬到陵阳酒厂单人宿舍去。征求向东的意见，向东想了想，没有表态。其实，向东不好表态。自己老婆出走了，就把小姨子赶走，向东开不了口。再说杏花是个好学上进的好姑娘，正积极参加高等教育自学考试。杏花需要有人帮她辅导，自己这个当姐夫的当然是杏花最好的辅导老师。要是杏花搬到陵阳酒厂去了，一碰到难懂的题目，谁来给她答疑解惑。向东把皮球踢给了丈母娘。向东告诉杏花，让杏花征求胡少香的意见，要顺着老人的心。胡少香失去了丈夫，现在大姑娘菜花又出走不归，心里很难过，这个时候，当子女的多听听母亲的意见，母亲会感到自己的存在有意义。本来杏花想告诉向东准备搬出去，想不到向东给自己出了这个主意。杏花听了，觉得向东姐夫说得有道理。于是，抽了个星期天，回到松江镇。谁知母亲胡少香一听，几乎生气了，把杏花一顿数落。杏花没办法，只好听母亲的，回到陵阳向东家里。杏花是个直爽的姑娘，原原本本地把母亲的话说给向东听。

"杏花，你这个丫头怎么这么不懂事。你姐走了，你姐夫谁照顾？那么大的屋子，让你姐夫打扫？再说，饭呢？让你姐夫回来就摸冷锅盖！是你提出来要搬走的？你对得起你姐吗？"杏花把母亲的数落一字不差地说给向东听。向东听了，忍不住笑出声。

杏花嗔怪地朝姐夫瞥了一眼说："还笑！你出的主意！"

"怪我！"向东回味着丈母娘的话，心里一愣，很是庆幸，还好自己没有把杏花安排出去住，要真是那样，丈母娘心里不把我这个女婿恨个洞才怪呢。至少，丈母娘会认准了我这个女婿是个忘恩负义的人。

其实，人总是会往复杂去想。这五年多来，杏花住在家里，家务活儿全包了。当然，自己也帮助杏花在高等教育自学考试中遇到的难题答疑解惑。现在还有三门课，考试通过后，大学本科的文凭就拿到手了。应该说，杏花住在家里，是个皆大欢喜的事。想到与杏花相处这些年，姚向东心里特别坦然。不知内情的外人听起来，当然有点不可思议。一个妻子离家出走不归的姐夫与小姨子同住一屋檐下，能保准不闹出些故事来？但是，往简单处想，就那么回事儿，关键是自己的心里要坦然，不要去胡思乱想。杏花是个好姑娘，虽然性格开朗，也有些不拘小节，但她面对的毕竟是自己的姐夫。姐夫也是家里人，她是这么想的，也是这么去做的。她住在家里，她做她能做的事，做得特别自然。早上，一起来烧早饭。吃过早饭，各上各的班。一般晚上向东有接待不回家吃饭，杏花就会简单地凑合一顿。向东下午会打电话告诉杏花，回不回家吃饭。如果回家吃饭，杏花下班就路过菜场买些菜。一切都是那么的正常，都是那么的自然。晚上，杏花有什么需要解答的题目，她会向姐夫请教。总之，杏花是杏花，向东是向东，两人处得像哥妹俩似的，啥事也没有。

向东夜深人静时，有时也会去胡思乱想。一个大男人，一个妻子离开几年的风华正茂的男人，说是一点想法也没有，那是假的。想想也无妨，有时姚向东想想会暗地里发笑。真是挺有意思的。生理上的自然反应，对于一个大男人是需要有一定的自控能力的。小姨子就住在距离自己的房间不到七八米的另一个房间。小妹子才二十出头，长得挺耐看。白皙的脸庞，大大的眼睛，特别是到了城里烫的那乌黑的长发，看上去像黑色的小瀑布似的。杏花的脸上常常会泛起红晕。白里透红的脸庞真像一朵盛开的杏花似的。钱家生了三个姑娘，一个比一个漂亮，真正是三朵金花。这是名副其实的。向东要说对杏花没有动心过，那也是假的。每当自己产生一时的冲动时，姚向东的眼前便浮现出菜花的身影。自己是菜花和菜花父亲从龙山天坑里救出来的。菜花是自己的大恩人。这次菜花之所以离家出走，她是为我向东的幸福着想，我怎么能做出对不起菜花的事来呢！杏花可是菜花的亲妹妹呀。我关心杏花，那是出于对菜花的感恩，出于对菜花的情与爱。当然，姚向东的心里更清楚，杏花对自己的关心，那也是出于对姐姐的思念。姐姐离家出走，这不是姐夫做了什么不好的事儿造成的，是姐姐的自责，是姐姐想得太多，太复杂，要说难过，最难过是姐夫。当初刚听到卫国从深圳打来的电话，姚向东知道菜花离家出走不归，顿时就惊呆了。但姚向东把这天大的压力闷在自己的心里一直闷了七天。直到听到宝安区龙头崖发生中年妇女跳海事件后，向东瞒不住了，这才公开出来。这就是姐夫，姐夫是个好人。这些事儿，杏花后来全知道了。杏花关心姐夫的生活是出于对姐姐的爱，这也许就是爱屋及乌吧！何况，母亲胡少香也常常提醒杏花多照顾好姐夫的日常生活。姐夫是个大忙人，不能让姐夫忙了外面再忙家里的事儿。

姚向东与杏花同住一屋檐下，这一住就是五年。

五年相安无事。姚向东知道，小姨子杏花是个好姑娘。但姚向东心里从未想过会和杏花走到一起，哪怕是一闪念也没有。想到这里，姚向东有些不好意思地朝父母笑笑说："杏花是个好姑娘！"

父亲和母亲脸上顿时笑开了花。父母就等着儿子这句话。李花红心里很清楚，亲家母有这个意思。亲家母那次带着霞霞到松江镇来，跟李花红说了一个晚上。亲家母是个通情达理的人，姚向东这个大女婿是个好女婿，杏花也是有貌有才的好姑娘。肥水不流外人田。向东不能老是一个人过下去，霞霞大了，再过一年要上小学了。霞霞不能没有妈妈。她想把杏花给向东续弦圆房。听到这个消息，向东的父母反复掂量亲家母的话。两人说来说去，觉得这个事儿亲家母说得有道理。杏花马上也是要拿到大学文凭了，文化配得上。杏花长相还是走得出去的。向东虽是县里的干部，身边有杏花，不丢面子，也算得上是门当户对。姚建国与李花红想来想去，总觉得不好跟儿子开口。儿子与菜花的感情做父母的心里清楚。那是什么感情？那是救命之恩，儿子向东的血管里流着菜花的血呢！现在说这事，儿子会是什么反应，父母心里没有数。

这次春节，姚向东在家里过了一个完整的假期。虽然姚向东应酬很多，但家里人聚在一起，还是有机会说这件事的。但姚建国与李花红一直开不了口。倒是李花红给丈夫姚建国提了一句，说这些年，杏花一直住在向东家里，杏花就像姐姐一样照顾向东的生活。说不定向东早已跟杏花有那层意思了。只是姐夫与小姨子这层特殊的关系，这层窗户纸不好捅。李花红这一说，姚建国这个当父亲的有了信心。于是，等到姚向东离开家的这一刻，当父母的终于下了决心。姚建国朝李花红使了个眼色，喊住儿子姚向东，捅破了这层窗户纸。于是就有了父母与姚向东的对话：

"杏花懂事！"母亲说。

"杏花肯学习！"父亲说。

"杏花是个好姑娘！"父母异口同声说。

"杏花是个好姑娘，但杏花是我的小姨子呀！"姚向东说。

"小姨子续弦更好！"父亲说。

"亲上加亲。肥水不流外人田！"母亲见儿子向东有些犹豫，心里着急。

"这什么话呀！谁说的？"姚向东也有些急了，急不择言。

"你丈母娘说的！"母亲一听，把姚向东的丈母娘抛了出来。

"丈母娘？"姚向东一脸的疑惑。

父亲姚建国见儿子姚向东有些认真起来，朝妻子李花红瞥了一眼说："花红，也没什么，我们只是传话筒。你把杏花妈与你说的话当着向东的面再说一遍。"

李花红把胡少香的话说了一遍后，语气挺认真："向东，你丈母娘说的话不无道理。你刚才也说了，杏花是个好姑娘。既然是个好姑娘，续弦不是挺好的吗？"

"爸！妈！你们不懂！"姚向东语气也认真起来。

"你懂！你说说道理，当父亲的听你的！"姚建国目光盯着姚向东。

"对！你懂！你说说！"李花红在一旁给丈夫帮腔。

姚向东望望父亲，看看母亲，他知道父母是为了自己好。菜花已经离家出走五年了，父母心疼儿子一个人生活孤单，希望霞霞早点有个妈。想法是好的，但婚姻不是儿戏。这事儿得慢慢来。何况，姚向东心里有数：徐凤霞已经调到陵阳来了，以后怎么处下去？徐凤霞也是个好姑娘，再说欠她徐凤霞的，还真欠她的！杏花也是个好姑娘，丈母娘也是一片好心。肥水不流外人田，这话说起来有些俗气，但丈母娘一辈子在山沟沟生活，她说的是心里话。想到这话，姚向东不置可否，朝父母笑笑："婚姻大事容我多想想！"说完，拎起大包转身往门外走，边走边说："谢谢爸妈提醒！"

"爸妈不逼你！你是县长了，你多考虑。"父母跟着往外走，边走边说。

姚向东连连点头，脸上虽然一副轻松的样子，但心里沉甸甸的。

四十五

姚向东拎着大包，走出了屋门，沿着菜园子中间的硬土路，往外走。父母紧跟其后。走出菜园子篱笆门，姚向东回眸一笑，似是而非地说："爸妈！我个人的事会考虑的。"说完，沿着碎石小道径直往山下走去。

他很快来到通往县城的土石公路。一路往南走，很快就看到远处的路边上那棵高大的大樟树。大樟树树干粗似水桶，树冠枝枝丫丫伸向四面八方。树旁的岔道蜿蜒往山上伸展，消失在苍苍茫茫的林海里。靠路边的山坡上有两间简易房子，那里算是松江镇上的长途汽车停靠站。这里是三岔路口，姚向东最熟悉不过了。当年，自己掉进天坑后，父亲急匆匆地下山，就是在那两间简易的房子里，通过那台手摇电话机向四面八方求救的。姚向东身体恢复后，专门来到这三岔路口。现在，两间简易房子重新翻建成了水泥平顶，那台手摇电话机也换成了漂亮的拨号电话机。姚向东拎着大包，快步来到大樟树下。土石公路上，不时驶过一两辆手扶拖拉机，发动机那突突突的轰鸣声，震人耳膜。姚向东站在大樟树下，放下大包，深深地吸了一口气。他深有感触地扭头望望山坡上的那两间平房，再望望头顶上仍然枝繁叶茂的樟树枝丫，眼前浮现出父亲那焦灼的目光。姚向东耳畔响起了电话机手摇把转动发出的噜噜噜声，接着是父亲那焦急的嗓音，通过线路传向四面八方……现在大樟树树干更粗了，简易车站成了砖砌平房。当年的情景历历在目，但此时的姚向东已经不是那个掉进龙山天坑生死不明的姚向东了。现在的姚向东已是陵阳县的副县长了，但父母不希望向东再一个人熬下去了，霞霞需要有一个妈妈。父母的着急心情，在这三岔路口让姚向东想象着当年的父亲在那手摇电话机旁向四面八方求救的着急心情。现在自己怎么办？答应，还是不答应父母让杏花续弦？对了，这可是丈母娘胡少香的主意。怎么办？姚向东左右为难。姚向东的眼前浮现出钱菜花、徐凤霞、钱杏花那漂亮的笑脸。她们的笑脸在姚向东的眼前交替变幻。

远处传来汽车的喇叭声。姚向东想来想去，下不了决心。看来，临离开家里菜园子时给父母说的那句话，没有说错。先拖拖再说吧！姚向东在心里默默地答复着那句话：爸妈，我个人的事会考虑的。这句话说得真有水平，既不让父母失望，又没有明确表明自己对杏花续弦的态度。

上了开往陵阳县城的长途公共汽车。姚向东坐在靠窗口的椅子上。他心里不停地重复着那句话：爸妈！我个人的事会考虑的！

透过玻璃窗，姚向东凝视着窗外。冬天，窗外的山野，景色也很美。前些日子，嘉陵江流域下了一场小雪。城里的积雪早已融化，一点儿下过雪的痕迹也没有。大山里的山峰还留着丝丝的雪痕。不远处的山峰上的雪松越发显得青黑，树尖上顶着一髻白花。山尖全白了，给高远的蓝天镶上了一道闪光的银边。山坡上卧着些小村庄，村庄的房顶盖着薄薄的雪。

长途公共汽车没有空调。虽然门窗都关闭得严实，但土石公路坑洼不平，汽车颠簸着往前行驶，发出咯咯吱吱的声响。汽车一颠簸，门窗的缝隙就会加大，寒冷的山风趁机从门窗缝隙中钻进汽车内，姚向东明显感到冷。这次春节回松江镇过年，办公室要给姚向东派小汽车接送。姚向东没有同意，虽然是副县长，可以享受公车服务，但姚向东想，自己刚当选为副县长，又是县里最年轻的副县级干部，回家过年用公车接送，影响不太好。

姚向东目光盯着窗外冬天的美丽山景，双手不停地搓动着，脑子里还在盘算着。仕途上顺利，个人生活上这难题不好解。前几天，同事吴景燕的婚礼上，刘立平书记话中有话地提议新郎新娘给自己敬酒。后来，又让自己送徐凤霞去宾馆住宿大楼。路上，姚向东明显地感受到当年直爽的徐凤霞，性格似乎变了，连说话的语气也变得那么深沉。徐凤霞有许多心里话要对自己说，但扯来扯去就是没有扯到正题上。反正，徐凤霞来陵阳上班了，今后在一个机关大院办公，早不见晚见，有什么心思总会说通的。其实，姚向东早有预感，徐凤霞重回陵阳是要重续旧缘，自己也是这么想的。想不到这半路上冒出个小姨子续弦的事儿。缘分，这话也许有道理。当年，徐凤霞一个大姑娘家给自己写了封热辣辣的求爱信，竟然有那么大的勇气。但凤霞不知道我姚向东与钱菜花的天坑传奇。那是缘分未到。现在，菜花出走了，一走就是五年多。徐凤霞调来了陵阳，两人早不见晚见，这应该也是缘分。姚向东受当年妻子菜花的影响，菜花信佛，相信老天爷，姚向东也有点似信非信。但现在缘分又来了，姚向东与徐凤霞竟然谁都不愿意说破。其实，凤霞有情，我向东有意，心中都有数。只是杏花……姚向东不敢往下想。

姚向东搓搓手，身子似乎暖和些。他想，先不说破也好。毕竟凤霞刚来，自己又刚当上了副县长，两人的事还是拖一拖好。谁知，这次回松江又冒出件烦恼的事儿。爸妈说得很清楚，杏花续弦这可是胡少香的主意。胡少香是谁，是自己的丈母娘呀！过去，虽然杏花住在同一屋里，虽然杏花把家务都包揽了，虽然杏花生活上那么细致地关心自己，但姚向东并没有想得太多，更没有往深处想。自己的小姨子嘛，不就是自己亲妹妹一般嘛！尽管青春男女在一起，不可能没有一些冲动，但那身体里自然产生的冲动是冲不出去的，是始终藏在心底里的。现在，父母给自己说破了。父母只是传话，但这个主意可是丈母娘出的。说句实在话，胡少香出这个主意，还真不能怪丈母娘。你这个大姐夫能把小姨子留住在家里，一住五年，丈母娘看在眼里，能不往深处想？丈母娘这一想，肯定会跟杏花说。现在，父母把自己的态度告诉胡少香，胡少香肯定会跟自己的女儿说。姚向东知道，过几天杏花就要回陵阳酒厂去上班。见到杏花，姚向东不知道怎么面对。姚向东真有点为难。说实在的，现在的杏花可不是刚从山沟沟里进城的杏花。现在杏花大学文凭快拿到了。杏花是个好姑娘。但姚向东从来没有想过要娶杏花。向东知道，杏花是自己的小姨子，年龄也相差太大。世俗偏见，自己刚当上陵阳县的副县长，真有点难以承受。何况，徐凤霞已经来陵阳县委宣传部报到了。难道还要让徐凤霞失望？杏花现在这角色倒真有点儿像当年的徐凤霞。

回到家中，姚向东放下大包，往沙发上一坐，双手抱头叹了一口气。他想不到，当上副县长了，回家过年，欢欢喜喜，风风光光的。回来了，心思缠上了身。

刚坐下不久，传来了咚咚咚的敲门声。姚向东知道，今天是春节放假最后一天。明天初七，是上班的日子。这个时候，谁会来敲门？杏花回来啦？难道说曹操，曹操到？不可能。酒厂放假比机关时间长，要到初十才上班。再说，杏花有门上的钥匙。姚向东赶紧站起身，走到门口，打开门，大吃一惊，徐凤霞站在门口。

姚向东满脸惊讶："徐部长，不是说好让你过了正月半来上班吗？"

"不欢迎？"徐凤霞落落大方地往屋里走，边走边佯装生气。

"这可是刘立平书记说的。"姚向东把徐凤霞迎进屋子里，指了指沙发说，"凤霞，你先坐，我也是刚到家，去烧瓶开水！"

"知道！我已经来过一次了，摸了把门锁。对面刘方明局长听到敲门声，开门告诉我，你去松江过年了。"徐凤霞没有在沙发上坐下来，也往厨房跑，边跑边说，"向东，不要烧开水了。我来给你拜个年！"

"谢谢！谢谢！茶还是要喝的！"姚向东把电水壶灌满水，插上插头，按着开关，赶紧回到客厅。

两人坐下后，姚向东拿起茶几上果盘里的一个橘子，把皮撕开了一个口子，递到凤霞手里说："徐部长，你来陵阳，大家都很高兴。欢迎你呀！"

"谢谢老领导！"徐凤霞接过向东递过来的橘子说。

"老领导？不敢当！老同事！"说完，姚向东也拿起茶几上的一只橘子，边剥皮边说，"吃橘子！橘子橘子！局气局气！祝工作顺利！"

"也祝县长工作顺利！"徐凤霞掰开了一个橘瓣放进嘴里。

"凤霞！我们共事快十年了，老同事！今后约法三章。"姚向东目光盯着徐凤霞红扑扑的脸膛说，"私下里不喊职务，怎么样？"

徐凤霞一听，心里一愣。姚向东不让自己喊他职务，还说私下里。徐凤霞似乎明白了些什么，揣着明白装糊涂，声音高了些："副县长，私下里叫什么？"

姚向东不知徐凤霞这是明知故问，挺认真地说："我喊你凤霞！你喊我向东！"

徐凤霞一听，心里热乎乎的。看来这个姚向东是个有情有义的人。当年没有看错他。当年，给他写了一封热辣辣的求爱信，虽然有些冒昧，虽然当时没有缘分，但那封信可是表达了自己的一份真情，更是一个青春少女的一份痴情。当知道姚向东与钱菜花的天坑传奇故事，徐凤霞被姚向东的知恩图报所感动，主动离开了姚向东，离开了陵阳。想不到这个钱菜花更重情重义，就因为生了个女孩，就因为产后疑难症，为了姚向东的幸福，竟然选择了悄悄地出走，而且去了一个人们找不到的地方。现在，我面前的这个男人看来心中还有我的位置。也许冥冥之中就是这样，一切似乎早已安排好了。自己离开陵阳，一走就是六七年。但不知什么原因，这些年，谁介绍的男朋友自己都没有兴趣。就连当年上高中的同学宋一雄知道自己在陵阳单身一人回到泸阳市后，曾多次追自己，还在泸阳市投资建了一座外资冷库，但自己不为所动。自己心里那扇感情的大门似乎在陵阳就缓缓地关上了，谁也敲不开。徐凤霞有时想起来也感到有些奇怪，父母的话很有道理，男大当婚，女大当嫁，这是天经地义的事。自己年龄也老大不小了，不能老让父母操自己的心。但想归想，这心动不起来。也许真应了不知哪个名人说过的一句话：人什么都可以战胜，唯独感情不能战胜。自己当年写的那封给向东的求爱信，那可是自己情窦初开后的真情表达。尽管爽直一些，但那是从自己心里流出来的真心话。现在听到姚向东说到私下里见到不喊职务的提议，徐凤霞隐隐感到当年那封信没有白写。徐凤霞感到自己这次响应刘书记的要求，调回陵阳来工作，也许是人生道路上走的重要一步。当然，前头的路谁也看不清尽头。徐凤霞下决心走好眼前的路。

徐凤霞吃完手中的橘子，掏出手帕擦了擦嘴，又擦了擦手。目光环屋扫了一圈，站起身，若有所思地说："杏花呢？"

"回乡下过年去了！"姚向东站起身说，"你坐会儿，我去泡茶！"

"向东，我还要去其他几位熟悉的领导家看看！不打搅了。你刚回来，家里还要整理一下。"徐凤霞说着，走到门口，拉开门，一脚跨出门，回眸朝姚向东淡淡地一笑，"向东，明天见！"说完，噔噔噔地往楼下走去。

"凤霞，明天见！"

姚向东站在楼梯口，目送着徐凤霞，心里感慨万分。这个徐凤霞，不再是当年大学刚毕业的小姑娘了。说话讲究分寸起来，姚向东特别注意到刚才的一些细节。当自己说到私下里不喊职务时，徐凤霞的脸上微微地泛起了红晕。当问到杏花时，只问了一句。自己正想给她说说杏花的事。徐凤霞似乎有些敏感，很自然地扯开了话题。

徐凤霞前脚刚走，刘方明后脚来拜年。姚向东赶紧把刘方明局长迎进屋里。刘局长刚在沙发上坐下来，姚向东拿起一只橘子，递到刘局长手里说："刚才凤霞部长来了。我正准备去你家拜年呢！"

"祝贺！祝贺姚县长！"刘局长双手抱拳，连连朝姚向东摆动着，"杏花呢？没有回来？刚才凤霞已经来过一次了。我告诉她你去乡下过年，下午会回来。"

"谢谢刘局长！祝刘局长新的一年全家幸福！"姚向东也连连朝刘局长抱拳拱手。

刘局长把橘子拿在手里，站起身说："你一个人在家，晚上到我家喝两杯!"

"不打扰了!谢谢!"姚向东有些不好意思。刘局长是个老局长,帮了自己不少忙。自己虽然当了副县长,但在心里很敬重刘局长,不想打扰刘局长。

"拿我当外人?"刘局长把橘子朝向东面前一亮,"姚县长,就这么定了。一个人烧什么饭!一会儿喊你。"

"恭敬不如从命。"姚向东把刘局长送到门口,目送刘局长进了自家门里。

从刘局长家喝完酒,回到家里。姚向东给自己倒了一杯茶,坐在沙发上,一边品茶,一边打开了那台黑白电视机。电视上在重播春节联欢晚会的节目。《涛声依旧》那首歌的旋律特别悠扬,歌词一句一句飞进了姚向东的心里:

  带走一盏渔火
  让它温暖我的双眼
  留下一段真情
  让它停泊在枫桥边
  无助的我
  已经疏远了那份感情
  许多年以后却发觉
  又回到你面前
  流连的钟声
  还在敲打我的无眠
  尘封的日子
  始终不会是一片云烟
  久违的你
  一定保存着那张笑脸
  许多年以后能不能
  接受彼此的改变

月落乌啼
总是千年的风霜
涛声依旧
不见当初的夜晚
今天的你我
怎样重复昨天的故事
这一张旧船票
能否登上你的客船

姚向东听完这首歌，泪水充满了眼眶，滚烫的泪珠从眼眶里溢出来。泪光中浮现出菜花的影子，又浮现出徐凤霞的身影。徐凤霞那圆圆的脸庞，大大的眼睛，还有那新剪的齐耳的短发，让姚向东的心怦怦怦地乱跳。姚向东感觉这首歌好像是自己在唱，又好像是徐凤霞在唱。

姚向东索性关了电视机，闭上眼睛，静静地坐在沙发上，任凭思绪漫无目的遐想。

咚咚咚的敲门声，把姚向东静静的思绪打乱。姚向东吃了一惊，都快十点了，谁在敲门？姚向东赶紧去开门，边开门边问："谁呀？"

"我。杏花。姐夫还没有睡？"杏花酒气醺醺地走进屋里，满屋子浓浓的酒味。姚向东关上门，吃惊地问："杏花，你们酒厂不是初十以后才上班吗？"

"早点回来复习！"杏花放下了大包小包说，"坐上最晚一班长途汽车，到了陵阳去同事家拜年，喝了些酒。"

"你喝多了！"姚向东关心地说。说完，端起自己泡的茶，递到杏花手里说："快喝点浓茶，能解酒！"

"没醉！"杏花接过姚向东递过来的茶杯，咕咚咕咚一口气喝光了茶杯里的浓茶，长长地呼出了一口气。杏花口气中带着浓浓的酒香。杏花把茶杯朝餐桌上一摆，毫无顾忌地拽住向东的胳膊，高兴地说："姐夫！告诉你一个好消息。"

"好消息？说来听听！"姚向东望着满脸通红的杏花，心里纳闷，什么事让杏花在同事家里喝了这么多酒。好在杏花酒量大，要不，会回不了家。姚向东望着杏花红通通的脸腮，望着几乎放光的眼眸，轻轻地从杏花手里挣开手臂。此时的姚向东心里瞬间有一种说不出的激荡，看着杏花兴高采烈的样子，伸手摸了一把杏花那飘逸的长发，但很快松开手。姚向东想起徐凤霞，心里一愣，恢复到常态，静静地听杏花说。

"我下半年要去深圳参加公务员招聘！"杏花说完，没有想到姐夫会伸手摸自己长发，她没有多想，估计姐夫喝酒了，装着若无其事的样子对向东说，"姐夫！你可要支持我应聘！"

"公务员招聘？"向东不明白杏花怎么会突然告诉自己这个好消息。

"姐夫卫国说的！深圳每年考一次。大学文凭有了，就可以参考！"杏花说。说这话时，杏花那火辣辣的目光盯着向东。

"你要离开陵阳？"

"对！离开陵阳！"

"为什么要去那么远的地方应聘？"

"那里思想解放！"

姚向东好像听出了杏花的弦外之音。杏花很有可能已经知道了自己的态度。自己离开松江家里后，父母肯定去了鱼头村。姚向东只是自己猜测。杏花要参加深圳公务员招聘，这是好事。人往高处走嘛。姚向东朝杏花笑笑连说了三遍支持。

杏花也笑了。刚才姐夫轻轻地摸了一把自己那飘逸的长发，不管喝没喝酒，这是姐夫第一次摸自己的长发。杏花感慨万千，说不出的滋味。杏花知道这应该是姐夫心里有自己一席位置。但姐夫的心里装着菜花姐，装着凤霞姐，杏花心里明白。

姚向东深情地望着杏花红扑扑的脸腮，从杏花那微微的笑容里明白杏花这是要离开自己，姚向东心里有些酸酸的。

四十六

  陵阳县经济开发区1986年年初设立时，只有四平方公里。毛峰山西路有个古镇叫银龙，名字很响。银龙镇离县城三十多公里。那里是小片的平原，平原之间有低矮起伏的山丘，偶尔会有一两座突兀的小山。山不高，最高的一座山岗有五十多米高。那山岗造型挺像一个元宝。天气晴朗时，站在毛峰山顶往西看，能隐隐约约地看到那元宝形的山岗。山不在高，有仙则灵。元宝形的山岗边有一方水潭，水潭深不见底。令人惊奇的是水潭边的山坡上有蛇，那蛇长得很特别，肤色雪白，经常在水潭的水面上、山坡的树草丛中出没。当地的山民都视白蛇为蛇神，不敢轻易地捕杀。当然，这些白蛇最长不过一米，从不伤人。于是，当地的山民们把白蛇当神敬，在水潭边上的山坡上修了三间大瓦房，里面塑了几尊菩萨。庙不大，远近敬蛇神的信徒不少。白天来烧香求拜的人不少，香火很旺。因山岗像元宝形状，水潭边白蛇出没。蛇即是龙。于是，当地给山岗取了个名字叫银龙山。银是白色，山岗像银铸就的元宝，白蛇即白龙。取名叫银龙山，再确切不过了。

  从唐朝开始，银龙山就有了名气。烧香拜龙神的信徒多了，这银龙山香火就旺了。烧香拜佛的信徒多了，这银龙山就慢慢兴旺起来。开小吃店、小饭店客栈、小土特产摊子的多了起来。据说，明朝初年，这里就形成了一个集镇。从松江流出来一条支流，蜿蜒十几里又流进了陵阳城北的松江里。这支流人们给它取了个名字叫松溪河。银龙镇就建在松溪河两岸。银龙镇风景秀丽。松溪河沿河两岸各有一条街。河东叫东街，河西称西街。解放后，香民们和政府都出了些钱，山岗栽树，山庙修缮一新，还新建了几排平房。山岗栽了大批的油松。远远望去，银龙山一片葱郁。

  银龙镇有十六个村，在陵阳县不算大镇，但是名镇，远近都有名气。当年，姚向东在陵阳县办公室负责起草设立陵阳县经济开发区申请报告时，把银龙庙作为一个亮点。报告起草前，姚向东专门带着起草班子去了一趟银龙镇，考察了银龙庙。当时起草班子看了都为之一振。银龙山风景秀丽，龙脉胜地，将来把经济开发区设立在这龙脉上，一定会引来客商投资，一定会兴旺发达。申请报告上专门介绍了银龙镇的银龙山、银龙庙，还有当地神秘的白蛇。当时先划了四个村，近四平方公里的土地，作为陵阳县经济开发区一期发展用地。

银龙山真是龙脉胜地，很兴旺。开发区从建立初起，只用了五年时间，也就是1991年下半年，已经初步完成了基础设施建设，七通一平全部达标。开发区设立后，当时采取边建设边招商的办法。徐江风的帅特职业服装有限公司是第一家进区的企业。投产后，效益很好，现在正策划建二期厂房。从1992年年初，银龙镇整体划归陵阳经济开发区，规划面积达到二十五平方公里。银龙镇的镇政府大院成了开发区党工委、管委会的办公机关所在地。姚向东想不到的是一年后，组织上把党工委书记担子压到自己身上。自己还是陵阳县的副县长，身上的压力更大。在官场上，姚向东已经打拼了十年，他是深知官场上的流行俗话。当官要当副，吃菜要吃蔬。这话说得很直白，意思是副职跟着干就行了，肩上压力不大。当一把手不一样，最重的任务，再难的事，是绕不开的。现在，县委任命自己当党工委书记。从宣布命令的那天起，姚向东心里就悬上了一块大石头。虽然，这些年自己招了几家企业，有些企业还发展得挺顺利，税收上缴了不少，但姚向东心里明白，那时自己招商引资是个副业，肩上没有压力，加上当年徐凤霞父亲的人脉，也算是运气吧！现在，当上了经济开发区一把手，这陵阳开发区的建设和发展可不是随便说说了。刘书记找自己谈话，说得很明白，要有大思路，要有大规划，要有大发展。

春节过后，姚向东回到陵阳。虽然心里烦着将来续弦的事儿，但容不得姚向东多想下去。他心里早已下了决心，徐凤霞也好，杏花也好，先拖一拖，顺其自然吧。个人的烦恼，消除的最好办法是拼命地工作。工作是治疗烦恼的良药。

早晨，吃过早饭，姚向东给杏花打个招呼，不到八点，开发区办公室来接的车子就到了机关大院。

姚向东早早地到了银龙镇政府大院。政府大院大门前的牌子已经在春节前油漆一新。两块大牌子很醒目。白漆红字的牌子上面写着中共陵阳县经济开发区党工委；白漆黑字的牌子上面写着中共陵阳县经济开发区管理委员会。银龙镇镇政府一进大门，不远便是一圆形水池。水池直径有九米。水池四周是水泥浇铸的路面。水池路边的南北各有一方形花圃。花圃里除了低矮的月季、蔷薇、映山红外，间隔着会有一些稍高些的风景树，石榴、紫荆、腊梅、海棠等。到了春暖花开的季节，别看花圃不大，但蜂飞蝶舞，花香浓郁。关键是水池中间有座小假山，从大门进了院子，赶上春末初夏，有山有水有花，真是一个令人心旷神怡的地方。从水池往里是一方形的广场。广场的两边各竖有一个木制的篮球架。广场两边有两幢四层的办公楼。分为南楼、北楼。南楼党工委和党务部门办公，北楼管委会办公。银龙镇政府的小院改为经济开发区办公室所在地，除了办公室紧张一些，风景那是一个字：绝！刚搬进来，姚向东就喜欢上了这里。但是，想想自己是一把手，想想刘立平书记的任职谈话，姚向东的脑海里响起了刘书记的"大发展，大思路，大规划"九个字，心里有很大的压力。刘书记让自己来当一把手，不是让自己来享清福。姚向东深深地感受到自己肩上的担子，就有点像雨天挑河泥，肩上的担子越来越沉。

姚向东的办公室在南楼四楼东北朝南第一间。春节刚过，今天是上班第一天。姚向东的汽车开进大院时，只看到水池里的喷水龙头正喷水，假山让落下来的水珠润湿了。早晨的阳光红彤彤地把喷出去的水映出了一道道淡淡的彩虹。

院子里静静的。

开发区上班晚，规定比县机关晚来半小时，下班早半小时。但中午除了吃饭不休息。姚向东下了车，拎起包往南楼大门走过去。他抬腕看了看表，还差二十分钟才到上班时间。他没有急着去办公室，在大院里溜达起来。转了一圈，姚向东走进办公室。

办公室里已经打扫得干干净净。他给自己泡了一杯茶。春节上班第一天。天气晴朗，太阳从东边的银龙山升起来，红彤彤的。阳光透过明净的玻璃窗，办公室里亮堂堂的。姚向东走到窗前，目光透过玻璃窗远眺，东南方向的毛峰山上的报恩塔高高地耸立着，塔尖上的那净亮的钢制葫芦在阳光下熠熠生辉。从窗前不远处到毛峰山西麓是一大片未开发的土地。姚向东眼前一亮，想到自己将要在这片广阔的土地上画上一幅美丽的图画，虽然有着天大的压力，但也有一种莫名其妙的快感。姚向东全然不明白这快感来自哪里，但心里似乎热烘烘的。

突然，办公室的电话铃响起来。姚向东转身来到办公桌前，拿起话筒，心里有些纳闷，谁这么早把电话打到办公室来，拜年？也许是哪个部下，姚向东对着话筒轻松地说："喂！你是哪里？"

"我是卫国。"

"卫国？"

"对呀！"

"你在哪里？"

"我刚从鱼头村出发，大概十点半左右到你办公室。"

"今天？"

"对呀！"

"不是说好过了正月十五来我们经济开发区看看，怎么提前啦？"

"姐夫，是这样的。我昨晚接到深圳电话，说有一个工程要提前开标。明晚一定要赶到深圳。我和桃花一商量，今早出发。上午路过你们开发区，顺便看一下陵阳经济开发区的基础工程建设情况，然后从陵阳开发区直接去深圳。"

"这么急！桃花也过来？"

"我和桃花一块去深圳。"

"也好！卫国你看这样好不好？上午陪你和桃花在开发区兜一圈。中午在镇政府对面的龙山饭店为你们送行。"

"不用了！"

"不行不行！到姐夫这里不吃饭怎么行！我一会儿想办法通知杏花，一块儿陪你们吃饭。"

"姐夫，这样呀！我们要急着赶路，看完就走，下次回来，一定到龙山饭店品尝江鲜。"

"卫国，当大老板了，不给面子呀？"

"不敢不敢！你是大官！"

"不说了，一会儿见！"

电话两头相互传出愉快的笑声。

九点半，有个团拜会。姚向东主持，半个小时结束后，他喊上办公室的一位副主任。副主任姓刘，叫刘婵英。刘副主任是姚向东跟班主任。

姚向东带着刘婵英来到了圆形水池路边。姚向东抬腕看看表，对刘婵英说："一会儿有两个客商来看开发区。"

"客商？开门红呀！"刘婵英有点喜出望外。

"自家亲戚。深圳来的。"

正说着，大门外响起喇叭声。姚向东一听，估计是卫国、桃花过来了。他带着刘婵英朝大门口迎过去。

朱卫国的汽车停在大门外。朱卫国已经从汽车上走下来，直往传达室门口跑。姚向东大着嗓门："卫国，新年好！"说着三步并作两步来到传达室门口，握住卫国的手说："搞突然袭击。今天不给你去会议室介绍了。我和办公室的刘副主任，还有招商局的杨红军局长陪你看一看。你急着要返回深圳，那就抓紧时间。"说到这里，姚向东朝刘副主任瞅了一眼："杨红军局长来了吗？"

"他去办公室拿一下开发区简介，马上到。"刘副主任朝管委会办公楼望了一眼说。

"卫国，就坐你车子。一期开发面积四平方公里，一会儿就看完。二期正在规划。"正说着，桃花从汽车上一步跨下来，朝姚向东招招手："姐夫，新年步步高升。"

"小姨子新年好！"姚向东说着走到汽车边，边拉开门边说，"就坐你的汽车去。"正说着，杨红军局长手里拿着一沓开发区的情况简介，匆匆地走过来。

姚向东带着刘副主任、杨红军局长上了卫国的汽车。姚向东坐在副驾驶的位置上，分别把刘副主任、杨红军局长介绍给卫国后说："开发区的情况有资料，你回深圳后慢慢看。今天带你去银龙山。那里是开发区的一个制高点。站在银龙山上，开发区全貌一览无余。"说着，姚向东把手朝左边一指："车往后倒，然后向前一百米左右，往左拐，一直往前开。"

"坐稳！"卫国熟练地发动汽车，按照姚向东的指挥，很快把汽车开到了银龙山下。姚向东陪着卫国、桃花，带着刘副主任、杨红军局长沿着石阶，不一会儿爬到了银龙山顶。极目远眺，开发区一期的道路网已经形成。路边隔一段空地会出现一两栋厂房。杨红军特别介绍了银龙山的来历，反复强调，这里是龙脉，是宝地，来投资会发大财。

卫国看到开发区欣欣向荣的样子，心里激动，很有信心地说："当初，我和桃花闯深圳时，那里也是这个样子。但是，十年之后真是大变样。深圳现在到处厂房、高楼林立，像小上海似的。"说到这里，卫国看了桃花一眼，似乎在征求桃花的意见。卫国停顿片刻说："姐夫，还有两位领导，过几年我把深圳的业务处理妥当后，把公司搬过来，和你们一块建设。陵阳开发区一定会崛起一座工业新城！"

"欢迎！"姚向东、刘副主任还有杨红军局长几乎是异口同声。

姚向东带着卫国和桃花来到了银龙庙。庙虽不大，但烧香的信徒不少。卫国急着赶路，对向东说："这次匆匆忙忙，下次来细看。"

桃花一见银龙庙里香烟缭绕，突然停住步子，拉了拉卫国的胳膊说："停一会儿，我要烧把香。"

卫国心里明白，桃花想姐姐了。卫国拉住向东的手，低声说："桃花烧香，我跟你说个事儿。"

"好呀！"姚向东拉住卫国的胳膊来到了一棵大银杏树下说，"卫国，你说。"

"桃花知道姐姐肯定没了，但她不愿意相信这是事实。只要到一个地方看到庙宇，她总要虔诚地烧一把香。由她去吧！"卫国停了停，压低嗓门，"这些日子，姐夫个人的事一点没考虑？"

"没有。"姚向东尴尬地笑笑。

"我告诉你姐夫,桃花虽然不相信菜花没了,但她心里清楚得很。只是她不愿意说破。但她有时候会自言自语,姐夫一个人怎么办?霞霞怎么办?"卫国说着,朝向东瞥了一眼,"你听懂我的意思吧?"

"我懂!"姚向东模棱两可地回答后,扯开了话题,"卫国,你们也该要个孩子!"

"今年列入计划。姐夫,你要多保重。肩上的担子这么重,一个人生活不容易。"卫国深情地望着姚向东说。

桃花请香买烛,将点着的蜡烛插上烛台,又剥开香头的封纸,在燃烧的蜡烛火焰上点着香,然后认真地把香插进香炉里。桃花面对菩萨恭恭敬敬地叩了三个头,嘴里不停地祷告。

桃花敬完香,来到卫国和向东身边说:"卫国、姐夫,以后从深圳回来,一定要来烧香。刘副主任说了,银龙庙的菩萨照远不照近。"

"一定来!"卫国语气很坚定。说完,一行人走到了水潭边的路旁上了汽车。朱卫国把汽车开到了银龙机关大院门口,停了下来。姚向东带着刘副主任,杨局长下了车,朝卫国摆摆手:"今天是年后工作第一天,不吃顿饭?"

"姐夫,真的时间紧!"卫国摇下玻璃窗,边发动汽车边说。

"一路顺风!"姚向东、刘副主任、杨局长目送着卫国的汽车朝前开去。姚向东待卫国的汽车拐弯看不见后,对刘副主任、杨局长深有感触地说:"这就是深圳精神!"

刘副主任、杨局长几乎同时点点头。

四十七

卫国和桃花匆匆地来,又匆匆地离开了银龙镇。姚向东回到办公室,端起桌子上的茶杯,喝了一口。他来到门边放置茶具的矮柜上拎起热水瓶,走到办公桌边,拔出水瓶塞子,往茶杯里续了些热水。用左手端起茶杯喝了几口，又往茶杯里续了些热水。

姚向东把热水瓶放到了矮柜上，端起茶杯，站到玻璃窗前。雪白的窗帘拉拢在窗柜两边，明亮的阳光照在雪白的窗纱上，泛起了银色的光泽。姚向东呷了一口茶，极目远眺。东南方向有一片平地和山丘，那里的几个村庄的房子已拆除，一些古树名木已经移到临时的荒地上，土地也早已平整，平整的土地上隔不到几百米距离，会看到一些土丘。土丘旁几辆笨拙的挖掘机正在轰轰轰轰地鸣响，巨大的扒斗从山丘边舀上一扒斗土，伸着高高长长的脖子，凑到附近停放着的载重卡车车厢上方，哗一声响，满扒斗的土砸进汽车车厢里。哗的声响过后，载重卡车一声吼，车厢后面扬起一股浓浓的尘土朝远处开去。姚向东看到了平地上厂房的雏形，看到了高高的塔吊。再往远处看，姚向东看到隐隐的毛峰山，看到了毛峰山巅那熠熠闪烁的亮光。姚向东知道，那是毛峰山顶的报恩塔的塔尖铜葫芦。

看到报恩塔，姚向东又陷入了沉思。他的脑海里刹那间浮现出钱菜花、徐凤霞的影子。姚向东凝视着远处毛峰山上的报恩塔，心潮澎湃。姚向东想想自己现在个人生活的复杂处境，苦恼地一笑，真是应了一句俗话：官场得意，情场失意。当然，说情场失意不准确，说情场烦人，倒有点名副其实。姚向东知道，自从五年前妻子菜花为了自己出走后，自己陷入痛苦的思念。自己拼命地工作，解决了一时的孤独和寂寞，但不能从根本上解决问题。自己走到了一个重新选择伴侣的十字路口。刘立平书记找自己谈话，让自己挑上陵阳经济开发区这副担子，当时感到压力山大。但现在想起来，跟自己感情上的选择一比，似乎工作上的事儿相对轻松多了，简单多了。说自己有女人缘，只是说说而已。说自己欠女人的，这倒是事实。续弦？续谁？姚向东有点烦了。

想到这里，姚向东心里有些懊悔。刚才卫国、桃花来银龙镇看经济开发区，没有单独地和桃花聊几分钟。桃花与杏花毕竟是亲姐妹。桃花说不定会知道杏花为什么打算去深圳应聘公务员。杏花这是明摆着要离开陵阳。想到当年徐凤霞说为了照顾母亲而离开陵阳，调到泸阳市去工作。姚向东的心里咯噔一下，杏花这是铁了心要离开自己。杏花肯定知道了自己的态度。想到这里，姚向东心里酸酸的，毕竟与小姨子相处六七年了。杏花一直住在自己家，那可是近距离。杏花和自己相处这些年，虽然很自然，但自己一个大男人，偶尔也会本能地冒出一些奇奇怪怪的想法。姚向东心里想，杏花一个大姑娘家，能一点儿想法也没有？这不符合情理。要不然丈母娘胡少香不会想出让杏花续弦的主意来。可怜天下父母心。杏花的父亲走了，只有母亲，母亲惯小。当母亲的当然要为自己的小女儿操心。要不，胡少香不会把自己让杏花续弦的主意说给我母亲李花红听。要知道，亲家母之间说这话是需要天大的勇气。想到这里，姚向东为自己的丈母娘的勇气而暗暗敬佩。但杏花是自己的小姨子呀。妻子离家出走，虽然心中有数，有了龙头崖跳海事件，有了海滩捡的那双同色同码的泡沫凉鞋，谁心中都有数，菜花人肯定没了。五年多了，一点儿消息也没有。但谁也不说破。现在自己考虑自己的事没有人会说三道四。毕竟五年多了，活着的人总要活下去。领导暗示，昨天爸妈也催着，但是续弦杏花，似乎有点不好。哥妹相处这么多年，说说笑笑，都挺自然的，都挺好的。但说到真的要在一起过，姚向东心里有些别扭。姚向东更怕别人说闲话。如果姚向东和杏花走到一起，难免有人会说，这小姨子与姐夫在一起，说不定早就在一起了。

杏花说要去深圳应聘，姚向东明白，杏花心里会跟自己想到一块。但心里想归想，毕竟是哥妹，是家里人，谁也不愿说破，只能闷着。现在，胡少香跟自己的父母提到这件事。胡少香这个丈母娘聪明，她想通过我父母转个弯儿，探个虚实。现在，胡少香应该知道了我的态度。胡少香肯定告诉了杏花。杏花肯定会跟她姐桃花说到这个事儿。桃花不可能不告诉丈夫卫国。于是，就有了杏花下半年到深圳应聘公务员的意愿。这主意肯定是卫国出的。卫国现在在深圳算不上大老板，但小老板还是能排得上号的。卫国人脉广，关系多，信息灵通。深圳那里的公务员招聘，每年一次，就像全国高考一样。杏花上半年就可以拿到大学本科文凭了，有条件参加招聘。

姚向东心里暗暗下决心，支持杏花尽快拿到大学文凭，支持杏花去深圳应聘。杏花考上深圳的公务员，人往高处走，姚向东的心里会得到一些安慰。

想到这里，姚向东对自己的个人大事下决心再放一放。他面对着远处毛峰山上的报恩塔，默默地祈祷：但愿杏花心想事成。姚向东希望自己的小姨子往高处走。

姚向东拼命地工作。

一晃一年过去了。

杏花如愿以偿，考上了深圳的公务员，安排在深圳宝安区政府办公室当科员。杏花接到录取通知，第一个把通知送给姚向东看。她深情地对姐夫说："这些年，是姐夫拼命工作的精神激励了我。我真诚地感谢姐夫。"杏花说完，眼圈红了，对姐夫的敬佩之情溢于言表。

向东连连摆手："杏花，条条大路通罗马。这是当年我高中毕业没有工作，父亲跟我说的。我一直记在心里。杏花，你的行动证明了这一点。祝贺你！"

桃花、卫国还是开车回来过春节。过完1994年春节，杏花坐卫国的小汽车去深圳报到。

一切都平静下来。

1995年的夏天来了。

这年夏天特别热。乡下没有空调，霞霞身上生了不少疖子。一次，徐凤霞去松江镇检查全民普法工作。她知道姚向东的父母家在松江镇上。她让镇上的宣传委员陪着去看姚向东父母。

走到姚向东父母家的菜园子篱笆门口，宣传委员大着嗓门喊了一嗓子："老姚在家吗？"

徐凤霞停住脚步，举目四望，眼睛一亮，这地方风景真美。远处的大山层层叠叠，近处的山坡郁郁葱葱。特别是面前的菜地，一畦一畦，种着各种品种的蔬菜。徐凤霞常下乡，她认得出来。徐凤霞从这生机勃勃的菜园子，就知道姚向东的父母是山里的勤快人。正看得入神，菜地下坡的池塘里几只雪白的大鹅在平静的池塘水面上悠闲地漂浮，发出一阵呱呱呱的叫声。

"在家！"屋里传来一个男人的高嗓门。宣传委员与姚向东一家很熟悉，直接拉开菜园子的篱笆门，往里走，边走边说："徐部长，姚向东的父亲在家。"

徐凤霞跟着宣传委员往里走。刚走了两步，堂屋门开了，一个七八岁的小女孩蹦着走出来，边走边喊："爸爸！爸爸！"

姚建国、李花红紧紧跟在小女孩身后。徐凤霞一看小女孩，知道是霞霞，赶紧三步并作两步，一把抱起霞霞，目光在霞霞的脸上左看看，右看看，亲热地说："霞霞，长高了！长大了！"

姚建国、李花红走过来，一看是徐凤霞，满脸笑容地说："凤霞部长来啦！快屋里坐！"

李花红赶紧从徐凤霞手里把霞霞接过来，用一只手指指凤霞："叫人！"

"阿姨好！"霞霞甜甜地叫了一下，挣扎着从李花红的怀里蹦到地上，小手拉着徐凤霞的手说，"阿姨好！我想妈了，你带我去陵阳城里找妈去。"妈妈菜花出走时，霞霞才八九个月，记忆不深。后来渐渐地长大了，同龄的孩子都有妈。霞霞有时会哭闹着跟外婆、奶奶要妈妈。大家哄霞霞，妈在城里忙工作呢。这句话一直留在霞霞年幼的记忆里。霞霞聪明，只要外头来人，她知道那一定是爸妈从城里回来了。但每次都见不到妈妈。也许随着年龄的增长，小小的霞霞似乎明白了什么。刚才，霞霞就在堂屋里玩耍，听到菜园子外面有人喊门，她第一个冲出堂屋门。霞霞以为爸爸从城里回来了，高着嗓门喊爸爸。徐凤霞看着霞霞一脸天真的样子，想到那年在陵阳县人民医院妇产科菜花难产。徐凤霞亲自从泸阳市人民医院请来了妇产科的专家，连夜给菜花动手术，保住了菜花和霞霞两条命。现在，菜花已出走六七年了。霞霞大了，这么天真。当霞霞拉着徐凤霞的手说，要去城里找妈妈，徐凤霞眼圈刹那间红了。但碍于大家都在眼前，徐凤霞赶紧控制住自己的感情，抬手擦了擦眼角的泪珠。

姚向东父母认识徐凤霞，也知道徐凤霞。姚建国停住步子说：

"徐部长，你怎么来啦？"

"来松江检查工作，顺便看看伯伯，婶婶！"徐凤霞跟着大家跨进了堂屋门。

堂屋里朝南的窗户很大。夏天的太阳又红又亮，屋子里照得亮堂堂的。屋子后面是山坡。山坡上长满了竹子。翠翠绿绿的竹枝随着山风不停地摆动，发出有节奏的沙沙沙的响声。

堂屋里还是原来的长条桌。大家围着长条桌坐下来。李花红去厨房里洗刚采摘的红葡萄。徐凤霞赶紧一把拉住霞霞，揽进怀里，明知故问："霞霞，今年几岁啦？"

"你问实岁还是虚岁？"霞霞朝徐凤霞调皮地眨眨眼睛，稚嫩的小脸红嘟嘟的。只是脸上有不少被蚊子咬过的红点子。

徐凤霞惊讶地望着霞霞，心里纳闷：霞霞还懂虚岁实岁？转念一想，不奇怪。这些日子，外婆也好，爷爷奶奶也好，肯定都在为霞霞上小学的事儿操心。向东一个人在城里，开发区要大发展，那二期规划一下子扩大了三四倍，姚向东肩上的担子可想而知。他哪里有时间照顾到霞霞的上学。外婆、爷爷奶奶议论霞霞上小学的事，肯定会说到虚岁实岁。霞霞早已听在心里了。徐凤霞有意逗霞霞："霞霞，虚岁、实岁有啥不一样？"

霞霞笑了起来："阿姨，虚岁实岁当然不一样。虚岁八岁了。实岁七周岁。"

"怎么知道的？"徐凤霞拉了拉霞霞的手问。

"听爷爷奶奶说的。外婆也说过。"霞霞朝凤霞天真地笑笑。徐凤霞心里有数，过了今年夏天，霞霞该上学了。这个姚向东一点也没有听他说到霞霞读小学的事。这孩子，怪可怜的，一个人跟着外婆，跟着爷爷奶奶在乡下过。看这脸上，被蚊虫叮咬的，满是红点子。那稚嫩的小胳膊上，有的红点子被抓破了，生了疖子。乡下条件差，天气热了，也没有空调。这大门、窗户为了凉快，大部分时间都敞着，蚊虫多，叮咬大人还能受得住，叮咬小孩，又痒又痛的，霞霞怎么顶得住呀。再说，镇里的小学教学质量跟县城里怎么能比呢。霞霞没有妈妈，但不能就这样在乡下待下去。教育是大事。上小学的事得跟向东说说。霞霞的事看来自己得费点儿心了。顾不了那么多了。徐凤霞在心里暗暗地下决心。

大家吃着现摘的葡萄，高高兴兴聊了一会儿。离开的时候，姚建国、李花红挽着霞霞一直走到路口小汽车旁边。

徐凤霞抱起霞霞，在小嘴上亲了一口，挺认真地对姚建国、李花红说："伯伯！婶婶！霞霞聪明，还是到城里读书好！"

"我们也有这个想法。只是向东一个人，工作忙得根本不着家，霞霞去了怎么办呢？"姚建国知道霞霞去村里读小学，有不少困难。自己的儿子虽然当了副县长，但个人的事儿一直没有着落。杏花去了深圳，亲家母说让杏花续弦的事儿早已泡了汤。姚向东一个人生活，怎么带霞霞呀！姚建国语气很轻地说。

徐凤霞放下了霞霞，朝李花红笑笑说："婶婶，你可以去城里呀！"

姚建国、李花红几乎同时用犹豫不决的目光望着徐凤霞。姚建国、李花红知道徐凤霞跟儿子向东的瓜葛，更知道两人一直处得很好。现在徐凤霞这么关心霞霞，姚建国、李花红心里当然高兴。两人目光盯着徐凤霞，看来是否同意杏花续弦的答案有了眉目。

"霞霞外婆呢？"徐凤霞又问了一句。徐凤霞知道，过去向东的丈母娘一直住在向东家里带霞霞。后来，菜花出走不归，向东丈母娘触景生情，就住到乡下去了。此刻，徐凤霞有点儿明知故问。徐凤霞这么问的意思是提醒姚向东爸妈，让他们搬到向东家去住。这样，霞霞在城里读小学也就有着落了。

宣传委员和徐凤霞上了汽车。

姚建国、李花红挽着孙女霞霞站在路边。汽车发动了，驾驶员按了两声喇叭，汽车缓缓地开动了。

徐凤霞摇下玻璃窗，朝姚向东父母摇摇手。突然，霞霞朝徐凤霞招招手，大着嗓门说："阿姨！你是去城里吗？"

"对呀！"徐凤霞大声说。

"我想去城里找妈妈！"霞霞语气有些急，"我也要去城里！"

徐凤霞示意驾驶员开慢些，然后对着霞霞大声说："霞霞，阿姨还有事，下次来带你去城里好吗？"徐凤霞说完，眼睛湿润了。

霞霞轻轻地点点头，满足地笑了。霞霞布满红点子的脸腮上漾起了两只小酒窝。

汽车往前开，徐凤霞低头沉思，不说一句话。徐凤霞在暗暗地埋怨自己，当年做姑娘时给姚向东写求爱信的勇气现在不知哪去了。

公路上汽车、手扶拖拉机还有毛驴车多起来，汽车的喇叭声、拖拉机的突突突响声和毛驴的尖叫声交织在一起，随风往大山深处飘去。公路上尘土飞扬。

四十八

徐凤霞从松江回来，心潮起伏。她扳着指头算，从泸阳市调回陵阳县委宣传部当副部长一晃两年了。自己与姚向东的事儿一直悬在那儿。熟悉姚向东、徐凤霞的领导和同事都知道，凤霞从大市调到小县城来，是冲着姚向东来的。当年，机关里知道姚向东与徐凤霞的故事的人多，但知道姚向东与钱菜花传奇故事的人少。七八年前，发生了钱菜花为了向东而离家出走至今不归的又一个传奇事儿。这一晃过去七八年，钱菜花肯定是人没了。活着的人总要活下去。姚向东与徐凤霞的事儿于情于理都说得过去。徐凤霞调回陵阳县来，大家都以为姚向东与徐凤霞会很快重续前缘。再说，这徐凤霞可是个痴情的姑娘，这一等就是十年。也许俗话说得对，有情人终成眷属，但姚向东与钱菜花也是有情人。俗话怎么说不重要，重要的是姚向东与徐凤霞两人的事就是没有动静。两年一晃过去了。尽管领导不断暗示，父母不停催促，同事们常常开玩笑，但姚向东与徐凤霞除了走得近些外，还是黄牛角、水牛角，各归各。

徐凤霞心里着急。徐凤霞是个懂事理的老姑娘了。她知道姚向东心里的菜花情结，她不愿意去捅开这层窗户纸。时间不等人。徐凤霞看到霞霞后，心里震荡得很激烈。她想来想去决定借这次霞霞上学的事跟姚向东摊牌。徐凤霞这次在松江见到霞霞，感触太深了。霞霞那被乡下蚊子叮咬的小红点子肉嘟嘟的脸，不停地在自己眼前晃动。徐凤霞知道，姚向东这人重感情。姚向东当上副县长后，他安排了几个人。朱腊梅，西南交大毕业生，他找刘立平书记，把朱腊梅推荐到县交通局。刘娟娟自学考试拿到大学本科文凭后，他很快将刘娟娟安排到经济开发区办公室当秘书。他的妹妹姚向红南京河海大学毕业后，他又找刘立平书记，把姚向红分到县建设局工作。当然，这三个人都是本科生，对陵阳来说是人才。姚向东爱才没有错。知情人都知道，姚向东这是知恩图报。他的心里还有着菜花的影子。菜花是个好姑娘。菜花是向东的救命恩人。姚向东的血管里还流着钱菜花的血呢！姚向东心里担心人家说他闲话。妻子是他的救命恩人。妻子菜花是为了他姚向东的幸福才离家出走的。虽然过去七八年了，虽然姚向东知道宝安区龙头崖跳海的那位中年妇女肯定是菜花，但活不见人，死不见尸，谁能说得清楚。姚向东心里总存着一丝丝的念想。徐凤霞理解姚向东的犹豫不决。徐凤霞知道姚向东心里有个梗。徐凤霞更知道，姚向东心里更有她徐凤霞。要不，姚向东的小姨子杏花在妻子菜花出走后，一直住在向东家，一住就是五六年，但姚向东并没有动心。杏花可是性格活泼开朗的姑娘，而且学习精神特别强，去年拿到大学文凭后还考上了深圳市的公务员。杏花配向东，应该是半斤与八两。但姚向东没有动心。这事儿，姚向东讲给凤霞听，说是丈母娘找到向东的母亲，私下提起杏花续弦的事。姚向东没有松口。徐凤霞知道，姚向东把杏花续弦的事儿告诉自己，这本身就是弦外之音。

　　徐凤霞决定找一个宽松的时候，她要跟姚向东把两人之间这层窗户纸捅破。

　　姚向东是陵阳县的副县长，还兼着开发区的党工委书记，是个大忙人。徐凤霞是县委宣传部的副部长。但部长去新疆支边去了，徐凤霞主持县委宣传部的工作，也是个大忙人。徐凤霞与姚向东心想到一块，约了几次，但不是因为向东有接待就是凤霞要参加上级机关的会议，一直没有大块的时间坐下来聊聊。从大热天一直推迟到天气渐渐凉了，总算约了一个星期天的下午。两人约定重游毛峰山。

嘉陵江流域的山城，立秋一过，天气就凉下来。中午在食堂吃过饭，姚向东和徐凤霞边走边说着话，一会儿出了机关大院的大门，往左一拐，沿着宽敞的陵阳大道人行道往南走。

两人走不多远，就到了陵阳大道的南端。这里是丁字路口。向阳大道顺着毛峰山的山脚由西往东，一直延伸到松江江边。

徐凤霞和姚向东走到丁字路口，正要过马路。突然，徐凤霞站在路沿，扭头往北看，宽阔的陵阳大道一直往北，中间隔离带上种满了三角梅。火红的三角梅像一条长长的火龙往北游去。人行道上的电线杆整齐地排列着，像一队长长的受阅士兵。洁白的斑马线和马路上的行道线，在秋天的阳光照射下泛起白晃晃的光。陵阳大道马路两边一座座造型各异的大楼平地而起。姚向东也停住步子站在路沿。他见徐凤霞饶有兴致地欣赏陵阳大道，心里有些疑惑。这陵阳大道1989年就竣工了。徐凤霞不知道在这大道上走过多少遍了。再说，从泸阳市调回陵阳县来，这屈指一算也两年了。在机关大院工作，大门就面对着陵阳大道。陵阳大道对徐凤霞有什么新鲜？斑马线对面的绿灯正好亮了。姚向东没有催徐凤霞过马路。过了斑马线，就是毛峰山脚下。顺着向阳西路人行道往西走上一百米不到，就是上毛峰山的石阶入口。

徐凤霞眺望陵阳大道足有一分钟，转过身来，朝姚向东笑笑，深有感触地说："陵阳大道真气派！二十年不落后！"

说完，过马路的绿灯又亮了。徐凤霞跟着姚向东走在斑马线上，一路快步往前走。姚向东边走边说："这还得感谢你徐凤霞！"

"这从何说起？"徐凤霞跟着姚向东走过斑马线，来到向阳西路的人行道上，疑惑不解地问。

两人沿着向阳大道人行道往西走。姚向东放慢步子，边走边说："你看，你找到你爸，你爸找到了万通集团的董事长张建承。张建承的父亲可是你爸的老部下。因为这层关系，万通集团一下子给陵阳大道拓宽工程拆借了三千万元人民币。这可不是一个小数目。没有这笔巨款,陵阳大道不可能参照深圳大道的建设标准。凤霞,我这话有没有道理?"

"千万别乱扯。我刚才眺望陵阳大道,心里想,有刘书记、张县长还有你姚向东这些实干派,陵阳肯定会有大发展,城市面貌肯定会大变样!"徐凤霞说着有些兴奋,忍不住笑出了声说,"对了!工作上的事还真得提醒你。当初张建承拆借资金是帮了大忙的。我爸也好,你也好,那是欠了万通集团一个大人情。你现在主管经济开发区,要联系张建承,让他来开发区做点事,还他个人情。当然,不违反原则!"

"对了!凤霞,有空请你徐部长邀请万通集团老总来经济开发区考察!"姚向东说完,朝徐凤霞笑了笑说,"凤霞,你表哥徐江风的帅特职业服装有限公司这些年经营不错,效益也好。你知道,经济开发区二期规划面积一下子扩大了三四倍。你提醒江总要动脑筋扩大生产规模。我这个书记支持他。"

"我有时间提醒表哥!"徐凤霞、姚向东两人说着工作上的事儿,不知不觉地来到了上毛峰山的入口台阶。

姚向东站在第一级台阶上说:"凤霞,向你提条意见。"

"提意见?"徐凤霞一听,愣了一下,直愣愣的目光盯着姚向东。

"今天是你约我谈谈的吧!"

"对呀!"

"谈工作?"

"不是!"

"从机关食堂走到毛峰山脚下,全谈的工作!"

"你是副县长,又是陵阳县经济开发区的一把手,我是宣传部的副部长,职业习惯!"

"我不怪你凤霞。我这次找时间,一找就耽误了个把月。好不容易约上了。我的意见是不谈工作。从毛峰山第一级台阶起,不谈工作,只谈……"

"只谈什么？"徐凤霞诡秘地朝姚向东笑笑，打断姚向东的话头，明知故问。

"谈个人大事！"姚向东直截了当。其实两人对他们的个人大事早已心照不宣，只是这层窗户纸一直没有捅破。年轻时，那层窗户纸是徐凤霞热辣辣的求爱信先捅破的，但因姚向东与钱菜花的那段天坑传奇，这层捅破了的窗户纸又被姚向东与钱菜花的天坑传奇故事糊上了。现在两人都是那么的谨慎，都担心拿捏不住说话的分寸，伤了两人长久凝结的感情。

徐凤霞听了姚向东的这句话，哈哈哈地笑出声来。

"凤霞，这次约谈，也算是约会吧，我可是做了准备的。"

"准备？谈话你准备什么？"

姚向东用手掌拍拍自己的裤袋说："先上山，找个地方坐下来，我拿给你看。"

徐凤霞有些惊讶。不就是敞开心扉谈谈嘛，两人都年纪不小了，尤其是我徐凤霞三十大几了，老姑娘了，个人大事再等下去不是个办法。父母催着呢！他姚向东倒是个顶真的人，还准备什么材料。

徐凤霞纳闷的目光盯着姚向东鼓鼓的西裤裤袋说："什么材料？"

"现在不说！"

"不说呀！还给我玩神秘？"

"走！上山去！"姚向东拉了一下徐凤霞滚烫的手，沿着台阶，一级一级地往上走。两只热烘烘的手掌触碰在一起，顿时像两根电线接通了似的。激动的感觉顿时传通两人全身。

一个副县长，一个宣传部的副部长，此刻走在登山的石阶上，仿佛又回到了青葱岁月。

毛峰山山坡初秋的景色很美。秋阳杲杲，天高气清。山坡台阶边的山草浓密，有些山草已经枯萎，耷拉在台阶上。山草边上是灌木丛，灌木丛里挺拔地冒出一两棵粗壮的树干，树冠像撑开的大伞。山坡上不时出现一簇簇叫不出名字的野花，蜜蜂、蝴蝶在野花丛中飞舞着，飘来一阵阵的清香。姚向东和徐凤霞拾级而上，徐凤霞想起一个月前去松江见到霞霞的样子，心里有些发酸，话头从霞霞开始聊了起来。

"向东，霞霞虚八岁了。"

"一晃，七年多了！"

"今年要上小学了。"

"正忙着这个事。"

"向东，霞霞是个乖孩子，是个非常聪明的孩子。七八个月后，菜花出了事，没了妈的孩子，怪可怜的。"

"唉！"

"可不能亏了霞霞。一定要把霞霞带到城里来读书，不能让霞霞输在起跑线上。"

"我也是这么想的。"

"你这么想就好！这样也对得起钱菜花！"

"是呀！到城里来读书没问题。你知道，我这个家，城里就我一个人。不过，我正在做工作，丈母娘不肯来。丈母娘说了，她带霞霞只能在乡下。我理解丈母娘。菜花是从城里的家里去深圳的。去了深圳后再也没有回来。让丈母娘住在我家里，她会触景生情，她想起大姑娘菜花，从我城里的房子走出去的，心里怎么不会难过？"

"人之常情！"

"向东，霞霞一定要到城里读书。上次去松江看到霞霞，满脸被蚊子叮咬的红点子，手臂上有些地方抓红了。乡下的卫生条件你是知道的。再说，冬天冷，夏天热，又没有空调，千万不能让霞霞吃苦。"

"我知道。山里条件差。松江俗话说，三只蚊子一盘菜，三只老鼠一麻袋！说的就是乡下的蚊子老鼠大！我正在跟父母商量，想请母亲来我家里带霞霞。"

"你父母什么意见？"

"父母说，向东你也老大不小的了。当再大的官总要过日子的，总不能老是一个人。再说，菜花走了七八年了。菜花为什么走，你向东心里清楚。菜花是为你向东好走的。你过不好，也对不起出走的妻子菜花呀！"

"你父母说得有道理。"

"今天我想听听你的意见。"

"我正想跟你说说。"

两人说着已经到了台阶的尽头。台阶的坡地上，两边都是高大的柿子树，沉甸甸的青涩的柿子压弯了枝头。有几个挂满柿子的枝头弯到台阶的上空。姚向东抬手顶住沉坠坠的柿子树枝，让徐凤霞从柿子树枝下通过。两人来到山峰上的一片台地上。不远处是高高的报恩塔。姚向东和徐凤霞几乎是同时抬起头，目光凝视着高高的报恩塔。塔尖上的那铜葫芦在秋阳的照耀下熠熠闪光。

姚向东凝视着报恩塔的塔尖，沉默了好一会儿。

报恩塔的南边是一片小竹林。竹林的路边是一排排翠绿的松树。松树下间隔七八米左右有一石凳。徐凤霞朝石凳指了指，对姚向东说："走，到石凳上坐一会儿。"

姚向东收回目光，轻轻地点点头，跟着徐凤霞朝松树下的石凳走过去。

四十九

白晃晃的阳光透过茂密的松枝，在地下投下斑驳的幻灯片似的影像。山风徐徐地一吹，树影不规则地晃动。

姚向东、徐凤霞肩靠肩地在石凳上坐下来。也许是下午时光，来游报恩塔的人很稀少。偶尔有一两个游人来到报恩塔，站在台阶的边上极目远眺一会儿，转身沿着下山的台阶走了。

姚向东不说话。

徐凤霞也不吭声。

石凳背后的小竹林，在山风的吹拂下发出沙沙沙的声响。几只山雀在竹林里跳跳蹦蹦，留下了一片叽叽喳喳的鸣叫。

山雀的鸣叫,让这午后的山峰变得更加寂静。

两人互相瞅了瞅,忍不住都笑出了声。笑声顺着山风传到了小竹林里,和山雀的鸣叫声交织在一起,飘进了密密的山林里。

姚向东知道,徐凤霞约自己出来聊聊,主题很明显。他想起当年徐凤霞写给自己的那份热辣辣的大胆求爱信,心里一直很内疚。此时此刻,姚向东不想也不忍心让徐凤霞先把两人的心里话说出来。姚向东要先开口。这种事儿不能让人家女同志再先说出口了。姚向东轻轻地咳了一声,清了清嗓子:"凤霞,我要是没有记错的话,你今年三十五岁吧!"

"你记得这么清楚?"徐凤霞有些惊讶。想不到这个姚向东把自己的年龄记得这么清楚。徐凤霞心里有些激动,脸上泛起了红晕。

"真是难为你了,等了我这么多年!"姚向东动了情,说话明显有些急促,但语气是那么直率,一点儿也不转弯抹角。

姚向东直截了当地捅破了这层窗户纸。

徐凤霞听了,心里暖洋洋的。她接住姚向东的话头说:"向东,我这人脾气直率,心里怎么想,就会大胆地去表达。在办公室工作期间,你那么关心我,我误解了你,所以写了那封求爱信。"

"你没有误解我。"

"你那时候就对我有好感?"

"你一个大干部家的女孩子,有文凭,有真才实学,能看得起我这个从山沟沟里来的大学生,我没有理由不喜欢你。"

"理由?爱情还需要理由?"

"你问得对,爱,是凭直觉!爱是不需要理由的。只是当时我的特殊情况……"

"我理解你向东。你与菜花的天坑传奇,我理解,我感动,我支持!"

"我知道!你凤霞选择了离开,让我心里一直很内疚。但我……"

"不说了!菜花理解我的冒昧,菜花理解你向东的真诚,我当时很感动。我把对你的爱深深地藏进了心底。"

"凤霞，这些我全知道。我心里知道我欠你的，但我知道我也欠菜花的。我知道我欠菜花和菜花父亲的救命之恩。是你凤霞成全了我那颗知恩图报的心。凤霞，我有时想起自己走过的路，总觉得我欠了别人许多许多。"

"你这种心情我理解。我特别理解。"

"真诚地说一句，我姚向东这辈子也欠你的。"

"别这样说。我表哥在陵阳经济开发区办厂的事，你帮了他的大忙。这些年表哥赚了不少钱。这算扯平了。你不欠我的。"

"这是两码事。要感恩的是我。你给我介绍了不少企业落户。要说感恩，应该先感恩你爸，感谢你凤霞。没有你的介绍，我哪儿来的招商引资能手称号。说实在的，没有招商引资的业绩，我也不会这么被县委主要领导器重。要感恩，我向东当然要首先感恩你凤霞。"

"你不要这样说。"

"凤霞，我欠你的！"

"欠我的？"

"我想还你。"

"还我？说笑了！"

"真的，我要还你。要不，我这颗心总不能平静下来。"

"还我，怎么还？"

"我们只有成为一家人，就谈不上还不还的了！"

"向东。说心里话，我爱你。自从第一次见到你向东的时候，我这颗心似乎就有了归宿。但生活的路是不会平坦的，总会弯弯曲曲，会坑坑洼洼。我出生于干部家庭，养成了直率的性格。那次大胆地给你写了求爱信。但那时，我不知道你向东与菜花的天坑传奇。我选择了离开。我想得很简单，爱一个人，就应该为所爱的人的幸福舍弃一切。我想从心里忘了你，但怎么也忘不了。我不是找不到另一半，而是我的心里似乎筑起来一道阻拦外人的挡水坝。我不知道我的心里怎么想的，但我知道怎么去做。直到有一天我听到菜花姑娘为了你的幸福而离家出走，甚至生死未卜，我被菜花的为人彻底震撼了！从那时起，我知道我做得是对的，为了所爱的人舍弃自己的一切，也许这就是真正的爱情。从那一刻起，我决定不找男朋友，我决定一人过下去。直到前几年，刘立平书记找到我爸让市里派干部去陵阳。其实，刘书记是有用意的。他这是要促成我与你向东再续旧缘。我理解刘书记的良苦用心。他是陵阳县的县委书记，你也是县里的副县长，这事儿他是不便明说的。毕竟不是你向东当办公室主持，我当你部下那阵子。那阵子你和我都很年轻。男婚女嫁，别人撮合撮合，是很自然的事儿。现在，你们都是领导干部，加上我父亲的特殊身份，刘立平书记的旁敲侧击是不得已的事。刘书记这是为我们俩好。看来，毛峰山作证，我们俩要领刘书记的情。"

"刘书记是我们俩的好领导！更是我们俩的牵线人！"

"刘书记是个热心人！"

"凤霞，其实自从你决定从泸阳市调回陵阳来那一天起，我就一切都明白了。只是……"

"我理解，这不能怪你！"

"理解就好！"

"我来陵阳，没有主动，一晃又过去两年，你也应该理解我。我的心里还有一个人。"

"我知道。"

"我也知道你心里也有一个人。"

"菜花。"两人几乎是异口同声。

说完，两人你看看我，我看看你，都情不自禁地爽快地笑了起来，又是异口同声："菜花是个好姑娘，是个好妻子！"

沉默。竹林后面是一片桂花林。但向东和凤霞看不见那片桂花林。桂花浓郁的香气随着阵阵山风吹过来，飘进了向东和凤霞的嘴里，又从嘴里咽进了喉咙，渗进了肺腑里。姚向东嗅了嗅，脱口而出："真香！"

"桂花的清香！"

"我怎么闻起来不像桂花的香味。"

"像什么花香？"

"菜花，菜花的清香。"

徐凤霞目光瞅了瞅向东。此时的向东完全沉浸在把桂花当菜花的香气中。

向东思念妻子菜花，一声不吭。沉默了许久，向东把手伸进西裤裤袋里，轻轻地掏出来叠了几叠的一沓纸张，递到徐凤霞手里说："凤霞，你看，这是菜花从深圳出走前几天寄给我的一封挂号信。临出发前，我把挂号信封里的信和资料叠好放进口袋，我要给你看。"说完，姚向东朝石凳的一角挪了挪屁股，眼圈红了。

徐凤霞惊讶地接过姚向东递过来的一沓纸张，默默地转过身，面对着悠悠晃动的竹枝，把纸张展开来。最上面是离婚协议书。徐凤霞认真地凝视着离婚协议书，眼前幻想出菜花那熟悉的身影，泪珠扑簌簌地掉在离婚协议书上。凤霞震撼了，菜花竟然是这么想的！但怎么想都还可以去理解，真要这么做，那得需要多大毅力呀！

徐凤霞的眼前幻现出菜花那红扑扑的脸腮，那坚毅的目光透出光芒。离婚协议书短短的一百多字，那字里行间透出了菜花大海般的胸怀。理由很简单，生了个女孩，不能给姚家传宗接代；生了病，不能过正常的夫妻生活，不能给姚向东带来快乐。她不想连累姚向东。她知道向东是干部，她主动提出来，是不想让组织误会向东。但组织上要是误会了向东，把向东看成是忘恩负义的人，那向东的前途就泡汤了。菜花选择了离开，选择了永远地离开。最让徐凤霞感到不可思议的是菜花选择了不见面，选择了自己先签字。菜花知道，向东不会签字。菜花选择了悄悄地离开。

徐凤霞把被泪水洇湿了的离婚协议书拿起来，垫到纸页的下面。菜花写给向东的那封信露了出来。徐凤霞轻轻地读起来。徐凤霞一字一句地读，泪珠一滴一滴地往信纸上掉。读到最后，徐凤霞呜咽着读不下去了。

徐凤霞全明白了。姚向东这么多年为什么不考虑个人的事儿，为什么那么拼命地去工作，他是想忘掉菜花，但怎么也不会忘记。想到这里，徐凤霞站到姚向东的面前，用左手揉了揉发红的眼角，弯下腰，把手里菜花寄给向东的离婚协议书和信交到姚向东的手里说："理解你！理解你！"

"我更理解你！凤霞。"姚向东接过徐凤霞递过来的菜花寄给自己的离婚协议书和信，站起身来说，"我一直珍藏着！"

徐凤霞默默地点点头，目光落到姚向东手里的那沓离婚协议书和信纸上。

姚向东轻轻地拿出信顺手把信塞进西裤口袋。姚向东看看手中的离婚协议书，从裤袋里掏出一支签字笔。

徐凤霞不知道姚向东要干什么事，目光盯着姚向东手里的那份离婚协议书，眼珠一动不动。

突然，姚向东的一个举动让徐凤霞惊愣住了。只见姚向东蹲在石凳前面，把离婚协议书平展在石凳上，握着签字笔的手悬在空中。徐凤霞的目光又盯在那支签字笔上。只见姚向东目光在离婚协议书的下方扫了扫，签字笔在钱菜花签字的左边一笔一画地签上了自己的大名"姚向东"三个字。刹那间徐凤霞全明白了。姚向东这是真正地要开始新的生活了。姚向东把钱菜花从深圳寄来的离婚协议书和信给自己看，这是信任自己，也是告诉我徐凤霞，这些年，他姚向东为什么那么拼命地工作，他是要用拼命工作这服良药来治愈自己对菜花的思念，治愈自己那颗孤独寂寞的心。姚向东签完字，把那封离婚协议书小心翼翼地折叠起来，塞进自己的西裤裤袋中后，自言自语地说："人什么都可以战胜，唯独感情不能战胜！"

"这话有道理。我知道这句名言，但不知道谁说的。我离开陵阳后，对你向东的情感一时一刻都没有放弃。我理解你！"

"凤霞，你电话里曾经多次劝我，活着的人要活下去。我理解你的话。"

太阳快要下山了。千万道霞光把报恩塔照得红红亮亮的。毛峰山的台地上没有一个游人。突然，徐凤霞张开双臂扑到姚向东怀里，两颗激烈跳动的心紧紧地贴在一起。

好久好久，两人都没有分开。

山风轻轻地吹，竹枝沙沙地响。

徐凤霞与姚向东头靠头。徐凤霞轻轻地问，姚向东细声地答。

"向东，菜花不在了，你刚才为什么还要在离婚协议书上签字？"

"我要了却菜花的心愿。"

"那你当年接到菜花的离婚协议书和信时，为什么不签字？"

"我不相信菜花会没了！我不相信！我从心里一直不愿意接受这个现实。尽管我心里清楚，那个在龙头崖跳海的肯定是菜花。但我感情上无法接受。"

"那你为什么现在签字？"

"你说为什么？"

"我说……"

"我总不能欠了菜花的，又欠你凤霞的。我要这样活下去，会更累的。再说，爱一个人就要尽心尽力地去满足那个人的愿望。也许，我现在明白了这个道理。"

"我可是为了霞霞！"徐凤霞突然感到有些羞涩，轻轻地松开双臂，头从向东的肩上缓缓地移开。两个人分开来，面对面地站着，心中似乎还有无数的话要说，但又不知道从哪儿开头。

山风似乎大了些。高大的松树在风的吹拂下，枝枝丫丫晃动起来。姚向东拉拉凤霞的手，深情地说："凤霞，菜花活着的时候，信佛，相信老天爷。我俩都是共产党员，都是党的干部。我们不信，但我们遂了菜花的愿吧！"

徐凤霞含情脉脉地盯着姚向东的脸庞，轻轻地一笑："菜花永远都是我俩的好姐妹！是家里人！"

"知道！我们和菜花是拜了干姐妹干哥妹的！"

两人在晚霞的余光中，沿着下山的台阶，一步步地走下毛峰山。

开学了。

霞霞上了陵阳县实验小学。姚向东的母亲住到了向东的家里。

又过了些日子，姚向东和徐凤霞领了结婚证。徐凤霞住到了姚向东的家里。

霞霞有了妈妈。

五十

光阴荏苒,日月如梭。

转眼到了1999年的初春。

陵阳经济开发区在姚向东的领导下,五年大变样。二期规划建设已近尾声。陵阳县的招商引资取得了前所未有的好成绩。好成绩的重头在开发区。1998年年末,陵阳经济开发区向县人大的年度报告,有一段数字振奋人心:五年来引进大小企业五百二十家,总投资达七百九十一亿元人民币。其中外资企业一百四十八家,总投资四十八亿美元。财政收入从1994年来的一点二亿元人民币,几乎是年年翻番,到1998年年底,财政收入已达十七点九三亿元人民币。经济开发区的面貌发生了巨大变化。银龙镇已经不是过去的银龙镇了。穿镇而过的松溪河东街、西街全部大拆迁。街道拓宽至四车道,一米五宽的砖铺人行道。行道树一溜的樟树,葱葱郁郁,阳光一照,茂盛的叶片泛起晶莹的光泽。人行道上的电线杆别具一格,电线杆漆成翠绿色,高出樟树树冠的路灯座造型别致,像一艘扯上了白帆的航船。据说,当时路灯投标单位有几十家,供选用的路灯座造型有近百种。姚向东在路灯定型会议上,一眼就看中了帆船式路灯造型。姚向东当时眼前一亮,陵阳经济开发区顺利发展,一定会一帆风顺。银龙镇的松溪河上南北架起了四座水泥平桥,也是四车道。东街一字排开几十座三四层、六七层的办公楼。工商银行、农业银行、建设银行、中国银行、地税局、国税局、公安分局、陵阳县法院、检察院在开发区设立分院。银龙镇政府建起一座八层的办公楼。最气派的是东街最南端的开发区机关大院。大院大门朝南,面向东西走向的经济开发区的主干道金银大道。开发区办公大院共有三座小楼。每栋楼四至五层,呈品字形在大院中成片成片的绿树中突兀出来。三栋楼分别称一、二、三号楼,也可以用途称谓。一号楼是党工委、管委会的领导办公楼;二号楼是党群机关部委办局办公楼;三号楼是招商机关办公中心。人们习惯称领导楼、党群楼、招商楼。

陵阳县经济开发区的建设成就在泸阳市已有名气。到了1999年初春,领导干部又挨个上了一个台阶。刘立平调任泸阳市委常委、市委组织部部长。县长张立仁升为陵阳县委书记。姚向东又跨了一大步,升为陵阳县委副书记、陵阳县人民政府代理县长,继续分管陵阳县经济开发区工作。徐凤霞担任陵阳县委宣传部部长,不进常委。泸阳市里派来一名干部,叫陆山民,很年轻,虚岁三十六。陆山民是泸阳市经贸委外资处的一名处长,到陵阳县经济开发区任党工委书记兼管委会主任。

按照县委的工作部署,陵阳经济开发区将启动三期发展规划。规划将银龙镇东北西三个毗邻的一镇两乡划给经济开发区。规划调整后,开发区的规划面积将扩大至八十平方公里。这一镇两乡相对比较落后,许多村落在大山深处。但相邻银龙镇的地方有一大片的平原山岗。这三个镇乡,姚向东已经带领规划局的同志走过不少次。石桥镇平地多一些,大卯乡、松柳乡也有一些平坡地。姚向东心里早已想好了。平地上的山丘山岗可以拉平,会多出不少工业用地。大卯乡、松柳乡的山地可以发展特色农业。山里有些地方山洞多,溪流遍布,将来还可以稍加建设,大力发展旅游事业。山里的民宅稍加修缮可以发展农家乐,让城里人到山里来度假,让山里人轻轻松松地赚城里人的钱。姚向东很有信心,特别是担任陵阳县代理县长后,似乎脑子又开阔了些,常常握起拳头晃晃,决定大干一番。

姚向东知道,再过一年,二十世纪结束。二十一世纪的曙光将灿烂地照进陵阳。作为陵阳县代理县长,姚向东从来没有现在这样兴奋过,也从来没有现在这样轻松过。霞霞上五年级了,再过一年就要升初中了。家中有母亲打理,霞霞的学习有凤霞辅导,成绩一直很拔尖。姚向东看到霞霞懂事,学习成绩又好,感到很欣慰。姚向东感到离家出走近十四年的菜花，无论是在九泉之下还是出家在哪个人们找不到的地方，她知道她的姑娘霞霞这么优秀，一定会满意的。姚向东的内疚感渐渐淡化了。自从当上了副县长，兼任了陵阳经济开发区的党工委书记，也许是手中的权力大了，他感到还了不少的人情债。这些人情债还起来特别轻松，几乎是顺水推舟。过去，人情债就像一块石头压在心头上。现在，这块石头似乎突然变成了大冰块，慢慢地融化了。冰块越来越小，重量越来越轻。

夜深人静时，姚向东常常在心里盘算着。叔爷是自己走向社会的第一个师傅。招商碰到了海南外贸公司的章爱军老总，想不到的是章爱军父亲章德林竟然是叔爷地下革命生涯的见证人，而且是单线联系的唯一领导。真是踏破铁鞋无觅处，得来全不费工夫。叔爷夫妇的事落实了政策，这功劳怎么算也要算到章爱军头上。后来，章爱军与向方的松江竹器有限公司合作，业务越做越大。章爱军要在经济开发区成立竹艺集团。姚向东鼎力相助，给章爱军的竹艺集团开了不少绿灯。现在，在金银大道，竹艺集团十层办公大楼已经封顶。这算还了章爱军一个人情。尽管这是替叔爷还的，但叔爷是自己走上社会的第一个篾匠师傅。朱红旗是朱爱国的父亲，钱菜花与朱爱国青梅竹马。自从天坑救起自己后，朱爱国与钱菜花走过了曲折的路，朱爱国竟阴差阳错地走上了断头路。朱红旗伤心，虽然自己做了不少工作，虽然朱爱国的事儿跟自己无关，但菜花是自己的救命恩人，菜花又成了自己的妻子。反正怎么说也说不清，姚向东总是在想，自己越想越觉得当年的老支书朱红旗可怜。当年松林大队里的土皇帝，最后连自己的儿子也保不住。当然，朱爱国有责任，张升财也有责任。菜花以德报怨想保朱爱国，自己也想保朱爱国。但那是一阵风暴，自己的力道不够，保不了朱爱国。姚向东心里一直有个结，他感到欠了朱红旗什么似的。后来，张升财与朱红旗冰释前嫌。朱红旗帮张升财跑业务，只要找到姚向东，姚向东总会尽力去协调。陵阳大道拓宽，姚向东帮助张升财在陵阳大道上与一家拆迁单位协调签订合同，建起了陵阳宾馆。宾馆建成后效益不错。但租期三十年。陵阳经济开发区二期开发中，朱红旗和张升财又来找姚向东。姚向东又大力支持，在金银大道上出让了十亩土地，建起来张升财朱红旗自己的陵阳酒店。酒店集餐饮、住宿、娱乐于一体，建筑面积近八千平方米。目前，装潢工作已近尾声。每当姚向东坐车行驶在金银大道上时，姚向东总会用目光搜寻。看到平地而起的陵阳酒店，姚向东心里坦然多了。姚向东知道，菜花要是看到朱爱国的父亲和张升财合资的这个大酒店，一定会心满意足的。当然，姚向东并没有一点自私的自责。陵阳酒店将来申报三星级酒店，这对陵阳经济开发区的投资环境是一个提升，是一件大好事，谁来做不是做。

姚向东感到最轻松的是还了万通集团张建承董事长一个大人情。二期开发中，经济开发区出让了一百亩土地给万通集团。当时的土地工业用地价格是每亩八万元。上会研究出让价格时，考虑到万通集团在陵阳大道拓宽工程一次性拆借了三千万元人民币，这在当时可是解了县里的燃眉之急，也为姚向东的政绩添了一把火。考虑这一百亩土地全部由万通集团建设工业标准厂房，这对陵阳经济开发区的招商环境是一个极大的提升，将来是提升开发区财政的一个重要的板块。每亩出让价，大家一致同意六万元，每亩让利两万元。张建承很满意，最满意的还是陶志玲。为这事儿，陶志玲专门请姚向东去位于陵阳大道上的万通大厦娱乐城打了一次保龄球。姚向东心里很开心。不管是于公还是于私，这都是了却了一个人情。当年，在香港招商、考察，万通集团的领导接待忙前忙后。特别是这个陶志玲，在拆借三千万元资金拓宽陵阳大道做了大量的协调工作。

姚向东最感到轻松舒心的是，手中的权力越来越大，做什么事儿都很顺畅。当年带着消防搜救人员赶到天坑的那位县消防大队长徐大民，虽然没有把自己从天坑里救上来，但徐大民尽力了。父亲常常说起徐大民。后来，徐大民转业到陵阳县供销社当了一名副主任。再后来供销社不景气，徐大民辞职下海做起消防器材的生意。前几年二期规划开发中，姚向东把徐大民约到自己的办公室，建议徐大民在经济开发区成立消防器材销售有限公司。徐大民很感动，想不到这个掉进龙山天坑的姚向东还记得自己。在姚向东的大力支持协调下，徐大民的消防器材销售有限公司正式成立。姚向东租给徐大民二百平方米标准厂房，三年免租金。随着开发区建设规模不断扩大，徐大民的消防器材业务越做越大，还真发了一笔不大不小的财。徐大民有一次约了姚向东、朱红旗、张升财，还特地把徐凤霞也请过来，在陵阳县城最高级的陵阳宾馆吃了一顿饭。徐大民不断敬酒感谢姚向东书记。姚向东只说了一句话："知恩要图报。"说完，端起酒杯借徐大民的酒认认真真地敬了大家一杯酒。最后，快散席时，姚向东又斟满一杯酒，敬徐凤霞。姚向东什么话也没有说，一仰脖子干完杯中酒。大家不说话，全都明白姚向东的意思，敬佩的目光落在姚向东红扑扑的脸腮上。

姚向东当上了代理县长，浑身的劲儿都往工作上去使。他每时每刻都在谋划陵阳经济开发区的三期规划。再过不到一年，就要迎接新世纪的到来。千年之禧，怎么去迎接呀！

早上。初春的太阳很亮。透过玻璃窗的朝阳把屋子里照得亮堂堂的。母亲李花红先应付霞霞吃早饭。吃完早饭，母亲送霞霞去实验小学上学。餐桌上只剩姚向东和徐凤霞。

徐凤霞望望餐桌上的烧饼和麻团，端起面前李花红刚盛好的一碗稀粥，递到姚向东面前说："母亲辛苦了。那么早就起床，这稀粥熬了两个小时。你尝尝！"说完，端起自己面前的另一碗稀粥，喝了一口，咂咂嘴："又甜又香！"

姚向东喝了一口说："松江一带的山民喜欢用红豆熬米粥！真香！"

徐凤霞把碗放到桌上，拿起盘中一只麻团递给向东说："陵阳城里这麻团炸成鸭蛋形，真不容易。我们泸阳市里麻团滚圆滚圆的！"

姚向东接过徐凤霞递过来的麻团，咬了一口说："都差不多！"

徐凤霞笑笑，晃晃手里的麻团说："向东，你看，像不像鸭蛋？"

向东也朝凤霞笑笑："像！还真像一只鸭蛋！"

"噢！对了！说到麻团，还真要跟你说件蛋的事。"

"说蛋？"

"不是鸭蛋！是高科技的巨蛋。"

881

"蛋还能有什么高科技？"

"向东，我也说不清楚。是这样，昨天下班前，我表哥徐江风到我办公室坐了一会儿。他聊到了你。"

"说到我？说我什么？"

"他说你现在是代理县长，最多一年就要把代字去掉了。他佩服你进步快。说这一年是关键。"

"关键？"

"两个关键。"

"哪两个关键？"

"徐总搞经济挺在行，官场上的事儿他也知道不少。他说，再过不到一年就要进入新世纪了。怎么去迎接新世纪这是关键的关键，要让上面的领导，下面的群众都知道你姚向东，关键用什么载体，搞什么活动来迎接新世纪。"

"这个徐总，竟然想到我的前面去了。"

"我这个表哥脑子特别活络。"

"他有主意啦？"

"有主意了！而且蛮有新意的。"

"说说！"

"他上个月去了一趟香港。有一个好朋友给他介绍了一家英国在香港的高科技公司。叫什么公司我记不清楚了。意思很清楚，在银龙庙附近建一个巨蛋。巨蛋里面是各种高科技的娱乐游戏。巨蛋落成之后，搞一个大型主题活动。他把主题都想好了：迎接新世纪第一缕曙光。以巨蛋为核心，围绕银龙山建一个公园，公园的名称他徐总也想好了。"

"叫什么？"

"二十一世纪龙园。"

"有新意！"姚向东兴致勃勃地拿起一只麻团，在手上转了转问，"需要多少投资？"

"一亿元左右人民币。"

"经济开发区拿不出来。"

"你们开发区不用出钱,只要出土地就行。"

"谁出钱?"

"那家英国在香港的科技公司与徐总合作。三七比例,徐总投资三千万元,人家出七千万元。"

"徐总哪有这么多钱投资呀?"

"徐总决定把帅特服装公司转让出去,可得现金两千万元,再贷一千万元。问题不大。"

"活动由我们宣传部策划,不用你们开发区操心。"

听到有这么好的事儿,姚向东有些兴奋,一口气把碗里的粥喝光,放下碗,朝徐凤霞连连点头:"凤霞,真得好好感谢你!小的时候,母亲曾让瞎子算命,说我四十一过,会有贵人相助,飞黄腾达。这个贵人就是你凤霞!"

徐凤霞笑笑,直摇头。

"你通知徐总!上午我在办公室等他。"

"好!"徐凤霞把碗筷收拾后,摆到厨房的洗碗水池里拎起包往办公室走去。

姚向东也拎起包,脚前脚后离开了家门。

五十一

来接姚向东上班的小汽车停在陵阳机关大院的篮球场上。姚向东拎着皮包,从自家住宅楼道走出来,穿过杉树林,径直来到小汽车旁。他拉开车门,刚坐进去,啪的一声关上车门,汽车便发动了。

姚向东的小汽车是从苏联进口的伏尔加。伏尔加又大又笨,加之这辆伏尔加汽车已经使用十几年了。前几天,泸阳市机关领导统一换车,这些伏尔加汽车便下拨到陵阳县机关。给姚向东开车的驾驶员姓赵,叫赵振宏,是个有二十几年驾龄的老驾驶员。给领导开车喜欢说几句牢骚话。虽然是牢骚话，但能说到领导的心坎上，领导喜欢。赵振宏开车出了机关大院，沿着陵阳大道往南，不一会儿拐上了向阳西路，加大油门一直往西开。发动机油门一加，噪声很大，像开坦克似的。赵振宏不停地换挡、加油，嘴里嘀嘀咕咕："这土坦克早该淘汰了。"

姚向东没有接话，他沉浸在巨蛋项目的喜悦中。

赵振宏几乎是自言自语："现在手机、BB机哪一样不先进，就是这辆破伏尔加，早该淘汰了。"

"钱还是要用在刀刃上。陵阳是山里的县城，底子薄。买一辆桑塔纳，连上牌照开上路，没有三十万元不行。还是先将就点吧！"姚向东接住老赵的话，声音很低，也好像是自言自语。

赵振宏知趣，不再吭声。

赵振宏开着伏尔加行驶在金银大道上。车速很快，老赵不停地按喇叭。

伏尔加驶进经济开发区管委会大院，沿着大院桃形环院柏油路，行驶了半圈，在一小湖塘边的领导楼前停下来。姚向东拎着皮包，下车后直奔书记办公室。虽然已经当上代理县长了，但还在开发区书记办公室办公。这办公室是在姚向东手里建起来的。这办公室自从搬进来后，用了不到两年，但好像风水特别好。开发区的招商引资连年创新高。尤其是在这间办公室里，姚向东又升官了。张立仁书记几次让姚向东搬到陵阳机关书记县长办公楼去。姚向东嘴上说把开发区几个刚招来的项目落实到位就搬，但一直没有搬。

新来的路山民书记只能先在隔壁的办公室将就着。经济开发区的办公条件在陵阳县是一流的。领导楼共四层。楼前有一块巨大的玻璃天棚，汽车开到领导楼门前。天棚既遮阳又挡雨。从大门进来，有气派的大厅。大厅高两层，地面上铺着进口的花岗岩。大厅三面是玻璃栏挡，很通透气派。楼层之间既有楼梯，也有电梯。当时照着深圳发达地区的办公楼标准设计的。姚向东的办公室在四层的最东头。一溜朝南占了三间。走廊北面也是三间，是经济开发区党工委、管委会会议室。姚向东的办公室是两间之间打通的。办公桌朝南，东西靠墙各有一组沙发。最里面的一间是卧室。当时，纪委部门的同志接到群众来信，找到姚向东。姚向东说得很轻巧，办公室是接待客商的，不能太寒酸。纪委的同志听了，觉得似乎有些道理，没有再追查整改。随着改革开放的不断深入，经济大发展了，各机关各单位，只要有条件，办公楼办公室越建越豪华，大家就习以为常了。

姚向东走进办公室，一看手表，才八点半。他端起茶杯，放上茶叶，泡了一杯茶，摆到办公桌上。茶杯里的茶叶在开水的浸泡下悠悠地往杯底沉浮，冒出缕缕缭绕着的水汽冉冉上升，水汽里透出阵阵茶香。

姚向东想到妻子徐凤霞吃早饭时说起的巨蛋项目，心里一阵兴奋。这个巨蛋项目对我们经济开发区太重要了。再过不到一年的时间，就要进入二十一世纪。进入新世纪，要有新气象。什么是新气象，高科技旅游项目会令人耳目一新。进入新世纪了，开发区的项目多起来，开发区的人气会越来越旺。客人来了不光工作，还要吃、住、行，还要玩。玩什么，不能老是游山玩水，还要有点高科技，玩些新奇的。巨蛋正应了这一要求。想到这里，姚向东心里暗暗地赞赏起徐江风老总来。徐江风不愧来自改革开放的第一线，思想解放，脑子活络，很有魄力。他敢把帅特职业服装有限公司转让出去，跟英国高科技公司合作投资巨蛋项目。资金不够，他敢负债投资。这个徐江风有胆识，能跟上时代发展的步伐。看来，开发区也要有这种精神。要发展，只要是看准了的项目，借债发展也不失为一条路子。姚向东似乎受到了很大的启发，越想越觉得这个徐江风的发展思路有道理。事实也是这样，有钱去投资项目，谁不会呀！没钱借钱投项目，那才是真本事。想到这里，姚向东有些急了，他想尽快见到徐江风，尽快听一听巨蛋项目的具体细节。姚向东走到窗前，透过玻璃窗朝通往领导楼的环院桃形柏油路上张望。

丁零零，丁零零……办公桌上的电话铃声响起来。姚向东转身来到办公桌旁，拿起电话听筒："喂！喂！喂！你是哪里？"

"向东，我是凤霞。"

"凤霞，江风你通知他了？"

"通知到徐总了。他大概九点半左右到。"

"好！我在办公室等徐总。噢！对了，一会儿你来吗？"

"县委有个会，我要去参加，来不了。你先谈，听听细节。"

"好！我等徐总。"姚向东放下听筒，抬腕看看表，还未到九点。姚向东端起刚倒的茶，呷了一口，咂咂嘴，有滋有味地品味着，心里乐滋滋的。有了这个高科技的巨蛋项目，既撑了开发区发展高科技的面子，也让县委、县政府迎接新世纪活动有了载体。这不但是迎接新世纪，而且是千禧之年，值得大庆。巨蛋落成，在巨蛋边上举行迎接千禧之年的庆典活动，报纸、电台、电视台记者一报道，经济开发区一出名，陵阳县在全市、全省都会产生巨大的影响。

想到这里，姚向东放下手中的茶杯，又站到窗前，朝环院桃形的柏油路上眺望。

一辆乳白色的轿车从院内的柏油路上缓缓驶来。轿车拐个小弯，朝领导楼门厅前驶过来。姚向东推开一扇玻璃窗，探头一望。轿车已经停在门厅前的玻璃天棚下。这是徐江风的车，日产皇冠133，乳白色。

姚向东关上推开的那扇窗户，转身来到办公桌前，刚在椅子上坐下来，就听到走廊上传来急促的脚步声。姚向东知道，徐江风是个急性子，干什么不喜欢拖拖拉拉。决定了的事儿就是十头牛也别想拉回头。徐江风常常挂在嘴边的一句口头禅是时间就是金钱。这句话姚向东很欣赏，大会小会上，姚向东也常把这句话挂在嘴边。

姚向东走到办公室门口，徐江风已经风风火火地走到姚向东面前。

姚向东伸出手，紧紧地握住徐江风的手说："徐总，这么早让你赶过来，耽误你的早觉！"

徐江风哈哈哈一笑："县长同志，我什么时候睡过早觉呀！睡不着！"

"怎么睡不着？"姚向东拉着徐江风的手，走进办公室，径直来到靠西墙的沙发边，松开手一指，"徐总，先请坐！"

徐江风一屁股坐到沙发上，笑着说："忙项目呗！这不是响应你的号召，以商引商。"

姚向东亲自倒了一杯茶，把茶杯往徐江风面前的茶几上一放说："请喝茶！"说完，转身把自己办公桌上的茶杯端到手上，轻轻地吹了吹杯中的茶叶片，呷了一口。

徐江风站起身来，礼貌地弯了弯腰，坐到沙发上。姚向东挨着徐江风身边坐下来，把茶杯朝面前的茶几上一搁："你是大忙人呀！"

"还批评我呀！"徐江风想起春节前两个月，姚向东打了几次电话，催促徐江风赶回陵阳经济开发区。但徐江风一推再推，硬是在春节过后才赶回来。为这事儿，姚向东电话里没有少批评徐江风。其实，当时徐江风正在与英国在香港的远景科技有限公司谈巨蛋项目。徐江风同时还跟一位四川籍的深圳老板谈帅特职业服装有限公司的转让合同。两件事都在紧锣密鼓地洽谈，但都悬着，一直定不下来。徐江风走不开，正在洽谈的巨蛋项目和帅特服装转让合同都是大事，也不便说出去。徐江风把陵阳帅特职业服装有限公司的业务全委托副厂长打理。直到年前三天才全部敲定。过了年，徐江风就赶回陵阳经济开发区。昨天去了徐凤霞表妹那里，先把两个项目的事向徐凤霞部长汇报。徐部长一听，当时就很兴奋。千禧之年的迎接第一缕曙光庆典活动，对于宣传部来说是大事。有高科技巨蛋项目作平台，庆典活动一定会在全市乃至全省产生很大影响。关键是巨蛋高科技项目，建在姚向东的经济开发区，开发区招商引资项目有了质的飞跃。当然，巨蛋建成后，陵阳又多了一个旅游亮点项目。向东现在是代理县长，需要的就是工作创新和成绩。巨蛋项目会助姚向东的经济开发区一臂之力。

"徐总！听说这几个月你在深圳香港忙大项目，怎么敢批评你大老板！"

"在陵阳说说还可以。在香港深圳，我只能算是这个。"徐江风竖起手掌，伸出了小指头，在姚向东面前晃了晃。

"不不不！你徐总正在干大事。这几个月听说谈了个大项目，还有大动作！"姚向东朝徐江风羡慕地笑笑。

"你让徐部长通知我过来，其实，你不通知我，我今天上午也要来给你汇报。"徐江风端起茶几上的茶杯呷了一口说，"检讨检讨。节前忙着谈巨蛋项目，又忙着洽谈帅特职业服装有限公司的转让合同。感觉并不复杂，但谈得很艰苦。当时八字都没有一撇，心里想成不成没有数，也不敢先给县长吹。"

"理解！理解！"姚向东朝茶杯指指，"徐总，早上听凤霞说了个大概，我很感兴趣。别急，先喝几口茶，慢慢地说。"

徐江风连喝几口茶，顿了顿，跟姚向东聊了起来。

"向东，祝贺你呀！"

"祝贺？"

"祝贺你当选代理县长！"

"我们大家一起干！"

"姚县长，我自从到陵阳办了帅特职业服装有限公司，一路绿灯，业务做得不错，也赚了不少钱。真得要好好谢谢你！"

"谢我什么！我还要代表陵阳县里的人民谢谢你徐总，有了这个帅特服装厂，解决了不少山民的就业。"

"凤霞提醒我，谢就不用谢了！让我帮助陵阳多引几个外商过来，多引几个大项目过来。我一直留了个心眼。"

"凤霞说得对！你帮陵阳引商、引项目就是对我向东的最好感谢！"

"对了！这里再说一句，以后逢年过节的不要再送礼。这样不好！要送就给陵阳送客商、送项目。"

"这不，我听你的。春节前几个月，我去深圳，有个香港的朋友给我介绍香港远景科技有限公司的总经理认识。总经理叫曹耀明，是广东人。远景科技有限公司是一家英国投资的公司，董事长是个英国人，不常驻香港，香港公司的业务打理全是曹耀明负责。那天朋友约了吃了顿饭。酒席当中，我听曹耀明说到巨蛋项目，我就盯住不放。过了两天就去远景公司找曹耀明。我拜会曹耀明，本来心里一点底也没有。但想不到两人一拍即合！"

"怎么一拍即合？"

"曹耀明所在的远景公司高科技娱乐项目是主业。当时，我就直截了当地问他，巨蛋是个什么项目。他一见我这么有兴趣，一五一十地讲给我听。"

"你慢慢说。巨蛋项目是什么？"

"巨蛋不是蛋，是个高达一百一十六米的蛋形建筑。先说蛋的外形，外形是一种特种玻璃钢由近万只 LED 灯组成。夜幕降临，亮灯后的巨蛋灯光闪烁，五彩缤纷。方圆几十里都能看到五彩巨蛋。这是外形。关键是巨蛋内部。内部就是办公楼，各层全是高科技娱乐项目，还有世界各国的最新的高科技技术介绍。说到底，巨蛋比较新奇，也是一个重要的科普场所。有了巨蛋的吸引，同时可以建成一个大型公园，再建些餐厅、住宿和其他娱乐设施。巨蛋项目建成后，可以拉动当地的旅游业的发展，增强陵阳的知名度。特别是巨蛋建成后，迎接千禧之年的庆典活动，影响很大。徐凤霞现在是宣传部部长，我表妹对巨蛋这个创意特别感兴趣。"

"早上我俩吃早饭时，凤霞跟我说了。这巨蛋项目很有创意！凤霞拿了个麻团作比喻，我听得云里雾里的。现在你徐总一讲，我有些明白了。"

"曹总说话不绕弯子，不兜圈子。他说，英国伦敦已建了一个巨蛋，去游览的人很多。他们远景公司想投资在世界各地建一百个巨蛋。我心里一听，当时有点兴奋。我说到陵阳开发区也建一个巨蛋。我说到银龙山，曹总很感兴趣。当时就让我介绍银龙山的情况。曹总听后，当即拍板决定投资。"

"全资？"

"不是。远景投 70%；30% 寻找合伙人。地方政府提供土地。"

"提供土地？"

"无偿划拨。曹总说得很在理。地方政府是最大的受益者。巨蛋建成后，当地旅游业会大发展，带动消费，增加财政收入。"

"是这个理。无偿划拨没问题,但不知巨蛋建设需要多少土地。"

"五十多亩地。"

"这么多?"

"我开始也不理解。建个巨蛋要不了这么多土地。听曹总一解释,我一下子明白了。人家外国人脑子活络。整个项目总投资达一亿元。远景投70%,就是七千万元,合伙人投30%,就是三千万元,投资怎么收回呀?他还得在巨蛋周边建一些餐饮、宾馆等配套设施。总之,是以巨蛋为中心,建一个综合娱乐性公园。昨天,凤霞把公园的名字都取好了,很有创意。"

"凤霞说了,很有创意。二十一世纪龙园,一听就知道,这公园有特色,有纪念意义。听你这一说,什么都好,但从现在开始,到年底,满打满算也就是十个月。这样,我问你几个问题可以吗?"

"你问!"

"合伙人有人吗?"

"凤霞没有跟你说?"

"说了,我感到最紧张的是时间。你是合伙人,投资30%,就是三千万元人民币。工厂转让不会超过两千万元,缺口一千万元。缺口可以向银行贷款,这事好办。难点是谁来接管帅特?什么时候接管?"

"姚县长,不瞒你说。我帅特的厂子转让给了深圳一位大老板,四川籍人,他很感兴趣。据说是反哺家乡,让他侄子来当帅特的总经理。转让价两千万元。说实在的,这帅特服装厂是我一手建立起来的,转让有点儿心疼,但为了巨蛋项目,我狠了狠心,转让合同年前就签了。另外,跟远景科技有限公司巨蛋合作项目也在春节前几天签了意向合同。现在万事俱备,只欠东风。"

"只欠东风?"

"五十多亩无偿划拨土地。对了!五十多亩土地使用年限三十年。到期后,土地和土地上的一切设施都归你开发区所有,这可是个很划算的买卖。"

"佩服你徐总!土地没落实合作单位,你就敢把两个合同先签了意向合同！"

"县长，你别忘了，我是从深圳过来的！"

"深圳人思想解放，胆子大！"

"邓小平不是讲嘛，胆子更大一点！"

"假如我们不跟你们远景合作，你徐总怎么办？"

"县长，不瞒你说，四川还有两个市的领导盯着我呢！"

"盯着你？"

"我是先让陵阳定。这里有凤霞、有你代理县长，还有得天独厚的银龙山！于公于私，谁也抢不去。"

"徐总！佩服你，也感谢你！你这是响应中央号召，向你学习与时俱进！"

"谢谢姚县长！"

"这样，土地应该没问题。这个巨蛋项目我下午会给曹书记汇报，希望县委县政府研究后尽快定下来。只要巨蛋项目县委县政府定下来后，后面的工作就是你的了。"

"其实，巨蛋是钢结构，全是工厂的预制件。科技娱乐项目也是装潢安装就行了。时间赶紧一些，应该赶得上。关键是五十多亩土地，手续办起来没有那么利索。"

"手续补办，不影响施工！"

"那好！我抓紧落实。县委县政府巨蛋项目决定之后，第一步，先与远景签正式合同。我会听你通知，尽快落实！我这是孤注一掷，厂子都转让了，没有退路了！"

"我会特事特办！中午在这吃饭？我请客！"

"不了！"徐江风说完，站起身，一阵风似的走到门口，兴奋地朝向东摆摆手，"祝巨蛋早点下来！"

姚向东目送着徐江风走出办公室。随着一阵急促的脚步声由近而远，姚向东激动得心脏怦怦直跳，心里暖洋洋的。

五十二

县委县政府一致同意引进巨蛋项目，举办千禧庆典活动。巨蛋项目一路绿灯，到3月18日，巨蛋项目开工典礼在银龙山脚下隆重举行。姚向东兴奋，凤霞高兴。因为项目建设在姚向东分管的开发区，千禧庆典活动由县委宣传部主办，徐凤霞是县委宣传部部长。有好事者私下里调侃说，巨蛋项目是陵阳县的夫妻项目。好在招商引资氛围浓烈，谁也不敢公开去评头论足。何况，这个巨蛋项目是上了县委常委会的。

徐凤霞这些日子心里很高兴。过去，介绍自己的表哥徐江风来陵阳发展，姚向东帮了不少忙。表哥从一个身价百万元的小老板发展到今天成了身价几千万元的大老板。徐江风老是想重重地感谢姚向东，但姚向东说什么也不肯。姚向东说得也有道理，喝两瓶好酒，抽几条好烟已经很好了，还想干什么，想犯错误？后来，徐凤霞与姚向东成了一家人，徐江风更不敢再提感谢姚向东的事儿。但徐凤霞心里总是有结，总觉得在徐江风表哥这事上，自己似乎欠了姚向东的情。虽然这几年成了一家人，但徐凤霞心里总是想着这件事。

姚向东仕途顺利，四十五六岁已经是代县长了。徐江风能帮姚向东的，就是帮助经济开发区多引些项目。现在，政绩对姚向东是最重要的，是徐江风送给姚向东最好的礼物。这次，徐江风引来了巨蛋项目，而且表哥把自己的厂子转让后投资巨蛋。这个项目还未建设，就在县里、市里产生了巨大影响。将来巨蛋建成一亮灯，二十一世纪龙园的牌子往外一打出来，陵阳出名，开发区更出名。年底，迎接千禧曙光庆典活动时，把全国、省、市记者请来一宣传，恐怕不但在市里、省里有影响，在全国都会产生巨大影响。到那时，姚向东代县长的代字会很自然地去掉。想到这里，徐凤霞觉得自己也算是了却了一段人情。尽管自己现在与姚向东是夫妻，是家里人，但家里人心里也要拎得清。

当然，自从与姚向东结婚后，还有一件事总搁在徐凤霞心里，一直没有对姚向东说出口。徐凤霞心里想归想，但也不一定就是那么回事。过去，姚向东的连襟和菜花的妹子桃花在深圳闯荡了不少年，也发展得不错，九十年代初就听说卫国和桃花曾有回陵阳发展的打算，听说卫国和桃花还曾到陵阳开发区考察过。不管怎么样，姚向东在陵阳官越做越大，他们回来发展有优势。但自从自己与姚向东成家后，卫国和桃花回来发展的消息渐渐淡了。与姚向东成婚前两年，菜花的小妹子杏花去深圳应聘公务员，被深圳宝安区办公室选聘当了接待科科员。反正，菜花在深圳离家出走未归，桃花、卫国不回陵阳发展，杏花又应聘去了深圳，徐凤霞心里一直在想，会不会姚向东有意回避钱菜花家的事。我与向东成了一家人，假如桃花妹子回来发展，假如杏花又在陵阳，会不会姚向东感到不方便，尤其觉得对不起我徐凤霞。徐凤霞只是想，几次曾经想旁敲侧击地跟向东聊聊菜花姐妹的事，但几年过去了，一直没有说出口。这次徐江风表哥引来巨蛋项目，给向东撑了面子。向东心里高兴，凤霞觉得找个时机跟向东说说桃花和杏花，把心中的疑虑消除掉，心里会轻松宽慰些。

机会来了。

初春的晚上。应该是二月十五六日的日子，天上的月亮又大又圆。皎洁的月光把大地的楼宇、草木、河流山岗拉上了一层白纱。

十点光景，霞霞跟向东母亲李花红上床睡觉后，向东拉着凤霞胳膊进了房间。只见向东把公文包往床头柜上一搁，轻轻地拉开公文包的拉链，从公文包里掏出一封信，递到徐凤霞手里，神秘兮兮地说："凤霞，猜猜谁的来信？"

徐凤霞从向东手里接过信封。这是一个好大的信封，拿在手里似乎还有些沉。徐凤霞朝向东笑笑："谁的来信，这厚沉沉的。"

"不是让你猜嘛！"向东在床沿坐下来，用手指指徐凤霞手上的信封说。

"不猜！不猜！你收到的信我怎么猜得到。"徐凤霞说着，扒开封口，从里面掏出一个大红的请柬。徐凤霞一愣：请柬，谁发的请柬？

徐凤霞迫不及待地轻轻打开请柬，里面还夹了两页纸。徐凤霞扫了一眼，是杏花写来的。徐凤霞很敏感，杏花是向东的小姨子。杏花的来信不便看。毕竟杏花在姐姐菜花出走后，与姚向东同住一屋五年，自己看杏花写给向东的来信有点儿不合适。但转念一想，既然向东给我凤霞看，肯定有给我凤霞看的道理。凤霞拿着请柬和两页来信，有些犹豫。

姚向东用手拍拍床沿，示意徐凤霞坐下来。然后指指徐凤霞手上的请柬和信笺说："凤霞，杏花的来信有什么不能看！杏花这姑娘挺能干的。花了四年多业余时间，竟然通过自学考试拿到大学本科文凭，后来应聘深圳公务员，又被录用。深圳那地方是个什么地方，全国各地的人都往那边拥。一个山沟沟里的妹子，经过自己的奋斗，竟然当上公务员！"

"向东，说实在的，我也挺佩服杏花的。听你说，到了深圳宝安区接待科当科员，五六年时间，现在已经是接待科科长了。向东，杏花是你的徒弟吧？高徒！"

"凤霞，你这话什么意思？"

"开个玩笑。"

"这玩笑可不能乱开呀！当年，杏花住在我家五年，发奋自学考试。我这当姐夫的不能因为菜花出走了，就把杏花支走。我念着菜花，这你是知道的。"

"向东，你是不是心虚呀！我真是说着玩的。你知道我最佩服你什么吗？"

"佩服我？"

"对！我最佩服你的为人！知恩图报，更佩服你的自制能力。说实在的，菜花产后生病，久治不愈，其实，过来之人都知道，你们不能有正常的夫妻生活。但你没事人似的，而且虽然当个不大不小的官儿，手中也有不大不小的权力，但你在外面从不拈花惹草，连私下里一点风言风语也听不到。特别是那个万通集团的陶志玲，你与她相处这么多年，一点话把儿也没有。就凭这一点，你姚向东一个大男人，不简单。我佩服。"

"这不是一个男人应该做的嘛!"

"很多男人做不到!"

"做不到?"

"你身边的大官小官,大老板小老板栽跟头的不少!说心里话,我瞧不起这些人!对了,你知道,有一阵子人们私下里怎么说你吗?"

"不知道!"

"你是县里领导,你当然听不到。人家背后都佩服你,说你有情有义。与小姨子住在同一屋五年,一点儿也没有传闻。也有人开玩笑说,小姨子的屁股姐夫的一半。这姐不在了,小姨子的屁股还不全是姐夫的。有人猜测,小姨子杏花肯定会是向东的填房。"

"传言成真吗?"

"没有。这事儿我知道。这不是传言,当年杏花的母亲拐弯抹角地跟你母亲说起杏花续弦的事,但你婉拒了。你一五一十地都说给我听了。你说你心中有着菜花的影子,那影子怎么抹也抹不掉,你有情有义。要不然,也不会有我俩在一起的今天。"

"不说了。快看信。"

徐凤霞娇嗔地瞥了向东一眼,把请柬往向东手里一塞,展开信读起来:

向东哥,凤霞姐:

你们好!

今年春节没有回陵阳。桃花姐和卫国姐夫春节前把母亲接到深圳,一家人在桃花家过春节,很愉快,请你们放心。

春节后,听从陵阳回来的同事说到向东,又进步了,现在是陵阳县的代理县长了,我代表钱家向姐夫祝贺!还听说凤霞姐已经是陵阳县委宣传部的部长,我们都很高兴。我相信我姐菜花无论在哪个地方,她听到这消息一定会高兴。其实,姐出走是为了向东的幸福。现在你们幸福,姐无论在什么地方都会安心的。

　　这些日子宝安区正筹备召开经贸洽谈会。我觉得这是招商引资的好机会。我给宝安区领导汇报同意后，邀请陵阳县领导来宝安参加经贸洽谈会。姐夫，我觉得这是陵阳招商引资的好机会。欢迎姐夫、凤霞姐来深圳参加经贸洽谈会。

　　姐夫，很感激你。没有你的鼓励和辅导，我不可能拿到自学考试大学文凭，也不能应聘到深圳来。我一定以姐夫为榜样，拼命地工作，争取做出更好的成绩。

　　你们一定要来深圳参加经贸洽谈会，到时还有事情请姐夫、凤霞姐帮忙呢！告诉姐夫一个秘密，我已经有心上人了。他是宝安区机关的一名干部。到时，请姐夫、凤霞姐帮我掌掌眼。

　　祝姐夫、凤霞姐步步高升！

杏花

1999年春

　　读完信，徐凤霞长长地舒了一口气，有些赞叹地自言自语："杏花是个聪明的姑娘，她能想到让你姚县长去深圳招商引资。这可是一个好机会。其实，杏花不是单单想到你这个老姐夫，她这是想到家乡陵阳。"

　　姚向东翻开请柬，扫了一眼，目光落到请柬右下角的大红盖章上，久久地凝望着，也自言自语："菜花的这个小妹，就是聪明灵巧！当年从山沟沟来到陵阳，一身的土气。但杏花与时俱进，肯学习，很快就洋气起来。半年之后，杏花就融入城里人生活。她现在是宝安区政府的接待科科长，她这是近水楼台先得月，给家乡发来了邀请函。"

　　姚向东把请柬合上，递到徐凤霞手里说："凤霞，我会给张书记汇报，争取派一个代表团参加宝安区的经贸洽谈会。这是招商引资的好机会。如果我忙不过来，你一定要去。你去深圳，顺便看看桃花、杏花，再则，也抽空考察一下那个远景科技有限公司，推动项目尽快建设。"

徐凤霞点点头，把请柬和信笺塞进信封中，递到姚向东手里说："其实，还有个项目也可以推进一下。"

"什么项目？"姚向东把信封塞进公文包站起身晃了晃问。

"这项目非你去推进不可！"徐凤霞也从床沿站起身，朝姚向东笑笑。

"凤霞，直说，我们之间还打什么哑谜。"姚向东朝徐凤霞笑笑，口气中充满了感激，"凤霞，要说陵阳的招商引资，你的功劳最大。只不过你是无名英雄，我在前台唱戏罢了。有了成绩，都归我身上了。当年，许多老板的介绍引见，背后都有你的穿针引线。"

"我有什么能耐，那是我爸！不说过去的事了。有两件事，我一直有些纳闷，也一直不方便问你。"徐凤霞用疑惑的目光盯着姚向东。

姚向东一听，心里一愣。凤霞跟我什么关系？结婚都五年多了，还有什么话不方便问我。姚向东爽朗地笑起来："会不会是传我有什么桃色传闻？"

"你想哪儿去了。你向东别说没有，就是有传闻我也不会管你。你是代县长，你不知道党的纪律？"徐凤霞赶紧摆摆手。

"那好！你说，有什么纳闷你尽管问。千万不要闷在心里！"姚向东亲切地拉住凤霞的手，两人又在床沿上坐了下来。

月光很明亮。窗外月光把两人亲密地坐在床沿的影子投到床后的墙面上，像一张黑白照片。

徐凤霞直截了当地说："向东，记得我俩结婚前，桃花和卫国曾经准备回陵阳发展的。但后来一直没有来。我感到有些纳闷。会不会因为我……"

姚向东打断凤霞的话头，连连摆手："卫国在深圳发展得不错。现在应该算是一个不大不小的老板了。卫国和桃花一直想来陵阳发展。对了，那时候开发区的办公楼还在银龙镇政府的大院。但后来，深圳的业务脱不开。后来桃花又有了一个孩子。第一胎也是姑娘。凤霞，菜花姐妹挺有意思，自己是姑娘家，还总想着生儿子。当年，菜花从深圳出走,一个重要原因是怕我姚家绝后。那封信给你看过。"

"知道!知道!"徐凤霞点点头。

"后来违反计划生育政策,生了二胎,总算如愿以偿,生了个男孩。还罚了不少款。这钱的事无所谓,但回陵阳发展的事儿就拖了下来。你说,跟你有啥关系?你看杏花写来的话,左一个凤霞姐,右一个凤霞姐的,喊得多亲切!"姚向东说完,用强调的口气说,"凤霞,你想多了。上次,卫国还打电话说,经济开发区二期规划发展没有赶得上,三期一定要为家乡出把力!"

凤霞有些激动地点点头。她抬手捋了捋落到额前的长发,似问非问地自言自语:"杏花考公务员为什么舍近求远?四川这边也招录嘛。"

"这还不明白。杏花的姐姐在深圳出走的,她还是不死心,她希望能在深圳发展,说不定会有奇迹。她这是想姐噢!再说,桃花在深圳,姐妹好做伴。跟你一点儿关系也没有。"

"是这个理!"徐凤霞心渐渐平静下来。

"一家人嘛!当年就是一家人!你别忘了,你与菜花也是拜了干姐妹的!"姚向东语气挺认真。

"看来我有时想多了!"凤霞有些自责。

两人对视着,笑了。

房间灯熄了。夜很静,窗外的月光皎洁如水。不远处的松江上,不时传来夜航轮船沉闷的汽笛声。

五十三

徐凤霞心里舒坦了。

时间过得很快。张立仁书记带队去深圳宝安区参加了春季经贸洽谈会。向东因巨蛋项目土地协调办理,不能去参加经贸洽谈会。路山民、徐凤霞去了。卫国和桃花、杏花热情接待了家乡来的领导。宝安区的主要领导专门宴请了张立仁书记,杏花参加,凤霞很有面子。宝安区主要领导接待陵阳县经贸洽谈会代表团的大幅照片还上了《深圳日报》，照片上有杏花，有凤霞。

活动结束后，路山民、徐凤霞在徐江风陪同下，去香港考察了远景科技有限公司。

巨蛋项目进展很顺利。徐江风的两千万元早已打到远景账上。巨蛋的混凝土地基已经浇铸完成。徐江风从中国建设银行贷款一千万元，在徐凤霞的协调下，由经济开发区担保，手续全部办齐。虽然担保是经济开发区新来的党工委书记路山民签的字，但姚向东不授意，路山民不会签字。毕竟路山民刚从上面下来任职不久，情况不熟悉，一切听姚向东的。当然，这个巨蛋项目在陵阳县很有影响。路山民担保一签字，徐江风很快拿到这笔一千万元的贷款。

远景科技有限公司总经理曹耀明人在深圳，但陵阳经济开发区发生的事儿他知道得清清楚楚。徐江风申请的一千万元贷款上午陵阳建设银行放款，晚上，曹耀明就把电话从深圳打到徐江风的大哥大上。曹耀明电话里的声音火急火燎，让徐江风几乎有些感动。这个巨蛋项目，陵阳从书记到代理县长，包括自己的亲表妹，都十分关注。表妹这次去深圳，专门陪同经济开发区的路山民书记去香港考察了远景科技有限公司。曹耀明总经理的热情接待，让路山民书记、徐凤霞部长坚信不疑。从深圳回来，陵阳县委曹书记，代县长姚向东听了汇报后，只说了一个"快"字。领导重视，徐江风体会最深了。土地出让手续几乎是姚向东亲自协调的，可谓一路绿灯。开发区建设局专门组成了一个巨蛋推进小组，每天都在银龙山附近的巨蛋工地上巡查。开工不到三个月，巨蛋的土建工程基本完成。徐江风不时看看巨蛋图纸，扳扳手指头。现在是5月中旬，土建工程已经完成；6月至7月原计划是安装蛋形钢架；9月至10月进行蛋壳外装饰，内部装饰；11月安装高科技电子娱乐设施。土地之后的钢架灯光、娱乐设备都是曹耀明从英国采购订制的。如果照巨蛋建设计划，12月31日的巨蛋竣工仪式应该在时间上没有问题。想到这里，徐江风心里有些兴奋。到时巨蛋万盏彩灯一亮，方圆几十里都可见到巨蛋的风采。姚向东高兴，凤霞高兴，我徐江风能不高兴吗。这巨蛋的门票收益，我和曹耀明可是三七分。到那时，就等着数钱吧！徐江风想到这些，就兴奋不已，心里美滋滋的。

晚上九点多钟了，徐江风一点睡意没有。

他拿起茶几上的遥控器，往沙发上一坐，正要开电视。茶几上的大哥大响了。

徐江风一愣，这么晚了谁会打电话来。现在的大哥大不是大砖头似的笨重了。现在的大哥大像个脆饼似的。徐江风从茶几上拿起大哥大，拔了一下天线，靠到耳畔，大着嗓门："喂！你哪里？"

"曹耀明！"

"曹总，这么晚还没有休息？"

"睡不着！"

"咋啦？"

"兴奋呗！"

"兴奋？什么好消息？"

"徐总，刚才接到远景英国本部董事长来电话，关于巨蛋的设备订购。"

"有困难吗？"徐江风一听，心里有些紧张。这巨蛋设备是在英国本土订购的。时间上不能有半点差池。迎接二十一世纪的庆典活动那是定了时间，谁也改变不了。

"没有。万事俱备，只欠东风！"

"看来巨蛋设备在英国订购很顺利呀！"

"英国那边的设备已经下单，就等资金到位了。香港公司已经汇去四千万元，还差一千万元。款到后即开工制造。"

"还差一千万元？没问题。建设银行的款刚放到位，我明天就电汇给香港公司。"

"那太好了！看来你徐总就是这东风了！"

"曹总！巨蛋项目可是陵阳县重大项目，设备订购时间上不能出差错。"

"哈哈哈，怎么可能呢！有合同，有时间要求的条款。不按时交货的罚款那会让他们吃不了兜着走！"

"那就好！"徐江风关了手机，没有打开电视，在屋子里踱起步来。他很兴奋，想不到事情这么顺利。设备合同定制了，徐江风打心眼里佩服曹耀明总经理的办事效率。这个曹耀明，人不在陵阳，这里的情况蛮清楚的。按理说，建设银行放款的事，他肯定不知道。但事情就这么凑巧。设备定制的款就差一千万元。偏偏我这里的贷款到位了。事情就这么顺当。看来我徐总的运气好，还有几大步走走。顺就好，明天上午去打款。突然，徐江风想到钢架的事。巨蛋的钢架是曹耀明在深圳一家钢结构加工厂定制的。再过几天就要用上了，货还未到。徐江风拿起大哥大拨通了曹总的手机。

"喂！徐总还有事？"

"巨蛋钢架还未到货！"

"我去查过了。早在上周就发货了。明天不到，后天准到。"

"晚安！"

徐江风打过电话，心放了下来。

他躺到床上，脑子里很是兴奋，在床上翻起了烧饼。灯熄了，月光从窗外泻进房间里，房间里朦朦胧胧的一片。

徐江风睡不着觉，心里惬意极了。他感到自己的人生道路从来没有像现在这样顺风顺水。他想起了唐朝李白的著名诗句，口中默默地念出了声：朝辞白帝彩云间，千里江陵一日还。两岸猿声啼不住，轻舟已过万重山。自己现在的事业简直就像李白《早发白帝城》中的轻舟，好快好顺！徐江风美滋滋地想着，脑海里浮现出那五彩纷呈的巨蛋。巨蛋迎着冉冉升起的二十一世纪第一缕阳光，显得更加气派、庄严、豪华。

远处的山村里传来隐隐约约的鸡鸣声，徐江风慢慢地进入梦乡。

徐江风做了一个梦。他梦见自己来到一片草地上。青草茂密，葱绿欲滴。突然，他看到了草丛里有一只硕大的鹅蛋，雪白雪白的。他眼睛一亮，兴奋地弯腰去捡。谁知，手还未触到鹅蛋，鹅蛋竟然长了腿似的往前滚。徐江风走得快，鹅蛋滚得快，就是抓不住那滚动的鹅蛋。徐江风急了，加快步子，谁知鹅蛋滚得越来越快，且越滚越大，不一会儿工夫，竟然像一只硕大的气球飘了起来，且袅袅地上升，飘到了白莲花般的云朵里去了。巨蛋在云层中穿梭，时隐时现。

第二天早晨。徐江风醒来后，夜里追鹅蛋的梦境还活灵活现地展现在眼前。

日有所思，夜有所梦。他不知这梦预示着什么。他想了许多许多。徐江风往好处想，也许这意味自己的事业会像这飘入云朵中的巨蛋，越升越高。虽然一种不祥的预感在徐江风的脑海中飘过，巨蛋上了天，掉下来怎么办？徐江风不往坏处想。

梦不便说破。

徐江风把这个梦深深地藏在心中。现在，钱全部到位了，货也订好了，施工比想象的还要快，徐江风没有理由不往好处去想。

徐江风心里乐滋滋的。

这段时间，还有一个人心里乐滋滋的。这个人是远在深圳的菜花小妹杏花。

前些日子宝安区举办春季经贸洽谈会。她找到了区委书记，说到了家乡陵阳县的发展势态。她希望区委书记能同意给陵阳县领导发一个请柬。区委书记一听，满口答应，还夸赞杏花接待工作做得好，招商引资工作也没有放松。其实，在杏花的心里，她是敬重自己的姐夫。自己从一个山沟沟里来到陵阳城里后，每一步都得到姐夫的帮助和指点。杏花知道，姐姐菜花是向东的恩人，但向东也是自己的恩人。没有向东这个榜样，自己一个山里来的姑娘不可能看到知识的力量。向东也是山里来的小伙子，他读了大学，走上了工作岗位后，拼命地工作，不断地取得进步。杏花很受启发，她照着向东走过的路一步一步地走。杏花参加高等教育自学考试，经过向东辅导和杏花自己近五年的努力，拿到了大学本科文凭。有了大学文凭，她去深圳应聘公务员，杏花如愿以偿。杏花珍惜工作，拼命努力，经过五年多的奋斗，杏花被提拔为接待科科长。领导、客商接触多了，人脉广了，杏花想到了报恩。想不到的是第一件事竟然做得这么好。陵阳县委书记带队，开发区的路山民书记、陵阳县委宣传部部长徐凤霞一起来宝安区参加了春季经贸洽谈会。姚向东姐夫没有来，但凤霞来了。宝安区的主要领导知道杏花家乡来了这么多领导参加经贸洽谈会，不但专门宴请，还合影留念。照片上了《深圳日报》，富帮穷，互惠互利在深圳传为佳话，杏花在宝安区名气更响了。

姚向东事后专门从陵阳打来电话。电话中连连感谢杏花。杏花接到向东的电话，心里很激动，很开心。杏花知道向东心中有自己，其实是对菜花的思念。

放下电话，与姐夫相处已经逝去的岁月在杏花脑海里浮现出来。

杏花甜蜜地回忆着。杏花知道，菜花出走后给向东带来的痛苦。她知道菜花离开向东的原因后，心里很不是滋味。杏花不知道姐姐怎么想的，心痛不已。自己住在向东家里，一住就是五年。杏花知道，姐夫与小姨子在一个屋檐下，难免会让人家说闲话。杏花不是没有地方去借住，也不是因为参加自学考试需姚向东辅导离不开这个家。杏花心疼姐姐，更心疼姐夫。尽管这种心痛是完全纯洁的。有一段时间，杏花曾下决心搬出姐夫家，到陵阳酒厂单身宿舍去住。但杏花舍不得姐夫。杏花知道姐姐是为了向东幸福开心才离家出走的。姐姐出走后，母亲又带着霞霞一个人去了松江镇，向东一个人拼命地工作，回到家孤身冷灶的，能幸福吗？就凭这一条，杏花顶着被人说闲话的压力豁出去了。别人怎么说，她不管，只要自己行得端，坐得正就行了。当然，杏花没有想到的是母亲也是这个意思，要杏花好好照顾向东姐夫的生活。

五年的时间并不短。但五年来，向东、杏花并没有一丁点传闻。谁知，杏花快拿到本科文凭的那年春节，母亲竟然与亲家母商量让小姨子续弦。杏花听母亲一说，心怦怦怦地跳个不停，连连摆手。好在向东不置可否。杏花松了一口气。

那年春节，桃花和二姐夫卫国回来了。他们知道杏花妹子快拿到高等教育自学考试的本科文凭，都夸赞不已。当杏花说到母亲让自己与向东圆房的事，心事重重。桃花与卫国给杏花出了个主意，让杏花去深圳发展，下半年深圳会进行一次面向全国的公务员招聘。杏花听了很兴奋。后来，高等教育自学考试的本科文凭顺利拿到后，杏花决定南下的信心足了。虽然杏花的心中常常感恩姐夫，但感恩不是爱。当然，时间也会产生爱。但对杏花来说，对姐夫的爱那是对姐姐爱的延续，那是一种真诚的喜爱。听说徐凤霞从泸阳市回到陵阳后，杏花听姐过去说过，这个徐凤霞与姚向东的故事。听菜花说，凤霞是个大度的好姑娘。当年，她曾经给姚向东写过一封热辣辣的求爱信。但当徐凤霞知道姚向东与菜花的传奇故事后，毅然调离陵阳，回到泸阳市父母身边。徐凤霞调离陵阳成全了姚向东与菜花的姻缘。徐凤霞当年不但不记恨姚向东，还利用父亲大干部的权力，为向东解决了不少困难。菜花能从山沟沟里的民办教师调到陵阳县机关幼儿园当公办教师，就是徐凤霞请父亲打的招呼。徐凤霞父亲是市里的组织部长，是个管官的官，说话很有分量。

　　向东会有人照顾的，杏花放下心来。杏花下决心去深圳应聘，想不到被顺利录取。

　　到了深圳，与二姐夫卫国和桃花在一起，一点不孤独。当然，离开陵阳的那天晚上，向东在杏花房间坐了整整两个小时，说了许多许多话，杏花的心里暖暖的。向东托杏花在深圳做两件事，一是继续留心各方面的消息，寻找菜花；二是帮陵阳招商引资，就是帮姐夫。杏花听在心里，知道了什么叫爱，爱就是让爱的人幸福。这句话杏花先是朦朦胧胧，后来，心里渐渐地明白了。

　　时间过得真快。一晃又是五六年过去了。姐夫与凤霞结婚了。霞霞小学快毕业了。现在，姐夫向东已经是陵阳县代理县长了。听说，凤霞托表哥徐江风从香港引进了一个巨蛋项目，在全省都有影响。

　　让杏花想不到的是，那年离开陵阳，姐夫说的两件事都有眉目了。经贸洽谈会让陵阳在深圳有了一定的知名度，也算是为家乡招商引资出了力吧！最让杏花兴奋不已的是昨天下午，办公室的电话铃急促地响起来。杏花拿起听筒，还未开口，话筒里就传来似曾相识的口音："喂！你是杏花？"

"对呀！"

杏花还未来得及再说一个字，对方就把电话挂了。

杏花挺奇怪，谁打来的电话？我没有开口，她怎么知道我是杏花？也许是哪个闺密开玩笑呢，杏花也没有往心里去。

五十四

三天后。

还是下午。杏花刚送完一批客商返回办公室。刚坐到沙发上，办公桌上的电话铃响了。

杏花是宝安区政府接待科的科长。每天要接听不少来自四面八方的电话。但杏花不说话，对方就认定是杏花，那是第一次。杏花后来琢磨来琢磨去，猜不出那打电话的人究竟是谁。为什么一听自己说是杏花，对方反而把电话挂了。虽然口音似曾相识，杏花想不出是谁。杏花从沙发上站起身，来到办公桌旁，拿起话筒："喂！你是哪里？"

"你是杏花吗？"杏花一听，心里一愣，这口音怎么这样熟悉。

"我是杏花！"杏花接着问，"喂！你是谁？"

沉默好一会儿，听筒里传来呜呜的哭声。

杏花着急了："喂！你慢慢说。"莫非是菜花打来的？菜花还活着？这个可能性微乎其微。杏花到深圳来工作一晃六年多了。她和姐姐桃花常常说到菜花出走的事。她和卫国该找的地方都找了，但一点音信也没有。倒是宝安区西乡龙头崖中年妇女跳海事件，桃花讲了多少遍。每讲一次，桃花总要流一次眼泪。桃花和卫国是坚信菜花跳海了，很有可能被鲨鱼吃掉了。桃花说，她亲自去了宝安区公安局的刑侦大队。那个大队长姓沈，是卫国的好朋友。当时，海滩上还捡到了一双同色同码的泡沫凉鞋。桃花说，那双泡沫凉鞋是菜花姐来深圳后，她给菜花买的。桃花在宝安区公安局刑侦大队沈大队长的办公室亲眼看见那双泡沫凉鞋，颜色尺码都是和桃花买的一个样。看来，这个打电话的人不会是菜花姐。自己是宝安区政府接待科科长，认识的人不少，能一下子叫出自己杏花这个名字的也不少。但转念一想，也不对呀，这打电话的人有点奇怪呀！上次一打电话挂了，这次还未说话怎么就呜呜地哭起来了。要说有什么冤屈，那应该把电话打到区政府信访局去呀！

杏花把电话紧紧地贴在耳畔，静静地听。

窗外，喜鹊叽叽喳喳的叫声传进办公室里。

沉默了一会儿，对方平静了些："杏花，我看到《深圳日报》上的大幅照片了。是陵阳县来的领导。有三个人认识：张立仁、徐凤霞、杏花。"

"你都认识？"

"认识！"

"你还没有说你是谁呢！"

"我是菜花呀！你还听不出来！"

"菜花！姐！是你？"杏花一听真是菜花，喜出望外，她有点不敢相信自己的耳朵，脱口而出，"你还活着？"说完，杏花忍不住，心头一酸，哇哇哇地哭出了声。

"活着，而且活得很好！杏花，我知道你到深圳来了。"

"知道我来深圳，为什么不找我？再说，这些年桃花、卫国一直在深圳，他俩找你找得好苦。你为什么不去找他们？"

"我不能现身。你姐夫知道了，肯定会把我找回去。我回去，你姐夫不会幸福的！再说，我在给你姐夫的出走信中，说得很清楚，向东再婚之日就是我现身之时。"

"姐，怎么说你好呢？你怎么这样去想，你……"

"杏花，一句两句话说不完。这些年……"

"这些年你在哪儿呀？"

"我出家了！"

"大家以为你……"

"不说了。后天是星期天。下午两点红房子咖啡厅见。"

"好！后天见。"

"对了，杏花，你先保密两天。听姐的吗？"

"听听听！都听你的。"

杏花放下听筒，擦了擦眼角的泪痕，心中一兴奋，脸上泛起了红晕。杏花有一点不理解，菜花姐姐真犟，为什么非要走离家出走这条路呢，为什么桃花、卫国在深圳，为什么我杏花来深圳，她不来找我们呢？为什么看到有徐凤霞的新闻照片，姐就现身呢？

杏花只顾兴奋，不想了。反正后天见到姐会问清楚的。

窗外，高大的榕树巨伞似的撑开着。榕树的翠绿树叶丛中有一蓬糠筛大的喜鹊窝。几只花白喜鹊不时从树叶丛中飞出来，留下一串叽叽喳喳的鸣叫声。

杏花朝窗外的榕树瞥了一眼，喜滋滋地自语：喜鹊叫，有亲到。难怪今天喜鹊在窗外叫得特别欢。

红房子咖啡厅在梧桐山公园东大门的左边拐角，大门朝东南。杏花来深圳虽然才五六年，但因为在宝安区政府接待科工作的缘故，深圳的环境，特别是旅游景点特别熟悉。红房子咖啡厅是深圳有名气的咖啡厅。杏花陪客人游览完梧桐山国家森林公园后，往往会去红房子咖啡厅喝一杯咖啡，休息一会儿。这里杏花熟悉。梧桐山国家森林公园位于深圳市沙头角梧桐山南麓，距深圳市区十多公里，南临大鹏湾，东与国际四大港口之一的盐田港及著名旅游景点大小梅沙海滨公园相连。西接中英街，与香港新界仅一隅之隔。这里树草茂密，风景秀丽。

星期天中午，杏花在桃花姐家吃饭。桃花做了四五个家乡特色菜，但杏花老是眼望着窗外发愣，脸上总是浮出淡淡的微笑。卫国望望小姨子说："杏花，怎么不动筷子，是不是姐烧的家乡菜不地道！"

杏花一听，赶紧回过神来，答非所问地连声说："好吃！好吃！"

"你一口还未吃呢！"桃花夹了两片酸菜鱼，往杏花饭碗里一放说，"杏花，想什么呢？有什么好事说来听听。"

杏花心里想到下午要见到菜花姐了，她真想把这个惊人的好消息告诉姐姐桃花和姐夫卫国，但一想到菜花电话里关照保密的事，到了嘴边的话又咽了回去。杏花摇摇头，夹起饭碗上的一片鱼片，有滋有味地嚼着说："又辣又鲜又香！姐好手艺！"

"好吃多吃些。"桃花又给杏花夹了几片鱼片，看到杏花妹子这么高兴，心里想，杏花妹子肯定谈男朋友了，但不便问，只能放在心里。

杏花边吃边看表，很快扒完了碗里的饭，筷子一丢，站起身，笑嘻嘻地对桃花、卫国说："姐，姐夫，谢谢你们盛情款待。"

"客气啥？家里人。"卫国疑惑地盯着杏花。

"这么急走？"桃花也不解，"妹子，坐会儿再走，我和你姐夫还未吃完呢！"

"你们慢慢吃！我还有个接待，先走了。"杏花背起绿色的小挎包，喜气洋洋地朝门外走去。

"肯定会男朋友去了！"桃花、卫国望着杏花兴高采烈的样子，几乎是异口同声地轻声说。

桃花笑了。

卫国也笑了。

姐姐喜欢妹妹，姐夫也喜欢小姨子。当然，卫国心里明白，这些年杏花因为在宝安区政府接待科，人脉广，卫国搭上了不少关系，这对卫国在深圳的业务拓展起了不小的作用。现在，卫国的业务越做越大。虽然姐夫向东在陵阳当县领导，但卫国暂时还不想回家乡发展。

杏花这么快吃完饭，这么快离开，那么兴致勃勃的样子，肯定是去会男朋友。但桃花、卫国怎么猜也猜不到杏花去会菜花姐。

杏花出了小区大门，招手打了辆的士，直奔梧桐山公园东大门。

在梧桐山公园东大门下了车，杏花往南走。这里常来，往南不到六七十米，拐弯处就是红房子咖啡厅。往南走三十多米，她看到了红房子咖啡厅前面的小广场，小广场中间有七八棵高大的梧桐树。人们习惯不叫小广场，而叫梧桐林。梧桐树下不规则地安放了一些双人三人木椅。男女约会的不少。高大的梧桐树下，还真是有些私密的地方。

杏花加快步子朝红房子咖啡厅走过去，梧桐树林首先映入眼帘。杏花扫了一眼，眼睛一亮，梧桐树林朝咖啡厅的双木椅旁站着一位中年妇女，手搭在木椅背上，目光盯着红房子咖啡厅方向扫来扫去。杏花觉得这个人有点眼熟，仔细打量起来。这位中年妇女看上去四十开外的年纪，穿着一条白色中裤，上身是一件橘红色宽松短袖，戴一顶淡蓝色的帆布遮阳帽，亮眼十足。中年妇女脸色红润，目光焦急地扫来扫去。杏花一看，身材、肤色，还有那眼神，尽管相距几十米远，但是有点儿眼熟。从穿着上看似乎跟姐姐菜花一点儿不搭界。杏花想起电话中姐说这些年出家了。姐不可能穿得这么亮眼。杏花一边朝红房子咖啡厅方向走过去，一边在路边扫来扫去。菜花出家了，她一定是穿着腰宽袖阔、圆领方襟的法衣，很显眼的。尽管公园门前人来人往，但一眼就会看出来。杏花东张西望没有见到一位穿法衣的中年妇女。她三步并作两步来到红房子咖啡厅，正要抬步进店。梧桐树林方向传来喊声："杏花！我在这！"

杏花收住脚步，扭头朝梧桐林方向一瞥。刚才看到的那位穿着亮眼的中年妇女正朝杏花急切地招手。距离不到二十米，杏花看得清清楚楚，正是姐姐菜花。杏花一激动，转身朝梧桐林冲过去，一直冲到那位中年妇女面前，才刹住步子，仔细一打量，伸出双臂搂住姐姐菜花的脖颈，"哇"的一声号啕大哭起来。哭声很响，把栖息在梧桐树梢上的几只花白喜鹊惊飞起来，扑棱着翅膀，叽叽喳喳地朝远处林中飞去。

菜花不吭声，双手紧紧地揽住杏花的腰。

杏花看着周围的游人，有点不好意思，赶紧松开手，擦擦眼角，哽咽着说："姐，这些年你去哪儿啦！你一个人怎么过来的呀！"

"妹子，你还是这个样子！你现在有出息了，姐高兴。"菜花说完，抬手替杏花擦擦脸腮上的泪痕说，"卫国好吗？桃花好吗？"

"都好！他们现在是大老板了。噢！姐，我有点不解，你怎么让我保密呢？你知道桃花姐多想你呀！卫国、桃花要是知道你还活着，他俩得高兴得跳起来。中午，我和姐姐桃花、姐夫卫国吃中饭，我不敢告诉他们,但我心里很高兴,匆匆地吃了一碗饭,就往梧桐山公园这边赶过来。你知道姐姐姐夫说什么?"

"说什么?"菜花不解的目光瞅着杏花兴奋得通红通红的脸。

"他俩以为我是匆匆地会男朋友去了。"

"杏花妹子,我离家出走一晃快十五年了。我想跟你见面,了解了解情况,然后再去见桃花妹子和卫国妹夫。"

"他们想死你了。到现在还托朋友到处打听你呢!"杏花说着,两手拉着菜花姐的手,目光盯着菜花的脸,仔细打量着,心疼地说,"姐,你一个人在外,辛苦你了!"

"辛苦吗!我一个人在尼姑庵,其实心静如水,什么都不想,身体还养好了,病也没了。你知道的,产后后遗症,我一直精神压力大,睡不好觉。你知道姐性格好强,不服输,但命运自己掌握不了呀!生了个女孩,还让姚家绝后了。产后后遗症,这妇科病难治呀!我与向东在一起,说实话,哪有什么正常的夫妻间的生活呀!每当夜深人静时,看到你姐夫那潮红的脸,那渴望的眼神,特别有时那气喘吁吁的样子,我心里难受。我知道你姐夫想要什么,但我一个病人,我给不了他。灯熄了,我睡在他身旁,我能感受到他那急促的喘息声。其实,我心里比你姐夫更难受。那年,我离开陵阳来到深圳你桃花姐家,看了不少公园,也看了病。在广州的医生说得了中度抑郁症。我不想再连累你姐夫向东,他还年轻,他事业正发达。我离开你姐夫,我不想他这样不幸福地活一辈子。我想与他协议离婚,我知道,你姐夫打死也做不到。于是,我选择了悄悄地离家出走。"

"姐,你知道,你这一走,家里人多急吗?"杏花心一酸哽咽着,"妈,向东姐夫,霞霞,桃花姐和卫国姐夫,还有……"

"别说了。我知道我错了!当时,我认准了一个理:只要向东开心,我什么都做得出来。一冲之兴……"菜花抬手擦擦眼角的泪珠,手朝红房子咖啡厅一指,"杏花,去喝杯咖啡,咱们慢慢说。"

杏花拉着姐姐的手,往红房子咖啡厅门口走去。

五十五

杏花要了一个小包间。

一人点了一杯咖啡。咖啡厅里静静的。

菜花说，杏花听。

"杏花妹子，离家出走后，我以为自己苦点没啥，只要向东幸福就行。谁知，事与愿违。出走是一冲之兴，也可能当时自己患有中度抑郁症，自己不能把持住自己。反正，当时我想得很简单。我知道向东是县里的干部，正在往上走。如果我提出来离婚，向东的亲朋好友，向东的组织领导肯定会认为向东思想变了，肯定会认为向东忘恩负义了，那样的话，对向东的前途不利。我想来想去，只有悄悄地离开向东，去一个人们找不到的地方。向东可能会痛苦一时，找不着了，组织上不会埋怨他向东，亲朋好友也不会怪他向东。当然，当时我想到妈，想到你和桃花，特别是想到霞霞，我曾犹豫过。但想来想去，我虽然救过姚向东，但我不能以恩人自居。要真是那样，我就不是我钱菜花。我写离婚协议书，还签上了我的名字，我还分别给姚向东和桃花留了信。我怕他们着急。那天早晨，我一冲之兴，离开了桃花家，赶到深圳火车站，先是坐火车去了广州。我找到了一个建筑工地。也算是巧了吧，建筑工地食堂缺一个烧饭的。我去工地做了三个多月的零工。袋里有了钱后，我又回到深圳。我去梧桐山里找到了一家尼姑庵。尼姑庵的名字挺好听，叫明月谷庵。这里虽是大山里，但离深圳市区只有十几公里。说句心里话，虽然出走了，但我不想走远。我还想知道桃花、卫国他们的情况，但我不敢去找他们。我怕桃花妹子会打电话告诉向东。要是那样，我出走就前功尽弃了。再说，我的脾气你知道，我下不了面子回来。你姐夫向东要是知道我还活着，他就是用八匹马也要把我拉回去。当年，徐凤霞给姚向东写了火辣辣的信。凤霞是什么姑娘，大学毕业，文章写得好，那时已经是科长了。凤霞父亲是大官。他俩门当户对。但向东向凤霞说到了我菜花。凤霞是个好姑娘。她选择了离开陵阳，成全了我和向东。可婚后，我生了个女孩霞霞。你知道，国家实行独生子女政策，向东是国家干部，肯定不能违反政策，姚家就绝后了。加上我自己的产后抑郁症，严重的妇科病不能有正常的夫妻生活，你说，我怎么办？我不能一辈子对不起向东呀！"

"姐，这么多年过去了，你怎么会又想起现身？"杏花听了有许多疑问，轻声地问了一句。

"我看到了深圳日报上的新闻照片，看到了徐凤霞，看到了张立仁老县长，还有你，我很快把徐凤霞与姚向东联系起来。我就以一个外人的身份给陵阳办公室值班室打了一个电话。我说，请找一下姚向东爱人徐凤霞接电话，对方只说了一句，你电话打错了。他们夫妻都早已离开办公室了。我一听，明白了。徐凤霞现在肯定与向东结婚了。我很兴奋，这是我最希望的结果。"

杏花听了，知道菜花的心思，接过话头说："菜花，向东是个好男人。你离家出走后，当时，宝安区西乡龙头崖发生了中年妇女跳海事件，但没有见到尸体，大家都以为是你。据说，当时海滩上还捡到了一双泡沫凉鞋，桃花给你买过一双泡沫凉鞋。虽然大家心里都认定那跳海的中年妇女是你，但谁也不说破。宝安区公安局也不认定，只能是悬案。听到这个消息，姚向东一病不起，在医院住了一个月才出院。妈妈想念你，更心疼女婿向东，让我继续住在向东家。那时霞霞小，妈妈带着霞霞去了松林镇，先在向父母家里住了几个月，后来又带着霞霞回到鱼头村。我本想搬出向东姐夫家，你出走了，我一个小姨子住在姐夫家不太方便。谁知母亲让我帮姐夫做些家务活儿，加上我参加高等教育自学考试，需姐夫辅导，这一住就是五年。姐，你不是外人，向东是一个好男人，耐得住寂寞。后来，大家一直听不到你的音信，家里人开始劝向东再婚。活着的人总要活下去。向东心有些动摇了。其实，他是想到霞霞。那年，霞霞六岁，快上小学了，经常要妈妈。母亲是乡下人，乡下人有乡下的习俗。她想得没有那么多。她跟亲家李花红商量，想让我杏花续弦。谁知，向东没有爽口表态。这事儿不便说得太多。当年,我拿到高等教育自学考试本科文凭,又参加了深圳市公务员考试。我考上了,来到深圳。后来,徐凤霞调回陵阳县委宣传部当副部长。霞霞到城里实验小学读书那年,霞霞有了妈。这个妈就是徐凤霞。"

"这是命中注定!这是命运!"菜花深有体会地说道,朝杏花笑笑,"你信吗?"

"信!我信!自从姐夫向东把我调进陵阳城里工作,我就走上了顺道!"杏花说着,朝菜花瞥一眼,"菜花,我感谢姐,我感谢姐夫向东。"

"向东是个好人!"菜花点点头,沉默了一会儿说,"这些年我在明月谷庵里当尼姑,我明白了一个道理,人的命运都是老天爷安排的。"

"老天爷安排,自己也会有想法。"杏花有些疑惑。

"自己有想法,肯定有想法,但要顺天意!你看,凤霞与向东终成眷属,这不是天意?"菜花语气挺认真。

"姐!你现在有想法吗?"杏花试探着问。

"有!"菜花用小汤匙舀了一点咖啡,用嘴抿了抿。

"什么想法?"杏花心里一百个不愿意让菜花继续当尼姑,但不便劝说,只是试探着与菜花交流起来。

"杏花妹子,这十多年尼姑庵的修行生涯,让我明白了不少道理,人自己当然要有想法,但这种想法也要顺应天意。其实,天意是什么?天意就是大家的意愿。自己有想法,不顾天意,不顾别人的感受,有时自己美好的愿望不一定会给别人带来幸福。"

"菜花姐,这是你在明月谷庵里修行所悟?"

"是的。"

"姐,你离家出走后,你知道吗……"

"知道。我在明月谷庵后悔过,但我要面子,我仍然坚持自己当初的死理。总觉得为自己所爱的人牺牲什么都值得。但不知道我的自我牺牲给所爱的人带来了什么。人不能凭着想当然,不能由着性子来。现在,我知道,我善良的行动给所爱的人带来了伤害。我这次现身是我的忏悔。妹子，我不该贸然离家出走。我不该为自己说过的那句话……"

"哪句话？"

"我给姚向东信中说过，姚向东结婚之日，就是我钱菜花现身之时。我这是真心诚意地为姚向东的幸福所作出的诺言。妹子，我做到了。所以，你接到了我的电话。"

"你现在是什么想法，或者说有什么打算？"

"你看我现在的装扮感到奇怪吧？"

"还真奇怪。姐，你不是出家了吗？而且出家了十多年。今天，我下了出租车，从梧桐山公园往南走，走了几十米，一眼看到了那片梧桐树林。我知道红房子咖啡屋的对面就是那片梧桐树林。我无意间朝梧桐树林扫了一眼，看到了一位中年妇女，似乎特别显眼。当时，我就想到了姐你。但一看打扮，挺入时的。我心里想，姐是在尼姑庵修行的人，这穿着，这打扮，分明是约会等人。我径直朝南走，很快来到红房子咖啡厅门前。还是姐眼尖，一眼认出了我。你叫我的名字，我回眸一看，才看见姐你那么熟悉的脸庞。"

"杏花，你没有变。那时候在向东家里就现在的这个样子。"

"二十八九的人了，变了，变老了！"

"真的没有变！"

"姐，你也是三十大几了。这一打扮，还真年轻了十几岁，真漂亮！你气质真好！"

"杏花妹子。走过来几十年，经历了多少风风雨雨，我渐渐明白了，路不平坦，但要往正道上走，而且要一直走下去。生活就是这样，有得就有失。我一冲之兴，离开了姚向东，我失去了一切。但我在宁静的明月谷庵苦苦修行，我养好了我身上的病，脑子也清醒多了。我知道，为自己心爱的人幸福，应该敢于牺牲自己的一切。但是，这种牺牲是有种途径的。我在明月谷庵后悔过，但我不愿意现身，说到底是面子。现在，姚向东与徐凤霞有情人终成眷属，我的心平静下来了。"

"你想去找向东姐夫?"

"我不会。但我会离开明月谷庵,我要回到亲人身边。"

"姐,我明白了,你今天穿这身衣裳来见面,是坚定了还俗的信心。"

"是的。"

"我建议你去找向东姐夫。他现在是陵阳县的代理县长了。他知道你活着,一定很开心,他会……"

"妹子,我不会去打扰他们的正常生活。那样做,就违背了我当年出走的初衷!"

"那你怎么办?总不能连桃花、卫国都不见吧?"

"见。选个日子,怎么样?"

"选日子,还不如撞日子!姐,这样,你看行不行。梧桐山公园东大门的北边有一家酒楼,叫醉仙楼,我熟悉,我打电话订一个包厢。一会儿,我打电话给桃花,让他俩来酒楼见面。桃花已经是两个孩子的妈了。一男一女,好幸福呀!对了,让桃花把儿子带来。让外甥也见见大姨妈。桃花儿子是老二,超生的。罚了款的!"

杏花说完,菜花朝窗外凝视着,一声不吭。听到杏花说到外甥,她眼前浮现出霞霞那稚嫩的脸庞,那双黑白分明会说话的眼睛,那满脸稚气的脸蛋。菜花想霞霞了。霞霞现在应该比外甥大不少岁,应该早读小学了。

钱菜花陷入了痛苦的沉思。

"钱菜花大姐!想什么呢?"杏花见她沉默不语,幽默地喊姐的名字。

"妹子,听你的!"

杏花拿出大哥大,拨通醉仙楼订餐电话,订了一个最豪华的包厢醉仙厅。随即,杏花把电话打给姐夫卫国。杏花想给姐夫卫国一个惊喜,没有告诉菜花现身的事。两人电话里说得挺幽默:

"你是姐夫?"

"卫国。"

"我想请你吃个饭。"

"好呀，什么时间？"

"今晚七点。"

"地点？"

"梧桐山公园东门北边的醉仙楼。"

"那么偏僻。请我一个人？"

"想好事呀！叫姐还有外甥一起来。"

"请我们全家。有什么喜事？"

"大喜事。"

"别说了，杏花小妹，我知道你会男朋友，让我和你姐参谋参谋掌掌眼是吧？"

"来了就知道了。"

"好！准时到！"

"准时！"

"小姨子的事姐夫不会马虎！"

杏花收起大哥大的天线，把大哥大塞进随身的小挎包，朝菜花笑笑说："姐，我们去梧桐山公园东门外广场走走，一会儿去醉仙楼！"

"杏花，你姐桃花和卫国见了我，他们肯定会埋怨我不辞而别，你要帮我说话呀！"菜花央求的目光盯着杏花白皙的脸。

"放心，没人会怪你！姐，大家开心还来不及呢！"说完，杏花拉着菜花的胳膊走出红房子咖啡厅。就在杏花拉着菜花胳膊的一刹那间，菜花想到了向东拉自己胳膊的那个习惯性动作，心里一愣，一股甜蜜与酸楚混杂滋味在心窝里泛起。

菜花沉默了，机械地跟着杏花妹子来到梧桐树林里。梧桐树上的喜鹊成双成对地嬉戏，一片叽叽喳喳的鸣叫，听起来是那么的舒畅、动听。

五十六

太阳西斜。

海风阵阵。

杏花与菜花在茂密的梧桐树广场周边的小路上缓缓地散步，不知不觉地走出梧桐树广场，来到海边的沙滩上。杏花望着一望无垠的淡蓝色的海面，抬腕看了看手表，朝海滩边的长条木椅上一指，提议说："菜花，时间还早，在这儿坐会儿。"

杏花刚说完，菜花已经一屁股坐到木椅子上。杏花赶紧挨着姐菜花身边坐下来。两人面朝大海。海浪一波一波地涌到海滩上。可能是初春时节，海滩上游人不多。杏花把目光从海滩上收回来，兴奋的目光盯着姐姐的脸，激动地说："姐，你知道我这辈子最开心的时刻是什么时候吗？"

"当年你姐夫帮你在陵阳城里找工作呗！对了，最高兴的时刻，是你离开鱼头村去陵阳上班的那一刻。"

"不对！"杏花摇摇头。

"那就是你应聘成为宝安区政府接待科员的那一刻。"菜花目光又一次地望着杏花那稚嫩的脸，皱了皱眉头。

"不对！"杏花还是摇头。

"别说了。你有男朋友了！"菜花拉拉杏花的胳膊，神秘地看着杏花的眼神说。

"错！菜花姐，我这辈子最激动、最兴奋的一刻，是刚才见到你的那一刻。"

"我也是。一晃十多年过去了。第一次见到家里人，我的心到现在还怦怦怦地跳个不停。"

"听到你出走的消息，全家人急的，唉，真没法去形容。"

"我知道，我把家里人急死了，但杏花妹子，你知道姐的性格，我没法回头，我要面子。"

"悬着的事儿，是最让家里人焦躁不安，最放不下心来。刚开初一周过去了。姐夫向东一直闷在心里。他往好处想，希望你会突然出现在大家面前，他没有给组织汇报，也没有告诉周围的同事。姐夫这天大的事儿闷在自个儿的心里。天大的压力自个儿承担。我和母亲都不知道。只是看到姐夫一脸的忧伤，说不清发生了什么事。我还以为姐夫病了。但姐夫说没有生病。我们没有往别处想。后来才知道，他知道你从深圳出走了。你说，姐夫闷在心里，他能吃得下，睡得着吗？"

"真的难为你姐夫向东了。"

"还好！深圳宝安区西乡发生了一起龙头崖跳海的事件，从海上漂到海滩上一双泡沫凉鞋。桃花去公安局刑侦大队看到了那双泡沫凉鞋，当时二姐桃花几乎要哭得晕过去。大家都不说破，但心里有数，估计那双泡沫凉鞋肯定是你的。因为你到深圳时，桃花给你买过一双一样的泡沫凉鞋。这件事传开后，谁也说不清是好事，还是坏事。反正公安局说，不能定论，跳海的人就是你，但大家都心照不宣。大家只能在心里思念你，大家在思念中心里慢慢地平静下来。后来发生的事我已经说过了。反正姐夫拼命工作，个人的事儿谁说也不考虑。姐，说了你不要生气，妈居然想让我去续弦，但向东婉拒了。我下决心离开陵阳来到深圳。想不到老天有眼，让我们姐妹有重逢的日子。今天是个好日子，是我杏花最高兴的时刻！"

"我了解向东。对了，不说过去的事了。我们去醉仙楼。"菜花站起身，又拉了拉杏花的胳膊。

"不说不说！走，去醉仙楼等二姐和二姐夫。"杏花说着，挽着菜花的胳膊朝醉仙楼方向走去。

走进醉仙楼醉仙厅，杏花挪一把椅子，招呼菜花姐坐下后，服务员就进来了。服务员熟悉杏花，亲切地朝杏花笑笑问："钱科长，二位喝什么茶？"

杏花朝菜花望望："姐，红茶还是绿茶？家乡的毛峰也有。"

"那就喝家乡的毛峰吧！"菜花听到毛峰二字，心里一阵惊喜。多少年没有回家乡陵阳了。那里有自己的亲人，那里的山，那里的水，那山沟沟里坡田盛开着金灿灿的油菜花，还有家门前那黑鱼湖。菜花心里涌动起一股思乡的冲动，脱口而出："这里还有陵阳毛峰？"

"有。姐，十几年过去了，中国变化可大了！过去，鱼头沟里的山货运不出来，现在几天之内可以运到全国各地。我是宝安区政府的接待科长，常带客人来梧桐山公园游览，少不了带客人来醉仙楼用餐。这里人熟悉。我向他们推荐了陵阳毛峰，他们就进了毛峰茶。"

"唉！"菜花长长地叹了一口气。

服务员上茶，一股浓浓的毛峰茶清香在醉仙厅弥漫开来。杏花朝菜花姐面前的茶碗一指："姐！尝尝家乡的毛峰。"

菜花啜一口，连声说："香！家乡的味儿。"菜花放下茶碗，沉思了一会儿问："妈还好吗？"

"好好好！妈早已回鱼头村去了。咱家的那片菜园子，在妈的照看侍弄下，一年四季一片绿色。"杏花满脸笑容，轻松地说着。

"妈妈吃苦了！我要回鱼头村陪妈去！"菜花自言自语，但语气很坚定、有力。

"先不说到哪儿去，我有个打算，等桃花、卫国来了，我们三姐妹商量。"说到这里，杏花习惯地看了看手表，朝菜花笑笑，"姐，我通知二姐一家来醉仙楼，只说来吃饭，没有告诉他们你在这里。我没有告诉他们，是让他们有一个惊喜。你看，时间不早了，我去醉仙楼停车场迎他们。你喝茶。"

"我也去！"菜花站起身，想到快要见到二妹妹二妹夫，还有小外甥，心里一阵激动。

"姐，听我的。你歇会儿，我去！"杏花说完，拿起热水瓶，朝茶壶里续些水说，"姐，你从他们家出走，让他们大吃一惊。现在，我要你还他们一个惊喜。听我的！"杏花说完，走出醉仙厅，出了醉仙楼大门，抬眼朝前面的小停车场方向一看，桃花、卫国拉着小外甥西西的手正迎面走过来。

杏花心头一喜，连忙朝停车场方向边招手边喊："姐！姐夫！这儿。"

"知道。"卫国拉着西西的小手边走边对桃花说,"桃花,你猜对了,杏花把我们请到这么远的醉仙楼,又不请外人,肯定是让我们给她男朋友掌掌眼。"

"还能有啥事?你看杏花妹子那个兴高采烈的样子。"桃花轻声说。

"桃花,我可提醒你呀,你虽是杏花的姐,千万别乱挑刺。杏花年龄不小了,找个男朋友不容易。"卫国声音更低。

"说啥呢!买菜呀?青菜萝卜,放到篮子里都是菜?你这当姐夫的,你多掌掌眼!"桃花瞥了卫国一眼。

"知道!知道!咱们有言在先,你说话为主!"卫国笑笑,加快了步子。

杏花也加快步子迎上去。

四个人在醉仙楼大门前的一棵榕树下停下来。杏花一把抱起小外甥西西,亲亲脸蛋说:"西西,想吃什么,尽管说!"说完放下西西,朝桃花、卫国笑笑:"今天,给你俩一个特大惊喜!"

桃花笑笑。卫国用手轻轻碰碰桃花的胳膊,提醒道:"红包准备好了吗?"

"准备好了!"桃花一见杏花用疑惑的眼光盯着卫国,赶紧打扯。桃花拉住西西的小手说,"叫人了吗?"

"小姨好!"西西调皮地朝杏花眨眨眼睛。

桃花提醒西西说:"一会儿见到人,叫什么?"

"妈,知道,姨夫好!"西西朝杏花眨眨眼睛。

"说什么呢!姐!姐夫!你们误会了。什么红包,什么姨夫的……"杏花还未说完,卫国疑惑的目光盯着杏花:"不是你说给我们一个惊喜吗?怎么还有什么比你找男朋友更大的惊喜?"

"有!"杏花拉着西西的手,领着姐、姐夫径直朝醉仙厅走去。

"别卖关子!"桃花有些不解。

"政府的官儿,最会卖关子。桃花,你这当姐的,也拿出姐的样子,说说小妹。"卫国在一旁诙谐地说。

说话间,四人已经走到醉仙厅门口。杏花轻轻地推开门,说:

"姐！你看谁来了。"

桃花、卫国一脚踏进门，看到一位穿着挺时髦的中年妇女面朝窗坐着，目光盯着窗外出神。桃花、卫国有些失望：哪来的男朋友。中年妇女，这是谁呀！听杏花一喊姐，以为杏花喊的桃花，也没有往菜花身上去想。这么多年过去了，虽然偶尔会有些思念，有些伤感。但过去的事已经过去了。就在一刹那间，那位面朝窗外出神的中年妇女回眸的时候，桃花、卫国全惊呆了。两人都不敢相信自己的眼睛。

醉仙厅里霎时静得一根针掉到地上都会听出声响。

"姨夫好！"西西跨进门，按照妈妈出门前的反复叮嘱大着嗓门叫了一声。

杏花、桃花、卫国都忍不住笑了起来。笑声在醉仙厅里悠悠地回荡。

菜花转身与桃花、卫国面对面，沉寂了几秒钟，桃花看清了眼前的中年妇女就是姐菜花。菜花也看出了桃花。姐妹俩几乎是同时张开双臂紧紧地拥抱在一起。杏花走过去，也张开双臂，三姐妹紧紧地抱在一起，静静的，一句话也不说。不一会儿，断断续续的哽咽声在醉仙厅里响起来。

西西不知发生了什么事，一个劲儿地喊："妈！松开！小姨！松开！"

卫国傻愣愣地站着，心里涌起了阵阵的喜悦，泪水情不自禁地从眼眶里流出来。

好久，好久，仨姐妹才松开手。桃花拉住菜花的手心疼地问："姐，这些年是怎么过来的呀！你让我们大家想死你了！"

"妹！卫国！"菜花朝桃花、卫国深深地鞠了一躬，流着滚烫的泪水说，"姐对不起小妹，姐更对不起妹夫。姐从你们家出走，给你俩添大麻烦了。"

"说啥呢！啥也别说，回来就好！"桃花和卫国几乎是异口同声。

桃花说着，拉住西西的手，朝菜花一指："快！叫人，叫大姨！"

"叫大姨？"西西吃惊的目光盯着妈妈，又盯着爸爸。

"对！叫大姨！"桃花大声说。

"大姨好！"西西高着嗓门。菜花拉着西西的手，抱起来，掂掂："西西好重呀！西西今年多大啦？"

"西西虚三岁！"桃花对菜花说。

"我明年上幼儿园小班。"西西说着，挣扎着下地。

杏花朝桃花、卫国瞥了一眼："想当然！现在明白啦！"杏花擦擦眼角的泪水对桃花、卫国调皮一笑说："算不算惊喜！"

"算！不过你的另一个惊喜也要加快呀！"卫国、桃花认真地说。

杏花给大家安排坐下后，每人倒上茶，把菜花出走经历介绍一下说："今天不多说，也不谈过去的事，不愉快的事留着有空的时候去回忆，今天喝酒！吃菜！卫国姐夫，我们三姐妹团聚，这可是大喜，你要多喝酒！"

"桃花，你说说你小妹，让她饶了我吧！"卫国知道杏花的酒量。想想今天这么大的喜事，杏花三姐妹大团圆，自己这酒不喝是过不去的。卫国向桃花求饶。

菜花亲自拿起酒瓶，从卫国开始，每人干了一杯酒，又给西西倒了雪碧，端起酒杯，朝大家点点头："我敬大家一杯！姐的深情全在酒里。我先干。"

大家开心地碰杯，开心地干完杯中酒。

窗外，喜鹊叽叽喳喳的叫声传进屋里，醉仙厅里一片喜气洋洋。

五十七

巨蛋项目建设进度很快，徐凤霞开心，姚向东高兴。

银龙山的夏天，满坡的松树，树干之间的灌木和山草，密密匝匝，葱葱绿绿。山坡下的银龙潭，水面平静无波纹。早晨的阳光照在平静的水面上，泛起无数的光芒。水潭边是一条不宽的柏油路。柏油路边的山坡，绿树翠碧，掩着黄墙红瓦的银龙庙那气派的大雄宝殿。

悠悠的钟声不时从茂密的森林中传出来，雾霭带着袅袅香烟一阵阵地飘出来。在银龙庙的东南方向不到一百米是一块相对平坦的山坡地。那里是巨蛋的施工现场。工地上来来往往运土装建筑材料的卡车一会儿开出去，一会儿又开进来。高高的塔吊边上是初具规模的巨型鸭蛋状的钢架。那鸭蛋钢架呈斜三十五度角，像意大利的比萨斜塔似的。巨蛋周边有不少已经拆迁留下的地块，有些地块还围起了砖墙。有些地块里长满了油菜，大片大片油菜花正在盛开着，清香一阵一阵地在银龙山四周飘荡。有些地块的砖砌围墙，刷上了雪白的石灰，石灰墙上用红字写着征用单位的名字。这些红色的单位大字经过风吹日晒已经很淡很淡。围墙内没有一点动静。

巨蛋工地建设场面热火朝天。

徐江风早早地来到工地。

徐江风今天很兴奋。他引进的这个巨蛋项目建设进度很顺。巨蛋钢架已初具雏形。自己从陵阳建设银行贷款的一千万元人民币也放款，按期打到远景公司的账上。远景公司投资七千万元，加上自己的三千万元全部到位。曹耀明说话算数，前些日子说在深圳预定的钢架早已全部到位。工地上正在紧锣密鼓地安装。向英国订购的巨蛋电子娱乐设备，也已经下单。徐江风扳扳指头一切都按计划施工。看来，巨蛋竣工迎接新世纪的庆典活动不会有悬念。这是三个指头捏田螺，笃定笃定又笃定的事。想到这里徐江风舒了一口气。

今天，代县长姚向东带了一大批干部来巨蛋工地检查施工进度。昨晚，姚代县长亲自给徐江风打了电话。让徐江风惊喜的是自己合作伙伴曹耀明总经理竟然给足了面子。他从香港购买了两辆日本产皇冠300，赠送给陵阳县主要领导。车子已运抵陵阳。姚向东电话里连连感谢徐江风。开始徐江风没有听明白，待听明白后，徐江风激动得泪水都从眼角溢出来了。徐江风放下电话后，连声自语：曹耀明这个老总，够朋友！给足了我徐总面子。徐江风想，姚向东都当代县长了，还开着破伏尔加，这下坐上皇冠，威风了。想到这些，再看工地巨蛋钢架雏形，徐江风忍不住笑出了声来。

远处传来阵阵汽车喇叭声。

姚向东的车队在银龙潭边的柏油路上沿着山脚一溜停住。徐江风一眼看到姚向东的伏尔加不见了，崭新的皇冠300在朝阳的映照下熠熠闪光。

徐江风赶紧迎上来，与姚向东一行一一握手寒暄。徐凤霞、路山民、招商局的杨红军局长、曹一萍副局长，还有刚从开发区办公室调至县政府办公室的刘婵英副主任，姚向东的专职驾驶员赵振宏。

徐江风一个不落地握手之后，引领大家围着巨蛋工地绕了一圈。徐江风边走边给姚向东一行介绍施工进度情况。所有的人脸上都喜气洋洋的。

围着巨蛋建筑工地走着，姚向东不时询问徐江风有关施工、建设的工程进展，徐江风春风满面地一一解答。徐江风心里很有底气，特别是刚才与姚向东驾驶员赵振宏握手时，看到赵师傅满脸春风的得意样子。徐江风心里有数，赵振宏鸟枪换炮了。破伏尔加换成了皇冠300，赵振宏心里能不高兴。赵振宏师傅高兴，向东代县长心里还不乐开了花。这全是我这个巨蛋项目带来的。没有巨蛋项目，哪有远景科技公司的无偿捐赠皇冠。徐江风心里乐哈哈的。姚向东提的问题，徐江风一一轻松回答。

"徐总，钢架安装什么时间结束？"

"7月底。"

"钢架预制件都备齐了吗？"

"远景公司按时间全部发运来了。放心！"

"徐总，施工要注意安全。另外，巨蛋外面装饰、灯光估计什么时间完工？"

"按计划，9月底。"

"10月至11月，两个月能把内部设备安装到位。应该没问题吧？"

"应该没问题。都是预制件，就像安装空调、洗衣机一样方便。"

"货都订好了？"

"英国本土生产。听曹耀明总经理说，都已下单了。没有问题。"

"曹耀明这个人不错，做事靠谱。他给我们陵阳县政府捐赠了两辆皇冠300。你代县里好好谢谢他。"

"朋友！好朋友！我会把你的谢意转达给曹总。"

一路上，徐凤霞部长、路山民书记都不失时机地夸赞徐江风。杨红军局长、曹一萍副局长还专门把徐江风拉到山脚的竹林边，让徐江风一定要帮招商局多介绍一些客户。徐江风一边点头一边满口答应说，巨蛋施工结束后，他带招商局的同志去一趟英国考察招商，说得两位招商局局长笑得合不拢嘴。

送走姚代县长一行，徐江风心里乐滋滋的，整个人身体顿时轻了，像只气球似的，快要飘起来了。

徐江风高兴。

徐江风兴奋。

徐江风眼前出现一只金灿灿的巨蛋。徐江风相信，这只产自银龙潭边的巨蛋，是一只吉祥如意的龙蛋，是一只金蛋。

俗话说，天有不测风云。早晨太阳朗朗的。下午，天空的云层变得厚起来。到了晚饭的时候，天上云层越来越厚。空气中仿佛氧离子少了，徐江风想想巨蛋项目，虽然兴奋，但心里有些堵。

吃过晚饭，徐江风回到房间。想起姚代县长带着一队人马检查巨蛋工地的情景，想起招商局的杨局长、曹副局长让帮忙招商的情景，徐江风心里热乎乎的。

徐江风越想越兴奋。

徐江风看看手腕上的表，已经快十点。窗外，黑沉沉的一片。

起风了。

窗外，不远处的一片竹林被风吹得瑟瑟地响。

徐江风洗漱完后，站在玻璃窗前，目光凝视着窗外茫茫的夜色。空调外机呜呜呜的响声透过窗缝门隙传进房间里。房间里很凉爽。徐江风不想上床，他转身在房间里慢慢地踱着步子，轻轻地哼起了儿时最爱唱的一首歌，歌声在房间里悠悠地缭绕：

红星闪闪放光彩
红星灿灿暖胸怀
红星是咱工农的心
党的光辉照万代
红星是咱工农的心
党的光辉照万代
红星闪闪放光彩
红星灿灿暖胸怀
……

徐江风越哼越兴奋。他的眼前出现了一颗闪闪的红星。突然，那颗闪闪的红星变成了一颗巨大的金蛋，金蛋闪闪发光。徐江风兴奋不已。他心里暗喜，巨蛋就是一颗在陵阳银龙山上空的闪闪红星。

徐江风想起姚代县长的关照，让自己给曹总打电话，感谢他曹总捐赠的两部皇冠。想到这，徐江风赶紧从床头柜上拿起大哥大，迅速拨通曹耀明的手机号码。徐江风想一是代姚代县长感谢曹总的捐赠，顺便催催曹总，英国订货要尽快落实。巨蛋落成典礼时间定了，1999年12月31日晚上八时举行，文娱晚会通宵举行，迎接二十一世纪第一缕阳光。

曹耀明的手机传来嘟嘟嘟的声音。不一会儿，手机传来制式回答："您拨打的电话已关机，请稍后再拨。"

徐江风一愣，收起手机，心里有些纳闷。曹耀明是个有名的夜猫子。在香港、深圳的夜总会一玩就是一个通宵，那是常有的事。今天怎么啦？这么早就关机睡觉，不太可能。再说，曹耀明总经理是个大忙人，即使晚上睡觉，他也不会关机。难道曹耀明正在飞机上？徐江风只能这样去想。

窗外，一道闪电划过，院子里的树草路径照得清清楚楚，但刹那间又消失在茫茫的暗夜中。

接着，"哐当"一声巨响，一个炸雷像飞机在院子里投下一颗巨型炸弹爆响了。窗框都被炸雷震得吱吱响。

徐江风唉的一声叹了一口气,关掉手机,上床睡觉。

他准备明天再给曹耀明打手机。

五十八

第二天上午。

天还是阴沉沉的。今年的梅雨季节特别长。已经是阳历7月中旬了,天还不见晴。

上午十点光景,早晨露了一下头的太阳早已躲到厚厚的云层里去了。徐江风打开了临时办公室的电灯,面朝窗外,注视着院子里东南角的那片小竹林。一阵阵的山风吹过来,竹枝摇曳。几只燕子从小竹林那边飞过来,在窗前的几株石榴树枝叶丛中飞来掠去。徐江风从小喜欢燕子。他饶有兴趣地观察起燕子来。其实,此时的徐江风心里很焦急。昨天打曹耀明手机,关机,什么话也没有说上。现在十点,曹耀明总经理上班晚,他决定再过半个小时给曹总打电话。徐江风把焦躁的心绪通过目光全落到那低空探飞的燕子身上了。

窗外石榴树枝叶丛中的燕子小巧玲珑。燕子颜色并不是很鲜艳,头上的羽毛像一顶黑色的帽子,背上的羽毛像一件乌黑的礼服,腹部的羽毛像一件洁白的衬衫,头上两侧还抹着红脸蛋,一双透亮灵活的眼睛下面长着一张又短又平的嘴,尾巴像一把尖尖的小剪刀。燕子可爱,燕子精力充沛,燕子飞行速度极快。

十点半,徐江风收回目光,从桌上拿起手机,把手机上的天线拔了出来,然后拨通了曹耀明的手机。谁知,曹耀明的手机还是传来嘟嘟嘟的声响,还是那熟悉的制式回话:您拨打的电话已关机,请稍后再拨。

徐江风心里一紧张,又重拨一遍曹耀明的手机号码,还是刚才的制式回话。徐江风摁了关机键,把手机往办公室上一丢,在临时办公室里踱起了步子，脑海里翻腾起来，这个曹耀明，这个时候，手机不应该关机呀！现在巨蛋施工建设正顺利进行，许多事儿要他决策，关键是许多事儿要远景公司来办呀。他远景科技有限公司是大股东，施工的土建工程要付工程款，大批预制的材料，在英国订的电子娱乐设备要尽快生产、发货。怪了，这个时候他曹耀明手机关机。从昨晚到现在，十几个小时过去了。坐飞机再远的航程也该下飞机了。手机怎么还打不通呢？

连续一个星期，徐江风上午打，下午打，晚上也拨打曹耀明的手机，但就是打不通。上班期间，徐江风还拨打了几次远景科技办公室的座机，全是忙音。徐江风尽量往好处想。他估计曹耀明手机丢了，应该换了新手机。但这想法不太符合情理。换了新手机，曹耀明不第一时间把新手机号码发给我徐江风。巨蛋施工忙得不可开交。我徐江风可是现场指挥，他曹耀明能放得下心？

徐江风想来想去，似乎哪儿出了问题，似乎有点儿不正常。但徐江风心里想，这个曹耀明经人介绍，虽然认识时间不长，但能说会道，办事还是靠谱的呀！巨蛋的土建施工 10% 的预付款，他眼睛眨都不眨就付出来了；前些日子他给陵阳县捐赠了两辆皇冠，连跟我都没有打招呼，他给县领导送去了惊喜。再说，这巨蛋的预制钢架也是从深圳发过来，一点时间也没有耽搁。现在，一个星期过去了，曹耀明的手机始终打不通，人哪儿去了呢！徐江风心里越来越沉重。他恨不得像燕子似的快速飞到深圳去。

徐江风决定暂时保密，先飞一趟深圳，去找一下曹耀明。徐江风虽然心里有点紧张，但也只能安慰自己。他想，到了深圳、香港见到曹耀明不就全知道了。

徐江风跟姚向东、徐凤霞打个招呼，飞往深圳去了。

徐江风的深圳之行，就像整个人掉进了深潭，下了飞机，徐江风打的直奔曹耀明设在深圳的临时办公室。曹耀明在深圳的临时办公室大门紧闭，门旁贴着一张房东的出租启事。徐江风一惊，嘴张得好大，好久没有合起来。这间办公室已经退租了。要不房东不会新出告事出租。第二天,徐江风赶到香港,来到曹耀明所在的远景科技有限公司办公室,也是大门紧闭。问一问旁边的公司人员,他们说,好久没有见到曹总了。听说,远景公司已经搬走了。

徐江风一下子走进了云里雾里似的,脑子里嗡嗡地响。搬走了,搬到哪里去了?我这个股东怎么不知道呢?此刻,徐江风似乎明白,自己可能被骗了!

徐江风回到自己深圳的家,整天闷闷不乐。妻子也不便多问,只能烧些好菜款待从外地回来的丈夫。徐江风吃不香,睡不着。他似乎有点儿天真。他白天在曹耀明经常去的地方附近溜达,希望能偶然碰到曹耀明,但时间一天一天过去,他连曹耀明的影子也没有碰到。他去深圳公司所在的派出所报了案。

几天之后,徐江风明白了。巨蛋就是一个大骗局,自己就是这个活灵活现的大骗局中的受害者,是最大的受害者。

徐江风一下子病倒了,在深圳住院。姚向东、徐凤霞不停地打电话询问,徐江风哪敢实话实说,只能说过几天回陵阳当面汇报。

徐江风垂头丧气地回到陵阳。

巨蛋施工速度慢下来。材料没有及时运到,到8月中旬,巨蛋工地停工了。

纸包不住火。

徐江风在一个漆黑的夜晚来到姚向东家里。徐凤霞、姚向东都呆坐在沙发上,一声不吭地听完徐江风的汇报。

李花红、霞霞早已睡了。

徐江风坐在沙发上哽咽起来。

屋里静静的。静得一根针掉在地上都能听得清楚。

徐凤霞、姚向东都知道,徐江风这次被骗后果有多严重。但徐江风是徐凤霞的表哥,这个项目又是徐凤霞亲自介绍的。姚向东沉默了一会儿,想了想,低声地对徐江风说:"这项目被骗,也不能全怪你徐总。我这当代县长的有责任,被政绩冲昏头脑。巨蛋,高科技,太吸引人了,脑子膨胀了。当务之急,是报案,追债,把损失降到最低限度。至于面子，里子，我姚向东不要了！"

徐江风目光痴呆呆地盯着姚向东。姚向东这话一说出来，徐江风心里像戳了几根针似的，更加难受。自己这巨蛋一破，怎么对得起表妹夫呢？徐江风知道，姚向东年初被选为代县长，这个代字还未去掉呢！巨蛋成臭蛋，表妹夫的代字恐怕要继续代下去了。想到这里，徐江风哇的一声大哭起来，双手抓住姚向东的手说："表妹夫，我害了你呀！"

"谁都不要说，抓到曹耀明，一切都会水落石出。徐总，你先别急。"姚向东劝徐总冷静，其实姚向东的心里就像一锅烧开的水，正咕咚咕咚地冒着泡呢！

徐凤霞站起身对徐总说："都不要说了！责任全在我徐凤霞，上面说跨大步子，上面说要高科技，自己头脑发热了。巨蛋项目本身没有错，关键是碰到了曹耀明那骗子！"

"唉！"姚向东、徐凤霞、徐江风几乎是同时叹了一口气。

"急没用。徐总，你现在要冷静。"徐凤霞把徐江风一直送出机关大院门口，这才痛苦地回忆起巨蛋项目的来龙去脉。走到杉树林里的小道上，她伫立在小道边的一棵粗壮的杉树边。四周黑洞洞的，锅底似的黑。这巨蛋现在成臭蛋了，这后果有多严重，凤霞心里全清楚。徐江风这次是全破产了。不但破产，还欠了陵阳县建设银行一千万元贷款。当时路山民签的字。路山民刚到经济开发区任职不久，自己跟他一说，他就签了担保书。再说姚向东是代县长，他是分管陵阳经济开发区的。字虽然是路山民书记签的，但向东这个代县长也有责任。这事怎么办呀？不能让几个领导全揽进去问责处理。自己以后还怎么做人呀？还有巨蛋的钢架竖在那里，要是老不完工，领导和群众都交代不过去。总得有个人来担责。徐凤霞望着黑茫茫的夜色。想起了十多年前从陵阳调回泸阳市的心情。现在似乎这种心情真像夏天天空渐渐变厚的云朵，越来越厚、越来越重地压在自己的心头。黑暗的杉树林里有几只萤火虫在闪烁。尽管那亮光是那么微弱，但徐凤霞的心里似乎亮起了一盏盏随风摇曳的烛芯。她想到了向东，她想到了菜花，想到了与姚向东的结合。她是为姚向东的幸福而来的。菜花也是这样做的。

徐凤霞回到家，关上门。她拎起厨房地上的热水瓶，来到客厅。她给姚向东的杯子里续了些热水。

姚向东呆坐在沙发上，目光无神地盯着窗外黑洞洞的夜色。

徐凤霞把茶杯端起来，递到姚向东手里。姚向东接过茶杯抿了一口，放到茶几上。目光木讷地盯着徐凤霞。两人轻声地交谈，言语间透出一丝无可奈何的滋味。

"凤霞，你别自责，引进项目没有错！"

"关键徐江风是我表哥。"

"你哥怎么啦！徐总来陵阳投资创业，给陵阳带来了就业，带来了税收，这成绩也不能抹杀呀！"

"成绩也好，贡献也罢，那全是过去。关键是眼前的巨蛋。"

"徐总的出发点没有错。"

"我头脑发热了！"

"我头脑不也发热了。这个巨蛋项目是经过县委常委会、县政府办公室讨论同意的项目，要说头脑发热，哪个领导头脑不发热了。改革开放的时代，人家邻县都在争抢项目，我们能停下步子。总不能因为一个巨蛋变臭蛋，就不招商了？就不引资了？"

"我不是这个意思。我是说巨蛋这个项目我来负责。"

"你负责？"

"对！你和路山民都不要去负责。路山民代表陵阳经济开发区担保一千万元，是我让担保的。"

"组织上也不相信呀！"

"我有理由。徐江风是我表哥！"

"路山民不负主要责任，我赞成。但这个责任由我来负。"

"我来负。这是实事求是！"

姚向东听出了徐凤霞的话中含意。徐凤霞这是要把全部责任揽过去。她这是不想让路山民受巨蛋项目的牵连，更不想让我姚向东受牵连。姚向东能想到，这个徐凤霞，心里想的是什么。她知道我姚向东是代县长。巨蛋变臭蛋，我姚向东代县长的代字怎么去掉。她徐凤霞担全责，是为了我，为了路书记。路书记从泸阳市机关下来任职才几个月，背个处分，甚至会丢掉自己的前途。依徐凤霞性格，她就是豁出去也不会伤害路山民。何况我是她徐凤霞的丈夫。姚向东陷入痛苦的沉思。

"我辞职！"徐凤霞语气很坚定。姚向东一听，脑子里像响起了一阵炸雷。

随后几个月，一系列的事儿发生在徐凤霞身上，让姚向东感到不可思议。但凭徐凤霞的倔强性格，姚向东又无能为力。

徐凤霞辞去陵阳县委宣传部部长职务。

徐凤霞协助徐江风处理完巨蛋的善后事宜后，辞去了公职。最让人不可思议的是，徐江风向陵阳建设银行贷款一千万元的担保转为徐凤霞，而给徐凤霞担保的是泸阳市外贸冷库的董事长宋一雄。

中秋过后。月亮渐渐变成了弯弯的船儿。一天夜晚，徐凤霞拿出了一张纸，非让姚向东签字。姚向东接过纸，扫了一眼，愣住了。这是一张离婚协议书，落款处已经签上了徐凤霞的名字。姚向东明白了，这离婚协议书不是菜花寄来的那款式吗？这个徐凤霞，在毛峰山报恩塔下他给她看过。现在她学钱菜花。

姚向东知道，母亲带着霞霞在房间里。他不想让母亲知道。姚向东拗不过凤霞，在协议书上签了字。

姚向东又过起了没有妻子的生活。

姚向东又把全身心扑到工作上。

二十一世纪到来了。姚向东在陵阳县人代会上，当选为陵阳县人民政府县长。

尾 声

　　人生的路不管多么曲折，不管有多少磨难，但人都会在与命运的抗争中一直往前走，谁也不知道前面的路是长满荆棘，还是铺满鲜花。

　　一晃又是十几年过去了。转眼到了2013年初春。

　　姚向东虽然孑然一身，但拼命工作，仕途顺利。2000年春，他顺利当选陵阳县人民政府县长；2005年，张立仁书记调至泸阳市人大副主任后，他接替张立仁当了陵阳县县委书记。顺风顺水拼命地干了七年，他升任泸阳市政协副主席。升官了，权没了。每天上班有大量时间喝茶、看报纸。

　　姚向东常常泡上一杯老部下送来的陵阳毛峰，手捧热气腾腾的玻璃保温杯，面朝着窗外，凝视远望。远处的山峰高高低低，朦朦胧胧。他感叹不已，人这一生，真的看不透。俗话说，家家有本难念的经，应该改一下，人人都有一本难念的经。

　　想不到菜花活着回到了鱼头村。姚向东更想不到这个菜花妹子虽然当了十几年的尼姑，虽然虔诚地修行了十几年，但犟脾气不肯改。凤霞走了，也是为我向东好，也是协议离婚。但凤霞有个好归宿，她辞职下海，与当年追她，一直追了二十多年的陵阳外贸冷库的宋一雄董事长终成眷属。宋一雄替徐凤霞还了徐江风建设银行的一千万元贷款。一切都平静下来。巨蛋被拆除，卖了几十万元废铁钱。

　　姚向东常常夜不能寐，他想，也许这就是命运。也许，菜花说得对，真的冥冥之中有老天爷。姚向东仕途很旺，但他忘不了菜花。他年年去鱼头村看丈母娘胡少香，但菜花不动心。菜花说得很简单，你一个县委书记，我一个出家尼姑，不配。

　　姚向东心里很难受，说服不了菜花。他抱着感恩的信念，不再续弦。他当上了县委书记，手中的权力大，他想到的是拼命工作，拼命为陵阳县招商引资，拼命地为曾经对他有恩的人去协调解决各种矛盾，为他们发财创造机会。

张升财、朱红旗要在陵阳建养老院,他大笔一挥,批了三十亩地。养老院建起来后,他提了一个要求,安排下海呛了水的徐大民当养老院副院长。另外,他把转业回来的张升财儿子安排当了县公安局政治处的科长。

弟弟向方的公司与章爱军的海南竹艺合资,在陵阳红火起来,年产值达十一个亿。姚向东想起了当年的巨蛋,他给章爱军和弟弟向方打了电话,徐江风当上了公司的副总经理。

当然,当年的好同学先是从教育局副局长的位置一路上升到常务副局长,局党委书记,后来到县政协当上了副主席。刘方明也同时进了县政协班子。当年菜花的学校教导主任周网年调到县城,与丈夫团聚。姚向东给杨才才一个电话,周网年当上了县教育局人事科的副科长。

姚向东还在任县长期间,全力支持陵阳酒厂上市,姚大年成了陵阳县第一家上市公司的董事长。

姚向东思念菜花,心里始终有着感恩的思念。随着权力上升,他做了不少好事,心里慢慢平静下来。他想着感恩,他利用手中的权力做到了。他心中常常会泛起阵阵愉悦。姚向东一个人的生活似乎也渐渐地适应了。

当上县委书记后,姚向东感到当年香港万通集团董事长张建承对陵阳支持最大了。当年自己才是一个办公室副主任。万通集团一下子拆借三千万元给陵阳大道拓宽急需。后来,万通集团一直也没有来找自己办什么大事。直到2006年,陶志玲来了,介绍了一个大项目,高科技的,叫闪耀太阳能科技有限公司,生产薄膜太阳能电池以及太阳能电站的安装设计。注册资本一千八百三十万美元。是英属维尔京群岛,外资。姚向东听后十分兴奋。那时候各级政府招商引资疯了似的。何况这个项目是有恩于陵阳的陶志玲、张建承介绍的。一路绿灯。到了2009年下半年,项目建成,但投不了产,原来那些设备全是闪耀公司购来的二手设备。这个项目陵阳县一下子亏损了近两亿元人民币。姚向东也想严查,但心里硬不起来。当年霞霞到美国读大学是陶志玲一手办理的。虽然自己交了二百多万元，但不知这个万通集团有没有私下贴钱。姚向东心里没有底，想想就担惊受怕。这个圣睿太阳能项目就这么拖下去了。姚向东升任泸阳市政协副主席后，新来的县委书记大抓土地清理。全国的反腐也刮起了风暴。姚向东心里一直有些紧张。

终于有一天，姚向东接到市委办公室通知，说市委书记约他汇报工作。姚向东刚到市委办公大楼的门厅，上来几个便衣，递上工作证。姚向东一看是省纪律检查委员会的干部，心里一惊，来不及多想，就上了省纪委的车辆，径直来到省纪委设在重庆东郊的办案点。

姚向东蒙了。当办案人员提示性地说到他姑娘到美国读大学的经费时，他脑子一晕，眼前一黑，趴在桌子上，一动不动。

姚向东被紧急送往省城人民医院。还好，是轻度中风，很快抢救过来。按照办案规定，案件办理只好暂时中止。经过一个多月的治疗，姚向东恢复了健康，但留下手腿不便的后遗症。很快，组织上为姚向东办理了监视居住的手续，但要亲人签字。

签字的那天上午，姚向东怎么也不会想到来签字的是钱菜花。姚向东还看到了已经退休的老驾驶员赵振宏。钱菜花在监视居住书上签完字，在驾驶员赵振宏的帮助下，搀着姚向东上了钱菜花带来的轮椅。

赵振宏与钱菜花小心翼翼地把姚向东扶上小汽车。赵振宏收好轮椅放进后备厢。

汽车朝泸阳市开去。

在泸阳公路边饭店吃了便饭，一路直往陵阳松江镇驶去。

后来，每到天晴阳光灿烂的日子，鱼头村山岗边的山路上总会看到钱菜花推着轮椅，缓缓地往前走。坐在轮椅上的姚向东眼角闪烁着泛光的泪花。